O TRIÂNGULO AMOROSO DE
INTENSO DEMAIS
PELO PONTO DE VISTA DE
KELLAN KYLE

S. C. STEPHENS

Rock Star

Tradução
Renato Motta

valentina
Rio de Janeiro, 2016
1ª Edição

Copyright © 2015 *by* S. C. Stephens
Publicado mediante contrato com Grand Central Publishing, New York, USA.

TÍTULO ORIGINAL
Thoughtful

CAPA
Marcela Nogueira

FOTO DE CAPA
Claudio Marinesco

FOTO DA AUTORA
Tara Ellis Photography

DIAGRAMAÇÃO
Kátia Regina Silva | Babilonia Cultura Editorial

Impresso no Brasil
Printed in Brazil
2016

CIP-BRASIL. CATALOGAÇÃO NA PUBLICAÇÃO
SINDICATO NACIONAL DOS EDITORES DE LIVROS, RJ

S855r

Stephens, S.C.
    Rock star / S. C. Stephens; tradução Renato Motta. – 1. ed. – Rio de Janeiro: Valentina, 2016.
    512 p. ; 23 cm.

Tradução de: Thoughtful

ISBN 978-85-5889-021-2

1. Romance americano. I. Motta, Renato. II. Título.

16-34800

CDD: 813
CDU: 821.111 (73)-3

Todos os livros da Editora Valentina estão em conformidade com
o novo Acordo Ortográfico da Língua Portuguesa.

Todos os direitos desta edição reservados à

EDITORA VALENTINA
Rua Santa Clara 50/1107 – Copacabana
Rio de Janeiro – 22041-012
Tel/Fax: (21) 3208-8777
www.editoravalentina.com.br

Eu não estaria onde estou hoje sem o amor e o apoio de meus fãs, então dedico esta canção a vocês. Obrigado por virem me ver – às vezes viajando centenas de quilômetros para isso; suas camisetas, scrapbooks, joias e lindos presentes sempre me deixam tremendamente surpreso! Obrigado por me amarem tanto a ponto de decorar as letras das minhas músicas; ouvir minhas canções cantadas por vocês, quando estou no palco, é uma emoção que eu nunca esquecerei. Obrigado pela paixão de vocês, por sua devoção... e suas tatuagens. Fico atônito e me sinto humilde quando vejo uma delas que foi inspirada em mim ou na minha vida. Por fim, obrigado por me amarem apesar dos meus defeitos. Sei que eles são muitos, mas vocês escolheram enxergar além deles e me amar pelo que sou; minha gratidão por tudo isso é maior do que eu conseguiria expressar.

Sempre no meu coração,

AGRADECIMENTOS (S. C. STEPHENS)

Este livro não existiria sem o apoio dos meus fãs, então meu primeiro agradecimento vai para você, leitor ou leitora! Também amo profundamente o núcleo de leitores que me acompanham desde o primeiro texto que publiquei na fictionpress.com. O grupo dos que torceram por mim ainda no começo do meu hobby-que-virou-carreira foi o que me fez ir em frente! Os livros que seguiram *Intenso Demais* não teriam existido sem o incentivo diário de vocês.

Quero agradecer a todos os autores que me apoiaram e inspiraram, especialmente: K. A. Linde, Nicky Charles, J. Sterling, Rebecca Donovan, Jillian Dodd, C. J. Roberts, Kristen Proby, Tara Sivec, Nicole Williams, Tarryn Fisher, A. L. Jackson, Tina Reber, Laura Dunaway, Katie Ashley, Karina Halle, Christina Lauren, Alice Clayton, Colleen Hoover, Abbi Glines, Jamie McGuire, Tammara Webber, Jessica Park, Emma Chase, Katy Evans, K. Bromberg, Kim Karr, Jessica Sorensen, Jodi Ellen Malpas, Lisa Renee Jones, T. Gephart, Gail McHugh, e muitos, muitos outros! Também quero agradecer a todos os autores que curtiram meus personagens a ponto de me perguntar se eles poderiam fazê-los entrar em seus mundos. Sempre me alegro quando vejo os D-Bags participando de outras histórias.

Para meu lindo, dedicado e trabalhador grupo de leitores beta – MUITO OBRIGADA!!!!! A ajuda de vocês ao longo dos anos tem sido inestimável para mim, bem como sua boa vontade em me permitir entrar em suas vidas sem aviso prévio! Vocês são incríveis! Agradeço efusivamente a todos!

Quero agradecer aos seguintes blogs que declararam de forma tão apaixonada o seu amor pelas minhas histórias: *Totally Booked, Maryse's Book Blog, Flirty and Dirty Book Blog, Tough Critic Book Reviews, The Autumn Review, SubClub Books, Martini Times Romance, Brandee's Book Endings, Crazies R Us Book Blog, Shh Mom's Reading, Kayla the Bibliophile, Nose Stuck in a Book, Chicks Controlled by Books, Fictional Men's Page, Fictional Boyfriends, A Literary Perusal, Sizzling Pages Romance Reviews, My Secret Romance Book Reviews, Madison Says, The Rock Stars of Romance, Literati Literature Lovers, Aestas Book Blog, The Book Bar, Schmexy Girl Book Blog, Angie's Dreamy Reads, Bookslapped, Three Chicks and Their Books, We Like It Big Book Blog, The Little Black Book Blog, Natasha Is a Book Junkie, Love N.*

Books, *Ana's Attic Book Blog*, *Bibliophile Productions*, *Sammie's Book Club* e muitos outros além desses! Vocês todos são uma das principais razões de as pessoas saberem quem eu sou!

Gostaria de fazer um agradecimento especial a todos os vários membros do Team Kellan – também conhecido como #SexyKK – por estarem sempre à altura do desafio de fazer campanha em prol de Kellan para tudo a que ele foi indicado. Essa loucura é divertidíssima de assistir, e a arte dos fãs é sempre criativa e bonita. Como eu não conseguiria trabalhar com o Photoshop nem que a minha vida dependesse disso, fico impressionada o tempo todo com a arte de vocês. E posso garantir que a campanha #BeggingSC funcionou! Espero que vocês gostem deste livro tanto quanto eu gostei de escrevê-lo!

Obrigada à minha incrível, fantástica e superagente Kristyn Keene, da ICM Partners. Seus conselhos, apoio e incentivo são fabulosos! Um agradecimento sincero a Beth de Guzman, da Forever, por ser uma grande defensora do meu trabalho, e também a Megha Parekh, uma editora extraordinária, pelo cuidadoso polimento que transformou *Rock Star* na bela história que é hoje. Gostaria também de agradecer a Lalone Marketing, a The Occasionalist, a JT Formatting, a Debra Stang, à Okay Creations, à Toski Covey Photography e à Tara Ellis Photography, por toda a ajuda na concepção e/ou na promoção, tanto minha quanto dos meus livros.

Em nível pessoal, agradeço à minha família e aos amigos pelo apoio interminável, e também pela sua paciência e aceitação dos meus horários malucos, especialmente aos meus filhos, que por vezes sofrem com o fato de mamãe estar em casa, mas indisponível. Amo demais todos vocês!

Por último, preciso agradecer a Kellan Kyle. Você pode ser um personagem de ficção, mas mudou completamente a minha vida, e por isso, devo-lhe tudo.

Capítulo 1
TUDO AO MESMO TEMPO NUM DIA SÓ

Toco violão desde que tinha seis anos. Integro a banda D-Bags há alguns anos, mas já toquei em várias outras bandas desde o ensino médio. Minha infância não foi das mais fáceis e a música foi a minha salvação. Desde a primeira vez em que peguei num violão me senti fisgado. Talvez tenha sido a sensação da madeira sob meus dedos, lisinha e gelada. Ou a rigidez das cordas e a reverberação profunda dentro do instrumento. Mesmo no tempo em que eu ainda era muito jovem para entender de verdade o impacto que a música teria sobre a minha vida, tocar violão já me afetava profundamente. Havia algo significativo naquele instrumento simples que parecia louco para explodir em som para o mundo. E também havia algo importante *dentro de mim* que morria de vontade de extravasar.

Meus pais tinham me dado o instrumento como presente, mas eu já sabia, mesmo naquela época, que aquilo era mais para eles do que para mim. Talvez fosse um jeito conveniente de me manter ocupado e sem pegar no pé deles, pois assim eles também não precisariam se mostrar tão presentes. A gravidez de minha mãe tinha acontecido por acidente e meus pais nunca me cobriram de carinho e amor, nunca me aceitaram de verdade. Eu fui um erro que havia modificado suas vidas para sempre, e eles nunca me deixavam esquecer isso. Mas tudo bem. O violão me manteve fora do caminho deles e eu sempre adorei tocar, por isso eu o considero um presente muito bom, apesar das segundas intenções por trás do gesto.

Embora meus pais não tenham se dado ao trabalho de me colocar em aulas de violão, eu aprendi a tocar sozinho. Levei um tempão para conseguir um som decente, mas ser filho único, sem amigos próximos e com pais que não queriam nada comigo foi algo que me proporcionou uma grande disponibilidade de tempo livre. Meu pai gostava de ouvir rádio o tempo todo, sempre que estava em casa. Geralmente ouvia noticiários ou entrevistas, mas quando colocava música era sempre rock clássico. Eu adorava tentar imitar as canções; depois de dominar os acordes básicos, acompanhava com o violão todas as músicas que conseguia. Isso irritava meu pai terrivelmente. Ele aumentava o volume e me mandava ir para o quarto. "Se quer causar danos auditivos permanentes com essa barulheira infernal, faça isso lá dentro, para sofrer sozinho", ele dizia.

Eu subia, mas deixava a porta do quarto entreaberta para continuar ouvindo a música. Tínhamos uma casa grande quando eu era criança, mas se eu dedilhasse baixinho conseguia acompanhar o que tocava lá embaixo. Ao longo dos anos que se seguiram, "Stairway to Heaven" foi minha música favorita, mas acho que essa é a favorita de todo mundo quando está aprendendo.

Pela primeira vez em minha vida de criança eu tinha encontrado algo que me trazia uma paz completa e total, algo com que eu me conectava, uma coisa que tinha vontades e desejos semelhantes aos meus. O violão *precisava* ser tocado. Eu *precisava* tocá-lo. Foi uma relação mútua, linda, bonita e simbiótica; durante muito tempo esse foi o único relacionamento verdadeiro que eu tive.

Agarrado ao meu adorado instrumento, fechei a porta à minha casa. "Lar" era uma palavra que eu usava com parcimônia quando descrevia meu espaço. Aquela era a casa dos meus pais, na verdade, mas eles morreram alguns anos depois e a deixaram para mim. Eu continuei morando lá porque era um lugar com quatro paredes e um teto, mas não tinha nenhuma ligação emocional com a residência em si. Tudo ali não passava de madeira, tijolo, vidro, pregos, cola e cimento.

Na época em que morei em Los Angeles, meus pais venderam a casa dos meus tempos de infância e se mudaram para uma casa muito menor. Eu só soube disso quando eles morreram. Quando voltei, notei que eles tinham jogado fora tudo que era meu. Foi um momento confuso. Eles tinham tentado apagar de sua vida a minha existência, mas também tinham deixado a casa de herança para mim. E também ações, fundos de aposentadoria e todo o resto. Às vezes eu tinha dificuldade em entender o porquê de eles terem feito isso. Será que tinham passado por uma mudança sentimental a meu respeito? Talvez não.

Dei as costas para a casa deles, do lado de fora, e me voltei para o meu lindo Chevelle Malibu preto e cromado que brilhava ao sol de fim de tarde. Eu tinha comprado aquela máquina em Los Angeles por uma merreca, e passara grande parte do verão ajeitando o carro todo. Ele era uma coisa linda, era o meu bebê, e ninguém mais podia dirigi-lo, só eu.

Guardei a guitarra no porta-malas e fui me encontrar com a galera da banda para ensaiar. Depois de entrar na autoestrada os meus olhos, como sempre, se voltaram para a paisagem urbana única que parecia florescer em volta: a silhueta de Seattle.

Eu tinha desenvolvido um relacionamento tenso com a "Cidade Esmeralda" ao longo dos anos, amando-a e odiando-a com a mesma intensidade. Lembranças ruins se

escondiam em cada esquina – a solidão da minha infância, a rejeição, as broncas homéricas, as humilhações constantes, os lembretes diários sobre o quanto eu era um fardo indesejável. O veneno emocional que meus pais tinham injetado em mim deixou marcas profundas, mas havia uma coisa boa acontecendo ali e agora; a banda foi o grande motivo para a minha relação com a cidade mudar.

Evan Wilder e eu tínhamos formado a D-Bags juntos. Só com minha guitarra nas costas, alguns dólares no bolso e sonhos de uma vida melhor na cabeça, eu tinha deixado Seattle logo após minha formatura do ensino médio. Pegando carona sempre que conseguia, logo eu me vi num bar na costa de Oregon. Tinha parado para tomar um drinque e conheci Evan no instante em que ele tentava convencer o barman de que tinha idade suficiente para tomar uma cerveja. Não tinha. Nem eu, mas consegui uma garrafa para nós dois com algumas piscadas de olho. Dividimos a bebida e nos entrosamos graças ao amor comum pela cerveja e pela música.

Depois de passar algum tempo com a família de Evan, nós dois fomos para o sul, rumo a Los Angeles, a Cidade dos Anjos, em busca de alguns músicos para formar uma banda. Conhecemos Matt e Griffin Hancock no mais improvável dos lugares: um clube de strip-tease. Bem, talvez não fosse tão improvável assim. Afinal, Evan e eu estávamos cheios de tesão; éramos adolescentes recém-saídos do ensino médio.

Nós quatro nos entrosamos bem desde o princípio, e logo estávamos agitando em bares e boates de L.A. Provavelmente ainda estaríamos por lá até hoje, mas eu larguei tudo e corri de volta para Seattle depois que meus pais morreram. Para minha surpresa a galera toda me acompanhou, e temos tocado aqui em Seattle desde então.

O tráfego ficou mais intenso quando me aproximei do centro. A gente sempre ensaiava no apartamento de Evan. Como ele não morava num bairro residencial, tecnicamente falando, o barulho que fazíamos nunca era problema. O estúdio dele ficava em cima de uma oficina de carros. Isso era ótimo, especialmente quando meu bebê precisava de manutenção. Roxie era a minha mecânica favorita na oficina. Ela amava meu carro quase tanto quanto eu, e sempre tomava conta da máquina com carinho enquanto eu estava lá em cima tocando com os rapazes.

Roxie estava rindo de alguma coisa ao lado de um colega quando estacionei o carro, e acenou para mim no instante em que me viu. Ou, mais precisamente, viu o meu Chevelle; aquela garota só tinha olhos para o meu carro.

– E aí, Roxie, como vão as coisas?

Passando a mão suja pelo cabelo muito curto, ela respondeu:

– Tudo na boa. Estou pensando em escrever um livro infantil sobre uma chave inglesa que ajuda animais em apuros. Posso escrever uma cena em que ela dirige um Chevelle. – Ela piscou para mim.

— Parece uma ideia legal. — Eu ri. — Boa sorte.

— Obrigada. — Ela sorriu. Enquanto eu seguia para as escadas com minha guitarra, Roxie gritou: — Ei, me avise se o Chevelle precisar de alguma coisa! Você sabe que para trabalhar nele eu atendo de graça, não sabe?

— Sim! Eu sei — gritei de volta.

Griffin estava na cozinha quando entrei. Vasculhava a comida de Evan. Tocar sempre lhe dava fome. Seus olhos claros se voltaram para mim e eu, sorrindo, joguei para ele a caixa de Froot Loops que trouxera. Na verdade, eu tinha resolvido pegar aquilo quando estava com o estômago vazio, ao fazer as compras da semana no supermercado, mas me arrependi depois e sabia que aqueles cereais coloridos nunca seriam consumidos em minha casa.

A expressão de Griffin se iluminou quando ele pegou a caixa.

— Que maravilha! — murmurou, abrindo a caixa na mesma hora para enfiar a mão no saco plástico interno, pegando um punhado de cereais açucarados e mastigando tudo de forma barulhenta antes mesmo de eu chegar à área que funcionava como sala de estar no único e imenso cômodo.

Matt ergueu os olhos quando coloquei o estojo da guitarra sobre o sofá ao lado dele. Olhava para algo no celular que me pareceu um site. Eu não tinha certeza, não tinha celular e provavelmente nunca teria. Tecnologia moderna era uma coisa que me deixava desconcertado; eu simplesmente não me importava o bastante com essas coisas para me interessar. Gostava do que gostava, não importa se estava ou não fora de moda. Sério mesmo, meu carro ainda tinha toca-fitas e Griffin vivia me zoando por causa disso, mas enquanto o aparelho funcionasse eu me sentia feliz. Era assim com tudo que eu tinha.

— Acho que nós deveríamos começar a tocar em festivais e feiras, não só em bares. É tarde demais para entrar no Bumbershoot deste ano, mas acho que deveríamos participar no ano que vem. Já estamos prontos. — Com corpo magro, cabelo louro e olhos azuis, Matt e Griffin se pareciam muito, fisicamente. Em termos de personalidade, porém, os dois primos não poderiam ser mais diferentes.

— Será? Você acha? — perguntei, não muito surpreso por Matt estar pensando em nosso futuro. Ele quase sempre fazia isso.

Atrás dele eu vi Evan vagar através do equipamento de ensaio que a banda mantinha ali. Seus olhos castanhos sorriam para mim debaixo de seu cabelo escuro cortado bem curto, quando ele se aproximou do sofá.

— Na verdade, acho que estamos tão bem preparados quanto jamais poderemos estar, Kell. É hora de darmos um passo à frente. Com suas letras e meus arranjos... nós valemos *ouro*. — Matt era um dos guitarristas mais talentosos que eu já tinha visto, mas era Evan quem fazia os arranjos da maioria das nossas canções.

Matt olhou para Evan com um aceno de cabeça entusiasmado. Olhando de um para o outro, ponderei comigo mesmo se realmente estávamos prontos. Dei razão a eles: estávamos, sim. Tínhamos uma quantidade de músicas mais que suficientes e muitos fãs. Aquilo seria um grande avanço para a banda, ou talvez uma monumental perda de tempo.

Quando Evan chegou à parte de trás do sofá, cruzou os braços sobre o peito. Todos os meus colegas de banda eram cheios de tatuagens – as de Griffin eram mais do tipo obsceno, garotas nuas e coisas desse tipo; as de Matt tinham mais classe e significado por trás de cada curva ou símbolo. As de Evan, por sua vez, eram como quadros vivos e fortes. Seus braços eram uma obra-prima de museu, imagens feitas de fogo, água e os outros elementos da natureza.

Matt e Griffin tinham compleição magra, enquanto Evan era mais volumoso. Meu tipo de corpo ficava no meio-termo entre esses extremos, não muito magro nem musculoso. Em termos de arte corporal, porém, eu era virgem. Simplesmente não conseguia pensar em algo que amasse o bastante a ponto de marcar de forma permanente na pele. Já que nada na vida era permanente, por que fingir que era imortalizando uma imagem numa *tatoo*? Aquilo me parecia sem sentido.

Sorri para meus empolgados companheiros de banda.

– Vamos partir para isso, então. Pode agitar tudo, Matt.

Sorrindo, Matt voltou para o celular. Griffin se aproximou e jogou um braço em volta de mim.

– Fantástico! O que devemos fazer, então? – Alguns pedaços soltos de cereais Fruit Loops caíram de sua boca quando ele perguntou isso.

– Por enquanto nada – respondi, dando um tapa amigável no seu peito.

Ele emitiu um som de dor e mais cereais coloridos lhe caíram das bochechas. Juro que Griffin tinha a maior boca entre todas as pessoas que eu conhecia.

Depois de duas horas de ensaio, demos o dia por encerrado. Nos enfiamos em nossos carros e fomos para o Pete's Bar. Ali era a nossa base, o local onde tocávamos pelo menos uma vez por semana, às vezes mais, e sempre acabávamos o dia ali, mesmo nas noites em que não nos apresentávamos. Era como se o dia não estivesse completo até entrarmos pelas portas duplas, mesmo que fosse por pouco tempo. Todos nos conheciam ali, e nós também conhecíamos todo mundo. Nossas coisas estavam lá, nossos amigos viviam lá, toda a nossa vida estava naquele lugar.

Estacionei o Chevelle na minha vaga quase oficial. Como sempre ela estava vazia, à minha espera. Quando desliguei o motor, os sons de uma canção de Fleetwood Mac desapareceram em pleno refrão. Por um instante eu pensei em ligar o carro novamente para acabar de ouvir a música, mas já a tinha ouvido um milhão de vezes e queria mais era me sentar no bar e tomar uma cerveja gostosa e estupidamente gelada. Essa imagem me pareceu fantástica naquele momento.

Evan saltou do carro dele quase ao mesmo tempo que eu, e me deu um tapinha no ombro quando nos encontramos, na traseira do meu carro. Olhei em torno, em busca de Matt e Griffin, mas eu não vi a Vanagon de Griffin por ali.

– Ué... Onde estão Tweedledee e Tweedledum? – perguntei a Evan.

Ele sorriu com o canto do lábio.

– O babaca do Griffin disse que precisava correr para casa porque esqueceu de trazer o short de Traci e ela precisa dele para trabalhar.

Imaginando os dois, balancei a cabeça. Traci era garçonete no Pete's. Ela e Griffin andavam brincando ultimamente, o que não era exatamente um problema, a não ser pelo fato de que Traci estava começando a se apegar; ela não era o tipo de mulher que aceita manter as coisas em nível casual sempre. O que a tornava exatamente o oposto de Griffin.

A luz acolhedora dos anúncios em néon no bar tomou conta de mim quando abri as portas para entrar no meu refúgio. Respirei fundo assim que entrei e algumas ansiedades desconhecidas foram dissolvidas dos meus músculos. Tudo naquele lugar me relaxava. O barulho, os cheiros, a música e as pessoas. Se havia um lugar onde eu poderia dizer que me sentia contente de verdade, era ali.

Do meu lado esquerdo, uma voz rouca gritou:

– E aí, qual é, Kellan?

Olhando para trás eu vi Rita, a atendente do bar, que me observava. Tinha no rosto a expressão de um homem morrendo de sede diante de uma garrafa de água, mas eu já estava acostumado com esse olhar. Eu tinha dormido com ela uma vez; pela forma como ela sempre me olhava, porém, uma vez não tinha sido o bastante.

– E aí, Rita? – Balancei a cabeça em saudação, e seus olhos se fecharam com um gemido suave.

– Nossa! – murmurou ela, fazendo descer uma unha muito comprida e pintada até o fundo do decote. – Como ele é gostoso!...

Depois de acenar em saudação para os frequentadores de sempre, Evan e eu seguimos lentamente até nossa mesa. Bem, tecnicamente ela não era "nossa"; porém, do mesmo modo que a vaga "cativa" para o meu carro, ela ficara conhecida como a "mesa da banda" devido às nossas visitas constantes ao Pete's.

Inclinando-me para trás na cadeira, coloquei os pés sobre a ponta da mesa. Enquanto decidia se iria pedir iscas de frango ou hambúrguer, meus pés foram arrancados dali sem a menor cerimônia, e bateram no chão com um baque surdo. Perdi o equilíbrio e meu corpo foi lançado para frente. Uma loura bonita vestindo uma camiseta vermelha muito justa onde se lia "Pete's" estava em pé ao lado da mesa com uma das mãos no quadril. Seus lábios pareciam colados, com um ar de desagrado.

– Não coloque os pés sobre a mesa, Kellan. As pessoas comem aí.

Um sorriso divertido fez meus lábios se curvarem.

– Desculpe, Jenny. Estava só ficando à vontade.

A boca de Jenny se abriu num sorriso encantador.

– A cerveja é que deve te deixar à vontade. Duas ou quatro? – Seus olhos claros se alternaram entre mim, Evan e as cadeiras ainda vazias em nossa mesa.

Evan percebeu que aquela era uma pergunta sobre os companheiros de banda que faltavam e ergueu quatro dedos.

– Eles estão chegando.

O sorriso de Jenny se tornou brincalhão quando ela estendeu a mão e coçou a cabeça de Evan. Ele fechou os olhos e começou a bater com a perna no chão num ritmo rápido, como um cão que recebe carinhos na barriga. Jenny riu e seus olhos se iluminaram de um jeito muito atraente. Eu gostava dela. Jenny tinha um bom coração e nunca me julgava abertamente pela natureza promíscua da minha vida.

Eu tinha descoberto o sexo numa idade muito precoce, completamente por acaso e, como a música, aquilo me marcara profundamente. Eu ainda ansiava pelo sentimento e pela sensação de proximidade que o sexo me proporcionava, e procurava por isso sempre que tinha chance. Não era exigente sobre as mulheres com quem dormia – mais velhas, mais novas, atraentes ou simples, mães, namoradas ou esposas. Quem elas eram não me importava, eu só queria saber se estavam interessadas. Isso provavelmente não me parece uma coisa boa de se admitir, mas era a pura verdade. Sexo era uma válvula de escape para mim. Ele me fazia sentir como parte de algo maior que eu; ele me fazia sentir conectado com o mundo à minha volta. E eu *precisava* me sentir desse jeito, porque minha vida era cheia de espaços vazios.

Eu tinha tentado muito seriamente dormir com Jenny assim que ela começou a trabalhar no Pete's, mas ela me cortou logo de cara. Disse que não pretendia ser brinquedinho de ninguém. Mesmo assim não recusara minha amizade, e isso significou muito para mim. Eu não a dispensaria se ela mudasse de ideia algum dia e topasse uma ou duas transas, mas não pretendia forçar a barra. Gostava do ponto onde estávamos, mesmo não rolando nada sexual.

Quando Jenny se virou para ir embora, eu pedi:

– Quero um hambúrguer também. Com bacon! – Ela ergueu o polegar no ar para me mostrar que tinha ouvido.

Quando desviei os olhos da bunda de Jenny, Evan me deu uma cotovelada nas costelas.

– Escuta, Kell – começou ele. – O que você acha de Brooke? Ando pensando em convidá-la para sair. Ainda não sei ao certo, cara, mas acho que ela pode ser a mulher da minha vida. Tipo, você já reparou nas covinhas dela?

Evan sorriu e eu não pude deixar de sorrir de volta para ele.

— Sim, eu acho que ela é ótima, vá em frente. — Evan encontrava uma nova "mulher da sua vida" a cada seis semanas, mais ou menos. Bem que poderia tentar algo sério com Brooke. Quem sabe esse seria o melhor mês e meio da sua vida. Depois de dar meu pitaco, recoloquei os pés sobre a mesa e esperei a comida, a bebida e a chegada dos meus outros companheiros de banda.

— Ai meu Deus... Você é Kellan Kyle!...

Virei-me ao ouvir meu nome. Graças à minha ocupação eu era reconhecido o tempo todo, especialmente naquele bar. Na mesa à minha frente, uma jovem baixinha com cabelo tão louro que era quase prateado olhava na minha direção. Por trás do volumoso rímel preto, as íris da garota eram de um tom azul-turquesa, como água tropical calma. Não havia como negar que ela era muito bonita e parecia saber quem eu era. Diante disso, lancei-lhe um sorriso genuinamente simpático em resposta à sua declaração empolgada.

— A seu dispor — eu disse, dando um tapinha num chapéu imaginário. Ela riu e o som que emitiu foi estranhamente inocente, considerando a forma como ela me comia com os olhos. A verdade estava na cara: aquela garota não era nenhum anjo de inocência. Como eu também não era, já combinávamos um com o outro logo de cara.

Ela perguntou se poderia se sentar à minha mesa e eu dei de ombros. Claro, por que não? Depois que ela puxou uma cadeira exclamou, emocionada:

— Eu vi você tocar duas semanas atrás na Pioneer Square. — Sua mão se aproximou, seus dedos tocaram meu peito e, em seguida, deslizaram até minha barriga. — Você foi... incrível!

Meus lábios se abriram de leve quando eu acompanhei com os olhos a mão dela, e ela também baixou o olhar. Só aquele breve toque despertou algo em mim... desejo, anseio. Eu não tinha certeza do porquê, exatamente, mas havia algo no toque humano que calava fundo em minha alma. Um tapinha nas costas dado por um amigo conseguia alterar completamente o meu humor, e uma garota alisando minha coxa me deixava *com tesão* na mesma hora. Aquela era uma ligação forte e inexplicável que eu compartilhava com as pessoas que cruzavam meu espaço pessoal, quer elas percebessem ou não. Naquele momento, aquela mulher que eu nunca tinha visto me acariciava e me colocava na mente coisas devassas e lascivas.

Eu era uma massa moldável nas mãos dela, agora. Faria qualquer coisa por aquela garota... Bastaria ela pedir.

Vamos lá, peça para mim, garota com olhos de mar, e eu serei o que você quiser que eu seja.

No fim da noite ela finalmente me perguntou, sem muitos rodeios:

— Que tal irmos até sua casa para tomarmos um drinque? Onde você mora?

Senti a avidez me correr pelas veias e sabia muito bem o que iria acontecer, mas mantive uma expressão casual e despreocupada.

— Moro perto daqui.

Levamos menos de quinze minutos para chegar à minha casa; minha "convidada" me seguiu no carro dela. Com ela quase nos meus calcanhares, caminhei até a porta da frente e a abri. Assim que entrei, joguei as chaves sobre a mesa em forma de meia-lua que ficava debaixo de uma fileira de ganchos para pendurar casacos. Por sobre os ombros, perguntei a ela:

— Então, que tipo de bebida você gostaria de tomar?

A porta da frente bateu com força; em seguida, dedos ferozes agarraram meu braço e me viraram para trás. As mãos dela puxaram meu rosto para baixo e, antes que eu percebesse, a boca da loura cobria a minha por completo. Acho que ela tinha mudado de ideia com relação à bebida. Descendo, segurei-a pela bunda e a ergui no ar. Como se fosse uma jiboia, ela enroscou as pernas em volta da minha cintura e apertou com muita força. Isso tornou um pouco mais difícil carregá-la, mas consegui chegar até a base da escada.

A loura começou a me arrancar as roupas no segundo em que a coloquei no chão do meu quarto. Depois de jogar longe a minha jaqueta e a camiseta, fazendo com elas uma pilha no chão, ela passou as unhas pela minha barriga. Meus músculos se retesaram em resposta e ela gemeu baixinho.

— Puta merda, você tem uma barriga de tanquinho que é uma delícia. Quero lambê-la.

Ela me empurrou de costas na cama e começou a fazer exatamente o que tinha anunciado. Meus olhos se fecharam lentamente como os movimentos leves da sua língua, que enviaram ondas de desejo até minha virilha. Malhar regularmente era outra forma de libertação para mim, algo que eu fazia para clarear as ideias e limpar as teias de aranha das recordações ruins que às vezes se agarravam aos cantos da mente, se recusando a me deixar em paz. Como resultado disso eu malhava muito e meu corpo era sarado e bem definido. As mulheres adoravam isso e eu me sentia grato pelo corpo escultural, efeito colateral da minha libertação.

Quando a loura chegou às minhas calças, não hesitou nem por um segundo. Abriu o zíper com força, arriou-as e caiu de boca. Respirando fundo, agarrei os cabelos dela no instante em que ela alcançou meu ponto mais sensível. Algumas mulheres não gostavam quando eu segurava a cabeça delas com força para mantê-las no lugar. Outras enlouqueciam com isso. A loura gemeu e enviou vibrações com a língua ainda mais excitantes ao longo do meu pau.

Quando acabou de me degustar ela se afastou ligeiramente. Eu abri os olhos para vê-la me fitando com uma expressão de paixão, luxúria e diversão. Por um breve segundo eu me perguntei o que ela realmente pensava de mim. Será que sabia algo além do meu nome e de eu tocar numa banda de rock? Será que sacava que eu virava meu coração do avesso nas letras das minhas músicas? Será que percebia que a vida que eu levava sempre deixava um buraco vazio na minha alma? Que eu me sentia tão sozinho que às vezes quase não me aguentava em pé? Será que estava interessada em descobrir todas essas coisas? Ou o fato de eu ser um rock star era o suficiente para ela? Como costumava ser para todas as outras garotas com quem eu dormia?

Menos de cinco segundos depois estávamos completamente nus e eu explorava o corpo dela com a língua. Agindo de forma quase agressiva, minha convidada me virou de costas e se colocou por cima. Aquilo foi bom; suas mãos em todo o meu corpo me traziam sensações maravilhosas. Relaxando, eu lentamente me entreguei à emoção de estar fisicamente ligado a alguém. Adorava esse momento. Os lábios da garota viajaram pelo meu corpo e seu cabelo quase prateado fez cócegas na minha pele; eu adorava isso também. Sem nenhum aviso prévio, ela deixou de enfiar a língua várias vezes dentro do meu umbigo e me tomou inteiro na boca. Gemendo, agarrei um pedaço do lençol com força no instante em que o prazer em estado puro me acendeu ainda mais. Minha mente se desligou de vez e eu comecei a entrar de verdade no clima. Quando senti o tesão aumentar até o quase doloroso ponto de erupção, a garota parou. Ergui a cabeça e olhei para ela.

Por Deus, aquilo era uma provocação?

Com os olhos semicerrados, ela lambeu os lábios.

– Você é gostoso demais. Quero você dentro de mim. Quero que você me foda agora! Com força e depressa.

Direto ao ponto. Tudo bem… Com força e depressa. Eu estava com tesão suficiente para fazer as duas coisas. Empurrando-a de costas, trepei em cima dela. Quando tentei me afastar para pegar uma camisinha ela enrolou as pernas em torno de meus quadris, como se pretendesse deixar o caminho livre por completo.

Tudo bem, tenha paciência!

Afastei suas pernas e ela fez cara de estranheza. Percebi até um clarão de fúria em seus olhos.

Enquanto ela se contorcia debaixo de mim e implorava para eu me apressar, abri a gaveta da minha mesinha de cabeceira. Camisinhas eram uma coisa da qual eu não abria mão. Não estava a fim de pegar alguma doença, nem de engravidar alguém. Minha própria existência tinha sido o resultado de minha mãe trair meu pai, e essa era uma das muitas razões pelas quais ele me detestava. Se bem que minha mãe, na verdade, também me odiava. Um bastardo na minha árvore genealógica já era o bastante, e era por isso que eu sempre me protegia.

Pegando um dos muitos pacotes quadradinhos que mantinha ali, abri a camisinha e a desenrolei sobre o pau antes de minha acompanhante reclamar ainda mais sobre a minha ausência. Quando eu a penetrei com força ela não me pareceu tão apertada quanto eu gostaria, mas foi legal… foi *realmente* bom. Assim que entrei ela gritou meu nome. A plenos pulmões. Meus ouvidos doeram. Ela estava tão pronta para mim que me mexer e rebolar lá dentro foi fácil. Dei-lhe uma estocada interminável, afundando o máximo que consegui, mas me encolhi um pouco quando ela tornou a gritar com mais força. Será que eu a estava satisfazendo tanto que ela não conseguia controlar os berros?

— Isso mesmo, Kellan! Mais forte! Mais rápido!

Ela gritou isso tão alto que eu tinha certeza de que todos no quarteirão conseguiriam ouvi-la. Talvez a ideia fosse exatamente essa. Quando continuei a bombeá-la sem parar, ela colocou os braços e as pernas em volta de mim. Sentindo algo ainda melhor que meu clímax iminente, enterrei minha cabeça na curva de seu pescoço. Sua mão subiu para se enredar suavemente no meu cabelo e eu finalmente senti. *Aquilo.* Aquela ligação. Aquele vínculo. Era isso que eu queria, o que eu gostava, e tentei desesperadamente me agarrar com mais força nela.

Deixe-me sentir isso só por mais um minuto…

— Mais força, Kellan! Ai Deus, você é incrível! Vamos, me foda. Isso mesmo, me foda com força!

A ligação que eu sentia se desfez à medida que os gritos dela se intensificavam. Tentei segurar aquele sentimento íntimo, mas não consegui; o momento passou. Grunhindo, me enfiei lá dentro com mais força e mais depressa. Era melhor acabar logo com aquilo. Os gritos e gemidos dela se tornaram quase teatrais, mas eu a senti se apertar ao redor de mim, então percebi que ela não estava fingindo por completo. A tensão também foi aumentando dentro de mim, até me lançar além dos limites da sanidade.

— Por Deus, sim — murmurei, no instante em que ejaculei. *Porra!* Por uma fração de segundo, enquanto ejaculava com força, me senti muito bem. Tudo em minha vida era perfeito, tudo estava certo no meu mundo. Então meu orgasmo terminou, a sensação desapareceu e um sentimento mais escuro começou a preencher o vazio.

Saí de dentro dela, rolei de lado e me deitei de costas. Ela estava ofegante ao meu lado com uma expressão de satisfação no rosto.

— Nossa, você é mesmo tão incrível quanto elas contam.

Olhei para a garota.

Elas dizem que eu sou incrível? Quem são elas, exatamente?

— Volto rapidinho — avisei, me erguendo.

Levantando da cama eu saí do quarto, entrei no banheiro e arranquei a camisinha. Imaginei que deveria estar me achando incrível naquele momento, mas me senti esquisito. Ainda mais incompleto. Aquilo começava a se tornar um sentimento familiar que surgia logo depois do sexo. Era como acordar com uma ressaca poderosa, e toda vez eu me enxergava um pouco mais asqueroso que antes.

Enquanto eu olhava para mim mesmo no espelho e me debatia em confusão, ouvi minha acompanhante se agitando de um lado para outro no quarto. Um segundo depois ela saiu no corredor, já completamente vestida. Com um suspiro melancólico, ela olhou para o meu corpo magro e totalmente nu.

— Puxa, se eu tivesse tempo, gostaria de ficar aqui para repetir a dose com você desde o início. – Encolheu os ombros. – Pena eu ter de ir embora. – Entrando no banheiro, jogou os braços em volta de mim e me deu um abraço forte. – Eu me diverti muito. Obrigada! – Beijou meu ombro, e deu um tapa estalado na minha bunda nua. – A gente se vê por aí, Kellan. – Rindo, completou: – Mal consigo acreditar que eu acabei de trepar com Kellan Kyle!

Virando-se, seguiu quase aos pulos pelo corredor até a escada. A porta da frente abriu e fechou menos de um minuto depois. Em seguida o motor de um carro foi ligado e o veículo começou a se afastar ruidosamente. Ainda olhando para a porta do banheiro, eu sussurrei "Até logo", para o corredor vazio.

Voltando os olhos para o espelho, respirei fundo novamente. Uma sensação de desapontamento me inundou. Eu deveria me sentir melhor do que aquilo. Quando eu era mais jovem, a euforia do pós-sexo sempre me acompanhava durante um longo tempo. Às vezes até por vários dias. Agora, porém... ela desaparecia quase instantaneamente. Alguma coisa estava faltando. Eu me sentia vazio e ainda mais solitário do que antes do sexo... E não fazia a menor ideia do que devia fazer para mudar isso.

Capítulo 2
UM PEDIDO INESPERADO

As paredes do *loft* de Evan reverberavam com o poder de nossos instrumentos amplificados. Os pratos metálicos vibravam enquanto a caixa da bateria emitia sons graves e curtos. A guitarra de Matt entoava alto uma melodia complexa e o baixo de Griffin fornecia um cenário firme no qual podíamos pintar nossa obra-prima musical.

Sem refrear absolutamente nada da minha habilidade, cantei o refrão intenso no limite do alcance das minhas cordas vocais. E me mantive com segurança lá no alto. Minha voz se harmonizava com os vários ritmos que circundavam nosso pequeno palco e isso me provocava arrepios. Perto do final, a canção atingiu o clímax. Todos os instrumentos seguiram no mesmo ritmo intenso e pleno. Subitamente, tudo caiu num completo silêncio. Essa era a parte mais difícil da canção. Para mim, pelo menos. Eu tinha dois versos para cantar naquele espaço de silêncio total. Não haveria instrumental para mascarar quaisquer falhas potenciais que surgissem na minha voz. Não haveria chance de refazer tudo quando eu executasse aquela passagem ao vivo. Seria apenas eu, minha voz e centenas de ouvidos atentos a tudo. Mas eu não estava preocupado com isso, em absoluto. Havia pouquíssimas coisas sobre as quais eu tinha certeza na minha vida, e essa era uma delas. Minha voz nunca me deixava na mão. Isso jamais acontecera.

No silêncio do *loft* de Evan, dei tudo de mim. Após o segundo verso, Evan voltou a atacar as caixas. De leve, a princípio, de um jeito quase imperceptível, para em seguida se elevar num crescendo que complementava a intensidade da minha voz. Quando consegui botar pra fora os últimos quatro versos, os rapazes cantaram junto. Em seguida, todos os instrumentos entraram em ação ao mesmo tempo, até mesmo minha guitarra. Os pelos em meus braços permaneceram arrepiados enquanto terminávamos a música poderosa, e eu me vi sorrindo de orelha a orelha quando a última nota desvaneceu.

Os fãs iriam enlouquecer com aquilo. Aquela música definitivamente faria parte do nosso repertório durante muito tempo.

Querendo saber se os rapazes sentiram o mesmo, eu me virei para analisar as expressões de Matt e de Evan. Matt sorria tão amplamente quanto eu. Evan assobiou com força.

— Caralho, cara, isso foi incrível! Acho que ela já está pronta. Devíamos tocá-la na próxima sexta-feira.

Balancei a cabeça em concordância. Era exatamente isso que eu estava pensando. Tirando a guitarra do ombro, Matt a colocou no suporte metálico e se aproximou de mim. Analisando meu rosto como um médico que examina o paciente, perguntou:

— Como está sua garganta? Foi um tom muito alto para você? Muito intenso? Nós poderíamos baixá-lo um pouco, acho que tudo continuaria funcionando bem.

Experimentando devagar, massageei minha garganta e engoli em seco duas vezes.

— Não precisa, estou numa boa.

Matt olhou como se não acreditasse em mim.

— Vamos apresentar essa canção centenas de vezes nos palcos. Se você não puder recriá-la à perfeição *todas as vezes*, acho melhor modificá-la para que você consiga. Manter a consistência é o mais importante. Essa música não vai nos servir de nada se ela esculhambar com a sua garganta.

Meus lábios abriram um sorriso imenso diante da preocupação genuína de Matt com o meu bem-estar e com o som ideal para a banda. Se não fosse pela tenacidade dele, eu não tinha dúvida de que não seríamos tão bons quanto éramos.

— Sei disso, Matt. Confie em mim, se eu não conseguisse segurar o tom com firmeza eu lhe diria. Conheço minha voz. Essa canção não nos trará problemas.

Aparentemente satisfeito, Matt finalmente sorriu.

— Beleza, porque desse jeito ficou bom pra cacete! — Ele riu, e eu não pude deixar de rir junto com ele.

Pegando minha guitarra, guardei-a no estojo que estava sobre o sofá de Evan. Pensando no meu astral melancólico da noite anterior e me lembrando de uma das razões disso, falei por sobre o ombro:

— Ahn... a Joey foi embora lá de casa. Se vocês souberem de alguém que procura um quarto, aquele espaço está livre novamente. — Joey, minha ex-roommate passional, tinha caído fora algumas noites antes e a casa estava muito mais calma desde então. Só que eu odiava aquele silêncio opressivo.

Griffin estava ocupado, fingindo tocar seu baixo para uma horda de fãs devotados. Entre balanços enlouquecidos da cabeça, ele imitava chifres de diabo, girava a língua e lançava a pelve para frente com violência. Como de costume, nos ensaios, todos nós só ignorávamos sua exibição do tipo "sou um roqueiro, veja minhas macaquices", optando por deixá-lo curtir suas fantasias em paz. Ele normalmente ignorava nossos comentários também, já que eles eram geralmente relacionados às músicas. Minha última frase, porém, atraíra a sua atenção.

Seu rosto pareceu despencar quando ele largou a guitarra.

– Joey tirou o time de campo? Porra, que merda. De verdade? O que aconteceu?

Eu não tinha vontade de entrar em detalhes, então lhe dei uma resposta tão vaga quanto possível.

– Ela ficou com raiva e caiu fora. – A verdade era que ela me pegara no flagra; me viu na cama com outra mulher e se mandou. Joey e eu não éramos exclusivos, mas eu só tinha percebido o quanto ela era possessiva algumas noites antes, quando ela praticamente tentou me capar e perseguiu minha visita até o fim da rua. Depois voltou e anunciou algumas palavras bem escolhidas para me descrever, mas a pérola "Você vai ficar sozinho pelo resto da vida porque é um pedaço de merda que não vale nada" era a frase que tinha ficado grudada na minha cabeça.

Griffin enxergou através da minha resposta nebulosa. Com os lábios finos e franzidos de aborrecimento, cruzou os braços sobre o peito.

– Quer dizer então que você já tinha comido Joey, não é? – Eu não respondi a isso. Nem mesmo pisquei. Griffin bufou um suspiro irritado. – Caralho, Kellan! Era para eu comer aquela mulher primeiro.

Mesmo que seu argumento fosse absurdo e idiota, tive de sorrir para ele. Não tinha conhecimento de que existia uma lista de espera para trepar com Joey. Matt zoou o primo.

– Você queria que Kellan esperasse passar sessenta anos, até Joey finalmente ficar entediada o bastante para lhe dar uma oportunidade, Griffin? Ninguém tem esse tipo de paciência, cara.

Griffin lançou olhares furiosos para todos os lados, enquanto Evan ria do papo, e avisou a Matt:

– Eu não estava falando com você, seu babaca.

Matt não desanimou diante da resposta agressiva de Griffin. Em vez de cuidar da própria vida, como Griffin subentendeu, ele respondeu com:

– Por que Kellan deveria se contentar com o que *você* dispensa, afinal? Acabaria pegando alguma doença. Eles dão palestras especiais nas escolas sobre essas merdas, sabia?

Chamas iluminaram os olhos claros de Griffin.

– E por que eu sou obrigado a pegar as mulheres comidas e dispensadas por Kellan o tempo todo? Por que não posso arranjar uma invicta, pelo menos de vez em quando? Não seria justo?

Evan começou a rir tão forte que teve de passar um dedo no olho para enxugar uma lágrima. Ver que ele começava a perder a seriedade de vez me fez rir muito. Matt tentava manter a cara séria enquanto respondia à pergunta tola de Griffin, mas era difícil. Com a voz entrecortada com risadas, Matt lhe explicou:

— Kellan tem opções e você não tem, seu bundão. Tem de agarrar o que lhe cai de migalhas.

Nem um pouco contente ao ouvir isso, Griffin olhou para cada um de nós, com vagar.

— Foda-se você; e você; e você! — Com isso, ele saiu ventando e puxou a porta com força.

Matt suspirou quando suas risadas acabaram.

— Imagino que eu deva ir até lá para acalmá-lo. Precisamos da van dele para o show de hoje à noite. — Dei um tapa forte de incentivo no ombro dele, quando passou por mim. *Boa sorte.*

Duas semanas depois eu ainda estava morando sozinho na casa vazia que tinha sido dos meus pais quando o telefone tocou na cozinha.

— Alô! — atendi no segundo toque. Recostado na bancada, brinquei de enrolar o fio do telefone nos dedos enquanto esperava resposta. E ela veio rápido.

— E aí, Kellan?

Meus lábios se abriram num sorriso largo e instantâneo. Eu conhecia muito bem o sotaque forte do outro lado da linha. E o reconheceria em qualquer lugar.

— Denny?

Só de ouvir sua voz de novo me fez sentir mais leve, como se minhas preocupações já estivessem desaparecendo. Denny Harris tinha sido um dos pontos mais brilhantes da minha infância, talvez o único. A fim de parecer altruístas e santos para os amigos, meus pais decidiram participar de um programa para hospedagem de um estudante de intercâmbio que tinha dezesseis anos de idade. Eu tinha quatorze, na época. Eles não pediram minha opinião, é claro, mas eu tinha gostado muito da novidade. Sempre quis ter um irmão, e a ideia de ter um amigo em casa por um ano inteiro tinha me parecido excelente.

Contei cada segundo até a chegada dele e quando o momento finalmente chegou, desci correndo a escada do andar de cima para conhecê-lo.

Quando cheguei à porta de entrada, ainda correndo, um adolescente muito bronzeado e de cabelos escuros estava parado entre meus pais, analisando os aposentos da casa com olhos interessados. Um sorriso educado estava em seus lábios quando ele levantou a mão de leve, em sinal de saudação; seus olhos eram tão escuros quanto seu cabelo, que era cortado muito curto. Eu devolvi o gesto de saudação e exibi um sorriso torto. Fui o único membro da família a sorrir.

Os lábios de minha mãe estavam franzidos em sinal de desaprovação. Papai me olhou com um ar carrancudo, mas isso não era novidade. Papai sempre fazia cara de poucos amigos para mim.

Com voz sensível e melindrada, mamãe se manifestou:

— É rude manter seus convidados esperando, Kellan. Você deveria ter aguardado nossa chegada na porta da frente, ou nos encontrado no carro para ajudar a descarregar as malas.

Papai ladrou:

— E por que diabos você demorou tanto tempo para aparecer, afinal?

Tive vontade de dizer que eu deveria *ter ido* com eles até o aeroporto para esperar o nosso hóspede, mas essa era uma briga que eu não conseguiria vencer, então não me dei ao trabalho de falar nada. Eu tinha pedido para ir, mas eles me fizeram ficar em casa. Mamãe tinha dito que eu iria apenas "atrapalhá-los", como se eu fosse um bebê que ainda não conseguisse andar, ou algo assim. Papai simplesmente sentenciou:

— Nada disso. Fique aqui.

Fiquei lá em cima no meu quarto, tocando violão, até que ouvi a porta da frente se abrir. Tinha levado trinta segundos para guardar o instrumento e correr para o andar de baixo. Mas, sabendo que nada do que eu dissesse teria adiantado, simplesmente abri um sorrisão e lhes dei uma resposta que eu sabia que eles iriam pelo menos aceitar e concordar.

— Acho que sou um pouco lento.

Um ar de impaciência e irritação encheu os olhos de papai, nada de novo nisso.

— Isso é uma grande verdade — murmurou ele. Mas seus olhos se estreitaram quando ele me examinou. Ele queria que eu me vestisse bem para a chegada do novo morador de nossa casa; acho que ele esperava que eu estivesse de terno e gravata. Nem pensar, certo? Eu vestia uma calça jeans desfiada, tênis, e a camiseta de um bar local.

Foi nesse momento que, me pegando desprevenido, meu pai estendeu a mão e agarrou um punhado de fios do meu cabelo e os puxou com força, girando o pulso e me enviando alfinetadas de dor. Sabendo que qualquer movimento que eu fizesse iria tornar tudo ainda mais desagradável, eu me aguentei firme e completamente imóvel. Quase arrancando fora o meu cabelo, meu pai empurrou minha cabeça para trás e rosnou:

— Eu lhe disse para cortar a porcaria desse cabelo. Você parece um vagabundo degenerado. Vou raspar sua cabeça qualquer dia desses, quando estiver dormindo! — Meus pais sempre tinham odiado meu cabelo em estilo rebelde e desgrenhado. Talvez esse fosse o motivo de eu o manter assim o máximo de tempo que conseguia.

Com o canto do olho, percebi que o novo visitante de cabelos escuros acompanhava o que acontecia com olhos arregalados e um ar de choque. Pela forma como lançava olhares para meu pai e para mim, muito inquieto e deslocando o peso do corpo para frente e para trás, era óbvio que se sentia desconfortável por assistir ao confronto. Não o culpo. Não era exatamente um grande momento do tipo "bem-vindo ao nosso bairro".

Com os dentes cerrados, perguntei ao meu pai:

— Você vai me apresentar ao nosso hóspede ou vai tentar me escalpelar com as mãos nuas?

Papai caiu em si, lançou um olhar para o estranho que estava entre nós e me largou na mesma hora.

Mamãe, com toda a sua glória maternal, soltou um suspiro longo, como se sentisse sitiada, e disse:

— Não seja tão dramático, Kellan. Até parece que ele machucou você só por "tocar" no seu cabelo. — Pelo seu tom de voz, era como se papai tivesse simplesmente despenteado meu cabelo com um gesto divertido. O mais estranho foi que as palavras de minha mãe me fizeram sentir como se eu tivesse exagerado na reação.

Inflando o peito com força, papai finalmente nos apresentou.

— Kellan, este é Denny Harris. Ele veio lá da Austrália. Denny, este é Kellan, o meu... ahn... filho. — Essa última palavra foi adicionada com uma clara relutância.

Com um sorriso afável, Denny me estendeu a mão.

— É muito bom conhecer você.

Tocado por sua sinceridade, eu apertei a mão dele e devolvi a gentileza.

— Prazer em te conhecer também.

Depois disso as malas de Denny foram quase empurradas na minha cara, e eu fui condenado a virar o mordomo da casa enquanto meus pais mostravam todos os cômodos ao novo visitante. Meus pais esperavam obediência cega de mim, por isso não houve palavras gentis para acompanhar a exigência de eu levar a bagagem para cima, mas Denny agradeceu com muita educação quando recolhi suas coisas. Isso fez com que eu simpatizasse com ele na mesma hora. Sua gratidão simples era mais reconfortante do que qualquer coisa que mamãe e papai tivessem me dito alguma vez na vida.

Mas meu momento de alegria calorosa não durou por muito tempo. No instante em que Denny desapareceu com minha mãe, meu pai me agarrou pelo braço e zombou:

— Não teste a minha paciência, Kellan. Você terá de se comportar de forma impecável enquanto Denny estiver aqui. Não vou aturar nenhuma merda sua. Se você mijar fora do penico, vou surrar você com tanta força que vão se passar duas semanas antes de você aguentar ficar em pé. E mais duas antes de conseguir se sentar sem dores. Você entendeu o que eu disse?

Papai tinha cutucado meu peito com força para ressaltar suas palavras, dando-lhes uma ênfase desnecessária. Eu tinha entendido tudo perfeitamente. Ao contrário de alguns pais, ele não costumava me fazer ameaças vazias só para me manter na linha. Nada disso... Ele tinha falado sério em cada palavra que pronunciara. Iria ignorar meus gritos pedindo para ele parar. Ele me deixaria quase em carne viva, à beira de uma hemorragia.

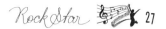

Estava no comando e queria que eu soubesse disso. Eu não representava nada para ele. Absolutamente nada.

Lembrando a mim mesmo que as ameaças de meu pai já não importavam mais, empurrei essas lembranças para os recessos mais distantes do meu cérebro e foquei a atenção em Denny, do outro lado da linha. Estava empolgado por ter notícias do meu velho amigo. Fazia séculos desde a última vez em que tínhamos nos falado. Isso era lamentável, já que ele tinha voltado a morar nos Estados Unidos e mantermos contato era mais fácil agora, pelo menos teoricamente. Denny entrava frequentemente em meus pensamentos, e eu sempre me perguntava como será que ele estava indo na faculdade.

Denny riu.

— Pois é, sou eu. Há um tempão que a gente não se fala, né, companheiro?

Meu sorriso se ampliou.

— Sim, tempo demais. Acho que já está na hora de um reencontro.

— Bem, na verdade... Esse é mais ou menos o motivo de eu estar ligando. Estou de mudança para Seattle. Vou me mudar assim que me formar, daqui a duas semanas, e tive a leve esperança de você conhecer algum lugar onde eu possa ficar. Um local onde eu e minha namorada possamos ficar, na verdade. De preferência um apartamento que não seja muito caro. A grana anda meio curta por aqui, sabe como é?

Pisquei depressa, sem acreditar na boa notícia. Ele estava se mudando para Seattle? De vez? Senti uma fisgada de empolgação me subir pela espinha. Mal conseguia esperar para tornar a ver Denny.

— Você está vindo de mudança para cá? Sério mesmo? Isso é fantástico, cara. E sua percepção de tempo foi perfeita! Estou com um quarto livre. Totalmente mobiliado, por sinal. A última pessoa que morou nele deixou um monte de coisas para trás. Posso alugá-lo para você pelo preço que você puder pagar. — Eu teria dito que ele poderia ficar até de graça, mas Denny não gostava desse tipo de mordomias, e eu sabia que nunca iria aceitar uma oferta assim. A proposta que eu lhe apresentei, porém, ele não conseguiria recusar.

Houve uma pausa longa do outro lado que me deixou um pouco apreensivo. Puxa, eu não tinha acabado de fazer a Denny uma ótima proposta? Ele não deveria estar em êxtase?

— Denny, você me ouviu?

— Ahn, ouvi sim, mas é que eu não esperava... Tem certeza de que está tudo bem se a gente ficar com você? — Seu sotaque me pareceu mais forte, com uma ponta de preocupação, talvez. Ele estava preocupado comigo? Será que sentia como se estivesse forçando uma situação a favor de si mesmo? Puxa, isso não poderia estar mais longe da verdade.

Tentei tranquilizá-lo com meu tom de voz e palavras bem escolhidas.

— É claro, cara, por que não estaria tudo bem? Fiquei muito feliz com a ideia. Você não gostou da proposta?

Outra longa pausa estranha se estendeu por vários segundos, acompanhada por um suspiro pesado.

— Sim, sim, claro que gostei. Será ótimo! Kiera e eu não vamos criar problema algum para você, eu prometo.

Uma risada leve me escapou. Denny nunca era um problema para ninguém. Era a pessoa mais fácil do mundo para se conviver. Na verdade, eu não conseguia pensar em uma pessoa que não gostasse dele.

— Não se preocupe com isso. Minha casa é a sua casa. — Depois de uma pausa eu acrescentei, zoando dele, de leve: — Quer dizer que você finalmente arrumou uma namorada, hein?

Denny tinha sempre resistido aos avanços de todas as garotas da escola. Costumava dizer que não queria se envolver com alguém porque sabia que a coisa não iria durar muito tempo. Sua recusa constante em sair e se encontrar com garotas era uma piada interna de longa data entre nós dois. Agora, porém, pensei que era genial Denny ter finalmente encontrado uma garota com quem se comprometer. Era grande a chance de ele não ser mais virgem, como no tempo de escola.

Bom trabalho, companheiro.

— Kiera é o nome dela, então? — perguntei. — Como ela é?

Juro que seu riso me pareceu tenso, como se ele de repente tivesse ficado nervoso.

— Ela é... É ótima. O amor da minha vida. Não sei o que eu faria da vida sem ela.

Ele ressaltou bem essas palavras, como se estivesse me alertando sobre alguma coisa. Franzi a testa de estranheza, sem sacar muito bem o significado daquilo. Balançando a cabeça para os lados, decidi que simplesmente o estava interpretando errado. Já fazia um tempão desde que tínhamos nos falado pela última vez. Era normal pintar algum constrangimento, até colocarmos os nossos papos em dia.

— Beleza, então! Fico feliz em ouvir isso. Você merece toda a felicidade do mundo.

Depois de outra pausa, Denny disse, baixinho:

— Você também merece, Kellan. — Uma sensação de desconforto despencou em cima de mim, pois suas palavras ressaltaram muito o silêncio do lugar onde eu morava. Ele já tinha me dito algo semelhante antes de voltar para sua casa, na Austrália, quando ainda éramos adolescentes.

— Ahn... Obrigado — sussurrei, incapaz de dizer mais.

Denny pigarreou com força para limpar a garganta, como se estivesse limpando o passado.

— Não se preocupe. Vou ligar para você novamente quando o dia da nossa ida estiver mais próximo. E... Obrigadão, Kellan. Isso significa muito para mim.

— Você é sempre bem-vindo.

Isso significa muito para mim também.

Quando pousei o fone de volta no gancho, percebi que um sentimento de justiça e correção me inundava. Denny estava voltando. Sinceramente, nunca achei que fosse voltar. Nunca sequer me ocorreu que ele poderia voltar a Seattle. Porém, apesar de Denny e eu só termos morado juntos durante um ano, ele era como se fosse um membro da família para mim. Um irmão.

Ele acabou me salvando naquele verão, de certo modo. Sem ter a intenção de fazer isso, eu tinha forçado demais a barra em casa. Papai costumava segurar seu temperamento agressivo sempre que Denny estava por perto, mas o controle completo da raiva nunca tinha sido um dos seus pontos fortes.

— Kellan, traga sua bunda até aqui dentro!

Tentando adivinhar o que eu tinha feito para tornar a voz do meu pai tão furiosa, respirei fundo duas vezes e hesitei antes de entrar em casa. Não queria me juntar a ele na cozinha. Na verdade, senti vontade de sair correndo. Mas Denny colocou a mão no meu ombro e disse:

— Vou com você, companheiro. — Aquilo me fez relaxar. Se Denny estivesse comigo, papai provavelmente não faria muita coisa além de gritar, e eu conseguiria lidar com isso.

Fingi um ar corajoso, apesar de minha barriga estar se contorcendo de medo, e entrei na cozinha com Denny alguns passos atrás de mim. Talvez meu pai não tivesse notado que Denny estava comigo, ou se sentia revoltado demais para se importar. Agarrando meus ombros com força, ele me puxou na direção dele, mas logo desviou e me empurrou contra a parede. O movimento repentino me pegou desprevenido e eu bati a cabeça contra o gesso do revestimento.

Minha visão ficou enevoada por um segundo e um choque de dor me envolveu a cabeça. Para o caso de papai ainda não ter acabado comigo, eu instintivamente ergui as mãos. Mas ele só gritou.

— Eu mandei você se certificar de que as tampas das latas de lixo estavam bem fechadas! Você fez um trabalho de merda e agora temos lixo espalhado por todo o quintal! Vá limpar aquilo agora mesmo!

Lembrei da minha raiva ao perceber que aquele era o motivo de meu pai estar tão completamente fora de si. *A porra do lixo?* Até hoje isso me deixava indignado.

Denny resolveu se colocar do meu lado nessa disputa.

— Nós vamos limpar tudo juntos, sr. Kyle.

Dei um passo para frente e coloquei a mão no ombro de Denny, com um sinal para que calasse a boca. Não tinha certeza sobre até que ponto meu pai estava furioso, e Denny não merecia aturar sua ira. Não querendo que ele tomasse parte daquela briga, balancei a cabeça para os lados e disse a ele:

— Não precisa, Denny. Vá lá para cima que eu cuido de tudo.

Impaciente, papai tornou a empurrar meus ombros para trás. Eu perdi o equilíbrio, tropecei e caí de bunda no chão. Torci o pulso ao cair em cima da mão, e me lembro que ofeguei de dor. Papai não se importou. Olhando para mim no chão, gritou:

— Deixe de perder tempo e vá limpar a bagunça que ficou aquilo lá, antes de os vizinhos perceberem o chiqueiro em que você transformou nossa casa.

Irritado e ferido, berrei com ele também, algo que nunca deveria ter feito.

— Se você me deixasse em paz, eu poderia ir limpar a porra do seu precioso gramado!

Todo o sangue desapareceu do meu rosto no instante em que percebi que tinha dito isso em voz muito alta. Tinha respondido com rispidez e desrespeito, e falado um palavrão. Olhando para meu pai, percebi claramente o instante em que ele perdeu o controle por completo e soube, sem sombra de dúvida, que o fato de Denny ser testemunha daquilo não importava mais. Minha insolência tinha ido longe demais e meu pai estava decidido a partir para a ignorância.

Enquanto eu me erguia do chão devagar, meu pai cerrou os punhos. Nesse instante eu me lembrei de fechar os olhos com força, sabendo o que estava por vir e pensando:

Vá em frente, papai, estou pronto.

Essa lembrança ecoou em minhas lembranças. Para minha surpresa, porém, foi a voz de Denny que tinha interrompido o silêncio sinistro.

— Escute, espere...

Houve um golpe forte, o som de algo se esmigalhando e o corpo de Denny colidiu com o meu. Eu tinha recuperado o equilíbrio a tempo de segurá-lo quando ele começou a cair. Quando olhou para mim, havia sangue escorrendo de seu lábio cortado. Ele tinha se colocado na minha frente e recebera o soco em meu lugar, e também a minha dor. Vendo que ele ficara tonto e desorientado, ajudei Denny a se sentar no chão e me agachei ao lado dele.

Papai ficou sem ação, paralisado, olhando para nós como se tivéssemos entrado em combustão espontânea. Foi então que desviou o olhar para as mãos e murmurou:

— Santo Cristo! – Sem outra palavra para nós, correu para longe da cozinha como se estivesse fugindo da cena de um crime.

Lembro-me de que eu ainda tremia muito quando me agachei ao lado de Denny. Tinha certeza de que meu pai iria me golpear logo depois de atingir Denny, numa punição dobrada por eu ter estragado a sua fachada de pai zeloso. Logo depois, tive a certeza de que isso iria acontecer assim que ele me encontrasse sozinho. Foi nesse instante que Denny colocou a mão sobre o meu joelho e disse:

— Está tudo bem. Estou bem.

Quando olhei para ele, vi que seu lábio estava sangrando, muito inchado, mas ele não me pareceu ter um pingo de medo quando seus olhos encontraram os meus. Balançando a cabeça, repetiu baixinho:

— Está tudo bem.

Assustado, comecei a balançar a cabeça para os lados, como se tivesse um tique nervoso. Meu corpo inteiro tremia, como se eu estivesse sofrendo de hipotermia. Eu não conseguia me acalmar. Tinha certeza de que meu pai nunca iria deixar as coisas por isso mesmo. Ele iria me pegar. Iria me ensinar uma lição. Iria me fazer sofrer.

Sentando-se um pouco mais reto, Denny colocou uma mão reconfortante no meu ombro e me disse palavras que ninguém me tinha dito antes.

— Tudo vai ficar bem. Eu estou aqui por você, Kellan. Sempre estarei aqui para você.

Meu medo começou a diminuir quando contemplei seus olhos calmos. Ele parecia tão certo do que dizia... Aquilo me deu esperança. E ele estava certo mesmo. Meu pai teve tanto medo de Denny contar a alguém o que ele tinha feito que não colocou a mão em mim durante todo o resto do tempo em que Denny ficou conosco. Aquele tinha sido o melhor ano da minha vida.

Esperar pela chegada de Denny e sua namorada foi um cuidadoso exercício na arte da paciência. Tentei deixar o tempo fluir o mais naturalmente que me foi possível, mas havia momentos em que eu literalmente olhava para o relógio e desejava empurrar os ponteiros para frente. Mas nada ajudava e cada dia parecia se arrastar mais lentamente que o anterior. Cheguei a pensar que a tensão pela expectativa da chegada deles iria fazer estourar um vaso qualquer do meu cérebro. Isso não seria poético?

Eu me senti empolgado de verdade pela perspectiva de Denny ouvir minha banda. Essa, provavelmente, era a razão de eu ter montado uma banda, para início de conversa. Normalmente os meus pais nunca teriam concordado em me deixar fazer algo assim, mas depois de meu pai ter dado aquele soco sem querer em Denny, tudo tinha ficado muito mais agradável. Num esforço para manter Denny feliz e de bico calado, não creio que existisse algo que meu pai tivesse negado a ele.

Denny sempre tinha se mostrado fascinado pela minha capacidade de tocar e cantar, e sempre me incentivara a usá-la.

— Você tem um talento dado por Deus — costumava dizer. — Não fazer nada com ele seria um desperdício. — Quando ele descobriu que nossa escola passaria a usar bandas locais para tocar nos bailes, em vez de contratar um DJ, ele me pediu para montar um grupo juntos, e chegou mesmo a limpar o caminho e evitar a proibição do meu pai.

Não só Denny tinha sido um ponto brilhante no meu passado como também tinha, talvez sem ter consciência disso, trazido um propósito para a minha vida, que até então me parecia sem sentido. Ele tinha preparado um molde para o meu futuro, e eu faria qualquer coisa para retribuir esse favor.

Eu assobiava alguma coisa, descontraído, quando entrei no Pete's naquela sexta-feira à noite. Jenny me lançou um olhar que claramente dizia: *Por que tanta alegria?* Dei de ombros e disse, simplesmente:

— É sexta-feira e, como dizem no filme, "Graças a Deus é sexta-feira". — Jenny riu da minha resposta, o rabo de cavalo loiro saltitando ao redor dos ombros. Deixando-a, caminhei até Sam, o segurança no bar. Estendendo a mão, mostrei a ele a chave extra da minha casa. Suas sobrancelhas se uniram e seus lábios se apertaram.

— Vamos morar juntos, nós dois? Você é um cara legal e tudo o mais, Kellan, mas eu gosto de morar sozinho. — Sua voz era profunda, meio rouca, e combinava perfeitamente com os músculos absurdamente desenvolvidos. Juro que os bíceps do cara eram tão grandes quanto o meu crânio, e eu não tinha certeza de como isso era fisicamente possível, mas a verdade é que ele não tinha pescoço.

Rindo, balancei a cabeça para os lados.

— Denny vai chegar hoje à noite. Eu provavelmente vou estar no palco, tocando. Você pode entregar isso para ele? — Denny e Sam tinham sido colegas de turma no ensino médio, e nós três sempre saíamos juntos na época em que Denny estava aqui. Assim que Denny me ligou para perguntar sobre algum quarto para alugar, eu contei tudo a Sam.

Seu punho enorme se fechou em torno do metal brilhante.

— Claro, entrego sim — grunhiu ele, guardando a chave no bolso.

— Obrigado! — Batendo no ombro dele de forma amigável, eu me virei e fui em direção à minha mesa.

Evan e Matt já estavam lá. Griffin estava levando um papo com Traci perto do bar. Por papo eu quero dizer que Traci lhe dizia alguma coisa em poucas palavras enquanto ele piscava os olhos com uma expressão confusa no rosto estupefato. Matt observava Griffin com um sorriso nos lábios e Evan estava abraçado com Brooke. Acho que Brooke tinha topado o convite que ele lhe fizera para sair. Muito bom, pois isso iria deixá-lo feliz por algum tempo.

Dois segundos depois de eu me sentar, duas garotas se aproximaram de mim. Puxando cadeiras ao mesmo tempo e se colocando uma de cada lado, as duas falaram quase ao mesmo tempo:

— Kellan Kyle! Nós amamos sua... música!

Lançavam olhares ousados para o meu rosto e o meu corpo, e eu me perguntei se estavam sendo sinceras ao dizer aquilo. Com a maior cortesia que consegui, respondi:

— Obrigado. Fico muito feliz com isso.

As duas fãs continuaram a flertar comigo abertamente até o momento de subir ao palco. Eu tinha certeza de que poderia marcar um encontro com qualquer uma delas, se quisesse. Talvez até com as duas ao mesmo tempo, se estivessem realmente interessadas. Mas não fiz nada disso porque minha cabeça estava em outro lugar. Denny chegaria em breve, ainda naquela noite.

Quando chegou a hora de irmos tocar, um sentimento familiar me inundou e tomou conta de mim: ansiedade misturada com paz. Enquanto eu subia os degraus para o palco desgastado pelo uso constante, senti os vestígios de quem eu era derretendo lentamente para fora de mim. Em cima do palco, nenhuma das minhas preocupações me alcançava. Era como se eu fosse uma pessoa diferente. Eu atuava. Mesmo assim, eu me sentia mais real do que em qualquer outro momento fora do palco. Colocava para fora o meu coração que sangrava, sempre que estava me apresentando... Não que a maioria das pessoas percebesse isso; elas estavam ocupadas demais curtindo o espetáculo, a produção, o cenário e as luzes para cavar mais fundo no significado das letras. Havia uma espécie de segurança na exposição pública ali no palco; um momento de anonimato, mesmo debaixo dos refletores. Eu me sentia invencível ali em cima. Era só eu e minha guitarra.

Atrás de mim havia o cenário mais genial de qualquer palco onde eu já tinha estado. A parede era escura como breu, enfeitada com guitarras antigas de todas as formas, tamanhos e modelos que alguém possa imaginar. Nenhuma delas se comparava ao meu instrumento acústico simples, é claro. Às vezes as coisas mais bonitas do mundo são ignoradas por causa de outras mais chamativas e ofuscantes. Eu preferia a beleza tranquila.

Quando agarrei o microfone, lancei o olhar para um ponto imaginário à frente, bem diante de mim. Gritos ensurdecedores se misturavam e formavam uma parede gigante de som. Garotas de todas as raças, idades e tipos físicos disputavam posição junto dos meus pés. Eu sorria para elas com uma expressão que era tanto um incentivo quanto um convite. Elas me comiam com os olhos a cada movimento, pulando e acenando com as mãos para que eu reparasse nelas. Ergui os olhos para apreciar a multidão mais ao fundo do salão, longe do palco. Uma massa de gente estava sentada em torno das muitas mesas. O bar continuava lotado. Ótimo! Eu gostava muito de tocar para uma casa cheia.

— Boa noite, Seattle — murmurei no microfone.

As meninas bem diante do palco começaram a se esgoelar novamente. Uma delas, à minha esquerda, deixou-se cair lentamente, como se estivesse desmaiando. Felizmente um dos seus amigos a agarrou em tempo e a ajudou a se manter em pé; eu odiava a possibilidade de ser responsável por alguém ficar seriamente ferido.

— Todo mundo está numa boa hoje à noite? — perguntei, enquanto Matt, Griffin e Evan se acomodavam em seus lugares no palco. Houve uma enxurrada de respostas e reações vindas do bar, a maioria de natureza positiva. Olhei para meus companheiros de banda, vi que todos estavam acomodados e prontos, e voltei minha atenção para a multidão. — Vamos começar a festa, então!

Apontei com um dos dedos para trás, onde Evan estava. Ele percebeu minha dica e deu início à primeira música da nossa lista daquela noite. Uma batida dura e forte encheu o ambiente e eu segui o ritmo. Matt e Griffin ampliaram o volume do som com os seus instrumentos; por fim, no momento certo, eu entrei e me juntei a eles. As meninas perto de mim enlouqueceram. Brinquei com elas, flertei um pouco, fiz com que todas e cada uma delas sentissem que eu estava ansioso para me encontrar com elas mais tarde, ainda naquela noite. Não pretendia fazer isso, é claro, muito menos naquela noite; mas que mal existia em fazer com que elas acreditassem nisso? Todo mundo queria um pouco de fantasia em sua vida.

Ao longo da nossa *set list*, mantive um olho nas portas do bar, ligado o tempo todo na chegada iminente de Denny. Ele devia estar para aparecer a qualquer momento. Perguntei a mim mesmo se ele estaria com a mesma aparência de antes: seu cabelo escuro meio bagunçado que se espetava em todas as direções; seu corpo magro e não muito alto. Fiquei imaginando como sua namorada pareceria. Eu a imaginava como uma loura baixinha, por algum motivo.

A canção que cantávamos agora era uma favorita dos fãs, e em toda parte para onde eu olhava as pessoas cantavam junto. Foquei a atenção no grupo que continuava à minha frente. Apoiando um pé sobre uma das caixas de retorno, eu me inclinei para a multidão e permiti que me tocassem. Foi o caos completo, mas a maneira como elas sorriam me fazia sorrir também. Era muito bom ser capaz de fazer as pessoas felizes, mesmo que fosse por algum motivo meio estranho.

Eu passava a mão de forma sugestiva pelo meu corpo quando senti algo no ar. Foi a sensação mais estranha que eu já tinha sentido na vida, como um raio que estivesse prestes a cair e deixasse o ar carregado de eletricidade estática; embora estivesse fazendo calor no ambiente, minha pele ficou toda arrepiada. Eu mantive a maior parte da atenção nas garotas que imploravam para que eu olhasse para elas; de repente, porém, ergui os olhos na direção das portas da frente.

Havia uma garota que estava sendo levada na direção do bar. Quem estava com ela abria caminho através da multidão embalada. Eu não podia enxergar a pessoa que estava na frente dela e só pegava uns vislumbres da mulher misteriosa, mas isso foi o suficiente. Eu olhava para centenas de garotas todas as noites; via algumas de beleza simples, e outras eram tão lindas que poderiam ser modelos em capas de revistas. Mas aquela garota... Apesar de estar vendo seu vulto no meio de uma multidão, havia algo sobre ela que parecia cantar para mim. Isso quase me deixou petrificado. Mentalmente, pelo menos. Senti dificuldade para conseguir fazer as palavras certas saírem da minha boca. Tive quase certeza de ter cantado errado os dois últimos versos da canção que apresentávamos.

Foi quase como se eu tivesse levado um soco no estômago. Minha respiração ficou difícil e eu me senti meio tonto. O que havia nela que me afetava tanto? Eu não sabia exatamente, e isso me assustou. Ela analisava a banda e eu, discretamente, a observava. Pelo que pude ver de sua expressão, ela não me pareceu muito empolgada com nossa apresentação. Eu me perguntei por quê.

Seu cabelo castanho ondulado lhe saltou nos ombros enquanto ela caminhava diante do meu campo de visão. Era difícil analisá-la com clareza, devido à distância e aos corpos entre nós, mas eu vi pernas longas debaixo do shortinho jeans; elas pareciam intermináveis. E ela vestia uma camiseta apertada que lhe destacava os seios pequenos e empinados. O tecido amarelo-claro quase lhe alcançava a cintura, e a pele que aparecia em cima do cós do short exibia seu estômago lisinho de um jeito elegante e tentador. Ela era alta e magra como se fosse uma corredora; uma corredora como eu? De repente eu me peguei perguntando a mim mesmo se tínhamos isso em comum. Em seguida, especulei sobre o que mais poderíamos ter em comum. Olhos azuis? Amor pela música? Uma necessidade quase debilitante de nunca estar sozinho?

Eu queria permanecer ali secretamente, olhando para ela a noite toda, mas não podia permitir que a sensação estranha e esmagadora daquela atração poderosa me distraísse das fãs. Eu tinha um trabalho a fazer, afinal de contas. Baixei os olhos para as minhas garotas e lhes ofereci belos giros de corpo, atraindo a atenção delas e tentando-as com minha voz e meu corpo. Não importava quem era aquela mulher desconhecida, porque eu provavelmente nunca mais a veria depois daquela noite. E se por acaso eu pudesse chegar a conhecê-la, isso só aconteceria depois do show. Não havia necessidade de me fixar nela agora.

Mesmo assim, eu não resisti a mais uma espiadela. Estranhamente, ela e a pessoa com quem estava, que dava para ver agora que era um homem, conversavam com Sam junto à parede dos fundos. Sam parecia feliz por estar conversando com o casal. Estranho… Sam raramente se mostrava descontraído daquele jeito, ainda mais numa noite em que o Pete's estava tão lotado. "Problemas em potencial", era como ele costumava descrever as pessoas. Mas ele estava sorrindo agora. Depois, ainda estendeu a mão e deu um forte abraço no cara. Foi nesse momento que a ficha caiu. O cara era Denny. A garota por quem eu me senti instantaneamente atraído, apesar da enorme distância entre nós, era… a namorada de Denny.

Merda, é claro que era.

Na mesma hora eu desviei o rosto, olhei fixamente para as fãs que estavam na minha frente e tentei amplificar meu poder de sedução sobre aquela massa de pessoas. Cheguei até a tocar em algumas delas, uma vez que era seguro. A namorada de Denny *não*. Eu não poderia ter pensamentos impróprios a respeito dela. Seria inadequado em todos os níveis. Era verdade que eu, uma vez ou outra, tinha dormido com garotas que estavam em relacionamentos sérios. Quem era eu para julgar o que alguém decidia fazer com o próprio corpo? Mas não faria isso com Denny. Ele era meu irmão. Minha *família*. A única família de verdade que eu tinha nesse mundo, além da minha banda.

Sentindo falta do meu amigo há muito desaparecido, eu ergui os olhos novamente para fazer contato visual com ele. Queria ter certeza de que ele já estava com a chave, me certificar de que tudo estava resolvido, talvez até mesmo lhe enviar um aceno rápido, apesar de ainda estar cantando. Eu o vi agarrar a mão da garota com força e um sorriso irrompeu através das minhas palavras. Denny parecia mais velho, certamente, mas ainda tinha um ar juvenil que me fez ter vontade de fazer um cafuné nele, de forma carinhosa. A inocência no seu rosto e no seu sorriso me aqueceu o coração. *Eu faria qualquer coisa por aquele cara.* Daria minha vida por ele, se necessário.

A namorada de Denny... Kiera era o nome dela, se eu me lembrava bem... olhava para Denny como se ele fosse a lua e as estrelas em sua vida. Deixei de lado minha atração inicial e sorri pelo relacionamento deles. Ele estava claramente feliz com ela, e era óbvio que os dois estavam apaixonados. Recolhi meus próprios desejos e deixei apenas a felicidade por eles brilhar através de mim. Balancei a mão para Denny quando a canção terminou e ele ergueu o queixo e a chave, para me mostrar que estava tudo sob controle.

Odiei quebrar o contato visual, o amigo com quem eu estava louco para colocar os assuntos em dia, mas olhei rapidamente para Matt e lhe dei o ok para começar a próxima música. O trabalho vinha sempre em primeiro lugar, especialmente quando eu estava no palco. A música que Matt começou a tocar era uma das minhas favoritas. Era também uma das canções mais dolorosas, para mim. Eu tinha escrito aquela letra para falar dos meus pais. Era uma espécie de apelo triste para que eles me amassem. "Muito pouco, muito tarde." Eles nunca tinham me amado de verdade e, agora que tinham ido embora, nunca mais o fariam. Mesmo assim eu cantava aquela música quase todas as noites. Por mais desesperança que houvesse, eu não conseguia parar de tentar ganhar a afeição deles.

Por um instante eu me perdi tão completamente nas palavras e nas sofridas lembranças que todo o resto desapareceu no fundo da mente. Então eu vi que meu olhar novamente vagou na direção de Kiera. Ela estava saindo do bar com Denny. Mas olhou para mim no último instante, antes de sair. Lábios entreabertos, sua expressão parecia de reverência, enquanto me via abrir o coração e me deixar sangrar por todo o palco. Talvez tenha sido efeito das luzes, mas podia jurar que seus olhos lacrimejaram, como se ela entendesse que aquela canção era muito dolorosa para mim. Que eu tinha que lutar contra a minha garganta, que ficava apertava a cada sílaba emitida. Que a única maneira de eu conseguir cantá-la era me forçar a isso através de ensaios intermináveis e apresentações marcantes. Pela primeira vez em muito tempo, eu olhava para alguém que me via. Alguém que enxergava não a estrela do rock, não o playboy descontraído, mas a *mim*. O meu eu verdadeiro. Então, pela primeira vez em muito tempo, o terror se arrastou pela minha espinha. Kiera estremeceu, como se também compartilhasse o meu medo, mas logo desapareceu com Denny.

Aquela garota... Ela já tinha deixado uma impressão marcante em mim, e nós ainda nem tínhamos sido apresentados. Nós três morando juntos debaixo do mesmo teto poderia ser uma experiência incrível e reveladora. Mas também poderia ser um verdadeiro pesadelo. De qualquer modo seria, com certeza, algo muito interessante.

Capítulo 3
ESTOU FELIZ POR VOCÊ ESTAR DE VOLTA

O sol já era ofuscante e uma onda de pânico me percorreu por dentro. Já tinha amanhecido. Denny estava partindo.

Senti o medo me circundar e corri para o quarto de Denny. A porta estava fechada. Será que ele ainda estava dormindo? Não respondeu quando eu bati de leve, então bati com mais força.

— Denny? — Quando ele não respondeu, entreabri a porta. — Denny? — O quarto estava vazio e minha voz ecoou. Ele foi embora? Será? Mas nós não tínhamos nos despedido...

Desci a escada, gritando para meus pais e pedindo para que me esperassem. Só que ninguém estava em casa e apenas o silêncio me respondeu. Verifiquei em todos os cômodos da casa, mas eu estava realmente sozinho em casa. Atordoado, olhei para a porta da frente.

Eles realmente tinham ido embora sem mim.

Meus pais tinham impedido que eu me despedisse do melhor amigo que tive na vida. Malditos idiotas! Lágrimas quentes me pinicaram os olhos. Era a cara deles fazer aquilo: roubar de mim qualquer momento de felicidade que conseguissem. Provavelmente eu nunca mais veria Denny.

Enquanto esse pensamento rolava em meu cérebro, ouvi um carro subir pela entrada da garagem. Sobrepujado pela culpa e pela raiva, gritei para o meu pai quando ele entrou pela porta da frente.

— Como vocês puderam fazer isso? Levá-lo embora sem ao menos deixar que eu me despedisse?!

Quando cheguei ao alcance do meu pai, as costas da mão dele voaram e me atingiram o queixo com força. Senti gosto de sangue na boca e a surpresa foi tamanha que eu caí no chão. Já tinha me acostumado a meu pai recuando e se impedindo de me atacar quando Denny estava por perto. Eu tinha ficado complacente, mais confortável... Só que Denny tinha ido embora. Eu estava por minha conta, agora.

Quando olhei para meu pai, vi uma expressão em seu rosto que beirava a felicidade.

– Você sabe quanto tempo eu esperei para fazer isso? – perguntou, com voz rouca.

Começando a tremer, deslizei para trás até que minhas costas bateram contra a parede.

– Sinto muito – falei na mesma hora.

Como eu poderia ter me esquecido tão depressa de como ele realmente era?

Papai estreitou os olhos e então, de forma lenta e metódica, desafivelou o cinto. Senti enjoo ao olhar para ele, sabendo que não poderia escapar, não tinha para onde ir. Não havia onde me esconder e as lágrimas me embaçaram a visão.

Mamãe se colocou atrás de meu pai com os olhos apáticos; meu pai disse, com toda a calma do mundo:

– Acho que você escapou de mim com muita facilidade durante o tempo em que tivemos companhia. Você confiou demais na nossa indulgência... Você nos testou demais, abusou da nossa bondade... E nos fez de idiotas. – Sua voz aumentou de volume e seu rosto ficou sombrio. Quando o cinto saiu da calça, ele o dobrou ao meio. Agarrando cada extremidade, ele fez o couro estalar com um som agudo horrível, e eu percebi que aquilo ia doer pra cacete.

Balançando a cabeça, murmurei:

– Sinto muito.

Ele me ignorou. Parando bem diante de mim, ele quase cuspiu as palavras:

– Você achou que eu deixaria você ir longe com aquela insolência... achou que ia ser para sempre? Achou que não haveria um preço a pagar por suas ações? *Sempre* existe um preço, Kellan. E já está mais que na hora de você aprender isso.

Acordei com um pulo, o peito ofegante e o coração disparado. Com dedos trêmulos, passei a mão pelo cabelo. Era de supor que meus pesadelos iriam parar, já que as pessoas que os provocavam estavam mortas, mas isso não aconteceu. Eu tinha pesadelos frequentes, alguns baseados na realidade, outros em fantasias. O que me assustara naquele momento tinha sido real. As coisas tinham acontecido exatamente desse jeito. Meus pais tinham levado Denny embora enquanto eu ainda estava dormindo, e quando eu reclamei disso na volta deles, meu pai compensou todas as vezes em que não tinha conseguido me bater naquele ano. Ele me deixou muito machucado e sangrando. Até respirar me provocava dores.

Foi nesse dia que eu decidi que iria fugir dali no dia em que me formasse. Tinha resolvido ir embora e nunca mais olhar para trás. Só que acabei voltando. Olhei para trás e voltei porque no fim das contas, apesar da forma como eles me trataram a vida toda, ainda eram meus pais e eu *não podia* deixar de dar meu último adeus a eles.

Sentindo-me lento e meio tonto, ainda sacudindo da mente os restos de pesadelo, eu me levantei da cama. Precisava de água. Entreabri a porta e bem diante dos meus olhos surgiu uma visão que fez com que os restos do pesadelo evaporassem no ar.

A namorada de Denny, Kiera, saía do banheiro que ficava entre os dois quartos do andar de cima. Pelo visto, tinha acabado de tomar um banho e enrolara uma das minhas toalhas finas e pequenas em torno do corpo. O material que a cobria era tão escasso que não deixava muita coisa para a imaginação. Ela tinha prendido a toalha em torno do busto, mas havia um buraco entre as pontas de baixo que lhe subia até bem acima do quadril. Possivelmente aquele era o quadril mais sexy que eu já tinha visto.

Senti uma súbita coceira no peito e deixei escapar um bocejo preguiçoso, tentando expulsar com força, para fora da mente, qualquer pensamento indesejado.

Nada disso, com essa garota não!

Ela pareceu chocada ao me ver. Ou talvez fosse *o jeito* inesperado com que ela me viu que lhe pareceu chocante. Mas minha presença ali não deveria ser surpreendente. Eu morava naquela casa, afinal. Seus olhos ficaram arregalados quando eles me analisaram de cima a baixo, a partir do meu cabelo bagunçado, cor de areia escura, e detendo o olhar na minha barriga de tanquinho, que estava exposta. Foi preciso muita força de vontade, mas eu tentei me impedir de ficar excitado diante da sua inspeção. Denny não gostaria de saber que sua namorada tinha me provocado uma ereção, embora eu não creio que ele me culpasse por eu ser humano.

Agora que ela estava perto de mim, deu para ver que tinha olhos cor de mel. Lindos, por sinal. Eu nunca tinha visto olhos daquela cor em especial; eles pareciam ter vida própria, mudando e se transformando conforme a incidência da luz. Senti um forte desejo de levá-la até lá fora para observar o fluxo de reflexos claros de castanho e verde, sob a luz do sol. Mas imaginei que isso não seria adequado naquele momento, ainda mais pelo fato de não termos sido nem mesmo apresentados. Bem, pelo menos isso era algo que eu poderia consertar.

Inclinando a cabeça de leve, afirmei:

— Você deve ser a Kiera.

Eu estava prestes a dizer a ela que meu nome era Kellan quando ela estendeu a mão, meio desajeitada, como se quisesse me cumprimentar.

— Sou... Oi — murmurou. Sua tentativa de ser formal apesar de vestir apenas uma toalha me deu vontade de rir, mas ela pareceu realmente envergonhada com a situação, então eu me limitei a exibir um pequeno sorriso quando peguei a mão dela. A palma de sua mão era quente, suave, ainda com a umidade da ducha recente. O contato foi muito agradável, e eu poderia ter mantido aquela conexão por muito mais tempo, mas deixei-a ir.

A pele dela junto do pescoço ficou muito vermelha e ela trocou o peso do corpo de um pé para o outro, como se realmente quisesse fugir dali correndo. Em vez disso, porém, perguntou:

— Você é o Kellan? — Eu quase consegui vê-la mentalmente dando um chute em si mesma, por me perguntar algo tão óbvio. Um simples processo de eliminação diria a ela quem eu era. Ela parecia desajeitada, tímida, adorável... e bonita. Uma combinação mortal. Denny era um homem de sorte.

— Hum-hum... — respondi, distraído. Havia algo no jeito como ela disse meu nome que era hipnotizante. Talvez fosse a forma como seus lábios se moviam quando ela falava. Tinha lábios belíssimos, cheios, com uma ligeira curva nos cantos que eu apostava que lhe daria um sorriso incrível. Foi provavelmente inapropriado para mim pensar isso, mas eu tive vontade de ver nela um sorriso brilhante, despreocupado e inconsciente.

Kiera parecia desconfortável sob o meu olhar atento, mas, em vez de me pedir para ir embora ou parar de olhar para ela meio de lado, ela fez cara de arrependimento.

— Desculpe pela água. Acho que usei toda a quente.

Ela se virou e colocou a mão na maçaneta da porta do quarto, claramente usando esse momento como uma chance para escapar dali. Eu tive de sorrir para ela pela consideração educada sobre eventuais problemas que pudesse ter causado. Não foi um problema, na verdade. Uma ducha quente não era realmente o que eu queria naquele momento. Por outro lado, simplesmente o fato de falar com ela já estava fazendo desaparecer o horror ligado à lembrança do meu sonho. Eu é que deveria agradecer a ela pela distração.

Com genuína sinceridade, eu lhe disse:

— Não tem problema. Só vou usar hoje à noite, antes de sair.

Ela murmurou:

— Menos mal. Vejo você mais tarde, então. — Entrou correndo no quarto, quase batendo a porta na pressa de fugir. Uma pequena risada me escapou. Nossa, como ela era bonita! E doce. Parecia uma boa combinação para Denny.

Eu não precisava mais beber água, mas fiz uma rápida visita ao banheiro e depois voltei para o quarto, a fim de fazer algumas flexões e abdominais, pois precisava me manter em forma. Ideias para uma letra de música passaram pela minha cabeça enquanto eu me exercitava. Não querendo perder o fluxo de pensamentos, interrompi minha rotina de exercícios um pouco mais cedo e peguei um caderno na minha gaveta. Eu tinha um monte de caderninhos espalhados por toda a casa. Reconheço que essa não era a melhor maneira de organizar as ideias, porque a letra de uma única música poderia estar espalhada em quatro ou cinco caderninhos, todos em cômodos diferentes da casa. Se alguma coisa me acontecesse, Matt e Evan teriam um trabalhão para tentar compilar tudo e montar uma canção coerente.

Deu para ouvir sons de paixão vindos do quarto de Denny e Kiera, enquanto eu anotava mais alguns versos aleatórios. Fiz uma pausa para ouvir por alguns segundos e então, com um aceno de cabeça e um sorriso, bloqueei o som na mente e continuei trabalhando. Ouvir as pessoas fazendo sexo no quarto ao lado não era novidade para mim. Sendo franco, já tinha participado de festas onde os casais ficavam "mandando ver" no mesmo aposento que eu. Eu não me importava com isso. As pessoas eram livres para fazer o que bem quisessem. No fundo, eu achava que cada manhã deveria começar com um pouco de brincadeiras desse tipo.

Depois de imortalizar alguns versos surpreendentemente fortes e intensos, vesti uma camisa e um short, arrumei o cabelo do melhor modo que consegui e desci para preparar um café.

Enquanto a água fervia, fui para a sala de estar e peguei o jornal. Imaginando que Denny gostaria de saber o que estava acontecendo na cidade, já que ele tinha ido embora dali fazia muito tempo, coloquei-o sobre a mesa. Ouvi Denny e Kiera descendo as escadas. Dobrei o jornal e fui até a cozinha para encontrá-los. Quem sabe eles gostariam de tomar café comigo?

A manchete da primeira página do jornal chamou minha atenção, e eu estava ocupado lendo sobre o futuro de Green Lake quando ouvi a voz de Denny.

— E aí, cara?!

Ergui os olhos e não consegui conter o sorriso. Fazia muito tempo desde que eu tinha ouvido aquela voz ao vivo e sentia saudade disso. E dele. Eu estava muito feliz por ele estar de volta.

— Oi, que bom que vocês chegaram! — Apertei o ombro de Denny e lhe dei um rápido abraço. Poucos passos atrás dele, Kiera nos observava com um pequeno sorriso no rosto, como se apreciasse nosso reencontro. Seu sorriso discreto era cativante.

Denny olhou para ela quando nos afastamos.

— Eu soube que você e Kiera já se conheceram.

O sorriso dela sumiu na mesma hora diante da lembrança de nosso encontro com pouca roupa. Um beicinho surgiu naqueles lábios perfeitos, e eu percebi que não conseguiria resistir à tentação de provocar aquela mulher.

— Pois é — murmurei, imaginando todas as maneiras como poderia, potencialmente, fazê-la corar. Não, eu não faria isso. — Mas muito prazer por ver você de novo — eu disse, da forma mais educada possível. Resistindo a uma risada, fui até o armário para pegar algumas canecas. — Café?

Denny fez uma careta quando eu olhei para ele.

— Não, para mim, não. Nem sei como vocês conseguem beber esse troço. Mas a Kiera adora.

Olhei para Kiera e coloquei duas canecas sobre a bancada. Ela exibiu para Denny o sorriso amplo e amoroso que eu estava torcendo para ver. Exatamente como eu tinha imaginado, o sorriso dela era incrível. Simplesmente... lindo. Eu mal conseguia imaginar como Denny se sentiria, tendo aquele sorriso dirigido só para ele. Puxa, ele devia se sentir como um milionário o tempo todo.

— Está com fome? — perguntou ele, com a voz cheia de carinho. — Acho que ainda tem comida no carro.

— Estou morta de fome — foi a resposta dela, seguida de uma mordidinha no lábio inferior. Ela lhe deu um beijo leve e depois esfregou os dedos na barriga de Denny, com um jeito brincalhão. Foi uma exibição tranquila e sensual de afeto. Eu não pude deixar de sorrir ao vê-los.

Denny deu-lhe um beijo e disse:

— Ok, já volto — e saiu da cozinha.

Kiera ficou olhando Denny como se pudesse vê-lo de alguma forma através das paredes. Será que já sentia falta dele? Denny ainda estava dentro da casa, pegando as chaves do carro. Ela parecia muito ligada a ele, obviamente. Balançando a cabeça, entre divertido e encantado, caminhei até a geladeira e peguei um pouco de creme. Eu não sabia como Kiera gostava de tomar café. Para mim, porém, ela definitivamente parecia ser do tipo que prefere "doce e cremoso".

Preparei nossas canecas, o meu café preto e o dela com cor de caramelo, enquanto Kiera finalmente piscou com força, pareceu sair de um transe e se sentou à mesa. Mexi meu café, coloquei a colher na pia e fui me juntar a ela. Aquele era um bom momento para eu aprender alguma coisa sobre a minha nova roommate, além do fato evidente de que seus olhos observavam e analisavam tudo ao redor, sem falar no sorriso incrível que provavelmente deixava de joelhos os homens à sua volta. E que ela estava numa relação sólida com o meu amigo. Essa era a minha coisa favorita sobre ela, até agora.

Coloquei a caneca com café e creme diante dela e seu sorriso se transformou numa careta. Opa, talvez ela preferisse o café puro. Tudo bem, poderia ficar com o meu, não me importava. Eu bebia café de qualquer jeito que viesse. Expliquei isso a ela.

— Eu trouxe um preto para mim. Posso trocar com você, se não gosta de creme.

— Não, pelo contrário, é assim mesmo que eu gosto. — Ela me deu um sorriso travesso quando me sentei. Muito charmoso. — Achei que você podia ler pensamentos, ou algo assim.

Tive que rir com o senso de humor dela.

— Quem me dera — disse, tomando um gole de café. Esse seria um superpoder muito útil. Poderia ter evitado toda a confusão com Joey. Mas eu não tinha certeza se queria realmente saber o que as pessoas pensavam sobre mim. Analisando melhor, a ignorância era uma bênção.

Kiera ergueu a caneca.

— Bem, obrigada. — Ela tomou um gole. Seus olhos se fecharam e um pequeno ruído de prazer escapou de sua garganta, como se estivesse tendo um breve orgasmo. Parecia que ela gostava de café tanto quanto eu, talvez mais. Gostei de saber que tínhamos algo em comum. Era mais fácil conviver com pessoas que compartilhavam gostos similares.

A curiosidade tomou conta de mim no instante em que seus olhos expressivos se reabriram. Eu sabia a razão de Denny estar ali — um novo emprego com incrível potencial —, mas continuava no escuro sobre o motivo pelo qual Kiera tinha vindo junto. Toda a sua família e seus amigos estavam no leste do país. Ela deixara a faculdade e tudo o que ela já tinha conhecido na vida para seguir um cara que estava namorando. Por quê? Eu nunca tinha conhecido uma mulher capaz de desistir de tudo assim, num estalar de dedos. Sabia que Denny a achava o máximo, e ela também parecia pensar o mesmo dele, mas por tudo que eu já tinha visto na minha curta vida, os casais de nossa faixa etária não ficavam juntos durante muito tempo.

Inclinando a cabeça, perguntei a ela:

— Ohio, não é? A terra do trigo sarraceno e dos vaga-lumes, certo?

Isso era tudo que eu sabia de Ohio. Kiera pareceu suprimir uma risada ao perceber o quanto meu conhecimento era limitado.

— É, é por aí.

— Você sente saudades de lá? — eu quis saber, perguntando a mim mesmo se alguma vez na vida tinha tido uma garota disposta a desistir de toda a sua vida por mim. Eu duvidava muito. As garotas queriam sexo de mim. Nada mais.

— Bem, sinto falta dos meus pais e da minha irmã, claro. Mas sei lá... um lugar é só um lugar. — Fez uma pausa e suspirou. — Além disso, eu não vou ficar longe de lá a vida toda.

Ela me lançou um sorriso misturado com tristeza, e o verde de seus olhos assumiu um tom forte de jade. Eu não entendi aquilo. Ela claramente estava com um pouco de saudade de casa. Sentia falta da família, dos amigos, da sua vida. A curiosidade foi demais para mim e, embora eu soubesse que aquilo iria soar incrivelmente rude, tive de perguntar por que diabos ela resolvera desistir de tudo.

— Não me leve a mal por perguntar, mas por que você veio de tão longe para cá?

Ela pareceu um pouco irritada com a pergunta, mas respondeu mesmo assim.

— Denny.

O nome de Denny foi dito com certa reverência. Ela realmente tinha mudado sua vida inteira só por causa dele. Para se manter junto dele o maior tempo possível, mesmo que fosse uma tentativa fútil. Ou talvez não fosse. A maneira como eles olharam um para o outro, o respeito que mostraram um ao outro... Eu nunca tinha visto um relacionamento como aquele antes.

– Hum – foi tudo que eu disse em resposta. Não havia muito mais que eu pudesse dizer. *Boa sorte para vocês* iria soar idiota.

Ela deixou escapar a pergunta seguinte enquanto eu tomava um gole do meu café.

– Por que você canta daquele jeito? – Suas bochechas ficaram rosadas, como se ela não quisesse expressar o que tinha acabado de dizer. Estreitei os olhos em estranheza, imaginando o que ela queria dizer com isso. Eu só conhecia uma maneira de cantar: abrindo a boca e deixando tudo fluir. Ela estava insinuando que eu era ruim? Puxa, isso seria doloroso. Não era algo que eu estava acostumado a ouvir. A maioria das pessoas gostava da minha voz.

– Como assim? – perguntei lentamente, já me preparando para uma avaliação negativa das minhas habilidades.

Ela demorou um tempão para me responder. Eu não tomei isso como um bom sinal. Ela devia ter odiado tudo. Por alguma razão isso me incomodou de verdade. Eu podia jurar que tinha havido um momento na noite anterior em que ela me entendera. Que tinha sacado por completo de onde eu vinha. Aquilo chegou a me assustar na hora, mas talvez eu tivesse julgado errado a sua expressão. Talvez ela não tivesse sacado nada de mim.

Engolindo o café, ela gaguejou.

– Você estava ótimo. Só que às vezes você se comportava de um jeito muito... – Fez uma pausa e eu pude sentir apreensão naquilo. Sua crítica da minha atuação saiu num sussurro: – ... sexual.

Uma sensação de alívio me inundou – *ela tinha gostado!* A onda de bons sentimentos foi imediatamente seguida por uma boa dose de humor. Eu comecei a rir. Não consegui evitar. O olhar no seu rosto no instante em que disse uma palavra tão inocente como "sexual" estava me matando. Por Deus, ela talvez fosse a coisa mais fofa que eu já tinha visto.

A expressão de Kiera pareceu ficar mais sombria e seu rosto ficou vermelho. Eu poderia dizer que ela estava mortificada quando olhou para o café, e eu fiz o que pude para parar de rir. Não queria que ela pensasse que eu estava zoando com a cara dela. Porque não estava. Não estava *mesmo*.

– Desculpe... É que eu não achei que era isso que você ia dizer. – Pensando sobre meu flerte agressivo no palco, na véspera, dei de ombros. – Sei lá. As pessoas tendem a reagir de uma maneira receptiva àquilo.

Pelo olhar em seu rosto, eu tinha certeza de que ela sabia que quando eu falava "as pessoas" queria dizer "as mulheres". Não resisti à vontade de ir mais adiante e perguntei:

— Eu ofendi você?

— Nãããó. – Ela olhou para mim e eu tive que morder o lábio para não rir. Ela precisava trabalhar melhor a sua expressão de seriedade, se pretendia me intimidar de algum modo. – Só que pareceu uma coisa meio excessiva. De mais a mais você não precisa disso... Suas músicas são ótimas.

Percebi que não havia sarcasmo, nem algum sentido oculto em suas palavras. Ela estava apenas me oferecendo uma opinião sincera. Recostei na cadeira e simplesmente olhei para ela, agradecido. Fazia muito tempo desde que uma garota tinha feito uma crítica sincera sobre o meu trabalho. Tudo o que eu ouvia, geralmente, era uma babação de ovo exagerada cujo único objetivo era me fazer arriar a calça. Sua pequena sugestão foi revigorante.

Ela estava olhando para a mesa novamente, talvez envergonhada pelo comentário que fizera.

— Obrigado. Vou tentar me lembrar disso. – Ela ergueu os olhos e percebeu a sinceridade na minha voz. Curioso para saber o que tinha acontecido com Denny lá fora, perguntei: – Como foi que você e Denny se conheceram?

Um sorriso maravilhoso se espalhou pelo rosto dela quando ela começou a pensar nas lembranças com o seu namorado. Isso me fez desejar que alguém, algum dia, pudesse sorrir daquele jeito por minha causa.

— Na faculdade. Ele era assistente de professor de uma das minhas matérias. Eu estava no primeiro ano e ele no terceiro. Achei que ele era a pessoa mais linda que já tinha visto. – Seu rosto ficou ainda mais corado quando ela se emocionou ao mencionar Denny. Eu mantive o mesmo sorriso, pois não desejava que ela se sentisse constrangida em continuar. Queria que ela se sentisse à vontade para falar comigo. Tive a sensação de que ela seria uma pessoa fácil de se conversar. Esse pensamento foi ligeiramente inquietante. Eu não conversava sobre muita coisa. Pelo menos, não sobre coisas importantes.

— Enfim, nós nos demos bem logo de cara e estamos juntos desde então. – Seus lábios se abriram, num sorriso despreocupado e brilhante. Aquilo foi impressionante! Com uma expressão interessada, ela me perguntou: – E você? Como conheceu Denny?

Meu sorriso se ampliou tanto quanto o dela quando eu me lembrei de tudo.

— Bem, os meus pais acharam que seria uma boa ideia hospedar um aluno de intercâmbio. Acho que os amigos deles ficavam impressionados com esse tipo de coisa. – Parei para pensar naquilo e meu sorriso vacilou quando eu me lembrei das expressões pomposas dos meus pais. Eles exibiam um olhar de superioridade quando alguém lhes perguntava sobre Denny. Um olhar que claramente dizia: *Viu como somos o máximo? Como somos calorosos e acolhedores? Não somos pessoas maravilhosas?*

Afastando isso da cabeça, viajei de volta ao presente e voltei ao meu sorriso.

– Mas Denny e eu também nos demos bem logo de cara. Ele é gente finíssima. – Eu não tinha sido capaz de me livrar do passado tão depressa quanto esperava e meu pesadelo me inundou novamente. Tive de desviar os olhos de Kiera. Ela não precisava ver a minha dor. Não entenderia aquilo, mesmo. Ninguém conseguiria. A voz do meu pai pareceu aumentar de volume em meus ouvidos enquanto eu chafurdava nas trevas do meu passado. *Sempre existe um preço, Kellan. E já está mais que na hora de você aprender isso.*

Quase em transe, sussurrei:
– Devo muito a ele. – Denny me deu esperança. Apegando-me a essa lembrança naquele momento, tornei a sorrir e voltei o olhar para Kiera. Dava para ver que ela queria me perguntar mais coisas. Felizmente não fez isso. Dando de ombros, agi da forma mais casual que consegui. – Enfim, eu faria qualquer coisa por aquele cara, por isso quando ele ligou e disse que precisava de um lugar para ficar, foi o mínimo que pude fazer.

– Ah. – Ela abriu a boca como se quisesse dizer mais alguma coisa, mas logo tornou a fechá-la, dando-me espaço. Enviei-lhe um agradecimento silencioso por isso. Eu não queria que ela perguntasse mais nada.

Denny voltou para a cozinha com restos do lanche do carro – pretzels e batatas fritas. Depois de eles dois comerem aquelas porcarias, Kiera ligou para os pais, enquanto Denny e eu ficamos de papo. Batendo no seu braço, quis saber o que ele achara do pedacinho de show a que tinha assistido na véspera, no Pete's.

– O que você acha da banda? Bem melhor que os Washington Wildcats, né? – Esse tinha sido o nome infeliz que minha banda do tempo de colégio havia escolhido. Eles acharam que o nome revelava o espírito da escola. Eu sempre achei péssimo.

Minha frequência cardíaca acelerou consideravelmente enquanto eu esperava pela resposta de Denny. Se ele não tivesse gostado do nosso som... Tenho que admitir que ficaria um pouco desanimado. Mas ele sorriu.

– Ah, pode crer que você melhorou muito desde o nosso baile de formatura, companheiro. Você estava surpreendente!

O orgulho inchou em meu peito, mas eu tentei disfarçar. Eu não era a única razão pela qual os D-Bags eram bons. Lembrar da minha antiga banda do ensino médio e de nossa primeira grande apresentação me fez rir.

– Você se lembra do Spaz? Meu terceiro baterista, eu acho?

Denny riu comigo ao concordar com a cabeça.

– Aquele cara merecia o nome estranho... era maluquinho. O que será que anda aprontando agora?

Vendo uma oportunidade para provocá-lo eu disse, bem depressa:

– Talvez tenha se casado com Sheri. Você se lembra dela?

Lançando um olhar rápido para Kiera, Denny murmurou:
– Lembro, sim... uma garota legal.
O riso me surgiu sem querer.
– Garota legal? Ela foi sua única namorada no ensino médio, se me lembro bem.
Denny franziu o cenho.
– Você não está se lembrando muito bem. Você literalmente a jogou para cima de mim no baile e passamos a noite *dançando*. Foi só isso.
As recordações de quando eu estava em cima do palco analisando a multidão me invadiram a mente. Ele tinha feito um pouco mais do que dançar com ela. Essa foi a única vez em que eu o tinha visto com uma garota, enquanto ele esteve aqui.
– Dançando? É isso que vocês chamam de jogar hóquei com as amígdalas na Austrália? – Mesmo que eles só tivessem se beijado naquela noite, eu ainda considerava um sucesso pessoal o fato de ter lhe conseguido uma namorada. Por assim dizer.
Você era teimoso como diabo, mas eu ganhei, companheiro.
Olhando para Kiera novamente, Denny balançou a cabeça.
– Você está tentando me meter em encrenca? – perguntou. Antes de eu ter chance de responder, sua expressão se suavizou num sorriso. – Além do mais... se *eu* me lembro bem... você foi quem acabou ficando com ela. E com a irmã gêmea.
Dei de ombros em resposta e ele riu. Após lembrar das leviandades do passado ele balançou a cabeça e disse:
– Sempre me impressionei com o jeito como você ficava calmo em cima do palco. Imagino que continue do mesmo jeito, certo? – Encolhendo os ombros novamente, assenti com a cabeça. Apresentações em público não me incomodavam. Eu me sentia mais confortável debaixo dos refletores do que quando estava sozinho. Denny sorriu. – É como eu lhe disse naquela época, viu só?... Você está destinado para essa vida, Kellan. Está em seu sangue.
– Está, sim... – eu disse, me sentindo desconfortável.
No silêncio que se seguiu, Denny acrescentou:
– Eu também me lembro do que seu pai disse quando chegamos em casa, depois da formatura.
Denny não repetiu exatamente o que ele disse, e não precisava. Eu me lembrava de tudo muito bem. Depois de Denny elogiar nossa apresentação, o meu pai se virou para mim e disse: "Eu já ouvi essa merda que os jovens escutam hoje em dia. Um bode treinado provavelmente seria considerado boa música para eles." Em seguida, começou a me censurar pela roupa que eu usava, pelo meu penteado e pelo fato de termos chegado em casa dez minutos mais tarde do que a hora marcada. Aquela tinha sido uma noite monumental para mim, e meu pai não conseguia sequer me oferecer um pingo de alegria me fazendo *um* elogio que fosse. Essa era a história da minha vida.

Pigarreando de leve para limpar a lembrança, dei um tapa no ombro de Denny.

— Caso eu nunca tenha dito isso, obrigado por fazer aquela noite acontecer. Obrigado por fazer acontecer um monte de grandes noites. Eu lhe devo mais do que você imagina.

Apesar de minha voz exibir uma ponta de seriedade, Denny balançou a mão no ar para mim, como se aquilo não importasse.

— Você deu muita importância a tudo aquilo. Na verdade, eu não fiz quase nada.

Fez, sim.

Antes que eu pudesse dizer isso em voz alta, porém, Denny mudou de assunto e nossa conversa passou para as lembranças mais alegres. Era bom revisitá-las. Às vezes, os momentos mais escuros tinham a tendência de ofuscar os bons. E Denny e eu tínhamos curtido um monte de bons momentos juntos.

Quando Kiera desligou o telefone, depois de conversar com a família, ela e Denny resolveram trazer o resto de suas coisas do carro para dentro de casa. Perguntei a ele se eu poderia lhes dar uma mãozinha, mas contraindo os olhos e balançando a cabeça ele me garantiu:

— Você já fez muito por nós nos deixando ficar aqui em troca de uma merreca. Eu não me sentiria bem se você ainda ajudasse na mudança. – Abri minha boca para argumentar, mas ele rapidamente acrescentou: – Não se preocupe, companheiro. Nós só trouxemos algumas caixas.

Com uma risada, bati no ombro dele mais uma vez e o deixei ir. E ele tinha razão, é claro. Eles dois conseguiram levar todas as caixas do carro para o quarto em duas viagens. Quando voltaram para baixo, Denny perguntou como poderia chegar a Pike Place, o famoso mercado de Seattle, a partir dali. Expliquei onde o lugar ficava, e ele e Kiera se prepararam para sair.

— Obrigado. Vejo você depois do sol alto – disse Denny, agarrando a mão de Kiera.

Kiera sorriu para Denny e se virou para mim e explicou:

— Isso significa de tarde.

Eu ri e balancei a cabeça.

— Eu sei, entendi. – Nossos olhos se encontraram quando sorrimos um para o outro e, por um segundo, eu me senti aprisionado. Algo se agitou em meu peito e acelerou meu coração. Eu quase me senti como se estivesse numa corrida e alcançado meu limite. Simplesmente me sentia… bem. E olha que tudo que eu estava fazendo era olhar para ela. Compartilhando um momento; compartilhando uma ligação. Aquilo era estranho, mas agradável.

Foi preciso muita força de vontade para eu erguer minha mão e acenar, e depois finalmente virar na direção da cozinha, mas me obriguei a fazer isso. Eu não deveria ter ligações com Kiera, não importa o quanto aquilo era bom. Alguns prazeres eu simplesmente deveria negar a mim mesmo.

Encontrei um caderno de anotações na cozinha, na gaveta de tralhas e coisas velhas, e o peguei. Sentei-me à mesa e comecei a escrever letras de músicas. Versos e mais versos sobre aqueles olhos do caleidoscópio foram sendo despejados da minha mente. Acho que poderia escrever uma música inteira só sobre os olhos de Kiera, que sempre mudavam de cor. Só que isso seria altamente inapropriado. Talvez eu pudesse mudar a cor deles na revisão final. Não. Logo depois de pensar nisso, sabia que eu jamais mudaria a cor deles. Não dá para mudar o que já é perfeito.

Quando ouvi a porta da frente se abrir, olhei para o relógio. Denny e Kiera já tinham ido embora há muito tempo. Estavam rindo quando entraram na cozinha, com os braços cheios de sacolas. Depois de colocar sobre a mesa as coisas que tinham comprado, Denny passou os braços em torno de Kiera e ela beijou seu pescoço. Eu sabia que aquilo era errado e meio intimidador, mas eu simplesmente não conseguia parar de observá-los. Era maravilhoso ver duas pessoas tão contentes e felizes. Também era doloroso agitar coisas em mim que eu tinha enterrado há tanto tempo. Esperanças... Sonhos... Mas aquela vida não era para mim. Eu só "ficava" com as mulheres, isso era tudo que eu tinha. Já aceitara isso muito tempo atrás e estava numa boa com a situação. Tinha de ser assim.

Para lhes dar privacidade, eu me forcei a continuar olhando para o caderno de anotações. Depois de algumas palavras tranquilas de despedida, Kiera saiu da sala e eu olhei para Denny. Rindo um pouco, eu lhe disse:

– Sei que você vai dizer que não, mas eu seria um idiota se não me oferecesse, por isso... Posso ajudar em alguma coisa?

Por cima do ombro, Denny encontrou meu olhar e sorriu.

– Não, cara, não precisa. – Ele colocou algumas coisas na geladeira e fechou a porta. Virando o rosto para mim, disse: – Eu já acabei. Quer encontrar um jogo para assistirmos?

Na mesma hora eu me lembrei de mais uma coisa sobre Denny. Ele gostava de esportes muito mais que eu. Provavelmente era por isso que meu pai tinha se identificado muito mais com ele do que comigo. Bem, uma das muitas razões, pelo menos. Mas eu não tinha nada melhor para fazer, já que não havia ensaio naquele dia, então dei de ombros e topei, dizendo:

– Claro! – Eu poderia assistir a algum jogo só para ficar na companhia dele.

Denny sorriu como se eu tivesse lhe dado a melhor notícia da vida. Eu ri de novo e me levantei para guardar novamente o caderninho de anotações na gaveta de tralhas da cozinha. Eu provavelmente deveria escondê-lo no meu quarto para que Kiera ou Denny não o encontrassem, mas milhares de pessoas tinham olhos castanho-esverdeados. Eu poderia estar cantando sobre qualquer uma delas. Ou sobre ninguém em especial. Nem todas as canções eram baseadas na realidade.

Escutei os barulhos de Kiera no andar de cima mais do que eu assisti aos melhores momentos do jogo na tevê. Aquilo era muito mais interessante. Consegui ouvi-la tropeçando pelo quarto e percebi até mesmo quando ela deixou algo cair no chão e soltou um palavrão. Isso me fez prender o riso. Seu rosto inocente a fazia parecer incapaz de dizer uma palavra feia.

Quando ela finalmente desceu, lancei-lhe um sorriso educado, mas não tenho certeza se ela percebeu; seus olhos estavam colados em Denny. Ao vê-lo esparramado no sofá, um sorriso feliz enfeitou seus lábios. Ela se arrastou para cima dele e se espremeu para se enfiar entre ele e o sofá. O braço de Denny a enlaçou pela cintura, enquanto Kiera jogava a perna por cima de Denny e encostava a cabeça no peito dele. Denny suspirou, beijou a cabeça dela e a expressão contente de Kiera nunca saiu de seus olhos. Até me pareceu que ela estava ainda mais em paz.

Uma dor vibrou no meu peito enquanto eu os observava. Era como ver carinho e amor personificados. Pessoa alguma jamais tinha me tocado daquele jeito. Pelo menos, não de uma forma não sexual. Não pela pura alegria do contato, sem nenhum outro plano ou intenção. Observar o que eles dois tinham construído juntos foi quase demais para suportar, mas eu não conseguia desviar os olhos deles. Era assim que o amor deveria ser? Calmo, feliz, em paz? Eu nunca tinha presenciado aquilo, daquele jeito. Pelo menos, não exatamente. Eu só tinha visto raiva, ciúme, amargura e ressentimento. Amor era igual a dor, no meu mundo. E eu geralmente tentava evitar a dor.

Os olhos de Kiera se viraram para mim por um momento. Havia uma pergunta naquelas profundezas castanho-esverdeadas. A pergunta que eu não queria que ela fizesse, porque de algum modo eu sabia que acabaria por responder, e doeria pra burro quando eu o fizesse. Felizmente, ela fechou os olhos e permaneceu em silêncio. Então, cercada pelo seu mar de serenidade, ela pegou no sono. Por um momento, não tive certeza de quem eu sentia mais inveja: de Kiera, pela paz que ela estava curtindo, ou de Denny, por ele ter encontrado alguém incrível com quem compartilhar a vida.

Capítulo 4
ESGOTADO

Enquanto Denny descansava e Kiera cochilava, eu cambaleei até o andar de cima, a fim de me aprontar para a noite. Depois de tomar banho e fazer a barba, escolhi uma camisa de manga comprida vermelha para vestir, passei um pouco de desodorante que me pareceu cheirar muito bem e espalhei um produto qualquer no cabelo.

Minha guitarra ainda estava no carro desde a apresentação da véspera; peguei minha carteira e desci a escada para avisar Denny que eu estava saindo. Quando cheguei ao pé da escada, porém, vi que ele estava ocupado. Kiera tinha acordado e, aparentemente, estava com tesão. Denny massageava sua bunda e ela se contorcia em seu colo. Não dava para ver onde a cabeça dela estava, mas eu podia apostar que ela estava lambendo o pescoço de Denny, ou algo assim. Ri sozinho enquanto caminhava na direção dos cabides junto à porta de entrada. Morar com aqueles dois ia ser como viver com recém-casados, já dava para perceber.

Kiera deve ter ouvido minha risada. Na mesma hora se sentou no colo de Denny como se eu tivesse encostado nela um espeto de tocar gado. Estava vermelha das bochechas até o peito, e seus olhos ficaram arregalados como se estivesse envergonhada. Por beijar o namorado? Será que era tão tímida? Pensar no quanto ela era diferente das garotas que eu conhecia me fez rir ainda mais.

— Desculpem. — Eu ri mais uma vez, pegando o casaco. — Vou largar do pé de vocês num minuto... se vocês conseguirem esperar. — Fiz uma pausa, considerando o que dissera. — Ou não. Isso realmente não me incomoda. — Eu já sabia que Kiera não era do tipo de garota que aceitaria numa boa a possibilidade de transar bem na minha frente, e também sabia que não deveria fazê-la ficar ainda mais envergonhada do que já estava, mas aquilo era tão bonitinho que era difícil não zoar.

Na mesma hora ela pulou do colo de Denny e se sentou o mais longe dele que conseguiu, na outra extremidade do sofá. Olhou para Denny com as sobrancelhas juntas e os lábios franzidos. Ele deve ter feito uma expressão divertida como a minha, porque o humor dela não mudou nem um pouco. Parecendo perturbada, tanto quanto envergonhada, ela olhou para mim e perguntou, num fôlego:

— Aonde você vai?

Seu tom de voz me surpreendeu um pouco, mas achei que foi por ela ter sido zoada. Na mesma hora sacou que tinha sido ríspida, mas eu a vi se acalmar quando respondi.

— Vou ao Pete's. Vamos apresentar mais um show lá hoje à noite.

— Ah... — Seus olhos avaliaram meu cabelo e minhas roupas, como se só nessa hora ela percebesse que eu estava vestido de forma diferente. Essa inspeção cuidadosa fez minha respiração acelerar.

Querendo encobrir essa reação, perguntei:

— Vocês querem ir também...? — Não consegui resistir a outra provocação e lhes mostrei um sorriso brincalhão ao completar: — Ou preferem ficar aqui?

Mais uma vez, Kiera pareceu responder antes de pensar. A reação foi instintiva.

— Não, nós vamos. É uma boa.

— Sério? — perguntou Denny, soando um pouco decepcionado. Ele devia estar ansioso para que eu os deixasse sozinhos. Puxa... Eu não queria ser um empata foda, mas gostei da ideia de Denny assistir a um show completo; ele teria uma chance de realmente confirmar o quanto eu tinha crescido, em termos musicais.

Kiera brincou com uma mecha do cabelo, como se estivesse pensando numa explicação para ter aceitado o convite tão depressa. Interessante... Para Denny, ela timidamente disse:

— Puxa, eles me pareceram muito bons ontem à noite. Eu bem que gostaria de ouvi-los um pouco mais.

— Beleza, então. Vou pegar minhas chaves. — Denny suspirou e se levantou lentamente do sofá.

Eu não consegui deixar de perguntar a mim mesmo se Kiera realmente quis dizer o que tinha acabado de dizer sobre a banda. Ela pareceu honesta sobre isso mais cedo, quando conversamos, mas não me parecia sincera agora, ao dizer a Denny que queria ir. Qual das duas opções era a verdadeira? Eu não tinha certeza. Ela olhou para mim quando Denny se levantou, e de repente eu vi a verdade em seus olhos e em seu sorriso tímido. Ela poderia ter deixado escapar, sem querer, que queria fazer algo diferente naquela noite, mas o que tinha dito era verdade: ela queria ouvir mais. Tentei não enxergar muita coisa nisso. Era da música que ela gostava.

Balançando a cabeça, como se tentasse tirar da mente a ideia de que eu a tinha coagido a ir ao Pete's depois de envergonhá-la, eu disse:

— Tudo bem. A gente se vê lá, então.

Pensei em Kiera ao longo do caminho até o bar. Decifrá-la era fácil ou impossível. Não havia meio-termo. Mas nada do que eu vira até agora me parecia maldoso ou mal-intencionado. Ela era gentil e doce, se envergonhava com facilidade e era desnecessariamente tímida, inocente e ingênua. Mas também era sedutora e brincalhona. Mesmo eu tendo certeza de que tínhamos mais ou menos a mesma idade, eu me sentia como se fosse um milhão de anos mais experiente que ela. Isso me fez querer protegê-la, apesar de isso ser função de Denny, já que ele era seu namorado. Bem, talvez eu pudesse desempenhar o papel de irmão mais velho em sua vida. Um amigo. Alguém com quem ela pudesse contar. Eu tinha a sensação de que ela precisaria disso, morando tão longe de casa e da família.

Já havia duas cervejas diante de cada um dos meus colegas de banda quando eu cheguei ao Pete's; eles já estavam lá havia algum tempo. Eu precisava recuperar o atraso. Depois de pegar uma cerveja de Rita, sentei ao lado de Griffin.

— Quer ouvir o que eu fiz ontem à noite? — perguntou ele, olhando por cima do meu ombro.

Matt, na minha frente, suspirou.

— Se ele disser que não você vai manter a boca fechada?

Griffin olhou com desdém para Matt.

— Vá chupar um caralho! — Voltou os olhos para mim e começou sua história, mesmo sem esperar pela minha resposta. — Então... Havia duas louraças no show de ontem... Melody, Harmony, Cadence, Tempo... Eu não sei seus nomes, mas tinham a ver com música.

Olhei para Evan, sentado ao lado de Matt e ele fez mímica com a boca:

Tempo?

Tentei não rir quando tomei um gole da cerveja e voltei a atenção para Griffin.

— O importante — disse ele, acenando com a mão — é que elas estavam cheias de fogo por minha causa, e praticamente treparam comigo no estacionamento mesmo. — Contra a minha vontade, uma imagem de Griffin sendo "atacado" surgiu na minha cabeça. — Elas me convidaram para ir a uma festinha depois do show, certo? Um monte de gente fazia um jogo na cozinha, ou algo assim, enquanto bebiam. Então, eu e uma das loiras nos sentamos para jogar junto...

Griffin bateu no meu ombro com força e ergueu as sobrancelhas, como se me preparasse para o que vinha em seguida. Apesar de eu não saber ao certo o que poderia ter rolado durante o tal jogo, fazia uma boa ideia de como a história tinha terminado. Já ouvira variações dessa história antes.

Inclinando-se, Griffin me disse:

— Ela me fodeu com os olhos durante uns bons vinte minutos. Eu já estava de pau duro a essa altura! — Fechou os olhos como se lembrasse do momento... ou estava tendo uma ereção ao lembrar de tudo. Torci para que não fosse isso. Abrindo os olhos, ele nos garantiu: – Cara, aquela garota tinha os peitos mais maravilhosos que eu já vi. – Esticou os braços a uns quarenta centímetros do próprio pescoço e os girou, imitando o formato de seios com as mãos. – E a saia mais curta também. Todo mundo ao nosso redor estava completamente chumbado, de modo que eu me meti debaixo da mesa e levantei a saia dela o mais alto que pude. Em seguida peguei minha garrafa de cerveja e enfiei...

Com o canto do olho, vi que algumas pessoas se aproximavam da mesa. Por instinto, dei um tapa no peito de Griffin para fazê-lo calar a boca. Suas histórias geralmente não eram seguras para serem compartilhadas com garotas sérias, especialmente porque eu já sabia o que ele tinha feito com a garrafa.

Griffin ainda parecia confuso com o tapa quando eu olhei e vi Denny e Kiera em pé junto da ponta da mesa. Kiera estava vermelha e brilhante como um tomate, e parecia querer estar em qualquer lugar, menos ali. Certamente tinha ouvido a última frase.

– Cara... Eu estou chegando à melhor parte, espera aí.

Parecia que ele estava prestes a retomar a história, então eu o cortei depressa.

– Griff... – Apontei para os nossos recém-chegados. – Meus novos roommates estão aqui.

– Ah, tá... roommates. – Griffin lhes lançou um olhar superficial e se virou para mim fazendo um beicinho. – Sinto a maior saudade da Joey, cara... Ela era gostosa demais! Fala sério, por que você tinha que comer a garota? Não que eu te condene por isso, mas...

Tornei a cortar o papo com outro tapa em seu peito. Griffin costumava ficar excessivamente gráfico se não fosse devidamente controlado. E eu não queria que Kiera soubesse o que tinha acontecido com Joey. Ela não entenderia. Iria achar que eu era um porco. *Ei, espere, o que foi que eu pensei?* Eu não deveria me importar com o que ela iria achar de mim. Com surpreendente esforço, empurrei esse pensamento para bem longe da minha mente.

Ignorando a irritação de Griffin, fiz as apresentações:

– Pessoal, esses são o meu amigo Denny e a namorada dele, Kiera.

Olhei à volta em busca de lugar para eles se sentarem, enquanto Denny e Kiera diziam alô a todos. Percebendo que havia duas cadeiras vazias numa mesa ali perto onde duas garotas nos olhavam, eu me levantei e fui até lá. Ambas ficaram um pouco agitadas quando eu me aproximei, e logo percebi que eram fãs do nosso trabalho. Com um sorriso de desarmar, fui até a garota que estava ao lado das duas cadeiras vazias que eu precisava. Debrucei-me para poder falar diretamente em seu ouvido; havia muito barulho.

Ela estremeceu quando eu coloquei uma mecha do cabelo dela atrás da sua orelha.

– Desculpe a intrusão, mas posso pegar essas duas cadeiras para os meus amigos? – Ela assentiu com a cabeça que estava tudo bem e sua amiga deu uma risadinha. Agradeci, endireitei o corpo e levei as duas cadeiras para Kiera e Denny. Ouvi algumas risadinhas abafadas quando me afastei.

Kiera me observou quando eu coloquei as cadeiras na ponta da mesa. Parecia um pouco desconfortável com o flerte amigável que eu tinha usado para consegui-las.

– Pronto, vamos sentar. – Kiera franziu o cenho quando se sentou, e eu tive de me esforçar para não rir. Ela era ainda mais bonita quando ficava inquieta.

Quando Rita olhou na minha direção, acenei para ela e pedi mais duas cervejas para a mesa. Ela me deu um sorriso do tipo "qualquer coisa para você, querido", pegou algumas cervejas e as entregou a Jenny. Virei-me para Denny enquanto Jenny forçava a passagem para chegar até nós.

– Então, o que você vai fazer no emprego novo, afinal? – eu quis saber.

Denny exibiu um sorriso divertido.

– Um pouco de tudo. – Começou a entrar em detalhes sobre o que faria na empresa de publicidade, e eu percebi algum nervosismo e emoção em sua voz. Como Kiera estava sentada entre nós, junto à mesa, estava na minha linha de visão enquanto eu ouvia Denny. Pelo visto, ela já tinha ouvido aquela história antes, pois estava analisando o bar. Seus olhos passearam pelas janelas envidraçadas que davam para a rua, cobertas por letras em néon, e vagueou pelo salão até o palco escuro, à nossa espera para a apresentação daquela noite. Em seguida, voltou a atenção para o bar do outro lado do salão, onde Rita estava ocupada enchendo copos.

Jenny se aproximou com as cervejas enquanto Kiera olhava em torno. Parecia apressada e eu entendi o porquê. Como geralmente acontecia antes do nosso show, o bar rapidamente enchia de clientes; a banda era boa para o movimento da casa. Ela entregou as cervejas a Denny e Kiera; depois, seguiu quase correndo para a cozinha.

Saboreando a bebida, Kiera começou a observar o outro lado do salão. Sua curiosidade era tão interessante quanto seu ar de estranheza diante de tudo. Percebendo que eu estava gastando muito tempo com o olho grudado na namorada de Denny, fiz o possível para me abstrair dela e me concentrar no papo com Denny, e lhe perguntei por que alguns comerciais não tinham absolutamente nada a ver com os produtos que anunciavam.

Evan aproveitou para perguntar algo a Denny:

– Por que aparecem banheiras em quase todos os comerciais? Eu não entendo. – Antes de Denny ter chance de responder, alguém se aproximou de nossa mesa. Erguendo a cabeça, vi que era Pete, o proprietário do bar. Apesar de ele parecer muito profissional, vestindo camisa polo e uma jovial calça cáqui, Pete parecia arrasado, como se o estresse da vida o estivesse consumindo. Pete sempre tinha sido muito bom para mim, então eu torci para que ele estivesse bem.

— Vocês estão prontos? Vocês entram em cinco minutos. — Disse isso e soltou um suspiro imenso que não fez nada para aliviar o estresse em seu rosto.

— Você está bem, Pete? — perguntei, preocupado.

— Não... Traci se demitiu pelo telefone; não vai mais voltar. Tive de pedir a Kate para emendar um segundo turno para não ficarmos na mão hoje à noite. — Seus olhos cinzentos se estreitaram muito e pareceram me dar alfinetadas quando olhou para mim. Sua expressão dizia claramente: *O que diabos você fez com a minha garçonete?* Só que eu não era culpado por aquilo. Não era mesmo... Dessa vez o babaca à minha esquerda era o responsável.

Virei a cabeça e olhei para Griffin. Traci devia ter descoberto que Griffin tinha dormido com sua irmã e obviamente ficara revoltada. Griffin devia ter se tocado de que isso iria acontecer. A não ser quando as duas topam e não se importam, um cara não se mete com duas irmãs ao mesmo tempo. Todo mundo sabe disso.

Pelo visto Griffin sabia, pois pareceu genuinamente envergonhado ao tomar um belo gole de cerveja.

— Desculpe, Pete.

Pete simplesmente abanou a cabeça em resposta. O que mais poderia fazer? Por mais ofensiva e irritante que fosse a nossa interação com a equipe que trabalhava no bar, Pete precisava de nós. Não havia saída e eu me senti mal por ele. Fiz uma nota mental para conversar a sério com Griffin, mais tarde. Talvez fosse o momento de criar uma nova regra para a banda: nada de envolvimento com as funcionárias de Pete.

Kiera anunciou em seguida:

— Eu já trabalhei como garçonete. Preciso arrumar um emprego, e trabalhar à noite seria perfeito quando minhas aulas na universidade começarem. — Pelo seu jeito de olhar, ela parecia estar dizendo aquilo tanto para ajudar Pete quanto a si mesma. Ela se preocupava com os outros. Gostei de saber disso. Mais do que deveria.

Pete me lançou um olhar questionador. Querendo ajudar Kiera a conseguir o emprego, apresentei Kiera e Denny, para Pete perceber que eles não eram completos estranhos ali. Meu selo de aprovação talvez não garantisse muita coisa, mas torci para ter força suficiente. Ambos precisavam daquilo.

Pete lançou para Kiera um olhar de avaliação, mas deu para perceber que ele estava aliviado por ter achado alguém tão depressa.

— Você já tem vinte e um anos?

Curioso para saber a idade dela, prestei atenção à resposta. Ela pareceu nervosa ao falar, ou talvez estivesse nervosa com a entrevista de improviso. Ela despejou as palavras sem refletir, mais uma vez.

— Tenho, fiz em maio. – Kiera tinha a mesma idade que eu. Gostei disso também.

Pete pareceu satisfeito com a resposta. Eu tinha noventa e nove por cento de certeza de que ela estava falando a verdade. Simplesmente não parecia o tipo de garota que mente a toda hora.

— Tudo bem – sentenciou Pete, com um pequeno sorriso lhe enfeitando os lábios. – Preciso contratar alguém, e logo. Pode começar na segunda, às seis da tarde?

Kiera olhou para Denny como se pedisse sua permissão, silenciosamente. Achei que ela estava simplesmente sendo educada. Não conseguia imaginar Denny proibindo-a de fazer o que ela quisesse. Quando ele exibiu um curto aceno de cabeça e um sorriso caloroso, Kiera se voltou para Pete.

— Claro, seria ótimo. Obrigada.

Pete saiu um pouco mais leve, como se algum peso tivesse sido tirado de seus ombros. Fiquei feliz ao sentir isso. Virei-me para Kiera e disse:

— Bem-vinda à família. Acho que nós vamos nos ver muito mais, agora que você vai trabalhar na minha segunda casa. – Dei um sorriso brincalhão. – Espero que não fique enjoada da minha cara.

As bochechas de Kiera ficaram vermelhas e ela rapidamente levou a garrafa de cerveja à boca.

— Pois é – murmurou, antes de tomar alguns longos goles. Eu ri da expressão em seu rosto e reparei que Denny fez uma breve careta para mim. Foi tão rápido que eu quase pensei ter imaginado. Sim, devia ser minha imaginação. Denny e eu éramos muito amigos.

Pete acendeu as luzes do palco e o bar irrompeu em gritos. Os olhos de Kiera se arregalaram com os berros. Levantando-me, eu disse a ela:

— Prepare-se, porque o barulho vai ficar ainda mais alto.

Evan e Matt já saíam da mesa e se dirigiam ao palco. Griffin ainda estava sentado, acabando sua cerveja. Torci sua orelha, fazendo-o dar um pulo; pequenos rios de álcool vazaram de sua boca e lhe molharam a camisa.

— Vamos! – ordenei, quando ele olhou para mim.

Ele levou mais um segundo para matar a cerveja e deixou escapar um arroto quase tão alto quanto o rugido da multidão. Por fim, porém, se levantou, reclamando:

— Tenha calma, cara. Minhas cordas vocais precisam ser lubrificadas.

Ergui uma sobrancelha ao ouvir isso. Griffin fazia backing vocal, é verdade, mas não cantava tanto assim. De repente ele já estava diante do bar e erguia os punhos no ar como Rocky, então eu o deixei e segui até a escada. O volume aumentava a cada degrau que eu subia em direção ao palco. Matt preparava o equipamento. Bati no seu ombro e fui até o microfone. Agarrando o suporte, encostei-o à boca.

— Esse troço está ligado? – murmurei, numa voz intencionalmente baixa.

Os gritos foram tão altos que meus ouvidos se sentiram dentro de um sino. Sorrindo, dei uma ampla olhada nos fãs que já se aglomeravam em torno do palco. Kiera e Denny ainda estavam na mesa, mas ambos exibiam sorrisos de orelha a orelha.

— Como está a porra da noite aqui em Seattle?

As garotas mais próximas de mim começaram a pular e uivar de alegria em resposta. No canto do salão, vi Griffin vindo para o palco com toda a calma do mundo. Franzindo a testa, eu disse ao microfone:

— Parece que estamos sem um dos D-Bags. Se algum de vocês sabe tocar baixo, por favor, sinta-se à vontade para subir aqui no palco e se juntar a mim.

Cerca de meia dúzia de garotas não perderam tempo e se atropelaram para subir no palco e se colocar ao meu lado. Sam correu atrás delas na mesma hora e as levou de volta para a multidão. Isso me fez rir, mas Sam me lançou vários olhares de irritação. Griffin também. Correu com tal velocidade que até parecia haver uma garota nua no palco. Agarrou o baixo, olhou mais uma vez para mim e gritou:

— Vá catar coquinho, seu babaca.

Matt e Evan riram comigo ao ver a rapidez com que Griffin se aprontou. Para lhe dar mais algum tempo, voltei a me dirigir à multidão.

— Desculpem... Parece que estamos todos juntos, afinal. – Kiera e Denny estavam rindo, como quase todos na parte de trás do salão. As garotas mais próximas ainda berravam loucamente, alheias ao humor da situação. – Algum pedido especial? – perguntei a elas.

— Você! – berraram pessoas diferentes, em dois locais distintos do salão. Olhei para o bar, mas não deu para descobrir quem tinha sido.

Rindo, respondi com um sorriso.

— Talvez mais tarde. Se você for uma pessoa legal. – Assobios e vaias seguiram essa observação, e eu me perguntei se alguém tentaria cobrar aquilo de mim depois do show. Olhei para Evan e ele ergueu o polegar. Todo mundo estava pronto. Girando o corpo na direção do bar eu disse, com a boca colada no microfone: – Hoje nós temos gente nova na área. Que tal uma das canções antigas?

Sem olhar, apontei para Evan. Era a dica para ele iniciar a música. Ele soltou o braço e deu início à introdução. Matt entrou algumas batidas mais tarde. Mordendo o lábio, fiquei um tempo balançando o corpo enquanto esperava minha vez de entrar. Griffin entrou meia batida depois de mim e então decolamos de verdade.

Eu adorava começar o show com aquela música porque eu tinha de xingar no refrão. Aquilo era não apenas divertido como ajudava a soltar a multidão e deixava a plateia enlouquecida – não que aquela multidão fosse difícil de enlouquecer. Eles costumavam ir ali para nos ver e eram sempre muito receptivos. E isso ajudava em outros níveis, também. Observar a reação de Kiera foi fantástico.

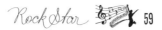

Você me derrubou e me fodeu. Ainda estou me segurando, esperando um repeteco. Pode me chamar de maluco, mas a verdade é que eu não consigo ter o suficiente de você.

Kiera ficou boquiaberta ao ouvir o primeiro verso, mas logo começou a rir com vontade e enterrou a cabeça no ombro de Denny. A bela imagem dela se divertindo com uma das minhas músicas me preencheu com uma estranha sensação de satisfação. Aquele era o jeito perfeito de começar a noite.

Tocamos algumas músicas depois dessa e a multidão riu, gritou e dançou, divertindo-se de coração aberto. Denny e Kiera passaram a maior parte do tempo à margem da multidão, dançando juntos ao som da música. Quando eu peguei minha guitarra e entoei uma canção suave e melosa, todos começaram a dançar lentamente. Exibi um sorriso enorme ao ver Denny tão feliz. Ele parecia satisfeito, como se tudo em sua vida estivesse exatamente do jeito que ele queria. Ao vê-lo dessa maneira, meu astral começou a espelhar o dele. Todos nós morando juntos na mesma casa ia ser fantástico – quase como uma família, de certo modo.

Agora eles se beijavam suavemente com os braços apertados em torno um do outro, num quadro de paz perfeita. Kiera pousou a cabeça no ombro de Denny. Seu rosto estava voltado para mim e eu lhe lancei um sorriso acolhedor e amigável. Então pisquei para ela, porque simplesmente não consegui resistir àquela oportunidade de fazê-la corar. Ela ficou claramente surpresa com meu gesto amigável, até que eu ri e desviei o olhar. Algumas das fãs bem na minha frente começaram a se abanar, como se sentissem excesso de calor por minha causa. Isso me fez rir muito.

Tocamos mais uma música rápida, uma favorita dos fãs, para fechar a noite. Mesmo sabendo que era o fim, algumas das garotas começaram a pedir por mais músicas; elas faziam isso de vez em quando, algo que me parecia estranho. Nós estávamos ali todos os fins de semana. Se elas realmente queriam mais, sabiam onde nos encontrar.

Falei mais perto do microfone e todos fizeram silêncio para me ouvir.

– Obrigado por virem aqui hoje. – Esperei a breve explosão de gritos diminuir e ergui um dedo. – Quero aproveitar a oportunidade para apresentar a todos vocês os meus novos roommates. – Sem conseguir resistir à tentação de fazer o rosto de Kiera ficar vermelho mais uma vez, apontei para ela e Denny. Ela parecia querer me matar ou ser tragada pelo chão. Talvez as duas coisas. Denny correu para ampará-la e isso foi, provavelmente, a única coisa que conseguiu mantê-la em pé. E junto do bar.

– Minhas caras amigas, aquele sujeito ali, moreno e bonito é Denny. Mas não se empolguem muito, porque a garota linda ao lado dele é Kiera, sua namorada. – Kiera escondeu o rosto no ombro de Denny, morrendo de vergonha. Perguntando a mim mesmo se depois daquilo ela convenceria Denny a se mudar da minha casa na manhã seguinte eu completei, olhando para a multidão: – Agora, todos vocês vão gostar de saber que Kiera vai entrar para a nossa familiazinha feliz aqui no Pete's, a partir de segunda à noite.

Kiera espiou por trás de Denny e me fitou com um conjunto delicioso de olhos cruéis e bochechas vermelhas brilhantes. Se eu estivesse perto o suficiente, provavelmente ela me daria um tapa com força. Eu ri da expressão em seu rosto. Pena que ela estava tão longe... e eu tinha o microfone. Não importava o quanto ela me olhava com ar de reprovação, isso não me impediu de provocá-la.

Chegando ao ponto principal do meu discurso, avisei à multidão:

— Quero que todos vocês sejam legais com ela. — Virei os olhos para Griffin, que já devorava Kiera mentalmente. — Principalmente você, Griffin.

Griffin virou para mim e me deu um sorriso do tipo "Ora, mas claro!" Balancei a cabeça para ele, dei boa noite à multidão e, em seguida, me sentei no palco para descansar um pouco. É muito quente debaixo dos refletores. As garotas diante de mim não pareciam se importar por eu estar suado. Elas subiram no palco para ficar perto. Como o show já tinha acabado, Sam não as impediu.

Uma delas me entregou uma cerveja, que eu aceitei com gratidão. Outra começou a brincar com meu cabelo, provocando arrepios na espinha. Eu adorava a sensação de dedos contra o meu couro cabeludo. Uma garota mais atirada se sentou de forma muito descontraída no meu colo. Rindo, eu a deixei ali.

— Você está suado — comentou ela, com uma risadinha. Em seguida, se inclinou para lamber uma gota de suor do meu pescoço. Confesso que aquilo me deixou ligado, e meu astral estava tão alto que aquele ato de afeição foi muito bem-vindo.

Olhei para Denny e Kiera. Ambos pareciam exaustos. Duvidei muito que nós fôssemos curtir mais algum tipo de interação entre roommates naquela noite. Provavelmente eles iriam direto para casa e desabariam na cama. Enquanto eu olhava Kiera bocejou, confirmando minhas suspeitas. Denny disse algo para ela e se virou na minha direção. Ao me ver cercado de mulheres na beira do palco, ele ergueu a mão e acenou para mim. Levantei minha cerveja em sinal de despedida. Tudo bem, eu iria vê-los mais tarde. Senti um tesão gostoso pós-show e decidi que queria que aquilo continuasse.

A garota no meu colo seguia direto para o meu ouvido. Meu pau estava ficando duro muito depressa e, pelo jeito como ela contorcia os quadris no meu colo, percebi que ela sabia disso. Quando ela chegou ao meu ouvido, sussurrou:

— Acho que você está gostando disso.

Eu lhe dei um sorriso suave.

— Uma mulher linda lambendo meu pescoço? Que homem não gostaria?

Ela mordeu o lábio enquanto eu tomava um gole da minha cerveja.

— Quer sair daqui? — quis saber ela, com um sorriso cheio de promessas.

Considerei a proposta enquanto engolia a cerveja que já estava na boca. Eu queria sair dali com ela? Denny e Kiera estavam a caminho de casa; o pessoal da banda se juntara a amigos ou fãs e já saíam do Pete's. Eu me sentia incrível depois de um show fantástico, e não estava nem um pouco cansado. Por que não passar a noite envolvido numa mulher? Além do mais, era gostoso tê-la em meus braços.

– Tudo bem. O que você tem em mente? – Eu tinha certeza de que sabia o que ela queria, mas era sempre bom confirmar. Eu não queria presumir nada e depois ficar com cara de idiota.

– Tenho um apartamento em Capitol Hill – informou ela, e tornou a rir.

– Parece ótimo – foi minha resposta. Envolvendo os quadris dela com meus braços, eu a coloquei no chão. Ela brincou com um fio de cabelo muito comprido e preto como breu, enquanto esperava que eu fosse me juntar a ela. Com muito cuidado, eu me desvencilhei do grupo de garotas que continuavam à minha volta e isso as fez gemer, lamentar e atirar insultos desagradáveis para a morena que ia sair comigo. Ela não disse nada, só lançou um olhar vingativo na direção delas.

– Fiquem numa boa, meninas – disse eu a todas, antes de pular do palco e me juntar à morena.

Ela colocou os braços em volta da minha cintura no momento em que conseguiu fazê-lo. Coloquei meu braço em torno do seu ombro e comecei a conduzi-la para a porta de saída. A multidão agora era bem menor do que antes do show, mas o bar continuava cheio e as mulheres estendiam a mão para me acariciar enquanto eu passava por elas rumo à saída.

Levei a morena até meu carro e abri a porta com um jeito cavalheiresco. Ela se sentou no banco e deslizou quase até o outro lado, onde eu iria sentar. Quando eu me posicionei ao volante, quase não havia espaço para mim. A mão dela voou na mesma hora para a minha coxa e sua boca procurou o meu pescoço. Sua língua se sacudiu contra a veia junto à minha garganta e eu reprimi um gemido. Aquela seria uma longa viagem de carro se ela continuasse assim.

– Onde fica a sua casa? – perguntei.

Mordiscando minha orelha, ela me disse que caminho tomar. Quando chegamos ao prédio ela me pegou pela mão e me puxou escada acima até o seu apartamento. Entramos correndo e ela me levou para o quarto na mesma hora. Eu não tinha certeza do porquê de ela ter tanta pressa. Eu certamente não iria a lugar algum por muito tempo.

Assim que entramos no seu quarto ela fechou a porta, colocou os braços ao redor do meu pescoço e me puxou com força até sua cama. Era quase como se tivesse medo que eu fosse desaparecer se ela não me levasse para debaixo das cobertas o mais rapidamente possível.

– Isso vai ser muito divertido – ronronou ela, antes de rasgar minha camisa.

Cerca de vinte minutos depois, quando estávamos ambos arrasados, eu me deitei de costas na cama e olhei para o teto. Ela já estava dormindo, seu corpo nu estendido meio atravessado sobre o colchão. Eu me senti estranho. Ela certamente tinha razão... Tudo certamente fora muito divertido, mas havia algo faltando. Tudo que eu conseguira pensar enquanto me enterrava dentro dela era em Denny e Kiera; esse era um pensamento estranho de ter num momento como aquele. A verdade é que a ternura e os toques suaves que rolavam entre eles eram o tipo de coisa que eu esperava para aquela noite. Minha acompanhante não tinha me oferecido nada disso. Quis tudo com força, de forma áspera, estilo atlético. E barulhento. Eu consegui um bom desempenho e tive um belo orgasmo, mas não diria que gostei de verdade. Apenas curti um pouco... Talvez.

Sentindo-me pronto para ir embora eu me levantei silenciosamente, procurei pelas minhas roupas, que tinham ficado espalhadas pelo quarto, e me vesti. Após calçar as botas, abri a porta devagar e fui embora do apartamento. Sentindo-me estranhamente insatisfeito, caminhei até o carro com a cabeça baixa.

Eu não tinha certeza do que procurava, mas sabia que queria mais do que aquilo. Talvez fosse hora de eu dar um tempo com o sexo. Ou talvez eu estivesse apenas esgotado.

Capítulo 5
ROOMMATES E D-BAGS

Eu me senti melhor depois de algumas horas de sono. Até um pouco animado. Não tinha nada para fazer até a hora do ensaio, mais tarde, e me sentia ansioso para curtir um dia de descanso com meus novos roommates. Queria passar algum tempo com Denny e conhecer Kiera um pouco mais. Ela me surpreendia constantemente. Era diferente da maioria das garotas que eu conhecia. Diferente de um jeito bom. E tinha um sorriso surpreendente...

Eu tomava meu café e já acabava de ler um artigo no jornal que tinha começado um pouco antes quando ela entrou na cozinha, caminhando devagar. Seu cabelo era uma massa de fios emaranhados por causa do sono, e ela quase se arrastava em vez de andar. Obviamente não era uma pessoa matinal. Ela me viu sentado à mesa, vestido e pronto para o dia, e eu juro que um ar de irritação escureceu seus olhos e apertou sua boca. Mas não dava para afirmar se aquilo era dirigido a mim ou não. Ela poderia muito bem estar apenas amaldiçoando o sol por ele ter nascido.

— 'dia — cumprimentei-a, com voz alegre.

Ela fez um grunhido que soou como um urro.

— Hum.

Percebi que um pouco de café iria animá-la; voltei os olhos para o meu jornal e a deixei cuidar de si mesma. Esperei até se sentar e tomar o primeiro gole antes de lhe fazer a pergunta que estava louco para fazer desde que nosso show terminara na véspera.

— E então, o que achou? — Não consegui evitar meu sorriso arrogante. Tinha visto pelo seu rosto, enquanto ela dançava, que estava se divertindo.

Ela lutou com a expressão que exibia no rosto, como se tentasse me confundir, mas sem me convencer. Sua alegria não tinha sido fingida.

— Vocês estavam fantásticos. Sério, o show foi incrível.

Balancei a cabeça enquanto tomava o café.

Eu sabia!
– Obrigado. Vou dizer para o pessoal que você gostou. – Curioso sobre como ela responderia ao que viria em seguida, observei-a por cima da caneca e perguntei:
– Menos ofensivo?

Seu rosto brilhou com a lembrança da vergonha anterior, mas logo em seguida um pequeno sorriso lhe iluminou o rosto. Seus olhos estavam mais acastanhados hoje, com um tom de mel quente que sugeria a natureza gentil da alma por trás deles. E também sensualidade, cercada por uma orla verde de determinação. Notável.

– Hum-hum, muito melhor... obrigada.

Ri de sua resposta e continuamos curtindo nossos cafés num silêncio confortável. Bem, pelo menos o silêncio perdurou até Kiera deixar escapar, atropelando as palavras:

– Joey era a pessoa que morava aqui antes de nós?

Pousei lentamente a caneca sobre a mesa, sentindo a tensão que se infiltrava no ambiente. Será que ela iria me julgar pelo que tinha acontecido entre mim e Joey? Será que iria me rotular de mulherengo, um dissimulado, um babaca egoísta? Seria muito decepcionante se ela passasse a me enxergar desse jeito. Droga. Por que diabos Griffin sempre tinha que abrir sua boca imensa nos momentos mais inoportunos?

– Era... Ela saiu algum tempo antes de Denny ligar a respeito do quarto.

Vamos deixar o assunto por isso mesmo.

A inteligência nos olhos de Kiera parecia cintilar enquanto ela me examinava. Estava curiosa, mas será que realmente queria saber? Torci para que não. Ela iria pensar o pior de mim.

– Ela deixou um monte de coisas aqui. Será que não vai voltar para buscá-las?

Prendi a respiração enquanto olhava para baixo. A pergunta estava mais focada em Joey do que em mim; de um jeito ou de outro, porém, aquilo não iria soar muito bem. Voltando os olhos para ela eu disse, sem rodeios:

– Não... Tenho certeza absoluta de que ela foi embora da cidade.

Joey era uma rainha do drama, maníaca por me controlar e, talvez, mentalmente instável. Isso tudo fazia parecer ainda pior eu ter transado com ela; resolvi manter tudo aquilo apenas para mim mesmo. Por favor, não pergunte o que aconteceu.

– O que aconteceu? – perguntou ela, ignorando meu apelo mental.

Droga.

Fiz uma pausa, procurando uma maneira de descrever a situação com Joey sem fazer nenhum de nós dois ficar mal na fita.

– Um... mal-entendido. – Essa foi a única resposta que me veio à cabeça.

Kiera pareceu entender pelo meu tom reservado que eu não queria falar sobre Joey. Aquela era uma conversa em que eu só teria a perder. Felizmente Kiera não pressionou mais. Lançou-me um sorriso simpático e se concentrou no café.

Quando Denny desceu um pouco mais tarde, Kiera se levantou e lhe deu um abraço monstruoso, como se ele estivesse voltando da guerra, e não lá do chuveiro. Aquilo me fez sorrir. Denny fechou os olhos e a recebeu muito bem. Seu abraço foi imenso, abrangente. Eu nunca tinha visto duas pessoas se abraçando com suas almas inteiras. Mais uma vez, percebi que estava com inveja deles.

Afastando-se, Denny disse a Kiera:

– Este é nosso último dia de liberdade completa. O que você gostaria de fazer?

Kiera mordeu o lábio enquanto pensava no assunto.

– Que tal relaxar de todo, sem fazer nada? – Ela encolheu os ombros.

Denny riu e acariciou o braço dela.

– Eu conseguiria fazer isso numa boa. – Olhou para mim e perguntou: – E quanto a você, Kellan? Quer ficar de bobeira conosco por algum tempo?

– Isso me parece ótimo! – foi minha resposta.

Kiera estava nervosa por causa de seu novo emprego no Pete's. Diante disso, Denny e eu passamos a hora que se seguiu preparando-a. Tentamos nos lembrar do preparo de todos os drinques que conhecíamos. Obviamente ela não conseguiria se lembrar de todos eles, mas nos divertimos muito. Chegamos até a preparar algumas bebidas, só para dar a ela um treinamento adicional.

Quando eu saí de casa no fim da tarde, Kiera finalmente parecia já estar se sentindo mais confortável a respeito do seu novo trabalho, mas era Denny que começava a ficar preocupado com o dele. Pensei em cancelar o ensaio para ficar em casa e tomar uma bebida com ele ou algo assim, mas pelo olhar que Kiera lhe lançava, eu tive certeza de que ela descobriria uma maneira muito melhor de relaxá-lo. Com uma risada e um aceno, deixei tudo por conta dela.

Na manhã seguinte, Denny estava pálido, mas me pareceu mais calmo. Eu estava bebendo meu café e lendo o jornal quando Kiera entrou na cozinha. Ela viu minha camiseta e começou a rir. Eu estava vestindo uma das muitas camisetas da banda que Griffin tinha mandado fabricar. O nome DOUCHEBAGS* estava orgulhosamente estampado na frente, em imensas letras brancas.

Com ar de provocação, eu lhe disse que poderia conseguir uma camiseta daquelas para ela. Com um sorriso bem-humorado, ela fez que sim com a cabeça. Quando Denny desceu um pouco mais tarde vestindo uma camisa bonita elegante e calças de pregas, ele também comentou sobre minha camiseta. Fiz uma anotação mental para pegar duas delas com Griffin, mais tarde.

---

*Douchebag é uma gíria em inglês que significa *babaca*, *mané*, *otário*. D-Bag é uma abreviação dessa palavra. (N. do T.)

Kiera e eu animamos Denny para o seu primeiro dia de trabalho. Ela disse que ele estava supersexy; eu concordei, com ar de zoação. Ela lhe deu um beijo de despedida; com jeito de brincadeira, eu também lhe dei um beijo na bochecha. Ele ria muito quando saiu, e eu sabia que mesmo que ainda estivesse um pouco nervoso, ele iria se dar muito bem no trabalho. Denny era um cara inteligente. Sempre tinha sido.

Depois disso, fiquei completamente sozinho com Kiera pela primeira vez desde sua chegada. Era estranhamente agradável estarmos só nós dois em casa. Ela enchia o ambiente com uma energia pacífica. Quente, doce... inocente. Só estar perto dela já me fazia sentir melhor.

Eu trabalhei na letra de uma música enquanto ela assistia a um pouco de tevê na sala de estar. Eu podia vê-la me observando do sofá. De repente, especulei comigo mesmo se ela estaria disposta a me ajudar e perguntei:

– Por favor, me diga o que você acha desses versos: *Olhos silenciosos gritam no escuro, implorando pelo fim. Palavras frias caem de bocas fechadas, cortando a carne viva. Nós sangramos, dois corações bombeando o desespero enquanto a dor, intemporal e sem fim, segue em frente.*

Ela piscou rapidamente para mim, muda. Por um momento, achei que não deveria ter compartilhado aquelas palavras com ela. Talvez devesse ter escolhido algo mais benigno, coisas mais leves ou mesmo menos deprê. Só que era naquilo que eu trabalhava naquele momento; pedindo a opinião dela eu poderia compartilhar um pouco de mim mesmo sem me revelar de verdade. Enquanto ela não me pedisse para explicar a letra eu estaria seguro.

Engolindo em seco, ela respirou fundo e disse:

– Bem, eu não sou tão boa assim para avaliar músicas, mas se você conseguisse uma rima para o segundo verso, não acha que a mensagem iria fluir melhor? – Ela encolheu os ombros, o rosto distorcido em uma expressão de desculpas.

Sorri para ela e garanti que não tinha ficado ofendido de forma alguma pela sua sugestão. A maioria das pessoas dizia só "Está ótimo!", e não se dava ao trabalho de sugerir coisa alguma. Apreciei sua tentativa honesta de tornar a música melhor.

– Obrigado, acho que você está certa. Vou trabalhar nisso. – Seus olhos se iluminaram quando ela percebeu que eu estava realmente grato por sua ajuda.

Quando voltei a trabalhar, um sentimento forte surgiu em meu peito, circulou pelos meus músculos, até que eu me vi embebido numa sensação de calor. Eu não tinha certeza se aquilo era contentamento, conforto, felicidade ou algo mais, mas tudo era maravilhoso e absorvi a sensação como se fosse uma esponja.

Kiera sumiu mais ou menos duas horas antes de sua entrada no trabalho. Eu me perguntei se ela realmente precisaria de tanto tempo para se preparar. Ela não me parecia o tipo de mulher que se enfeita e leva duas horas se maquiando. Sua beleza era natural; ela não precisava fazer nada para melhorar sua aparência. Mas quando ela

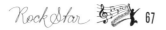

desceu a escada e me perguntou sobre o horário dos ônibus, eu entendi por que ela começara a se aprontar tão cedo.

Balançando a cabeça, me ofereci para levá-la de carro. Ela olhou para mim da porta de entrada, já com o casaco na mão.

— Não, não. Você não precisa fazer isso.

Dava para ver que ela não queria me dar trabalho. Só que aquilo não era trabalho e, além do mais, eu praticamente morava no Pete's. Ir de carro até lá era tão comum quanto ir até a geladeira de casa.

— Não tem problema. Eu tomo uma cerveja e bato papo com o Sam. Vou ser seu primeiro cliente.

Exibi o sorriso mais encantador que consegui, mas ela não pareceu animada com o meu comentário. Pelo contrário, ficou ainda mais apreensiva. Caminhando até a sala de estar, me disse:

— Tudo bem, então. Obrigada.

Ela se sentou ao meu lado no sofá e ficou olhando para a tevê enquanto brincava com o zíper do casaco. Ela parecia Denny, nervosa enquanto esperava o início de uma nova etapa. Eu estava de bobeira, assistindo a séries antigas. Para ser franco eu não dava a mínima para o que estava passando, e entreguei o controle remoto para Kiera.

— Pode ficar, eu não estava assistindo a nada em especial.

— Ah, obrigada. — Ela pareceu gostar do meu gesto e começou a zapear por vários canais.

Eu me perguntei o que ela iria escolher para assistir, e fiquei muito surpreso quando ela parou numa cena em que duas pessoas transavam loucamente. Ela me perguntou sobre os canais premium, como se não tivesse reparado no que rolava diante de nós. Contive meu riso até ela perceber o que acontecia na tela. Eu tinha a sensação de que ela ficaria muito envergonhada ao se pegar assistindo a um pornô leve ao lado de um completo estranho.

Quando Kiera finalmente percebeu o que passava na tevê as suas bochechas pareceram pegar fogo; assumiram um tom de vermelho brilhante e ela se atrapalhou toda tentado trocar de canal. Tentou voltar para a série cômica que eu via antes e quase jogou o controle remoto longe, com a pressa para mudar de canal. Eu consegui rir apenas de leve para ela, e fiquei muito feliz pela minha capacidade de me conter.

Quando faltavam uns vinte minutos para começar seu horário no trabalho, desliguei a tevê e perguntei se ela já estava pronta para sair. Embora ela ainda estivesse com um tom pálido esverdeado no rosto, ela me disse:

— Claro.

Eu a tranquilizei, garantindo que tudo iria dar certo. Pegamos nosso casaco e seguimos na direção da porta.

Apesar de Kiera demonstrar ter curtido andar no meu *muscle car* – quem não curtiria? – ela ainda parecia prestes a passar mal; olhou pela janela, respirou fundo várias vezes pelo nariz e expirou pela boca. Pensei em parar por alguns minutos para deixá-la pegar um pouco de ar, mas percebi que chegar logo ao Pete's e acabar com o seu medo seria o melhor remédio para os nervos.

Tive uma estranha vontade de segurar sua mão quando chegamos ao Pete's, só para demonstrar solidariedade e ajudar a desacelerar sua mente, mas aquilo me pareceu inadequado, então eu evitei. Ela olhou para o lugar como se as portas duplas da entrada tivessem dentes e fossem mordê-la. Quis tranquilizá-la mais uma vez, dizendo que tudo ficaria bem, mas segurei minha língua. Por algum motivo, aquele excesso de incentivo poderia parecer condescendência.

Quando passamos pelas portas Kiera deu um passo para junto de mim, de forma inconsciente. Por um momento, pensei que ela fosse me agarrar como uma tábua de salvação. Eu teria que deixá-la fazer isso, apesar de tal coisa parecer tão inadequada quanto entrar de mãos dadas. Mas aceitaria qualquer coisa que a ajudasse a superar o medo. Só que Jenny surgiu e parou na nossa frente. Com um sorriso brilhante nos lábios, estendeu a mão.

– Kiera, certo? Eu sou Jenny. Vou lhe explicar como tudo funciona.

Com um aceno para mim, Jenny agarrou a mão de Kiera e começou a conduzi-la para os fundos do bar. Kiera olhou para mim com uma expressão que dizia "socorro!" e "obrigada" ao mesmo tempo. Isso me fez rir. Rita na mesma hora apareceu e sacou meu humor.

– E aí, garotão sexy? Adoro ouvir sua risada. Quase tanto quanto adoro ouvir outros sons que você faz.

Como eu sabia o que ela insinuava, sorri de leve. Ela mordeu o lábio e seus olhos travaram em minha boca.

– Meu Jesus Cristinho! Esses lábios... – gemeu baixinho. Em seguida estendeu a mão e pegou uma cerveja para mim. – Beba isso! – ordenou, colocando a garrafa na minha frente. – Preciso de uma distração, senão vou puxar você por cima do balcão para atacá-lo. De novo.

Ela piscou e eu ri.

– Hum, obrigado. – Dei-lhe algum dinheiro para a cerveja e um pouco mais para algo que eu poderia estar devendo no bar. Nem sempre eu me lembrava de pagar. Pete já estava acostumado com isso. Mantinha atrás do balcão uma lista com os nomes dos integrantes da banda, e tirava do nosso pagamento mensal o que pudéssemos estar devendo.

Quando Kiera reapareceu no corredor, eu não pude deixar de lhe lançar um sorriso. Ela parecia fantástica vestindo a camiseta vermelha do Pete's. Incrível, na verdade. Sensual. A cor brilhante fazia sobressair os tons rosados de sua pele, fazendo-a parecer um pouco ruborizada, como se tivesse acabado de fazer sexo. O rabo de cavalo meio solto destacava seu pescoço elegante e enfatizava essa ilusão. Eu sabia que não deveria estar olhando para ela desse jeito, mas a verdade é que eu não estava morto. Reparava em mulheres atraentes como qualquer homem, e Kiera era *muito* atraente. Ela iria combinar muito bem com o lugar. Mesmo que ainda não se sentisse à vontade, parecia ter trabalhado sempre ali.

Ela franziu o cenho quando chegou perto de mim. Eu não entendi o motivo disso até perceber que ela olhava para a cerveja em minha mão. Foi quando eu me lembrei que deveria ter sido seu primeiro cliente. Opa, que mancada...

— Desculpe. Rita passou na sua frente. Fica para a próxima.

Jenny levou Kiera embora e começou a lhe explicar o funcionamento das coisas. Observei Jenny ensinando tudo a Kiera por algum tempo. Mais do que deveria. Por fim, cheguei ao ponto em que eu *tinha* de ir embora e fui até Kiera para me despedir. Dei-lhe uma gorjeta pela minha cerveja, apesar de ela não ter me servido nada. Suas sobrancelhas se uniram quando ela pegou o dinheiro.

— É pela cerveja — expliquei. Ela pareceu prestes a recusar o dinheiro, mas eu ergui a mão para detê-la. Ela precisava do dinheiro e eu não. — Vou fazer um show em outro bar. Preciso ir me encontrar com os caras, para dar uma mãozinha na montagem do equipamento, entende?

Seus olhos se suavizaram quando ela me olhou.

— Muito obrigada pela carona, Kellan.

Sorri para ela e meu contentamento anterior não foi nada comparado ao que sentia agora. Quando eu estava prestes a responder, Kiera se colocou na ponta dos pés e me deu um beijo leve na bochecha. Pareceu envergonhada por fazer aquilo e logo recuou; minha pele ficou mais quente onde os lábios dela tinham me tocado. Quis que ela me beijasse novamente e, ao mesmo tempo, sabia que não deveria desejar isso. Beijar era algo que ela fazia com Denny, e essa era uma coisa que deveria continuar exatamente desse jeito. Eles eram ótimos juntos. Só que foi apenas um beijo na bochecha... Aquilo não significava nada. Puxa, *eu* tinha beijado Denny na bochecha naquela manhã mesmo. Aquilo realmente não queria dizer nada de mais.

Olhei para baixo, quase me sentindo envergonhado.

— Não precisa agradecer — murmurei, tentando pensar direito. Depois de conseguir me recompor, dei adeus aos outros e segui em direção à porta. Disse um "divirta-se" para Kiera, antes de sair. Pela forma como ela sorriu para mim, tive certeza de que ela se divertiria.

Na noite seguinte, a banda decidiu ir para o Pete's depois do ensaio. Bem, não creio que tenha sido consciente, foi mais como um "Vamos nos ver no bar, certo? Sim, a gente se vê por lá", logo depois que acabamos de ensaiar.

Denny estacionou ali perto justamente no momento em que eu desligava o motor do meu Chevelle, e esperei por sua chegada encostado na traseira do carro. Ele ainda estava com a roupa de trabalho e exibiu um grande sorriso enquanto vinha em minha direção.

— E aí, companheiro, que legal encontrar você aqui! — exclamou ele.

Eu lhe dei um tapinha afetuoso no ombro e lhe perguntei como estava indo o trabalho. Pela sua resposta, você pensaria que ele tinha acabado de elucidar um dos segredos do universo. Um sorriso largo tomou conta do meu rosto enquanto caminhávamos rumo às portas da frente do Pete's. Meus dois roommates estavam conseguindo encontrar seu caminho ali. Gostei daquilo. Fiquei empolgado ao perceber o quanto Denny estava feliz com seu novo emprego. Todos dizem que a pessoa deve fazer o que mais ama, e ele definitivamente parecia adorar o que fazia.

Matt, Griffin, e Evan entraram no bar um pouco antes de mim e de Denny. Como se ela pudesse sentir nossa presença, Kiera virou a cabeça em nossa direção. Eu estava longe demais para avaliar com certeza, mas ela me pareceu meio ofegante e tentou se recompor, como se estivesse nervosa por servir nossa mesa. Será que os D-Bags eram tão intimidantes assim? Sinceramente, eu não achava que fôssemos. Éramos muito brincalhões, isso sim. Divertidos. Poderíamos zoá-la um pouco, mas só fazíamos isso com as pessoas de quem gostávamos.

Ela pareceu relaxar quando viu que Denny estava conosco. Ele lançou um aceno para ela e Kiera curvou os dedos, em resposta. Baixinho para mim, ele perguntou:

— Sou eu que acho ou ela parece um pouco assustada?

Ri e olhei para ele.

— É o Griffin. Ele assusta todo mundo. — Quase como se tivesse me ouvido, os olhos de Kiera se lançaram na direção de Griffin, mas ela logo desviou a cabeça e ficou com as bochechas claramente ruborizadas, mesmo a distância.

Denny e eu compartilhamos uma risada ao ver aquilo, enquanto todos seguiam em direção à minha mesa favorita. Quando Kiera se aproximou de nós, Evan a levantou e lhe deu um abraço, fazendo-a rir. Griffin apertou seu traseiro enquanto estava impotente nos braços de Evan. Ela lhe lançou um olhar desagradável que prometia violência física, mas Griffin já tinha se sentado à mesa e estava fora de seu alcance. Matt levantou a mão em saudação e eu lhe dei um breve aceno. Quando Evan colocou Kiera no chão, Denny imediatamente tomou o seu lugar. Denny e Kiera se envolveram longamente num abraço profundo, curtindo um beijo quente e pacífico.

Não importavam os temores individuais que eles tinham, ambos encontravam força e conforto um no outro. Eram uma equipe. Aquilo me comovia, e eu me pegava especulando o tempo todo como seria ter algo remotamente parecido.

★ ★ ★

Pela primeira vez na vida a minha casa estava sempre com um ambiente caloroso, pacífico e feliz. Kiera e eu ficávamos juntos durante o dia; Denny e eu saíamos à noite; geralmente íamos até o Pete's, para que ele pudesse ver Kiera um pouco. Nós dois retomamos nossa velha amizade despreocupada e, depois de algum tempo, parecia que ele nunca havia deixado Seattle.

Jenny comentou sobre o meu alto-astral uma noite, enquanto eu observava Kiera trabalhar; Kiera cantarolava enquanto limpava uma mesa, e eu tinha certeza que ela estava cantando uma das minhas músicas. Isso me deixou insanamente feliz.

– E aí, Kellan? Como vão as coisas na sua casa? Todo mundo me parece muito feliz, até agora.

Entornei a cerveja antes de responder.

– Está tudo ótimo. Nós nos damos muito bem. Denny e Kiera são... gente boa. – Meus olhos se voltaram para Kiera quando eu disse o nome dela. Passar o dia com ela era inesperadamente agradável. Ela não era melodramática nem psicótica; e também não me usava para preencher alguma fantasia envolvendo uma estrela do rock. Eu conseguia ser simplesmente *eu*, ao lado dela.

Jenny olhou para Kiera ao mesmo tempo que eu. Em seguida, voltou os olhos para mim e os estreitou. Mantive a expressão firme.

Eu estava só olhando, não havia mal nisso.

– Sim, ela e Denny são adoráveis juntos – comentou Jenny.

Tive a sensação de que ela estava sutilmente me dizendo para deixar Kiera em paz. Só que nenhuma advertência era necessária. Eu estava firme como uma rocha no mesmo time do casal Denny & Kiera. Lançando para Jenny um sorriso brincalhão, zoei:

– Nem de perto tão adoráveis quanto você e Evan.

Ela revirou os olhos para mim e olhou para Evan sentado no palco, flertando com um grupo de garotas. A verdade é que eu sabia que ele estava sozinho naquele momento. Se Jenny queria uma chance, agora era a hora de entrar na fila.

– Por favor, Kellan! Somos apenas amigos.

– Sei... Eu vi vocês dois se acariciando na festa do Quatro de Julho, e os dois pareciam muito aconchegados.

Ela me deu um sorriso apaziguador.

– E eu vi você junto daquela garota de vermelho, azul e branco, sei lá o nome dela. E aquilo não significou nada. – Ela me lançou um sorriso brilhante, como se tivesse acabado de ganhar a disputa. Com uma risada, resolvi deixar pra lá.

Erguendo as duas mãos, eu disse:

– Ok, nessa você me pegou. Eu estava só jogando verde. – Baixando as mãos, continuei: – Mas quando vocês dois acabarem juntos, por favor lembrem disso: eu cantei essa pedra.

Ela balançou a cabeça com um sorriso divertido nos lábios.

– Tudo bem, Nostradamus, tudo que você disser. – Eu me recostei na cadeira, rindo para mim mesmo enquanto ela se afastava.

Matt e Griffin estavam por perto, e mostravam a Sam as suas novas tatuagens. A de Matt era o símbolo chinês para a determinação. A de Griffin era uma cobra sensualizando com uma mulher nua; Griff adorava tatuagens sugestivas. Como eu já tinha visto seus trabalhos artísticos, me desliguei dos amigos e fiquei observando Kiera, que saltitava entre as mesas. Ela pegara o trabalho de garçonete com muita facilidade, e tal como Denny no seu trabalho e eu no meu parecia se divertir numa boa.

Kiera reparou que eu a observava no instante em que meu copo de cerveja ficou vazio. Fiz um gesto para que ela me conseguisse outro.

– E aí? Uma cerveja? – perguntou ela.

Balancei a cabeça para frente, adorando ela já estar conseguindo adivinhar minhas necessidades agora.

– Hum-hum. Obrigado, Kiera.

Os olhos dela se fixaram num ponto atrás de mim algumas vezes, e eu seria capaz de apostar que ela preferia que Griffin tornasse a vestir a camisa. Quando ela colocou uma mecha solta de cabelo escuro atrás da orelha, seu rosto ficou vermelho de repente e ela desviou os olhos. Ela geralmente só ficava vermelha daquele jeito quando eu a zoava por algum motivo, mas eu não tinha dito coisa alguma; portanto, ela é que devia estar pensando algo que julgava embaraçoso. A curiosidade me aguçou e me fez tentar descobrir o que poderia ser.

– Que foi? – eu quis saber, já me divertindo.

– Você tem uma? – Ela apontou para Griffin.

Olhei para trás. Ele flexionava o braço para um grupo de fãs. Elas guinchavam ao tocá-lo.

– Tatuagem? – perguntei, olhando para Griffin. Neguei com a cabeça e disse: – Não consigo pensar em nada que eu gostaria de ter gravado na pele para sempre. – Especulando comigo mesmo se Kiera tinha alguma marca oculta em algum lugar do corpo, sorri e perguntei: – E você?

Ela me pareceu um pouco perturbada quando respondeu.

– Não... Minha pele é virgem. – Aparentemente, ela não tinha a intenção de dizer exatamente aquilo, porque ficou vermelha. Eu tive que rir da expressão infeliz que surgiu em seu rosto quando ela murmurou: – Já volto com a sua cerveja.

Ela fugiu de mim na velocidade com que uma bala sai de uma arma. Balançando a cabeça eu fiquei ali, rindo. Não sabia por que ela ficava envergonhada com tanta facilidade; certamente não havia coisa alguma com ela ou com sua personalidade que a fizesse se sentir daquele jeito a respeito de tudo, mas assistir à sua luta interna era divertido. Ao mesmo tempo, eu esperava que ela se sentisse confortável e confiante em si mesma, um dia. Ela deveria se sentir assim, porque era maravilhosa.

Enquanto eu olhava, Denny entrou correndo pelas portas e quase colidiu com Kiera. Ele a agarrou pelos ombros, seu rosto iluminado com o que só poderia ser uma boa notícia. Kiera sorriu, obviamente feliz em vê-lo e ansiosa para conhecer as novidades. Em seguida o seu rosto desabou de tristeza. Eu fiz uma careta, me perguntando o que estaria rolando. Denny encolheu os ombros ao dizer algo para ela e Kiera permaneceu de boca aberta, como se ele a tivesse esmurrado o estômago. Desejei estar mais perto para ouvir o que eles conversavam, mas sabia que aquilo não era da minha conta e fiquei na minha.

Kiera estava chateada e parecia tentar extrair mais alguma informação de Denny. Por sua vez, Denny parecia confuso enquanto lhe explicava algo. Então, de repente ela exclamou:

– O quê? – As pessoas em todo o bar começaram a se virar e olhar para o casal, que obviamente começava uma briga. Levantei-me da cadeira, preocupado. Denny e Kiera nunca discutiam. Nunca! E se eventualmente o faziam, com certeza não era num lugar público como aquele.

Denny olhou ao redor para os olhos curiosos, agarrou o braço de Kiera e a levou lá para fora. Dei um passo, pensando em segui-los, mas o problema não tinha nada a ver comigo. Eu não podia me intrometer. Mesmo assim, tive uma sensação muito ruim.

Mantendo os olhos grudados nas portas, fui até o balcão para pedir mais uma cerveja. Enquanto eu bebericava ali, olhei para as portas e desejei que Denny e Kiera voltassem a entrar por elas no seu estado normal, feliz, no estilo "está tudo numa boa", como sempre. Eu meio que tive a sensação de que eles estavam rompendo e isso me encheu de medo. O que aconteceria com nossa família improvisada se eles se separassem? Por que diabos Denny terminaria com Kiera, para início de conversa? Ela era calorosa, doce, divertida, verdadeira... linda! Estava tão perto da perfeição quanto uma garota poderia estar.

Quando as portas finalmente se reabriram, Kiera estava sozinha. Não vi isso como um bom sinal. Ela tentava colocar uma expressão de corajosa no rosto, isso dava para perceber, mas quando passou os dedos por debaixo dos olhos, eu percebi que estava à beira de fracassar. Algo estava muito errado.

Fazendo uma expressão de estranheza, fui até ela.

– Você está bem?

Seus olhos estavam vermelhos e brilhantes, com lágrimas não vertidas. Ela evitou contato visual comigo e olhou por cima do meu ombro. Tinha chorado e parecia que não tinha acabado.

– Estou.

Não era preciso ser um gênio para ver que ela estava mentindo.

– Kiera...

Fale comigo.

Coloquei a mão em seu braço, esperando que ela se abrisse. Ela ergueu os olhos para mim e as comportas ruíram. Na mesma hora eu a trouxe para dentro dos meus braços. A necessidade de protegê-la me inundou e eu a pressionei com força junto do peito. *Como Denny poderia se atrever a magoá-la?* Ao mesmo tempo que pensava isso, sabia que não podia julgar o que não compreendia, e fiz o melhor que pude para tentar afastar de mim aquele sentimento hostil. Repousando a bochecha sobre a cabeça dela, acariciei suas costas e a acalmei da melhor forma que pude, enquanto ela soluçava. As pessoas à nossa volta nos olhavam, mas eu não me importava. Ela precisava de mim e eu ficaria ali para lhe dar força.

Fiquei um pouco surpreso ao notar o quanto me pareceu natural abraçá-la. Ela se encaixava no meu corpo com perfeição, como se tivéssemos sido moldados um para o outro. Confortá-la começou a agitar algumas coisas dentro de mim. Além de querer protegê-la e salvá-la do mal, outra coisa foi crescendo... Amizade, ou talvez algo ainda mais profundo que isso. Eu não tinha certeza. Tudo o que eu sabia era que não queria largá-la.

Não tenho certeza de quanto tempo ficamos ali, abraçados. Um pouco depois, Sam veio até onde nós estávamos. Eu sabia o que ele ia dizer antes mesmo de abrir a boca. A banda já fora para o palco e estava na hora do show. Balancei a cabeça para ele e avisei que queria mais um minuto. Kiera ergueu os olhos, me fitou e interrompeu nosso contato. Estava com os sentimentos mais ou menos sob controle agora; só algumas lágrimas ainda teimavam em escorrer quando ela limpava as bochechas.

— Estou ótima. Obrigada. Vai, está na hora de ser um rock star.

Preocupado, perguntei:

— Tem certeza? A galera pode esperar mais alguns minutos.

Se você precisar de mim eu estarei bem aqui.

Ela sorriu, comovida pela minha oferta, apesar de rejeitá-la.

— Não, sinceramente, estou bem. Tenho que voltar mesmo para o trabalho. Acabei não trazendo sua cerveja de novo.

Eu não queria, mas a soltei. Com uma risada, disse a ela:

— Fica para a próxima.

Acariciei-lhe o braço, desejando que ela realmente estivesse tão bem quanto fingia estar, e me amaldiçoei por ter de deixá-la para subir no palco, enquanto me perguntava por que a maciez de sua pele fazia meu coração bater mais rápido.

Afastando esse pensamento irrelevante da cabeça, eu a deixei voltar para o seu trabalho. Talvez ela se sentisse bem o bastante depois do show para se abrir comigo. Torci muito para que isso acontecesse. Queria que ela conversasse comigo e confiasse em mim. Eu nunca faria nada para magoá-la ou traí-la, e queria que ela visse isso em meus olhos. Kiera significava muito para mim.

Capítulo 6
ESTOU AQUI PARA VOCÊ

Evan me olhava de um jeito estranho quando subi no palco.

Relaxe, eu não vou fazer nada com Kiera.

Eu não iria jogar charme algum para cima dela, nem dar em cima, nem ser inapropriado de qualquer forma. Ela era namorada de Denny.

Eu a observei durante todo o show para tentar avaliar seu estado de espírito. Eu desceria do palco correndo e a receberia nos braços se ela precisasse de mim novamente. Era só me dar um sinal de que estava desmontando. Mas ela não fez isso; simplesmente me lançou sorrisos tranquilizadores sempre que me pegava olhando em sua direção.

Quando o seu turno terminou, ela se recostou numa cadeira e olhou para todo mundo como se não quisesse ir para casa. Até enxugou mais algumas lágrimas quando sentiu que recomeçara a chorar. Torcendo para que ela finalmente se abrisse comigo, eu me sentei em uma cadeira ao lado dela.

– E aí? – disse, quando ela ergueu os olhos. – Quer conversar sobre isso?

Ela olhou para o palco, onde o resto da banda ainda estava. Ela hesitou em me responder e eu percebi que eles eram o motivo. Quando ela balançou a cabeça, tive certeza disso. Em vez de pressioná-la a falar comigo na frente deles, perguntei:

– Quer uma carona para casa? – Entendi sua necessidade de privacidade, e também sua relutância em falar. Eu não iria pressioná-la.

Ela olhou para mim com um sorriso agradecido e assentiu.

– Aceito, obrigada.

– Certo. Vou só pegar minhas coisas e a gente já sai.

Exibi um caloroso sorriso de apoio. Como se estivesse envergonhada, suas bochechas ficaram rosadas. Talvez ela se sentisse mal, como se estivesse me incomodando. Mas não deveria se sentir assim. Eu estava indo para o mesmo lugar que ela, afinal de contas; morávamos na mesma casa. Fui até onde os rapazes estavam para pegar minhas coisas. Griffin me olhou com um jeito diferente, como se soubesse de alguma coisa. Eu tinha certeza que ele já estava imaginando um monte de imagens pervertidas de mim com Kiera. Maravilha!

Sam estava lá com eles. Tinha um copo na mão e o entregou para mim quando eu cheguei mais perto.

– Não quer tomar um drinque com a gente? – Estreitou os olhos e completou. – Mas só um, ouviu? Eu não quero mais bancar a babá do seu traseiro bêbado.

Eu ri com o comentário. Aquilo já fazia um tempo, mas Sam teve que me dar uma carona para casa mais de uma vez. Esse era um aspecto do seu trabalho que ele não curtia. Só fazia isso porque éramos seus colegas de trabalho. E amigos.

– Não, obrigado. Kiera precisa de uma carona e vou levá-la para casa. – Griffin franziu os lábios e cutucou Matt nas costelas, enquanto ele assentia com a cabeça. Obviamente ele achou que andava rolando algo diferente entre nós.

Balancei a cabeça para os lados diante da suposição incorreta deles e peguei minha guitarra. Quando me virei para sair, Evan me agarrou pelo cotovelo. Puxando-me mais para perto, disse:

– Eu saquei vocês dois antes do show. Está acontecendo alguma coisa?

A irritação de perceber que a mente de Evan acompanhava a de Griffin me provocou um calafrio na espinha. Ele devia ter um pouco mais de fé e confiança em mim.

– Não. Pintou algum problema entre ela e Denny, mas eu não sei por que ela está... chateada. Estou sendo um bom amigo, porque é disso que ela precisa agora. Mas é só isso.

Evan aceitou minha resposta e soltou meu braço. E deveria aceitar mesmo; eu estava dizendo a verdade. Flexionando os ombros para relaxar, voltei para Kiera.

– Pronta? – perguntei a ela.

Em pé à minha espera, ela assentiu com a cabeça e saímos do bar juntos. Ficou em silêncio por algum tempo e eu a deixei em paz. Se quisesse falar, ela faria. Se não, eu não poderia forçá-la. Mas o silêncio que se instalou não foi opressivo. Não havia tensão alguma, nem apreensão. Só uma amizade confortável.

Quando eu já estava certo de que o silêncio iria durar toda a viagem para casa, Kiera disse com muita calma:

– Denny vai viajar.

Eu não poderia ter ficado mais chocado com suas palavras.

Não!... Eu acabei de reencontrá-lo e eles estavam tão felizes juntos ali. O que poderia ter acontecido? Por que ele iria querer viajar... ir embora? Será que eu tinha feito alguma coisa...?

– Mas...?

Seu rosto formou uma careta, como se ela estivesse com raiva de si mesma.

— Não, é só por alguns meses... a trabalho.

Eu relaxei quando percebi que a ausência de Denny seria apenas temporária. Nosso relacionamento continuava intacto, afinal, e o deles também. Essa separação seria difícil para os dois, mas eu tinha certeza de que eles iriam conseguir.

— Ah, eu pensei que talvez...

Vocês tivessem terminado.

Ela me interrompeu com um suspiro antes que eu pudesse terminar meu pensamento.

— Não, eu fiz uma tempestade em copo d'água. Está tudo bem. É só que... — Fez uma pausa longa, como se até mesmo o ato de dizer as palavras pudesse machucá-la.

— Vocês nunca se separaram — adivinhei.

Erguendo a cabeça, vi seus lábios se curvarem num pequeno sorriso de alívio. Alívio por eu ter entendido e por não tê-la julgado.

— Exatamente. Quer dizer, nós até nos separamos, mas não por tanto tempo assim. Acho que eu fiquei acostumada a ver Denny todos os dias e... enfim... nós esperamos tanto para viver juntos, as coisas têm ido tão bem, e agora...

— Ele vai viajar.

— Pois é...

Pude sentir os olhos dela me avaliando enquanto eu me concentrava na direção. Tentei imaginar como seria a sensação de esperar muito tempo para ficar com alguém para, então, ter essa pessoa arrancada no momento que você a tinha.

— No que você está pensando? — murmurou Kiera, com uma voz distante, quase como se não estivesse falando comigo.

— Em nada... — Olhei para ela e seus olhos estavam arregalados, como se ela não tivesse percebido que tinha feito uma pergunta para mim. Ignorei sua expressão assustada enquanto analisava o que eu estava desejando. — Estava apenas desejando que você e Denny passem por cima disso. Vocês dois são...

Pessoas incríveis, uma inspiração, minha esperança para o futuro... São muito importantes para mim.

O silêncio desceu sobre nós de novo, mas dessa vez era um silêncio mais agradável. Eu estava feliz por Kiera se abrir comigo, e feliz por saber que seu problema parecia ser de curto prazo.

Quando chegamos, o carro de Denny estava estacionado na entrada. Kiera inspirou com força ao ver o veículo. Mas estava sorrindo, como se estivesse feliz por ele estar em casa. Torci para que ela sempre se sentisse daquele jeito. Virando-se para mim, ela disse:

— Obrigada... Por tudo.

Senti um súbito desejo de que ela me beijasse o rosto novamente, e baixei a cabeça. Se eu fosse mais parecido com ela, esse pensamento certamente teria me feito corar.

— Não há de quê, Kiera.

Saímos do carro, seguimos pelo caminho que levava à porta de casa e entramos. Kiera parou na porta de seu quarto e eu parei diante da minha. Eu a vi olhando para a porta fechada, sua mão apertando a maçaneta, em vez de girá-la. Parecia nervosa, como se estivesse com medo do que iria encontrar do outro lado.

— Vai ficar tudo bem, Kiera — sussurrei na penumbra. Ela olhou para mim com carinho e gratidão nos olhos.

— Boa noite — ela se despediu, mas seus olhos continuaram grudados nos meus. Por fim, tomou coragem e abriu a porta para o quarto onde Denny estava.

Sozinho no corredor, olhei para a porta fechada do quarto deles durante vários minutos. A sensação de ter Kiera nos braços me voltou com intensidade; o cheiro do seu cabelo, o calor em seus olhos, o conforto de seu corpo pressionado contra o meu. Por uma fração de segundo eu me perguntei o que aconteceria se Denny fosse embora e nunca mais voltasse. Será que Kiera passaria a me ver como outra coisa além de uma estrela do rock com jeitão de playboy, caso ficássemos morando só nós dois naquela casa? Será que eu queria que ela me visse como algo além disso?

Agitando a cabeça, abri a porta do meu quarto e entrei. Não importava se Kiera conseguiria ou não desenvolver algum interesse por mim. Não era isso que estava acontecendo ali ou estava em jogo naquele momento. Denny não a tinha abandonado; estava apenas indo passar um tempo fora, durante alguns meses. Nada de mais. Eles estavam bem, estavam ótimos, totalmente numa boa. Por algum motivo estranho, esse pensamento me deixou um pouco triste.

Denny e Kiera ficaram colados um no outro o tempo todo, enquanto contavam os minutos até a hora de ele ir embora. Mas eu consegui arrumar um momento a sós com Denny.

— E aí, posso falar com você?

— Claro. Que foi?

Eu não tinha ideia de como dizer o que queria sem parecer indelicado, então comentei, apenas...

— Eu vi o quanto Kiera ficou chateada quando você disse que ia embora por algum tempo. Tem certeza que é isso que você quer?

Denny franziu o cenho, como se achasse que eu estava ultrapassando meus limites. Talvez estivesse.

— Serão só alguns meses. — A expressão de estranheza dele se transformou em empolgação. — Você não entende o que isso pode significar para minha carreira, Kellan? Isso talvez seja o começo de algo fantástico.

Segurei a língua, mas tudo em que consegui pensar foi:

Talvez seja o fim de algo muito melhor.

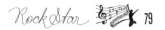

No dia em que Denny tinha de ir embora, eu me ofereci para levá-lo ao aeroporto, pois não sabia o que mais poderia fazer. Os olhos de Kiera não desgrudaram de Denny enquanto íamos para o terminal, em Sea-Tac. Os olhos de Denny, porém, não saíram de cima de mim ao longo de todo o caminho.

Já no aeroporto, dei aos meus dois amigos um pouco de espaço pessoal para as despedidas. Foi um momento de muita emoção, e foi difícil, para mim, testemunhar o óbvio conflito de Kiera. Sua devoção era comovente. Eu nunca tinha visto alguém se importar tanto. Eu, certamente, nunca tivera alguém que se importasse comigo daquele jeito.

Eles se separaram depois de um beijo apaixonado. Denny disse algo que só podia ser um adeus, beijou-a no rosto e veio caminhando em minha direção. Sorriu quando eu lhe disse adeus e olhou para Kiera. Quando tornou a virar o rosto para mim, sua expressão estava completamente diferente. Mais dura, por assim dizer. Inclinando-se de leve, sussurrou:

— Preciso que você me dê sua palavra de que não vai tocá-la enquanto eu estiver fora. Que vai olhar por Kiera, mas vai se manter o mais longe possível dela. Entende o que estou dizendo? — Recuou um pouco, sua expressão muito séria.

Chocado, lancei um rápido olhar para Kiera, que nos observava. Ele estava realmente me lembrando de que eu não deveria dormir com sua namorada? Será que achava mesmo que eu seria capaz de fazer isso? Sim, eu gostava de Kiera... Gostava muito dela, para ser franco... Só que ela era dele, e eu respeitava isso. Eu o respeitava. Jamais...

Denny estendeu a mão para mim. Balancei a cabeça, atônito, mas logo estiquei o braço e apertei sua mão. De certo modo, aquele aperto de mãos parecia mais um pacto que uma despedida.

— Eu não vou... Nunca faria algo desse tipo para magoar você, Denny.

Denny me deu um sorriso curto como resposta; em seguida, virou-se e lançou um beijo para Kiera, antes de se dirigir para a segurança do aeroporto. Eu levei um minuto para processar o que tinha acontecido. Sempre achei que Denny enxergava o melhor de mim... Só que ele não devia confiar em mim tanto quanto eu imaginei, pois acreditava que eu pudesse fazer algo assim enquanto ele estava fora. Até mesmo Evan achou que deveria me alertar... Era essa a pessoa que eles viam quando olhavam para mim? Era assim que eu era?

Kiera olhava para o espaço vazio quando Denny desapareceu, e lágrimas começaram a se formar em seus olhos. Vi que ela estava a cerca de quinze segundos de uma crise de nervos, e também percebi que não queria pagar aquele mico no meio do aeroporto, então rapidamente a levei de volta para o carro.

Ela se aguentou até entrarmos na autoestrada de volta, mas acabou se descontrolando por completo. Eu nunca tinha visto alguém tão arrasado antes; era como se a sua alma tivesse sido despedaçada. A dor dela me fez sofrer também, e eu achava muito difícil entender o motivo de Denny obrigá-la a passar por tudo aquilo. Eu queria cuidar dela, livrá-la de toda a dor, queria fazer com que nunca mais na vida ela se sentisse daquele jeito. Percebi que não poderia fazer qualquer dessas coisas, então simplesmente a levei para casa, acompanhei-a até o sofá, trouxe-lhe um copo d'água, uma caixa de lenços de papel e me sentei na poltrona ao lado, para lhe fazer companhia.

Esperando que isso pudesse afastar sua mente dos problemas, procurei algo engraçado na tevê para vermos. Pareceu funcionar. Após algumas risadas, sua pele ficou mais brilhante e ela já não usava tantos lenços de papel. Eu acompanhei mais Kiera do que o filme. Seus olhos estavam mais verdes naquele momento de dor, e ela mordia o lábio enquanto assistia ao filme ridículo. De repente senti vontade de me sentar ao lado dela no sofá, talvez envolvê-la com um braço e lhe oferecer meu ombro para ela chorar, mas tinha prometido a Denny que me manteria longe.

Depois de algum tempo as suas lágrimas secaram. Dava para ver o cansaço em seu rosto quando ela se deitou no sofá, e não me surpreendi nem um pouco quando adormeceu antes do filme acabar. Ela provavelmente não tinha dormido a noite toda. Achei um cobertor leve e o coloquei sobre seu corpo enroscado. Ela se mexeu um pouco e sorriu, como se soubesse que eu tinha feito aquilo por ela.

Fiquei com o rosto pouco acima do dela, observando-a por alguns minutos. Uma mecha de cabelo lhe caiu sobre a bochecha e os lábios. Sua respiração suave fazia com que os fios vibrassem, e eu sabia que a qualquer segundo aquilo lhe faria cócegas e ela acordaria. Com muito cuidado, de forma lenta e suave, tirei a mecha do seu rosto e a coloquei atrás da orelha; sua pele me pareceu seda entre os dedos.

Kiera não se moveu, então eu achei que ainda estivesse dormindo. Eu sabia que não deveria ficar parado ali, mas seu rosto exposto me hipnotizava. Minha respiração acelerou de expectativa e meus lábios se separaram levemente. Ela era mesmo bonita, incrivelmente bela. Apesar de parecer emocionalmente esgotada e exibir olheiras leves, estava deslumbrante. A parte macia do meu polegar roçou de leve a sua bochecha. A pele era tão suave que eu senti vontade de cobri-la com a palma da mão e sentir mais daquela suavidade. Queria esfregar minha bochecha contra a dela, e roçar meus lábios pelo seu rosto. Mas eu já estava passando dos limites e não iria mais longe. Kiera e eu tínhamos a base de uma amizade muito boa. Parecia simples, colocado nesses termos, mas essa era a única maneira de eu poder descrever nosso relacionamento, e eu não pretendia fazer coisa alguma que prejudicasse isso, ou a ligação entre mim e Denny, mesmo que ele não confiasse em mim por completo.

Fiz o meu melhor, nos dias que se seguiram, para tornar a vida de Kiera mais confortável. Basicamente eu tentei manter sua mente afastada da dor preenchendo todo o seu tempo livre. Infelizmente, havia muitas horas vazias para ela gastar sozinha, pois suas aulas ainda não tinham começado.

Quanto mais tempo passávamos juntos, mais eu curtia a sua companhia. Ela era inteligente, engraçada, perspicaz, e um prazer para olhar; especialmente quando eu conseguia fazer suas bochechas ficarem mais vermelhas que um tomate. Ela também era boba e brincalhona quando baixava o seu escudo protetor, um fato divertido que descobri quando consegui fazer com que ela dançasse e cantasse comigo em pleno supermercado. Era para eu estar afastando a mente *dela* da solidão, mas ela estava fazendo com que *eu* me esquecesse da *minha*.

Claro que eu flertava com as garotas de vez em quando, porque o toque de uma mulher não era algo que eu estivesse preparado para abrir mão, mas não conseguia sequer lembrar quando fora a última vez em que eu tinha *realmente dormido* com alguém. Parecia uma eternidade, porque eu não considerava o sexo como *dormir*. A verdade é que raramente eu pensava sobre sexo com garotas que eu não via mais. Só que tinha, ocasionalmente, pensamentos quentes e absolutamente inadequados sobre Kiera. E sonhos. Caraca, os sonhos! Alguns deles me deixavam duro o suficiente para quebrar vidro quando acordava. Mas eu não deixei que isso afetasse nossa amizade ou a minha promessa para Denny. Aquelas eram duas pessoas que significavam muito para mim.

Eu estava tendo um pensamento bastante inadequado sobre como ela pareceria toda molhada quando a ouvi bater na minha porta, uma noite. Eu tinha acabado de sair do chuveiro e ainda estava um pouco encharcado quando disse que ela podia entrar.

Empurrando para longe da cabeça a imagem de água escorrendo entre seus seios, exibi um sorriso cintilante e amigável quando ela abriu a porta.

– Que foi?

Ela ficou em pé na soleira da porta, olhando para mim com a boca aberta. Provavelmente não esperava que eu estivesse apenas metade vestido. Fechou a boca e tentou se recompor, mas em seguida começou a gaguejar. Foi uma reação bonitinha, à qual eu não estava acostumado. Será que ela também pensava em mim pelado? Não, de jeito nenhum.

– Hum... Eu estava pensando... se podia ir com você... ao Razors... Para ouvir a banda?

– Sério? – Eu peguei minha camisa na cama, surpreso. Razors era um pequeno bar onde nós íamos tocar naquela noite. Kiera já tinha ouvido nossa banda tantas vezes no Pete's que nos ouvir mais uma vez talvez fosse um pouco monótono. Mas se era isso que ela queria eu iria adorar sua companhia. – Já não está cansada de me ouvir? – Dei uma piscadela quando vesti a camisa. Ela devia estar farta de nós.

Ela engoliu em seco, como se ainda estivesse surpresa com o meu corpo. Hummm, pensando bem, talvez eu *devesse* ficar seminu na frente dela com mais frequência. Sua distração era sedutora.

Amigos. Apenas amigos.

— Não… Ainda não – garantiu ela. Quase como uma reflexão tardia, acrescentou: – Pelo menos vou ter alguma coisa para fazer.

Ri com seu comentário. Tudo sempre acabava em Denny e no jogo de espera perpétua que ela curtia. Acabei de me vestir, fui até meu armário para pegar o gel que usava no cabelo e o espalhei com cuidado, para lhe dar um ar de caos ordenado.

Quando olhei para trás, Kiera estava absorta me observando.

— Tudo bem, já estou quase pronto – avisei, sentando-me na cama para calçar as botas e dando um tapinha na cama para Kiera se juntar a mim. Quando ela o fez, descobri que eu gostava de tê-la ao meu lado; de ter seu cheiro fresco e limpo em volta de mim; mesmo sem tocá-la, de algum jeito eu senti um calor que nunca tinha sentido antes. Mas sabia que não deveria pensar coisas assim.

O show acabou sendo muito bom, e eu estava feliz por Kiera ter tido a chance de vê-lo. Assim que a apresentação terminou e nosso equipamento foi embalado, fiz questão de agradecer aos funcionários por eles terem nos acolhido e aos clientes por terem ido até lá nos assistir ou, pelo menos, nos receber bem, mesmo que tivessem ido ali sem saber que iríamos tocar. Quando estava me despedindo do barman, uma garota mais atirada colocou a mão no meu bolso de trás e apertou minha bunda. Quando olhei por cima do ombro, ela me perguntou:

— Você já tem planos para hoje à noite?

Meus olhos voaram dela para Kiera, que nos observava junto à porta. Não muito tempo atrás, eu teria concordado em ir a qualquer lugar que aquela mulher quisesse, mas as coisas eram diferentes agora; eu não queria ir a lugar algum com ela. Além do mais, não poderia. Na verdade, eu tinha planos.

— Desculpe, tenho planos, sim. – Ela fez uma cara de estranheza e eu lhe dei um beijo no rosto. Torci para que aquilo fosse o suficiente para deixá-la feliz.

Kiera estava de ótimo humor no caminho para casa. Olhava para mim como se estivesse hipnotizada. Eu não tinha certeza do porquê daquilo, até perceber que eu estava cantando baixinho a última música que tínhamos tocado.

— Adoro essa música – confessou ela. Assenti com a cabeça. Já sabia disso. Não importa o que estivesse fazendo, Kiera sempre parava e ouvia "Remember Me" quando nós a tocávamos no Pete's. – Parece importante para você – comentou, subitamente curiosa. – Tem algum significado especial?

Ela parecia quase envergonhada por querer saber, como se tivesse feito a pergunta de forma irrefletida. Seu questionamento me pegou desprevenido, tanto quanto sua percepção. E sua preocupação. A maioria das garotas nem prestava atenção às letras que eu fazia, pelo menos quando estavam perto de mim.

— Hum… – foi tudo que eu consegui dizer.

É claro que isso não foi suficiente para ela.

— Que foi? — insistiu ela, com voz tímida.

Nessa simples pergunta, eu quase consegui ouvi-la implorando para eu me abrir com ela. A ideia de Kiera saber o que a música significava para mim, ou sobre o que eu estava *realmente* cantando, já não me assustava tanto quanto como aconteceu no instante em que eu percebera, pela primeira vez, a sua reação ao ouvi-la. A verdade é que eu me sentia muito confortável com ela. Não confortável o suficiente para me abrir e colocar para fora cada história triste que se arrastava dentro de mim, mas confortável o bastante para não ter medo de confiar pequenos pedaços de mim. Desde que ela não perguntasse demais; mas Kiera não forçava a barra quando eu não queria contar.

Com um sorriso caloroso e despreocupado, eu lhe disse:

— Ninguém jamais tinha me perguntado isso antes. Bem, quer dizer, ninguém fora da banda. — Fiz uma pausa, perguntando a mim mesmo se eu queria entreabrir a porta do confessionário naquele momento. — Sim... — murmurei, olhando para ela. Ela piscou e se virou para mim, seus olhos se arregalaram com alguma emoção que eu não consegui identificar. Sentindo que me perdia no formato da sua boca e no brilho dos seus olhos, deixei uma parte do meu coração transbordar. — Significa muito para mim...

O que eu esperei ter ao longo de toda a minha vida. O que meus pais nunca tinham conseguido me dar. O que eu sabia que não era digno de receber: o amor de alguém. Era isso que a canção significava para mim.

Uma fatia de dor inesperada fez abalar meu coração. Eu não queria dizer mais nada para Kiera; não queria que mais dor escoasse para fora de mim. Então, armei minhas defesas mentais e foquei a atenção na estrada, torcendo para ela captar a dica. Felizmente ela não me pediu para ir em frente e desenvolver a ideia. Kiera sempre parecia perceber quando tocava em alguma ferida, e eu me senti grato por ela recuar antes de aquela ferida reabrir e voltar a sangrar.

Contemplei a ideia de ir procurar Evan ou Matt assim que chegamos em casa. Precisava urgentemente de alguma coisa que arrancasse da minha cabeça os últimos minutos, mas o sorriso de Kiera foi tão acolhedor e convidativo quando ela me agradeceu pela noite divertida que aquilo conseguiu derreter o gelo que se formara em torno do meu coração. Pelo menos foi isso que eu senti. Então, como se ela fosse o sol, tive vontade de ficar perto dela. E fiquei.

Ter Kiera por perto estava iluminando minha vida de maneiras que eu não tinha previsto. Como numa tarde, por exemplo, quando voltei para casa e encontrei o lugar completamente transformado. Aquilo me divertiu logo de cara. Eu ri muito quando peguei Jenny e Kiera colocando quadros na cozinha. Enquanto andava de cômodo em cômodo, fiquei impressionado com o que elas tinham feito. As cestas avulsas espalhadas, a arte e as fotos faziam a casa parecer mais habitada. De repente, aquilo já não era apenas quatro paredes e um teto. Tinha personalidade, e essa personalidade pertencia a Kiera. A casa se parecia com ela.

Até mesmo o meu quarto.

Parando na porta, olhei para o meu quarto, surpreso. Pendurado na parede estava um pôster dos Ramones. Eu adorava os Ramones. Tentei relembrar as nossas conversas, mas não consegui me recordar de ter mencionado isso para ela. O fato de ela ter percebido algo em mim enquanto estava na rua vendo lojas, de ter pensado em mim e de ter comprado alguma coisa para me trazer de presente... Bem, era meio incompreensível.

Eu não conseguia me lembrar de quando tinha sido a última vez em que alguém tinha feito algo assim, do nada, para mim. Não era feriado, nem uma ocasião especial. Era apenas um domingo. Sentado na minha cama, olhei para o pôster perplexo, impressionado e profundamente comovido.

Ouvi Jenny dizer adeus ao sair e gritei palavras de despedida. Olhando para o chão, refleti sobre o quanto minha casa deveria ter parecido estéril antes de Kiera enfeitá-la. Eu nunca me sentira tão insignificante em toda a minha vida quanto no dia em que tinha corrido de volta para Seattle e descobri que meus pais tinham basicamente me erradicado da sua vida. Todas as minhas coisas tinham ido embora, não havia fotos minhas, nem quadros nas paredes, nem recordações nas prateleiras. Ver aquela aniquilação da minha existência foi dez vezes pior do que todas as vezes em que meu pai tinha, sutilmente – não tão sutilmente –, deixado implícito o quanto eu não significava *nada* para ele. Palavras feriam fundo a alma da gente, mas aquilo era pior. Não havia nenhuma forma de interpretar equivocadamente o que eles tinham feito.

Ver a maneira como eles tinham me cortado de sua existência tinha sido um golpe maior do que todos os pontapés que eu levara ao longo da infância, dados pela bota com bico de aço de papai. Quis chorar e senti vontade de vomitar. O que acabei fazendo foi colocar cada peça da mobília que era deles do lado de fora da casa, na beira da calçada, com um cartaz de GRÁTIS pendurado. Quando acabei de remover todos os vestígios da presença deles ali, a casa ficara tão vazia por dentro quanto eu.

Ouvi uma batida na porta aberta do quarto; ergui a cabeça e vi Kiera parada ali. Deixando de lado minhas lembranças sombrias, acenei para que ela entrasse.

Ela se encolheu um pouco quando falou, e isso formou rugas bonitas na parte acima do seu nariz.

– Olha... Desculpa pelas mudanças. Se não gostou, posso tirar tudo.

Ela parecia absurdamente arrependida e cheia de desculpas ao se sentar ao meu lado, como se realmente tivesse feito algo errado. Mas tudo o que ela fez foi adicionar um pouco de vida à minha... vida.

– Não, está tudo bem. Acho que a casa estava mesmo... um pouco vazia.

Para dizer o mínimo.

Apontei para o pôster dos Ramones atrás de mim.

— Gostei muito... obrigado.

Eu mais que gostei. E agradecer não é o bastante, mas é tudo que eu posso lhe oferecer.

— Pois é, achei que talvez você... Não há de quê. — Seu belo sorriso se transformou numa careta. — Você está bem? — perguntou, as sobrancelhas unidas como se estivesse realmente preocupada.

Será que estava mesmo preocupada comigo? Tudo que ela tinha visto era eu olhando para o chão por um segundo.

— Hum-hum, estou ótimo... Por quê?

Mais uma vez ela pareceu envergonhada, como se estivesse invadindo minha privacidade.

— Nada, é que você parecia... Nada, desculpe.

Lembrando de todas as vezes que ela não tinha bisbilhotado a minha vida quando poderia ter feito isso; lembrando de como eu abri o coração para ela, mesmo que por uma fração de segundo, tinha sido agradável antes de voltar a doer, considerei a possibilidade de contar a ela o que eu estava pensando quando ela entrou. Mas não houve jeito de fazer isso. Não era algo simples que poderia ser explicado com uma ou duas frases. Não mesmo... Para explicar o quanto Kiera tinha feito de bom para mim, eu teria de lhe explicar *tudo*. E não conseguiria fazer isso. Aquela não era uma história que eu costumasse contar para as pessoas.

Em vez de dizer a ela o que eu tinha certeza que ela queria ouvir, sorri e perguntei:

— Está com fome? Que tal o Pete's? — Com uma cara divertida, acrescentei: — Faz tanto tempo que não vamos lá!

Ao chegar ao Pete's, nos acomodamos na mesa da banda e fizemos nosso pedido a Jenny. As pessoas olharam para nós dois juntos ali, mas eu as ignorei. Pretendia fazer uma refeição ao lado da minha amiga. Nada além disso.

Kiera geralmente parecia bem quando estávamos só nós dois, mas às vezes entrava na fossa e ficava muito pra baixo. "Depressões Denny", era como eu chamava esses momentos. Enquanto esperávamos a comida chegar, vi que a empolgação no seu rosto tinha se transformado num silêncio macabro. Ela estava sentindo saudades dele.

Apesar de saber o que estava errado com ela, lhe perguntei se estava bem. Ela encolheu os ombros, balançando a cabeça e empinando as costas ao dizer que estava bem, mas dava para ver que aquilo era só da boca para fora. Seu coração doía e ela estava sozinha. Eu conseguia entender a solidão. Desejei ardentemente haver mais que pudesse fazer por ela, mas não era de mim que ela sentia falta, então a minha ajuda seria limitada. Apenas um remendo, algo para ajudar a suprimir a tristeza. Mesmo assim, tudo bem. Pelo menos eu estava sendo útil.

Capítulo 7
PROMESSA FEITA, PROMESSA QUASE CUMPRIDA

Várias semanas se passaram desde que Denny tinha deixado Seattle, mas o tempo parecia ter voado. Pelo menos para mim. Uma coisa que eu tinha começado a notar era que as ligações de Denny eram cada vez menos frequentes. Não mencionei minhas preocupações para Kiera, mas aquilo estava começando a me perturbar. Principalmente porque a incomodava. Eu via a decepção estampada em seu rosto. Era como assistir a uma escultura ir se descascando e esfarelando aos poucos, pedaço por pedaço. Se Denny não cuidasse dela e a restaurasse logo, estaria com um problemão nas mãos, e isso não tinha nada a ver com seus medos infundados sobre mim.

Conversei com ele algumas vezes, quando ele ligava lá para casa e Kiera não estava.

— E aí, como é que Tucson anda tratando você? — perguntei-lhe, numa tarde em que ele ligou.

Denny riu.

— Aqui o clima é muito mais quente do que em Seattle, mas eu gosto. Como andam as coisas por aí?

— Numa boa. Não precisa se preocupar.

Estou mantendo minha promessa.

Ele soltou um suspiro saturado de alívio.

— Que bom. Eu odiaria que acontecesse algum... problema aí na minha ausência.

Minha mandíbula se apertou com força e eu me perguntei se aquilo era alguma advertência vaga para mim. Ele não tinha nada com o que se preocupar, falando sério. Kiera não estava interessada em mim, não estava *mesmo*. Tudo que pensava o tempo todo era em Denny.

Limpando a garganta, redirecionei meus pensamentos.

— Percebi que você não tem ligado tantas vezes. Há algum *problema* por aí, com você?

Viu só?... Eu também sei fazer perguntas vagas com significados ocultos.

Denny ficou em silêncio por vários segundos. Era um cara inteligente, então eu sabia que ele entendeu o que eu estava insinuando. Ou ficou chocado, ou então estava resolvendo sobre como iria me responder. Meu estômago se agitou com a possibilidade de Denny estar traindo a Kiera. Será que eu deveria contar para ela, caso isso estivesse rolando? Tinha certeza de que faria isso. Esconder a verdade de Kiera não era algo que eu estivesse disposto a fazer.

— Nada... Sem problemas por aqui. Só... um monte de trabalho e pouco tempo para descanso. — Ele suspirou, como se de repente estivesse esgotado. — Estou fazendo o melhor que posso, companheiro.

Pelo tom de sua voz, percebi que ele estava dizendo a verdade. Dei-lhe algumas palavras de incentivo e deixei o assunto morrer. Eu era o seu amigo, e não seu conselheiro.

A preocupação com as ligações de Denny estavam saindo da lista de estresses de Kiera à medida que o início das aulas se aproximava. Dava quase para ver a tensão aumentando nela a cada dia. Ela estava mais ansiosa com o primeiro dia do que com qualquer outra coisa até agora, e eu tinha certeza de que Denny não estar por perto só servia para tornar a sensação dez vezes pior.

Foi numa tarde que a apreensão de Kiera explodiu numa erupção de puro estresse. Uma explosão teatral que eu provavelmente não deveria ter presenciado, mas entrei na cozinha na hora certa. Ela soltou um sonoro "Foda-se!" e jogou no chão todos os folhetos dos cursos da faculdade.

Eu tive que rir diante da exibição exagerada.

— Mal posso esperar para contar essa para o Griffin.

Ela ficou vermelha como um pimentão ao perceber que eu estava ali, e então gemeu ao pensar naquela ameaça. Acenei com a cabeça para a bagunça no chão, enquanto ela se recuperava do embaraço.

— Vão começar as aulas na universidade, não é?

Ela se abaixou para pegar os folhetos e eu fiz o melhor que pude para ignorar o quanto ela me pareceu ótima naquela posição.

— Pois é — confirmou ela, com um suspiro. — E eu ainda nem estive no campus. Não faço a menor ideia de onde ficam as coisas. — Endireitou o corpo e um olhar triste de desprezada, do tipo "onde está Denny?", lhe invadiu o rosto. — É só que... Denny devia estar aqui para me ajudar. — Franziu o cenho, irritada consigo mesma ou irritada com Denny. Talvez um pouco de ambos. — Ele já está fora há quase um mês — murmurou.

Eu a analisei e observei a tristeza em seu rosto, misturada com raiva e embaraço. Acho que ela queria ser forte e independente; por algum motivo, porém, lhe faltava confiança. Eu não conseguia descobrir o porquê daquilo. Ela era bonita, inteligente, engraçada, doce... Não havia motivo para recear nada. Mas eu também entendia a necessidade de ter alguém por perto para fazer uma pessoa se sentir completa. Entendia bem demais, até.

Kiera desviou os olhos de mim e, com voz doce, eu lhe disse:

– Os D-Bags se apresentam no campus de vez em quando. – Seus olhos voltaram aos meus e eu lhe sorri. – Na verdade, eu conheço bem o lugar. Posso mostrar a você, se quiser.

Seu alívio imediato foi quase palpável.

– Ah, quero sim, por favor. – De repente pareceu mortificada, pigarreou e mudou os pés de posição. – Quer dizer, se você não se importar.

Seus olhos castanhos adquiriram uma suave sombra verde sob aquela luz, e me pareceram ainda mais vivos com calor, carinho e esperança. Como eu poderia negar alguma coisa para aqueles olhos?

– Não, Kiera, eu não me importo...

Eu faria qualquer coisa por você. Isso me torna mais feliz e me faz borrar as calças de medo ao mesmo tempo.

Eu a levei para se inscrever nas matérias que ela iria cursar na tarde seguinte. Alguns dias depois, resolvemos dar um passeio por todo o campus. Como eu pretendia impressioná-la, talvez tenha exagerado na turnê pela universidade. Eu só queria que ela se sentisse o mais confortável possível, quando as aulas começassem. Kiera devorou cada palavra do que eu explicava. Talvez tenha sido por isso que eu exagerei tanto. Gostei de vê-la concentrada em cada palavra que eu pronunciava. Aquilo me fez sentir um tanto ou quanto invencível.

Estava mostrando a ela o prédio onde aconteceriam as suas aulas de Literatura Europeia quando uma voz rompeu pelo corredor silencioso.

– Ai! Meu! Deus! Kellan Kyle!

Eu percebi pela voz estridente que aquilo era uma fã gritando de alegria por me ver. E me encolhi, imaginando como o encontro iria rolar; porém, sempre atencioso com minhas fãs, eu me virei para olhar. A ruiva de cabelos encaracolados praticamente corria pelo corredor para chegar até onde eu estava. Eu realmente não fazia ideia do que ela iria fazer quando chegasse junto de mim. Pensei em agarrar a mão de Kiera e sair dali correndo, mas não havia tempo. A garota de corpo miúdo era surpreendentemente rápida. Já tinha os braços arremessados ao redor do meu pescoço e sua boca esmagava a minha antes mesmo de eu entender o que tinha me atingido.

Enquanto ela me salpicava o rosto com beijos febris, quebrei a cabeça tentando descobrir de onde a conhecia, mas não consegui me lembrar quem era aquela maluca.

— Mal posso acreditar que você veio me visitar na universidade!

Ah, tá bom, ela frequentava as aulas dali, de modo que isso reduzia o número de garotas possíveis cerca de… um por cento. Ela olhou para Kiera ao meu lado e eu fiquei tenso por um momento. Era melhor ela não começar nenhum escândalo ali. Felizmente não me pareceu muito interessada em saber quem era a Kiera.

Depois de passar rapidamente os olhos por Kiera, ela curvou seus lábios numa careta e murmurou:

— Ah, vejo que você está ocupado. — Pegando a bolsa, ela rabiscou algo em um pedaço de papel e o enfiou no bolso da frente da minha calça. Seus dedos passearam por dentro do bolso, procurando por mim, e eu me inquietei um pouco. Uma garota me beijar na frente de Kiera era uma coisa; carícias íntimas, no entanto, era uma coisa meio esquisita para Kiera testemunhar.

— Me liga — sussurrou ela, antes de me dar um último beijo e sair dali quase aos pulos. Tudo bem. Então tá…

Comecei a andar pelo corredor como se nada estranho tivesse acontecido. O que eu poderia dizer sobre aquilo, afinal? Podia sentir Kiera me observando. Ela devia estar muito curiosa sobre a garota que tinha praticamente me devorado no corredor.

Quando eu finalmente virei para olhar para Kiera, ela ainda tinha uma expressão de incredulidade estampada no rosto.

— Quem era aquela?

Tentei lembrar o nome que se encaixava na garota de flamejantes cachos vermelhos, mas me deu um branco total.

— Não faço a menor ideia — disse a ela, sabendo que iria soar mal. Agora que estava realmente pensando sobre aquilo, me pareceu que eu já tinha me encontrado com ela antes, mas os detalhes estavam confusos nas minhas lembranças e seu nome tinha desaparecido por completo da minha cabeça. Tentando disfarçar, dei uma olhada no bilhete que a garota tinha enfiado no meu bolso. — Hummm… Era Candy.

Ah, claro! Candy. Eu a tinha conhecido perto de uma máquina de venda automática de doces. Eu ainda achava isso engraçado. Rindo, amassei o pedaço de papel com o nome dela e o joguei no lixo. Eu queria mais do que conexões aleatórias. Quando saímos do prédio, percebi que Kiera sorria de leve, como se estivesse contente por eu ter jogado o papel fora. Interessante. Eu me perguntava por que ela se importava com a possibilidade de eu sair com alguém. Talvez estivesse simplesmente cuidando de mim.

À medida que os dias passavam, Kiera começou a entrar em pânico. Os telefonemas de Denny eram cada vez mais raros. Eu gostaria de poder ajudar de alguma forma, mas de fato não sabia como consertar o que os estava separando lentamente. Denny retornar era a única solução, e isso iria acontecer em breve. Kiera só precisaria enfrentar mais algumas semanas sem ele.

Quando o fim de semana chegou e ela estava mais uma vez largada no sofá de pijama, percebi que precisava fazer alguma coisa. Os rapazes e eu tínhamos planos para aquele dia, mas não era algo que a impedisse de se juntar a nós. Na verdade, Kiera provavelmente curtiria muito, caso topasse sair conosco. Tudo que eu tinha de fazer era arrancá-la daquele maldito sofá. Ela vivia colada nas almofadas irregulares do móvel, zapeando furiosamente os canais da tevê como se estivesse possuída.

Quando ela soltou mais um suspiro desesperado, me coloquei entre ela e a tevê.

— Vamos lá — decretei, estendendo a mão.

Ela olhou para mim, confusa.

— Hum?

— Você não vai passar mais um dia plantada nesse sofá. Vai sair comigo. — Ergui a mão estendida um pouco mais alto, mas ela se recusou a pegá-la.

Franziu o cenho e fez cara de bunda.

— E aonde nós vamos?

Eu sorri, sabendo que o que estava prestes a dizer não iria fazer absolutamente nenhum sentido para ela.

— Ao Bumbershoot.

Como se eu tivesse falado alguma palavra numa língua estrangeira, ela piscou lentamente os olhos arregalados, enquanto tentava compreender o que aquilo poderia ser.

— Bumper o quê?

Eu ri do jeito como ela pronunciou o nome errado e lancei um sorriso brilhante e tranquilizador.

— Bumbershoot. Não se preocupe, você vai adorar.

O sorriso zombeteiro que ela me lançou em resposta tornou as curvas dos seus lábios extraordinariamente cativantes. Fiz o melhor que pude para ignorar o quanto seus lábios eram atraentes, e como deveriam ser suaves.

— Mas isso vai estragar um dia perfeito de deprê.

— Exatamente! — Sorri, balançando a mão para que ela, finalmente, a pegasse.

Insistindo em ser teimosa, ela soltou um suspiro dramático e se levantou.

— Tudo bem. — Fez questão de exibir a irritação por eu insistir em levá-la para se divertir, e eu ri disso. Ela teria que fazer mais do que pisar duro e fazer biquinho para me convencer de que estava zangada. Naquele momento ela estava simplesmente... bonita.

Quando ela desceu mais tarde usando shorts que expunham suas coxas e um top justo que abraçava cada curva como uma segunda pele, percebi que ela era outra coisa: sexy. Incrivelmente sexy.

Pegamos nossas coisas, entramos no carro e fomos direto até o Pete's, onde os rapazes tinham combinado de me encontrar para irmos todos juntos. Ainda curiosa para saber aonde estávamos indo, Kiera fez uma piadinha com isso quando entramos no estacionamento.

— O Bumbershoot fica no Pete's?

Revirei os olhos ao estacionar o carro na minha vaga.

— Não, é que o pessoal está aqui. — Olhando em torno, reparei que eles já tinham chegado. O veículo de Evan estava ao lado da van de Griffin.

Kiera pareceu um pouco decepcionada com a minha resposta.

— Ah, eles vêm também?

Estudei seu rosto depois de parar o carro. Por que ela parecia tão triste? Eu pensei que ela gostasse deles. Bem, talvez não de Griffin, mas dos outros, pelo menos. Franzindo o cenho, disse a ela:

— Hum-hum... Tudo bem?

Eles iriam ficar revoltados se eu lhes dissesse que não iria com eles, mas se Kiera quisesse ir só nós dois... Eu toparia, só por ela. Na verdade, eu meio que gostei da ideia.

Kiera balançou a cabeça com um suspiro, como se não tivesse certeza do motivo de ter dito aquilo.

— Claro, com certeza. Já estou mesmo empatando o seu dia.

De repente, tive o desejo estranho de tocá-la e roçar meu polegar ao longo do leve rubor em seu rosto.

— Você não está empatando nada, Kiera — garanti, com voz suave.

Hoje vai ser um dia até melhor, porque você estará aqui para compartilhá-lo comigo.

Como não queria assustá-la com meus pensamentos melodramáticos, guardei-os para mim.

Os rapazes vieram em nossa direção assim que viram meu carro. Houve alguns problemas para acomodar todo mundo, principalmente porque Griffin estava de frescura e não queria se sentar no meio. Felizmente, Kiera resolveu o problema, embora sua solução tenha sido ela ir para o banco de trás para se sentar no meio, onde seria incomodada por Griffin durante todo o trajeto, algo que não me deixou nem um pouco empolgado. A ideia das mãos dele em qualquer lugar perto dela me provocava os mais estranhos impulsos de protecionismo. Tivemos de decidir uma configuração diferente de lugares, senão eu seria capaz de estrangulá-lo.

Quando chegamos ao local, todos saíram do meu carro, com muito cuidado para não bater nos carros estacionados dos lados. Era um fato bem conhecido que danificar o Chevelle de qualquer maneira resultava num passe grátis para eu rebocar o infrator para casa na mesma hora. Algo que só Griffin tinha experimentado até aquela data, no dia em que teve a audácia de colocar a comida toda para fora no meu banco de trás. Eu juro que ainda posso sentir cheiro de vômito, às vezes.

Esperei por Kiera ao lado da porta e estendi a mão para ajudá-la. Como ela estava prestes a descobrir, Bumbershoot era um festival de música e arte no Centro de Seattle, e geralmente ficava lotado. Eu não queria correr o risco de me perder dela, especialmente porque nenhum de nós tinha celular. Ela teria de simplesmente segurar na minha mão a noite toda, uma ideia que me deixou mais feliz do que deveria.

Evan me lançou um olhar significativo ao notar nossa ligação física, mas eu o ignorei. Havia uma razão válida para eu tocá-la. Basicamente, era para sua própria segurança. Pelo menos, foi isso que eu disse a mim mesmo.

Os olhos de Kiera ficaram arregalados quando ela olhou ao redor do espaço de lazer. Sua alegria e admiração óbvia me fizeram apreciar o festival como se aquilo fosse novidade. Eu já tinha ido ali tantas vezes que, de certo modo, perdera a sensação de reverência pela área. Era renovador enxergar tudo novamente através dos olhos de Kiera. Isso quase tornava um detalhe insignificante nós estarmos constantemente levando esbarrões de pessoas estranhas.

Havia estandes em toda parte que vendiam de tudo, desde camisetas até algodão-doce. Artistas levavam seus trabalhos ali, para exposição. Havia um monte de estampas de animais selvagens, quadros de paisagens e aquarelas retratando Seattle. Quando passamos junto do Obelisco Espacial, os olhos de Kiera viajaram até o deck de observação no topo. Inclinando-se para ela poder me ouvir, eu lhe disse:

— Mais tarde nós podemos ir até lá em cima, se você quiser.

Seus olhos brilharam com um lampejo de verde sob a luz do sol, e ela concordou com entusiasmo. Tive de rir da sua empolgação.

Quando chegamos à parte principal do Centro, a multidão ficou mais compacta. Dava para ouvir música tocando em toda parte. O mais estranho é que o som parecia se misturar bem com o movimento das pessoas andando ao redor, de um lado para outro, criando um corpo a corpo agradável sob a energização das melodias. Aquilo me empolgou. Eu estava a fim de conferir vários dos shows, para ouvir algumas músicas novas.

Matt e Griffin tinham o mapa do lugar e, na mesma hora, começaram a liderar o caminho. Evan o seguiu, mas Kiera e eu ficamos na parte de trás do pavilhão. Fiz questão de manter minha mão grudada na dela enquanto tentávamos achar um caminho através da multidão. Quando chegamos ao palco ao ar livre onde o Mischief's Muse tocava, Kiera apertou minha mão com mais força. Eu sorri e a puxei para perto de mim. *Não pretendia* perdê-la no meio daquela massa de gente.

Os rapazes queriam ficar nos melhores lugares e Matt resolveu dar uma olhada no equipamento da banda, de modo que eles forçaram a passagem até a frente do palco. Dava para ver pelo olhar de Kiera que ela não queria entrar no turbilhão de gente lá na frente, então paramos bem no fundo. Ali, ainda teríamos uma boa visão do palco sem sermos incomodados. Pelo menos em demasia. Já *estávamos* sendo empurrados por pessoas à nossa volta, que queriam chegar mais perto do palco. Kiera estava sendo esmagada para cima de mim com firmeza e tentava sair do caminho, mas isso ainda não era suficiente.

Querendo mantê-la a salvo e, ao mesmo tempo, confortável, posicionei-a na minha frente e usei meu corpo como escudo contra a maior parte dos empurrões. Deslizei os braços e enlacei a cintura dela, pois assim ela ficaria ainda mais protegida das pessoas ao nosso redor. Bem... e também porque eu *queria* colocar meus braços em torno dela; me pareceu absolutamente natural segurá-la quando ela ficou na minha frente, naquele momento. Qualquer outra coisa teria ficado estranho. Porém, essa ainda era uma desculpa esfarrapada e eu sabia disso. Começava a ultrapassar um limite que deveria respeitar.

Kiera não pareceu se importar com meus braços em torno dela. Deixou as mãos entrelaçadas às minhas, na altura da sua barriga, e se recostou contra o meu peito. Parecia tão confortável quanto eu enquanto assistia à banda e observava a multidão. De repente, virou a cabeça para se concentrar em algo na extrema direita do palco e meu olhar a seguiu. Meus colegas de banda estavam ali ficando doidões, pelo que me pareceu. Nenhum dos caras usava drogas pesadas, mas eles fumavam um baseado de vez em quando, especialmente Griffin. Pessoalmente eu não ligava para o bagulho; preferia tomar cerveja, mas não me importava de eles fumarem.

Olhei para Kiera, me perguntando se ela se importaria. Com um sorriso, dei de ombros. Ela pareceu tranquilizada pelo meu gesto, e percebi que estava numa boa com aquilo quando voltou os olhos para o show. Foi nesse instante que tudo mudou para mim. Kiera deixou escapar um longo suspiro, como se estivesse conseguindo respirar pela primeira vez em semanas. Eu estava refletindo sobre o quanto me sentia feliz por ter conseguido que ela saísse conosco quando senti sua mudança corporal. No início, achei que ela estava farta de ter os braços de um estranho em torno dela, então decidi soltá-la um pouco. Mas ela não se afastou. Na verdade, ela se virou *de frente* para mim.

Seus braços deslizaram em torno da minha cintura, me segurando com mais força, e descansou a cabeça no meu peito. Cada músculo do meu corpo ficou instantaneamente bloqueado de tensão. Seus dedos colocados na lateral do meu corpo começaram a me acariciar lentamente para frente e para trás, num padrão rítmico calmante, e ela inspirou com força uma única vez, como se precisasse se limpar por dentro. Será que começava a se sentir mais confortável? Ela definitivamente não conseguia mais ver o show posicionada daquele jeito, uma vez que meu peito bloqueava parcialmente a sua visão. O motivo, portanto, era aumentar seu conforto.

Quando eu relaxei em seu abraço e passei os braços com mais força ao redor dela, comecei na mesma hora a sentir o mesmo conforto. Era um calor mais forte que aquele outro, que o sol irradia do céu. Aquilo era de uma leveza maior que a de flutuar na água.

Sabia que já estava ultrapassando tantos limites agora que a coisa ia ficando mais ridícula a cada instante, mas eu não conseguia evitar. Segurando Kiera... Simplesmente segurando-a... eu senti que deveria reconhecer que já desejava abraçá-la daquele jeito há algum tempo, só não tinha conseguido uma boa desculpa para fazê-lo. Sabia que isso iria magoar Denny se ele pudesse ver a cena, e feri-lo era a última coisa que eu queria, mas... droga!... Eu precisava daquilo e, naquele instante, decidi que iria me comportar como um babaca egoísta.

Fechando os olhos, acariciei suas costas com dedos leves e inalei o perfume inebriante dela. Nunca tinha experimentado nada como aquela sensação, e queria mantê-la de forma desesperada.

Sinto muito, Denny, mas eu não consigo largá-la.

Acho que nunca vou querer largá-la.

Mas acabei fazendo isso. Nós nos separamos quando os rapazes vieram em nossa direção. Eu não queria que nenhum deles pensasse coisas que não deveria sobre nós dois. Bem... pelo menos nada mais do que já pensavam. Ficar de mãos dadas num lugar como aquele era muito inofensivo, e eles já nos tinham visto fazer isso; então, continuei segurando a mão dela com força. Só que eu já estava ansioso, querendo chegar ao próximo show para poder ouvir a música e sentir mais uma vez aquela conexão com Kiera. Para poder tocá-la, envolvê-la em meus braços e sentir os braços dela em torno de mim. Aquela era a coisa mais incrível que eu já tinha sentido e eu não queria que acabasse.

A cada música, Kiera e eu recuávamos um pouco e parávamos cada vez mais no fundo. Esperei até que Evan, Matt e Griffin desaparecessem em meio à massa de corpos que dançavam; então, lancei um novo sorriso para Kiera e tornei a envolvê-la em meus braços. Adorei sentir a cabeça dela pousada sobre meu coração e o ombro aconchegado ao meu. Então, meu braço envolveu suas costas e meus dedos roçaram sua caixa torácica. Precisei de toda a minha força de vontade para não me inclinar e beijar sua cabeça. Satisfiz o instinto descansando minha bochecha contra o seu cabelo. Aquilo... era o paraíso. Um paraíso puro e doloroso porque, por mais que fosse gostoso, eu sabia que não era certo.

Denny não gostaria nem um pouco daquilo...

Continuamos colados de algum jeito o tempo todo. Apesar de parecer que metade da população de Seattle estava ali, a impressão era que eu e Kiera estávamos sozinhos. Conversamos sobre as bandas que tínhamos visto. Eu não tinha prestado muita atenção nelas, mas Kiera ficara atenta. Sua primeira observação sobre qualquer das bandas que eu perguntava sempre era:

— Bem, com certeza eles não são tão bons quanto vocês, mas...

Seus olhos brilhavam quando ela dizia isso, como se estivesse realmente sendo sincera. Fiquei nas nuvens o dia todo.

Nem mesmo os olhares de curiosidade que Evan nos lançava conseguiram arruinar minha alegria natural, e eu continuei a ignorar as sugestões no olhar dele. Felizmente, mais tarde, quando Matt distribuiu seu "suco de adultos" durante o almoço, os olhares significativos se tornaram menos frequentes. Mas eu sabia que Evan iria me questionar sobre tudo aquilo; era só uma questão de tempo.

Eu não queria pensar nisso ou em qualquer outra coisa, então concentrei todo o meu foco em Kiera. Ela teria minha atenção única e completa naquele dia. Mais uma vez eu não consegui deixar de pensar que tinha começado o dia querendo ajudá-la, mas no fim foi ela quem me ajudou. Esperei poder, um dia, ser um pouco menos egoísta ao seu lado.

Depois do almoço, fomos todos passear um pouco no parque de diversões. Deixamos os rapazes nos brinquedos e fizemos nosso próprio roteiro, Kiera e eu. Foi divertido. Kiera riu muito e sorriu ainda mais, o que me deixou muito feliz. Eu até consegui ganhar um urso de pelúcia para ela – algo que "só" me custou trinta dólares –, mas na mesma hora o demos de presente a uma menininha que chorava por causa do seu sorvete de casquinha que tinha caído no chão. Nunca vou me esquecer do olhar no rosto de Kiera quando ela me viu dar o urso para a menina. Era quase um olhar de... adoração.

Assim que nos reencontramos com os rapazes, seguimos para os brinquedos mais radicais. Como tinham feito todo o dia, eles desapareceram na multidão, mas Kiera e eu continuamos juntinhos assim que eles sumiram. No último show da noite ficamos na parte de trás, mas não tão fora da massa humana. Estava muito apertado à nossa volta; Kiera e eu estávamos tão abraçados que parecíamos uma só pessoa. Acariciei o cabelo dela e seus dedos tracejaram um caminho carinhoso no meu peito. Meu coração acelerou com a proximidade dela combinada com a escuridão, e torci para ela não perceber que ele estava aos saltos.

A música estridente através dos alto-falantes era uma canção que tocava muito no rádio, e eu cantei a letra junto. Era uma música mais lenta, e eu balançava meu corpo um pouco, enquanto cantava. Kiera acompanhou meu movimento e, em pouco tempo, estávamos dançando juntos e agarradinhos. Parei de cantar e simplesmente curti o momento. Puxei-a para um abraço mais apertado e ela devolveu o sentimento. Meu coração bateu ainda com mais força quando ela me apertou de volta.

Por que tocar em você é tão gostoso? Isso vai acabar na hora em que eu a levar para casa?

Eu não queria parar, mas sabia que isso seria o certo. O que estávamos fazendo era tolo e perigoso. Alguém iria se machucar. *Denny* iria se machucar. Mesmo sabendo disso, meus dedos deslizaram do cabelo dela para as costas, acariciando-a. Eu queria muito deixá-los descer mais, até sentir a curva que ia dar no seu traseiro. Queria apalpá-la toda, mas ela provavelmente me daria uma bofetada se eu fosse tão longe. De qualquer modo, a questão não era essa. Aquilo não tinha a ver com sexo, tinha a ver com a nossa ligação.

Mesmo assim, eu ainda queria sentir seu corpo. Também queria me inclinar e beijá-la, mas coloquei de lado os dois desejos. Dançar com ela era o bastante. Dançar com ela era incrível. Melhor do que qualquer sexo que eu já tinha experimentado.

Eu não queria que a canção acabasse, não queria que o show terminasse, mas logicamente os dois chegaram ao fim. Kiera e eu soltamos as mãos um do outro enquanto a multidão em torno de nós se dispersava. Talvez eu estivesse imaginando coisas em demasia, mas ela me pareceu relutante em se separar de mim, como se tivesse curtido aquela proximidade tanto quanto eu.

Só que ela estava claramente exausta. Quando os rapazes se juntaram a nós estavam ligados demais, praticamente pulavam pelas paredes, mas Kiera mal conseguia andar em linha reta. Ainda segurando sua mão, eu a levei de volta para o carro através da multidão que se espalhava. Fiz uma rápida inspeção do Chevelle, mas tudo me pareceu em ordem.

Evan e Matt entraram no carro e Griffin segurou a porta aberta para Kiera. Ele estava meio doidão a essa altura, e eu consegui imaginar o que ele poderia tentar fazer com ela, caso se sentasse ao seu lado. Eu estava prestes a lhe dizer para ela trocar com Evan quando Kiera entrou quase engatinhando no banco da frente, em vez de entrar no banco de trás, e se sentou entre mim e Evan. Griffin fez um beicinho de decepção e eu lhe lancei um sorriso quando entrei no carro depois dela.

Desculpe, Griff, nada de carícias nessa viagem.

Exausta, Kiera deitou a cabeça no meu ombro. Ela apagou como uma lâmpada no momento em que entramos na estrada. Eu quase podia *ouvir* Evan olhando fixamente para mim; todo o lado direito do meu rosto ardia com o olhar penetrante dele, mas eu me concentrei na estrada.

Não há nada para ver aqui, Evan, eu juro.

Quando chegamos ao Pete's, Kiera ainda estava dormindo e eu tive o cuidado de não sacudi-la quando entrei no estacionamento. Parei o carro atrás da van de Griffin para deixar todo mundo saltar. Matt e Griffin saíram do carro e Griffin começou a se empolgar e descrever para Matt como seria incrível quando os D-Bags tomassem conta do Bumbershoot. Matt, pelo menos dessa vez, pareceu concordar com ele.

Evan saiu e fez uma pergunta para Matt e Griffin. Em seguida, virou-se para mim.

– Olha só, Kellan, nós vamos passar a noite no Pete's. Você vem? – Pelo olhar em seu rosto, ficou claro que ele queria que eu ficasse.

Olhei para Kiera dormindo no meu ombro. Ela estava cansadíssima. Acordá-la e arrastá-la para o bar não me pareceu justo. Nem deixá-la no carro; é claro que eu não a deixaria para trás, sozinha e vulnerável, dentro do carro.

– Não, hoje não. Acho que vou colocá-la na cama.

Evan simplesmente olhou para mim em resposta. Ele me pareceu dividido, deu para perceber. Sabia que eu tinha razão, precisava levá-la para casa, mas obviamente

estava encucado com o que poderia acontecer se eu fosse embora sozinho com ela. Eu queria que ele não se preocupasse com coisas desse tipo. Nada iria acontecer. Não enquanto ela estivesse feliz com Denny.

Após uma longa pausa, ele finalmente me disse:

— Toma cuidado, Kellan. Você não precisa de outra Joey... e Denny é nosso amigo, cara.

Embora eu soubesse o que ele estava imaginando, machucou ouvi-lo dizer isso na minha cara. Recuei, pensando em como poderia lhe explicar o que Kiera e eu éramos. O que ela significava para mim. O que Denny significava para mim. Que eu nunca magoaria nenhum dos dois. Mas era difícil dizer tudo isso porque... Eu realmente tinha gostado de abraçar Kiera a noite toda. Muito mais do que deveria gostar. O pior é que eu já sentia vontade de abraçá-la outra vez.

Baixinho, limitei-me a dizer:

— Evan, não é nada disso. Eu não seria capaz de...

Não seria capaz do quê? Trair Denny? Fazer um joguinho com Kiera?

Eu já não tinha feito exatamente isso, ao permitir que os lances daquele dia tivessem rolado? Sentindo-me culpado e, então, querendo escapar daquele papo, dei a resposta que eu sabia que Evan queria ouvir.

— Não se preocupe. Tá, talvez eu apareça por aqui mais tarde.

Pelo sorriso em seu rosto, eu poderia dizer que ele ficou satisfeito com a minha resposta e esperava me ver no Pete's, ainda naquela noite.

— Tudo bem, então, até mais.

Ele fechou a porta do carro e eu deixei escapar um longo suspiro de alívio. Eu não gostava do que Evan estava imaginando, mas podia entender por que ele pensava assim. Eu nem sempre me preocupava com os relacionamentos das outras pessoas. Afinal, já que todos os relacionamentos eram temporários mesmo, não havia motivos para eu deixar que detalhes insignificantes atrapalhassem as coisas. Só que Denny e Kiera eram diferentes; eles deveriam estar juntos. Eu precisava recuar e me transformar unicamente em amigo de Kiera, porque ela realmente precisava de um amigo naquele momento.

Minha mente rodou e travou uma batalha interna enquanto eu dirigia até em casa. Eu queria a amizade de Kiera, queria seus braços em volta de mim, e também queria que ela e Denny ficassem juntos e fossem absurdamente felizes. Esses desejos não eram compatíveis, até eu entendia isso, e também sabia que se a minha atração física por Kiera e minha visão dos relacionamentos continuassem soltos, aquilo poderia levar a mais. Se as coisas não fossem controladas, aquilo poderia levar ao sexo, e isso iria destruir tudo para nós três. A menos que eu fosse forte o bastante para não permitir que as coisas chegassem tão longe. Então era isso... Talvez eu pudesse manter a intimidade e a ligação que tinha experimentado naquele dia, e Denny e Kiera ainda poderiam ser um casal forte. Talvez... Mas isso exigiria muita força de vontade, e ignorar meus desejos carnais era uma coisa na qual eu não era muito bom.

Quando estacionei na entrada da casa, desliguei o motor e olhei para Kiera, que ainda dormia apoiada em mim. Parecia muito confortável e contente. Eu queria lhe acariciar o cabelo, tocar seu rosto, beijar sua testa. Dentro de mim foi crescendo um desejo de envolvê-la com os braços e segurá-la com força. De contar o quanto ela significava para mim; de confessar que ninguém me via do jeito que ela conseguia ver, e que ninguém se importava comigo como ela. Eu também queria dizer que gostava dela de um jeito que, às vezes, me assustava terrivelmente. Ela era conforto e dor embrulhados num pacote muito bonito... que não era meu.

Mas não podia dizer nada daquilo, então simplesmente olhei para ela e agradeci pelo que o destino colocara em minha vida.

Depois de um momento ela bocejou, se espreguiçou e levantou a cabeça do meu ombro. Foi bom olhar longamente para ela, mas uma dor já se infiltrava em mim, com a perda do seu toque.

— Ei, dorminhoca! — sussurrei, resistindo à vontade de puxá-la para junto de mim novamente. — Eu já estava começando a achar que ia ter que carregar você.

Na verdade eu estava torcendo para ter de carregar você no colo.

A imagem pareceu constrangê-la. Seus olhos ficaram meio sombrios, mesmo à luz escassa da noite, e ela olhou para o outro lado como se pedisse desculpas.

— Ah, desculpe... — murmurou ela.

Ri em silêncio, imaginando seu rosto vermelho, flamejante. E muito cativante.

— Tudo bem, eu não teria me importado. — *Na verdade eu teria adorado.* — E então, se divertiu?

Um sorriso largo invadiu seu rosto.

— Muito mesmo. Obrigada por me convidar.

A sinceridade genuína em seus olhos e em sua voz era quase demais para suportar. Parecia até que eu tinha feito algo espetacular, pelo jeito como ela olhava para mim com tanta adoração. Só que eu não tinha feito nada de especial. Mais uma vez, foi ela quem tinha levantado o astral do meu dia. Aquela tinha sido a melhor tarde que eu passara em... vários anos.

— Foi um prazer.

— Desculpe por prender você comigo e fazer com que perdesse o mosh.[*]

Ela riu ao dizer isso e eu compartilhei seu ar divertido ao olhar de volta para ela.

---

[*] Forma de "dança" em que os participantes se empurram, se chocam, distribuem cotoveladas e outros movimentos agressivos. Ou quando um fã sobe ao palco e se lança sobre a multidão. (N. do T.)

— Não se desculpe. Prefiro ficar abraçado a uma linda mulher a acordar coberto de roxos no dia seguinte. – Opa, foi mal... Provavelmente eu não deveria ter dito aquilo. Acho que não era apropriado chamá-la de linda, só que... ela era linda mesmo, e devia saber disso. Além do mais, aquele tinha sido um dia cheio de inadequações. Mais uma, menos uma, tanto fazia.

Sem graça ao ouvir o elogio, Kiera olhou para baixo. Como eu não queria que ela se sentisse estranha ou desconfortável perto de mim, mudei de assunto.

— Bem, vamos lá. Eu levo você para dentro.

Eu me encaminhei para a porta e a abri. Pelo canto do olho, eu a vi balançando a cabeça.

— Não, não precisa fazer isso. Eu me viro. Pode ir para o Pete's.

Girei a cabeça com rapidez ao ouvir isso. *Como é que ela sabia?* Estava dormindo quando Evan e eu tínhamos conversado... Não estava? Se não estava, certamente tinha ouvido o comentário de Evan, a minha fraca tentativa de me defender e poderia achar que... Bem, poderia achar que eu não passava de um cara desprezível que estava tentando abrir as pernas dela, como Evan deixou implícito. Mas eu não era nada disso. Queria apenas... Queria só estar perto dela. Isso era tudo. Eu queria uma ligação especial com ela. Sexo era a última coisa que eu esperava.

Talvez vendo a minha confusão ou o meu pânico, eu não tinha certeza, Kiera deu de ombros e declarou:

— Imagino que tenha sido para lá que os outros D-Bags foram?

Puxa, ela não estava me enxergando como um verme, afinal, então relaxei.

— É, mas eu não tenho que ir. Quer dizer, se você não quiser ficar sozinha. Nós podemos pedir uma pizza, ver um filme, alguma coisa assim.

Qualquer coisa que você queira, vamos apenas fazer esse momento bom durar mais um pouco.

Seu estômago roncou com força, como se estivesse do meu lado, me apoiando. Kiera riu, meio sem graça. O sorriso no rosto dela era incrível.

— Ok, pelo visto meu estômago votou na opção número dois.

Eu sorri. Ia pedir a melhor pizza da cidade para agradecer ao seu estômago.

— Tudo bem então.

Abri a porta, recuei e a deixei entrar na frente. Ela quase se arrastou de cansaço e segurou minha mão ao passar. A mão dela era quente, muito macia, e a ligação foi instantânea. Apesar de termos nos tocado o dia todo, eu parecia não me saciar daquilo. Era algo pequeno, na verdade, mas eu já estava viciado naquele toque.

Capítulo 8
ACONCHEGOS

Eu estava preocupado quando acordei na manhã seguinte. Achava que Kiera iria dizer que tínhamos levado as coisas longe demais no Bumbershoot. Eu não tinha certeza do que esperar quando ela desceu para tomar café da manhã, mas exibi um sorriso caloroso e lhe servi uma caneca. Queria abraçá-la, colocar o braço ao seu redor, qualquer coisa desse tipo, mas a verdade é que não havia motivo para eu tocá-la assim. Não havia multidões das quais protegê-la na minha cozinha.

Foi então que ela veio até onde eu estava e descansou a cabeça no meu ombro enquanto soltava um longo bocejo. Minha tensão diminuiu quando eu a enlacei com o braço. Era quase como se ela estivesse me pedindo, em silêncio, para abraçá-la. Ela queria também. Isso me surpreendeu.

Seus braços envolveram timidamente a minha cintura e ela se aconchegou em mim como se sentisse frio. Corri meus dedos para cima e para baixo pelos seus braços nus, a fim de aquecê-la, e sua pele se arrepiou onde eu a toquei. Suas bochechas ficaram mais rosadas quando ela me olhou fixamente; vê-la corar era muito excitante. Com o cabelo em desalinho e as roupas meio tortas ela parecia ter acabado de fazer sexo. Tentei mudar meu foco, mas antes que eu conseguisse isso uma imagem de Kiera enterrando os dedos nas minhas costas e gemendo meu nome surgiu na minha cabeça. Afastei essa imagem da mente enquanto pegava a caneca de café que tinha enchido e a entregava para ela. Apesar de ser maravilhosa a sensação de tocá-la, não era bom pensar nisso.

Com um sorriso tranquilo no rosto, ergui a caneca no ar.

– Quer café? – perguntei, sabendo que ela iria aceitar correndo.

Seus olhos brilhavam quando ela me largou e pegou, com muito cuidado, a caneca que eu segurava. Prendi um suspiro de tristeza por ela não estar mais me tocando. Para minha surpresa, porém, a coisa não acabou aí. Depois de tomar um banho e se preparar para o dia que começava, Kiera desceu com um livro e começou a ler ao meu lado, enquanto eu trabalhava nas letras de algumas canções. Descansou a cabeça no meu ombro enquanto eu anotava pensamentos aleatórios. Depois de um tempo, coloquei meu braço livre em volta dos seus ombros. Tudo o que ela fez foi dar um suspiro satisfeito e se aconchegar mais junto de mim. Eu poderia ter morrido de felicidade ali mesmo.

As carícias e aconchegos continuaram ao longo de toda a semana. Nós nos abraçávamos de manhã, por vezes durante todo o tempo que levava para a água do café ferver; eu passava o que parecia uma eternidade balançando-a com suavidade ao ritmo do café que filtrava. De mãos dadas, sempre assistíamos à tevê antes de seu turno ter início. Eu não fazia ideia do que tínhamos assistido. Seus dedos na minha pele eram minha única preocupação. Nas noites em que tínhamos folga juntos eu sempre dispensava sair com os rapazes; ficávamos em casa, pedíamos pizza e assistíamos a algum filme. Eu mantinha os braços em torno de Kiera enquanto ela se sentava com as pernas esticadas sobre as almofadas do sofá. Descansava a cabeça no meu ombro e eu fechava os olhos, muito contente. Enquanto nenhum de nós dois mencionasse o que estava rolando, poderíamos fingir que não havia nada de errado no que acontecia ali.

Por outro lado, apesar de Kiera e eu continuarmos juntos de forma muito confortável em casa, mantínhamos distância no trabalho. Eu não queria que as pessoas fofocassem sobre ela, e também não queria que Evan me submetesse a interrogatórios. Não queria que as pessoas pensassem sobre nós de um jeito ou de outro. Além disso, aqueles nossos momentos íntimos de conexão eram privados. Ninguém precisava saber sobre eles, só nós dois. A única vez em que eu a toquei mais do que por acaso foi quando Griffin deu início a uma dança festiva no bar e se lançou na direção dela. Só então eu entrei em campo para impedir.

Mas eu me sentia culpado sempre que Denny ligava; ele não gostaria nem um pouco de saber sobre o que acontecia por trás das suas costas. Ouvir Kiera conversar com ele era uma lembrança dolorosa de que tudo que havia entre mim e ela não passava de felicidade temporária. As coisas mudariam no minuto que Denny voltasse. Ela iria abraçá-lo e se aconchegar nele, não em mim, e era desse jeito que as coisas deviam ser. Mesmo assim, todos os dias havia um relógio no meu cérebro tiquetaqueando para me avisar que tudo aquilo iria ter fim em breve, e eu devia acabar com tudo bem depressa, antes de ficar muito apegado. Só que já era tarde demais para isso. Eu já estava viciado em ficar perto dela.

— Eu não estou a fim de ir para casa. Vamos dar uma passada na casa de Kellan.

Ao ouvir meu nome, levantei minha cabeça e olhei para Griffin. Ele sorria para mim e acenava com a cabeça, como se a sugestão que tinha acabado de dar fosse a declaração mais profunda alguma vez feita por um ser humano. Tínhamos acabado de apresentar um show no centro da cidade; Evan e eu lutávamos para guardar a bateria de Evan dentro da van de Griffin. Colocamos no chão com um grunhido e eu tentei fazer o possível para manter a irritação longe do rosto. Até agora, a única contribuição de Griffin para limpar a área e guardar o equipamento tinha consistido em tocar air guitar e distribuir autógrafos. Aliás, autógrafos que ninguém tinha pedido.

– Por que a minha casa? Já que temos de levar essa tralha para a casa de Evan, poderíamos ficar por lá.

Evan bateu no meu ombro, em resposta.

– Não vai dar. Tenho um encontro, cara.

Pisquei depressa, surpreso.

– Mas são duas da manhã! – exclamei.

Ele deu de ombros enquanto ajeitava alguns pratos na posição certa.

– O tempo não espera por ninguém, Kell.

Fiz uma careta ao constatar o quanto aquela declaração era verdadeira.

– Tudo bem, mas... Kiera vai estar dormindo no momento em que chegarmos lá, e vocês dois vão ter de ficar quietos. – Apontei para Matt e Griffin. Matt deu de ombros; Griffin esfregou as mãos enquanto um sorriso de psicopata crescia em seu rosto. Voltei minha atenção para ele. – Se você tentar abrir a porta do quarto dela vai levar porrada!

Griffin franziu a testa e em seguida fez beicinho.

– Seu senso de amizade entre companheiros de banda está distorcido. Não deveríamos compartilhar tudo? – Ele encolheu os ombros.

Evan, Matt e eu respondemos, ao mesmo tempo:

– Não!

Evan e eu rimos e Matt acrescentou:

– Ninguém quer compartilhar qualquer coisa que você tenha, meu chapa. Na verdade, você deveria compartilhar um pouco menos, para que essa porcaria não se espalhe por *toda* Seattle.

Griffin deu um olhar emburrado para Matt.

– Você é tão engraçado que minha barriga dói.

Com um rosto absolutamente sério, Matt replicou:

– Sífilis não é motivo de graça, cara.

Griffin olhou em volta, em busca de algo para atirar em seu primo, mas a única coisa perto dele era sua guitarra. Ele se contentou em chutar uma pedrinha da rua em direção a Matt.

– Eu não tenho essa merda de doença. Estou totalmente limpo disso, cara. Acabei de fazer exames na semana passada. – Enquanto Matt riu dele, Griffin franziu a testa, confuso. – Além do mais, eu não poderia ter esse troço, porque eu tomo suco de laranja todos os dias.

Nós todos paramos o que estávamos fazendo e olhamos para ele, estupefatos. De que diabos ele estava falando? Matt era o único que percebeu o sentido daquilo. Inclinando para frente e segurando a barriga de tanto rir, ele disse, atropelando as palavras:

— É sífilis, idiota. Não escorbuto.

Griffin ainda parecia confuso, mas Evan e eu já ríamos de forma aberta e quase descontrolada, a essa altura. Griffin ergueu o dedo médio para nós, num gesto obsceno. Em seguida, aboletou-se atrás do volante e fez beiço de emburrado enquanto terminávamos de arrumar tudo no porta-malas. O senso de amizade entre companheiros de banda tinha ido para o espaço.

Descarregamos a van com o equipamento e seguimos para a minha casa. Como medida de precaução, obriguei Griffin a andar na ponta dos pés quando ele entrou na casa. Geralmente ele era tão silencioso quanto um trem de carga. Ele olhou para mim e começou a exagerar, caminhando com passos ainda menores. Quando esses passos começaram a levá-lo para o andar de cima, estalei os dedos e apontei para o chão.

— Preciso fazer xixi — ele sussurrou.

Apontei para o corredor que ficava depois da cozinha.

— Use o outro.

Ele endireitou as costas.

— Você tem outro banheiro aqui?

Revirando os olhos, eu o empurrei na direção certa. Em seguida, Matt e eu pegamos umas cervejas na geladeira. Griffin também pegou uma quando voltou do banheiro e seguiu em linha reta até a tevê. Matt e eu nos olhamos, demos de ombros e o seguimos. Todos se acomodaram de um jeito confortável. Matt ficou na poltrona e eu fui para o sofá; tomamos um gole das nossas cervejas enquanto Griffin procurava algo bem sujo para assistir.

Griffin ainda zapeava pelos canais quando, de repente, virou a cabeça e olhou para a escada.

— Kiera! E aí, gostosinha? Pijama bonito.

Quando eu me virei para olhar, vi Kiera já no último degrau da escada. Exatamente como Griffin tinha dito, ela vestia um pijama e estava com o cabelo todo bagunçado. Parecia cansada, talvez um pouco chateada também. Um de nós, provavelmente Griffin, devia tê-la acordado. Opa... Ela me pareceu um pouco insegura sobre se devia ou não continuar até a sala de estar, mas a essa altura já era tarde demais. Griffin já a tinha visto.

Eu lhe lancei um sorriso de lamento.

— Putz, desculpe. A gente não queria te acordar.

Ela encolheu os ombros e caminhou lentamente em nossa direção.

— Não acordaram... Eu tive um pesadelo.

Mentalmente eu fiz uma careta, especulando sobre o que seu sonho tinha sido. Torcendo para ela não desistir e voltar para a cama, exibi um sorriso e levantei minha garrafa.

— Quer uma cerveja? — Mesmo que já fosse tarde, eu gostaria de passar algum tempo com ela. Talvez conseguisse distrair sua mente do pesadelo.

— Aceito.

Feliz com a resposta, fui para a cozinha, a fim de lhe pegar uma garrafa. Ela ainda estava em pé quando eu voltei, então eu apontei para o sofá. Ainda irritado com a falta de boa pornografia, Griffin se sentou no sofá ao mesmo tempo. Pegou o lugar mais próximo da mesinha lateral, para poder pousar sua cerveja e se concentrar unicamente em zapear até encontrar um filme bem indecente. Antes que eu pudesse me perguntar se Kiera gostaria de se sentar ao lado dele, ela disparou até a outra ponta do sofá. Com uma sacudida divertida da cabeça, peguei o assento do meio. Poderia apostar com segurança todo o meu dinheiro como Kiera não estava disposta a se sentar junto de Griffin.

Sentei-me o mais perto dela que foi possível. Ela se ajeitou do meu lado e se aninhou, como se pertencesse àquele lugar. Ergueu as pernas e as colocou sobre as minhas. Querendo tocá-la e mantê-la aquecida, passei um braço ao redor das suas pernas. Eu provavelmente não teria feito isso se Evan estivesse ali conosco. Felizmente, para mim, ele tinha ido ao tal encontro. Esbarrei no ombro de Kiera, de brincadeira. Ela sorriu e descansou a cabeça no meu ombro. Eu quase suspirei de contentamento. Aquilo era o paraíso.

Agora que ele não precisava mais ficar quieto, Griffin quebrou o silêncio.

— Sabem, eu andei pensando...

Matt soltou um grunhido do tipo "lá vamos nós..." e Kiera riu; era um som bonito. Griffin continuou, sem se deixar intimidar.

— Quando os Douchebags se separarem... — Kiera ergueu a cabeça, muito surpresa ao ver Griffin dizer algo assim. Eu não fiquei nem um pouco surpreso. Já tinha ouvido algumas de suas ideias para "depois que a banda se dissolver". Sua última ideia pós-D-Bags tinha sido trabalhar como depilador de vaginas, então eu estava meio curioso para saber o que ele sonhava em fazer agora. — ... acho que vou fazer rock evangélico — completou.

Kiera cuspiu sua cerveja e começou a tossir. Eu já tinha ouvido ideias piores vindas de Griffin, mas olhei para o teto e balancei a cabeça para os lados, mesmo assim. Matt se virou para Griffin com uma expressão vazia.

— Você, fazendo rock evangélico? Fala sério!

Com os olhos ainda grudados na tevê, Griffin sorriu.

— É isso aí! Todas aquelas virgens gostosas, cheias de tesão. Tá brincando?

Griffin finalmente escolheu algo para assistir enquanto Kiera tomava grandes goles da sua cerveja. O programa que Griffin escolheu era algo que tinha a cara dele. Havia um cara forçando seu corpo contra o de uma garota que gemia sem parar, como se os empurrões selvagens dele estivessem dando muito prazer a ela. Devia ser algum pornô com temática espacial, porque eles estavam mandando ver na ponte de comando de uma nave estelar. Por alguma estranha razão, os dois usavam capacetes que eu imaginava que servissem para usar no espaço sideral. Eles estarem usando aquilo num ambiente fechado, não fazia o menor sentido...

Enquanto eu estava distraído por um detalhe sem importância, Kiera ao meu lado olhava para sua cerveja como se tivesse deixado cair algo importante pelo gargalo. Querendo saber se ela estava bem com aquele filme ridículo, eu a observei com curiosidade por um segundo.

Suas bochechas estavam muito vermelhas, e dava para ver isso até mesmo com a iluminação relativamente fraca da sala. Estava envergonhada, isso ficara bem claro. Será que não tinha reparado nas antenas idiotas sobre os capacetes? Ela não se sentiria tão desconfortável se percebesse o quanto tudo aquilo era tolo. Só que, obviamente, não conseguia fingir ignorar a intimidade do ato sexual que estava sendo apresentado.

Querendo lhe dar uma chance de escapar daquilo, inclinei-me em sua direção e perguntei:

– Está constrangida?

Ela imediatamente fez que não. Pela forma vigorosa como balançou a cabeça, dava para ver que ela não queria que eu pensasse que aquilo a incomodava. Não sei por que ela acharia importante o que eu achava daquilo. Mas se quisesse sair dali eu entenderia. Observar as pessoas transando era esquisito. Excitante, mas esquisito.

Comecei a imaginar Kiera na cena. Só que sem as pessoas estranhas de pele verde e capacetes idiotas. Imaginei-a sozinha... comigo. Eu me imaginei beijando sua orelha, lambendo seu pescoço, chupando seu mamilo. Imaginei que eram meus dedos que deslizavam para dentro de seu corpo e sentiam o quanto ela estava molhada e pronta para me receber... Tomei um gole da minha cerveja e passei a língua sobre a boca. Em seguida, desejando que Kiera me tocasse, rocei os dentes sobre meu lábio inferior. Por Deus, aquele pornô idiota estava me deixando duro. Eu deveria parar de assistir aquilo agora mesmo, e definitivamente devia parar de pensar em Kiera daquele jeito.

Ouvi um gemido suave escapar de Kiera. Ao contrário dos sons provenientes da tevê, o ruído que ela fez era real. Foi quando eu me lembrei de que ela ainda estava bem ali, ao meu lado... e reparei que a tocava. Meus olhos ficaram mais focados, para absorvê-la por inteiro. Ela olhava para mim, agora, e não para o filme. Seus lábios estavam entreabertos, sua respiração parecia mais rápida. O sangue circulou mais depressa pelo meu corpo, acelerando meu coração, fazendo minha respiração ficar ofegante e endurecendo meu pau. Tentei me lembrar do motivo pelo qual eu não poderia me inclinar e sugar o lábio inferior dela com a minha boca. Tentei me lembrar por que eu não poderia esticar o braço e sentir em meus dedos os seus mamilos intumescidos, que apontavam para fora com força debaixo da camiseta. Por que motivo eu não poderia deitá-la ali mesmo e possuí-la? Naquele momento eu não conseguia me lembrar de mais nada, a não ser do quanto eu adorava sua pele se roçando contra a minha.

Eu a queria. *Agora mesmo.*

Meus olhos se desviaram na direção dos seus lábios cheios. Eles me chamavam docemente, me atraíam para eles. Rocei minha língua contra o meu lábio inferior novamente, mas era a língua *dela* que eu queria que me tocasse. Aposto que Kiera tinha um gosto bom. Garanto que era deliciosa. Eu queria descobrir com certeza. Nunca desejei coisa alguma na vida com mais intensidade. Meus olhos subiram até os dela mais uma vez e eu percebi o calor quando ela olhou para mim. Ela *queria* que eu a beijasse. Queria que eu sentisse o gosto dela. Eu quase podia dizer que ela queria aquilo tanto quanto eu. Meu pau ficou mais apertado contra a minha calça, me implorando para ir em frente.

Simplesmente faça!

Voltei o olhar para os lábios dela e deixei que eles me chamassem.

Sim... Por favor... Me beije!

Sua respiração acelerou à medida que eu me aproximei mais; notei que seu peito subia e descia, dava para sentir o ar que ela expirava em minha bochecha. Seu corpo se contorcia sob o meu toque. Aposto que ela estava molhadinha. Aposto que estava pronta. *Para mim.* Mas... Não... Ela não era minha.

Como se meu crânio tivesse batido contra uma parede de tijolos eu me lembrei, de repente, do motivo de não poder tocá-la. *Denny.* Ela era de Denny, e ele era o meu melhor amigo. Porra! Eu precisava parar com aquilo. Só que era muito difícil parar. Tudo entre nós parecia eletrificado. Cada ponto de contato entre nós era como se estivesse em chamas. Em vez de pressionar meus lábios contra os dela, encostei minha testa na dela e permiti que apenas nossos narizes se tocassem. A provocação que aquilo representou para os meus sentidos seguiu direto para o espaço entre as minhas pernas e lançou um raio de dor e prazer através de todo o meu corpo. Porra, eu não queria parar.

Um gemido lento escapou dos lábios de Kiera, e isso só serviu para tornar ainda mais difícil, para mim, não abaixar a minha boca e possuir a dela. Kiera começou a erguer o queixo, procurando por mim. Porra, aquilo ia acabar acontecendo se eu não fizesse alguma coisa bem depressa. Quando eu consegui sentir seu lábio roçar minha boca virei de lado e passei o rosto sobre a sua bochecha. Gemi também, sob a força daquela tortura feliz. Porra. Eu precisava dela. Precisava senti-la, tocá-la, dar-lhe prazer, estar com ela. Eu ia trair Denny. Ia acabar arruinando tudo, porque eu não tinha um pingo de força de vontade.

Com o nariz ainda descansando colado em sua bochecha, respirei fundo duas vezes, em pânico. Tentava acalmar meu corpo, queria voltar a ter controle dos meus sentidos. Kiera se derretia contra mim como se estivesse perdendo o próprio poder de decisão. Seu corpo se moveu em direção ao meu, sua mão desceu rumo à minha coxa e sua cabeça se virou na direção da minha boca. Eu sabia que não teria forças para me afastar novamente. Se os lábios dela descobrissem o caminho para os meus, ela iria me encontrar ansioso e disposto. Foda-se Denny. Fodam-se Matt e Griffin. Eu a jogaria no chão e faríamos sexo ali mesmo, junto com o pornô idiota.

E ela nunca me perdoaria. *Eu* nunca me perdoaria.

Apertei a mão dela, que subia pela minha coxa, e desviei a boca para a sua orelha.

– Vem comigo – sussurrei. Meu corpo desesperadamente queria que ela *gozasse junto* comigo, mas isso não iria acontecer. Porque eu não iria deixar.

Colocando-me em pé, eu a levei para a cozinha. Eu sabia que teria de estar em total controle para fazer aquilo, então imaginei tudo que podia para me desligar e diminuir aquele fogo. Denny. Como era bom que eles estavam juntos; como era bom saber o quanto eles pertenciam um ao outro. Pensei no seu olhar quando ele me pediu para não tocá-la. Imaginei o olhar que eu sabia que iria aparecer quando ele descobrisse que eu tinha traído a sua confiança. Recordei Denny me poupando da ira dos meus pais; Denny se colocando do meu lado e levando um soco no meu lugar. Denny! Meu irmão, mesmo sem ser de sangue. Eu não podia fazer uma coisa dessas com ele.

Eu estava mais ou menos recomposto quando chegamos à cozinha. Ainda dava para ouvir a porcaria do filme ao fundo, mas ignorei os sons. Soltando a mão de Kiera, coloquei minha cerveja sobre a bancada, fui até o armário em busca de um copo e peguei um pouco de água para ela. Kiera ainda respirava pesadamente, confusa e frustrada, quando eu peguei sua cerveja, lhe entreguei o copo com água e exibi um sorriso tranquilo. Quando ela o pegou, pareceu também um pouco constrangida. Provavelmente, esperava que algo muito diferente fosse acontecer ali.

Respirou fundo algumas vezes para se acalmar, mas logo em seguida tomou a água toda quase de uma só vez, como se não tivesse bebido nada o dia todo. Eu me senti mal por ela se sentir envergonhada. Aquilo não tinha sido culpa dela. A culpa era minha. Eu tinha me descontrolado e deixara as coisas irem longe demais. Não deveria ter me inclinado na direção dela... Nem deveria andar tocando sua pele, para começo de conversa. E definitivamente não deveria estar criando o meu próprio pornô na cabeça, tendo nós dois como estrelas.

Só que não havia nenhuma boa maneira de pedir desculpas por tudo aquilo, então eu simplesmente disse:

– Desculpe pelo filme escolhido... – Eu me obriguei a rir quando ela olhou para mim. *Mantenha-se descontraído.* – Griffin é... enfim, Griffin. – Eu dei de ombros. Como não queria que ela dissesse coisa alguma que pudesse levar a uma conversa que eu não queria ter, perguntei: – Você parecia transtornada naquela hora na escada. Quer conversar sobre o seu sonho?

Eu me encostei na bancada e cruzei os braços sobre o peito, fingindo informalidade. Quando todo o resto falhar, finja. As sobrancelhas de Kiera se juntaram num ar de estranheza quando ela observou minha postura. Ainda me parecia abalada, envergonhada e realmente confusa.

– Eu não me lembro dele... só que foi ruim.

– Ah... – Fui subitamente atingido por uma fisgada de culpa e tristeza. Seu sonho só podia ter sido comigo, então. Eu estava provocando a sua dor, e só fazia piorar as coisas ao me deixar levar pelos desejos que sentia por ela. Eu precisava da sua proximidade, mas também precisava mantê-la a distância. Havia uma linha fina por onde eu poderia caminhar, e eu não tinha certeza de que conseguiria fazer isso.

Chateada consigo mesma, ela pousou o copo e passou por mim, anunciando:

– Estou cansada... Boa noite, Kellan.

Precisei de todas as minhas forças para me impedir de agarrá-la e puxá-la para junto de mim, num abraço.

Eu sinto muito. Por favor, me perdoe.

– Boa noite, Kiera – sussurrei.

Depois que ela saiu da sala, deixei cair a cabeça nas mãos.

Que merda eu acabei de fazer? Que porra foi essa que eu deixei que acontecesse?

Eu poderia ter arruinado tudo! Eu me larguei encostado na bancada e massageei a testa, onde já dava para sentir uma grande dor de cabeça se formando. Talvez eu *já tivesse* arruinado tudo. Eu realmente não saberia até o dia seguinte, quando veria Kiera novamente. Pela primeira vez em muito tempo, eu não quis que o amanhã chegasse.

Mas a chegada do dia seguinte foi inevitável. Quando a luz do amanhecer entrou através da minha janela, meus olhos já estavam abertos. Eu não tinha dormido muito, praticamente nada. Na véspera, à noite, tínhamos estado muito perto de ultrapassar o limite. Eu devia a Denny mais do que aquilo. Muito mais.

Estava nervoso quando desci as escadas. Ficar nervoso não era algo que me acontecia com muita frequência, mas quando isso acontecia era quase paralisante. Eu estava com medo que ela quisesse "conversar". Eu não queria papo. Queria só fingir que a noite passada nunca tinha acontecido. Queria que as coisas voltassem ao normal. Bem, pelo menos à nossa versão do normal. Só queria abraçá-la sem pintar um clima estranho. Talvez se eu não mencionasse o assunto ela poderia achar que a noite anterior tinha sido parte de seu sonho. Puxa, tomara que ela não tivesse tido um pesadelo comigo. Eu não queria magoá-la, nem mesmo em sonho.

Quando eu a ouvi descendo a escada, minhas mãos começaram a tremer.

– Pare com isso – sussurrei para mim mesmo, abrindo e fechando as mãos. Ela não precisa saber que eu estava apavorado. Inalei profundamente e exibi minha expressão de jogador de pôquer. Talvez devesse agradecer aos meus pais por eles terem me dado tantas oportunidades para aperfeiçoar aquele ar dissimulado.

Além da minha frequência cardíaca acelerada, tudo estava normal quando Kiera entrou na cozinha. Suas bochechas ficaram vermelhas, então ela provavelmente ainda estava envergonhada. Eu não lhe dei tempo para puxar assunto.

– 'dia. Quer café? – Estendi a xícara fumegante na minha mão para ela.

Ela sorriu quando a pegou. Suas olheiras não tinham diminuído nem um pouco; ela devia ter dormido tão mal quanto eu.

– Obrigada.

Servi outra xícara para mim enquanto Kiera colocava creme em seu café. Nós nos sentamos à mesa juntos e um sentimento de tristeza me inundou por um segundo. Nós não tínhamos nos abraçado. Kiera franziu a testa, e meu pensamento se evaporou.

Porra. Ela queria conversar. Não, por favor. Vamos deixar tudo de lado. Algumas coisas não precisam ser ditas. Como o quanto eu quero você, e como é errado eu me sentir assim.

– Que foi? – sussurrei, desejando estar em qualquer lugar, menos ali.

Ela pareceu confusa e apontou para a minha camiseta.

– É que você nunca descolou uma dessas para mim...

Olhei para a camiseta. Era exatamente aquela dos D-Bags que Kiera tinha dito, há algum tempo, que queria. Eu tinha ficado de lhe conseguir uma, mas me esquecera por completo da promessa.

Uma onda de alívio circulou por mim por não estarmos tendo a "conversa do inferno", a que eu tinha temido a manhã toda.

– Ah... Tem razão. – Eu estava transbordando de bons sentimentos, agora que tínhamos ultrapassado o momento mais difícil. Como não queria falar com Griffin tão cedo e gostei da ideia de Kiera usando minha camiseta, eu me levantei e a despi. Os olhos dela brilharam diante da minha seminudez; de repente ela já não me pareceu nem um pouco cansada. O jeito como ela olhou para o meu corpo me fez querer ficar pelado o tempo todo, mas isso não era exatamente uma boa ideia. A ligação entre nós já era um problema difícil o bastante.

Estiquei a camiseta e a vesti por sobre a sua cabeça. Ela simplesmente abriu a boca de espanto enquanto eu enfiava os braços dela nas mangas, como se ela fosse uma criança.

– Pronto. Pode ficar com a minha. – Ela ficou muito bem vestindo a minha camiseta. Eu deveria ter dado para ela na primeira vez que me pediu.

Ela gaguejou algo em resposta e suas bochechas assumiram um tom encantador de rosa.

– Eu não tive intenção de... Você não precisava...

Não conseguiu formar mais palavras além dessas. Foi muito bonito aquilo. Percebi tudo que ela queria dizer e ri ao retrucar:

— Não se preocupe com isso. Eu tenho como conseguir outra. Você não acreditaria quantos desses troços Griffin mandou fazer.

Virei-me para sair da cozinha, mas logo olhei mais uma vez para Kiera. Ela estava olhando para a minha bunda. Quando percebeu que tinha sido flagrada, suas bochechas rosadas passaram a um vermelho brilhante. Muitas das garotas que eu conhecia me devoravam com os olhos e não davam a mínima quando eu notava, mas Kiera era sempre daquele jeito: envergonhada. Contendo o riso, sorri e olhei para o chão. Ela era tão incrivelmente adorável!... Apesar de eu saber que não deveria, adorei o jeito como ela olhou para mim.

— Volto logo — avisei a ela. Lancei-lhe mais um sorriso e saí da cozinha para vestir outra camiseta. Meu sorriso foi incontrolável quando eu subi a escada. Dei graças a todas as estrelas lá no alto: nós não íamos conversar sobre o que acontecera. Parece que íamos varrer o incidente para debaixo do tapete, lugar ao qual ele pertencia.

Apesar de não termos mencionado o que tinha acontecido na noite anterior, eu não tinha certeza de onde estávamos em relação aos... Bem, "aconchegos" era provavelmente a melhor forma de descrever. Parte de mim queria que aquilo cessasse; o resto de mim não conseguia parar. Enquanto ela se sentisse numa boa comigo abraçando-a, eu a queria em meus braços.

Ela levou grande parte do dia para se aproximar de mim, mas quando eu me acomodei no sofá para assistir a um pouco de tevê antes do ensaio, ela olhou para mim com um ar de nostalgia. Como eu precisava do seu toque e ainda não tínhamos nos abraçado o dia todo, estiquei o braço e dei um tapinha no sofá, num convite mudo.

Por favor.

Ela me exibiu um sorriso de tirar o fôlego e se aconchegou ao meu lado. Fechei os olhos, contente. Nada tinha mudado. Ainda poderíamos fazer aquilo. Estávamos numa boa. Tudo estava bem.

Nossa rotina continuou como se nada estranho tivesse acontecido entre nós. Mas eu notei uma ligeira alteração. Nossos toques pareciam mais... íntimos. Quando nos abraçávamos, minhas mãos descansavam nela durante mais tempo, seguiam na direção dos quadris e os seios dela pressionavam com mais firmeza o meu peito; seus dedos corriam para cima e para baixo ao longo do meu pescoço; sua cabeça ficava inclinada em direção a mim, e não para fora. Eu amava cada segundo de tudo aquilo, então não pretendia reclamar de coisa alguma.

Como de hábito, ela ainda dormia quando eu saí do meu quarto na terça-feira seguinte. Imaginei-a esparramada na cama de Joey. Ou, quem sabe ela estivesse encolhida na cama, formando uma bolinha? Desejei poder abrir a porta para olhá-la e vê-la enquanto ela dormia, mas seria estranho se ela me pegasse no flagra. Um pouco assustador, na verdade. Com um suspiro, desci a escada. Havia certos aspectos da nossa vida que nunca iríamos compartilhar; dormir juntos era um deles.

Para me animar um pouco, cantarolei alguma coisa enquanto preparava um bule de café. Comecei a cantar uma canção popular no rádio, mas quando o café ficou pronto eu já entoava uma canção dos D-Bags. Era uma música de ritmo rápido, mas eu cantei numa batida lenta, como uma balada. Ela funcionava muito bem daquele jeito. Eu devia mandar Evan acrescentá-la na nossa lista de canções do tipo acústico.

Kiera entrou na cozinha com um caminhar incerto, enquanto eu cantava. Parou e prestou atenção, como se nunca tivesse me ouvido cantar antes. Eu adorava o jeito como ela me escutava de verdade quando eu cantava, como se tentasse absorver o significado além das palavras. A maioria das pessoas que eu conhecia não se importava com isso.

Ela estava encostada à bancada de um jeito inconscientemente sedutor. Já fazia várias horas que eu a tinha embalado nos braços, e como ainda me sentia um pouco melancólico, decidi que não conseguiria esperar mais tempo para tocá-la. Estendendo a mão eu a puxei com carinho para uma dança. Ela engasgou de surpresa, mas logo seu rosto se iluminou. Ela também me pareceu meio triste naquele dia. Querendo fazê-la sorrir eu a girei e, em seguida, puxei-a de volta para mim e a lancei para trás, num mergulho. Funcionou: ela riu. Eu me senti empolgado ao ver que aquilo tinha nos deixado um pouco mais felizes.

Deixei escorregar os dois braços ao redor da sua cintura e ela soltou um suspiro feliz quando entrelaçou as mãos em torno do meu pescoço. Não havia nada melhor que dançar com ela. O jeito como nossos corpos se moviam juntos, a forma como ela se sentia em meus braços... Eu poderia ter ficado ali, fazendo aquilo durante o dia todo, mas sabia que o momento teria de terminar mais cedo ou mais tarde. Eu não precisava de uma repetição da nossa "noite pornô", mas tinha a sensação de que, se continuasse a dançar lentamente daquele jeito com ela por mais tempo, a vontade de beijá-la iria me sobrepujar. Com boas intenções ou não, eu era apenas um ser humano.

Parei de me mover e Kiera parou também. Olhamos um para o outro e meu coração começou a bater mais forte. Ela continuava muito perto de mim e parecia estar numa boa. Seus lábios me pareciam ainda melhores. Seus dedos estavam entrelaçados em meu cabelo, enviando fisgadas de alegria pelo meu corpo. Será que ela percebia o quanto aquilo era incrível?

Como se pudesse ouvir meus pensamentos, ela tirou os dedos do meu cabelo e os deixou descansar sobre meus ombros. Sabendo que estávamos indo na direção de um território perigoso mais uma vez, eu lhe disse algo inesperado, com toda a calma do mundo:

– Eu sei que você preferia que Denny estivesse aqui... – Ela se retesou em meus braços e eu me xinguei por trazê-lo para aquele momento. Mas tive de fazer isso. Nós dois precisávamos daquele lembrete. – ... mas será que posso te levar para a universidade no seu primeiro dia?

Por um momento ela ficou perturbada por mim ou pela minha pergunta, não consegui identificar qual das duas opções. Mas me pareceu à vontade ao me responder:

— Acho que você serve — afirmou, com um sorriso brincalhão.

Rindo, eu a apertei; em seguida, deixei-a ir; foi muito difícil largá-la. Precisando de algo para fazer, dei um passo até o armário e peguei uma caneca para ela.

— Não é o tipo de coisa que estou habituado a ouvir das mulheres — murmurei, tentando manter leveza na voz.

Kiera entendeu errado meu tom.

— Desculpe, não tive a intenção...

Ri novamente quando comecei a lhe servir o café. Será que ela realmente achava que tinha me ofendido? Seria preciso muito mais do que aquilo. Olhei em sua direção.

— Estou brincando, Kiera. — Meus olhos voltaram para a sua caneca. — Bem, mais ou menos. — Aquilo, na realidade, não era uma coisa que eu ouvia das mulheres em geral. De um jeito distorcido, era mais ou menos confortador ouvir isso dela.

Quando chegou a hora, levei Kiera de carro até a sua aula. Ela parecia um feixe de nervos, muito pior do que no seu primeiro dia no Pete's. Se ao menos ela pudesse enxergar o que eu via quando olhava para ela: beleza, graça, humor, inteligência... não se sentiria nem um pouco nervosa com a faculdade. Entraria na sala de aula como se fosse dona do pedaço.

Kiera parecia enjoada quando eu parei o carro. Eu não poderia largá-la ali e deixar que ela seguisse até a sala daquele jeito. Ela poderia até vomitar de nervoso, e isso era uma vergonha que ela não precisava passar logo no primeiro dia. Eu tinha certeza de que conseguiria mantê-la calma o suficiente para, pelo menos, evitar que ela passasse mal, então eu abri minha porta com força e saltei do carro.

Sua expressão foi de perplexidade quando ela me viu contornar o carro até o lado dela. Quando eu lhe abri a porta ela ensaiou um sorriso torto.

— Acho que consigo lidar com isso. — Ela apontou para a porta com a cabeça ao se colocar em pé ao lado do carro.

Eu ri quando agarrei sua mão. Sabia que ela seria capaz de enfrentar tudo. Ter vontade de fazê-lo já era outra história. Sorrindo, indiquei o prédio onde aconteceria sua aula.

— Vamos lá — declarei.

Ela olhou para mim, curiosa.

— Aonde você está indo?

Eu ri quando olhei para ela.

— Estou acompanhando você até sua sala... obviamente.

Como se ela sentisse que estivesse sendo irracional, ela revirou os olhos; o gesto era claramente de constrangimento, mas não de irritação.

— Você não precisa fazer isso. Posso me virar sozinha.

— Talvez eu queira fazer — repliquei, apertando-lhe a mão de leve. Quando chegamos ao prédio, eu abri a porta e a segurei para ela. Enquanto ela entrava, acrescentei: — Eu não sou o cara mais ocupado do mundo na parte da manhã. Provavelmente estaria dormindo a essa hora.

Ou pensando em você.

Ela riu quando olhou para mim.

— Então, por que você acorda tão cedo?

Deixei escapar um riso irônico enquanto caminhava ao lado dela pelo corredor.

— Não é por minha escolha... pode acreditar. — Não era mesmo... Meu pai tinha enraizado aquele padrão de sono em mim havia muito tempo. Agora eu normalmente acordava mais ou menos na mesma hora todos os dias, e quando não o fazia e dormia até mais tarde por algum motivo, eu normalmente acordava em pânico, meio que esperando ver meu pai junto dos pés da cama. Embora ele já tivesse desaparecido há muito tempo, o medo irracional permanecia. — Eu preferiria dormir direto a funcionar com quatro ou cinco horas por noite.

Ela me disse que eu devia voltar para casa e tirar uma soneca e eu garanti a ela que faria isso. Talvez fizesse, mesmo. Eu bem que precisava de um descanso para me recompor, e isso faria o tempo voar. Já tínhamos chegado à sua sala de aula e eu segurei a porta aberta para ela passar. Ela me lançou uma expressão estranha e calculista, como se me perguntasse se eu iria acompanhá-la até o seu lugar. Eu não tinha planejado isso... mas faria numa boa se ela quisesse.

— Quer que eu entre com você? — perguntei, quase de gozação.

Ela soltou minha mão e me empurrou para trás.

— Não — respondeu, brincando. Então me olhou por um momento com uma expressão séria de adoração. Eu adorava ver aquele olhar nela. — Obrigada, Kellan. — Esticando-se um pouco, ela me deu um beijo suave na bochecha. Eu adorei isso também. O calor que eu sentia quando estava perto dela aumentou.

Olhei para baixo e lhe dei uma piscada.

— De nada. — *Eu faria qualquer coisa por você.* — Eu venho buscar você mais tarde. — Ela ensaiou um protesto, mas rapidamente eu a cortei com um olhar sério. Depois que ela aceitou que eu lhe desse carona de volta para casa, verifiquei sua sala de aula, cheia de alunos jovens e dedicados. Disse-lhe para se divertir, me virei e saí. Curioso, olhei para trás para ver se ela estava acompanhando a minha saída. Estava. Isso fez o meu peito se contorcer um pouco, mas de um jeito bom. Ergui a mão e acenei. Levá-la até a aula não era tão ruim... Eu acabaria me acostumando com isso.

Acabei por levá-la para a faculdade todos os dias da primeira semana. Na sexta-feira eu já estava curtindo a nossa nova rotina e, apesar de sentir a falta dela durante o dia, ver a gratidão em seu rosto quando eu a levava até a sala de manhã e a emoção em seus olhos quando a buscava de tarde fazia a separação valer a pena. Por um minuto eu podia fingir que significava tudo para ela, porque ela certamente começava a representar tudo para mim. E quando a gente finge alguma coisa durante um tempo suficiente, aquilo acaba se tornando realidade. Certo?

Capítulo 9
CURA PARA A TRISTEZA

Fechei o estojo da guitarra, ansioso para ir para casa. Era domingo, ainda bem no início da noite, e Kiera estava de folga. Agora que o ensaio da banda tinha acabado, nós poderíamos passar a noite toda juntos. Se eu corresse, talvez chegasse em casa antes de ela jantar e poderíamos comer juntos. Eu poderia preparar alguma coisa para ela. Macarronada, talvez? Não era o maior chef do mundo, mas colocar água para ferver era algo que eu sabia fazer.

Olhei para Evan e Matt.

– A gente se vê amanhã, então.

Tenho um encontro. Bem, não exatamente um encontro, mas há um lugar onde eu devo estar.

Evan me lançou um olhar tão estranho que eu congelei. Ou ele suspeitava de algo ou eu estava me esquecendo de alguma coisa importante.

– Que foi? – perguntei, devagar.

Evan não disse nada, simplesmente inclinou a cabeça para Matt e ergueu as sobrancelhas. Foi aí que a ficha caiu.

– Porra. Matt. É o seu aniversário. Sinto muito, cara, eu esqueci completamente.

As bochechas de Matt ficaram vermelhas quando ele coçou a cabeça.

– Não esquente com isso, Kell. Não é nenhuma data especial. – Lançou um olhar de reprovação para Evan. – Nós não precisamos fazer nada de diferente. Tocar com vocês hoje já foi comemoração suficiente.

Griffin estava sentado no encosto do sofá e fez um ruído de desgosto ao ouvir o comentário de Matt e se manifestou.

– Que porra é essa? Vamos festejar, sim! Nenhum aniversário fica completo até você vomitar a própria alma. – Ele franziu a testa, com ar de concentração. – Nós já jantamos?

Evan sorriu para Matt.

– Ainda não. Aonde você quer ir, garoto aniversariante?

A expressão de Matt foi quase de irritação. Ele não gostava de ser o centro das atenções.

– Eu não tenho cinco anos... Por favor, não me chame de "aniversariante". – Suspirou. – Sei lá...! Algum lugar discreto, onde não haja muita empolgação por alguém estar um ano mais perto da morte.

Griffin ergueu as sobrancelhas.

– Uau. Estamos mórbidos hoje? Quantos anos você faz mesmo? Setenta e dois?

Matt ergueu seus dois dedos médios e exclamou:

– Essa aqui é a idade que eu tenho.

– Onze anos? – Ele sorriu. Seu riso se ampliou quando ele se virou para mim. – Deve ser mais ou menos isso mesmo.

Até eu ri da piada de Griffin, mas por dentro eu sentia um monte de cinzas no peito. Kiera devia estar em casa sozinha agora, e provavelmente ficaria sozinha até o dia seguinte. Eu não teria outra chance de passar uma noite inteira em paz com ela durante... Puxa, sei lá quanto tempo, mas me pareceu demais. Por outro lado, eu *não poderia* deixar de sair com os rapazes.

Obrigando-me a sorrir, disse a Griffin:

– Conheço um lugar onde todos usam chapéus com insultos e as pessoas que servem zoam e maltratam os clientes a noite toda.

Griffin pulou do sofá.

– Beleza da porra, vamos fazer isso! Mas... como é que elas "maltratam" os clientes? – Virando-se, ele se inclinou sobre o sofá e lançou a bunda para cima. – Será que elas vão me espancar se eu for um menino malvado?

Matt apontou um dedo para o primo.

– Não existe a mínima chance de eu ir a algum lugar onde ele possa ser espancado na bunda. – Dando de ombros, acrescentou: – Não podemos ir até o Pete's?

Segurando um suspiro, ergui os ombros num sinal de "tanto faz".

– A noite é sua. Vamos ao Pete's, então. – *Por que Kiera não poderia estar trabalhando lá naquela noite?* Talvez eu ligasse para ela quando chegássemos ao Pete's, a fim de convidá-la. Entrei no meu carro me sentindo meio irritado, mas disposto a deixar a irritação passar. Não era o caso de eu nunca estar com Kiera, eu a via o tempo todo. Só que... eu estava muito consciente de que iria perder um tempo precioso a sós ao lado dela, e tive a sensação horrível que nosso tempo juntos se esgotava.

Tentei passar despercebido por todos e ir até os fundos para dar um telefonema quando cheguei ao Pete's, mas Griffin entrou pela porta junto comigo. Agarrando o meu braço, imediatamente me puxou na direção do bar. Batendo a mão no balcão, ordenou:

– Uma rodada de Jäger para a banda, Reets. Vamos encher a cara esta noite!

Rita sorriu ao ouvir o apelido que Griffin usava com ela e se inclinou para beijar minha bochecha. Sem fazer parecer que eu estava me desvencilhando, recuei para longe dela lentamente. Ela suspirou quando eu me afastei.

— Qualquer coisa para as minhas estrelas do rock favoritas – disse ela, fazendo um bico com os lábios como se me beijasse mentalmente. – Hum, hummm – murmurou, enquanto servia as doses.

Griffin levantou sua bebida no ar quando todos foram servidos. Alto o suficiente para todo o bar ouvir, exclamou:

— Brindo ao meu primo, que finalmente ganhou pentelhos nesse ano e está torcendo para tocar uma mulher nua pela primeira vez na vida... Feliz Aniversário!

Todo o bar estava gargalhando. Evan e eu rimos também, enquanto Griffin virava o shot. Depois, enfiou a língua para fora e fez uma careta, enquanto Matt lhe lançava um olhar vazio.

— Eu odeio você com todas as minhas forças – declarou Matt, com toda a calma do mundo, para Griffin.

Griffin roubou o drinque do aniversariante e virou de novo.

— Eu sei – disse Griffin com um sorriso imenso, quando acabou. Depois, agarrou o pescoço de Matt, colocou sua cabeça debaixo do braço e deu-lhe um cascudo, esfregando os nós dos dedos em seu cabelo.

Matt finalmente começou a rir enquanto tentava escapar daquilo, e foi assim que os dois primos que brigavam o tempo todo viraram melhores amigos num piscar de olhos. Balançando a cabeça para eles dois, entreguei a Matt o meu drinque. Ele alegremente bebeu tudo com muita rapidez. Evan tomou o dele e todos colocaram os copos sobre o balcão, onde foram novamente enchidos em questão de segundos.

Passou uma eternidade antes de eu, finalmente, conseguir escapar dali. Fui até o banheiro do corredor e passei pelo velho telefone público na parte de trás do bar. Ninguém o usava mais e reparei que o aparelho estava meio enferrujado quando peguei o fone. Encontrei algumas moedas no bolso e liguei para casa, mas o telefone tocou e tocou sem parar. A secretária eletrônica não entrou e eu achei aquilo meio estranho; Kiera vivia obcecada e verificava sempre se tudo estava ligado e pronto para gravar todas as chamadas de Denny que ela pudesse ter perdido.

Imaginei que Kiera tinha ido para a cama. Senti saudades dela. Uma tristeza quase irresistível me inundou, mas eu mantive um sorriso na cara pela minha banda. Não queria que eles fizessem perguntas quando voltei para a mesa.

Quando chegou o fim da festa, já era muito tarde. Eu tinha parado de beber fazia muito tempo para poder ir para casa dirigindo, mas ainda me sentia um pouco zonzo quando parei o carro e desliguei o motor, na entrada de casa. Sorri ao ver o Honda de Denny, que Kiera usava, parado ao lado do meu. Kiera já estava em casa e segura, na cama. Adorei saber que ela estaria bem ali, dormindo a poucos metros de mim... assim que eu conseguisse me arrastar pela porta. Talvez um pouco de água ajudasse a limpar minha cabeça. Isso mesmo. Água seria ótimo.

Com a intenção de me hidratar, fiz uma linha reta até a cozinha assim que coloquei o pé dentro de casa. Joguei minhas chaves na bancada, mas fiquei paralisado ao perceber que não estava sozinho ali. Kiera ainda estava de pé, de pijama... e parecia claramente chateada com alguma coisa. Seus olhos estavam vermelhos, o rosto um pouco inchado, e ela bebia um copo de vinho como se aquilo fosse suco. Algo estava errado, muito errado. Meu coração acelerou de expectativa.

– Oi! – saudei, tentando parecer casual.

Ela não me respondeu, simplesmente continuou bebendo seu vinho. Eu pude ver pela garrafa vazia na bancada que ela estava quase no fim do estoque. Havia apenas uma coisa que a deixaria tão perturbada...

– Você está bem? – perguntei, já sabendo que não estava.

Ela fez uma pausa na bebida para me responder.

– Não. – Pensei que ela fosse deixar as coisas por isso mesmo, mas ela me surpreendeu ao acrescentar: – Denny não vai voltar... Nós terminamos.

Uma multidão de emoções tomou conta de mim ao mesmo tempo: pena, sofrimento, alegria... e culpa. Fui até onde ela estava, louco para envolvê-la nos meus braços e dizer que eu estava bem ali para ela, que nunca iria deixá-la, mas era óbvio que ela tentava sufocar a própria dor. Ouvir o quanto eu me preocupava com ela provavelmente não iria ajudá-la naquele momento; eu precisava deixá-la chorar as mágoas antes. Em vez de tocá-la, apoiei o corpo na bancada. Cheguei a colocar as mãos atrás das costas, para não ser tentado a usá-las.

Sem saber o que fazer por ela, percebi que ela me analisou por um longo minuto. Em seguida, torcendo para ela dizer "não", porque não queria nem um pouco discutir seus sentimentos por Denny, perguntei:

– Quer conversar sobre isso?

Ela fez uma pausa novamente na bebida, só o tempo suficiente para me responder.

– Não.

O alívio me inundou mais uma vez ao ver que ela não queria falar sobre Denny. Provavelmente não queria falar sobre mim também, mas tudo bem. Eu entendi o fato de ela não querer falar. E sabia o que eu *iria* querer, no lugar dela. Olhei para a garrafa de vinho vazia e para o copo quase vazio.

– Quer um pouco de tequila? – ofereci.

Um sorriso genuíno se espalhou pelos seus lábios.

– Quero!

Abri o armário acima da geladeira e, vasculhando pelo meu estoque de álcool, peguei a tequila. Eu não tinha certeza se fazer Kiera ficar bêbada seria uma boa ideia, mas foi a única solução que me ocorreu no momento. Além do mais, pelo menos ela não beberia

sozinha a partir de agora. Peguei copos, sal e limão na geladeira. Coloquei a tábua de madeira sobre a bancada e fatiei os limões. Sentia os olhos de Kiera grudados em mim.

Servi duas doses e entreguei a dela com um sorriso.

— Me disseram que é um bom remédio para a dor de cotovelo.

Ela pegou o copo da minha mão e nossos dedos se tocaram brevemente. Foi o suficiente para enviar uma onda de calor pelo meu corpo. Ela estava solteira agora... e isso mudava tudo. Não mudava? Denny era o meu melhor amigo. Eu devia muita coisa a ele...

Determinado a parar de pensar naquilo e deixar o barco correr, mergulhei o dedo na bebida e molhei as costas das nossas mãos. Kiera observava cada movimento que eu fazia enquanto eu sacudia o saleiro. Quando ela não fez nenhum movimento para beber sua dose, quebrei o gelo e entornei o meu drinque de uma vez só, para que ela se sentisse mais confortável em fazer isso comigo. Minha garganta parecia anestesiada, depois de tomar doses de Jäger a noite toda, e eu nem senti arder. Kiera, porém, sofreu a queimação da bebida.

Sua língua saiu para lamber o sal na mão, sua boca se abriu para receber a bebida e seus lábios se curvaram com força ao redor do limão, espremendo o suco. Foi uma cena erótica de assistir. Então, seu rosto se contorceu numa careta horrível. Eu ri com a reação dela e servi mais uma rodada.

A segunda dose desceu com mais facilidade para ela. A terceira foi ainda mais tranquila. Nós não falávamos, apenas bebíamos. E quanto mais álcool ela consumia, mais famintos os seus olhos se tornavam. Ela já olhava para mim de forma determinada, como as mulheres no bar costumavam fazer. Fiz o que pude para ignorá-la, mas foi difícil... Eu *queria* que ela me olhasse daquele jeito. E também queria olhar para *ela* assim. Mas eu não queria fazer prognósticos de tipo algum sobre o que poderia acontecer naquela noite. Éramos apenas um casal de amigos que compartilhavam uma bebida. Um homem e uma mulher solteiros que quase tinham compartilhado coisas demais, ultimamente...

Na quarta dose o álcool começou a me afetar. Derramei a tequila ao tentar servi-la naqueles copos minúsculos. Ri muito e quase deixei cair o limão da boca. Eu estava para lá de Marrakesh, a essa altura.

Na quinta dose, tudo mudou. Justo quando eu me inclinava para lamber o sal da minha pele, Kiera pegou minha mão e passou a língua sobre as costas dela. Sua língua era suave, úmida, quente, e pareceu maravilhosa para o meu corpo já sensível. Queria que ela continuasse fazendo aquilo, mas ela recuou um pouco para beber sua dose de tequila. Quando ela colocou a fatia de limão entre *meus* lábios, meu coração acelerou.

Será que ela...?

Ela fez. Sua boca se ergueu e se encontrou com a minha. Nossos lábios se esmagaram enquanto ela chupava o limão. Tudo o que eu consegui sentir foi o limão e ela.

Uma combinação inebriante. Mas aquilo não foi satisfatório, nem de longe. Eu precisava de mais.

Minha respiração ficou ofegante quando Kiera se afastou. Quase falha. Ela removeu o limão da boca com um jeito sedutor e o colocou sobre a bancada. Quando lambeu os dedos com um jeito sexy, minha determinação se evaporou. De repente eu não dei a mínima para o que tinha rolado entre nós antes, ou com quem tínhamos estado. Eu já não me importava se Kiera tinha namorado Denny, e naquele instante isso me pareceu um detalhe distante no tempo. Não me importei com os alertas de Evan, nem com minha experiência lamentável ao levar roommates para a cama, nem com minha promessa a Denny de que iria ficar longe dela, nem com minha própria decisão de não cruzar aquela linha intransponível. Kiera tinha me *beijado*. Ela me *queria*. Além do mais... Foda-se, eu também a queria.

Tomei minha dose de tequila numa virada só e bati com o copo na bancada. Em seguida, puxei Kiera de volta para minha boca, onde era o lugar dela.

Nossos lábios se movendo juntos foi uma sensação melhor do que eu tinha imaginado. Havia tanta ânsia, desejo e paixão represados que eu pensei que fôssemos explodir em chamas, tipo combustão espontânea. Eu não conseguia o suficiente dela. Minha mão foi para a sua nuca e a puxou mais para perto de mim. Minha outra mão acariciou a curva na base das suas costas. Perfeição.

Eu a empurrei contra a bancada, nossos lábios ainda se movendo em conjunto com uma intensidade quase frenética. Sua língua roçava a minha, provocando, lambendo e procurando. Eu gemi, precisando de mais. Meus dedos desceram pela lateral do seu corpo e deslizaram sobre suas costelas até a bunda. Descendo mais, eu a ergui e a coloquei sobre a bancada. Ela fez um som suave e sedutor ao me enlaçar com as pernas e me apertar com força.

Isso mesmo...

Apesar de eu me sentir meio bêbado, já estava duro como uma pedra. Tudo o que conseguia pensar era em levá-la para o meu quarto, deitá-la na cama e explorar seu corpo. Queria sentir cada curva, descobrir cada pico e vale, saborear cada centímetro. Queria tudo dela. Começava a acreditar que sempre quisera aquilo.

Minha mão percorreu sua garganta e meus lábios seguiram o mesmo caminho. Sua pele era doce como morangos. Deliciosa. Emitindo um gemido que atravessou meu corpo, Kiera deixou cair a cabeça para trás e fechou os olhos com força. Por Deus, como ela era bonita! Sua respiração estava tão pesada quanto a minha; estávamos quase ofegantes. Desesperados para ficar juntos.

Corri o nariz pela garganta dela até a sua orelha e lambi bem de leve a pele sob o lóbulo. Kiera se contorceu e seus dedos começaram a palmilhar minha camisa, como se quisesse arrancá-la ou rasgá-la. Eu a ajudei a remover o tecido desagradável. Ela se

afastou para observar melhor e seus olhos me devoraram. Adorei aquilo. Curti muito perceber a necessidade despudorada em seu rosto. Aquilo me deixou louco.

Seus dedos arranharam meu peito e eu já não aguentava mais. Graças a Deus todos os obstáculos tinham sido removidos. Graças a Deus eu poderia finalmente fazer aquilo, finalmente ceder ao que sentíamos um pelo outro... ao que eu sentia por ela. Então, abracei-a com força e puxei-a para fora da bancada.

Eu me senti meio descoordenado nos pés, pois meu corpo não estava em sincronia com minha mente. Bati numa parede aqui e ali, e quase deixei Kiera cair antes mesmo de chegar às escadas. Não ajudou em nada eu não estar olhando para onde caminhava. Não consegui. Todo o meu foco estava nela – meus olhos, meus lábios, minha língua, minha respiração, meu coração, minha alma. Era tudo dela.

Logo após a curva que ia dar na escada, perdi todo o equilíbrio e caí no chão. Consegui me apoiar antes de esmagar Kiera sobre os degraus, mas o choque foi forte mesmo assim, e tive certeza de que nós dois sentiríamos dores quando amanhecesse. Só que nada importava naquele instante, e rimos muito daquilo.

– Desculpe – murmurei, correndo minha língua pela garganta dela. Kiera estremeceu sob o meu toque e enterrou os dedos em meus ombros. Eu estava esparramado por cima dela, agora. Tê-la embaixo de mim era muito melhor do que tê-la na bancada. Posicionei o corpo para me encaixar entre suas pernas e esfreguei os quadris contra os dela. Ela engasgou ao sentir o quanto eu estava duro.

Isso é tudo para você. Isso é o que você faz comigo. Eu quero você... Quero demais!

Ela chupou o lóbulo da minha orelha, o que enviou explosões de desejo ao longo da minha pele. Precisando de seu calor, de sua suavidade e sentindo a urgência de prová-la novamente, eu procurei sua boca. Ela enredou os dedos em meu cabelo, mantendo-nos colados um no outro. Como eu ainda precisava de muito mais, arriei a calça do pijama dela. *Tire tudo!* Eu precisava dela sem roupa.

Ela me ajudou a fazer isso, e quando a calça estava em torno de seus tornozelos nós a chutamos escada abaixo. As mãos dela procuraram minha calça jeans, mas seus dedos dormentes não conseguiram abrir os botões de metal. Ela riu quando as palmas de minhas mãos lhe exploraram as coxas nuas e acariciaram sua bunda por baixo da calcinha. Desistindo de abrir meus jeans, as mãos dela voltaram ao meu peito, sentindo meus músculos rígidos. Eu chupava seu lábio inferior enquanto minhas mãos viajaram cada vez mais para cima. Quase tremi de expectativa quando me aproximei dos seus seios. Eu queria sentir aquilo fazia muito tempo. Cobri um deles com a palma da mão e passei o polegar lentamente em torno do mamilo duro.

Minha nossa, ela era uma delícia!

Eu queria girar a língua sobre seu seio e colocá-lo na boca, mas ainda não tinha acabado de explorá-la. Kiera já se contorcia debaixo de mim, pousando beijos leves ao longo do meu braço, e mordendo de leve o meu ombro. Ela me deixou descontrolado. Gemidos guturais escapavam dela cada vez que eu a tocava. Ela já tinha sentido meu desejo por ela... Agora, eu queria sentir seu desejo por mim. Enquanto circulava com os lábios no ar sobre sua boca, provocando-a com a ponta da língua, deixei escorregar a mão para dentro de sua calcinha. Ela corcoveou contra meus dedos, ansiosa, louca para que eu a tocasse lá. Só de pensar nisso eu quase gozei. Mas consegui me segurar... Queria que aquilo durasse muito tempo.

Olhando para baixo, inclinei a mão para poder ver meus dedos entrando nela. Um deles deslizou através de sua pele escorregadia e Kiera gritou.

Estava muuuito excitada.

Meu queixo caiu quando eu me ajeitei melhor para ver sua reação. Ela era muito gostosa. E me desejava.

Ela me queria!

Estava ficando louca debaixo de mim enquanto eu a excitava com a mão. Seus dedos passeavam pelos meus braços, minhas costas e meus ombros. Ela rebolou os quadris devagar, desesperada por mais.

— Por favor, Kellan... me leve para o seu quarto. Por favor. Ai meu Deus... Por favor! — ela sussurrou.

Porra! Sua súplica suave implorando por mim era a coisa mais excitante que eu tinha ouvido na vida. Eu a peguei no colo segurando-a pela bunda, mas não a coloquei novamente no chão até chegarmos ao portal do meu quarto. Assim que ela se viu em pé, arrancou fora a calcinha. Eu tirei os sapatos, as meias, e logo comecei a tirar a calça, já que Kiera não tinha conseguido fazer isso. Ela riu da sua falta de habilidade e eu ri com ela. Seu sorriso se ampliando me pareceu maravilhoso. Isso fez com que eu a quisesse ainda mais. Tirei sua camiseta de pijama pela cabeça e me abaixei um pouco para, finalmente, sentir seu seio empinado em minha boca. Kiera gemeu e segurou minha cabeça contra o seu corpo.

Depois de breves provocações com a língua eu a empurrei lentamente, com jeito brincalhão, para cima da cama. Tirei a cueca enquanto ela se apoiava nos cotovelos e erguia o corpo para me olhar de cima a baixo. O ar de brincadeira que pairava no ambiente se desfez quando olhamos um para o outro. Não havia ninguém no mundo que eu quisesse mais que aquela mulher e ela estava finalmente ali, na minha cama, me querendo...

Engatinhei por cima da cama até ela e nossas peles colidiram. Ela estava quente e macia. Era mais gostosa ao tato do que qualquer coisa que eu já tinha conhecido. Enquanto nos encarávamos, senti a conexão que havia entre nós. Quando nos beijamos, a ligação se intensificou. Minhas mãos percorriam seu corpo e meus lábios seguiam o mesmo caminho. A sensação de estar conectado e de ser um só com ela aumentava a

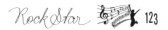

cada novo lugar em que eu a tocava. Minha boca vagou pelo espaço entre as suas pernas, e eu provei o desejo dela por mim. Era tão fantástico quanto o resto. Ela gritou e seus quadris se moveram contra a minha boca quando ela murmurou meu nome.

Puxando-me um pouco mais para cima e quase se ajoelhando em seguida, ela passou os dedos sobre os meus músculos e seus lábios me cobriram de beijos suaves. Recostei-me, enquanto sua boca descia pelo meu corpo. Apertei os lençóis quando ela passou a língua ao redor da ponta do meu pênis. Eu me senti prestes a explodir. Já não aguentava mais. Precisava estar dentro dela.

Virei-a de costas na cama e me lancei dentro dela com força. A sensação de preenchê-la por completo me surpreendeu. Olhávamos um para o outro com as bocas abertas, respirando de forma ofegante, enquanto ela emoldurava meu rosto com as mãos e passava o polegar na minha bochecha. Eu nunca tinha sentido tanto calor durante o sexo. Só quando eu comecei a remexer os quadris, já dentro dela, foi que percebi que não tinha colocado preservativo algum. Essa era minha regra principal e eu a tinha quebrado. Considerei a possibilidade de parar tudo e colocar uma camisinha, mas ela sussurrou meu nome novamente com tal adoração que eu não podia fazer isso. Estávamos finalmente livres, e eu não queria que coisa alguma se colocasse entre nós novamente. Ela era minha e eu queria deixar uma parte de mim dentro dela.

Começamos a nos mover em sintonia total, de forma tão perfeita que parecia a nossa milésima vez, e não a primeira. Quando fortes sensações circularam através do meu corpo como foguetes, torci para que aquela fosse a primeira de milhares de vezes. Torci para aquilo nunca terminar. Nossos movimentos eram lentos no início, mais prazerosos do que determinados. Foi então que Kiera puxou meus quadris com força e murmurou:

– Mais depressa! – Eu acelerei, sentindo a intensidade aumentar enquanto o fazia. Não pude conter os ruídos que me saíam dos lábios. Nunca tinha sentido nada tão bom. Kiera parecia igualmente estupefata. Seus gemidos suaves eram muito mais estimulantes do que os berros de qualquer das mulheres barulhentas que eu já tinha levado para a cama. Elas bem que poderiam aprender um ou dois segredos com Kiera.

Senti meu orgasmo chegando e queria desesperadamente aquilo, embora ao mesmo tempo não quisesse. Gozar dentro de Kiera seria o céu e o inferno. Céu pela pura felicidade que aquilo representava; inferno porque todas as sensações cessariam quando acabássemos. Kiera agarrou minha cabeça com força, me puxou para mais perto dela e seus gritos aumentaram. Ela estava quase gozando. Eu também estava quase... Porra, aquilo realmente ia acontecer!

Senti a parte baixa da minha barriga se contorcer e o esperma sair de mim num jorro de prazer rítmico que percorreu todo o meu corpo. Kiera ficou mais rígida debaixo de mim e gritou ao mesmo tempo, enquanto cavalgávamos o orgasmo juntos. Eu nunca tinha gozado exatamente no mesmo instante que uma garota. Isso intensificou o momento para mim. Senti como se não fosse acabar nunca de ejacular. Quando finalmente o jorro começou a diminuir, olhei fixamente para Kiera. Ela também olhou para mim; eu quase fui esmagado pela emoção que vislumbrei em seu rosto, e também pela emoção que senti no coração. Eu nunca tinha experimentado nada assim. Aquilo foi além de toda expectativa e de toda a razão. Foi algo que me mudou. Eu nunca mais seria o mesmo depois daquele momento. *Nós dois* nunca mais seríamos os mesmos depois daquilo.

Olhando um para o outro, continuamos com a respiração descompassada até nossos corações abrandarem. Eu me removi suavemente de dentro dela e então a envolvi em meus braços. Achava que dançar com ela era melhor do que fazer sexo. Estava errado. Nossa... Muito, muito errado. Dançar não chegava nem perto do sexo. Pelo menos, não do sexo com ela.

Kiera apagou assim que nos sentimos relaxados. Eu a segurei bem apertado, saboreando o calor que sentia com ela em meus braços. Observei-a dormindo durante um longo tempo. Era tão bom abraçá-la, sentir sua pele contra a minha e sentir sua respiração leve me acariciando o peito. Eu me vi totalmente conectado a ela naquele momento, e ela nem mesmo estava consciente. O tempo continuou a passar e então, no silêncio do meu quarto, ela falou.

– Kellan... – Foi pouco mais que um murmúrio. Meu coração batucou no peito. Tive certeza de que ela acabara de acordar. O que eu poderia dizer a ela? O que ela diria para mim? Congelei, aterrorizado, mas ela não disse mais nada.

Lentamente eu me senti relaxando aos poucos, na cama. Kiera ainda estava dormindo e pensava em mim. *Em mim*. Fiquei surpreso, me senti nas nuvens por estar em seus pensamentos e me perguntei o que ela estaria sonhando. Foi então que eu me senti mais leve que o ar, como se meu coração começasse a bater por outro motivo. Ela dizendo meu nome e pensando em *mim* enquanto dormia quase me provocou um zumbido na cabeça e um sacolejo maior que o do sexo. E eu soube, sem sombra de dúvida, que conseguiria dormir com ela aninhada nos braços todas as noites da minha vida e me sentir completamente feliz. E esse pensamento me assustou terrivelmente porque, ao mesmo tempo, entendi que eu ficaria absurdamente infeliz sem ela.

Então, o que será que Kiera e eu éramos, agora? Eu não fazia ideia. Não tinha a menor noção de coisa alguma. Tudo que sabia era que por um longo tempo eu tinha gostado de Kiera de um jeito que não deveria. E agora, naquela noite mesmo, fiz algo com ela que iria matar o meu amigo, caso ele descobrisse. Com o relacionamento deles rompido ou não, Kiera deveria permanecer fora do meu alcance por causa dele. Eu sabia disso e mesmo assim tinha trepado com ela. Eu era uma pessoa horrível.

Enquanto refletia sobre a palavra "trepado", meu interior se agitou de aversão. Essa palavra não estava certa. Não tínhamos simplesmente ficado bêbados e "trepado". Eu, pelo menos, não tinha. A minha alma participara por inteiro daquele ato. Estar com ela era tudo para mim. *Ela* era tudo para mim. O jeito como gargalhava, a maneira como sorria, a forma como ouvia minha música, o jeito como olhava para mim, toda cheia de compaixão, como se entendesse a extensão da minha dor, mesmo sem saber exatamente qual era. Tudo nela me deixava sem fôlego.

Olhei para ela, ainda aninhada debaixo do meu braço. Sua boca estava ligeiramente aberta enquanto dormia. Seus olhos se movimentavam, como se ainda estivesse no meio de um sonho. Eu queria tanto que ela dissesse meu nome mais uma vez. Como eu queria que ainda estivesse pensando em mim. Torcia para continuar dentro de sua cabeça, já que ela era a única coisa na minha mente. Queria protegê-la. Queria ajudá-la a crescer. Queria o que ela compartilhava... com Denny.

Merda. Denny. Onde ele se encaixava em tudo aquilo? Eu, de forma egoísta, o tinha chutado para fora de campo para poder pegar o que eu queria. Tinha traído o único pedido, a única promessa que fizera para ele. Uma onda de culpa me inundou, enquanto meu cérebro se acomodava de volta à realidade, e não pude deixar de pensar nas muitas vezes que ele esteve ao meu lado, me apoiando... Eu era um filho da mãe. Ele nunca me perdoaria por isso. Eu ia acabar perdendo a sua amizade. E para quê? Será que Kiera ao menos se importava comigo?

Quase como se tivesse ouvido meus pensamentos, Kiera se afastou de mim. Ela virou de bruços e um frio tomou conta de mim com a sua ausência. Meus olhos passearam sobre suas costas nuas; sua pele era suave, cremosa, perfeita. Ela era *toda* perfeita. Considerei a possibilidade de puxá-la para dentro dos meus braços novamente, mas minha mente começou a girar, e agora ela estava mais agitada que nunca. Eu não conseguia controlar os múltiplos pensamentos dissonantes que se batiam uns contra os outros no meu cérebro. O que eu tinha acabado de fazer?

Você acabou de fazer sexo com a mulher que esteve dentro de sua mente a cada segundo de cada dia; uma mulher que está apaixonada pelo seu melhor amigo; um amigo a quem você deve tudo; seu melhor amigo, que você acaba de esfaquear pelas costas ao dormir com "o amor da sua vida" cinco segundos depois de eles terem terminado. Foi isso que você fez.

— Cale a boca — murmurei para mim mesmo. Eu não desejava perder o momento de euforia para permitir que a realidade penetrasse. Tudo que queria era me debruçar sobre o sentimento que batucava em minhas costelas e vibrava dentro da minha cabeça. Eu me senti completamente bêbado ali, ao lado de Kiera, mas não era o álcool que fazia com que eu me sentisse assim. Não, não era a tequila que tornava meu peito mais leve e minha cabeça zonza. Não era o álcool que me inflava a alma com aquela necessidade de sorrir, gargalhar e apertar Kiera com mais força. Eu estava completamente embriagado, sim... Por ela.

Mas será que isso significava alguma coisa para nós? Será que, ao menos, havia um *nós*? Ou ainda éramos apenas ela e eu? Pessoas completamente separadas?

O lençol estava quase nos pés de Kiera, expondo a maior parte do seu corpo. Quis me inclinar e pousar beijos entre suas omoplatas, descansar minha bochecha na parte inferior das suas costas, puxá-la mais para perto do meu corpo. Mas estava com medo de acordá-la. O que diria quando recuperasse a consciência? Que o que tinha feito fora um erro? Que ela ainda estava apaixonada por Denny? Que iria sair da minha casa? Ou será que... Será que ela diria o impossível? Que se importava comigo e queria ficar junto de mim?

Não, isso era altamente improvável. Nenhuma mulher com quem eu tinha dormido na vida se importava de verdade comigo. Não desse jeito. Muito provavelmente, o que aconteceu foi que Kiera estava triste e eu a animei um pouco. Fim da história

Só que... O jeito como ela me olhava, às vezes! A forma como me abraçava. A maneira como beijava meu rosto e depois enrubescia. Eu não conseguia tirar isso da cabeça. Eu não conseguia *tirá-la* da cabeça. Em nenhum momento. Ela estava sempre na minha mente. Por Deus, eu só queria que ela se importasse comigo. Não queria ser o único a ter aquele sentimento. Eu gostava dela muito. Eu a amava demais.

Uau... Pode parar, cacete! Eu a *amava*? Será que eu sabia ao certo o que isso significava?

Pulei para fora da cama como se alguém tivesse jogado um balde de água gelada em mim. Felizmente, Kiera não se mexeu quando eu arranquei meu braço debaixo dela. Acho que estava realmente apagada.

Eu a amava? *Amava*. Prova disso: eu não conseguia viver sem ela e não queria mais ninguém, certo? Merda, tudo parecia tão perfeito. Mas eu não poderia estar apaixonado por ela de verdade. Poderia?

Merda.

Parando o meu vagar incessante de um lado para outro, me virei para olhar Kiera na cama. Ela parecia tão bem esparramada sobre os meus lençóis. Senti que começava a ficar excitado novamente só de observá-la. Puxa, o que eu não daria para deslizar de volta para a cama junto com ela. Eu a envolveria com os braços e a beijaria gentilmente até acordá-la. Daria qualquer coisa para fazer sexo com ela de novo. Só que sóbrio, dessa vez. Eu levaria mais tempo para explorá-la. Para apreciar cada centímetro do seu corpo. Eu... eu faria amor com ela. Puxa, aquilo me soou estranho, mesmo em pensamento. Eu não tinha certeza do que significava esse conceito, certo? *Fazer amor?* Era tudo o mesmo ato. Eram os mesmos movimentos. Sexo era sexo, qual era a diferença? E por que construir a frase daquele jeito fazia o meu estômago se apertar tanto que eu sentia como se estivesse bagunçando de vez minhas entranhas?

Porque você está apaixonado por ela, seu idiota.

O luar sendo filtrado pela janela destacou sua bunda, o cume que surgia além da parte inferior das suas costas. Deus, como eu amava aquele cume. Havia algo sobre esse

ponto que era insanamente erótico para mim. A forma como a luz atingia a pele ali, acentuando uma área e escurecendo outras... era quase como se a lua estivesse acariciando-a. Isso me provocou ciúmes. É mole?!... Eu já estava com ciúmes da porcaria da lua! Precisava cair fora daquele quarto para conseguir me recompor.

Virando-me de costas para ela, fui quase correndo até minha cômoda. Abri com força a gaveta de cima e peguei uma cueca limpa. Depois de vesti-la, fechei a gaveta com mais barulho que o necessário. Voltei a olhar para Kiera, mas ela continuava fora do ar.

Por que estou tão zangado?

Porque você a ama e não é bom o bastante para Kiera. Ela nunca vai amar você, e é claro que você sabe disso. Você foi impossível de amar desde que nasceu.

Engolindo em seco, eu me virei e vasculhei em outra gaveta para encontrar um jeans. Sim, tudo isso era verdade, mas... talvez eu pudesse convencê-la a me dar uma chance, não é? Ela não precisa me amar de volta, mas talvez conseguisse realmente... gostar de mim ou algo assim, não? Talvez pudéssemos arriscar um relacionamento. Eu sabia que seu coração obviamente ainda pertencia a Denny, já que os dois tinham acabado de terminar, mas se eu dissesse a ela que a amava, talvez... talvez ela aceitasse pelo menos tentar ficar comigo durante um tempo. Um tempo com ela seria melhor que nada. Eu quase não podia acreditar que Denny tinha realmente ido embora, que ele realmente tinha preferido ficar com o seu trabalho, em vez de ficar com ela.

Fechando o zíper da calça, olhei para ela com um desejo despudorado. Ela estava sozinha. Será que ficar comigo não seria melhor do que ficar sozinha? Não... talvez ela preferisse permanecer sozinha a ficar comigo. Eu não era exatamente o homem mais fácil de uma mulher amar. Mas se eu dissesse que a amava e que só queria estar com ela, talvez ela se sentisse confortável o suficiente comigo para dizer "tudo bem".

Irritado, tornei a me virar para procurar uma camisa. Tudo bem, agora como, diabos, eu poderia fazer isso sem parecer um mané patético? Como, merda, eu poderia lhe dizer que a amava? Eu mal consegui aceitar as palavras. A raiva se apoderou novamente de mim quando enfiei uma camiseta sobre a cabeça. Eu não saberia como fazer isso. Não saberia como ser aberto e honesto. Não saberia como deixá-la entrar na minha vida. Eu poderia me oferecer a centenas de garotas, uma diferente a cada noite, e isso não me incomodava nem um pouco. Mas, agora, abrir o jogo todo com *ela*... estava me apavorando mais que qualquer coisa.

Eu precisava dar o fora dali. Não conseguia raciocinar direito estando no mesmo quarto que ela. Porra, eu não conseguia raciocinar nem com ela na mesma casa. Calcei os sapatos e saí na ponta dos pés para fora do quarto. As roupas de Kiera estavam espalhadas por toda parte. Aquela casa me sufocava. Eu precisava pegar um pouco de ar fora dali. Agarrando as chaves na bancada da cozinha, fiz uma pausa para analisar as evidências do nosso encontro... minha camisa no chão, uma garrafa de vinho vazia, tequila derramada por toda parte, fatias de limão espremidas, copos vazios. Tanta coisa tinha mudado em tão pouco tempo.

Eu quase conseguia, ainda, ouvir os gemidos de êxtase que Kiera emitira enquanto olhava atentamente para o aposento onde tudo tinha começado. Girando o corpo, saí de lá o mais rápido que pude. Limparia tudo mais tarde, quando voltasse para dizer a Kiera tudo que ela significava para mim. Eu limparia as coisas depois. Consertaria tudo, de algum jeito.

Fugindo de casa, corri para o meu carro. Rastejando para dentro dele eu respirei fundo, numa inspiração profunda, de limpeza. Eu sabia que estava sendo um covarde, que deveria marchar de volta para dentro de casa e voltar para a cama com a mulher que eu amava, mas, porra!... Só de pensar nisso minha cabeça já formigava. Eu não poderia realmente amá-la, certo? E ela poderia me amar? Eu era valente o bastante para descobrir?

Enquanto observava a casa para captar sinais de movimento, girei a chave do carro. Nada aconteceu lá dentro quando liguei o motor. Ela provavelmente ainda estava dormindo ou, mais precisamente, desmaiada. Eu deveria ficar e me certificar de que tudo estava bem. Ela tinha bebido muito, e muito depressa; poderia passar mal quando acordasse.

Ao pensar nessa possibilidade, engrenei a ré. Queria ficar, mas não conseguia. Eu simplesmente não conseguia.

Saí pela rua sem saber para onde ia. Sabia apenas que precisava dirigir. E precisava pensar. Antes de perceber, eu estava dirigindo na direção de uma cidade próxima de Seattle: Olympia. Talvez fosse melhor eu simplesmente seguir em frente, certo? O que haveria para mim lá atrás? Uma garota que eu não poderia ter e da qual eu não conseguiria ficar longe. *Mas talvez eu pudesse tê-la.* Por mais improvável que aquilo parecesse, eu jamais descobriria se fugisse.

Grunhindo de frustração, girei o volante no último segundo para sair da autoestrada. Dirigi pela cidade vizinha até achar um restaurante que funcionasse vinte e quatro horas por dia. Uma garota da minha idade me cumprimentou com um sorriso brilhante.

— Uma pessoa ou duas? — quis saber ela, olhando atrás de mim para ver se eu estava sozinho ou não.

Essa era a grande pergunta do dia, não?

— Uma — murmurei, me sentindo muito sozinho quando a palavra ecoou em minha cabeça.

— Ótimo! Siga-me. — A garçonete me levou até uma mesa próxima, perguntou se eu queria café e saiu para pegar um bule quando eu disse que sim. Ela me pareceu muito feliz ao ver que eu estava sozinho. Mas eu não estava.

Devia voltar para casa.

Enquanto eu debatia comigo mesmo sobre as possibilidades de Kiera se importar comigo, a garçonete voltou com café e uma fatia de torta; o recheio de frutas vermelhas cheirava muito bem. Ela colocou tudo na minha frente com uma piscadela brincalhona.

– Essa é por conta da casa – brincou. Eu não estava no clima para flertar, então lhe dei um simples "obrigado" em troca.

Fiquei no restaurante por algum tempo, bebendo uma xícara de café que nunca acabava e remexendo a torta no prato. Com um sorriso esperançoso, a garçonete foi embora quando o seu turno terminou, mas eu fiquei no mesmo lugar. Continuei ali até bem depois do nascer do sol, e só então percebi que era hora de ir para outro lugar. Depois de pagar a conta, fiz meu caminho de volta para casa na maior lentidão possível.

Suspirei longamente quando a silhueta de Seattle surgiu na estrada mais uma vez. Eu já sabia o que precisava fazer. Tinha de me sentar e levar um papo sério com Kiera. Precisava dizer a ela que, ao longo das últimas semanas, quando tínhamos ficado só nós dois em casa, eu tinha me afeiçoado muito a ela. Eu me preocupava com ela, muito mais do que me preocupava com qualquer pessoa, e queria que ela fosse minha. Porque estava de cabeça virada, completamente de quatro, do tipo "vou até o fim do mundo por você", apaixonado por ela na base do "até que a morte nos separe". Caraca, como eu era idiota!

Peguei uma saída da autoestrada que levava ao centro. Ainda não estava pronto para voltar para casa; de qualquer modo, Kiera provavelmente continuava dormindo como uma pedra. Eu daria a ela uma chance para acordar e se recuperar antes de bombardeá-la com meus sentimentos patéticos e não correspondidos. Descendo em direção à água, achei um lugar para parar junto ao cais e paguei para estacionar ali durante o dia todo, só por garantia. Saltando do carro, inalei o ar fresco do meio da manhã e decidi dar uma caminhada. Isso iria limpar minha cabeça e me acalmar. Só então eu estaria pronto para enfrentá-la e encarar meus medos. Tinha certeza disso.

Andei durante horas. Cobri tantos quilômetros que meus pés começaram a doer. Mas essa dor ainda era melhor do que ouvir Kiera dizer que não sentia por mim o mesmo que eu sentia por ela. Eu não podia suportar a ideia de que o que havia entre nós era uma via de mão única. O jeito como ela me acariciou na noite passada, e depois me beijou… Ela só podia gostar de mim. Era a única opção.

Quando o sol já estava baixo no céu, percebi que era hora de enfrentar tudo como um homem, ir para casa e resolver aquilo. Porra. Eu queria puxá-la para dentro dos meus braços, abraçá-la, beijá-la, dizer-lhe que eu estava arrependido por ter vazado e tê-la deixado sozinha de manhã; em seguida eu lhe diria que a amava. Era isso que eu queria fazer. Também era o que eu *não queria* fazer.

Meu coração martelava o peito quando eu me aproximei da minha rua. Foda-se, eu realmente tinha de fazer isso. Eu ia colocar tudo para fora, jogar meu coração aos pés dela e torcer para que ela não o despedaçasse em mil fragmentos. Ela poderia me destruir... ou dizer que sentia o mesmo, e minha vida poderia mudar completamente. Foi essa possibilidade que me fez ir em frente.

Tive de expirar com força pela boca várias vezes ao entrar na minha rua. Era isso. Tudo ou nada.

Quando minha casa apareceu, notei algo que fez meu coração despencar. O Honda tinha ido embora. Eu tinha passado o dia me matando de preocupação e Kiera nem mesmo estava em casa. Onde diabos ela poderia estar? Ah, era segunda-feira. Claro! Era seu dia de aula na faculdade, e depois ela devia ter ido direto para o Pete's. Pensei em sair pela rua novamente e ir direto para o bar, mas não podia fazer isso. Eu não conseguiria colocar o meu coração e minha alma para fora dentro de um bar, com dezenas de pessoas nos observando. Não, aquilo precisava rolar só entre nós dois. Em particular. Depois, nós analisaríamos tudo e decidiríamos ficar juntos. Eu seria o seu namorado. Ela seria minha namorada. Um formigamento passou por dentro de mim ao pensar nisso. *Namorada*. Eu nunca tinha tido uma namorada antes. Eu não podia esperar que Kiera aceitasse ser a primeira. Por Deus, eu esperava que ela dissesse que sim.

Bocejei ao saltar do carro. Estava tremendamente cansado. O cheiro de álcool me atingiu em cheio no instante em que eu passei pela porta de casa. Caraca! Eu ainda não tinha limpado a bagunça que tínhamos feito. Mantive um sorriso no rosto o tempo todo enquanto colocava o lixo fora; a noite passada tinha sido o máximo! No segundo em que terminei a faxina o telefone tocou. Torcendo para que fosse ela, atendi na mesma hora, cheio de ansiedade.

– Alô...?

– Kellan, onde diabos você está?

Franzi minha testa quando reconheci a voz do outro lado da linha.

– Matt? O que quer dizer com "onde eu estou"?... – Minha voz sumiu quando eu me lembrei que estava atrasadíssimo para o nosso ensaio. Suspirando, prometi: – Estarei aí em vinte minutos.

– Ótimo! – foi tudo o que ele disse antes de desligar.

Olhei em volta da minha cozinha limpa e depois para a escada, com um ar melancólico. Eu queria *muito* tirar um cochilo, mas isso teria de esperar. De qualquer jeito, talvez aquilo fosse bom. Eu provavelmente iria dormir direto, não acordaria até amanhã de manhã e perderia a chance de conversar com Kiera. E eu queria desesperadamente falar com ela ainda naquele dia. Tinha muita coisa para lhe dizer.

Capítulo 10
TARDE DEMAIS

Matt e Griffin brigaram mais que o habitual durante o ensaio, por isso a sessão não rendeu. Toda vez que eles começaram a implicar um com o outro eu fechava os olhos. Em pé, junto do microfone, cheguei a cochilar duas vezes. Eu estava mental e fisicamente esgotado. Quando Matt finalmente deu o ensaio por encerrado e Griffin murmurou "Graças a Deus… vamos beber", eu senti um imenso alívio. Isto é, até entrar no carro e refletir sobre o que iria dizer para Kiera.

Eu tinha repassado as possibilidades milhares de vezes na cabeça, mas não descobri uma boa maneira de dizer a ela como eu me sentia. Quem sabe eu poderia escrever uma letra? Ou lhe fazer uma serenata? Por Deus, não, seria patético.

Depois que os rapazes saíram para o Pete's, coloquei a cabeça no banco e fechei os olhos. Precisava de algo bom, algo sincero, algo real, para ela saber que eu falava sério, que não queria brincar com ela, nem bagunçar sua cabeça ou tentar ser o playboy que as pessoas achavam que eu era. Eu só queria estar com ela.

Quando abri os olhos tinham se passado várias horas. *Droga*. Eu tinha caído no sono. Liguei o Chevelle e fui para casa. Curiosamente, o carro de Kiera estava estacionado na porta. Achei que ela ainda estaria trabalhando, mas aquilo era bom. Eu poderia falar com ela agora mesmo, em vez de esperar até mais tarde. Só que agora que eu estava realmente ali e tudo começava finalmente a acontecer, meus nervos voltaram a se manifestar. Dei passos curtos e incertos até a porta de entrada, sem ter certeza do que iria fazer ou dizer. Eu tinha de pegar leve. Precisava ouvir sobre a dor dela por causa de Denny, tinha de ser útil e compreensivo, para depois lhe oferecer suavemente uma alternativa para o seu sofrimento. Certamente ela iria querer uma alternativa, correto?

Segurei a respiração quando abri a porta da frente. Tornei a fechá-la sem fazer ruídos e deixei escapar um longo suspiro. Olhei para a sala de estar e para a cozinha, mas

Kiera não estava lá. Andando até a escada, abri a boca para chamar pelo nome dela, mas ouvi algo estranho e congelei, escutando com atenção. A princípio, me pareceu que Kiera estava assistindo à tevê, mas... se ela estava, aquele era um dos filmes preferidos de Griffin. Sons claros de sexo flutuaram para baixo, pelos degraus, até onde eu estava. Arquejos e gemidos, uma cama rangendo. Em seguida, ouvi claramente Kiera gritar. Como já tinha ouvido aquele som antes, sabia que não era um filme. Era de verdade. Ela estava trepando com alguém... naquele exato momento.

Totalmente arrasado, me afastei da escada. Eu não conseguia compreender o que estava acontecendo. Aquela não era Kiera. Ela não era o tipo de garota que levava algum estranho a reboque ao voltar para casa. Só podia ser alguém que ela conhecia. Mas quem ela conhecia em Seattle, além de mim? Talvez um colega da faculdade? Mas ela estudava lá fazia pouco tempo, e eu simplesmente não conseguia acreditar que ela faria isso comigo. Que ela faria isso com... Denny. *Porra.* Denny.

Meus olhos voltaram para a poltrona da sala de estar. Uma jaqueta estava largada no encosto dela; algumas malas estavam bem ao lado da jaqueta de Denny. As malas de Denny. Então... Denny estava em casa. Ele estava ali, na minha casa, trepando com a garota com quem eu tinha acabado de fazer amor. A *minha* garota. Não... a namorada *dele*.

Ela sempre tinha sido dele. Ela estava chateada ontem à noite por causa dele. Ela se deixou ficar bêbada por causa dele. Tinha transado comigo para esquecê-lo. Tudo aquilo tinha a ver com Denny. Eu não significava nada para ela. Absolutamente nada. Kiera tinha me usado, assim como todas as outras piranhas tinham me usado.

Eu ainda podia ouvi-los trepando no andar de cima. Não havia jeito de eu passar por aquele inferno, ficar ali ouvindo aquilo. Não depois do que eu tinha curtido com ela. Não depois de descobrir o quanto eu a amava. Porra. Uma dor apertou meu peito com força, tornando difícil respirar, difícil pensar, difícil fazer qualquer coisa. Eu a amava tanto, mas ela não dava a mínima, cagava e andava para mim. Não me queria. Ninguém me queria.

Eu precisava sair dali. Precisava fazer minha cabeça parar de girar. Eu precisava parar de pensar naquilo. Fui até a cozinha, abri o armário em cima da geladeira e peguei uma garrafa de uísque. Precisava me livrar daquela dor no peito. Precisava apagar, perder a consciência, e a bebida iria me ajudar a conseguir isso.

Saí de casa, perguntando a mim mesmo se eu conseguiria algum dia voltar para lá. Não queria voltar. Não queria nunca mais vê-la. Ainda mais porque seus lábios, seu corpo e os gemidos que ela fizera para mim ainda estavam tão recentes na minha cabeça. Porra, ela realmente tinha me enganado. Eu tinha realmente acreditado, por alguns minutos, que significava alguma coisa para ela. Como eu era burro!

Fiquei imaginando ela e Denny juntos, enquanto dirigia. Imaginei suas bocas pressionadas uma à outra, suas mãos percorrendo o corpo um do outro. Eu o visualizei penetrando-a uma vez, outra, várias vezes sem parar. E por ser um filho da puta doente, cheguei a imaginar os olhares em seus rostos quando eles chegaram ao orgasmo juntos. Porra. Denny poderia estar gozando dentro dela naquele exato momento. Minha dor se transformou em ciúmes quando eu imaginei o esperma dele sendo derramado por cima do meu. No momento em que cheguei ao meu destino, a casa de Sam, meu ciúme tinha se transformado em raiva.

Aquela piranha escrota, puta, vagabunda!

Agarrando meu uísque, saltei do carro e bati a porta. Então tornei a abri-la e a bati com força mais uma vez. Aquela bocetinha fodedora! A vadia tinha brincado comigo durante meses e finalmente conseguiu que eu a comesse, mas na mesma hora voltou para ele como se eu fosse um merda qualquer. Como se não fôssemos nada um para o outro. Ela era a maior puta que eu conhecia. E olha que eu conhecia um monte de putas.

Caminhei até a entrada da casa de Sam e comecei a tomar goles longos da garrafa, dois ou três seguidos. Eu ia esvaziar aquela porra de garrafa e me deixar cair na bosta do esquecimento. Assim, a raiva iria acabar. Em seguida, o ciúme se dissiparia. E a dor iria passar. Engasguei com a bebida duas vezes, mas continuei forçando o uísque para dentro da goela. Não conseguia tirar aquela dor do peito. Não conseguia lidar com a forma como cada músculo do meu corpo estava retesado. Tremia muito e senti que talvez acabasse vomitando. Por que eu tinha de me preocupar com ela? Por que ela teve de fazer aquilo comigo? Por que não podia simplesmente me amar do jeito que eu a amava?

Continuei bebendo até que finalmente o meu corpo rejeitou o álcool. Enquanto estava ali, inspirando e expirando lenta e profundamente, ouvi uma voz explodir:

– Que porra é essa? – Sam estava em casa. Ele chutou minha bota. – Kellan, é você? Que diabos está fazendo aqui? Você... Você vomitou em cima das minhas rosas? Droga!

Sam suspirou e me ajudou a entrar no carro dele. Sem se mostrar nem um pouco cuidadoso, me empurrou para dentro do veículo. Eu mantive os olhos grudados em seu porta-luvas. Se eu não me mexer muito, talvez não me sinta tão enjoado. Sam entrou do lado, diante do volante, e eu quis dizer a ele para não me levar para casa.

Leve-me para Evan, me leve até a casa de Matt, só não me leve para a minha casa. Eu estava errado sobre ela. Eu estava errado sobre tudo.

Mas ele não deu ouvidos ao meu pedido mental e foi na porta da minha casa que eu acabei chegando. Sam abriu a porta do meu lado e me ajudou a saltar. Minhas pernas pareciam feitas de borracha; ele tinha que me escorar para me manter em pé. Conseguimos chegar até a porta e Sam começou a bater nela com força. Fiquei imaginando qual dos meus roommates iria atender a porta. A garota que eu tinha acabado de comer, ou o cara com quem ela acabara de trepar? De um jeito ou de outro, *eu* era quem estava fodido.

Como o destino é assim mesmo, foi Kiera quem abriu a porta. Eu não estava olhando para ela, mas dava para dizer que era ela pelos seus pés. E pelas pernas. E pelos quadris. Aqueles quadris sensuais e sedutores. Pena que as pernas e os quadris se abriam para todo mundo que quisesse entrar. Vagabunda!

— Acho que isso pertence a você — afirmou Sam quando começamos a caminhar para dentro de casa. Eu quis protestar ao ouvir essas palavras. Eu não significava coisa alguma para ela. Esse era o problema. Sam me levou para a sala de estar sem a menor cerimônia e me largou sobre a poltrona. Eu caí para a frente, meio torto, porque isso foi tudo que eu consegui fazer...

Dormi pessimamente, me joguei de um lado para outro, tornei a virar de barriga para cima e meu estômago se contorceu; juro que meu corpo estava vibrando. No entanto, nada naquela dor física se comparava com as imagens que passaram pela minha mente. Vi Kiera e Denny em toda a sua glória do tipo "amo você para sempre". Eu os assisti fazendo amor mil vezes, sem parar. Vi o rosto dela quando ele a deixou à beira de gozar mais uma vez. Ouvi os dois sussurrando seus sentimentos um pelo outro. Era tortura pura, mas a coisa ficava ainda pior quando eu repassava mentalmente o filme de mim e Kiera juntos. Minha cabeça percorreu todo o encontro, tentando encontrar um momento que me pareceu descaradamente falso ou forçado. Não consegui encontrar um único segundo em que Kiera não estivesse total e completamente focada no lance. Não descobri nada naqueles momentos que não tenha me parecido genuíno, mas sabia, no fundo do coração, que não era. Ela não tinha curtido um sexo gostoso comigo; simplesmente resolvera colocar um Band-Aid sobre uma ferida.

Desistindo do sono que não estava vindo, me sentei na cama. Minha cabeça latejava e minha garganta estava completamente seca. A última coisa da qual eu lembrava claramente era Sam me levando para casa de carro... e Kiera. Ela estava acordada e tinha atendido a porta. Eu não conseguia me lembrar muito depois de Sam me largar na poltrona, mas ela devia ter me ajudado a chegar lá em cima e me colocado na cama. Por que diabos ela faria isso?

Minha cabeça quase doía demais para eu raciocinar. Olhando para o meu chão, vi minha camisa úmida e me lembrei de ter entrado debaixo do chuveiro totalmente vestido. Merda... Kiera tinha me ajudado a tomar banho. Depois, ela me limpou e me ajudou a voltar para o meu quarto... *Por quê?*

Então, tive uma lembrança cristalina de dizer para ela:

— Não se preocupe. Eu não vou contar a ele.

Mesmo arrasado eu soube, naquele momento, que ela estava sendo boa comigo para se certificar que eu ficaria em silêncio. Bem, eu não precisava de suas falsas compaixões. Eu não ia contar a Denny porque não tinha desejo algum de magoá-lo. Eu tinha sido inconsequente, apenas. Era uma ferramenta que ela usou quando precisou consertar algo. Nada além disso. O martelo não reclama quando é esquecido no canto depois de enfiar todos os pregos. E o martelo também não grita para a chave de fenda.

Olhei para a minha cômoda, mas ela estava longe demais, então eu me inclinei para pegar minha camisa suja do chão. Pensei que eu ia perder o controle do estômago e vomitar quando me curvei, mas isso não foi nada comparado com quando endireitei o corpo novamente. Com a camisa úmida ainda apertada entre os dedos, inalei profundamente e expirei bem devagar. Eu precisava de água. E de café.

Enfiei o tecido por cima da cabeça; estava frio e a camisa ficou colada no meu corpo, me fazendo tremer. Olhei para a calça jeans, mas nem por um cacete eu conseguiria vesti-la novamente. Eu ia ficar de cueca mesmo, e os incomodados que se mudem. De qualquer forma, eles tinham interesses maiores do que a roupa que eu estava usando. Eu não ia contar nada a Denny, mas me perguntei se Kiera faria isso. Se ela confessasse, isso iria mudar as coisas entre mim e Denny. Ele me odiaria. E *deveria mesmo* me odiar. Eu tinha feito exatamente o que ele implorara para eu não fazer. É que eu simplesmente achei que... Eu tinha certeza de que Kiera...

Não importava mais o que eu tinha achado. Nada importava.

Lentamente, eu me endireitei. Cada centímetro do corpo me provocava uma nova dor, fisgada ou desconforto. Eu não tinha certeza de como conseguiria chegar ao andar de baixo, mas do que eu precisava estava lá, então tinha que tentar. Cada passo que eu dava era lento e metódico. Se eu me concentrasse nos meus dedos dos pés, todo o resto não me pareceria tão ruim. Olhei para a porta fechada do quarto de Denny e Kiera; em seguida, voltei o foco para os meus pés. Meus pés eram tudo que existia naquele momento. Meus pés me ajudariam a enfrentar a manhã.

Eu me arrastei até a cozinha, olhei para a mesa e morri de vontade de simplesmente me deitar em cima dela. Apenas por um minuto. Só até que a dor fosse embora e meu estômago se acalmasse. Com todo o cuidado do mundo eu me sentei numa cadeira; já tinha visto velhinhos de noventa anos que se sentavam com mais agilidade do que eu, mas senti uma breve trégua rolando entre meu estômago e minha cabeça, e não queria interromper aquela bela aliança me movimentando rápido demais.

Quando finalmente me sentei, debrucei-me sobre a mesa com a cabeça nas mãos, e trabalhei a respiração. Inspirar. Expirar. Repetir. A ideia do café estava em minha mente, mas eu ainda não queria tornar a me mover. Pelo menos por enquanto. Só mais um minuto.

Eu não tinha certeza quanto tempo estive sentado à mesa, dando um tempo e respirando cuidadosamente, mas de repente Kiera entrou na cozinha. Perfeito.

— Você está bem? — sussurrou ela.

Por que ela estava gritando?

— Estou — respondi.
Estou ótimo.
— Café? — ela perguntou.
Vacilei por um instante, mas logo aceitei.
Sim, por favor.
Café era o maior motivo de eu ter descido do quarto.
Ela começou a preparar o bule e eu tive de fechar os olhos. Tudo o que ela fazia era tão alto! Quando terminou de me atormentar, ela perguntou:
— Como você soube que Denny tinha voltado?
Afundei a cabeça sobre a mesa e gemi. Meu cérebro pareceu latejar contra o meu crânio. Tudo doía. Até mesmo sua pergunta.
Como eu soube? Porque eu ouvi vocês. Ouvi vocês dois trepando, logo depois de você trepar comigo.
— Eu vi a jaqueta dele — murmurei.
— Ah. — Senti meu coração despencar. *Isso era tudo que ela tinha para me dizer? Ah?* Pelo visto havia mais, porque ela rapidamente acrescentou:
— Tem certeza de que está se sentindo bem?
Ergui a cabeça depressa e a fitei longamente.
Você fodeu comigo, e logo depois com meu melhor amigo. Eu amo você. Nada nessa história está bem, então pare com essa merda de me perguntar isso.
— Estou ótimo — respondi, com voz fria.
Ela pareceu confusa com minhas palavras e ações. Eu era realmente tão difícil de entender? Ela era a única pessoa difícil de entender, ali. Ela adorava Denny, mas olhava para mim como se eu fosse algo especial. Enquanto ela continuava a preparar o café, pensei sobre Bumbershoot. Aquele dia tinha sido o máximo! A maneira como tínhamos nos abraçado, o jeito como ela procurara o meu conforto. Era quase como se Denny nunca tivesse existido. O que mudou? Ou será que ela estava me usando, já naquela época? Não, ela se importava comigo... As conversas que tivemos, a maneira como ela ouvia a minha música, as minhas letras, o jeito como ela penetrou na minha alma. Kiera tinha se importado comigo, sim. Talvez ainda se importasse. Talvez estivesse dividida, confusa, sobrecarregada. Era bem possível que estivesse sofrendo, e eu simplesmente não estava vendo.
Quando o café ficou pronto ela pegou duas canecas no armário. Com o coração nas mãos, arrisquei uma pergunta que poderia levar a uma conversa muito difícil. Mas talvez fosse hora de termos uma conversa difícil. Nós nunca conversávamos sobre nós dois. Tínhamos sempre ignorado as coisas que tinham acontecido. Mas eu não podia ignorar aquilo. Precisava saber se eu significava alguma coisa para ela.
— Você está... bem? — perguntei. Essa era uma pergunta carregada, diria até idiota. Eu deveria ter feito papel de homem e perguntado logo o que realmente queria saber.

O que eu sou para você?

Ela me deu um sorriso brilhante e alegre.

— Hum-hum, estou ótima.

Seu rosto e suas palavras confirmaram tudo que eu já sabia. Eu não significava porra nenhuma para ela. Senti como se fosse vomitar ali mesmo, em cima da mesa. Coloquei os braços para baixo e enterrei a cabeça neles. Ela estava ótima... E eu desejava nunca ter nascido. Senti os olhos cheios d'água, então voltei a me concentrar na respiração. Eu não pretendia lhe dar a satisfação de ver a minha dor. Minha dor emocional, pelo menos. Essa era só minha; ela não tinha direito a ela.

Eu a ouvi servir as canecas de café. Precisava me acalmar e reprimir os sentimentos que borbulhavam e ameaçavam me devorar. Ela era de Denny, eu sabia disso. Ela me usara; eu estava acostumado com isso. Mas eu conseguiria superar tudo aquilo. Precisava superar! Mas também precisava de ajuda. Mesmo que tivesse exagerado nas últimas duas noites, precisava de álcool. Torcendo minha cabeça para que minha boca falasse com clareza, eu disse para Kiera:

— Põe uma dose de Jack aí. — Ela sorriu para mim, como se achasse que eu estava brincando. Alguma coisa em mim, naquele momento, parecia insinuar que era brincadeira? Ela estava me causando dor; eu queria entorpecer essa dor. Algumas doses de Jack Daniel's iriam resolver o problema. A é igual a B. O mínimo que ela podia fazer era atender ao meu pedido.

Ergui a cabeça. Lutando para permanecer educado, disse a ela:

— Por favor.

Ela suspirou e murmurou algo que soou como "você é quem manda...", e eu abaixei a cabeça. Não precisava dela para entender, só precisava dela para obedecer.

Ouvi-a vasculhando o armário de bebidas sobre a geladeira. Não me mexi quando ela encontrou a garrafa e a colocou na minha frente. Ela voltou em seguida com a caneca e a colocou na minha frente também. Continuei sem me mexer. Depois de um segundo observando minha quietude, ela derramou um pouco de álcool na caneca e começou a fechar novamente a tampa. Eu sabia que ela não iria derramar o bastante, nem de longe; então, sem olhar diretamente para ela, tossi para chamar sua atenção e fiz sinal pedindo mais. Ela suspirou, mas me atendeu.

Levantei a cabeça e, por força do hábito, murmurei com suavidade:

— Obrigado.

Obrigado por arrancar meu coração. Obrigado por me mostrar algo que eu nunca poderei ter. Obrigado por parecer tão bonita esta manhã, isso me faz querer arrancar os olhos. Obrigado por não me enxergar como algo além de uma liberação.

— Kellan... — ela finalmente começou. Tomei um longo gole do café. *Aqui vamos nós...* — Ontem à noite... — Ela olhou para mim enquanto eu olhava para ela.

Sim, naquela noite em que eu toquei cada centímetro do seu corpo, mergulhei minha língua dentro de você, me lancei para dentro de você um monte de vezes até você gozar em torno de mim... essa noite? Ou você está se referindo a outra noite, sem ser essa?

Ela limpou a garganta, parecendo muito desconfortável.

Se o sexo a deixa tão pouco à vontade, Kiera, talvez você não devesse estar fazendo isso. Especialmente quando não pretende levar a coisa a sério.

Finalmente, ela murmurou:

– Eu só não quero um... mal-entendido.

Consegui sentir o sangue começar a ferver por dentro quando tomei mais um gole longo e lento de café. Sério? Um mal-entendido? Ela resolveu usar minhas próprias palavras contra mim? Ia comparar o que tínhamos feito com o que eu tinha feito com Joey? Nós tínhamos curtido uma rodada de sexo casual e ela estava pedindo para nada mudar entre nós. Queria que nós voltássemos ao que éramos antes, para que ela e Denny pudessem avançar rumo ao seu final feliz. Não, não havia mal-entendido algum. Eu não significava coisa alguma para ela.

– Kiera... Não há mal-entendidos entre nós – eu lhe disse, com a voz sem expressão.

Não existe nada entre nós. Nunca existiu.

Capítulo 11
AGARRANDO-SE À RAIVA

Denny desceu um pouco mais tarde; eu rapidamente me desculpei e saí de perto. Não conseguiria lidar com Denny, pelo menos por enquanto. Mal conseguia lidar comigo mesmo. Ficava alternando entre raiva, culpa, resignação e tristeza. Não tinha certeza de onde eu iria finalmente acabar. Exceto sozinho. Isso era praticamente certo.

Rastejando até a cama, eu me enrolei como uma bola e tentei dormir um pouco, mas o sono estava esquivo e ficou me evitando. Imaginei Denny e Kiera juntos no andar de baixo, felizes e rindo muito enquanto trocavam esperanças, sonhos e planos para o futuro. Provavelmente estavam escolhendo a data do casamento e nomes de bebês. Provavelmente iriam me pedir para ficar ao lado de Denny enquanto ele se casava com a mulher que eu amava, e em seguida, me chamariam para ser padrinho de seu bebê pequeno e doce. Era uma foda a minha vida!

Eu me perguntava se Kiera iria contar tudo a Denny antes de eles entrarem pela porta da igreja. Eu deveria descobrir quais eram as intenções dela, para não ser pego de surpresa por algo inesperado... Os punhos de Denny, por exemplo. Eu deveria, mas não queria conversar com Kiera. Sua alegria estava me irritando. Ela não precisava exibir o quanto estava escrotamente feliz. Eu já tinha entendido. Denny a completava. Vitória do *Team Austrália*!

Ouvi Denny sair de casa e logo depois percebi que Kiera se preparava para sair para a aula. Eu precisava de um pouco d'água e mais ainda de um bom banho, mas não queria encará-la. Quando ela me deixasse sozinho eu tentaria cuidar de mim mesmo.

Quando ouvi movimento junto da porta de entrada, percebi que ela já estava saindo. A faculdade ficava muito longe, mas Denny tinha levado o carro e Kiera teria de pegar um ônibus. Mesmo que meu carro estivesse em casa eu não iria levá-la para a aula naquele dia.

Uma fisgada de dor me percorreu quando percebi que dar carona e acompanhá-la até a sala todos os dias era algo que acabara. Eu tinha curtido muito aqueles nossos momentos juntos. Só que não eram verdadeiros. Por que manter todo aquele faz de conta só porque era bom, na superfície? Se ela não sentisse o mesmo que eu... de que serviria?

Desci vagarosamente até o andar de baixo quando ouvi a porta se abrir. A caminho da cozinha, olhei pela janela e vi Kiera em pé, olhando para a calçada vazia. Será que ela já sentia falta de Denny? Ele não podia ficar fora por cinco segundos sem ela se despedaçar? Caraca!

Ela se virou e me viu na janela olhando para ela. Fez menção de me dar um adeus, mas eu saí antes que ela pudesse terminar o gesto inútil.

Não aja como você se importasse comigo, já que isso não é verdade.

Sozinho com meus pensamentos, comecei a viajar na maionese. Não conseguia parar de pensar em Kiera, no que tínhamos tido e no que eu queria que tivéssemos no futuro. Pensei sobre Denny, sobre o nosso passado e a nossa amizade. Um ato idiota e irrefletido tinha mudado ambos os relacionamentos. Se ao menos eu tivesse sido mais forte e afastado Kiera para longe quando ela precisava de conforto, nada disso estaria acontecendo agora. Mas eu fui fraco. Precisava dela. Tinha caído de quatro por ela. E agora, todos nós iríamos pagar o preço.

Enquanto eu ainda estava recostado no sofá, esperando acalmar o cérebro preenchendo-o com imagens de programas de tevê sem sentido, ouvi a porta da frente ser aberta. Eu não sabia se era Kiera ou Denny. Isso, na verdade, não importava. Eu tinha ligado para Griffin algum tempo antes, pedindo uma carona para ir pegar o meu carro. Ele chegaria em breve e eu poderia sair de casa. Talvez nem voltasse.

Como se nada estivesse diferente, Kiera entrou na sala e se sentou na poltrona em frente ao sofá. Olhei para ela e voltei a assistir à tevê. Ela parecia bem, o cabelo mais cacheado, a maquiagem ainda fresca. Ela era o oposto completo de mim. Parecia estar no topo do mundo ao passo que eu, em termos emocionais e físicos, me sentia um merda.

Nós dois estávamos em silêncio, tipo ignorando um ao outro, quando Kiera perguntou, embaralhando as palavras:

— De quem você aluga essa casa?

Mantive os olhos grudados na tevê.

Sério? É sobre isso que você quer falar?

— Eu não alugo. É minha — disse a ela.

Dava para ver que a curiosidade a corroeu.

— Ah. Mas como foi que você conseguiu comprar...

Ela parou de fazer a pergunta que parecia completamente inútil e aleatória. *Por que você se importa?*, eu quis perguntar, mas não o fiz, pois isso poderia abrir a porta para uma conversa sobre nós, e eu não queria tocar nesse assunto. Em vez disso, respondi à sua pergunta não formulada. Kiera ainda conseguia fazer com que eu me abrisse, mesmo quando eu preferia estar fazendo outra coisa que não fosse falar com ela.

— Meus pais. Eles morreram num acidente de carro dois anos atrás. E me deixaram este... palácio. Filho único, et cetera e tal. — Isso ainda me assombrava. Será que se importaram no final e se sentiam mal, ou tudo era apenas outro erro em uma longa fila de erros?

— Ah... Sinto muito — disse Kiera, parecendo genuinamente culpada por trazer o assunto à tona.

— Não precisa — disse-lhe eu. — São coisas da vida.

Um monte de merdas acontecem e nada disso importa.

A curiosidade de Kiera ainda não estava satisfeita.

— Mas, então, por que você aluga aquele quarto? Quero dizer, se a casa é sua?

Abri a boca, mas fiz uma pausa antes de responder. Por um segundo, esqueci que tudo havia mudado entre nós e me preparei para lhe dizer a verdade.

Eu não gosto de morar numa casa vazia. Gosto de companhia. Você e eu somos iguaizinhos, pelo menos nisso.

Só que depois me lembrei que as coisas estavam diferentes e fechei a boca. Seu desejo de "nunca estar sozinha" a levara a me usar como fonte de conforto. Eu tinha achado que ela era diferente, que *nós* éramos diferentes, mas ela acabou me usando como todas as outras.

Meu coração tornou a endurecer, eu me virei de volta para a tevê e lhe disse uma mentira.

— Um dinheirinho extra é bem-vindo.

Talvez isso tenha sido a coisa errada a dizer para ela. Kiera se levantou e caminhou até o sofá. Sentou-se ao meu lado, e meu corpo doeu com sua proximidade. Eu daria qualquer coisa para abraçá-la. Odiava ainda me sentir daquele jeito. Por que não conseguia simplesmente desligar aquele sentimento?

Com uma expressão de arrependimento no rosto, ela me disse:

— Eu não tive a intenção de bisbilhotar. Me desculpe.

Bisbilhotar sobre o meu passado foi a coisa menos dolorosa que você fez, Kiera. Senti um nó na garganta e engoli em seco.

— Não tem problema.

Só me deixe em paz. Por favor.

Mas ela não fez isso. Inclinou-se sobre o meu corpo e me deu um abraço. Fiquei rígido com o seu toque. Não fazia muito tempo e eu ansiava por momentos como aquele. Tinha armado o maior esquema para fazer tudo acontecer. Mas isso era quando eu achava que essas coisas importavam. Quando eu pensava que *eu* importava. Ela não deveria mais me tocar daquele jeito. Não agora que seu namorado tinha voltado. Não agora que doía muito eu sentir o que não poderia ter.

Fique longe de mim.

Ela recuou e seus olhos se arregalaram de choque, como se de repente entendesse que eu não estava gostando de sua presença.

Por favor, me deixe em paz.

Olhei para algum ponto além, porque não queria explodir com ela. Não serviria de nada gritar, não era bom eu ficar com raiva, e não havia razão para ela me tocar novamente.

Kiera desistiu do gesto. Com o rosto confuso, ela disse meu nome com um tom de pergunta clara.

– Kellan...?

Eu precisava ficar longe dela e tentei me levantar do sofá.

– Com licença... – Minha voz era áspera e dura, mas pelo menos eu ainda consegui ser educado. Mas não seria se ela continuasse se aproximando de mim com tanta indiferença, como se nada daquilo a incomodasse nem um pouco.

Ela agarrou meu braço antes que eu pudesse ficar em pé. Um fogo intenso me queimou por dentro.

Pare de me tocar.

– Espera... Fala comigo, por favor...

Apertei os olhos com força ao fitá-la.

Tire a porra dessas mãos de mim e me deixe em paz. Pare de fingir que você se importa. Eu vejo através de você e sei que você não dá a mínima.

– Não há nada a dizer. – Coisa alguma importava, de qualquer modo. Eu tinha muitas coisas para dizer. Balançando a cabeça antes de explodir, quase mordi as palavras: – Tenho que ir. – Afastei a mão dela da minha e finalmente me levantei.

– Ir? – reagiu ela, ainda sentada no sofá. Parecia confusa e desalentada. Aquilo era realmente tão incompreensível para ela?

Estou apaixonado por você. Você se entregou a mim e logo depois correu de volta para ele. Você... Me... Matou.

Saindo da sala, eu lhe disse:

– Tenho que ir pegar meu carro.

Tenho uma vida sem você. Você não é o meu mundo inteiro. Você é apenas a parte que eu mais amava...

Corri para o meu quarto, bati a porta com força, me apoiei contra a madeira fria e fechei os olhos. Droga! Será que ela não podia ver o quanto me machucara? Por que ela não conseguia enxergar que eu a amava? Por que não podia me amar de volta?

Diga a Denny para ir embora, Kiera... Fique comigo. Me escolha!

Só que isso nunca iria acontecer. Havia mais chance de meus pais voltarem de suas sepulturas e me pedirem desculpas pelas décadas de abuso e negligência. Isso provavelmente me machucaria muito menos, também.

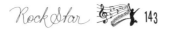

Levei todo o tempo do mundo me preparando. Quando percebi que Griffin estava para chegar a qualquer momento, desci a escada correndo para pegar meu casaco. Quase desejei que houvesse uma porta secreta que me deixasse escapar de casa sem ser notado. Na boa, eu realmente não queria encarar outro confronto estranho e doloroso com Kiera. Só que a sorte não estava do meu lado.

– Kellan...

Havia algo em sua voz que me fez olhar para ela na sala de estar. Tristeza, pânico, eu não tinha certeza. Ela se levantou e caminhou até onde eu estava. Quase suspirei, sem forças. Queria lhe implorar que me deixasse ir embora, lhe dizer que tudo que ela fazia só estava servindo para me magoar, mas eu não podia. Não consegui resistir e deixei que ela se aproximasse de mim, mesmo sabendo que ia me machucar com qualquer coisa que ela achasse que precisava me dizer.

Ela começou a corar, como se estivesse envergonhada, e baixou o olhar para o chão. Observei sua expressão com curiosidade. Ela geralmente só olhava daquele jeito quando se sentia tola ou idiota. Era assim que ela se sentia perto de mim, agora? Eu estava com o coração partido e ela estava aflita? O que será que iria me dizer agora? Realmente eu não fazia a mínima ideia.

Sem erguer os olhos, ela murmurou:

– Eu lamento sinceramente pelos seus pais.

Ela levantou os olhos por um instante na minha direção e eu relaxei. Ela ainda estava preocupada com isso? Aquilo não tinha sido nada. Água debaixo da ponte. Eles eram idiotas, mas tinham partido para sempre. Fim da história. Mas meus pais eram um assunto sobre o qual muitas pessoas não conversavam comigo. Ela ainda tentava me conhecer, tentava me entender, tentava se aprofundar. Por quê?

Você já me teve, Kiera; o que mais você quer agora?

Suavemente, eu lhe disse:

– Está tudo bem, Kiera.

Eu te daria tudo, se ao menos você quisesse aceitar.

Olhamos um para o outro por longos e silenciosos segundos. Eu queria que as coisas fossem diferentes. Desejava que nosso tempo juntos tivesse sido diferente. Desejava significar mais para ela. Queria que ela me amasse como eu a amava. Queria que meu coração não disparasse quando olhava para seus olhos. Desejava que meus lábios não ardessem como fogo, querendo se pressionar contra sua pele. Mas desejar isso não mudava nada.

Depois de mais um segundo de silêncio, Kiera se inclinou e beijou meu rosto. Isso queimou tanto que eu senti como se ela tivesse me dado um soco. Desviei o olhar quando ondas de dor quase me puseram de joelhos.

Por Deus... Por favor, pare com essa tortura.

Dei as costas para ela e fui em direção à porta. Eu precisava de espaço. E também da capacidade de desligar as lembranças do cérebro. Aquela pequena demonstração de afeto estava me fazendo reviver cada momento que Kiera e eu tínhamos compartilhado. Abraçados, rindo, eu fazendo-a corar, fazendo-a feliz, fazendo-a gemer. Era demais tudo aquilo. Belisquei o alto do nariz e senti uma dor de cabeça que parecia chegar com força total. Se eu conseguisse esquecer tudo do mesmo jeito que ela, aparentemente, tinha esquecido, eu não iria mais sofrer tanto.

Griffin chegou e estacionou o carro. Caminhei até a porta do carona para entrar. Olhei para a casa e vi Kiera me olhando da janela. Por que ela me observava com tanta atenção? Por que continuava tentando se aproximar de mim? Por que não podia me deixar em paz? Por que eu não conseguia esquecê-la?

Balançando a cabeça para afastar todos esses pensamentos, entrei no carro. Eu precisava fazer alguma coisa antes que aquela dor me consumisse.

A raiva parecia minha melhor opção. Quando eu estava revoltado com ela, a dor não parecia tão grande. E estar zangado com Kiera era algo em que eu era bom. Não demorou muito para isso atiçar as brasas na minha barriga e colocá-las em força total. Eu iria afastá-la para longe de mim sempre que estivéssemos sozinhos. Iria obrigá-la a se manter distante de mim, já que ela não devia chegar perto mesmo, de um jeito ou de outro. A partir de agora, eu iria ficar o mais longe dela quanto conseguisse. Raiva e rejeição. Era desse jeito que eu iria sobreviver a tudo aquilo.

Quando ela desceu para o café na manhã seguinte eu me envolvi com uma muralha de fúria, como se usasse uma armadura. Deixe que ela tente encontrar uma rachadura. Duvido que consiga! Recostando-me contra a bancada, ergui a cabeça e ouvi sua aproximação. Eu conseguiria fazer aquilo. Eu poderia fechá-la do lado de fora da minha vida e trancaria as portas do coração para afastar a dor. Ela não representava nada para mim, assim como eu não era nada para ela. Nada daquilo representava porra nenhuma.

Quando ela entrou na cozinha, deslizei os olhos para ela e lancei-lhe um meio sorriso.

Bom-dia, piranha. Denny já sabe sobre nós dois?

— E aí? — ela sussurrou, claramente nem um pouco feliz com o meu olhar. Bem, eu estava cagando e andando para ela estar feliz ou não.

— 'dia — respondi, olhando-a de cima para baixo.

Está gostando do jeito como eu olho para você agora? Você queria a minha atenção... Pois então, agora você a tem.

Ela pegou uma caneca e esperou a água começar a ferver. Seu rosto era de especulação. Será que ela se perguntava sobre o que dizer para mim? Ela podia dizer o que quisesse que eu não me importava. Poderia me desejar um bom-dia, ou poderia me mandar catar coquinho. Nada disso importava, e nada disso mudava o fato de que ela era uma piranha de coração frio. Eu a odiava intensamente. Só que não... Eu não a odiava nem um pouco. Nem mesmo a culpava. Eu também não iria me querer.

Deixei esse pensamento irritante de lado e foquei na minha ira. A raiva fez a dor ir embora. Raiva era tudo que eu me permitiria sentir.

Quando o café ficou pronto eu me servi de uma caneca e depois ofereci o bule a ela.

— Gostaria que eu a enchesse? – perguntei, da forma mais grossa possível. Talvez Denny não estivesse fazendo um bom trabalho. Talvez a prostituta precisasse de uma boa trepada naquela manhã. Eu estava apenas cumprindo o meu dever cívico, oferecendo meus serviços.

É só para isso mesmo que eu sirvo, certo, Kiera?

Eu não passava de um vibrador ambulante. Isso é tudo o que eu era e tudo o que jamais seria.

Ela pareceu confusa e desconfortável com a minha pergunta. Seus olhos estavam quase num tom de verde-folha naquela manhã. Impressionante. A beleza deles só serviu para me irritar ainda mais.

Pegue seus olhos incríveis e enfie-os naquele lugar. Eu não preciso deles. Nem de você.

— Hum... gostaria – ela disse, com a caneca estendida.

Quando enchi a caneca, prendi uma risada. Eu não podia acreditar que ela tinha mesmo dito aquilo para mim. Acho que ela realmente queria que eu a fodesse.

— Creme? – perguntei, com ar sugestivo.

Você quer que eu goze dentro de você de novo?

— Quero, por favor – ela sussurrou, engolindo em seco, como se estivesse nervosa.

Não precisa ficar nervosa. Nós já fizemos isso antes. Sou apenas o seu brinquedinho, afinal. Não há necessidade de você ter medo de um brinquedo.

Fui até a geladeira pegar o creme para ela. O creme que eu só continuava comprando por causa dela. A cadela tinha se infiltrado em todos os aspectos da minha vida. Eu realmente odiava aquela porra.

Kiera parecia preferir estar em qualquer lugar que não fosse perto de mim quando eu voltei com o creme. Segurei o pote no ar e deixei escorrer o líquido gosmento.

— É só dizer quando estiver satisfeita.

Meus olhos estavam fixos nos dela enquanto eu derramava o líquido.

Quer a porra verdadeira? Vou te dar isso de novo, também. Vamos apenas foder, dessa vez. Sem emoções confusas, sem equívocos nem mal-entendidos. Apenas uma trepada de intensidade 10 na Escala Richter. Tenho a sensação de que você seria muito boa nisso.

— Pare! – ela pediu, quase na mesma hora.

Inclinando-me mais para perto, sussurrei:

— Tem certeza de que quer que eu pare? Pensei que você gostasse.

Pensei que você gostasse de mim, mas estava errado... Estava errado sobre muitas coisas.

Ela engoliu em seco novamente e se afastou de mim. Suas mãos tremiam quando ela se atrapalhou com o açúcar. Eu ri, apesar de nada daquilo ser engraçado.

Olhei para ela por um tempo, reconstruindo minha reserva de raiva antes de trazer para o papo um tema sobre o qual eu não queria falar, mas para o qual queria uma resposta. Eu precisava saber o que esperar. Precisava saber qual era o nosso plano. Ou o plano *dela*, já que eu era o seu show. Eu era apenas o seu fantoche.

— Quer dizer que você e Denny... "voltaram"? — perguntei, apertando o estômago para passar o desconforto ao pronunciar o nome dele.

Kiera corou muito.

— Voltamos.

Senti como se ela tivesse acabado de me dar um soco no estômago. Cheguei a fazer um esforço para não me curvar para frente. A dor começou a surgir e tive que me obrigar a lembrar o quanto eu a odiava para fazer aquilo parar.

Cadela trepadora.

— Simples assim... Sem maiores perguntas?

Ela parecia assustada com meu questionamento, como se achasse que de repente eu iria correr até Denny para lhe contar tudo.

Desculpe, mas eu me preocupo de verdade em não feri-lo, então não vou dizer uma única palavra. Mas não ficaria surpreso se você mesma contasse. Prostituta.

— Você vai contar a ele sobre...? — Fiz um gesto obsceno com os dedos. Essa era a realidade. Não adiantava tentar pintar as coisas com cores mais bonitas.

— Não... é claro que não. — Ela desviou o olhar de mim, como se eu a tivesse ofendido. A verdade era ofensiva? Sim, suponho que às vezes era. Voltando os olhos para mim, ela sussurrou: — E você?

Dei de ombros. Eu podia estar muito bêbado na hora, mas me lembrava de já ter respondido àquela pergunta, e com sinceridade. Não era eu que iria magoar Denny. Essa era uma escolha dela. Tudo aquilo era escolha dela.

— Não, eu disse a você que não iria contar. — Segurando firme a minha raiva, menti por entre os dentes. — De um jeito ou de outro, não faz muita diferença para mim. Só estava curioso...

— Bem, não, eu não vou... e obrigada por não contar a ele... acho. — Ela pareceu surpresa com minha resposta e minha indiferença. Por que eu deveria me importar com ela, se ela não se importava comigo? Eu estava apenas nivelando o campo do nosso jogo. De repente a raiva dela surgiu. Estreitando os olhos ela perguntou, quase cuspindo: — O que aconteceu com você na noite passada?

Sorrindo maliciosamente, como se eu não tivesse arrumado nada além de uma bela putaria, peguei meu café e tomei um gole longo, enquanto pensava.

O que aconteceu comigo ontem não é da sua conta; se eu tiver a chance de escolher, você jamais saberá o quanto eu fiquei estressado ao perceber que estive prestes a confessar que amava você, ou o quanto me senti ferido quando você puxou o tapete debaixo dos meus pés. Você nunca vai saber qualquer coisa verdadeira a meu respeito. Essa é a única forma com a qual eu posso punir você agora.

Ela foi embora depois disso, e eu a deixei. Não havia mais nada a dizer, mesmo.

Quando meu café acabou, fui para o meu quarto me esconder. Eu odiava estar me escondendo, mas não queria mais ver Kiera naquele dia. Ainda dava para ouvi-la, o que já era ruim o bastante. Eu a ouvi rindo com Denny antes de ela desaparecer no banheiro para tomar um banho. Deitei na minha cama enquanto ouvia a água correndo, e as imagens de seu corpo nu rolaram pela minha mente. Eu odiava o filme que passava na minha cabeça e desejei poder desligá-lo. Mas as lembranças dolorosas do que eu não poderia mais ter não me abandonaram. Eu estava preso num inferno visual que eu mesmo tinha criado.

Assim que eu tive a chance de escapar dali sem que nenhum dos dois percebesse – porque eu também não conseguiria lidar com Denny naquele momento –, caí fora e fui para a casa de Evan. Levei algumas coisas extras comigo, pois não tinha planos de voltar para minha casa. Só queria ficar longe de lá por um tempo. Queria estar em algum lugar onde eu não precisasse ver Denny e não tivesse de ficar sozinho com Kiera. Passar algum tempo com os rapazes era uma ótima escapatória.

Quando eu apareci na casa de Evan com uma sacola de pano, ele levantou uma sobrancelha para mim.

– Você se importa se eu ficar aqui por alguns dias? – perguntei.

Como eu esperava, Evan deu de ombros e disse:

– Não. Posso perguntar por quê?

Percebi pelo brilho nos seus olhos castanhos que ele achava que aquilo tudo tinha alguma coisa a ver com Kiera. E tinha mesmo! Exatamente o que o preocupava acontecera. Eu tinha escorregado feio. Era um sujeito asqueroso. Mas Kiera também era desprezível, e eu não estava nem um pouco a fim de conversar sobre ela com ele.

Colando na cara um sorriso despreocupado eu disse:

– É a volta de Denny. Ele ficou longe muito tempo, então eu pensei em dar ao feliz casal algum espaço para respirar.

Minha voz estava um pouco tensa com as palavras "feliz casal", mas Evan não pareceu notar. Ele também estava muito empolgado por Denny ter voltado.

Eu sei, é uma grande notícia, não é? Agora você não precisa mais se preocupar em me ver ultrapassar os limites com a namorada dele. Só tem um problema: desculpe estragar sua alegria, Evan, mas Denny voltou um dia atrasado e já era tarde demais.

Apesar de conseguir evitar a minha casa por um bom tempo, não tive tanto sucesso para escapar do Pete's. Kiera poderia me fazer fugir de um dos dois lugares, mas não de ambos. De qualquer modo, era mais fácil estar perto dela no Pete's. Havia certa segurança no número de pessoas à minha volta. Não doía muito vê-la quando eu estava cercado por meus companheiros de banda, pela equipe do bar e por dezenas de mulheres que adorariam ter uma chance comigo. Mesmo que fosse só por uma noite. Já que eu só servia para isso, mesmo.

Usei todas as oportunidades no Pete's para me vingar de Kiera de formas pequenas e patéticas. Pegar no pé dela ajudava a alimentar minha raiva, e essa raiva era a única coisa que me mantinha em pé ultimamente. Se a raiva sumisse... Acho que a dor de perder Kiera ou, mais precisamente, a dor de nunca mais tê-la iria me consumir. Como um jarro de plástico vazio jogado no fogo, eu desabaria lentamente sobre mim mesmo e me dissolveria até virar um nada. Era por isso que eu alimentava minha raiva: para proteger minha sanidade.

Flertei com Rita no bar, agindo como se estivesse interessado em curtir mais uma rodada de transas com ela. E me recusei a deixar que Kiera servisse minhas bebidas; ela pareceu ofendida por eu não permitir que ela me servisse, mas ela já tinha me servido bastante. Dei corda para que Griffin se estendesse mais em suas histórias sórdidas, histórias que poderiam ou não ter sido verdadeiras. Mas Griffin adorava ser muito explícito quando as contava. Eu sabia que Kiera odiava ouvir aquilo, então me certifiquei de que ela não tivesse escolha a não ser ouvir. Eu mesmo a arrastava para essas conversas sempre que conseguia.

Ela corava de vergonha quase toda vez que se aproximava de nossa mesa. Griffin amava deixá-la sem graça, então nós dois nos divertimos muito. Só que eu acabei ouvindo um questionamento de Evan mais tarde, em seu apartamento.

— Por que você anda pegando tanto no pé da Kiera?

Senti o sangue gelar nas veias quando olhei para ele. Eu estava deitado no sofá, já me preparando para dormir. Evan estava no seu canto, lendo alguma coisa.

— Eu não estou pegando no pé dela.

Evan fechou o livro e se sentou na cama. Eu me encolhi mentalmente. Eu não queria ter aquela conversa, não com ele.

— Está, sim. E anda fazendo papel de idiota. Por quê? Por que está fazendo isso? Numa boa, Kellan?

Suspirei mentalmente. Eu precisava voltar para minha casa no dia seguinte, para que Evan não ficasse desconfiado. Joguei os braços para os lados.

— Não estou fazendo nada. Só estava me divertindo um pouco com Griffin. Estava mais pegando no pé dele do que outra coisa. Ele é um idiota completo e noventa por cento das histórias que conta são falsas.

Evan riu.

— Sim, isso é verdade. Mas acho que Kiera não saca nada disso, então você devia pegar um pouco mais leve com ela.

Abri um sorriso brilhante quando coloquei o braço sobre os olhos.

— Sim, tudo bem. Eu não estava tentando fazê-la ficar desconfortável ou algo desse tipo. – *Só infeliz. Como eu.*

Na manhã seguinte eu voltei para casa. Desde que Kiera e eu não nos olhássemos, nos falássemos, nem ficássemos em lugar algum perto um do outro, estar em casa seria quase a mesma coisa que estar na casa de Evan. Tudo daria certo, numa boa.

Abri a porta da frente da minha casa e congelei. Encontrei Denny e Kiera acordados. Eles estavam praticamente transando no meu sofá da sala. Embora um dia eu tivesse achado aquilo divertido, não era mais tão engraçado. A dor me veio subindo pelo estômago, mas eu a empurrei de volta. Ela era uma puta que gostava de trepar, tinha me usado, eu a odiava.

E sentia falta dela.

Kiera e eu trocamos olhares. Ela estava sentada no colo de Denny, com os dedos em seu cabelo. Lembrei-me daqueles dedos no *meu* cabelo e senti o ódio contaminar meu sangue. Maldita mulher que me machucava tanto! Enquanto eu sorria para a vagabunda, Denny finalmente notou minha presença. Na mesma hora mudei minha expressão para um sorriso simpático.

— 'dia.

— Chegando em casa, companheiro?

Denny começou a acariciar as coxas dela. Isso me lembrou daquelas pernas ao redor da minha cintura. Nossa, como aquilo foi bom! Ela curtiu muito, mas o que tínhamos compartilhado não era verdadeiro. Não passava de uma libertação de tesão para a piranha trepadora.

Olhando apenas para Denny, respondi:

— Pois é... Dei uma saída. – Olhei para Kiera na palavra "saída".

Entenda isso da maneira que você quiser. Eu não me importo.

Kiera pareceu meio desconfortável e desceu do colo de Denny. Ele riu e colocou o braço ao redor dela. Meu estômago se embrulhou enquanto eu observava os dois se alisando. Eles pareciam muito felizes juntos, mas aquilo era uma mentira tão grande quanto a de nós dois tinha sido. Denny queria o seu antigo emprego de volta e Kiera... Bem, quem diabos poderia saber que porra ela queria?

— Vejo vocês mais tarde — murmurei, caminhando até a escada e subindo para o meu quarto. Fechei a porta e me deitei na cama. Minha raiva só foi aumentando a cada vez que eu respirava, mas o calor da raiva foi bem-vindo. Aquele calor mantinha a dor longe.

Denny estava no Pete's quando eu entrei lá, naquela mesma noite. Se nós não tivéssemos de tocar mais tarde, eu teria voltado da porta, na mesma hora; estar perto de Denny era doloroso. Estar perto dele e de Kiera, juntos, era uma agonia.

Como eu ainda me sentia muito atraído por ela, apesar de isso ser totalmente sem propósito e fútil, meus olhos se colaram nos de Kiera. Ela prendera o cabelo puxado para cima, expondo seu pescoço esguio. A camiseta do Pete's estava colada no seu corpo e ela usava shorts pretos minúsculos, que exibiam por completo suas pernas magras. Aquela paisagem maravilhosa era torturante.

Seus lábios cheios estavam separados, e se eu não a conhecesse bem poderia jurar que ela estava segurando a respiração, como se só o fato de me ver a afetasse. Mas eu sabia que isso não acontecia. Eu não era nada para ela. Kiera lançou um olhar furtivo para Denny, como se não quisesse ser pega olhando para mim. Olhei também, mas Denny saudava a banda e não prestou atenção alguma a nós. Sabendo que ele iria se sentar à mesa durante toda a noite, tornando minha vida ainda mais infernal, fui até Kiera. Se aquela noite ia ser tão estranha quanto eu imaginei, era melhor eu me preparar o melhor que pudesse.

Quando Kiera notou que eu me aproximava, pareceu pouco à vontade, como se fosse sair correndo. Eu não a culparia por isso. Não tinha sido exatamente agradável para ela nos últimos dias. Mas, tudo bem, eu poderia ser um cara legal agora, já que Denny estava assistindo. Ia ser cordial, mas não simpático. Isso eu não conseguiria mais fazer.

— Kiera — disse eu, friamente, como se tivesse lido o seu nome no crachá que usava.

— Sim, Kellan? — Seu tom foi de desconfiança, e ela parecia estar se obrigando a olhar para mim.

Gostando de ver que eu a deixava desconfortável, sorri.

— Vamos querer o de sempre. Traz uma para o Denny também... já que ele faz parte disso.

A maior parte, na verdade. Muito maior que eu, isso era certo.

Algumas garotas vieram se aconchegar comigo antes do show e eu deixei. Na verdade, eu me perdi em sua maravilhosa atenção feminina. Isso era melhor do que ficar vendo Kiera e Denny fazendo caras e bocas um para o outro. Como precisava me distrair da dor e da culpa, flertei descaradamente com as garotas; nem olhei mais para onde Denny estava.

Quando chegou a hora da banda subir ao palco, um sorriso de escárnio se instalou nos meus lábios. Não pude conter minha satisfação. Eu tinha mudado a lista daquela noite para que tocássemos todas as canções do tipo "eu te odeio" e "você não presta" que tínhamos em nosso repertório. Eu precisava desabafar e ia fazer isso através da música, para me impedir de fazer o mesmo com as palavras.

Percebi logo de cara que Kiera soube que minha setlist era sobre ela, em termos de sentimento, não só de letras. A que estávamos tocando naquele momento era uma canção que os fãs muitas vezes interpretavam errado, achando que era sobre sexo de uma noite só. Não era, mas eu a cantei dessa forma, para Kiera pensar que era com ela.

Isso mesmo, a letra fala de sexo sem importância. E sim, Kiera, dedico esta canção a você e ao sexo casual que compartilhamos.

Enquanto eu cantava, flertei o mais que pude com a plateia.

Sexual demais? Você ainda não viu nada, Kiera.

Ela abriu a boca de espanto ao me ver fazendo isso, e juro que seus olhos ficaram cheios d'água. Eu me incomodei um pouco ao vê-la sofrer, mas apertei minha raiva com mais força em torno de mim e fui em frente com determinação. Ela só estava chateada porque eu a estava desafiando, não porque se importasse. Ela nunca se preocupou comigo. Tudo aquilo tinha sido uma mentira.

Na manhã seguinte eu me senti um pouco melhor. Claro que estava fazendo papel de idiota, mas ser um babaca era melhor do que ficar remoendo as coisas encolhido em posição fetal porque uma piranha qualquer tinha me arrasado. Que se foda tudo isso! Eu já tinha sobrevivido a coisas piores.

Estava lendo o jornal e bebendo meu café sentado à mesa quando Kiera entrou na cozinha. Ela parecia nervosa, mas ainda irritada quando ergui a cabeça para ela. Vi quando ela fechou os olhos e deu um suspiro profundo para se acalmar. Achei que ela poderia dizer alguma coisa sobre a minha apresentação na noite anterior; em vez disso, porém, ela se serviu de uma xícara de café. Coragem líquida, talvez?

Quando ela se sentou à mesa eu estava concentrado no jornal ou, pelo menos, fingia estar concentrado. Já tinha lido o mesmo parágrafo três vezes. Pensei em ignorar Kiera, mas não falar com ela de propósito indicaria que eu me importava. E eu não dava a mínima. Nós não éramos nada e estava bom desse jeito. Estava ótimo.

— 'dia — disse eu, sem me preocupar em olhar para cima.

— Kellan...

Olhei para ela.

Qual é, Kiera? O que mais você poderia querer de mim? Porque não me sobrou nada para lhe dar.

— Que é? — disparei.

Evitando contato olho no olho ela sussurrou:

— Por que você está tão zangado comigo?

O quê? Será que ela realmente ainda não tinha sacado o que tinha feito para mim? Como ela me tratara como um pedaço de carne, igualzinho a todas as garotas com quem eu tinha estado? Que até aquele momento eu achava que seria diferente? Eu pensei que a amasse. Não... Eu a amava. *Eu ainda a amo,* pensei. Mas precisava odiá-la agora, então tinha de deixar tudo aquilo de lado.

— Eu não estou zangado com você, Kiera. Eu fui maravilhoso com você. — Mesmo que ela não estivesse olhando para mim, lancei-lhe um sorriso sarcástico. — A maioria das mulheres me agradece por isso.

E me dão baixa em sua lista de conquistas, como você fez.
A raiva brilhou em seus olhos quando ela olhou para mim.
– Você está se comportando feito um babaca! Desde que...
Parou de falar. Ela ainda não podia dizer, ainda não conseguia falar sobre sexo. Bem, se ela não podia colocar o assunto sobre a mesa, eu é que não iria fazer.
Por que eu deveria tornar tudo mais fácil para ela? Na verdade, acho que vou ignorá-la por completo.
Voltei minha atenção para o meu artigo e meu café.
– Não faço a menor ideia do que você quer dizer, Kiera...
– É por causa de Denny? Você se sente culpado...?
Ouvir isso me irritou e, antes que eu pudesse me impedir, coloquei para fora:
– Não fui eu quem traiu Denny.
Ela se encolheu com minhas palavras e mordeu o lábio, como se não pudesse acreditar que eu iria tão longe. Eu não tinha a intenção de ir, mas seu comentário me obrigou a isso. Claro que me sentia culpado. Eu devia tudo a Denny e o tinha traído... Em troca de absolutamente nada. Eu arriscara tudo por porra nenhuma, e se Denny algum dia descobrisse nunca me perdoaria.
– Nós éramos amigos, Kellan – Kiera sussurrou, com a voz quase num pio.
Esse comentário me atingiu fundo. Sim, fomos amigos uma vez, e depois muito mais. Ou eu pensei que tínhamos sido, mas não fora esse o caso. Eu tinha sido um cobertor para mantê-la aquecida quando ela estava com frio. Nada mais.
Comecei a ler o artigo novamente.
– Éramos? Eu não estava sabendo disso.
Dor e raiva surgiram em sua voz quando ela respondeu ao meu comentário insensível.
– Éramos sim, Kellan. Antes de nós...
Suas palavras abriam feridas que eu estava tentando fazer com que cicatrizassem. Não queria falar sobre isso. Meus olhos se ergueram para os dela e eu a cortei.
– Denny e eu é que somos amigos. Você e eu apenas... dividimos uma casa. – A frase teve um sabor amargo na minha boca, mas era a pura verdade.
Suas bochechas se inflamaram com raiva quando ela me olhou com a boca aberta de espanto.
– Nesse caso você tem um jeito muito estranho de demonstrar amizade. Se Denny soubesse o que você...
Mais uma vez, deixei minha raiva assumir o controle.
– Mas você não vai contar a ele, vai? – Eu a fuzilei com o olhar. Em seguida, me acalmando um pouco, retomei a leitura do jornal. Cada palavra que eu lia mentalmente ajudava a me acalmar mais um pouco. Só que essa calma abria caminho para a

tristeza, uma tristeza que eu não queria sentir. Refleti sobre o sentimento inútil que me latejou na boca do estômago. Por que eu era assim tão impossível de amar? Eu sabia que precisava ficar com raiva novamente para empurrar aquela dor de lado, mas simplesmente não tinha forças para isso no momento.

Estudei o jornal, embora não lesse uma palavra dele. Resolvendo ser mais honesto do que tinha sido em muito tempo, disse a ela:

– Seja como for, isso é entre vocês dois, não teve nada a ver comigo. Eu simplesmente fiquei… à sua disposição.

Eu te amo tanto… Isso dói muito… Fico me lembrando de como as coisas eram quando estávamos só nós dois aqui, e isso me faz morrer um pouco de novo a cada vez.

Diante da necessidade de estar longe dela, da necessidade de me ver longe de casa e me afastar da minha própria vida, eu suspirei e olhei de volta para ela. Seus lindos olhos estavam arregalados, seu rosto pálido, os lábios cheios e convidativos… Mas nada daquilo era meu.

– Já acabamos? – perguntei, numa voz suave. Aparentemente em estado de choque, tudo que ela conseguiu fazer foi assentir com a cabeça. Levantei-me e saí da cozinha; eu me senti esgotado a cada passo que dava para longe dela. Mas ficar junto dela era muito pior.

Quando consegui chegar ao quarto, peguei algumas coisas, saí de casa e fui para a casa de Matt. Não era tão perto quanto a de Evan, nem tão tranquila, mas ninguém questionaria se eu ficasse por lá alguns dias. E eu precisava de espaço. Acho que era mais fraco do que supunha. Já tinha desistido de ser capaz de lidar com alguma coisa.

Depois de passar algum tempo na casa de Matt, consegui me recompor minimamente antes de voltar para casa. Voltei para o meu velho método, testado e aprovado, de lidar com a dor: raiva e fuga. Ficava muito tempo no meu quarto. Passei um tempão torturando Kiera com comentários grosseiros. Gastei um tempão lembrando a mim mesmo de como eu deveria cagar e andar para ela. Só que isso nunca funcionou. Eu ainda me importava, aquilo ainda estava machucando.

Denny teve de conseguir um emprego novo, porque acabou largando o antigo quando correu de volta para Seattle a fim de salvar seu relacionamento. Quando eu finalmente tive forças para conversarmos, ele me confessou que odiava o novo emprego.

– Você já teve a sensação de que, não importa o que você faz, nunca vai conseguir que seja o bastante? – ele me perguntou um dia. Parando para refletir, fiquei matutando se ele estava se referindo a Kiera. Ela parecia estar a cada dia mais descontente, desde que Denny retornara. Eu não tinha certeza do porquê, mas também não pretendia perguntar a ela.

– Às vezes, sim – respondi, com toda a calma do mundo.

Tudo bem, acho que todos os dias desde que eu nasci.

Denny balançou a cabeça e deu para ver em suas feições uma guerra entre arrependimento e culpa.

— Esse meu novo emprego... Eu sinto que estou golpeando a cabeça contra uma parede o tempo todo. Continuo tentando mostrar o meu valor, mas quanto mais eu tento, mais eles me repelem. Sei que não deveria comparar essas coisas, mas no meu antigo emprego eu nunca teria... Eu simplesmente sinto falta... — Suspirando, deixou seus pensamentos morrerem sem expressá-los.

Sabendo que, na condição de amigo, eu deveria dizer alguma coisa para fazê-lo se sentir melhor sobre o seu sacrifício, empurrei para longe a culpa e a mágoa e disse:

— Pelo menos você ainda tem Kiera. — Torci para ele não perceber a amargura na minha voz.

Com um sorriso triste, ele murmurou:

— É... — Eu entendi. Ele estava sofrendo de remorso; eu também.

O emprego de Denny o obrigava a fazer mais tarefas e missões que não tinham nada a ver com o trabalho real, pelo que eu pude observar. Minha percepção era de que ele passava mais tempo fora do que ficava em casa. A cada nova tarefa à qual era enviado, Kiera se tornava mais irritadiça. Havia uma espécie de frieza entre eles que não existia antes, e eu achei interessante a reação dela à ausência dele. Denny tinha abandonado seu emprego dos sonhos por causa de Kiera, e agora era ela quem se irritava com o trabalho novo que ele conseguira? Considerando o que Kiera tinha feito contra Denny, ao dormir comigo, era de se imaginar que ela deveria ter um pouco mais de compreensão com ele. Mas quando cheguei ao andar de baixo uma noite e ela estava olhando para fora na direção do quintal pela porta de correr, com cara de desamparo total e os olhos fechados e úmidos, meu coração ainda sentiu vontade de confortá-la. Mesmo depois de tudo eu ainda a amava. Provavelmente sempre a amaria.

À medida que fui testemunhando Denny e Kiera ficarem frustrados um com o outro com mais frequência, uma parte de mim ficou feliz em descobrir uma pequena rachadura em seu conto de fadas. Outra parte de mim sentiu culpa, como se talvez a origem de tudo aquilo fosse eu. Só que não era. Eu não fazia parte daquela equação.

Vários dias se passaram e as coisas não melhoraram. Denny estava mal-humorado, Kiera vivia agitada e eu com raiva. Minha casa tinha sido enredada numa teia de espinhos afiados e todo mundo se sentia no limite, reclamando uns com os outros. Foi um inferno. Eu esperava que as coisas começassem a se tornar mais tranquilas depois de algum tempo, mas nada foi ficando mais fácil. Fiquei magoado, irritado, solitário e farto. E mesmo sabendo que era infantil e imaturo, percebi que iria me sentir melhor se apertasse os botões certos para Kiera reagir, e foi o que eu fiz.

Depois de ver Denny sair do bar às pressas e revoltado, uma noite, eu me aproximei de Kiera com os lábios curvados num sorriso frio. Como se estivesse tentando me ignorar, ela se ocupou com a limpeza de uma mesa. Boa tentativa, mas eu não pretendia deixar as coisas por isso mesmo. Precisava liberar aquela dor reprimida.

Chegando bem perto eu me encostei nela. Kiera não podia ignorar o quanto eu estava invadindo o seu espaço pessoal. Estar tão perto dela acendeu novamente alguma coisa em mim, mas eu converti o sentimento em combustível para aumentar o fogo da minha barriga. Como eu já sabia que ela iria fazer, Kiera se afastou de lado e olhou para mim.

— Denny deixou você de novo? — perguntei. — Posso arrumar outro companheiro de copo, se você estiver se sentindo... sozinha? Que tal Griffin dessa vez? — Eu me encolhi diante da imagem de Griffin tocando-a, mas não deixei transparecer nada. Tudo que Kiera viu foi meu sorriso perverso.

Kiera, pelo visto, não estava com disposição para me deixar pegar no seu pé. Com raiva na voz, reagiu com uma explosão.

— Não estou com paciência para as suas palhaçadas hoje, Kellan!

— Você não me parece estar feliz com Denny. — Eu tinha a intenção de dizer aquilo de um jeito irritado e sarcástico, cheio de indiretas, mas as palavras saíram da minha boca como uma declaração séria. A ficha caiu de verdade quando Kiera me respondeu com um olhar vidrado. Ela *não estava* feliz com Denny. Tinha sido mais feliz *comigo*.

Kiera enxergou através das minhas palavras e leu meus pensamentos. Com o rosto espremido de dor, ela retrucou:

— Como é que é? E por acaso eu estaria mais feliz com você?

Meu coração se contraiu quando ela acertou na mosca.

Sim, você estaria muito mais feliz comigo. Se você se permitisse me amar como eu amo você, nós poderíamos ser felizes de verdade novamente. E eu tornaria você muito feliz...

Mas eu não podia dizer nada disso para ela; tudo que eu podia fazer era sorrir.

Meu sorriso a fez transbordar. Inclinando-se para mim, ela sussurrou:

— Você foi o maior erro da minha vida, Kellan. Você tinha razão... Nós não somos amigos, nunca fomos. Gostaria que você fosse embora.

Senti como se ela tivesse arrebentado meu peito e tivesse apertado meu coração até ele se desfazer em suas mãos. Suas palavras me machucaram mais do que qualquer coisa que eu já tinha ouvido, e olha que eu já tinha ouvido muita merda na vida. Aquilo foi pior do que qualquer coisa que meu pai tinha dito ou feito para mim. Foi pior do que ouvi-la fazendo sexo com Denny cinco segundos depois de fazer comigo. Aquilo... me destruiu.

Meu sorriso desapareceu e eu passei direto por ela para recolher minhas coisas e cair fora daquele bar. Eu fui o maior erro de sua vida? Ela queria que eu fosse embora? Beleza! Então era exatamente isso que eu faria. Eu iria dar uma de Joey e cairia fora de vez daquela cidade esquecida por Deus. Toda aquela região já estava me sufocando, mesmo.

Capítulo 12
NOITADA COM OS AMIGOS

Adormeci olhando para aquele pôster idiota dos Ramones e sonhei com o dia que Kiera o tinha dado de presente para mim.

Achei que você ia gostar.

Quando acordei, senti como se não tivesse dormido durante várias semanas. Finalmente tinha ficado bem claro, na minha cabeça, o que eu precisava fazer. Eu tinha de ir embora. Assim que eu tomasse meu café da manhã, arrumaria meu carro e daria o fora dali. Para sempre.

Eu gostaria que você fosse embora. Não se preocupe, Kiera. Eu vou.

É claro que Kiera desceu enquanto eu tomava meu café e lia o jornal. Eu não ergui a cabeça e ela não falou comigo. Simplesmente se serviu de café e saiu. No último segundo, porém, murmurou em minha direção, por cima do ombro:

— Desculpe, Kellan.

A confusão tomou conta de mim. Ela estava arrependida e me queria fora de sua vida, ou pedia desculpa por ter dito que me queria fora de sua vida? Minha ira se evaporou quando seu vago pedido de desculpas tomou conta de mim, e nada do que eu fiz serviu para trazer a raiva de volta. Agora, tudo o que eu sentia era dor. Uma dor daquelas de esmagar os ossos.

Passei os dias que se seguiram chafurdando na depressão enquanto analisava minhas opções. Eu quase não falava com ninguém, e quando o fazia tudo o que dizia era educado e cordial. As pessoas notaram o meu silêncio nem um pouco normal, mas eu sempre sorria e conseguia afastar as preocupações de todos.

Finalmente, numa manhã de sábado, Denny me tirou daquela fossa. Eu estava encostado na bancada tomando meu café e analisando as opções para aquela noite. Talvez uma distração fosse o que eu precisasse; uma espécie de festa de despedida, se esse ainda fosse o plano, e eu tinha quase certeza de que era.

Quando Denny entrou na cozinha, assenti com a cabeça para saudá-lo. Ele fez que sim uma vez e pegou uma caneca no armário, mas me lançou olhares de lado quando a colocou sobre a bancada. Com a caneca ainda vazia na mão, se virou para mim.

— Está tudo bem, companheiro? Você me parece meio pra baixo ultimamente.

Fingi um sorriso casual.

— Nunca estive melhor.

Denny franziu a testa. Ele já tinha me visto fingir sorrisos vezes demais ao longo da vida. Pousando a caneca, cruzou os braços sobre o peito. Obviamente ele queria uma resposta sincera de mim.

— O que anda rolando com você?

Eu balancei a cabeça. Como a maioria das boas mentiras são sempre baseadas em fatos, resolvi seguir a linha da verdade.

— Não sei. Acho que o problema é… Anda havendo muita tensão no ar, por aqui, ultimamente. Acho que isso está me afetando.

Denny suspirou e olhou para cima, para onde Kiera estava.

— Sim, as coisas têm estado muito diferentes desde que eu voltei. – Olhou mais uma vez para mim. – A culpa é toda minha. Estou me sentindo infeliz e acabo trazendo essa infelicidade aqui para dentro de casa. – Desviou os olhos e eu, na mesma hora, fechei os meus para não ter de olhar para o seu rosto. Ele achava que tudo aquilo era culpa dele? De todos nós, ele era quem tinha a menor parcela de culpa.

Sua voz era suave quando continuou.

— Kiera se sente culpada porque eu deixei meu emprego por causa dela, e eu odeio o lugar onde estou trabalhando agora, mas… isso é minha culpa também. Eu não devia ter aceitado o cargo em Tucson, para início de conversa, nem devia tê-la abandonado aqui em Seattle. Eu sabia que ela não conseguiria se transferir novamente sem perder a bolsa de estudos, e também sabia que ela não podia desistir disso. Ela estava presa até terminar a faculdade, eu sabia disso e… Não me importei. Queria o cargo que ofereceram e simplesmente o peguei. Depois, esperei muitos dias até dizer a ela que não iria voltar para cá… Não é de admirar que ela tenha terminado comigo. Eu fui um babaca.

Eu senti como se me encolhesse por dentro.

Não, eu é que fui um babaca. Deveria ter pedido a ela para fazer as pazes com você. Só que em vez disso eu a levei para a minha cama.

A cara tensa de Denny se transformou num pequeno sorriso; ver aquilo foi como levar um soco no estômago.

— Mas tudo isso são coisas do passado e eu não vou chorar leite derramado. Eu quero que as coisas voltem a ser como antes, então tive uma ideia.

Eu tive que engolir o nó de vergonha que se formou em minha garganta.

— Ah, é? Qual a sua ideia?

Seu sorriso era brilhante e cheio de esperança quando ele me contou seu plano de mestre.

— Nós três temos de sair juntos para descontrair. Precisamos nos divertir um pouco. Curtir as coisas como as outras pessoas da nossa idade. — Riu um pouco e completou: — Ou talvez até como os que são mais novos do que nós.

Quis me enfiar num buraco profundo e escuro. Preferia cortar os braços fora a sair com eles nesse momento. Por outro lado... eu estava num ponto de ruptura e não podia mais ficar ali. Essa noitada poderia ser a última oportunidade de estarmos juntos. Quanto mais eu pensava nessa possibilidade, melhor a ideia me parecia. Sim, já era hora de eu ir embora. Ficar em Seattle estava me matando lentamente. A única opção era eu cair fora. Curtiria essa última noite com os meus amigos e tentaria fingir que tudo era como costumava ser; depois, iria arrumar as malas e sair sem olhar para trás. Haveria pastos mais verdes me aguardando em outro lugar. Ou menos dolorosos.

— Isso parece divertido, Denny. Tenho um amigo que vai tocar na Shack hoje à noite. Poderíamos ir até lá para ouvi-lo, se vocês quiserem...

Exibi um sorriso largo quando ele me deu um tapinha no ombro, aceitando a ideia.

— Perfeito.

Kiera entrou na cozinha quando estávamos em pé, nesse clima. Pareceu comovida ao notar que estávamos conversando numa boa; eu não fazia muito isso, ultimamente. Denny a olhou quando ela se aproximou.

— Será que você consegue trocar seu turno? Nós vamos sair hoje à noite... programa de velhos amigos.

Um pequeno sorriso tentou se formar nos lábios dela, mas desapareceu rapidamente. Kiera também não estava a fim de fazer aquilo.

— Ahhhh, que ótima ideia, amor. Aonde nós vamos?

Encontrando os olhos de Kiera pela primeira vez desde que eu tinha ouvido dela para ir embora, contei-lhe os detalhes. Ela disse que poderia trocar de turno com uma colega e assim, num estalar de dedos, tudo ficou acertado. Nós três iríamos sair juntos naquela noite. Uma família feliz.

— Maravilha! — exclamou Denny, dando-lhe um beijo. Virei o rosto para não ver o espetáculo. Por Deus, eu odiava ver e ouvir aquilo. Um clima de afeição emanou deles como ondas de calor que se erguem do asfalto no auge do verão. Senti vontade de vomitar.

Denny pediu licença para ir tomar um banho. Quando eu fiquei sozinho com Kiera, algo que normalmente evitava, ela perguntou:

— Você está bem?

Eu estava ficando cansado das pessoas me perguntando isso. Olhando para ela, vi que ela ainda estava de pijama, sua camiseta regata apertada sobre os seios pequenos e perfeitos.

Seu cabelo estava solto sobre os ombros, como se os acariciasse. E seus olhos eram de um verde profundo, escuro. Incrível, lindíssima, e nem um pouco interessada em mim.

— Claro. Isso vai ser... interessante.

Minhas palavras a preocuparam. Ela se aproximou de mim com as sobrancelhas franzidas.

— Tem certeza? Você não é obrigado a nos acompanhar. Denny e eu podemos ir sozinhos.

Estudando o rosto dela, vi seus olhos mudarem levemente de cor no sol. Eu adorava o jeito como eles faziam isso, às vezes. Como tudo o mais que tinha a ver com Kiera, eu guardava aquilo na memória. Apesar de ser doloroso lembrar, eu não queria me esquecer de nada a respeito dela.

— Eu estou ótimo, e gostaria de passar uma... noite... com os meus amigos.

Uma última noite. Antes de eu partir. Para sempre.

Virei-me em seguida e a deixei sozinha porque ficar ali machucava muito, e aquela noite já seria dolorosa o bastante. Não havia necessidade de prolongar a agonia.

Quando cheguei ao Shack mais tarde, o carro de Denny ainda não estava lá. Fiquei feliz por ter chegado antes. Isso me daria a oportunidade de me preparar. Pedi uma garrafa grande e três copos; em seguida fui até lá fora. A cervejaria ao ar livre ficava numa grande área cercada, com um palco numa das extremidades e mesas e cadeiras na outra. Peguei uma mesa vazia perto de uma porta que dava para o estacionamento. Tive o pressentimento de que poderia precisar fazer uma fuga rápida mais tarde, caso aquilo se tornasse demais para eu aguentar.

Enquanto esperava por Denny e Kiera, foquei a atenção no palco, onde os instrumentos da banda estavam sendo instalados. A baterista, Kelsey, era minha amiga. A cena musical em Seattle era pequena; todo mundo conhecia todo mundo. E todo mundo já tinha dormido com todo mundo. Ou, pelo menos, com quase todo mundo. Caminhando até lá, ergui a mão para Kelsey e ela acenou de volta.

— E aí, Kellan? Como a vida vem te tratando?

Ai Deus... Por onde começar?

— Numa boa. E você?

Kelsey deu de ombros.

— Está tudo bem. Não posso reclamar.

O cantor da banda se aproximou. Eu também o conhecia. Tínhamos feito alguns shows juntos quando ele ainda estava em outra banda.

— E aí, Brendon? Que legal ver você de novo!

Estendi a mão e Brendon se abaixou para me cumprimentar.

— Sim, excelente. Que bom que você está aqui. Vai ser um show bem legal hoje à noite.

Apesar de não estar me sentindo descontraído, lancei-lhe um sorriso despreocupado.

— Sim, também estou feliz por isso.

Brendon tornou a se levantar com um sorriso.

— Nós precisamos fazer outro show juntos, em breve.

Concordei com a cabeça e, em seguida, olhei para as portas de entrada. Kiera e Denny tinham chegado e eu apontei para onde a cerveja estava, já à nossa espera. Eles ergueram a mão em agradecimento e seguiram até a mesa.

A coisa ia ter início...

Olhei de volta para Brendon.

— Sim, vamos combinar. — Eu me senti um pouco culpado ao dizer isso. Estava indo embora de Seattle depois daquela noite. Mas era mais fácil concordar.

Eu me despedi e voltei, a contragosto, à nossa mesa. Denny e Kiera estavam se beijando quando me aproximei. Senti como se uma faca estivesse sendo enfiada e torcida na minha barriga. Eu só precisava aguentar aquilo durante mais uma noite e então estaria livre. Por algum motivo, esse pensamento não me deixou mais feliz. Sentando-me à mesa, comecei a servir a cerveja. Eu bem que precisava de uma bebida; certamente eles também.

— Quando o seu amigo vai se apresentar? — quis saber Denny, com a voz brilhante e animada.

Olhei para ele e tentei ignorar o fato de que Denny andava trepando com a mulher que eu amava.

— Daqui a uns vinte minutos, mais ou menos.

Eu tomei um gole longo e muito necessário da minha cerveja. Uma garota passou diante de nós, na mesa. Parando, olhou para mim como se esperasse que eu pulasse em cima dela e a convidasse para sair. Eu realmente não estava a fim. Ela se afastou quando eu não lhe dei a mínima atenção e Denny percebeu.

— Ela era bonitinha.

— Era, sim. — Tomei mais um gole de cerveja e evitei qualquer contato olho no olho.

— Não é o seu tipo? — insistiu Denny. Kiera se remexeu na cadeira, mas eu ignorei.

— Não — respondi, já com a cerveja perto do rosto.

Houve um momento de silêncio, mas logo Denny tentou mais uma vez puxar conversa comigo.

— Como a banda está indo?

— Bem — respondi. Será que tínhamos de conversar? Não poderíamos simplesmente ficar sentados ali em silêncio, até dar a hora de irmos para casa?

Denny me fez mais algumas perguntas, mas logo desistiu. Dava para notar que Kiera estava irritada comigo, mas eu não me importei. Ficar sentado ali com eles era um porre total! Eu estava fazendo o melhor que conseguia. Depois de algum tempo a banda começou a tocar, o que aliviou um pouco o estresse na mesa. Dali a mais alguns minutos, Denny puxou Kiera para a pista de dança. Embora eu tentasse ignorá-los, fiquei com os olhos grudados neles de forma implacável. Eles se moviam juntos em sintonia perfeita, e era óbvio que dançar era uma coisa que Kiera adorava fazer. Sua saia preta rodada girava em torno de seu corpo e seu cabelo solto parecia explodir em meio à brisa suave. Suas bochechas adquiriram um tom rosado que quase combinava com a blusa por baixo da sua jaqueta. Ela era de tirar o fôlego, e observá-la em companhia de outro homem era insuportável.

Várias garotas me chamaram para dançar, mas eu disse não para todas elas. Havia apenas uma que eu queria em minhas mãos e ela estava, naquele exato momento, sendo girada na pista pelo meu melhor amigo. Nossa noite mal tinha começado e eu já queria que ela tivesse acabado. Não conseguiria aguentar aquilo até o fim. Era muito difícil.

Estava ficando mais frio do lado de fora, e eu estava ficando mais frio por dentro. Aquilo era um inferno para mim, e ninguém parecia perceber ou se importar. Eu estava absoluta e completamente sozinho. Devia cair fora dali naquele exato momento. Sair dirigindo pela estrada só com a roupa do corpo e a guitarra como bagagem. Do que mais eu precisava na vida? De nada!

Kiera e Denny voltaram depois de dançar, ofegantes e felizes. Olhei para o meu copo vazio, desejando poder enfiar a cabeça nele e desaparecer. Pude sentir os olhares de desaprovação de Kiera sobre mim, mas não me importei.

Não consigo mais fingir que estou feliz. Se não está satisfeita com isso, me processe.

Eu estava pensando na desculpa que daria para ir embora no meio do show quando, de repente, o celular de Denny tocou. Ele atendeu na mesma hora e eu discretamente observei Kiera. Ela odiava aquele maldito celular. Quase sempre, depois de tocar, Denny saía. Kiera franziu o cenho para Denny, mas tentou fazer parecer que não estava chateada. Depois de um segundo, Denny xingou e desligou o celular.

— A bateria acabou. — Ele e Kiera trocaram olhares. Os olhos dela se estreitaram. — Desculpe, mas eu preciso mesmo ligar de volta para Max. Vou ver se eles me deixam usar o telefone lá dentro.

Voltei minha atenção para o copo. Se ele estava caindo fora, eu deveria ir embora também. Mas Kiera lhe disse:

— Sem problemas, vamos estar aqui. — Dava para notar que ela tentava não parecer agitada, mas eu sabia muito bem que estava. Eu já tinha ouvido os dois brigando antes, por causa do chefe de Denny no trabalho. Denny estava fazendo o máximo que podia para impressionar o sujeito, e isso incluía fazer o papel de garoto de recados. Franzindo a testa, eu me perguntei se deveria esperar pela volta dele, como Kiera sugerira, ou simplesmente me levantar e ir embora junto, naquele exato momento. Que diferença faria se eu caísse fora daquele lugar?

Denny se levantou e beijou Kiera antes de sair. Eu suspirei e tentei ficar confortável na minha cadeira. Só que era impossível sentir outra coisa além de desconforto, naquele momento. Eu não deveria estar ali, ouvindo-os fazer aquilo bem na minha frente. Estava farto de ouvir seus lábios estalando o tempo todo. Isso era outra coisa da qual eu não teria saudade.

Quando Denny saiu, Kiera voltou sua atenção para mim.

— Você disse que não se importava com isso. O que há com você?

Olhei fixamente para ela. Lutando contra minhas emoções agitadas, disse:

— Eu estou me divertindo muito. Não faço a mais pálida ideia do que você quer dizer.

Testemunhar você e Denny se esfregando um no outro é incrível. Simplesmente fantástico.

Kiera desviou o olhar, e eu percebi que ela também lutava com suas emoções. Parecia prestes a agredir alguém.

— Nada, acho.

Minha paciência explodiu.

Exatamente. Nada! Eu não era nada. Não sou nada. Mas ficar aqui e fingir que nada aconteceu é uma porra de uma insanidade. Uma coisa aconteceu, sim, e significou algo importante para mim. Você significa muito para mim, e vê-la brincar de casinha com Denny enquanto vocês fingem que eu não existo não é moleza, não. É uma merda!

Colocando o copo de cerveja sobre a mesa, eu me levantei. Ficar ali era inútil, eu ia dar o fora.

— Diz ao Denny que eu não estava me sentindo bem... — Pensei em acrescentar mais alguma informação à mentira, mas não era meu comportamento normal fazer isso. Era melhor deixar que ele pensasse o que bem quisesse. Balançando a cabeça para os lados, completei: — Para mim, já chega!

Estou completamente, até o pescoço, cem por cento de saco cheio de toda essa merda.

Como se ela compreendesse que eu não falava "para mim chega" apenas em relação àquela noite, e que me referia a todo o caos da minha vida, Kiera lentamente se levantou da mesa. Estreitei os olhos enquanto a observava e a desafiei a falar.

Vá em frente, pode me dar um esporro. Eu não me importo.

Quando ela não disse nada, eu me virei e saí pela porta. Tinha ficado bem claro que ela não tinha coisa alguma a dizer.

Eu estava a meio caminho em direção ao meu carro, no estacionamento quando ouvi o estrondo do portão se fechando e ouvi Kiera gritar meu nome.

— Kellan! Por favor, espera...

Havia pânico em sua voz, e aquilo voou em linha reta até o meu coração.

Eu não posso esperar, já que nunca tive você de verdade...

Desacelerando o passo, olhei por cima do ombro e suspirei. Ela estava praticamente correndo para me alcançar. Por quê? Por que ela se importaria se eu fosse embora?

– O que é que você está fazendo, Kiera?

O que está fazendo aqui fora, o que está fazendo comigo? Que porra eu sou para você?

Ela me agarrou pelo braço e me virou na direção dela.

– Espera... Fica, por favor.

Eu puxei meu braço. Ela não tinha o direito de me tocar. Não deveria me tocar. Ela só se preocupava com Denny. Eu via isso a cada vez que eles se falavam, a cada vez que se beijavam. Ela o amava. Olhei para o céu antes de encontrar seus olhos. Senti como se estivesse enlouquecendo.

– Não posso mais fazer isso.

Estou ficando louco porque a amo e você não me dá a mínima. Então, por que está aqui, olhando para mim desse jeito?

Seus olhos arregalados procuraram os meus. Ela pareceu assustada.

– Não pode fazer o quê?... Ficar? Você sabe que Denny iria querer se despedir de você. – Sua voz foi sumindo, como se ela soubesse que aquilo não tinha nada a ver com Denny. E não tinha, mesmo.

A dor me corroeu o estômago. Eu não poderia mentir. Não conseguiria lhe dar uma resposta sarcástica. Já não conseguia nem rir ou fingir que não me importava. Estava me afogando na dor e a verdade era minha única saída.

– Não posso continuar aqui... em Seattle. Estou indo embora.

Só pronunciar essas palavras já me rasgou em pedaços. Eu não queria ir, mas ficar ali com ela já não era uma opção. Seria como me jogar de livre e espontânea vontade num caldeirão de água fervendo. Impossível.

Lágrimas brotaram nos olhos de Kiera. Ela agarrou meu braço novamente e o segurou com uma ferocidade que eu nunca tinha visto antes nela.

– Não, por favor, não vai embora! Fica... fica aqui com... com a gente. Não vai...

Ela começou a soluçar e as lágrimas correram por suas bochechas como rios. Eu só a tinha visto tão chateada daquele jeito por causa de Denny. Quando ele foi embora, Kiera tinha chorado daquele jeito. Por que ela estava chorando por mim? Ninguém, nunca, tinha chorado por mim. Ninguém.

– Eu... Por que você está...? Você disse... – Engoli em seco as emoções confusas que tornavam meu discurso impossível. Por que ela estava chorando? O que aquilo significava? Eu não queria alimentar a esperança, mas uma pequena quantidade dela começou a borbulhar através do desespero. Será que ela se importava comigo? Sinceramente se importava?

Olhei para algum ponto além dela. Eu não aguentava mais ver aquelas lágrimas confusas.

— Você não… Você e eu não somos… — *Você não se importa comigo. Eu sei disso. Sei que você não dá a mínima.* — Eu pensei que você… — *Não, você o ama. Eu fui um erro. Eu sou o único que se importa aqui, é por isso que dói tanto.* — Me desculpe. Me desculpe por ter sido frio, mas não posso ficar, Kiera. Não posso mais assistir a isso. Eu *preciso* ir embora… — Minha voz sumiu num sussurro e uma sensação de horror me atingiu como um raio. Eu tinha dito a verdade para ela. Tinha exposto meu coração e ela poderia me ferir. Mais uma vez.

Ela pareceu chocada com a minha confissão, mas essa foi sua única reação. Uma dor profunda brotou em mim. Não, ela não se importava. Virei-me para sair, mas ela puxou meu corpo contra o dela e gritou:

— Não! Por favor, me diz que isso não é por minha causa, por causa de nós dois…

— Kiera…

Sim, esse é exatamente o problema.

Ela colocou a mão sobre o meu peito e deu um passo mais perto de mim. A ternura e a proximidade enviaram um choque de desejo por todo o meu corpo. Eu ainda a queria. Eu ainda a amava. Isso aliviava a dor, mas não a minha confusão interna.

— Não, não vai embora só porque eu fui burra. Você levava uma vida tão boa aqui antes que eu…

Eu recuei meio passo. Isso foi o mais distante que eu consegui afastá-la, porque na verdade eu não queria afastá-la nem um pouco. Eu a queria ainda mais perto… muito mais perto.

— Não é… não é por sua causa. Você não fez nada de errado. Você pertence a Denny. Eu nunca deveria ter… — Dei um suspiro triste quando a verdade me atingiu como uma tonelada de tijolos. Aquilo nunca tinha sido culpa de Kiera. Todo aquele tempo eu estive revoltado com ela, mas *eu* era o único culpado. Eu sabia o tempo todo que ela amava Denny e que apenas tentava abafar sua dor comigo. Só que ela não sabia. Não sabia que eu a amava. Não sabia o quanto significava para mim; portanto, como poderia ter imaginado que aquilo iria me machucar? Eu tinha sumido logo depois de tudo acontecer, depois tinha ficado mais frio e acabei me distanciando por completo. Ela nunca esteve disponível para mim. Ela pertencia a Denny e eu era um canalha por ter ido tão longe. — Você… você e Denny são…

Com lágrimas ainda escorrendo pelo rosto, ela se aproximou e pressionou o corpo contra o meu. Seu toque queimou como fogo… e eu estava tão frio.

— Somos o quê? — ela perguntou.

Eu não podia me mover; mal podia respirar. Eu a desejava mais do que jamais havia desejado alguém, mas isso não estava certo. Nós não devíamos… mas eu precisava tanto dela.

— Vocês dois são… importantes para mim — sussurrei, sendo sincero em cada sílaba.

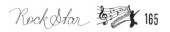

Ela trouxe os lábios tão perto dos meus que eu pude sentir sua respiração no meu rosto. Meu coração disparou. Ela estava tão perto. Mais alguns centímetros... e ela seria minha.

— Importantes... como?

Diga. Coloque tudo para fora de uma vez! Diga a ela que você a ama. Diga a ela que você só pensa nela e o motivo de todo aquele mau humor e dos comentários babacas era você estar magoado. Confesse, droga.

Por quê? Ela está com Denny. Isso não vai mudar nada.

Balancei a cabeça e dei um passo para trás novamente.

— Kiera... me deixa ir embora. Você não quer isso... — *Você não me quer.* — Volta lá para dentro, volta para o Denny. — *A quem você pertence.*

Movi a mão para desgrudá-la de mim, mas ela bateu no meu braço e o empurrou.

— Fica — comandou.

O desejo e a dor lutaram dentro de mim. Ninguém jamais me pedira para ficar antes. Ninguém jamais derramara lágrimas por mim antes. Ela se importa. Só podia ser! Mas ela se importava com ele também... e eu não sabia o que fazer a respeito disso.

— Por favor, Kiera, vai embora.

Antes que nós dois nos machuquemos mais ainda... Vai!

Seus belos olhos pareciam ter cor de verde-esmeralda profundo, na semiescuridão. Eles procuraram os meus enquanto ela falava.

— Fica... por favor. Fica comigo... não *me* deixa.

Sua voz falhou quando ela implorou por si mesma, e não por Denny. Isso já não tinha nada a ver com Denny. Era sobre nós. Uma lágrima rolou pela minha bochecha e eu não fiz nada para detê-la. Ela queria que eu ficasse com ela. Ela se importava comigo. Ela me queria.

Queria a mim.

Só que, por mais que eu quisesse fingir que havia só nós dois naquele estacionamento, eu sabia que não estávamos sozinhos. E eu não podia fazer isso com Denny. Ele significava muito para mim. Mas eu nunca tinha tido aquilo... nunca tinha tido alguém que *me quisesse*. Eu nunca tinha sido desejado. Guerreando comigo mesmo, murmurei:

— Não. Eu não quero...

Não quero feri-lo. Não quero magoar você. Não quero me machucar. Então, o que eu quero?

A palma da mão dela tocou minha face e seu polegar enxugou a lágrima que me descia pelo rosto. Seu calor me queimava. Essa sensação viajou até a parte baixa do meu corpo e me acendeu. Minha respiração parou quando meus olhos se grudaram nos dela. Eu a queria. Agora mesmo! Mas ainda sentia que não podia fazer aquilo.

A outra mão dela se estendeu para agarrar meu pescoço. Ela me puxou até nossos lábios se roçarem. Minhas pernas cederam e eu quase me coloquei de joelhos, de tanto que aquilo era bom. Ela fechou os olhos e apertou seus lábios contra os meus com mais força. Eu fiquei rígido, mas movi os lábios junto com os dela. Nossa, eu tinha sentido tanta falta daquilo! Tinha sentido tanta falta dela. Eu a desejava tanto. Eu a amava muito. Mas mesmo assim...

— Não faça isso — sussurrei para mim mesmo entre nossos lábios famintos.

Isso só vai nos machucar... nós três. Seja forte o suficiente para impedir. Pare com isso agora mesmo.

Os lábios dela pressionaram os meus com mais força. Enquanto a dor ardia na minha garganta e saía num gemido, minha força de vontade se dissolveu.

— O que está fazendo, Kiera?

O que eu estou fazendo?

Ela fez uma pausa, ainda com os lábios roçando os meus.

— Eu não sei... mas não me deixa, por favor não me deixa.

A verdade e a dor em sua voz eram inegáveis — *ela me queria.*

Os olhos dela estavam fechados, então ela não pôde ver o sorriso no meu rosto.

Eu não vou deixar você. Nunca farei isso.

— Kiera... por favor...

Eu sou seu... Pode me levar.

Minha resistência desapareceu com um estremecimento e eu busquei sua boca. Precisava dela. Eu sempre tinha precisado dela. E ela queria que eu ficasse... ela me queria com ela... ela me queria. E eu era dela.

Meus lábios se separaram e minha língua roçou a dela. Ela gemeu na minha boca e, com um jeito febril, me provou novamente. Ela queria mais. Eu queria mais. Agora que estávamos jogando pela janela todo o nosso bom senso, era o desespero que nos movia. A energia e a urgência que pulavam de um para o outro me deixou eletrificado. Eu queria rasgar suas roupas e cair de boca na boceta dela. Queria vê-la gozar comigo dentro. Queria sentir sua pele umedecida de suor, queria provar cada centímetro dela, queria que ela gritasse meu nome no clímax. Meu corpo estava pronto para ela. Meu coração também estava pronto para ela.

Ela me queria...

Puxei-nos para trás enquanto nossas bocas se moviam juntas de forma frenética. Havia um quiosque de café espresso naquele estacionamento. Eu tinha reparado nele quando ia para o carro. Kiera e eu precisávamos de privacidade para continuar com aquilo, e eu não pretendia parar agora por nada nesse mundo. Eu a amava, precisava dela, nada mais importava. Ninguém mais importava.

Minhas costas bateram na porta do quiosque. Kiera me pressionou contra a madeira, seu corpo apertando o meu. O fogo se espalhou por mim e minha respiração acelerou mais quando meu pau endureceu. Eu precisava muito dela. Deslizei minhas mãos sob sua blusa para sentir a pele lisa e suave na base das suas costas. Mas eu queria sentir mais. Precisávamos estar mais sozinhos do que ali.

Estiquei a mão por trás das costas para tentar abrir o quiosque. Se aquela merda não estivesse destrancada eu pretendia arrombar a maldita porta. De um jeito ou de outro eu ia entrar. Felizmente a maçaneta girou com facilidade sob a minha mão. Dei graças a Deus por existirem funcionários descuidados.

Afastando-me um pouco da porta, eu a escancarei. Kiera e eu grudamos os olhos um no outro quando nossas bocas se separaram. Havia tanta paixão e desejo em seu olhar que aquilo me rasgou por dentro. E eu juro… juro que vi algo mais ali, também. Algo mais profundo. Algo pelo qual valia a pena arriscar tudo que íamos arriscar. Repassei mentalmente cada palavra gentil e cada carícia suave que ela me fizera. Ela se importava. Ela valia a pena. Ela valia tudo no mundo.

Meu corpo doía. Eu precisava estar com ela. Deslizei as mãos pelas suas costas, agarrei-a pelas coxas e a ergui do chão. Quando já estávamos dentro do quiosque, no escuro, eu a soltei e tornei a fechar a porta. Ficamos ali por um momento, ofegantes. A eletricidade entre nós cresceu à medida que a escuridão amplificava nossos sentidos. Os braços dela estavam apertados ao redor do meu pescoço e meu braço a enlaçava pela cintura. Eu não podia acreditar que estávamos ali, juntos, querendo a mesma coisa um do outro… *precisando* da mesma coisa.

Eu amo você, Kiera. Muito. Deixe que eu lhe mostre o quanto do único jeito que posso, no momento.

Segurando-a com força junto do meu corpo, eu nos obriguei a ficar de joelhos. Assim que estávamos firmes no chão, Kiera começou a me atacar, arrancando minhas roupas. Meu peito ficou nu em segundos. Seus dedos me percorreram, passearam pelos meus mamilos e ao longo de minhas costelas, seguindo as linhas marcadas que levaram diretamente até a minha virilha. Por Deus, eu queria aquela mão em torno do meu pau. Queria que aqueles dedos macios e firmes o espremessem e o acariciassem para cima e para baixo.

Por favor… Toque-me.

Um gemido profundo me escapou dos lábios e eu suguei o ar com força. Senti minha cabeça girar como se eu estivesse bêbado, tonto, sobrepujado. Eu nunca tinha precisado tanto de alguém em toda a minha vida. Kiera soltou um gemido apaixonado quando eu deixei cair a minha boca sobre o seu pescoço. Tracei uma trilha de beijos em sua pele sensível enquanto arriava o cardigã dos seus ombros. Ela começou a se contorcer de impaciência quando eu desabotoei sua blusa.

Apesar de eu estar fazendo aquilo o mais rápido que podia, não era rápido o suficiente para ela. Ela mesma arrancou a blusa fora e eu a acariciei com os olhos. Nossa, ela era perfeita! Curvilínea, sedutora, sexy como o diabo. Corri a palma da minha mão para baixo sobre sua pele, sobre seu seio, até a cintura. Um alto e excitante gemido quebrou o silêncio. Aquilo enviou ondas de choque até o meu pau, já totalmente ereto.

Sim...

Corri a mão de volta até sua pele, acariciando seu mamilo por baixo do sutiã. Ela arqueou o corpo contra o meu e procurou minha boca novamente. Puxa, imaginei que ela já estava toda molhadinha... por mim...

Estendendo o braço eu a deitei no chão. Estávamos na área de depósito do quiosque de café. Os sacos de grãos de café guardados nas prateleiras e no piso faziam o lugar todo cheirar como a nossa bebida favorita da manhã. Isso era algo que compartilhávamos quase todos os dias. Tinha tudo a ver nós cedermos aos nossos desejos um pelo outro exatamente ali. Nosso relacionamento tinha praticamente começado enquanto tomávamos café.

Quando já estávamos esparramados sobre o chão sujo, Kiera arranhou com força as minhas costas. Gemi de prazer.

Por Deus, sim, aquilo era bom demais.

Ela afastou um pouco meus quadris de cima dela para poder desabotoar e abrir o zíper do meu jeans. Nós dois respirávamos com dificuldade, e parecia que estávamos quase desmaiando. Enquanto seus dedos trabalhavam, gemi mais forte e suguei o ar pelos dentes.

Deus, sim, por favor, me toque, Kiera. Por favor.

Ela arriou minhas calças até pouco abaixo dos quadris e em seguida ficou olhando para mim, vendo o quanto meu pênis se esmagava contra a cueca, desesperado para saltar e estar junto dela.

Isso tudo é para você... por favor, me toque.

Então, como se ela tivesse ouvido meu apelo silencioso, seus dedos agarraram meu membro e deslizaram bem lentamente ao longo de todo o comprimento dele. Pousei a testa sobre a dela, ofegando.

Por Deus, isso mesmo... mais!

Sua mão continuou me envolvendo com suavidade, empurrando e puxando.

Ai, meu Deus, sim... Eu preciso de você. Amo você.

Meus lábios se pressionaram contra os dela, frenéticos. Minhas mãos apalparam por baixo da sua saia rodada e eu lhe tirei a calcinha. Precisava estar dentro dela. Agora. No meu ouvido, ela gemeu:

— Ah, meu Deus... por favor, Kellan... — Ela queria. A mim. Ela me amava. Só podia ser!

Abaixei a cueca rápido para liberar o caminho e a penetrei com força e determinação. Kiera choramingou e mordeu meu ombro. Enterrei a cabeça em seu pescoço, precisando de um minuto para me recuperar do calor úmido que latejava em torno do meu pau.

Nossa... Porra... Isso é tão bom. Você é tão gostosa. Isso parece tão certo. Eu te amo tanto...

Kiera ergueu os quadris para me puxar ainda mais para dentro, para o fundo dela. Ondas de prazer circularam em mim e eu me pressionei com mais força, enfiando mais, precisando de mais. Muito mais.

– Mais depressa – ela gemeu. Agarrando seus quadris, eu a penetrei com mais força muitas e muitas vezes. Eu nunca tinha sentido nada parecido. O desejo reprimido, a tristeza, o desespero, a solidão, a paixão, tudo culminava ali, na melhor experiência sexual que eu já tinha experimentado. Eu não queria que aquilo acabasse nunca, e ao mesmo tempo mal aguentava esperar para gozar junto com ela.

– Meu Deus, Kiera... – murmurei enquanto nossos corpos se balançavam juntos. – Meu Deus... sim... Deus, eu amo você... – sussurrei, o som se perdendo em sua pele.

Ela gemeu e me puxou com ímpeto. Nossos movimentos se tornaram mais rápidos, urgentes, mais profundos, mais duros. Segurei-a com virilidade, sabendo que provavelmente aquilo a machucaria, mas eu estava muito perto de explodir para me importar. Kiera se remexeu selvagem debaixo de mim, gritando cada vez mais alto enquanto o prazer assomava até alcançar um nível incontrolável. Perdido no momento, gritei também. Eu nunca tinha sentido um orgasmo tão potente. Cada terminação nervosa parecia em chamas, formigando tudo e fazendo aumentar a tensão, que precisava se liberar. Kiera começou a gemer num ritmo crescente.

Deus, sim, por favor, goze para mim... goze agora.

Eu a senti se contrair em torno do meu pênis quando soltou um grito gaguejado. Então suas unhas arranharam com vontade as minhas costas e a minha pele pareceu molhada. Inalei com dificuldade, sentindo dor. A leve agonia misturada com prazer me lançou além dos limites. Deixei escapar um gemido profundo e apertei os dedos ao redor da coxa de Kiera com tanta força quanto consegui, enquanto meu corpo se desfazia em explosões de gloriosa liberação.

Meus quadris se acalmaram quando a euforia diminuiu. Por alguns segundos não senti coisa alguma além de uma satisfação pacífica. Eu a amava. Ela me amava. Tínhamos feito amor um com o outro e tinha sido melhor do que qualquer coisa que eu já tinha sentido na vida. Eu queria me enroscar nos braços dela, sentir suas carícias em meu cabelo, sussurrar que a amava e que nunca iria deixá-la. Eu ficaria ali com ela, porque aquele era o lugar onde meu coração estava. Ela era o meu coração.

Então eu senti Kiera começar a chorar. Não, não chorar, exatamente. Ela soluçava. Eram soluços de dor e de remorso que pareciam gritar "Por que eu fiz isso?"

Minha felicidade se desintegrou quando eu me afastei dela. Ergui a cueca, depois a calça, e me coloquei de cócoras em seguida, junto dela. Pegando minha camisa, fiquei segurando-a com força por alguns instantes, pois ainda não conseguiria vesti-la. Minhas costas sangravam, dava para sentir. Kiera tinha me enfiado as unhas, de tanto que me queria, e agora parecia que ia vomitar a qualquer momento. Eu tinha acabado de experimentar a mais profunda conexão física que já tivera com alguém, e ela parecia que ia vomitar. Simplesmente porque... ela não me amava. Aquilo tinha sido um erro. De novo! Um erro... Era isso que eu seria para ela. Porra! Eu tinha acabado de dizer que a amava e parecia que o seu mundo tinha acabado de terminar.

Enquanto Kiera colocava sua calcinha novamente, meu corpo tremia com um frio que não tinha nada a ver com a temperatura. Ela se vestiu com uma das mãos, enquanto usava a outra para apertar a boca fechada, como se fosse vomitar. A raiva foi aumentando dentro de mim enquanto eu a observava vestir o sutiã e a blusa novamente. Por Deus, será que eu era assim tão repugnante para ela? Será que o que tínhamos acabado de fazer era tão repulsivo?

Quando ela acabou de se vestir, fungou com força e disse meu nome.

– Kellan...?

Eu não tinha me movido, não a tinha ajudado a se vestir, não tinha sequer levantado o olhar do chão. Não consegui. Fiquei chocado com a reação dela. E com raiva.

Ela tinha acabado de me usar novamente.

Olhei para cima quando ela disse meu nome. Meus olhos estavam molhados, mas eu não me importei. Eu tinha arriscado tudo por causa dela... minha amizade com Denny, minha sanidade. Tinha colocado tudo em risco porque acreditava que realmente tinha encontrado alguém nesse mundo que se importava comigo. E ali ela estava, devastada. Ela não se importava. *Continuava* não se importando, pelo menos não tanto quanto eu precisava. Essa situação estava me arrasando; eu tinha traído Denny novamente, e por nada. Eu deveria ter entrado no meu carro e ido embora dali. A essa hora eu já estaria bem longe da cidade. Esse tinha sido meu plano. Por que eu não tinha feito o que planejara?

– Eu tentei fazer o que era certo. Por que você não me deixou ir embora?

Por que eu não fui forte o suficiente para ir embora? Por que sou tão terrivelmente egoísta? Por que continuo apaixonado por ela?

Ela começou a chorar novamente. Agarrando seu casaco, ela se levantou e se preparou para sair. Eu olhava para o chão novamente, desejando poder cavar um buraco. Não queria mais nada, só desaparecer. De repente, ouvi Kiera suspirar. Ela fez um movimento em direção a mim e eu entendi por que; eu podia sentir o sangue que me escorria pelas costas. Ela acabara de perceber o que tinha feito em mim.

Sim, Kiera. Você me fez sangrar, de um jeito muito mais profundo do que imagina.

Sem olhar para cima, eu disse a ela:

– Não. Vai lá. A esta altura, Denny já deve ter dado por sua falta.

E ele é o cara com quem você quer ficar, certo? Eu não preciso de sua pena. Preciso do seu amor. E isso eu já sei que você nunca vai me dar.

Kiera se virou, saiu correndo do quiosque e eu fiquei ali sozinho. Mais uma vez.

Capítulo 13
FICAR OU IR?

Fiquei naquele quiosque de café espresso pelo que me pareceram horas. Ouvi as pessoas entrando e saindo do estacionamento, e imaginei que um dos carros que saíam tinha Kiera e Denny dentro. A pele das minhas costas ardeu quando minha camisa roçou os cortes, mas eu dei boas-vindas à dor. Aquilo era um lembrete de o quanto eu era idiota. Eu merecia ter o coração golpeado com força. Burro, burro, burro.

Enquanto caminhava para o meu carro, recordei os momentos antes de Kiera e eu cedermos. Ela me implorara para ficar. Tinha sido a primeira garota que tinha me pedido para ficar por perto. A primeira pessoa *em toda a minha vida*. Nem meus próprios pais tinham me pedido para eu voltar para casa, depois que eu fugi. Não, em vez disso eles venderam a casa, se mudaram e jogaram fora todas as minhas tralhas. Eles tinham me jogado fora, e isso era o que eu esperava de todos os outros. Mas Kiera... ela tinha gritado por mim. Soluçara. Suas lágrimas tinham sido genuínas... ela não conseguiria fingir uma emoção como aquela.

Caminhei quase tropeçando até o carro, desorientado pelos meus pensamentos conflitantes. Eu a odiava. Eu a amava. Ela não dava a mínima para mim. Ela se importava tanto que tinha chorado.

Ok... então que merda eu faria com tudo aquilo?

E por acaso alguma coisa importava? Ela ainda era a namorada de Denny. Ele era o cara que a tinha levado de volta para casa. Tinha vencido a disputa, e uma parte de mim queria que fosse assim; depois do que eu tinha feito por trás de suas costas ele merecia ficar com tudo – com o emprego e com a namorada.

Entrando no carro, dei partida e fui embora do estacionamento. Não tinha certeza sobre para onde ir. Minhas opções eram intermináveis, mas os resultados eram todos o mesmo. Em qualquer lugar que eu saltasse, estaria completamente sozinho. Isso, no fim, só me deixou uma opção.

Olhos lacrimejantes verdes, amendoados, encheram a minha visão.

Não me deixe, por favor não me deixe.

Kiera tinha implorado para eu ficar. Tinha se entregado para mim, mesmo sabendo que Denny estava a menos de cem metros de distância. Isso só podia significar alguma coisa... e eu nunca descobriria se fosse embora. Ela poderia muito bem ser a primeira pessoa a ter sentimentos por mim. Talvez estivesse confusa porque tinha sentimentos por Denny também. Tínhamos curtido um momento verdadeiro juntos, naquela noite. Tínhamos falado em emoções reais, medos reais. Ela não estava brincando comigo, não estava fingindo. Ela não era uma prostituta, nem uma piranha. Estava simplesmente confusa, sofrendo e com medo... Assim como eu.

Meu coração amoleceu um pouco e eu relaxei no banco do carro. E se fôssemos mais parecidos do que eu imaginava? E se ela estivesse com Denny simplesmente porque não gostava de ficar sozinha e não conhecia outra maneira? E se ela o amasse, mas também sentisse algo por mim? Eu conseguiria compartilhá-la com ele? Será que isso seria melhor do que nada, melhor do que me sentir vazio e sozinho? Denny poderia ter a maior parte dela, mas eu ficaria com alguns fragmentos pequenos, minúsculos... como acontecera naquela noite, quando ela me pedira para ficar. Eu poderia viver unicamente com tão pouco?

Eu não tinha certeza, mas sabia de uma coisa. Eu não podia ir embora. A atração por ela era mais forte agora. Tinha perdido minha janela de oportunidade. Estava ali para sempre e queria ver no que aquilo ia dar, de um jeito ou de outro. E eu sabia que poderia doer. Provavelmente seria a minha morte. Por outro lado, a vida é supervalorizada mesmo, e um segundo em companhia dela era melhor que décadas de solidão. Se a minha vida estivesse realmente destinada a ser um mar de vazio sem ela, então eu aceitaria desistir.

Fui para casa pelas ruas secundárias. Queria ter tempo para pensar antes de chegar lá. Ter certeza de que eu poderia fazer o que planejava. Não aguentaria voltar para a dança de dor e raiva em que Kiera e eu tínhamos nos envolvido desde que Denny retornara. Não, se eu estava voltando para casa a fim de ficar com ela, então nós teríamos um *relacionamento* – uma solução com a qual ambos concordássemos. Eu precisava da proximidade dela. Precisava abraçá-la e precisava ser abraçado por ela. Se ela me rejeitasse novamente, a coisa não iria funcionar.

Quando cheguei à minha casa era tão tarde que já estava quase na hora de acordar. Eu me percebi tonto quando entrei. O estranho é que me sentia completamente em paz. Kiera gostava de mim. Queria que eu ficasse ali, e ali estava eu. Ficaríamos todos felizes e alegres novamente. Pelo menos enquanto ninguém descobrisse que Kiera e eu nutríamos sentimentos um pelo outro.

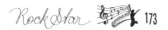

Denny acordou e desceu a escada lentamente. Um fiapo de culpa se infiltrou em mim, mas eu a coloquei de lado. O que eu tinha com Kiera era mais do que já tinha tido na vida com alguém. Não queria machucar Denny, mas não poderia deixá-la ir. De qualquer modo, ele não tinha nada a ver com aquilo.

Preparei uma cafeteira enquanto Denny fervia água numa chaleira, e conversamos sobre coisas aleatórias que nada tinham a ver com o que acontecia entre mim e Kiera bem debaixo do seu nariz. Enquanto eu estava sentado à mesa, tomando café, ouvi alguém descendo a escada correndo. Denny não pareceu perceber a comoção; estava encostado na bancada e bebia chá enquanto assistia à tevê da sala.

Sabendo que Kiera estava prestes a entrar na cozinha a qualquer segundo, colei os olhos na porta. Como uma deusa que descia do céu, ela foi iluminada por um raio de luz ao dobrar a esquina. Então parou e olhou para a nossa estranha imagem, Denny e eu ali, juntos, como se nada tivesse mudado.

Quis lhe exibir um sorriso sexy, talvez até mesmo beijar sua bochecha, mas Kiera olhou para mim com tamanho choque que uma onda de irritação me percorreu. Ela me pediu para ficar; por que estava tão surpresa por eu ter feito isso? Será que tinha mudado de ideia? Será que não ia nem mesmo me dar uma chance? Sorri para ela enquanto tentava esconder a raiva. Tinha me agarrado àquela dor durante tanto tempo que estava mais que na hora de mandá-la embora para deixar Kiera entrar. Eu precisava relaxar um pouco.

Denny se virou para Kiera quando notou sua chegada.

— Bom dia, dorminhoca. Está se sentindo melhor?

Levou um segundo para ela tirar os olhos de mim por tempo bastante para responder. Isso fez com que meu sorriso aumentasse. Pelo menos eu tinha a sua atenção.

— Estou, muito melhor — garantiu ela. Fiquei curioso para saber sobre o que eles estavam falando, mas depois percebi que fingir passar mal tinha sido a desculpa dela para fugir do bar na véspera.

Meus olhos a seguiram quando ela passou direto por Denny e foi se sentar à mesa, bem na minha frente. Ela ainda nem tinha tocado nele. Interessante. Mas ela o analisou atentamente depois de se sentar, e seu rosto ficou sombrio e cheio de culpa. Pareceu bem claro que ela estava dividida por tê-lo traído e se entregado a mim. Eu detestei aquele olhar dela, pois isso fez uma onda de ciúme e culpa me inundarem.

Não... Deixa pra lá... Isso não tem nada a ver com Denny.

Quando terminou de olhar para Denny, ela virou os olhos na minha direção e começou a me analisar. Não pareceu feliz com o que viu, e sua expressão de dor se transformou em raiva. Ela estava com raiva de mim? Por quê? Eu não a tinha forçado a fazer coisa alguma. Na verdade, era ela quem tinha me pedido para fazer tudo aquilo;

portanto, se alguém deveria estar sentindo raiva ali, esse alguém devia ser eu. Espelhando sua expressão, estreitei os olhos enquanto a estudava.

Desviei os olhos no instante em que Denny se voltou para Kiera. Denny pegou no flagra o olhar de reprovação dela para mim, e eu não pude conter meu sorriso. Bem feito! Ela poderia estar sentindo um monte de coisas naquela manhã, mas raiva de mim não era uma dessas coisas.

– Quer que eu prepare alguma coisa para você comer? – ofereceu Denny, preocupado de verdade com Kiera, que ainda podia estar passando mal. Só que não estava.

– Não, não precisa. Não estou com fome agora.

Eu queria me livrar daquele constrangimento. Queria de volta o que tínhamos antes. E queria mais. Ela parecia tão maravilhosamente bem naquela manhã que eu comecei a ficar excitado só de observá-la. Gostaria de levá-la para cima e colocá-la de volta na cama. Na *minha* cama.

– Café? – perguntou Denny, apontando para o bule ao lado dele.

O rosto de Kiera empalideceu quando ela sussurrou:

– Não.

Eu sabia que ela estava se lembrando do mesmo que eu a manhã toda: minhas mãos sobre ela, suas mãos em mim, suspiros, gemidos, eu me lançando dentro dela, sentindo-a gozar em volta do meu pau e me liberando dentro dela. Céu e inferno. O cheiro de café estaria permanentemente ligado ao sexo, agora.

Denny pousou a caneca e caminhou até ela. Meu coração começou a bater mais rápido à medida que ele se aproximava. Eu sabia o que ele ia fazer antes mesmo de acontecer, e isso me incomodou. Inclinando-se, Denny a beijou com ternura na testa. Eu não queria ver, mas não consegui me impedir e lutei para controlar as emoções. Tudo o que eu queria fazer era rosnar para ele ficar longe dela, mas tive de permanecer calado. Se Denny soubesse sobre mim e Kiera, sua alegria não seria a única coisa que poderia ser destruída. Nossa amizade iria junto, pelo ralo.

– Tudo bem, me avisa quando estiver com fome. Eu preparo o que você quiser – ofereceu Denny com um sorriso, antes de ir para a sala e se jogar na frente da tevê. Eu queria suspirar de alívio por ele ter ido embora, mas meu estômago estava embrulhado. Será que Kiera iria se juntar a ele ou ficaria ali comigo?

Para minha surpresa, ela continuou na mesa. Pelo jeito como ela estava, porém, com a cabeça baixa, achei que talvez estivesse sofrendo com um acesso de culpa. Com tristeza, eu aceitaria aquilo. Pigarreei para limpar a garganta e Kiera se assustou, como se tivesse esquecido que eu estava ali. Isso doeu. Olhei para Denny, pacificamente alheio a tudo, e isso doeu também. Eu era o pior tipo de pessoa. Na verdade, não pretendia magoá-lo. Eu só a desejava demais. Eu a amava e tudo que queria era que ela me amasse também. Só um pouco. Uma fração dos sentimentos que ela nutria por Denny, isso era tudo que eu queria. Não era pedir demais, era?

Quando voltei meus olhos para Kiera, ela estava me analisando novamente. Olhava atentamente para a minha camisa, como se estivesse me imaginando nu e se lembrando de suas unhas arranhando a minha pele. Talvez até quisesse repetir isso. Eu certamente permitiria. Aceitaria tudo que ela quisesse me dar, não importava se era muito ou pouco. Meu corpo estava reagindo só com o pensamento de suas mãos em mim, e eu meio que desejei que ela percebesse o que estava fazendo comigo.

Isso representa o quanto eu quero você.

Um sorriso torto ergueu os cantos dos meus lábios, e agora que Denny estava fora da cozinha, eu finalmente sentia o ciúme e culpa se esvaindo. Ajudou muito me ver ali sozinho com ela. Quando estávamos só nós dois eu me permitia imaginar por alguns momentos que só havia duas pessoas no mundo. As bochechas de Kiera coraram fortemente e ela desviou o olhar para longe de mim. Ela *estava* pensando o mesmo que eu. Naquele exato momento ela se imaginava comigo. *Queria* estar comigo. E, droga!… Eu queria foder com ela de novo, independentemente do que isso faria a Denny. Se ela estava pensando nisso… talvez também quisesse a mesma coisa.

— É um pouco tarde para esses pudores, não acha? — sussurrei, provocando-a.

Se você deixar, posso provocá-la de um jeito diferente.

— Você perdeu a cabeça, seu louco? — sussurrou ela, tentando não fazer barulho, mas falhando. Meu sorriso se abriu um pouco mais.

Sim, é bem possível que eu tenha enlouquecido. O amor faz dessas coisas.

Acalmando-se um pouco, ela perguntou:

— O que você está fazendo aqui?

Inclinei a cabeça para o lado enquanto brincava com ela. O que eu não daria para brincar com ela *de verdade*.

— Eu moro aqui… lembra?

Você pode me ter todas as noites, se quiser.

Kiera quase pareceu ter vontade de me dar um soco. Mas simplesmente entrelaçou os dedos das mãos.

— Não, você ia embora… lembra? Uma partida grandiosa, sombria, dramática… Será que isso lhe soa familiar?

Seu tom era tão sarcástico que não pude deixar de rir. Ela era uma gracinha quando estava irritada. Eu poderia acalmá-la agora mesmo se ela topasse ir lá para cima comigo.

— As coisas mudaram. Alguém me pediu para ficar de maneira *muito* convincente. — Sorrindo, eu mordi meu lábio.

Peça para eu ficar agora mesmo, Kiera. Vamos para algum canto e eu poderei lhe mostrar novamente o quanto quero estar com você.

Ela fechou os olhos e prendeu a respiração. Seu rosto naquele instante me fez lembrar a noite anterior, quando ela se mostrara sobrepujada pela necessidade de estar comigo.

Eu poderia acabar com essa sua carência trabalhando no lugar certo, Kiera. Estou pronto para isso. E você?

— Não. Não há qualquer razão para você continuar aqui. — Ela abriu os olhos, captou meu sorriso e olhou para trás, para onde Denny estava, ainda esquecido na sala vendo tevê.

Por mais divertido que fosse brincar com ela, eu sabia o quanto era preciso deixar bem claro que eu estava falando sério. Que eu tinha ficado porque ela me pedira isso. Que eu precisava dela e sabia que ela precisava de mim também. Ela era apenas teimosa demais para admitir isso. Inclinando-me um pouco, disse:

— Eu estava errado antes. Talvez você queira fazer isso. Para mim, vale a pena ficar e descobrir.

Você vale tudo para mim. Tudo. Se chegarmos ao limite máximo, vale até mesmo a minha amizade com Denny.

Ela gaguejou em busca de algo para dizer, como se eu tivesse acabado de contar a ela que eu era um alienígena ou algo assim.

— Não! — Foi tudo que ela conseguiu dizer. Depois de um segundo, se recompôs e acrescentou: — Você tinha razão. Eu quero Denny. Eu escolho Denny.

Ela estava se defendendo, mas eu não consegui descobrir se ela se defendia para mim ou para si mesma. E se ainda houvesse uma partícula de dúvida em seu coração, então eu não poderia ir embora. Uma dúvida dentro dela era uma esperança dentro de mim.

Sorrindo, estendi a mão, toquei em seu rosto e tracei uma linha ao longo de sua boca suculenta. Quase no mesmo instante ela reagiu ao meu toque. Sua respiração se acelerou, seus olhos ficaram semicerrados e os lábios entreabertos quando eu rocei a mão sobre eles de leve. Eu sabia que se continuasse a explorar seu corpo eu a encontraria tão pronta para me receber quanto eu estava pronto para invadi-la.

Com uma grande dose de força de vontade, parei. Tive que rir com a reação dela.

Seja tão teimosa quanto quiser, porque o seu corpo não mente.

— Veremos — eu disse, forçando minha mão a voltar para o *meu* colo, quando tudo que eu queria era explorar o colo *dela*.

Irritada, Kiera meneou a cabeça na direção de Denny e perguntou:

— E ele?

Meus olhos se abaixaram e fitaram a mesa. Sim... Denny. Não importava o quanto eu poderia administrar a situação, ainda estaria traindo Denny. Magoá-lo não era algo

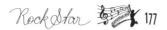

que eu quisesse fazer, e essa era a razão de topar manter tudo em segredo, um segredo compartilhado só por mim e por ela. Se Denny não soubesse o que estávamos fazendo, Kiera poderia ficar com ele. Se por acaso escolhesse isso. Tudo o que ela decidisse fazer com o namorado dependeria apenas dela.

Odiando o que eu tinha a dizer, confessei:

– Eu tive muito tempo para pensar nisso ontem à noite. – Olhei de volta para ela. – Não pretendo magoar Denny desnecessariamente. Não vou contar a ele, se você não quiser que eu conte.

Vou ficar calado a respeito disso para sempre, caso você não queira que ele saiba que você compartilha sua vida com nós dois. Aceito o que for mais fácil para você. O que você quiser. Desde que eu receba uma parte de você, mesmo que ela seja pequena, vou ficar feliz.

Sua resposta foi imediata.

– Não, eu não quero que ele saiba. – Ela parecia sofrer ao admitir isso. Eu entendi. Odiava Denny fazer parte de tudo aquilo, mas infelizmente ele fazia. Só que o relacionamento deles continuaria separado do nosso, oficialmente, e eu tentava… aceitar bem isso. Kiera não pareceu partilhar minha aceitação. Parecia dividida e confusa. – O que você quer dizer com… desnecessariamente? O que acha que nós somos agora? – perguntou.

Meu sorriso voltou quando estiquei o braço até o outro lado da mesa para pegar sua mão. Era tão gostoso segurá-la novamente. Depois que ela superasse o choque e a culpa, ela se lembraria do quanto era maravilhosa a sensação de me tocar, e de como era incrível a ligação que tínhamos um com o outro.

Ela se encolheu e tentou puxar a mão, mas eu a segurei com firmeza enquanto acariciava seus dedos. Ela precisava se lembrar de como era fácil me abraçar. Aquela era a única maneira de conseguirmos voltar a ser como éramos.

– Bem… nesse exato momento, nós somos amigos. – Deslizei os olhos para cima e para baixo pelo seu corpo, desejando que estivéssemos totalmente sozinhos novamente. – Bons amigos.

E muito mais. Deixe-me entrar na sua vida e eu poderei ser tudo que você quiser.

Ela me olhou, boquiaberta, e então ficou com raiva.

– Você disse que nós não éramos amigos. Apenas roommates, lembra?

Eu sabia que não conseguiria explicar tudo que eu sentia para ela, muito menos quando ela ainda estava envolta em culpa, então eu disse, brincando:

– Você me fez mudar de ideia. Você sabe ser muito… persuasiva. – Sem conseguir resistir, baixei um pouco a voz e acrescentei: – Gostaria de me persuadir de novo qualquer hora dessas?

Talvez agora mesmo? Eu adoraria passar as mãos sobre seu corpo novamente, ouvi-la ofegar meu nome, sentir você se contrair com força em torno do meu corpo. Adoraria fazer amor com você. Adoraria cuidar de você. Basta me dar uma chance.

Ela se levantou tão depressa que arranhou a cadeira no chão. Larguei sua mão, mas não estava disposto a apagar sua imagem. Kiera teria de me mandar embora à força dessa vez, e eu sabia que ela não faria mais isso. Não agora.

Seu movimento abrupto chamou a atenção de Denny.

– Você está bem?

Parecendo confusa e envergonhada, Kiera respondeu, em voz alta:

– Estou. Vou subir para tomar um banho. Tenho que me vestir para o trabalho... para o turno de Emily.

Na mesma hora eu a imaginei totalmente encharcada – seu cabelo escuro colado nas costas, bolhas do sabonete deslizando por entre seus seios. Comecei a me sentir desconfortável dentro do jeans, ao deixar minha fantasia decolar e me levar junto. Quando ela olhou para Denny, que já havia voltado a prestar atenção à tevê, calmamente eu lhe perguntei:

– Quer que eu vá com você? Nós poderíamos continuar a nossa... conversa.

Ela olhou para mim fixamente, e eu assumi que sua resposta à minha sugestão brincalhona era um não.

Quando ela subiu a escada e foi tomar banho, eu curti mais um gole do café. Todos os meus pensamentos giravam em torno dela enquanto eu observava, totalmente distraído, o programa de tevê a que Denny assistia. Imaginei-a se despindo, imaginei-a abrindo a água, imaginei-a entrando debaixo da ducha e sua pele arrepiada, até que a água escaldante a acalmasse. Imaginei suas mãos deslizando sobre cada curva do seu corpo. Com esse filme libertino passando em minha mente, continuar sentado à mesa da cozinha foi difícil; tudo que eu queria fazer era ir lá para cima e me juntar a ela. Eu poderia provocá-la com carícias leves e beijos suaves. Eu a excitaria até que ela me pedisse para tomá-la novamente. Eu adoraria fazer isso... mas não enquanto Denny estivesse ali, no andar de baixo. Aquilo me pareceu ultrapassar demais a linha, e eu já tinha ido mais longe do que tinha pretendido. O problema é que agora era tarde demais para voltar atrás. Então, tudo que eu podia fazer era ser tão bom quanto conseguisse quando ele estivesse por perto, e um canalha charmoso, porém diabólico, sempre que ele não estivesse.

Capítulo 14
VICIADO

A partir do momento que as coisas se acalmaram na casa, eu relaxei, mas tive muita dificuldade para me impedir de flertar de forma implacável com Kiera a cada oportunidade que surgia. Não conseguia evitar. Mesmo quando Denny estava por perto eu fazia isso, e sempre me sentia um pouco culpado depois.

Eu a tocava em lugares íntimos, beijava-lhe a nuca, os ombros, e mentalmente a despia com os olhos. Eu só queria que ela me tocasse em troca... me beijasse... fizesse amor comigo novamente. Era só nisso que eu pensava. Tinha Kiera na cabeça vinte e quatro horas por dia, sete dias por semana.

E sabia que Kiera sentia o mesmo, embora ela resistisse e até me repelisse e empurrasse. Seu corpo reagia a cada lugar que eu tocava. Só de percorrer com os dedos seus ombros nus, ela quase tinha um orgasmo. Era divertido de assistir, e tornava muito mais forte a expectativa de conseguir ir além. Eu sabia, com a paixão que havia entre nós, que a próxima vez em que estivéssemos juntos seria explosiva. Estava viciado em Kiera, de forma nua e crua, e nunca conseguia o bastante dela.

Ela me cobrou uma mudança de comportamento. Tremendo sob minhas carícias uma manhã, ela me empurrou com força e, num tom de voz irritado, me disse:

– Você é tão... volúvel. Não consigo acompanhar suas mudanças de comportamento. – Estava com um olhar bonito no rosto. Que desapareceu rápido, como se tivesse medo de ter me irritado. Provavelmente eu de fato lhe parecia volúvel. Tinha me mantido gélido depois da nossa primeira vez, e agora me mostrava ardente e com tesão. Mas eu tinha amado todo esse tempo, e ela parecia muito instável com seus sentimentos; portanto, se eu era volúvel, era porque ela me fazia desse jeito. Sorrindo, eu lhe disse, brincando:

– Sou um artista... e não volúvel.

Seus lábios se franziram num biquinho perfeito. Senti vontade de chupá-los.

– Bem, nesse caso você é um artista volúvel... – rebateu ela. Quase num murmúrio, completou: – Você é praticamente uma mulher.

Divertido ao ouvir o comentário dela, apoiei-a contra a bancada e pressionei meu corpo contra o dela. Era muito bom estar tão perto dela. Aquilo me fez lembrar nossa primeira vez. Meu pau, que vivia a meia bomba, se endureceu num segundo; agarrei-a pela perna e a rodei em torno do quadril para que ela pudesse me sentir. Correndo a mão pelas suas costas, puxei-a contra mim. Em seu ouvido, sussurrei:

– Posso garantir a você... que não sou.

Meus lábios percorreram seu pescoço saboreando-a, provocando-a. Ela me empurrou, mas foi uma tentativa fraca, sem esforço verdadeiro por trás da intenção. Ela queria aquilo.

– Por favor... para – ela choramingou.

Apesar de me dizer isso, ela expôs o pescoço de forma explícita para mim, como se implorasse por um último beijo. Atendi ao seu pedido inconsciente, e chupei com força a pele que eu adorava tocar. Só então eu me afastei, com um suspiro. Seus olhos estavam ligeiramente fora de foco quando ela olhou para mim.

– Tudo bem – eu disse a ela. – Mas só porque você pediu. Adoro quando você faz isso.

Chuviscou alguns dias depois, e eu sabia que Kiera não curtia chuva nem um pouco, mesmo quando não passava de uma garoa. Assim, decidi fazer algo cavalheiresco e apareci na faculdade para lhe oferecer uma carona para casa. Honestamente, bancar o cavalheiro não era o verdadeiro motivo de eu ter dirigido até lá, com um sorriso enorme pregado na cara. Eu sentia falta das caronas que dava a ela. Isso era uma parte da nossa velha rotina que eu gostaria de retomar.

Quando ela me viu, sua respiração ficou em suspenso. Não sabia se isso era porque ela estava feliz em me ver, já que eu não fazia aquilo havia muito tempo, ou se estava simplesmente chateada. Torci para não ser a segunda hipótese. Eu queria provocá-la, destruir a muralha de resistência entre nós, mas não queria magoá-la.

Ela revirou os olhos quando eu sorri, e percebi que ela não estava tão feliz em me ver tanto quanto eu por vê-la. Mas esperava que ela fosse aceitar minha gentileza, em vez de se mostrar obstinada. Afinal, eu não iria obrigá-la a entrar no carro, nem deitá-la no banco à força e atacá-la. A menos que ela quisesse isso, é claro.

Kiera veio andando até o carro como se caminhasse através de um terreno pantanoso. Avaliei como um bom sinal o fato de, ao menos, ela estar vindo na minha direção. Pérolas de chuva fina cintilavam no cabelo em torno de seu rosto e gotículas tinham ficado presas em seus cílios e lábios. Ela era linda.

Quando seus olhos curiosos me fitaram, eu disse com uma voz suave:

– Achei que talvez você quisesse uma carona.

– Claro, obrigada. Estou indo para o Pete's. – Seu tom era leve e alegre, mas todo o resto desmentia isso. Ela respirava mais depressa e ficou olhando para os meus lábios e para as minhas mãos, como se debatesse consigo mesma qual deles queria primeiro sobre ela.

Tive de sorrir ao perceber as ações traidoras do seu corpo, e também pela sua escolha do destino. Seu turno só iria começar dali a algumas horas. Ficou muito claro que ela só resolvera ir para lá mais cedo a fim de garantir que não ficaria em casa sozinha comigo.

Depois de abrir a porta para ela com um floreio majestoso, dei a volta no carro e fui para o meu lado. Kiera olhava para mim quando eu me sentei. Pareceu ficar cada vez mais tensa à medida que nos afastamos da faculdade, e não pude deixar de especular sobre o que ela achava que iríamos aprontar ao longo do caminho. Eu faria qualquer coisa que ela me pedisse.

De repente ela olhou para o banco de trás e seu rosto ficou vermelho. Será que estava imaginando nós dois ali atrás? Havia muito espaço, e eu poderia deixá-la muito confortável, se ela quisesse. Curioso com sua resposta, perguntei, rindo:

– Tudo bem?

Ela olhou para a frente e respondeu, com a voz aguda demais:

– Tudo.

Claro… Mentirosa!

– Ótimo – eu disse, deixando a mentira de lado.

Paramos num sinal vermelho. Olhei para ela e lancei-lhe um sorriso amigável. Ela começou a respirar com tanta dificuldade que ficou quase ofegante. Eu tinha certeza de que ela queria que eu a tocasse, quase transbordava de vontade que isso acontecesse. Isso me deixou excitado, mas eu resisti. Não queria que ela percebesse que o momento estava chegando. Pretendia pegá-la desprevenida, para conseguir levá-la até o limite, fazer com que ela parasse com aquela farsa e me aceitasse.

Quando o sinal ficou verde, Kiera se virou e ficou olhando para fora da janela. Parecia imersa em pensamentos. Perguntei a mim mesmo se ela pensava em mim. Como aquele me pareceu um bom momento para isso, coloquei minha mão em seu joelho e a deixei deslizar lentamente até a parte interna da sua coxa. Ela fechou os olhos; senti o fogo correndo através de mim à medida que meu desejo por ela entrou em marcha acelerada.

Sua respiração tornou-se longa e lenta, como se ela estivesse se forçando a se acalmar. Ela manteve os olhos fechados durante todo o percurso; e ainda estavam fechados quando eu estacionei o carro. Havia tanta coisa que eu queria fazer com ela. Eu queria beijá-la. Queria deitá-la lentamente. Queria fazê-la gritar de vontade. Queria sussurrar em seu ouvido o quanto ela significava para mim, o quanto eu a amava. Eu queria tudo.

Soltei o cinto de segurança e deslizei sobre o banco até encostar nela. As laterais dos nossos corpos ficaram coladas uma à outra, e sua respiração suspensa voltou a acelerar.

Ela estava perfeitamente pronta para mim. Eu também estava pronto para ela. Mudei minha mão de lugar e a fiz subir mais pela sua coxa, até que meu dedo mindinho encostou e descansou junto da costura interna de sua calça jeans, muito perto de onde eu queria estar. Um suspiro lascivo escapou quando ela abriu a boca. Por Deus, ela me queria, mas continuava resistindo a isso. Ela precisava aceitar o próprio desejo antes que pudéssemos fazer amor novamente. Quanto a mim, eu teria de me contentar em simplesmente provocá-la, por enquanto.

Passei minha bochecha ao longo de sua mandíbula. Pude senti-la lutando consigo mesma para não ceder, virar a cabeça e encontrar meus lábios. Beijei o cantinho da sua mandíbula e corri a língua de leve até sua orelha. Ela tremeu e eu me senti latejar. Por fim, mordisquei sua orelha, desejando que fosse seu mamilo.

— Está pronta? – sussurrei.

Seus olhos se abriram e se colaram nos meus. Sua respiração estava pesada de desejo, mas ela se mostrou claramente em pânico com a minha pergunta. Seu olhar baixou para a minha boca quando ela virou o rosto para mim. Poucos centímetros separavam nossos lábios agora. Foi preciso muita força de vontade, mas eu me obriguei a não beijá-la. Precisava que ela cedesse a mim antes de beijá-la, mas, por Deus, foi difícil me segurar.

Mudando o foco, soltei seu cinto de segurança. Sabendo que isso não era, nem de perto, o que ela esperava, dei uma risada brincalhona quando me afastei. É claro que minha provocação a deixou frustrada. Muito irritada, ela empurrou a porta e a bateu com força. Eu não pude deixar de sorrir ao ver o olhar irritado e envergonhado ao mesmo tempo em seu rosto quando ela saiu pisando duro em direção ao bar.

Desculpe, Kiera, mas se você quiser mais vai ter de me pedir. E dessa vez precisa ser com muita vontade.

Kiera praticamente me atacou na manhã seguinte, mas não da maneira como eu queria. Cortou minha alegre saudação matinal pela raiz ao bater com o dedo no meu peito. Vê-la tomando a iniciativa de fazer contato físico me fez sorrir quando eu coloquei o bule da cafeteira de volta na base.

— Você... Precisa parar com isso! – exigiu ela, seu rosto uma mistura de desejo e revolta.

Agarrando a mão dela, eu a puxei para dentro dos meus braços, lugar ao qual ela pertencia.

— Eu não fiz nada com você... recentemente.

Mas adoraria fazer, se você ao menos deixasse.

Ela fez um gesto exagerado para tentar se afastar de mim, mas não foi forte o bastante para se desvencilhar. Ela teria que tentar com muito mais determinação para eu me afastar. Eu não sairia mais de junto dela. Com os lábios franzidos numa expressão de aborrecimento, ela olhou para os braços presos sob os meus.

— Hum... e isso?

Uma pequena risada me escapou quando eu lhe beijei a mandíbula e me aninhei contra o corpo dela. Ela se sentia muito bem em meus braços. Incrível!

— Nós fazemos isso o tempo todo. Às vezes fazemos mais coisas...

Poderíamos fazer mais agora mesmo. Eu poderia levar você lá para cima, despir e foder você. E você ficaria muito feliz.

Kiera não estava na mesma vibe que eu. Perturbada com aquilo, gaguejou:

— Como no carro?

Eu ri mais alto ao ver sua reação.

— Ali foi só você, Kiera. Você estava ficando toda... excitada, só de me olhar. — Abaixando um pouco a cabeça, encontrei seus lindos olhos castanho-esverdeados. — Você queria que eu simplesmente ignorasse isso?

Como seria possível eu ignorá-la?

Com o rosto cheio de cor, ela se afastou de mim com um suspiro. Sabia que eu estava certo. Sabia que me desejava. Continuava evitando a verdade, mas isso não a fazia ir embora.

Eu sabia que deveria ser honesto com ela e dizer tudo que se passava no meu coração, mas não poderia fazer isso. Só a ideia de me abrir e deixá-la entrar fazia minhas entranhas se contorcerem em mil nós dolorosos. Eu preferia espetar o olho com um monte de agulhas. Não... Brincar com ela era o que me deixava mais confortável, e era isso que eu fazia.

— Hum... você quer que eu pare? — Tracei uma linha do seu cabelo até o rosto, segui pelo pescoço, bem entre seus seios e fui até os quadris. Como uma flor se voltando na direção do sol, o corpo dela se abriu sob o meu toque. Foi um movimento tão sutil que ela provavelmente nem reparou que estava arqueando em direção a mim, mas eu conhecia as mulheres. Eu sabia ler a linguagem corporal delas melhor do que a minha. E Kiera parecia gritar "me leve!"

Seus olhos se fecharam quando sua respiração se acelerou.

— Quero — ela murmurou.

Isso mesmo, Kiera. Diga sim para mim.

Em voz baixa, eu lhe disse:

— Você não parece ter tanta certeza assim... Eu te deixo pouco à vontade?

Corri os dedos pela parte interna do cós da sua calça e observei seu rosto, enquanto ela lutava para não me deixar ver o quanto ela adorava aquilo. Eu tinha certeza que ela estava pronta para mim. Bastava eu mover minha mão um pouco mais para baixo para poder senti-la. Deus, eu queria fazer isso. Eu a desejava demais.

— Deixa — ela sussurrou. Sua voz era quase um apelo, mais que uma rejeição.

Inclinando-me um pouco mais, sussurrei em seu ouvido:

– Quer me sentir dentro de você de novo?

Sua resposta foi instantânea. E surpreendente.

– Quero...

Seus olhos se abriram quando ela saiu do pequeno transe em que eu a colocara. Seus olhos ficaram arregalados, como se estivesse apavorada com a possibilidade de eu aceitar sua sugestão sem lhe dar um segundo para reconsiderar.

– Não. Eu quis dizer não!

Não pude deixar de sorrir ao ver a expressão em seu rosto. Ela estava corada de constrangimento ou desejo. Tentei não rir dela, mas a raiva invadiu seu rosto e ela repetiu:

– Eu quis dizer não, Kellan.

– Hum-hum, eu sei... sei exatamente o que você quis dizer.

Tem vontade de dizer sim, mas ainda não se sente pronta.

Quando eu vi Kiera novamente naquela tarde, quando ela voltou da faculdade, parecia exausta. Estava sentada no sofá olhando para a tevê, mas obviamente não estava assistindo coisa alguma. Ela não pareceu notar minha presença em pé na entrada da sala olhando para ela. Devia estar muito cansada, porque geralmente pressentia o instante em que eu olhava para ela. Quando eu me aproximei do sofá, perguntei a mim mesmo se era eu o culpado pelo seu cansaço. Esperava que não.

Sem olhar para o lado, ela fez menção de se levantar quando sentiu alguém se sentar na almofada ao lado, mostrando que sabia que era eu e não queria ficar perto de mim. Sua relutância, combinada com a teimosia, era divertida. Agarrando seu braço, eu a puxei de volta para baixo. As coisas não iriam avançar entre nós se ela me ignorasse.

Ela olhou para mim com os olhos estreitados, obviamente insatisfeita por eu a estar obrigando a passar algum tempo junto de mim. Cruzou os braços sobre o peito, para deixar bem claro o quanto estava incomodada. Será que tinha consciência do quanto estava bonita naquele momento? Desviou o rosto ao ver meu sorriso de adoração. Balançando a cabeça, envolvi seus ombros com o braço. Ela imediatamente ficou tensa, mas não se afastou. Até que eu comecei a puxá-la para o meu colo; nesse momento ela recuou, como se eu tivesse derramado água gelada em suas costas.

Eu me assustei com o seu movimento repentino e seu olhar gélido. Só queria que ela repousasse um pouco em cima de mim, como costumava fazer. Não sabia ao certo o porquê de ela exibir uma reação tão violenta, até que entendi o que ela achou que eu estava insinuando. Comecei a rir, ainda mais divertido com tudo aquilo.

Apontando para o meu colo, garanti a ela que eu não insinuava nada de sórdido com o gesto.

– Deita aqui... você parece cansada. – Sem conseguir me controlar, acrescentei, brincando: – Mas, se você estivesse a fim, eu não te impediria.

Franzindo a testa, ela me deu uma cotovelada nas costelas. Pelo menos percebeu que eu estava brincando. Eu grunhi de dor e a puxei de volta para o meu colo.

– Como é teimosa... – murmurei quando ela finalmente cedeu e me deixou deitá-la.

Ela virou o corpo para cima e eu olhei para ela enquanto acariciava seu cabelo escuro. Ela era lindíssima e não tinha consciência disso. Ela não tinha consciência de um monte de coisas. Como o quanto significava para mim, por exemplo; como era diferente de todas as outras garotas que eu já tinha conhecido; como eu faria tudo, absolutamente qualquer coisa, por ela. Até mesmo ir embora, caso ela mudasse de ideia e me pedisse isso. Mas torci para isso nunca acontecer.

– Está vendo? Não foi tão difícil assim, foi? – perguntei.

Poderíamos ficar assim todos os dias novamente, se você me aceitasse de volta em sua vida...

Kiera me analisou enquanto eu olhava para ela com um ar aberto de nostalgia. Será que ela via o quanto eu queria isso? Era aparente, no meu rosto? Será que entenderia, se visse? Era tão ingênua, tão inexperiente. Isso me fez imaginar que Denny era a única pessoa com quem ela já tinha estado, a única pessoa para quem ela se abrira. Talvez ela realmente não tivesse ideia do que estava fazendo, nem do quanto me afetava. Embora eu soubesse muito bem que não tinha o direito de perguntar, a curiosidade me impeliu a isso.

– Posso te perguntar uma coisa, sem que você fique zangada?

Eu tinha certeza que ela ia dizer não. Para minha surpresa, porém, ela balançou a cabeça para frente. Eu não consegui olhá-la diretamente ao fazer minha pergunta horrível e invasiva. Em vez disso, deixei meus dedos percorrerem o seu cabelo.

– Denny foi o único homem com quem você já esteve?

Pelo seu tom de voz, percebi que ela ficara aborrecida por eu ter lhe perguntado isso. Não a culpei. Não era da minha conta.

– Kellan, eu não vejo em que isso pode ser...

Interrompi-a com outro pedido idiota.

– Só responde à pergunta.

Por favor. Sei que não tenho o direito de perguntar, mas preciso saber... Denny e eu fomos os dois únicos homens com quem você já esteve? É por isso que você não consegue se libertar dele?

Ela parecia confusa quando me olhou. Eu me senti um pouco patético, e tive certeza disso ao olhar para ela.

– Foi... quer dizer, antes de você. Ele foi o primeiro homem que tive...

Assenti com a cabeça. Eu sabia! Ele tinha sido o seu primeiro amor, a sua primeira vez, o seu primeiro... tudo. Era por isso que ela estava tão profundamente ligada a ele; era por isso que compartilhar suas emoções comigo era tão difícil para ela; era por isso que só o pensamento de ele abandoná-la a tinha deixado num estado de quase histeria.

Ele era parte dela, até o seu íntimo. Como eu poderia competir com esse tipo de história? Eu não conseguiria. E não precisava. Eu não precisava ter *tudo* dela... só um pouquinho já servia. Uma fração do seu calor, uma fração do seu amor. Eu conseguiria ser feliz com isso...

A voz suave de Kiera quebrou minha linha de pensamentos.

— Por que cargas-d'água você quis saber isso?

Minha mão em seu cabelo parou quando eu olhei para ela novamente. Mantendo meu sorriso colado no lugar, considerei a opção de contar a ela o verdadeiro motivo.

Eu amo você, mas sei que Denny tem seu coração. A maior parte, de qualquer modo. Estava só curioso para saber se havia uma chance de você me amar mais do que a ele. Mas não há. Tudo bem. Enquanto eu tiver algumas migalhas, tudo bem se ele ficar com o resto.

Eu não podia dizer isso, então não disse nada e continuei acariciando seu cabelo. Como acontecia várias vezes, Kiera pareceu perceber que eu não poderia responder à pergunta e não me pressionou. Relaxou encostada em mim e minha cabeça começou a girar enquanto olhávamos um para o outro. Eu queria muito ser o primeiro e único para os olhos dela, mas isso não ia acontecer. Mesmo que ela e Denny se separassem, isso não iria acontecer. Ele era uma parte dela e isso era muito forte. Por outro lado, se ela se importasse comigo... nós tínhamos *alguma coisa* rolando, e eu gostaria de me agarrar a isso durante o tempo que me fosse possível.

Enquanto eu a observava, os olhos de Kiera ficaram rasos d'água. As profundezas verdes cintilavam para mim e a dor por trás deles era inconfundível. Fiz uma careta quando enxuguei uma lágrima que lhe escorreu pelo rosto. Por que ela estava chorando?

— Estou magoando você? — eu quis saber, esperando que não; eu nunca quis magoá-la.

— Todos os dias — ela sussurrou.

Pronto! Eu flertando com ela, implicando e brincando... tentando reacender o fogo que existia entre nós para que ela nos aceitasse... isso a estava ferindo. Eu era um canalha, mais uma vez.

— Não estou tentando magoar você. Me perdoe.

Ela uniu as sobrancelhas em sinal de estranheza.

— Então, por que está me magoando? Por que não me deixa em paz?

Meu coração pareceu ter sido apertado por um torno.

Você me implorou para ficar. Chorou por mim. Você fez amor comigo. Como conseguirei deixá-la depois disso? Eu amo você mais do que qualquer coisa no mundo. Só quero uma parte de você, isso é pedir muito?

Franzi o cenho, torcendo para que ela não me dissesse que tudo acabara entre nós... de vez.

— Você não gosta disso... de estar comigo? Nem que seja... só um pouquinho?

Por favor, diga que gosta. Eu não saberia o que fazer se você disser que não.

Ela hesitou, como se não tivesse certeza do que dizer, mas logo suas feições relaxaram, como se ela tivesse aceitado a verdade. Finalmente!

– Gosto, sim... mas não posso. Não devo. Não é certo... fazer isso com Denny.

Embora eu tivesse me sentido aliviado pela sua resposta, não me senti feliz. *Denny*. Sim, Kiera tinha toda a razão em relação a isso. Não era justo com ele. Nada disso era.

– É verdade... – eu disse, concordando com a cabeça. Eu só poderia realmente compartilhá-la com Denny se ele também concordasse, e ele jamais faria isso. Que tipo de homem aceitaria algo assim?

Que tipo de idiota pediria ao seu melhor amigo e à garota de seus sonhos para aceitar um relacionamento deformado como esse?

Meus dedos pararam de acariciar seu cabelo.

– Não quero magoar vocês... nenhum dos dois.

Vocês significam muito para mim...

Ficamos olhando um para o outro durante longos minutos. Eu não tinha certeza do que ela estava pensando, enquanto nos analisávamos. Minha cabeça estava uma bagunça. Denny era o inocente em tudo aquilo e merecia algo melhor, mas eu não podia desistir do meu verdadeiro amor. Não por completo.

Kiera e eu ainda poderíamos curtir um relacionamento íntimo, mas seria em nível puramente emocional, não sexual. Eu iria sacrificar o aspecto sexual e não a forçaria a dormir comigo. Respeitaria essa parte da relação dela com Denny; Kiera e eu iríamos voltar ao contato não sexual que tínhamos aproveitado tanto na época em que Denny estava fora. Eu manteria a proximidade com ela, algo de que realmente precisava. E se não estivéssemos fazendo nada sexual, não precisaríamos mais sentir culpa. Sim, talvez a coisa funcionasse.

Ou o tiro poderia sair pela culatra... e nós todos perderíamos.

– Vamos deixar as coisas como estão. Só paquera. Vou tentar não passar dos limites com você. Só uma paquera amigável, como era antes...

Ela pareceu surpresa com a minha sugestão. Suponho que aquilo era absurdo, mas... Eu precisava que ela concordasse com aquilo. Precisava disso.

– Kellan, eu acho que nós não devíamos nem mesmo... enfim, depois daquela noite. Não depois de termos...

Eu sorri ao ver que ela ainda não conseguia completar a frase. As lembranças de nossas intimidades me inundaram, mas eu as deixei fluir e numa boa. Eu poderia desistir disso, se conseguisse me manter junto dela. Acariciei seu rosto, desejando ir mais além, mas sabendo que não poderia.

– Eu preciso ficar perto de você, Kiera. Esse é o melhor acordo que posso te oferecer. – Uma fisgada de maldade brilhou através de mim, e as palavras escaparam da minha boca antes de eu ter a chance de detê-las. — Ou eu poderia simplesmente comer você bem aqui, neste sofá.

Ela se enrijeceu toda no meu colo, e ficou claro que não achou minha sugestão engraçada.

— Estou brincando, Kiera. — Eu suspirei.

Ela balançou a cabeça.

— Não, não está, Kellan. Esse é que é o problema. Se eu dissesse que sim...

Eu sorri enquanto o pensamento de fazer amor com ela novamente perturbou meus sentidos.

— Eu faria o que você pedisse.

Qualquer coisa. Tudo. Simplesmente diga sim.

Ela desviou o olhar de mim, expondo seu pescoço. Eu rocei o dedo ao longo da sua bochecha, segui até sua clavícula e depois até a cintura novamente. Ela era tão linda... Kiera olhou para mim com um olhar agudo de reprovação, e eu dei um sorriso tímido. Aquilo ia ser mais difícil do que eu pensava. Muito mais difícil.

— Opa... desculpe. *Vou tentar...*

Eu prometo. Por favor, pelo menos me dê uma chance. As coisas estavam tão bem entre nós, antes. Quero isso de volta. Não, na verdade eu preciso *disso. Por favor, Kiera.*

Ela não disse que sim, mas também não se opôs mais. Encarei isso como um sinal de que ela estava considerando a proposta. Eu esperava que sim. Voltei a acariciar seu cabelo e, depois de algum tempo, o movimento repetitivo a embalou e ela dormiu. Sorri enquanto observava seus olhos se fechando. Por mais que fosse divertido irritá-la, deixá-la se contorcendo de desejo e ofegante, tê-la daquele jeito, calma e pacífica, também era fantástico, de um jeito diferente. Queria experimentar todas as emoções com ela. Bem, pelo menos as boas.

Quando ficou claro que ela estava profundamente adormecida, eu a tirei de cima de mim bem devagar e me levantei. Ela continuou dormindo, mas franziu a testa, como se sentisse a minha falta. Eu me perguntei se ela estaria sonhando comigo. Esse pensamento me deixou incrivelmente feliz. Eu queria invadir seu subconsciente, assim como ela tinha invadido o meu. Inclinando-me para baixo, eu a peguei no colo. Ela suspirou de contentamento e esfregou seu rosto contra o meu peito. Fechei os olhos e saboreei o momento. Nós poderíamos ser fantásticos juntos, se ao menos ela me deixasse ficar em sua vida. E talvez agora ela fosse fazer isso. Na boa, isso era tudo que eu poderia pedir a ela.

Coloquei-a em sua cama e fiquei olhando para ela durante um tempão. Se ela acordasse e me encontrasse observando-a daquele jeito, provavelmente me acharia mentalmente perturbado. Mas não era esse o caso. Eu estava apenas apaixonado. E era gostoso admitir. Se eu conseguisse confessar isso para ela, então talvez ela achasse mais fácil acreditar que eu não pretendia usá-la, nem estava interessado apenas em sexo. Meu sentimento era muito mais profundo que isso. Mas eu não podia dizer essas coisas. As palavras simplesmente não sairiam da minha boca.

Deixei-a dormindo no quarto dela e saí para me encontrar com os rapazes. Tínhamos um show marcado para aquela noite no Razors, e eu estava muito ansioso por isso. Eu me sentia esperançoso pela primeira vez em muito tempo, e isso iluminava meu coração e meu humor. Eu estava zoando com Matt quando Evan me perguntou a respeito.

– Você parece diferente. Não anda tão melancólico como estava algum tempo atrás – disse ele. – Aconteceu alguma coisa?

Dando de ombros, apontei para Griffin. Ele tinha acabado de pegar uma das caixas da bateria na van e olhava em torno, como se não tivesse a mínima ideia do que fazer com ela.

– Aconteceu, sim. O sem noção ali está nos dando uma mãozinha, para variar. Isso é um verdadeiro milagre. Quem sabe o que poderá acontecer em seguida? A paz mundial? O fim da fome? As torcidas dos Huskies e dos Cougars começarem a se dar bem? Qualquer coisa é possível, agora. Com exceção, talvez, dessa última.

Ri ao pegar a guitarra na van. Evan estreitou os olhos, mas não me perguntou mais nada. Eu meio que me senti mal por evitar sua pergunta, mas não poderia lhe contar a verdade. Estava apaixonado por Kiera. Ela me *via*. Ela me entendia. Bem, ela compreendia as partes de mim que eu a permitia ver. Ela era tudo para mim e, apesar de ser errado, eu mal conseguia esperar para vê-la novamente.

Na manhã seguinte, Kiera desceu a escada, enquanto a cafeteira trabalhava. Não fazia isso há algum tempo. Vinha evitando ficar sozinha comigo e, até onde eu sabia, não tomava café desde aquela noite no quiosque de café espresso. Eu ainda não conseguia pensar em café sem lembrar dela gemendo debaixo de mim. Era uma pena aquilo ter acabado.

Virei-me para cumprimentá-la quando a ouvi entrar na cozinha. Seu cabelo estava bagunçado e emaranhado de dormir, e ela ainda vestia a calça do pijama e um top. Como de costume não usava sutiã, e seus seios firmes apareciam claramente delineados sob o tecido justo; seus mamilos eram picos rígidos no frio da manhã. Ela era de tirar o fôlego. E parecia completamente alheia a isso, o que a deixava ainda mais encantadora.

– 'dia. Café? – perguntei, apontando para o bule.

Ela me lançou um sorriso deslumbrante que fez meu coração pular uma batida e deslizou os braços em volta da minha cintura, fazendo meu coração bater mais forte. O toque dela me surpreendeu muito; senti o corpo rígido antes de relaxar em seu abraço. Deus, parecia incrível ter seus braços em volta de mim novamente. Eu nunca quis deixá-la ir.

Seus olhos eram de um verde lindo e tranquilo quando olhou para mim.

– Bom dia. Quero, sim, por favor. – Indicou o bule com a cabeça.

Uma sensação de paz me inundou quando olhei para ela.

Sim, isso era exatamente o que eu queria.

— Não vai ficar brava comigo por causa disso? — perguntei, puxando-a para mais perto.

Ela me deu um sorriso que combinava com a calma que eu sentia.

— Não... Eu senti falta.

Eu me inclinei para plantar um beijo suave em seu pescoço, mas ela me empurrou para trás com gentileza.

— Mas nós precisamos definir algumas regras básicas.

Eu ri, imaginando que regras ela inventaria. Além da que dizia "nada de sexo". Essa estava na lista.

— Tudo bem... Manda.

Ela mencionou logo de cara o que eu estava pensando.

— Bem, além da regra óbvia, de que você e eu jamais iremos... — Ela corou, incapaz de completar o pensamento. Tão bonitinha.

Sem conseguir resistir, completei a frase para provocá-la.

— Fazer... sexo... intenso... e alucinante? Tem certeza de que não quer reconsiderar? Nós dois juntos somos simplesmente sensacio...

Ela me cutucou o peito com o dedo, me interrompendo. Com um olhar sedutor, me disse:

— Além da regra óbvia, nós também não vamos nos beijar... nunca mais.

Meu sorriso despencou. Puxa, isso era sacanagem! Eu gostava de beijá-la, gostava de saborear sua pele. Mesmo quando não era nos lábios, beijá-la era incrivelmente gostoso para mim. E desde que não fosse na boca, eu realmente não via problema algum com isso. Talvez conseguisse fazê-la ver aquilo sob o meu ângulo.

— E se o beijo não encostar nos seus lábios? Beijo de amigos.

Ela franziu o cenho e estremeceu.

— Não do jeito como você faz.

Eu suspirei, odiando ela estar me privando disso, mas fiquei muito feliz por finalmente estarmos conseguindo algum tipo de entendimento para me importar. Pelo menos eu ainda conseguiria abraçá-la todas as manhãs.

— Está certo... Mais alguma coisa?

Com um sorriso atrevido, ela se afastou de mim. Como se o seu corpo fosse o grande prêmio numa disputa, apontou com as mãos e desceu lentamente pelos seios e pelos quadris. Essa era uma disputa da qual eu não me importaria de participar.

— Zonas proibidas... Não invadir! — anunciou ela, com um tom de voz entre o brincalhão e o sério.

Eu poderia ter adivinhado essa e lamentei muito, mas exagerei meu desapontamento afirmando:

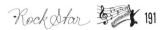

— Putz, você está tirando toda a graça da nossa amizade. — Transformei minha expressão num sorriso, para ela saber que eu estava brincando. — Tudo bem... Mais alguma regra de que eu deva ficar a par?

Abri os braços e ela se deixou envolver por eles. Paraíso puro! Os olhos dela buscaram os meus.

— Isso deve continuar inocente, Kellan. Se você não aceitar, vai estar tudo acabado entre nós.

Dava para ver que ela procurava algum sinal de que eu não conseguiria lidar com aquilo. Mas eu conseguiria, sim. Se era aquilo ou nada, aceitaria qualquer coisa. Eu puxei a cabeça dela para junto do meu ombro e a abracei com força.

— Está certo, Kiera.

Eu te amo. Muito. O que quer que você estiver disposta a me oferecer vou aceitar.

Recuando um pouco, eu a empurrei para trás com ar brincalhão e avisei:

— Mas isso vale para você também, entende? — Apontei para os meus lábios e depois para o espaço entre as minhas pernas. — Não encoste. — Ela me deu mais um tapa no peito e eu acrescentei, com uma risada: — A menos que você esteja com muita, muita vontade de fazer isso...

Quando ela me deu mais um tapa, eu a puxei para um abraço forte. Compartilhar aquilo com ela era incrível. Estar com ela era fabuloso. Ela era fantástica. Eu aceitaria uma vida inteira de dor se soubesse que, no fim, conseguiria momentos desse tipo. *Aquilo* fazia tudo valer a pena.

Kiera estava relaxada em meus braços, aceitando nossa conexão. Por mais estranho que parecesse, funcionou para nós. Mas ela se colocou em estado de alerta quando o telefone tocou. Olhou para o teto antes de sair correndo para atender, e eu sabia por quê. Denny. Uma nuvem de dor e culpa em potencial pairava sobre nossas cabeças. Nós só poderíamos curtir aquela proximidade e intimidade, quando ele estivesse dormindo ou fora de casa. Eu sabia por que motivo isso precisava ser daquele jeito, mas mesmo assim a coisa me incomodava. Por mais que eu gostasse de Denny e o respeitasse, uma parte de mim sempre iria querer o que ele tinha.

Kiera se inclinou sobre a bancada para pegar o telefone. Sua bunda em plena exibição foi demais para mim. Uma pequena risada me escapou quando eu viajei, pensando em todas as coisas que poderia fazer com Kiera nessa posição. Sabia que não deveria pensar essas coisas com ela, já que tínhamos acabado de combinar em deixar tudo no nível da "inocência", mas ela era pura perfeição. Pensamentos imorais eram difíceis de manter fora.

Endireitando o corpo, Kiera se virou. Colocou a mão no quadril e fez beicinho. Sua expressão não fez nada para reorganizar meus pensamentos indecentes, mas eu tracei no ar um halo sobre a cabeça.

Posso pensar coisas devassas sobre você, mas não vou colocá-las em prática. Vou ser um perfeito cavalheiro, o máximo que me for humanamente possível.

Kiera sorriu quando se recostou na bancada.

– Oi, Anna. – Eu comecei a preparar nossos cafés enquanto Kiera falava com a irmã. – Não é um pouco cedo para telefonar? – perguntou Kiera ao telefone. Ficou em silêncio por alguns segundos enquanto eu derramava um pouco de creme em sua caneca, e então disse: – Não, eu já estava acordada.

Mexi o café de Kiera enquanto ela ria de algo que sua irmã disse.

– Não, o Tesão também já está acordado. – Olhei por cima a tempo de ver Kiera se encolher toda e olhar para onde eu estava. *Tesão? Sério?* Será que ela se referia a mim? Levantando uma sobrancelha, fiz mímica da palavra e apontei para mim mesmo. Revirando os olhos, Kiera fez que sim com a cabeça. Tive que rir do apelido, e me perguntei quem tinha inventado aquilo primeiro... Kiera ou sua irmã?

Com os olhos grudados em Kiera, tomei um gole de café. Um sorriso brincalhão lhe surgiu nos lábios e eu me perguntei o que ela estava pensando. Num tom descontraído, ela disse à irmã:

– Nós estávamos trepando em cima da mesa, esperando o café ficar pronto.

Eu quase me engasguei com o café e o cuspi de volta na caneca. Não podia acreditar que Kiera tinha acabado de dizer aquilo. Eu estava me tornando uma má influência para ela. Ou uma influência muito, muito boa, dependendo de quem avaliava. Meus pensamentos indecentes voltaram na mesma hora e Kiera virou o rosto para o outro lado para não ver o meu sorriso; suas bochechas estavam vermelhas.

– Por favor, Anna. Eu estou brincando. Nunca faria nada desse tipo com ele. Você devia ouvir sobre todas as garotas com quem ele já andou. Ugh, o cara é nojento... E Denny está dormindo no andar de cima, entende?

Ela olhou para o teto, onde Denny estava, e meus olhos se desviaram para o chão. *Ele é nojento.*

Então... era isso que ela realmente pensava de mim? Meu estilo de vida a repelia. Eu a repelia. Em algum nível, eu era um cara sujo e nojento para ela. Eu sabia que ela devia mesmo pensar isso. Eu era, afinal, totalmente indigno dela. Ela deveria voltar correndo para Denny e nunca mais me dar seu tempo nem sua atenção. Isso era o certo para ela fazer.

Colocando o café sobre a bancada eu comecei a sair da cozinha, mas Kiera estendeu a mão e agarrou meu braço. Sentindo-me triste e derrotado, eu olhei para ela.

Você devia simplesmente me deixar ir embora.

Olhando fixamente nos meus olhos, ela disse ao telefone:

– Está tudo bem. – Eu sabia, pelo seu tom, que ela não estava apenas respondendo a alguma pergunta aleatória da irmã, e sim me explicando que não falara sério ao dizer aquilo.

Ela puxou meu braço e o colocou em torno da sua cintura, e eu precisava demais dela para conseguir resistir. Mesmo que ela me considerasse um monstro horrível, isso não mudava o fato de que eu precisava da ligação que curtia quando estava com ela.

Relaxando um pouco, sorri, apertei-a com força e nós dois nos recostamos na bancada. Uma mancha vermelha brilhante se destacou em suas bochechas quando ela olhou para mim. Eu quis saber por que, mas não perguntei, já que ela estava no telefone. Eu gostaria de imaginar que tinha pensado alguma coisa sobre mim, algo bom.

Tentei não ouvir como Kiera terminou seu telefonema, mas pelo que eu entendi as irmãs faziam planos para se encontrar. Kiera não estava muito empolgada com isso. E soltou um palavrão quando finalmente desligou o telefone.

Quando ela me pediu para não contar a Griffin sobre o palavrão que falara, eu dei de ombros. Eu nunca tinha contado coisa alguma sobre Kiera para Griffin, mesmo.

– Que foi que aconteceu? – perguntei, sorrindo.

Em uma voz desesperada, ela me contou.

– Minha irmã quer vir me visitar.

Eu franzi as sobrancelhas. Já tinha mais ou menos juntado as peças na cabeça, pelo que ouvira, mas não entendi o motivo da sua relutância.

– Sei... e você não gosta dela?

Esfregando os braços, ela balançou a cabeça.

– Gosto... não é isso. Eu amo a Anna, muito mesmo, mas... – Ela desviou os olhos e eu tentei recuperar o contato com ela.

– Mas o quê?

Com uma expressão derrotada, ela olhou para mim novamente.

– Você é doce com sabor de homem para a minha irmã.

Eu ri. Acho que a irmã dela estava interessada em mim. E pela descrição de Kiera, sua irmã era muito mais atirada que ela. Bem, isso não importava muito para mim. Kiera era o meu único interesse, em questão de mulher.

– Ahhh... quer dizer então que eu vou ser vorazmente atacado, é isso? – Ri mais uma vez, imaginando ter que manter a irmã de Kiera a distância. Isso seria interessante.

Kiera não achou a coisa tão divertida quanto eu.

– Isso não tem graça, Kellan.

Eu lhe exibi um sorriso caloroso.

– Até que tem, Kiera. – A irmã que eu queria não conseguia se entregar por completo para mim, e a que não me interessava estava disposta a arrancar fora sua calcinha. Achei isso muito divertido, de um jeito distorcido.

Kiera pareceu se entristecer mais e mais. Embora olhasse para o outro lado, vi lágrimas se formando em seus olhos. Eu ainda não fazia ideia do motivo de ela estar tão chateada. Que importava se sua irmã ia aparecer aqui em casa? E daí se ela ia dar em cima de mim? Meu coração era só de Kiera. Total e completamente.

Colocando uma mecha de cabelo atrás da sua orelha, murmurei:

— Ei... – segurando o queixo dela com delicadeza, eu a fiz olhar para mim. – O que você quer que eu faça?

Farei o que você quiser. Basta pedir.

Ela parecia estar lutando consigo mesma, especulando sobre se deveria ou não ser sincera comigo. Eu queria que ela fosse. Queria entender qual era o problema ali. Eu não poderia fazer a coisa certa se não soubesse o que ela esperava.

— Não quero que você coma a minha irmã. Não quero nem mesmo que toque nela.

Ela olhou fixamente para mim e eu comecei a entender. Ela estava com ciúmes. Pensou que eu fosse dormir com sua irmã, já que eu não podia dormir com ela. Como se eu fosse aceitar uma pálida imitação da coisa verdadeira. Como se eu pudesse aguentar estar com qualquer outra pessoa, quando Kiera era tudo que existia para mim. Não tinha certeza de quanto tempo eu conseguiria aguentar sem sexo... mas *sabia* quanto tempo eu iria durar sem Kiera. E não era muito. Eu não ia fazer coisa alguma que pudesse afastá-la. Tocar em sua irmã... essa não era nem mesmo uma possibilidade na minha cabeça.

— Tudo bem, Kiera – garanti, acariciando sua bochecha.

Sem compreender a profundidade do meu acordo e com os olhos cheios de lágrimas ela pediu:

— Promete, Kellan.

Eu lhe mostrei o sorriso mais tranquilizador que consegui.

— Prometo, Kiera. Eu não vou dormir com ela, ok?

Você é a única que eu quero.

Levou um momento, mas ela finalmente concordou com a cabeça e me deixou abraçá-la mais uma vez.

Você é a única que eu sempre vou querer.

Capítulo 15
CÉU E INFERNO

Os últimos dias com Kiera tinham sido incríveis. Era como tinha sido no início, só um pouco diferente. Antes, havíamos flertado, mas nunca reconhecemos o flerte. Nunca tínhamos falado sobre isso. Agora, porém, havia insinuações no ar, e eu era capaz de segurá-la, flertar com ela e brincar com ela sobre isso. Isso mudou as coisas e ampliou o nosso relacionamento. Não havia nada de inocente no nosso flerte agora, mas Kiera parecia confortável com isso, então não ressaltei para ela que havia uma tensão sexual entre nós que era forte o bastante para iluminar uma cidade pequena. Ela provavelmente sabia disso, mas não queria admitir.

Olhando para o teto, repassei o sonho que acabara de ter. Kiera estava sozinha, me preparando um almoço antes de eu ir para o trabalho. Depois de me entregar a bolsa, ela olhou fundo nos meus olhos e me disse:

"Eu te amo tanto, Kellan. Não sei o que faria sem você."

Eu queria que ela dissesse isso para mim de verdade, sério. Sorrindo na escuridão, sussurrei:

— Eu também te amo, Kiera. Mais do que você imagina.

Era início da manhã e eu não tinha dormido muito, porque quando fechava os olhos tudo que via era Kiera. Ansioso para estar com ela novamente, não consegui voltar a dormir. Quando finalmente desisti de tentar, desci a escada e comecei a preparar um bule de café. Meu sorriso se alargou quando o líquido escuro começou a encher o bule. Vê-lo e cheirá-lo me lembrou dela. E também me lembrou de fazer amor com ela, me lembrou do meu sonho. Como uma agradável fantasia... Desejei que aquilo fosse real.

O bule estava quase cheio quando senti braços quentes em volta da minha cintura. Inalei profundamente como se ela fosse um perfume, e em seguida me virei para encará-la. Ela me deu um sorriso meio cansado, mas feliz.

— 'dia.

Seu sorriso se ampliou ao ouvir a minha saudação.

— Bom dia. — Ela colou a cabeça no meu peito e eu a puxei para mim. Fechando os olhos, eu a saboreei: seu cheiro, sua suavidade, seu calor. Queria me lembrar de tudo, só para o caso de aquilo ser um sonho também.

Não nos afastamos até ouvirmos o chuveiro ser aberto no andar de cima. Com um pequeno suspiro, Kiera recuou. Surgiu uma leve ruga em sua testa. Culpa. Eu queria que ela não se sentisse dessa forma, mas entendia sua situação. Uma parte de mim também estava assim. Éramos dois canalhas curtindo um jogo de sedução, nos esgueirando de Denny pelas costas, contornando uma linha que já havíamos cruzado e não deveríamos cruzar novamente. Precisávamos parar o que estávamos fazendo... mas eu já sabia que não iríamos conseguir. Era muito profundo.

Enquanto eu preparava as canecas para nós dois, Kiera começou a fazer chá para Denny. Era um gesto doce, esse dela, mas também era um lembrete cruel de que meu sonho era apenas isso: um sonho. Observá-la era como ser apunhalado no peito, então eu me concentrei em nossas bebidas, em vez de sofrer.

Momentos depois, Denny desceu a escada. Eu lhe exibi um sorriso cordial de saudação e quando me sentei à mesa com o meu café, Kiera estava encostada na bancada, bebendo o dela. Mantinha distância de mim para que Denny não suspeitasse de nada. Ela lhe entregou o chá e ele disse:

— Obrigado, amor — e se inclinou para lhe dar um beijo.

A expressão de seus olhos quando ela o fitou me atraiu, e eu não consegui parar de analisar. Havia amor em seus olhos quando ela estava diante dele; não havia dúvida de que Denny era o dono do seu coração. Mas quando inclinou a cabeça para acariciar divertidamente o pescoço dele, seus olhos se voltaram para mim e, por incrível que pareça, sua expressão não mudou. Bem, talvez seu sorriso tenha diminuído um pouco... a tristeza e o incômodo encheram seus olhos. Ela me disse "desculpe" com os olhos, mas eu não tinha certeza se ela estava se sentindo culpada por mim, por Denny ou por ambos. Foi confuso, doloroso. Eu exibi um sorriso curto do tipo "não se preocupe", e me concentrei no café.

Quando Kiera se sentou, Denny comunicou a ela:

— Talvez eu tenha que trabalhar até mais tarde hoje à noite. Max tem um *trabalho* extra e precisa da minha ajuda — explicou, ressaltando estranhamente a palavra "trabalho"; Kiera franziu a testa, como se tivesse certeza de que essa tarefa era algo trivial, muito abaixo das habilidades de Denny. Coisas como essa realmente a irritavam. Vendo sua expressão, Denny rapidamente acrescentou: — Você vai trabalhar de qualquer modo, então achei que não se importaria se eu dissesse que iria ajudá-lo... certo?

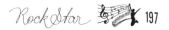

Kiera abriu a boca como se fosse protestar, mas não tinha nenhuma razão verdadeira para isso. Depois de lançar um novo olhar para mim, ela murmurou:

– Certo… tudo bem. – Ela pareceu culpada novamente depois de dizer isso, e eu resisti à vontade de segurar sua mão.

Eu era todo sorrisos quando ela deslizou sobre o banco do meu carro, logo depois. Levá-la para a faculdade era, de certo modo, o meu momento favorito do dia. Eu adorava vê-la sentada ao meu lado. Aquilo parecia adequado e certo. Ela sorriu quando fechou a porta, igualmente feliz. Quando eu liguei o carro, perguntei:

– Vou conseguir entrar com você na sala hoje? – Ela me deixara para trás na última vez em que eu lhe dera carona.

Ela apertou os lábios, pensativa, e balançou a cabeça.

– Não, acho que seria melhor se você ficasse no carro.

Eu suspirei, mas deixei a coisa por isso mesmo. Ela devia ter suas razões, eu acho. Mas eu gostava *muito* de dar carona a ela, e isso era algo inocente, como ela queria. Eu continuaria tentando. Deixei-a com um "Divirta-se, vejo você mais tarde", e fui para o supermercado fazer compras para a casa.

Quando acabei, voltei para casa, planejando trabalhar um pouco. Havia uma música que Evan e eu estávamos lapidando e já estava quase pronta. Evan andava ocupado preparando a harmonia para a minha letra, e alguns versos que não se encaixavam antes estavam bons agora. Suas melodias eram melhores do que as minhas letras, então eu estava mudando tudo para as ideias caberem.

Trabalhei na mesa da cozinha até minha visão começar a enevoar e eu começar a cochilar. Acho que três horas de sono não eram suficientes. Pondo de lado meu caderno de anotações, eu me arrastei até o sofá. Ainda tinha um pouco de tempo para descansar antes de pegar Kiera. Depois de ligar a tevê, eu me estendi sobre as almofadas. Meu sofá de superfície irregular e cheio de calombos não era o mais confortável do mundo, mas dava para o gasto.

Quando começava a pegar no sono, a porta da frente se abriu e eu fiquei surpreso. Kiera estava em casa; ela não devia ter acabado a aula ainda.

– Oi! Voltou cedo. Eu ia te buscar – disse, quando ela entrou na sala de estar.

Ela caminhou até o sofá e se sentou; eu dei um tapinha no espaço entre as minhas pernas para que ela se sentasse junto de mim.

– Você parece cansado – ela comentou. – Está tudo bem? – Ela se aninhou entre as minhas pernas e encostou as costas no meu peito.

Sim, estou mais que bem. Estou no paraíso.

Segurando-a com força, brinquei com seu cabelo.

– Eu estou ótimo… É que cheguei tarde em casa e não dormi bem.

Virando a cabeça para poder me olhar, ela me deu um sorriso brincalhão.

— Ah. Está se sentindo culpado por alguma coisa?

Ri de sua observação e lhe dei um aperto.

— Em relação a você? Todos os dias.

Suspirei. Havia muita verdade nessa afirmação, mas eu não queria pensar nisso. Com a intenção de mudar nosso foco, eu a empurrei para frente um pouco. Ela resistiu, dizendo meu nome e virando o rosto para mim, mas eu coloquei minhas mãos sobre os ombros dela e a obriguei a olhar para frente. Precisava que ela ficasse de costas para o que eu queria fazer.

Apertei meus dedos sobre os seus músculos e ela parou de tentar protestar. Na verdade, se derreteu como manteiga quente em minhas mãos.

— Hummm... Bem que eu poderia me habituar a essa nossa paquera — murmurou ela, enquanto relaxava em meus braços. Quando eu ri do seu comentário, ela perguntou: — Você teve um pesadelo?

Lembrar o meu sonho me fez sorrir quando eu passei as mãos ao longo de suas omoplatas.

— Não... na verdade, tive um sonho bom.

— Hummm... sobre o quê? — Sua voz tinha um som um pouco distante, como se meus dedos a estivessem distraindo.

Desci com as mãos pela sua coluna abaixo e ela soltou um som suave de prazer, com a garganta. Eu mantive meus dedos lá enquanto respondia.

— Você. — Estiquei meus dedos sobre ela com mais força e o barulho que ela fez se intensificou.

— Hummm... Espero que não tenha sido nada impróprio para menores. Nós vamos *mesmo* manter a inocência, não vamos?

Meus dedos se moviam para baixo, pela parte inferior das suas costas, e ela soltou um profundo suspiro, cheio de prazer. Lembrando minha doce versão do sonho e pensando nela, eu ri.

— Não... nada minimamente escandaloso, juro.

Comecei a voltar meus dedos por suas costas, soltando os nós, sentindo que seus músculos rígidos viravam gelatina. Kiera soltou um gemido baixo quando eu trabalhei num ponto, e isso libertou um monte de tensão.

— Hummm... Que bom. Não preciso de você pensando em mim daquele jeito — murmurou.

Uma pequena fisgada me percorreu, provocada pelo muro que nos mantinha fisicamente separados, mas pelo menos eu estava muito perto dela. Isso teria de servir. Não falamos mais nada depois disso. Kiera parecia relaxada demais para manter uma conversa, e eu me sentia bem com aquele silêncio confortável.

Eu me alegrei com a sensação de seu corpo sob minhas mãos, o cheiro de seu xampu fazendo cócegas no meu nariz, os ruídos satisfeitos que ela soltava sempre que eu aliviava uma dor de seu corpo. Quando eu me dirigi novamente para o sul, chegando a apalpar mais de suas costelas, ela começou a emitir mais ruídos que chegavam perto da indecência. Era cativante para mim ouvi-la, e eu parava sempre que ela emitia um som. Se eu fechasse os olhos, poderia fingir que estava fazendo amor com ela... os sons que vinham dela se ajustavam perfeitamente à minha fantasia. Isso fez uma fisgada de desejo circular como um foguete através do meu corpo. Senti uma ereção forte e mordi o lábio para conter um gemido igual aos dela. Minha nossa, como eu a queria!

Como seus ruídos sensuais continuavam, meu corpo se colocou em estado de prontidão. Eu precisava dela. Quando minhas mãos desceram para seus quadris, mudei de posição e a puxei bem para junto de mim. Ela roçou meu jeans de leve. Mas eu precisava de mais. Eu precisava me esfregar contra ela. Eu precisava deitá-la, arrancar suas roupas e me lançar dentro dela. Eu precisava ouvir mais daqueles sons inebriantes. Eu precisava ouvi-la gozando.

Pensando que eu estava acabando a massagem, Kiera se inclinou contra o meu peito com um suspiro de satisfação. Foi quando ela pareceu perceber que eu não estava mais calmo e pacífico. Sentia dores de tanta necessidade e estava pronto para a ação. Eu a queria. Esse era o único pensamento em minha mente.

Corri minhas mãos para cima, ao longo das suas coxas, puxei-a mais para perto do meu corpo e ela girou em meus braços. Engolindo a necessidade que corria por dentro de mim, eu lentamente abri os olhos para fitá-la. Seus olhos pareciam arregalados de alarme, e seus lábios estavam entreabertos; eu queria prová-los. Dava para ver pela sua reação que ela percebeu o desejo no meu rosto.

Sim, eu quero você.

Segurei seu rosto e comecei a puxá-la para junto de mim.

Eu preciso de você.

Parece que foi preciso um esforço da parte dela, mas Kiera balançou a cabeça.

– Não... Kellan.

Ao ouvir essa palavra, o pouco de razão retornou para mim. Fechando os olhos, eu a empurrei para longe. Precisava de espaço para que a sensação fosse embora. Se eu ainda conseguisse isso. Estava totalmente pronto para ela, e minha calça jeans esticada estava muito desconfortável. Eu me concentrei na leve dor que senti no pênis, em vez da quantidade enorme de prazer.

– Desculpe. Me dá só um minuto...

Eu senti Kiera se afastar de mim, puxei as pernas para cima e coloquei os cotovelos em torno. Respirei profundamente três vezes para me acalmar, enquanto pensava em coisas que não eram nem um pouco sexy: guerras, doenças... meus pais. Quando me senti mais no controle, sem achar que precisava jogá-la no chão e comê-la ali mesmo, abri os olhos. Ela ficou me observando atentamente com uma expressão preocupada no rosto.

Tentando aliviar sua inquietude, eu sorri.

– Desculpe... Eu estou me esforçando. Mas, da próxima vez, será que daria para você não... hum, ficar soltando aqueles gemidos?

Quando ela percebeu que estava simulando sexo com seus gemidos de prazer, ela ficou mais vermelha que um tomate e desviou o olhar. Aquilo era encantador, e eu tive de rir da reação dela.

Deus, o que eu vou fazer com esta mulher?

Às vezes eu realmente não tinha certeza, mas contanto que pudesse estar perto dela, tocá-la e me sentir conectado com ela, eu conseguiria lidar com qualquer coisa. Até mesmo ela fazer sexo com outro homem.

– Você ficaria chateado se Denny e eu dormíssemos juntos?

Kiera e eu estávamos totalmente engajados na nossa manhã, compartilhando nossa rotina de afagos enquanto esperávamos o café ficar pronto. Denny estava lá em cima, dormindo. Kiera tinha os braços em volta do meu pescoço e olhava para mim com uma expressão de arrependimento, dor e curiosidade. Sua pergunta tinha sido direta e clara. Eu realmente não tinha certeza de como me sentia sobre eles estarem juntos. Tinha certeza que transavam – Denny estava de volta fazia mais de um mês, embora eu não tivesse visto ou ouvido coisa alguma desde aquela vez. Por isso era fácil fingir que nada estava acontecendo. Mas pensar neles juntos agitou meu estômago. Aquilo estava me fazendo passar mal naquele exato momento, ainda mais com Kiera bem presa em meus braços.

Sem querer responder diretamente à sua pergunta dolorosa, eu sorri e disse:

– Você dorme com ele todas as noites.

Minha resposta idiota me valeu uma cotovelada nas costelas.

– Você sabe o que quero dizer – ela sussurrou, seu rosto assumindo um delicioso tom de rosa.

Tentando ser franco, reformulei a pergunta. Ela realmente precisava daquilo para se sentir confortável falando sobre sexo, especialmente tendo em conta o nosso... relacionamento complicado?

– Se eu vou ficar chateado se você fizer sexo com o seu namorado?

A cor rosa em seu rosto se acentuou quando ela fez que sim com a cabeça. Mantive meu sorriso estampado no rosto, mas não disse mais nada. Como poderia? O que seria mais adequado eu lhe dizer?

Sim, eu te amo com todo o meu coração, então o pensamento de você estar com ele... quando eu não posso... me aniquila.

Levantando a sobrancelha, ela me deu um leve sorriso e disse:
— Responde à pergunta.

Eu ri ao ver que ela usara minhas palavras contra mim. Olhando para longe, suspirei e decidi ser honesto. Um pouco.

— Vou, vou ficar chateado, sim... mas compreendo. — Olhei para ela, meu coração estampado nos olhos. — Você não é minha.

Mas eu sou seu...

Seus olhos ficaram rasos d'água quando ela me encarou. Eu não tinha certeza do que ela sentia, exatamente, mas aquele parecia ser um momento difícil. Ela começou a se afastar de mim, mas eu a agarrei. Não queria que ela fosse embora.

— Só um minuto... — ela sussurrou.

Reconhecendo as palavras que usei quando estava muito rígido junto dela, soltei.
— Eu estou bem, Kiera. — *Você não precisa se afastar de mim.*

Ela encontrou meus olhos e ela parecia triste. Eu odiava vê-la triste.
— Sou *eu* que preciso de um minuto, Kellan.

Isso me surpreendeu. Ela se sentia balançada o bastante para querer me atacar. Porque se sentia culpada? Doeu que ela se sentisse daquele jeito e, ao mesmo tempo, me aqueceu.

Ela me queria.

Preparamos nossos cafés em silêncio e nos inclinamos nos lados opostos da bancada enquanto tomávamos a bebida. Todo o tempo eu me perguntava que diabos estava fazendo com ela ali. Devia colocar um ponto final naquilo antes que Denny se machucasse. Em seguida, porém, sua voz invadiu meu cérebro.

Fique. Não me deixe. Por favor.

E eu entendi que não poderia deixá-la ir. Ela não conseguia largar Denny, eu não conseguia abrir mão dela. Estávamos todos fodidos.

Implorei a Kiera para me deixar acompanhá-la até a sala de aula, e dessa vez ela aceitou. Tive a impressão de que foi porque ainda se sentia culpada por aquela manhã, mas aceitei seu gesto de pena, pois isso significava que eu conseguiria passar um pouco mais de tempo ao seu lado.

Caminhando junto dela eu me senti como nos velhos tempos e saboreei cada segundo. Conversamos sobre coisas genéricas — a vida dela, seus pais — e segurei sua mão ao longo de todo o caminho. Felicidade total! Depois de a deixar na aula, fui para casa e me sentei para trabalhar. O telefone tocou enquanto eu lutava para conseguir arrumar uma letra que não falava exatamente de sol e felicidade. A canção em que eu trabalhava era sombria, mas Kiera me encheu de luz e tudo o que eu sentia naquele momento era surpreendente e bom.

— Alô! – disse, ao atender o telefone.

— Oi, Kell, aqui é Matt. Estou ligando só para lembrar de hoje à noite.

Revirei os olhos de impaciência.

— Eu sei. Vamos tocar numa cidade ao norte daqui. Everett, certo?

— Isso mesmo. Você precisa estar aqui mais cedo que o habitual, para termos tempo de folga para chegar lá.

Eu estava acostumado com Matt me ligar na última hora para me lembrar dos compromissos, mas juro que às vezes ele falava comigo como se eu tivesse cinco anos. Ou fosse Griffin.

— Tudo bem, beleza. Vejo vocês em poucas horas. – Balançando a cabeça, acrescentei: – Por que você marcou um show numa cidade tão distante de Seattle, afinal de contas? Não existem outros lugares aqui por perto?

Matt soltou um pequeno suspiro, pois já tinha me explicado aquilo várias vezes.

— Eu marco onde quer que eu consiga espaço ou pinte uma chance. O Pete's é ótimo, mas precisamos expandir nossa base de fãs, se quisermos crescer. Isso significa ter de viajar de vez em quando.

Dei de ombros. Não importava para mim se iríamos ou não ser uma banda muito famosa. Eu só queria continuar tocando por ali mais um tempo. Enquanto pudéssemos fazer isso. A música era o que mais importava para mim, não toda a complicação adicional.

— Tudo bem, você é o chefe.

Matt riu.

— Acertou em cheio, cara, sou mesmo. Não se atrase.

Ele desligou o telefone e eu balancei a cabeça novamente.

— Tudo bem – murmurei para a sala vazia. Matt precisava relaxar. Talvez Evan e eu pudéssemos encontrar uma garota para colar nele aquela noite. Matt era meio tímido e às vezes precisava de um pouco de ajuda para sair de sua concha. Ou um empurrão. Talvez um pouco de atenção feminina fosse exatamente o que ele precisasse para se soltar mais.

Passei o resto do tempo sozinho, pensando no que eu poderia fazer por Kiera, já que não conseguiria vê-la naquela noite. Resolvi pegar um café espresso, a melhor opção naquele momento. Quando ela me viu no corredor do lado de fora de sua aula segurando a bebida na minha mão, gritou de empolgação, como uma menininha.

Odiei abandoná-la sozinha em casa depois de estarmos contentes, aconchegados e sozinhos, mas tive de ir me encontrar com a banda. Matt deceparia minha cabeça se eu não chegasse lá na hora certa. Com um suspiro profundo, enrosquei nos dedos um cacho solto do cabelo de Kiera. Ela preparava um trabalho de casa no sofá enquanto eu lhe fazia companhia. Havia livros espalhados por toda parte e ela rabiscava algumas

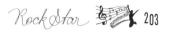

notas para uma apresentação que preparava. Olhou para mim ao me ouvir suspirar. Um sorriso surgiu em seus lábios enquanto ela me estudava, em vez dos livros.

Viu meus dedos brincando com seu cabelo e voltou os olhos para mim. Uma expressão estranha passou por ela – culpa misturada com tristeza.

– Provavelmente você está com o maior tédio de me ver fazendo dever de casa, não está?

Sorri e a culpa em seu rosto se desvaneceu.

– Que nada!... – Eu aguentaria ver você fazendo isso o dia inteiro. Fiz uma careta. – Só que não posso. Preciso ir me encontrar com os rapazes. Temos um show hoje à noite.

Kiera franziu o cenho ao me ouvir contar isso. Fiquei feliz ao ver essa reação. Será que ela iria sentir minha falta tanto quanto eu sentiria a dela?

– Ah... Tudo bem – foi só o que disse.

Quis me inclinar e beijá-la, só no rosto, mas sabia que isso estava fora dos limites; simplesmente corri um dedo por sua pele.

– Vou voltar de madrugada, mas nos veremos amanhã de manhã.

Seu sorriso voltou quando ela balançou a cabeça.

– Ok.

Olhei para ela por um momento, tentando memorizar cada belo detalhe daquela visão maravilhosa, e em seguida me levantei para recolher minhas coisas e sair. O trabalho chamava e eu não tinha escolha a não ser obedecer. Mesmo que não quisesse.

Algumas horas mais tarde, estava ajudando os caras a descarregar a van no local da nossa apresentação. Estávamos atrás do palco, num beco, de modo que ninguém que iria assistir ao show poderia nos ver. Nenhuma das quinze pessoas da plateia; o lugar era minúsculo. Matt conversava com o dono do bar, para ter uma ideia de onde iríamos montar tudo, já que nunca tínhamos estado ali antes. Aproveitei seu momento de distração para ir até o Griffin, que estava encostado na van.

– Oi, Griff – cumprimentei, num tom casual.

Griffin franziu a testa na mesma hora.

– Eu já falei com Matt que iria ajudar a descarregar nossas merdas, então não precisa vir pegar no meu pé.

Balancei a cabeça.

– Eu não ia fazer isso. Eu só estava pensando aqui... Matt anda meio tenso ultimamente, certo?

Griffin virou para mim.

– Mais que tenso. O filho da puta anda me dando esporros homéricos. Anda todo encrespado, acho que enfiaram um cabo de vassoura no rabo dele que já alcançou o cérebro. Seus olhos estão até ficando castanhos.

Pisquei depressa, ri muito da expressão de Griffin e sugeri:

– Talvez ele precise de uma distração, certo?

Griffin me lançou um olhar vazio.

– Como assim? – Eu preparava uma resposta quando a ficha caiu e ele completou: – Ah, você diz uma garota? Beleza, vamos arrumar uma transa para ele. – Um sorriso lento se espalhou pelo seu rosto e ele deu um tapinha no meu ombro. Antes que eu pudesse concordar ou discordar, ele me garantiu: – Não se preocupe. Eu cuido disso.

Franzi o cenho quando ele se afastou. Colocar Griffin no comando de qualquer coisa era geralmente uma má ideia. Percebendo minha expressão de estranheza, Evan se aproximou.

– E aí?

Apontei com o polegar para onde Griffin caminhava, já sumindo para dar a volta no prédio. Tínhamos perdido a sua ajuda para carregar todas as tralhas.

– Acho que acabei de cometer um erro tático. Pensei que talvez Matt precisasse de companhia feminina e Griffin saiu em missão para encontrar uma garota para ele.

Evan olhou para onde Griffin tinha desaparecido. Ficou em silêncio por um momento e então sentenciou:

– Você sabe que isso vai acabar mal, não sabe?

Dei a ele um meio sorriso em resposta. Sim. Eu sabia. Matt ia me matar.

Matt ficou numa boa durante todo o show, em nada diferente do que o costume, então eu pensei que talvez Griffin tivesse falhado. Deveria ter pensado duas vezes. Matt já tinha ido embora quando Evan e eu começamos a guardar os instrumentos; Griffin estava assobiando. Isso já deveria ter feito meu alarme soar. Mas continuei despreocupado até o momento em que Evan e eu lutávamos para guardar a bateria na van.

Com o rosto absurdamente vermelho, Matt saiu pela porta dos fundos soltando fumaça pelo nariz. Evan e eu interrompemos o que fazíamos assim que o avistamos. Tinha começado a chuviscar e eu juro que as gotas de chuva em Matt evaporavam assim que acabavam de cair, por causa da sua raiva.

– Quem armou essa porra? – gritou ele para o beco.

Evan e eu trocamos olhares e Griffin riu. Maravilha! Que merda Griffin fez agora? Depois de colocar o bumbo da bateria no chão, dei um passo hesitante para frente.

– Armou o quê? O que há de errado?

Matt cerrou os punhos, furioso.

– Contratar uma puta para mim – reagiu ele, fervendo de raiva.

Meu queixo caiu, e eu olhei na mesma hora para Griffin. Ele estava quase se mijando de rir, a essa altura. Apontando o dedo para mim, disse:

– Foi Kell quem me mandou fazer isso.

Juntei as mãos na mesma hora, em súplica.

— Não, não foi isso que eu disse.

Matt ignorou Griffin e olhou para mim.

— Que porra é essa?

Balancei a cabeça, me perguntando como sair daquela sinuca. Babaca do Griffin! Eu sabia que deveria ter supervisionado sua ação.

— Tudo que eu disse foi que talvez você precisasse de uma companhia... — Fechei a boca. Isso não soava nem um pouco melhor do que contratar uma prostituta.

Matt começou a vibrar.

— Uma puta? Foi isso que você pensou que eu precisasse?

Balancei a cabeça novamente.

— Não! Griffin entendeu errado. Eu simplesmente...

Matt me cortou com um aceno de mão.

— Estou de saco cheio de vocês, seus bostas! Vou de táxi para casa.

Olhei com descrença para Matt. Tomar um táxi para percorrer aquela distância lhe custaria mais do que tínhamos ganhado naquela noite. Era burrice.

— Escute, se você não quiser ir com Griffin e com os instrumentos, eu entendo, mas pelo menos vá comigo no meu carro, atrás deles. — Na verdade, nunca havia espaço suficiente na van para todos nós e mais o nosso equipamento, então eu sempre ia de carro para os shows.

Matt levantou uma sobrancelha, de leve.

— Já disse que vou pegar um táxi. — Com isso, ele se virou e voltou para o bar.

— Matt! Você está sendo ridículo. Você nem comeu ela! — gritei. — Fiz uma pausa e reconsiderei. — Você comeu ela? — Mas ele já tinha *sumido* de vista.

Griffin praticamente rolava no chão de tanto rir agora. Eu comecei a ir no encalço de Matt, mas Evan me agarrou pelo braço.

— Acho que é melhor lidar com aquele ali — disse-me ele, apontando para Griffin. Balançando a cabeça, entrou no bar atrás de Matt.

Olhei de volta para Griffin com minhas sobrancelhas juntas.

— Você é um idiota.

Griffin enxugou as lágrimas.

— Você acha que ele meteu? — Começou a rir de novo e eu suspirei. Aquela ia ser uma noite muito longa.

Demorou duas horas para Evan convencer Matt a entrar no meu carro. Mesmo que eu me desculpasse mais de uma dúzia de vezes, ele não disse uma palavra para mim ao longo de todo o caminho para casa. Teria que fazer as pazes com ele de algum jeito. Eu o deixei na casa de Evan, já que ele não queria ficar sozinho com Griffin, e depois fui para a minha casa. Estava exausto quando subi a escada aos trancos e barrancos, mas parei na porta de Kiera com um sorriso idiota no rosto. Mal conseguia esperar para vê-la. E já que era absurdamente tarde, eu só precisaria esperar algumas horas. Um pequeno bônus por eu ficar fora quase a noite toda.

Só que meu corpo tinha outros planos. Acordei muito mais tarde do que costumava acordar. Acho que estava mais cansado do que imaginava. Isso acontecia, às vezes. Meu corpo se rebelava contra a minha agenda e eu dormia doze horas seguidas. Felizmente não tinha sido tanto assim dessa vez.

Já que minha mente estava em estado de alerta, levantei da cama e comecei a fazer algumas flexões. Isso me acordava ainda mais que o café. Ouvi a água do chuveiro correr enquanto malhava e percebi que Denny se preparava para ir trabalhar. Kiera provavelmente já estava no andar de baixo, à minha espera. Parei em posição de prancha, mas logo dei um pulo e me coloquei em pé. Precisava vê-la mais do que queria manter meus músculos em forma.

Rápido como um coelho, enfiei uma calça e uma camisa limpa. Abrindo minha porta, já começava a cantarolar alguma coisa quando percebi um som estranho vindo do banheiro. Eram ruídos de algo sendo batido na parede, como se alguém desse cotoveladas na parede do chuveiro, só que... havia gemidos e suspiros. Alguém estava fazendo sexo debaixo do chuveiro. Meu estômago se contorceu num nó gigante enquanto eu ouvia o som inconfundível de Kiera em êxtase. Pela forma como seus gemidos aumentavam, eu diria que ela estava quase gozando. Com Denny. Ele estava dentro dela naquele exato momento. Fazendo-a gritar e provar o quanto ela o queria. Tinha desejo por *ele*. Queria unicamente *a ele*...

Olhei para a porta do quarto do casal, esperando e rezando para que Kiera saísse dali. Imaginei que, de algum modo, Denny estava trepando com uma mulher diferente naquele momento. Mas Kiera não saiu do quarto porque *ela* era essa outra mulher. Não. *Eu* era o outro homem da situação. E se eu pretendia continuar a ter qualquer tipo de relacionamento com Kiera, lidar com isso era algo que eu teria de aceitar. Não poderia surtar em cima dela como fizera antes. Precisava manter a situação leve e descontraída. Essa era a única forma de eu conseguir ficar perto dela.

Minha visão se enevoou e o nó no meu estômago viajou até a garganta. Eu ia vomitar... Tinha certeza disso! Desci a escada o mais depressa que consegui, mas não foi rápido o suficiente. Tentei não prestar atenção, mas ouvi claramente o grito final de Kiera quando ela gozou... com outro homem.

Passei direto pela cozinha e fui para o banheiro do térreo. Consegui chegar a tempo de vomitar na privada, em vez de no corredor. Felizmente não havia nada no meu estômago. Descarreguei toda a bile na privada e me sentei sobre os calcanhares. Lágrimas pinicavam em meus olhos, mas eu lutei para impedi-las de cair. Eu sabia que aquilo iria acontecer. E tinha de deixar que acontecesse.

Eu posso dividi-la. Posso compartilhar Kiera. Consigo fazer isso...

De pé, fui até a pia e me abaixei para lavar a boca. Quando estava mais ou menos recomposto, fui tropeçando até a cozinha e preparei café. Aquele era apenas um dia normal. Não havia necessidade de deixar algo assim me afetar. O som de Kiera gozando zumbia em meus ouvidos enquanto eu enchia uma caneca. A caneca dela ainda estava sobre a bancada, fria. Ela certamente tinha descido primeiro, mas eu não estava ali... e Denny a levara lá para cima.

Coloquei a caneca dela no micro-ondas e me sentei à mesa para beber. Minhas mãos tremiam. Ouvi os pombinhos descendo a escada antes de os ver. Respirando fundo, me preparei para fingir indiferença. Denny era todo sorrisos quando entrou na cozinha. Claro! Tinha acabado de gozar loucamente com uma mulher linda. Eu também estaria sorrindo.

– Bom dia, companheiro.

– 'dia... companheiro. – Fiz o melhor para não demonstrar qualquer amargura na voz. Aquilo não era culpa de Denny. Não era culpa de ninguém. As coisas simplesmente... eram daquele jeito.

Kiera não parecia tão feliz quanto Denny. Tinha um ar de desconforto. De culpa. Seu cabelo molhado era um lembrete doloroso do que ela acabara de fazer, então eu me concentrei no meu café. Ouvi Denny beijá-la e dizer:

– Agora eu vou me atrasar mesmo. Mas você vale a pena. – Eu sabia o que ele queria dizer com isso e meu estômago revirou novamente. Fiz força para acalmar a barriga. Não queria ter de correr para o banheiro novamente.

Depois que Denny disse adeus e saiu, um manto de tranquilidade cobriu a cozinha. Eu quebrei o silêncio primeiro.

– Coloquei seu café no micro-ondas. Estava frio...

Ela caminhou até o aparelho e o ligou. Em seguida disse o meu nome.

– Kellan... Me perd...

– Não – exclamei, interrompendo-a. Eu não queria ouvir uma desculpa. Não precisava disso e ela não tinha de se desculpar.

– Mas...

Levantando da cadeira, fui até ela. Parei bem longe. Simplesmente não conseguia estar perto dela agora. Pelo menos por enquanto.

– Você não me deve explicações... – eu olhava para o chão, incapaz de encará-la – ... e muito menos desculpas. – Só então ergui os olhos. – Por isso... não diga nada, por favor.

Uma dor solidária inundou seu rosto e lágrimas lhe arderam nos olhos quando ela abriu os braços para mim.

– Vem cá.

Hesitei, muito dividido. Queria abraçá-la, mais do que qualquer coisa, mas os sons dela e de Denny fodendo não saíam da minha cabeça. Senti como se tivesse acabado de ser eletrocutado, e os solavancos residuais ainda reverberavam em meu corpo, me fritando e queimando por dentro. Mas eu precisava dela. Ela era minha maior dor e minha única salvação. Ela era a única que poderia curar aquele buraco que se abrira no meu coração, um buraco que fora rasgado sem anestesia.

Deslizando meus braços ao redor da cintura dela, enterrei a cabeça em seu pescoço. Eu conseguiria aguentar aquilo. Poderia amá-la e deixá-la ir, tudo ao mesmo tempo. Ela esfregou minhas costas enquanto me segurava. Isso doeu porque aquelas mãos tinham acabado de acariciar Denny, mas também foram muito reconfortantes.

– Me perdoe – ela sussurrou, a voz cheia de pesar e dor; a situação era difícil para ela também. Ela não gostava de ferir as pessoas, de propósito ou não.

Suas palavras eram simples, mas funcionaram. Um pequeno Band-Aid de amor foi colocado sobre a ferida aberta em mim. Ele não curou completamente o vazio, mas pelo menos estancou a hemorragia. Expirei com força e assenti com a cabeça contra o ombro dela.

Eu te amo e você não precisa se desculpar, porque não há nada a perdoar. Você não é minha...

Capítulo 16
MINHA GAROTA

Levei Kiera para a aula como sempre, mas as coisas não pareciam muito normais entre nós. O muro que nos separava tinha ficado um pouco mais alto. Mas eu tinha o poder de corrigir isso e me livrar da dor; precisava apenas ser forte para fazê-lo. Obriguei-me a ser engraçado, tentei parecer leve e despreocupado. Quando Kiera entrou na sala, eu me senti exausto com o esforço. Embora tivesse dormido, quis tirar mais um cochilo. Só que não consegui. Precisava começar a consertar as coisas com Matt, e aquele me pareceu um momento tão bom quanto qualquer outro. Não queria deixar a situação igualmente parada e se deteriorando.

Dirigi até a casa de Evan, uma vez que era lá que Matt tinha desabado na véspera. Para minha surpresa, a van de Griffin também estava estacionada na frente da casa. Pelo jeito como as coisas tinham terminado, eu imaginava que Matt iria manter distância de Griffin. Roxie se aproximou de mim quando eu atravessava a rua. Enxugando as mãos num pano, ela me cumprimentou:

— E aí, Kell? Perdeu a festa do pijama? — Ela apontou para a van de Griffin com a cabeça.

Ri ao ver a expressão no seu rosto.

— É, pelo jeito perdi. — Meio que desejei não ter perdido. Minha manhã teria sido muito diferente se eu tivesse acordado ali naquela casa.

A porta de Evan estava trancada quando tentei abri-la, então eu bati e esperei com toda a paciência que alguém fosse atender. Como ninguém apareceu, bati com mais força. Houve um som áspero de vozes murmuradas, seguido por um ou dois xingamentos. Logo a porta foi destrancada e se abriu. Um olho azul pálido emoldurado por longos fios de cabelo louro-escuro olhou para mim pela porta entreaberta.

— Kellan? Você chegou mais ou menos cem anos mais cedo para o ensaio. A não ser que esteja aqui para nos preparar o café da manhã, é melhor ir embora e nos deixar dormir.

Griffin começou a fechar a porta, mas eu o impedi com a palma da mão.

— Vim conferir como Matt estava. Ele ainda está revoltado com a gente?

Griffin zombou, como se eu tivesse dito algo engraçado. Abrindo mais a porta, apontou para uma pilha confusa de cobertores e travesseiros no chão, perto do sofá.

— Não, ele está numa boa. Nós o deixamos completamente bêbado, a ponto de dizer que amava todos nós. — Coçando a cabeça, soltou uma risada baixa. — Ele ainda disse que queria se casar com Roxie quando ela apareceu aqui, agora de manhã.

Meus olhos se arregalaram com a notícia. Se eles tinham festejado até tão tarde a ponto de ver Roxie chegar, deviam ter ido para a cama há pouco tempo. Não era de estranhar que os olhos de Griffin estivessem vermelhos e ele mal se aguentasse em pé, balançando para frente e para trás. Olhei para o colchão de Evan no canto; ele roncava tão alto que provavelmente dava para ouvi-lo na loja que ficava no térreo. Matt estava calmo, mas a montanha de cobertores se movia para cima e para baixo de forma rítmica. Ele estava dormindo também.

Dando um tapinha no ombro de Griffin, eu disse:

— Ótimo. Eu não queria que ele ficasse com raiva de mim por algo que *você* fez.

Griffin pareceu ofendido por uma fração de segundo, depois sorriu.

— O sacana está sempre com raiva de mim por alguma coisa. A gente se acostuma depois de um tempo.

Ele bocejou e eu balancei a cabeça.

— Tudo certo. Vou deixar vocês voltarem para o seu cochilo, então. Parece que estão precisando.

Descendo com a mão até o espaço entre as pernas, Griffin agarrou seu saco e o apertou de leve.

— O que eu precisava era que Lola descesse aqui embaixo para me oferecer uma amostra grátis. Puta ou não, aquela garota era gostosa!

Fechei a porta enquanto ele continuou ocupado consigo mesmo.

— Boa noite, Griffin.

Já que as coisas com Matt tinham sido resolvidas mais rápido do que eu imaginava, eu tinha algum tempo livre para aproveitar. Quando coloquei os pés em casa, decidi pegar minha guitarra. Sentei-me no sofá e toquei melodias aleatórias. Costumava fazer isso quando era mais jovem. Bastava tocar o que me vinha à cabeça, mesmo sem significado ou sentido. Isso era libertador e clareava a mente. Não havia drama, não havia nenhum tipo de dor, apenas música. De certo modo, isso me enchia tanto de contentamento quanto estar com Kiera. Quase.

Eu estava perdido em minha música improvisada quando a porta se abriu e Kiera entrou. Ao vê-la, calculei mentalmente que horas seriam e percebi que ainda era muito cedo. Ela devia ter matado alguma aula. Não gostei de notar que eu estava me tornando uma má influência para ela, mas me emocionou sentir que ela voltara para casa mais cedo só para passar algum tempo comigo.

Parando com os dedos sobre o braço do instrumento, baixei a guitarra e fiz menção de guardá-la. Caminhando em minha direção, Kiera se sentou ao meu lado no sofá.

– Não, não para. É linda.

Fitei o chão, mas mesmo sem erguer a cabeça na direção dela, os olhos grandes e expressivos de Kiera pareceram encher meu campo visual.

Não, você que é linda; isso era só eu brincando de compor.

– Toma... tenta de novo. – Eu já tinha tentado ensiná-la a tocar antes, mas a coisa não correra muito bem. Os sons que ela produziu no instrumento tinham sido tudo, menos relaxantes.

Quando olhei, vi sua careta.

– É lindo quando você toca. Acontece alguma coisa com a guitarra quando eu tento.

Rindo, eu a coloquei de lado no sofá para poder colocar minhas mãos sobre a dela. Foi um bônus eu também poder abraçá-la ao fazer isso.

– Você só precisa segurá-la direito – sussurrei em seu ouvido. Percebi um arrepio percorrer seu corpo e, ao erguer a cabeça, vi que seus olhos estavam fechados.

Sorri ao perceber que estar perto de mim a afetava tanto. Quando nossos dedos estavam na posição certa, eu lhe disse:

– Tudo bem... – Vendo que seus olhos continuavam fechados, cutuquei seu ombro com uma risada curta. – Ei. – Seus olhos brilharam para os meus e suas bochechas se aqueceram de constrangimento. Era uma expressão tão terna que eu ri novamente.

– Olha aqui... seus dedos estão perfeitos, bem debaixo dos meus.

No lugar onde pertencem.

Peguei a palheta com a outra mão.

– Agora... você varre as cordas de leve, assim... – Acariciei as cordas e elas cantarolaram para mim.

Kiera fez uma careta, como se tivesse certeza de que nunca seria capaz de repetir o que eu acabara de fazer. Mas pegou a palheta quando eu a coloquei em seus dedos. Fez o que eu fiz contra as cordas, mas o som não foi nada bonito. Kiera parecia ter um talento especial para ser péssima naquilo. Isso era uma habilidade em si. Fechei os dedos juntos e dedilhei com nossas mãos novamente coladas junto do instrumento. A melodia encheu o ar novamente, mas eu fiz a maior parte do trabalho.

Kiera relaxou em meu corpo e eu toquei meio às cegas enquanto sorria para ela.

– Não é tão difícil assim. Eu aprendi a tocar essa quando tinha seis anos. – Foi uma das primeiras músicas que eu tinha tirado na guitarra, na época em que aprendia sozinho.

Dei uma piscadela brincalhona e o rosto dela ficou rosado.

– Bem... é que você tem mais talento com os dedos – ela respondeu.

Congelei o movimento ao sentir que minha mente foi direto para a sarjeta. Quando eu ri, ela revirou os olhos e riu também.

– Você tem uma mente suja. Aliás, você e Griffin se parecem muito.

Fiz uma careta quando me lembrei de Griffin falando de uma prostituta enquanto coçava o saco. Merda, tomara que não fôssemos *tão* parecidos assim.

– Não posso deixar de ter, se é assim que eu me sinto quando estou perto de você. – Desejando poder fazer mais do que apenas pensar coisas sobre ela, tirei as mãos do violão. – Agora é a sua vez.

Para crédito de Kiera, ela não desistiu até emitir ruídos que eram levemente melódicos. Sorri quando ela riu abertamente, em delírio com a sua façanha. Eu adorava ver a forma como seus olhos brilhavam quando ela estava feliz, e o jeito como os cantos se apertavam em rugas sedutoras.

Uma vez que ela conseguiu aqueles acordes básicos, mostrei-lhe outra sequência. Depois de algumas tentativas, ela conseguiu essa também; então foi em frente e mais ou menos executou a música que eu tinha lhe ensinado. Tocou por algum tempo, mas logo começou a flexionar a mão e eu percebi que já era suficiente para aquele dia.

Pousei a guitarra no chão, puxei-a para junto do meu peito e comecei a massagear seus dedos.

– Você tem que desenvolver a força nas mãos para tocar – disse a ela.

Muito contente, sua única resposta foi:

– Hummm...

Eu não pude deixar de perceber que ela não fez barulho algum de prazer dessa vez. Estava tentando tornar tudo mais fácil para mim e eu agradeci sua intenção. Depois de um tempo, parei de massageá-la e simplesmente a abracei. Foi tranquilo e maravilhoso, mas eu ainda queria mais.

– Será que a gente pode experimentar uma coisa? – perguntei, com toda a calma.

Ela automaticamente ficou com o corpo rígido e os olhos desconfiados.

– O quê?

Ri de sua expressão relutante. A julgar pelos seus olhos, ela achava que eu iria lhe pedir algo sórdido e picante. Perceber que eu não era o único com a mente suja ali me divertiu.

– É uma coisa inocente... Juro.

Recostando o corpo no sofá, abri os braços num amplo movimento de convite. Sua relutância se transformou em embaraço, mas ela acabou se aninhando entre meu corpo e a borda do sofá. Um suspiro de felicidade me escapou quando eu passei os braços em torno dela.

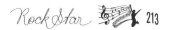

Sim, era exatamente disso que eu precisava.

O aroma frutado de seu xampu me envolveu quando eu a puxei mais para perto de mim. Sua pele era suave e seu corpo estava quente. Eu me sentia inteiro e completo deitado ali com ela, e pela primeira vez naquele dia eu me senti feliz de verdade.

Mesmo assim, aparentemente confusa, Kiera levantou a cabeça e olhou para mim.

— Era isso que você queria fazer? — Ela ficara surpresa pelo meu desejo não ser sexual? Eu disse a ela que seria bom. E fui honesto.

Dei de ombros.

— Era. Pareceu... agradável... quando você fez isso com Denny...

Ela assentiu com a cabeça, parecendo um pouco perplexa, mas em seguida pousou a cabeça no meu peito, me olhando de frente, e colocou o braço e a perna em torno de mim. Ela quase ronronou, foi maravilhoso. Por que eu nunca tinha feito isso antes? Porque eu nunca tivera qualquer pessoa que se importasse comigo, esse era o motivo.

Suspirando, inclinei minha cabeça contra a dela. Desejei que aquilo nunca tivesse de acabar.

— Isso está bem para você? — sussurrei em seu cabelo.

Senti seus músculos abandonando toda a tensão e sorri abertamente. Ela estava relaxando comigo. E gostava daquilo.

— Hum-hum... É gostoso. Você está bem?

Senti seu dedo traçar um círculo no meu peito e ri. Nunca tinha me sentido melhor em toda a minha vida.

— Estou ótimo, Kiera.

Estou maravilhoso.

Esfreguei suas costas e ela me agarrou com mais força. Eu também a abracei mais forte, saboreando o momento. Eu realmente não queria que aquilo acabasse.

Senti quando Kiera deu uma cheirada no meu pescoço e seu aperto diminuiu um pouco. Sua respiração varria minha pele de leve num padrão lento e estável.

— Kiera — sussurrei. — Você está dormindo? — Esperei alguns segundos, mas ela não respondeu; nem mesmo grunhiu, como fazem as pessoas quando estão zonzas de sono. Ficou apenas respirando suavemente. Sorrindo ao ver que a tinha deixado confortável o suficiente para apagar, apertei-a mais um pouco junto de mim. — Obrigado por estar aqui. — Depois de uma longa pausa, encontrei um pouco de coragem e sussurrei as palavras: — Eu te amo... muito.

Minha garganta travou e eu não consegui dizer mais nada. Estava até surpreso por ter me aberto tanto. Falar dos meus sentimentos era difícil. Mesmo quando eu os expressava num tom quase inaudível, mesmo sabendo que ela não podia me ouvir porque dormia profundamente, nada tornava as coisas mais fáceis. A julgar pela forma como aquilo era difícil, comecei a achar que seria incapaz de lhe confessar o quanto ela era importante. Eu só tinha de mostrar a ela e torcer para ela interpretar corretamente minhas ações.

Segurei-a por uma eternidade, enquanto ela dormia. Então meu braço começou a ficar dormente, e eu vi que precisava me mover. Tínhamos algum tempo antes de Denny chegar em casa e eu não queria acordá-la ainda. Mudei de posição com tanto cuidado quanto pude. Flexionei a mão, tentando reativar o fluxo sanguíneo. Só que o movimento foi demais e Kiera se agitou em meus braços.

— Desculpe... não quis acordar você — murmurei, quando ficou claro que ela despertara.

Ela se assustou com minhas palavras e se sentou. Olhando para a porta da frente, sussurrou:

— Denny. — Parecia apavorada quando olhou novamente para mim.

Eu me sentei um pouco mais reto e prendi alguns fios soltos de cabelo em torno da sua orelha.

— Você não dormiu por muito tempo. Ainda é cedo. Ele só vai chegar em casa daqui a uma hora ou mais. — Magoado ao ver que nosso momento acabara e Denny ocupava seus pensamentos novamente, desviei o olhar. Mas entendi a reação dela. Eu também não queria que Denny visse aquilo. Ele não entenderia. Eu mal entendia. — Eu não o deixaria... — Olhei para ela novamente. — Não vou deixar que ele veja isto, se você não quiser que ele veja.

Mas se você quer ficar comigo abertamente poderíamos abrir o jogo com ele.

Ela sacudiu a cabeça para os lados, e apesar de ter assentido com a cabeça, uma fisgada de dor atravessou meu coração. Não, ela não queria ficar comigo. Não queria coisa alguma além das curtas e inocentes "conexões" que tínhamos. Eu sabia disso. Foi burrice supor que ela quisesse mais só porque eu queria.

Kiera me pareceu um pouco preocupada pela forma intensa como eu a olhava. Não tive a intenção de deixá-la desconfortável, simplesmente não conseguia afastar os olhos dela. De repente ela soltou uma pergunta, falando depressa, como se aquilo tivesse acabado de lhe ocorrer.

— Aonde é que você foi naquelas noites em que desapareceu? Aquelas noites que passou fora de casa? — Ela se acomodou no sofá e nos sentamos lado a lado. Lembrando todas as vezes que eu tinha fugido para longe dela, me escondendo, eu sorri, mas não respondi. Ela imaginou que meu silêncio significava algo escandaloso. — Se você estava... se *está* saindo com alguém, devia me contar.

Inclinei a cabeça para o lado, surpreso com a suposição dela.

— É isso que você pensa? Que quando eu não estou com você é porque estou com alguma mulher? — Suponho que isso explicaria um pouco da sua atitude gélida

comigo, caso ela achasse que eu estava pulando a cerca o tempo todo. Não que estivéssemos juntos ou algo assim...

Kiera se encolheu. Sabia que não tinha o direito de sentir ciúmes, já que era *ela* quem estava com outra pessoa.

— Você *não está* comigo, e tem todo o direito de... namorar.

Ela pegou minha mão enquanto dizia isso, e eu acariciei seus dedos.

— Eu sei.

Mas qual mulher neste mundo poderia me dar o que você me dá? Não existe mais ninguém para mim.

— Você ficaria chateada se eu estivesse saindo com alguém? – perguntei, loucamente curioso para saber se ela teria a mesma reação que eu tinha em relação a ela e Denny.

Obviamente sem querer responder de forma objetiva, ela virou a cabeça e engoliu em seco. Porém, para minha surpresa, acabou respondendo.

— Ficaria – sussurrou.

Com um suspiro, olhei para o chão. Então nós dois íamos sofrer com certos aspectos da vida um do outro. Ótimo. O que eu faria com aquela informação? Não queria machucá-la, longe disso; eu queria amá-la. Mas o que ela me dizia é que eu ficaria em grande parte sozinho, apesar de estarmos "juntos". Eu ia dormir sozinho enquanto ela dormia com Denny, nunca poderia demonstrar meu afeto em público, e nunca poderia dizer ao mundo que gostava dela. E nunca iria fazer sexo enquanto estivéssemos naquele pseudorrelacionamento. Eu não queria transar com mais ninguém, mas me senti muito sozinho só de pensar em ser celibatário pelo resto da vida. Será que eu conseguiria? Que escolha eu tinha?

— O que foi? – perguntou ela, timidamente.

Colocando um braço em volta da sua cintura, lhe esfreguei as costas.

— Nada.

Não se preocupe comigo. Eu consigo aguentar...

Ela se derreteu ao meu lado.

— Não estou sendo justa, estou? Eu estou com Denny. Você e eu somos... apenas amigos. Não posso pedir a você para nunca...

Ela se cortou mais uma vez antes de dizer a palavra, e uma pequena risada me escapou. Mas a palavra "amigos" machucou, e de repente eu desejei que aquela conversa dolorosa já tivesse acabado.

— Bem, nós poderíamos resolver este probleminha se você relaxasse aquelas regras básicas. – Embora eu estivesse falando sério, de certo modo, exibi um sorriso brincalhão. – Principalmente a primeira.

Deixe-me fazer amor com você de novo...

Como ela não partilhou meu humor, parei de rir. Nada sobre aquele tema era engraçado, mesmo, eu é que preferia risos a conversas difíceis. Com o rosto sério, ela me disse:

— Eu vou compreender. Não vou gostar, não mais do que provavelmente você gosta de me ver com Denny... mas vou compreender. Apenas não esconda nada de mim. Não me passe para trás. Nós não deveríamos ter segredos...

Fiquei estupefato por um segundo. Ela estava me dando permissão para dormir por aí, desde que eu lhe contasse. Achei difícil entender isso. Será que ela realmente aceitaria numa boa eu transar com outra pessoa? Eu já tinha certeza de que ela se importava comigo, e muito, mas talvez não tanto quanto eu imaginava. Puxa, se ela não se sentia afetada pela ideia... Talvez isso a *incomodasse* tanto quanto me incomodava, como ela acabara de declarar, mas ia permitir que isso acontecesse do mesmo jeito, porque nunca poderíamos ser um casal. Haveria sempre uma parede do tamanho de Denny entre nós, e ela não queria me negar algum contato íntimo... porque estava apaixonada por mim. Ela *só podia* estar apaixonada por mim.

Senti um turbilhão de tristezas ao concordar com a cabeça.

Gostaria que fosse você *a mulher com quem eu poderia namorar.*

— Então, aonde você vai? — ela perguntou.

Sorri, acolhendo a mudança de assunto.

— Aonde eu vou? Bem, depende. Às vezes vou para a casa do Matt e do Griffin, outras vezes para a do Evan. Às vezes eu afogo as mágoas na porta de Sam. — Tive que rir com isso. Sam ainda estava com raiva de mim por vomitar em suas rosas.

— Ah... — Ela pareceu genuinamente surpresa com a minha resposta tão simples. Devia estar pensando algumas coisas bem desagradáveis sobre o que eu andava fazendo. Num determinado momento da minha vida ela estaria certa. Eu me esquecia dos problemas pulando de cama em cama. Mas desde que ela entrara na minha vida as coisas tinham mudado. *Eu* tinha mudado. Sexo casual com estranhas não era tão satisfatório quanto no passado. Isso nem mesmo me empolgava mais.

Estendendo o braço, ela acariciou minha bochecha. O contato lançou uma descarga de emoções através de mim. Para que eu precisaria de sexo quando só o toque dela fazia aquilo comigo?

— Aonde você foi depois da nossa primeira vez? Para eu não ver você o dia inteiro, a noite inteira. E você voltou para casa...

Destroçado? Bem, vaguei pela cidade, sonhando com mil maneiras de lhe contar o quanto eu a amo; depois voltei para casa e ouvi você trepando com meu melhor amigo. Foi isso que aconteceu.

Como não conseguiria dizer nada disso, eu me levantei e estendi a mão.

— Vamos lá. Eu te dou uma carona até o Pete's.

Ela pegou minha mão e deixou que eu a levantasse do sofá. Só que não pretendia deixar o papo morrer.

— Kellan, você pode se abrir comigo, eu não vou...

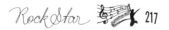

Eu me obriguei a sorrir, mesmo sem vontade. *Não queria* falar sobre aquilo. De que serviria? Eu sonhava com um futuro para nós naquela época, quando tínhamos feito amor pela primeira vez, mas isso era só uma fantasia. Conhecia a realidade agora, e fisicamente não conseguiria falar com ela sobre aquilo. As palavras não passariam pelos meus lábios. Mal consegui me declarar quando ela estava desacordada, pouco antes. Vendo-a olhar para mim agora, completamente alerta, foi demais. Era muito difícil.

– Você não deve se atrasar – eu disse a ela.

Se ligue na dica, esse assunto está encerrado.

Ela apertou os lábios, irritada. Não queria segredos entre nós, mas teria de haver pelo menos um. Até eu ser capaz, ou então ter certeza de que pronunciar aquelas palavras não me levaria para o túmulo mais cedo, eu iria me proteger da única forma que podia, a única maneira que conhecia. Iria ficar em silêncio e guardaria meus sentimentos para mim.

Para se gabar de sua independência, Kiera disse:

– Você sabe que não precisa ficar me dando carona para tudo quanto é canto. – Quando eu lancei para ela um sorriso brincalhão, ela fez beicinho. – Eu consigo me virar muito bem sem você. – Não deixei que ela visse, mas suas palavras me esfriaram por dentro.

Eu sei que você consegue.

Fiquei com a Kiera no bar, em vez de ir ensaiar na casa de Evan. Eu tinha certeza de que Matt ficaria irritado por eu não aparecer, o que só o deixaria mais puto comigo. Ou talvez não. Ele provavelmente estava com a maior ressaca. Talvez quisesse a noite de folga. Pensei em ligar e descobrir com certeza, mas tive receio de ele me mandar ir para lá na mesma hora, e eu não queria ensaiar. Queria estar aqui, rir com Kiera e ensiná-la a jogar sinuca. Mais ou menos.

Griffin e Evan apareceram enquanto eu estava com Kiera inclinada sobre a mesa de bilhar, tentando ajudá-la a alinhar sua tacada, embora eu não tivesse ideia do que fazia. Eu me senti um pouco estranho sobre ter os rapazes me vendo naquela posição com ela, mas agi como se fosse a coisa mais natural do mundo. Dois amigos curtindo um jogo amigável. Nada de mais nisso. Sorrindo, Griffin pegou um taco na mesma hora e começou a passar giz na ponta, com jeito de vencedor. Kiera e eu estávamos empatados... cada um de nós ainda tinha a maior parte de nossas bolas na mesa. Sinuca não era o meu jogo favorito. Nem o de Kiera. Ela era a primeira pessoa com quem eu já tinha jogado que era tão ruim quanto eu. Era consolador eu ter uma chance de verdade, para variar.

Após a tentativa de Kiera não dar certo, dei uma tacada. Eu não vi nenhuma bola que valesse a pena tentar acertar, então mirei numa das mais próximas e torci para funcionar. Quando eu arranhei a superfície da mesa, Griffin riu meio abafado e Evan me deu um tapinha nas costas.

— Você precisa calcular algumas tacadas adiante, Kellan. Atingir as bolas cegamente não vai levar você a lugar algum.

Exibi para Evan uma expressão azeda.

— Ver algumas tacadas adiante exigiria premonição. E se eu pudesse ver o futuro, não iria perder esse superpoder num jogo idiota de bilhar.

Evan riu e perguntou:

— O que você faria com ele, então?

Olhei além de Evan, para Jenny. Ela ia de uma mesa perto do palco até o bar com um sorriso brilhante no rosto, como se aquele fosse o melhor dia de sua vida. Ela quase sempre tinha esse astral.

— Iria ajudar meus amigos, é claro.

Evan se virou para ver para onde eu estava olhando e revirou os olhos.

— Não acredito que você ainda esteja nessa vibe. Dá um tempo!

Dei de ombros e uma risada me escapou. Zoar Evan e Jenny sobre o seu potencial amor de almas gêmeas era um de meus passatempos favoritos.

— Eu só digo o que eu vejo.

Evan sacudiu a cabeça e olhou para Kiera. Seus profundos olhos castanhos pareceram curiosos.

— E quanto a você? Alguma novidade?

Meu sorriso diminuiu um pouco. Se ele queria que eu aliviasse um pouco a pressão sobre a sua vida amorosa, precisava aliviar a pressão sobre a minha também.

— Não, nada de novo. — Eu me virei para ver Kiera milagrosamente encaçapar uma bola. Ela parecia chocada por ter conseguido, e olhou na mesma hora para mim. Deixou escapar um pequeno grito de felicidade e fez uma dancinha de vitória. Foi adorável, e tudo o que eu queria era tomá-la nos braços. Voltando a atenção para Evan, mudei rapidamente de assunto. — Onde está Matt? Ele ficou furioso por eu não aparecer?

Evan se encolheu.

— Não, ele... ahn... não se sentiu muito bem. Passou a maior parte do dia deitado ou vomitando. Griffin e eu finalmente o levamos para casa antes de virmos para cá. — Coçou a cabeça raspada. — Talvez tenhamos exagerado um pouco ao tentar animá-lo ontem à noite.

Balancei a cabeça, grato por não tê-lo deixado revoltado mais uma vez.

— Coitado. Da próxima vez, ele deve simplesmente aceitar a prostituta com um sorriso.

Evan riu e nós dois olhamos para Griffin. Ele estava debruçado sobre uma mulher sentada num banquinho que conversava com a amiga. Ficou claro pela sua posição que ele tentava ver dentro do decote da garota. No instante em que eu percebi isso, Evan murmurou:

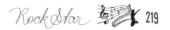

— Babaca.

Eu estava rindo com ele quando Kiera se aproximou de mim. Ver o meu sorriso a fez rir também. Seus olhos pareciam mais claros naquela noite. Hipnotizantes.

— Meu intervalo acabou. Você vai ter que terminar o jogo com outra pessoa.

Eu me apoiei no taco e lancei um olhar dramático pelo salão.

— Hummm… De quem vou perder?

Kiera riu e colocou os dedos no meu ombro. Minha pele formigava onde ela me tocava.

— Você não deveria entrar num jogo achando que vai perder. Deve sempre achar que vai ganhar. – Apertou meu ombro, se virou e saiu. Consciente dos olhos de Evan em mim, eu a observei se afastar. Suas palavras flutuavam em meu cérebro, num ciclo sem fim.

Você deve sempre achar que vai ganhar.

Mas a única coisa que eu realmente quero ganhar é você, Kiera.

Matt estava numa boa no dia seguinte. Eu apareci cedo para o ensaio, para compensar as duas noites anteriores. Ele pareceu surpreso ao me ver chegar na hora. Pareceu ainda mais surpreso quando eu dei a ele e a Evan uma nova canção para começarmos a trabalhar. Por mais que Matt adorasse aperfeiçoar o material antigo que tínhamos, ele amava as músicas novas ainda mais.

— Precisamos ter sempre novidades e seguir em frente – ele nos dizia muitas vezes.

Eu adorava ver o jeito como seus olhos claros se iluminavam quando ele analisava as novas letras. Ele balançava a cabeça numa batida que só ele conseguia ouvir enquanto criava uma melodia na cabeça. Olhou rapidamente para mim antes de virar a página.

— Isso é bom. Muito bom, mesmo.

Seus olhos voltaram ao papel e ele não me viu dar de ombros.

— Essa ficou legalzinha. – A letra que ele analisava era bastante enérgica, otimista… quase sentimental. Não falava das coisas sobre as quais geralmente cantávamos. Era… romântica, eu acho. Falava de encontrar aquela pessoa que completa você, e descobrir que você a completa também. Apenas uma ilusão pessoal minha. Eu não completava Kiera. Era Denny quem fazia isso.

Depois do ensaio, fomos todos para o Pete's. Evan e Matt trataram de bolar uma melodia para a nova letra, enquanto Griffin dançava "Baby Got Back" em cima de uma das mesas. Por fim, suas macaquices chamaram a atenção de Pete, e ele foi felizmente convidado a descer da mesa, mas não antes de darmos boas risadas. O sorriso no rosto de Kiera era algo inebriante, e meus olhos não conseguiam se afastar dela por muito tempo.

Foi só por causa da minha necessidade incessante de observar cada movimento dela que eu percebi algo perturbador. Um idiota na sua seção enfiou a mão por baixo da sua saia e a agarrou pela perna. Às vezes os clientes bêbados davam em cima das atendentes. Não os assíduos, geralmente eram os ocasionais que causavam problemas. Eu nunca tinha visto antes o cara que abordava Kiera, mas estava prestes a ter um encontro direto e pessoal com ele e com o amigo ao seu lado. Eu comecei a me levantar, mas Kiera já se afastara dele. Continuei no meu lugar e fiquei de olho no sujeito. Se ele a tocasse novamente, poderia se considerar morto.

Evan percebeu que eu estava olhando fixamente para o cara. Kiera o evitava a maior parte do tempo, mas sempre que chegava perto o suficiente seus dedos tentavam alcançá-la. Tive vontade de lhe cortar os dedos fora e enfiá-los por sua goela abaixo.

– Quem estamos queimando vivo em pensamento? – perguntou Evan.

Balancei a cabeça na direção do homem esculhambado e seu amigo igualmente decadente.

– Aquele cara assediou Kiera. Estou só me certificando de que ele não vai repetir a proeza.

Evan olhou para o babaca que eu encarava.

– Hummm, hoje é a folga de Sam, não é? Bem, Kiera é uma garota crescida e tenho certeza que pode lidar com ele.

– Mas não deveria ter que fazer isso – repliquei, quase fervendo.

Evan me olhou e concordou.

– Ok, vamos manter um olho nele, então.

Menos de cinco minutos depois Kiera, a contragosto, foi até o cara para lhe entregar a conta. Fiquei tenso e me coloquei em pé. Ele ainda não tinha feito movimento algum na direção dela, mas eu já caminhava para perto. Evan chamou a atenção dos outros colegas de banda e ouvi suas cadeiras rangerem quando todos me seguiram. Eu não gostava muito de violência, mas não estava a fim de permitir que aquele cara tocasse na *minha* garota novamente.

Alheio ao que vinha em sua direção, o babacão agarrou-a pela bunda, puxou-a para junto dele e colocou a outra mão sobre o seu seio.

Ah, não, eu não acredito que ele fez uma porra dessas.

Kiera bateu com força na mão dele, afastando-a do seu peito, mas não conseguiu empurrá-lo para longe dela. Sem saber que eu estava prestes a matá-lo, o homem riu. Kiera olhou em volta buscando auxílio, mas a ajuda já estava a caminho.

Talvez percebendo que eu estava a fim de arrancar fora os braços do sujeito, Evan me atropelou e chegou antes. Posicionando-se atrás do cara, ele arrancou as mãos dele de cima de Kiera e as colocou para baixo. O homem pareceu atordoado, como se realmente não imaginasse que alguém fosse intervir.

Desculpe, amigo, mas você não vai atacar alguém em nosso território e sair daqui ileso. De jeito nenhum. Muito menos quando é a mulher que eu amo que você está molestando.

Tentando me segurar para não esmurrar o cara até transformar seu rosto num ketchup irreconhecível, eu fervia por dentro.

– Não é uma boa ideia – declarei. Seus dentes eram amarelos e seu bafo era de quem estava há três dias num festival de bêbados, sem tempo sequer para uma higiene básica, do tipo tomar banho. Mas o fedor não me impediu de querer socar o cara.

De algum lugar atrás de mim, ouvi Griffin dizer:

– É isso aí, essa bunda é nossa! – Eu tive de me convencer que ele falava isso para defender Kiera.

O homem se libertou das mãos de Evan e me deu um empurrão forte. Ele era forte e eu recuei um passo.

– Cai fora, mauricinho.

Agarrando-o pela camisa, dei um passo até ficar com o nariz colado no dele.

– Tente... Por favor... – disse eu.

Eu adoraria ter uma desculpa para deixá-lo nocauteado. Não que eu já não tenha um bom motivo... Você tocou na garota errada.

Olhamos um para o outro por longos segundos, nenhum dos dois recuando. Minha adrenalina baixou enquanto eu o observava. Eu sabia que não poderia agredi-lo sem provocação, ainda mais depois de tanto tempo ter se passado. E eu realmente não queria ninguém questionando por que eu estava defendendo Kiera com tanta veemência, por isso me obriguei a ficar mais calmo. É verdade que eu defenderia qualquer uma das garçonetes dali, mas defender e ficar totalmente fora de mim eram duas coisas diferentes. Eu precisava ter calma, ser razoável e racional.

Eu o soltei com um aviso.

– Sugiro que vocês vão embora agora mesmo. Eu não voltaria aqui se fosse vocês.

O amigo dele o agarrou pelo ombro, incitando o homem a fazer o que eu disse e completando:

– Vamos lá, cara. Ela não vale a pena.

Errado. Kiera valia qualquer coisa. O babaca bufou ao me encarar, me analisou de cima a baixo e ainda teve a audácia de piscar para Kiera. Quis destruir seus dentes, mas deixei essa passar. Ele se virou para deixar o bar. Eu relaxei e olhei para Kiera. Griffin tinha o braço em torno do seu ombro. Os olhos dela se arregalaram quando ela lançou o olhar para o homem e depois novamente para mim. Parecia realmente assustada. Eu queria tomar o lugar de Griffin e colocar meus braços em torno dela, mas antes precisávamos ir a algum lugar onde tivéssemos privacidade. Só quando eu estava prestes a perguntar se ela estava bem foi que seus olhos se abriram ainda mais e ela gritou meu nome em sinal de advertência.

Segui seu olhar na mesma hora e voltei a atenção para o homem que eu achei que estivesse saindo. Acontece que não estava. Ele avançou para mim, e eu vi o brilho do canivete que estava em sua mão. Consegui girar o corpo antes que ele chegasse muito perto, mas uma dor aguda explodiu na minha lateral e eu percebi que não tinha sido rápido o bastante. Fiquei chocado por um instante ao perceber que o canalha tinha uma arma. O caos explodiu à minha volta. Ao mesmo tempo eu vi Griffin puxar Kiera para trás, quando ela fez um movimento na minha direção, Matt empurrar o amigo do idiota para o lado, mantendo-o fora da luta, e Evan fazer um movimento para agarrar o canivete da mão do cara. Mas era eu que estava na melhor posição. Puxando o braço para trás eu soquei a cara dele com tanta força quanto meu pai teria feito; ele ficaria orgulhoso de mim.

Depois que meu punho fechado entrou em contato de forma violenta com o queixo dele, o homem despencou no chão e o canivete pulou para debaixo de uma mesa. Voei em cima do sujeito, ansioso para acabar com ele de vez, mas ele se arrastou para longe de mim. Sem olhar para trás, fugiu do bar correndo; seu amigo o seguiu rapidamente. O Pete's ficou num silêncio mortal durante um longo tempo, então os ruídos lentamente começaram a aumentar outra vez.

Flexionando a mão que doía, eu me virei para procurar Kiera.

– Você está bem? – perguntei.

Enquanto eu olhava, a tensão pareceu se derreter nela.

– Estou... Obrigada, Kellan... Pessoal. – Ela olhou para todos nós até que, por fim, seus olhos se fixaram em Griffin, que continuava em pé ao seu lado. – Pode tirar a mão do meu traseiro agora, Griffin.

Eu me senti um pouco tonto ao rir do oportunismo do meu colega de banda. Com um sorriso brincalhão no rosto, ele puxou a mão para trás e a segurou no ar.

– Desculpe, ela tem vida própria. – Ele piscou para Kiera e foi até onde Matt estava. Ainda conversando sobre o incidente, a dupla voltou para a nossa mesa.

Evan ficou perto de Kiera e de mim. Eu meio que queria que ele saísse para eu poder ter certeza de que Kiera estava bem. Mas ele me observava com certa preocupação.

– Você está bem, Kell? Ele te acertou?

Encolhendo-me, virei o corpo em direção a Kiera. Ela parecia ainda mais preocupada que Evan. Ela não devia ter notado que ele tinha me ferido. Coloquei a mão debaixo da camisa, sentindo o ponto de dor ao longo de minhas costelas. Senti a umidade, e não me surpreendi nem um pouco ao ver que havia sangue em meus dedos quando eu os puxei de volta.

Kiera surtou ao me ver sangrando.

– Ah, meu Deus... – Ela agarrou minha mão, examinando o vermelho, e em seguida levantou minha camisa para inspecionar os danos. Eu tinha um corte consideravelmente grande ao longo das costelas. O corte sangrava um pouco, mas acho que não era muito profundo. O ferimento iria fechar sozinho. Mas Kiera não pareceu pensar assim.

– Kellan, você devia ir a um hospital.

— Ele mal me acertou. Estou ótimo. — Eu sorri e ergui uma sobrancelha ao ver que ela continuava segurando a minha camisa no ar. Ela deixou-a cair em seguida, mas agarrou a minha mão.

— Vem comigo — disse-me ela, puxando-me para longe dali.

Ela me levou depressa, através do enxame de curiosos, para a sala dos fundos. Pegou alguns suprimentos na caixa de primeiros socorros e seguimos para o corredor. Depois de mandar que eu ficasse parado ali, ela entrou no banheiro feminino e se agachou para olhar se havia alguém ali. Fiquei encostado na parede, esperando pacientemente que ela saísse.

— Não há a menor necessidade. Eu estou ótimo — garanti, quando ela me pegou pela mão e me levou para o banheiro.

Assim que a porta se fechou atrás de nós, Kiera fez uma careta diante da minha teimosia.

— Tira a camiseta.

Eu sorri. Talvez aquilo não fosse tão ruim, afinal.

— Sim, senhora.

Tirei a camiseta e a segurei na mão enquanto esperava, encostado à pia, que ela cuidasse de mim. O pensamento de seus dedos na minha pele nua me causou um arrepio, embora eu não estivesse exatamente ansioso para enfrentar a dor que ela estava prestes a me provocar. Só o roçar do tecido da camisa sobre o corte já doía muito. Mas dava para aguentar. Valeria a pena só para senti-la me acariciando.

Ela ligou a água e embebeu uma toalha nela. Quando a encostou na ferida eu suguei de dor, com força; estava frio e aquilo era como uma ferroada. Kiera sorriu ao ver minha reação, e eu achei isso divertido.

— Você é uma sádica — murmurei. Ela não gostou. Fez uma careta atraente que provavelmente imaginava estar acompanhada de um olhar implacável. Eu ri.

Aplicando a toalha com mais suavidade, ela perguntou, parecendo não acreditar:

— Que ideia foi essa de partir para cima de um cara armado com um canivete?

Lutei contra a dor lancinante no lado. Torci para ela acabar de me tratar logo, ou eu ia começar a choramingar, o que seria muito embaraçoso.

— Bem, obviamente, eu não sabia que ele tinha um canivete. — Kiera pressionou a toalha com firmeza no meu lado, tentando estancar o sangue. — Eu não ia deixar o cara encostar em você daquele jeito. — A raiva me inundou quando eu me lembrei das mãos dele nela. Filho da puta. Devia ser ele a receber um corte fundo junto das costelas. Minha esperança era que ele encarasse uma dor de cabeça infernal.

Kiera e eu trocamos longos olhares e toda a raiva me abandonou. Ela era tão linda, carinhosa, quente e macia. Era incrível. Ao tirar a toalha por alguns instantes, um sorriso satisfeito floresceu em seus lábios. Olhei para baixo e vi que o sangramento tinha estancado. Beleza. Eu odiava hospitais.

Quando ela abriu a embalagem do curativo, não resisti à tentação de provocá-la.

— Ele não podia encostar em você daquele jeito, se eu mesmo não posso. É contra as regras. — Eu ri e Kiera aplicou o curativo no ferimento. Uma fisgada forte de dor queimou através de mim e eu fiz uma anotação mental para nunca mais irritar uma mulher quando ela estivesse cuidando de algum ferimento. Aquela era uma boa lição para a vida.

Um ar de remorso inundou o rosto de Kiera e ela acariciou delicadamente o curativo com os dedos, apertando as bordas.

— Pois bem, foi burrice. Você podia ter se ferido gravemente, Kellan. — Ela engoliu em seco e eu vi claramente o quanto essa ideia a incomodava. Ela sentiria falta de mim se eu estivesse morto e enterrado. Puxa, ela iria ficar de luto por mim! Isso era surpreendente e reconfortante.

Agarrando seus dedos, segurei sua mão contra o meu peito.

— Antes eu do que você, Kiera. — Eu não conseguia me imaginar sentindo luto por ela. Também não conseguia imaginá-la indo embora. Nem queria fazer isso. Grudamos os olhos um no outro mais uma vez; os dela estavam verdes com raios em castanho nas bordas. Eu poderia facilmente me perder neles. — Obrigado... por ficar preocupada comigo. — Eu gostaria de poder beijá-la. Esse parecia ser o único jeito de agradecer de verdade. Mas ela não queria isso e eu respeitei seus desejos.

Ela prendeu a respiração e desviou os olhos e o rosto enrubescido.

— Pode colocar a camiseta agora — murmurou.

Ela olhou para as ruínas da minha camiseta depois que eu a vesti. Seus olhos começaram a lacrimejar, e eu pude perceber que ela pensava novamente na possibilidade de me perder. Precisando dela mais perto de mim, eu a puxei para um abraço. Ela me abraçou também, com força, e eu inspirei o ar quando uma dor aguda explodiu no meu lado. Percebendo que estava me machucando, Kiera diminuiu a pressão.

— Desculpa. Você devia deixar que um médico desse uma olhada nisso.

Sabendo que eu não iria procurar um médico a menos que eu estivesse sangrando muito, balancei a cabeça para os lados e tornei a abraçá-la. Ela suspirou e relaxou em meus braços... e foi nesse instante que a porta se abriu.

— Opa... — disse Jenny. — Só vim dar uma olhada para saber como o seu paciente está passando.

Kiera se afastou de mim rapidamente. A perda de seu toque doeu mais que o ferimento.

— Nós só estávamos... Ele está bem — garantiu, quase gaguejando.

Achando divertida a resposta nervosa dela, e não querendo que Jenny pensasse algo depois de nos ver abraçados, ri alto e caminhei até o corredor. Voltando-me, antes de sair, eu disse:

– Mais uma vez obrigado, Kiera – e acenei para Jenny. – Eu devia ir lá tomar aquele canivete do Griffin.

Os olhos claros de Jenny pareceram confusos por um momento.

– Griffin ficou com o canivete?

Ergui uma sobrancelha em resposta. Jenny conhecia Griffin tão bem quanto eu. Se alguém no bar tinha apanhado o canivete do chão, esse alguém era ele. E Griffin era o tipo de cara que nunca deveria andar armado. Era mais seguro para toda a humanidade desse jeito. Jenny revirou os olhos, compreendendo tudo.

– Griffin... É, você devia tirar dele.

Olhei para Kiera, mascarando meu desejo com uma risada casual, e segui pelo corredor. Ouvi Jenny perguntar a Kiera se ela já estava saindo, e a ouvi responder que precisava de mais um minuto. Será que isso era por minha causa? Será que ela estava realmente preocupada com a possibilidade de me perder para sempre? Talvez aquele evento fosse mudar as coisas em sua cabeça. Ou talvez não. Independentemente da atitude do tipo "você deve sempre achar que vai ganhar", eu não podia contar com as coisas trabalhando a meu favor. A esperança era muito dolorosa.

Capítulo 17
COMO DORMIR COM UMA MULHER LINDA

Uma semana se passou. Kiera e eu nos aproximamos mais, ao mesmo tempo que ela e Denny se afastavam progressivamente um do outro. Eu me sentia mal por isso, de verdade, mas estar com Kiera era bom demais para eu tentar impedir. Eu queria mais dela, e não menos. Apesar de estarmos mais próximos, isso não era o suficiente.

A paixão entre nós se agitava sob a superfície, fervendo lentamente. Mergulhávamos nessa sensação às vezes, quando um toque seguia na direção de uma área fora dos limites, ou um olhar especial nos fazia arder por dentro. Estávamos brincando com fogo. Eu estava plenamente consciente disso. Nosso flerte "inocente" era a maior enganação, um delírio completo e absoluto. Nada do que estávamos fazendo era inocente. Talvez não fosse tão sério quanto um caso amoroso aberto, mas estava bem perto disso. Nós dois estávamos traindo Denny emocionalmente. Disso eu tinha certeza.

Olhar nos olhos dele foi ficando cada vez mais difícil. Às vezes eu me pegava olhando para Denny antes de ele sair para o trabalho, desejando que ele decidisse que odiava Seattle e iria voltar para casa. Eu me incomodava muito em querer que ele fosse embora. Denny era uma parte importante da minha infância, a coisa mais próxima de um irmão que eu tive; tudo que eu queria era que deixasse a mim e a sua namorada em paz, para que pudéssemos parar de aprontar pelas suas costas. Eu era um belo filho da puta com a mente deturpada.

— Está tudo bem, companheiro? — ele me perguntou uma noite.

Eu estava cansado e tinha voltado para casa mais cedo. Kiera ficara no bar trabalhando e Denny estava sozinho em casa. Geralmente, quando Kiera estava no Pete's, eu costumava ficar por lá até que seu turno acabasse. Era sempre o único D-Bag a ficar no bar, e meus bocejos fizeram Jenny me perguntar por que ainda estava por ali. Por isso que eu tive de sair mais cedo, para que Jenny não sacasse que Kiera era todo o meu mundo.

Pregando um sorriso na cara, entrei na sala e me sentei na poltrona confortável.

— Claro. Por que não estaria?

Meu coração começou a bater um pouco mais depressa quando Denny inclinou a cabeça e me lançou um olhar penetrante.

— Bem, para começar, são só dez horas. Você normalmente fica na rua até muito mais tarde.

Ri de sua declaração.

— Pois é, acho que sim. Só que eu estava cansadão e decidi dar a noite por encerrada. — Infelizmente. Fiquei imaginando o que Kiera fazia naquele exato momento...

Denny se recostou no sofá muito usado.

— Sozinho? Pode me chamar de maluco, mas eu nunca vi nenhuma garota por aqui desde que nós viemos para a sua casa. Pelo que eu me lembro de suas atividades, isso é meio... esquisito. Você mudou de time, companheiro?

Levantei uma sobrancelha ao ouvir sua pergunta e ele riu. Balançando a cabeça, eu disse:

— Tenho tentado só... manter as coisas mais calmas, acho.

Com um sorriso divertido, Denny disse:

— Espero que isso não seja por nossa causa. Kiera e eu não nos importamos se você trouxer garotas para cá. É a sua casa.

Meu sorriso quase doeu, mas eu o mantive colado firme na cara. Eu não deixaria minha expressão dar bandeira do quanto ele estava errado. Kiera se importaria, sim. Ela se importaria *muito*.

Denny voltou a assistir ao seu programa de tevê. Um drama policial onde todos os personagens se vestiam como se estivessem indo para um desfile de moda, e não para uma cena de crime. Eu só pensava em subir para o meu quarto, a fim de tentar cair no sono com visões de Kiera na mente, quando Denny deixou escapar um longo suspiro. Examinando seu rosto, vi uma palidez e um cansaço que não estavam ali quando ele chegara. Ele odiava a situação em que se encontrava e não sabia como mudar isso. Tentei me mostrar solidário.

— Você está bem? — perguntei.

Ele olhou para mim, e por um segundo sua expressão me pareceu cautelosa. Então ele suspirou de novo e pareceu ainda mais cansado do que eu imaginara.

— É só trabalho. Venho tentando me concentrar nas partes boas, mas está difícil. Continuo odiando aquilo lá e... Sei que é errado, mas eu fico furioso com Kiera por isso, às vezes.

Hesitei quando ele mencionou o nome dela, mas fiz de tudo para manter o rosto neutro.

— Bem, isso é compreensível, eu acho. – Pensei nos olhares duros que tinha visto Denny lançar para Kiera, e das brigas deles atrás de portas fechadas. Eles não brigavam abertamente, mas havia tensão em seu relacionamento.

Denny olhou de volta para a tevê.

— Não, não é nada compreensível. Aquilo foi uma tremenda babaquice. Ela não me pediu para eu desistir do meu trabalho e voltar para cá. Se eu tivesse dado um tempo, ela teria esfriado a cabeça e teríamos resolvido o problema. Só que eu... entrei em pânico. Eu senti que... senti que tinha de voltar, ou seria tarde demais... – Ele olhou para mim. – Não sei exatamente por que me senti assim.

Quando ele voltou os olhos para a tevê, eu fechei os meus e engoli um nó que me fechou a garganta. Ele se sentia daquele jeito por minha causa. Porque sabia que eu iria trepar com sua garota se ele a deixasse sozinha e solteira comigo. Essa foi a *minha* babaquice. Algo que eu me censurava o tempo todo.

Quando Denny suspirou de novo, eu abri os olhos. Por sorte, ele ainda olhava para a tevê e não tinha reparado na culpa que me envolveu.

— Vai dar tudo certo – eu disse, me odiando ainda mais. Minha intenção era boa, mas a segurança que eu queria passar era oca. Se eles acertassem os ponteiros, Kiera e eu não iríamos longe; e apesar de eu me preocupar com Denny, eu a queria. Mais que qualquer coisa no mundo. Mas Denny e eu tínhamos uma história de amizade, e eu queria que ele fosse feliz também.

— Existe algo que eu possa fazer? Quem sabe ajudá-lo a encontrar um novo emprego? Talvez eu possa passar algum tempo na casa de outra pessoa, para você e Kiera poderem curtir algum tempo a sós... – Merda, torci para ele não aceitar essa última sugestão.

Um pequeno sorriso iluminou a expressão de Denny, mas ele balançou a cabeça.

— A menos que você conheça alguns poderosos no mundo da publicidade, não há muita coisa que possa fazer por mim, cara. – Ele parou por um instante e depois acrescentou: – Mesmo assim, obrigado. Foi muito legal você oferecer.

Segurei minha expressão, mas o punhal de culpa espetado nas minhas entranhas parecia ser torcido a cada palavra que Denny dizia. Ele não devia me agradecer por nada.

Com uma carranca no rosto, Denny acrescentou:

— Quanto a Kiera e eu termos algum tempo a mais sozinhos... talvez seja uma boa ideia, mas não tenho certeza. Ela anda muito ocupada, eu também. O tempo está contra nós. Na verdade, eu preciso viajar novamente para fora da cidade amanhã. E quer saber de uma coisa realmente estranha? Eu disse a Kiera que estava indo e ela não pareceu se importar nem um pouco. Considerando a forma como ela ficou da última vez em que eu estive fora, achei isso esquisito.

Meu coração disparou no peito. Ele ia embora? Minhas orações silenciosas tinham sido atendidas? Isso era quase demais para eu esperar. A fim de manter as aparências, fiz uma careta e disse-lhe uma verdade envolta numa mentira.

— Talvez ela se sinta culpada pelo que aconteceu da última vez, então está tentando lidar melhor com a situação agora. – Eu estava certo de que ela se sentia culpada pela última vez, mas não sabia como se sentia sobre ele ir embora novamente. Será que ela estava tão empolgada quanto eu fiquei? Poderíamos ter algum tempo de qualidade, juntos.... Talvez pudéssemos ficar longe por alguns dias, procurar um lugar onde não tivéssemos de esconder nada. As possibilidades eram infinitas e meu coração começou a bater mais forte por causa da adrenalina, e não do medo.

Denny deu de ombros e me olhou.

— É... Pode ser.

Como não gostava do jeito como ele me examinava, perguntei:

— Quanto tempo você vai ficar fora?

Um olhar encabulado surgiu em seu rosto.

— Apenas uma noite. Mas vão parecer mais de mil, sabe como é?

Eu sorri, mas não disse nada. Provavelmente iria parecer tanto tempo assim porque ele não confiava nela. E não confiava nela por causa de mim. Porque eu era um ser humano horrível.

Ele não disse mais nada depois disso e o silêncio caiu entre nós. Deixei as coisas por isso mesmo porque não sabia mais o que dizer a ele. Havia um certo humor negro naquilo. Era de imaginar que tivéssemos muito a conversar, pois nós dois estávamos apaixonados pela mesma mulher.

Quando eu me vi longe de Denny e a culpa sem fim que sentia diminuiu, comecei a me empolgar com a ideia dele estar longe novamente. Muita coisa havia mudado entre mim e Kiera desde a primeira vez que ele partira. Eu queria fortalecer nossa ligação sem trair Denny por completo. Por mais que isso parecesse impossível.

Levei muito tempo para adormecer depois de finalmente ir para a cama. E quando dormi só tinha uma coisa na cabeça: queria adormecer com Kiera em meus braços. Nunca quis tanto algo, em toda a minha vida.

Na manhã seguinte, enquanto Kiera e eu enlaçávamos as mãos e tomávamos o nosso café da manhã, decidi abordar o assunto com ela.

— Quer dizer então que Denny não vai estar aqui hoje à noite?

Ela ficou desconfiada na mesma hora sobre o que eu iria perguntar em seguida.

— É... Ele vai ficar em Portland até amanhã à noite. Por quê?

Olhei para baixo, perguntando se ela iria ver meu coração na mão. Eu queria desesperadamente passar a noite com ela. Mantendo meu olhar sobre a mesa, pedi:

— Fica comigo hoje à noite.
— Eu fico com você todas as noites — ela respondeu.
Achando graça na confusão em sua voz, ergui o olhar de leve e completei:
— Não... Eu quis dizer, dorme comigo hoje à noite.
Ela pareceu chocada com a minha sugestão.
— Kellan! Isso não vai...
Eu tive que rir. Sua mente também era suja, só um pouco menos que a minha. Porque eu não tinha dito aquilo com uma conotação sexual.
— Eu quis dizer literalmente... dormir ao meu lado, na minha cama.
Envergonhada com o que tinha imaginado, ela desviou o olhar. Quando finalmente voltou a me fitar, disse:
— Não acho que seja uma boa ideia, Kellan.
Exibi um sorriso despreocupado. Aquilo não precisava ter muita importância, se não permitíssemos que tivesse. Eu só queria dormir com meus braços em torno dela... nenhum mal nisso.
— Por que não? Uma coisa totalmente inocente... Eu não vou nem me enfiar debaixo das cobertas.
Considerando isso, ela ergueu uma sobrancelha com ar de dúvida.
— Totalmente vestido também?
Eufórico por ela talvez estar prestes a topar, eu ri e acariciei seus dedos com o polegar.
— Claro. Se é assim que você prefere.
Ela deu uma risada e a transformou num sorriso suave. A forma como mordeu o lábio inferior fez meu coração pular uma batida.
— É, sim. — A euforia quase explodiu dentro de mim. Ela estava topando! Meu astral não baixou nem um pouco quando ela franziu a testa. — É só me avisar quando achar que a coisa está ficando muito dura.
Eu não pude acreditar que ela tinha acabado de dizer algo tão sugestivo. Eu me virei, tentando ser maduro e não rir. A tensão sexual entre nós era tão grande que muitas vezes eu andava pela casa de pau duro.
— Você me entendeu — ela sussurrou, com um tom de embaraço na voz.
Uma risada me escapou quando olhei de volta para ela.
— Entendi, sim... E pode deixar que eu aviso. — A felicidade me inundou quando eu olhei em seus tranquilos olhos cor de avelã. — Você é mesmo uma graça... sabia?
Com um sorriso nos lábios, ela afastou os olhos para longe.
— Tudo bem... Vamos tentar — ela me disse, baixinho.
Quando eu sorri para ela, uma estranha tristeza tomou conta do seu rosto. Eu sabia que ela estava preocupada de estar cometendo um erro comigo, e que talvez

atravessasse seu limite autoimposto de contenção e cedesse à luxúria que nos rodeava. Odiei ver a culpa no rosto dela; aquilo era um reflexo da minha própria culpa.

Eu também não quero magoá-lo, Kiera. Eu me importo com ele tanto quanto você, e é por isso que nada vai acontecer hoje à noite. Eu prometo.

Como era uma sexta-feira, os D-Bags iam tocar no Pete's. Antes de começarmos a montar a lista de músicas que apresentaríamos naquela noite, avisei a Evan que queria adicionar "Until You". Ele olhou para mim de um jeito engraçado, mas concordou. "Until You" era a canção mais melosa do nosso repertório, e Evan geralmente era o único que a pedia. Na verdade, acho que ele fazia isso sempre que ficava gamado por uma garota; Matt e Griffin tinham apelidado a canção de "Evan está derretido novamente". O próprio Evan tinha escrito a maior parte da letra. Essa era uma das poucas músicas dos D-Bags que não tinha sido escrita por mim, e eu achava que tinha tudo a ver usar a sua música "romântica". Foi estranho, para mim, pedir essa balada, mas eu não consegui evitar. Kiera tinha mudado minha vida, tinha me dado algo pelo que viver, pelo que esperar, e eu queria que o mundo soubesse disso, mesmo que fosse do modo mais discreto possível.

Tentei não olhar para Kiera enquanto eu cantava a música, mas de algum modo eu esperava que ela soubesse que a canção era para ela. Tudo era para ela. Observei que ela falava alguma coisa com Jenny durante a música, mas não deu para afirmar com certeza se ela prestou atenção à letra ou se, de algum modo, compreendia o significado oculto por trás das minhas palavras.

Eu amo você, e só você.

Quando chegamos à última música da nossa lista, avisei à multidão que não haveria bis naquela noite. Eu tinha um colchão macio onde me deitar e uma garota sexy como o diabo para abraçar. Atraí a atenção da plateia ansiosa levantando uma das mãos.

— Senhoras... e obviamente vocês também, caras... — Fiz uma pausa para os gritos e assobios. — Obrigado por virem aqui hoje. Nós vamos tocar mais uma para vocês, e, depois, pé na estrada. — Olhei para onde Kiera me observava. — Compromissos, sabem como é.

Estava quente sob as luzes, o suor cobria minha testa e me escorria pelo rosto. Levantei a barra da camisa, enxuguei um pouco a testa e o rosto. As fãs que acompanhavam com avidez cada movimento meu ficaram enlouquecidas, e de algum ponto nos fundos do bar ouvi Rita gritar:

— Tira! Uhuuuuu!

Com ar divertido eu sorri para Rita e depois olhei para Kiera, em pé na frente dela. Kiera parecia embaraçada e intrigada ao mesmo tempo com a ideia de eu me despir ali.

Rindo da ideia, olhei em volta para os caras, para ver se eles tinham alguma objeção quanto a isso. Eles pareciam estar numa boa; qualquer coisa para empolgar as massas.

Como eu estava com o astral elevadíssimo, decidi dar às fãs o que elas tanto ansiavam. Descendo a mão lentamente pelo corpo, agarrei as pontas da camisa e a puxei para cima. O som no fundo do bar aumentou até ficar ensurdecedor, à medida que mais da minha pele era exposta. Isso me fez rir. Em se tratando de estímulos visuais, as mulheres e os homens eram mais parecidos do que elas gostariam de admitir.

Enfiando a camisa na parte de trás da calça jeans, eu me virei para Evan. Ele olhou para o meu corpo seminu com uma sobrancelha levantada e um ar divertido no rosto. Dei de ombros e lhe disse:

– Podia ser pior. Eu poderia estar usando protetores de couro sobre as calças, como os caubóis.

Enquanto Evan ria, eu lhe disse o nome da nossa música de encerramento, "All You Want". Fiz sinal para ele, que na mesma hora atacou na introdução. De frente para a plateia mais uma vez, agarrei o microfone e passei a mão pelo cabelo, lentamente. As fãs entraram em frenesi. Foi um caos toda aquela emoção, o ruído e a adrenalina. Isso me deixou ligadão e eu já me sentia alto só de pensar na minha festa de pijama, que iria acontecer dali a pouco.

Enquanto eu brincava com a multidão, me esticando para fazer contato com as pessoas coladas ao palco, olhei em direção ao bar. Toda a equipe estava lá me olhando... até Kiera. Ela fazia buracos em mim com os olhos, como se não conseguisse absorver o bastante, e eu me excitei ao ver seus olhos famintos me comendo daquele jeito.

Quando a música acabou, fiz uma reverência curta para receber os trovejantes aplausos. A multidão naquela noite me pareceu muito barulhenta, de um jeito positivo. Talvez eu devesse ficar seminu com mais frequência. Depois que vesti a camisa de volta, algumas das meninas começaram a vaiar. Balancei a cabeça, rindo. Era verdade: em alguns aspectos, as mulheres não eram muito diferentes dos homens. Kiera ainda me olhava do bar e eu lhe lancei um enorme sorriso. Curti muito ver os olhos dela colados em mim. Adorei saber que íamos nos abraçar mais tarde... a noite toda. Pela primeira vez na vida eu não iria acordar sozinho na cama. Achei esse pensamento muito reconfortante.

Quando o turno de Kiera finalmente acabou, eu me senti tonto. Não conseguia parar de sorrir. Será que o amor transformava todos em idiotas? Ou era só comigo? Quando ela ficou pronta para ir, eu a levei para o estacionamento do bar com a mão na base das suas costas. Era tão natural tocá-la que, naquele momento, eu não me importei se alguém nos visse.

Quando chegamos lá fora, peguei os dedos de Kiera e comecei a cantar "All You Want" novamente. Pensei que ela fosse gostar de me ouvir cantar para ela, mas ela franziu o cenho.

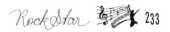

— Que foi? — perguntei, perplexo.

Ela fez beicinho, mas dava para ver que era uma expressão forçada; ela não estava realmente chateada.

— Nós não conversamos um dia desses sobre o seu estilo de cantar?

Eu ri e fiz cara de inocente.

— Que foi que eu fiz de errado? — Apontando para o bar, eu disse: — Passei o show *quase* inteiro totalmente vestido.

Ela tentou me dar uma cotovelada, mas eu escapei. Então, como eu estava com um astral muito elevado, corri atrás dela e a peguei no colo. Ela gritou de surpresa e tentou pular, mas eu a segurei com mais força. Quando finalmente a coloquei no chão, mantive-a firme ao meu lado.

Você não vai a lugar algum. Não essa noite. Essa noite você é minha.

Enquanto caminhávamos em direção ao meu carro, eu a agarrando por trás, eu disse:

— Eu fiz aquilo pelo Pete.

Ela parou de andar de repente e eu me choquei contra as suas costas. Ela se virou para mim e seus olhos estavam arregalados de choque.

— Ah... AH!

Eu não fazia ideia do motivo de ela parecer tão assustada. Revi mentalmente minhas palavras, tentando descobrir o que a tinha deixado chocada, e então a ficha caiu. Ela achava que eu tinha tirado a roupa para Pete. Literalmente.

Soltando-a por um momento, eu me afastei. Tive de segurar minha barriga, de tanto rir. A imagem de Pete borboleteando junto de mim era simplesmente demais. Impagável!

— Ah, meu Deus, Kiera! Não, não foi isso que eu quis dizer. — Eu estava me escangalhando de rir e tive de enxugar os olhos. Minha empolgação com a noite estava tornando aquele momento ainda mais engraçado do que normalmente seria. Se eu já estava nas nuvens antes, ela tinha acabado de me fazer caminhar no ar. — Meu Deus, mal posso esperar para contar essa para o Griffin.

Kiera não achou o momento tão engraçado quanto eu. Suas bochechas estavam vermelhas e flamejantes; percebi que eu a estava deixando envergonhada de tanto rir. Tentei me controlar, mas foi difícil e eu completei:

— Ahhh... E você acha que *eu* é que tenho uma mente suja.

Desculpe, amor, mas você é tão maliciosa quanto eu.

Escorreguei meus braços em torno dela e soprei de leve, até minha respiração voltar ao ritmo normal. Quando senti que o desejo incontrolável de rir tinha acalmado, eu disse:

— Você não viu a reação da galera quando eu fiz aquilo? Pode observar, amanhã o público vai dobrar. O Pete vai ter que barrar gente. Eu fiz aquilo para ajudá-lo,

Kiera. – Dando de ombros, eu a balancei para frente e para trás, saboreando a conexão que senti entre nós.

Sua expressão de aborrecimento sumiu e ela começou a compreender.

– Ah… Bem, acho que faz sentido. Você atrai mais gente, o Pete fatura mais alto, você ganha mais publicidade e, presumo eu, mais grana também…

Na verdade, eu cagava e andava para o dinheiro que ganhava, mas ela tinha entendido a ideia básica.

– É, é por aí.

Seu lábio se curvou no mais sexy meio sorriso que eu já vi. Minha respiração ficou presa na garganta. Eu queria provar da sua pele, sentir sua suavidade, me perder em beijos…

– Acho que, nesse caso, vou ter que dar a minha permissão – ela me disse. Em seguida, se inclinou e beijou minha bochecha.

O calor explodiu em meu rosto, onde os lábios dela me tocaram. Sem perder um segundo, eu beijei o rosto dela em troca. Ela piscou os olhos, surpresa, e um sorriso de euforia surgiu em meus lábios.

– Se você pode infringir uma das regras… eu também posso.

Dei-lhe uma piscadela e comecei a empurrá-la na direção do Chevelle. Eu estava pronto para a sessão de aconchego em nossa noite, que ia começar. Estava prontinho para o monte de coisas que iriam acontecer.

Enquanto entrávamos no carro, Kiera comentou:

– Você está muito assanhado hoje.

Não pude conter meu sorriso.

– Não é toda noite que eu tenho a chance de dormir com uma linda mulher. – Para ser franco, eu não conseguia nem me lembrar da última vez em que tinha dormido a noite toda com uma garota. Tinha quase certeza de que isso nunca acontecera. Quando uma garota aparecia só pelo sexo, ia embora logo em seguida. Se eu ia a algum lugar em busca de sexo, saía logo depois. Aconchegos e carícias nunca tinham sido sequer sugeridos antes. Kiera não sabia disso, mas aquela noite era uma primeira vez para mim.

Quando eu liguei o carro, notei que ela parecia um pouco desconfortável com a minha observação; tinha entendido a declaração de forma suja. E também parecia um pouco… triste. Para tranquilizá-la e convencê-la de que não estávamos fazendo nada muito errado, expliquei a ela:

– Ei, eu disse dormir, não fo…

Sua voz ficou aguda quando ela gritou para me impedir de descrever a imagem grosseira.

– Kellan!

Sua expressão descontente foi tão perturbadora que tive dificuldade para pensar num termo diferente. Vasculhei palavras com a letra F, até que encontrei uma menos picante.

— Fooooor... ni... car? — Ela teve de reconhecer que eu tinha pelo menos tentado. Rindo, ela deslizou sobre o banco até se colar no meu lado, então deitou a cabeça no meu ombro. Paraíso!

Quando chegamos em casa, Kiera sumiu dentro do seu quarto. Por um momento eu achei que ela fosse dar para trás no que tínhamos combinado. O desapontamento me envolveu. Eu queria tanto aquela noite que esse pensamento machucou. Levou vinte minutos, mas ela finalmente saiu de seu quarto, totalmente vestida. Vestia até um suéter. Eu ri quando a olhei. Só faltava um conjunto de luvas, capacete e talvez uma roupa de proteção contra materiais perigosos para ela se considerar tão abrigada e a salvo de mim quanto era possível.

Quando ela entrou no banheiro para escovar os dentes, brinquei com isso e lhe perguntei:

— Tem certeza de que você vai estar aquecida o suficiente? — Ela revirou os olhos quando fechou a porta e eu ri.

Isso está acontecendo.

Quando ela acabou, troquei de lugar com ela. Enquanto olhava para mim mesmo no espelho, eu a ouvi andando pelo meu quarto. Ela estava no meu quarto! Fechando os olhos, expirei lentamente. Eu conseguiria fazer isso. Conseguiria manter tudo leve, despreocupado e casual. Eu não iria estragar tudo e avançar o sinal, pois ela se assustaria por eu ir longe demais. Mesmo que eu não quisesse mais nada além de beijar cada centímetro do seu corpo, eu seria um bom menino. A conexão entre nós era o que importava, não a questão física. Quando reabri os olhos, fitei longamente meu reflexo. Eu ainda tinha uma espécie de brilho sobre mim, graças à camada de suor seco no rosto. Liguei a torneira, deixei a água ficar tão quente quanto consegui aguentar e lavei o rosto. Quando acabei, bati com a toalha no rosto várias vezes e tornei a olhar. Eu continuava radiante. Talvez Kiera fosse o motivo de tanto brilho. Com um aceno de cabeça, escovei os dentes. Eu não tinha jeito mesmo. Era um caso perdido.

Quando voltei para o meu quarto, Kiera estava em pé no meio dele, olhando para a cama, sentindo-se obviamente meio dividida. Passou pela minha cabeça lhe perguntar no que estava pensando, mas ela poderia querer falar sobre nós dois, e eu não estava pronto para isso. Havia mais segurança no silêncio.

Apontei para a cama, onde ela parecia relutante em deitar.

— Vá em frente, ela não vai te morder. — Com uma risada, acrescentei: — Nem eu.

Mantenha o clima leve e alegre.

Ela me olhou de volta com um sorriso divertido, depois respirou fundo e se enfiou debaixo das cobertas. Como eu disse a ela que iria fazer, eu me deitei por cima da colcha. Era uma maneira estranha de dormir, e eu tinha certeza de que ia congelar a bunda, mas aguentaria qualquer coisa para estar com ela. Aceitando meu gélido destino, rolei de lado para encará-la. Joguei a perna por cima da dela e passei um braço sobre sua barriga. Mesmo com a colcha e o cobertor entre nós, era fantástico estar ao lado dela. Parecia a coisa certa, como se eu pertencesse àquele lugar, ao seu lado.

Debruçando o corpo por cima dela, apaguei o abajur da minha mesinha de cabeceira. A escuridão me cegou por completo, mas meus outros sentidos subitamente se aguçaram. Deu para sentir o cheiro da fragrância floral do seu xampu quando eu coloquei a cabeça para baixo, colada na dela, e a puxei para mais perto. Consegui ouvir sua respiração suave. Meu coração martelava forte no peito, e eu fiquei instantaneamente consciente de cada parte do meu corpo que encostava nela. O que eu não daria para estar debaixo das cobertas com ela! Sem ter nada entre nós, nem lençóis, nem roupa... sem segredos e sem muros.

— Kellan... — Sua voz soou um pouco tensa, como se ela tivesse alguma dificuldade.

— Sim?

— Será que dava para acender a luz de novo?

Um riso suave me escapou ao ouvir seu pedido. Minha proximidade *mexia* com ela. Isso me deixou feliz. Eu queria ficar sob a sua pele.

Debruçando sobre ela novamente, acendi a luz. Pisquei para me acostumar com a luminosidade e na mesma hora senti falta da intimidade do escuro. Sem a luz nos iluminando de forma tão intensa, era mais fácil fingir que não estávamos fazendo nada de errado... que não estávamos margeando um penhasco muito perigoso, onde apenas a dor e o sofrimento esperavam por nós, caso despencássemos.

Afastando esses pensamentos sombrios, perguntei baixinho para ela:

— Melhorou? — Ajeitando o meu travesseiro, eu me ergui um pouco apoiado num cotovelo, para poder olhar para ela. Seus olhos estavam mais dourados do que verdes naquela noite. Cor de mel com fiapos de esmeralda. Lindos.

Ela pareceu hipnotizada enquanto olhávamos um para o outro. Então, de repente, deixou escapar:

— Com quem foi a sua primeira vez?

Sua pergunta aleatória me pegou desprevenido.

— Como? Por quê?

Parecendo embaraçada, ela engoliu em seco.

— Bem, você perguntou sobre mim e Denny. É no mínimo justo.

Nesse momento eu fiquei embaraçado e analisei meus lençóis. Eu não deveria ter ido tão longe, não deveria ter lhe perguntado aquilo. Maldita curiosidade!

— É, acho que perguntei, não foi? — Olhei para ela. — Me desculpe por aquilo... Não era mesmo da minha conta.

Ela me lançou um sorriso vitorioso.

— Responde à pergunta.

Eu ri quando ela usou a minha frase novamente contra mim. *Touché*. Pensando no passado, ao longo de meus numerosos flertes, tentei recordar os detalhes sobre a garota que tinha tirado a minha virgindade. Olhos brilhantes azuis, cabelo louro platinado e um sorriso que prometia momentos maravilhosos me invadiram a mente na mesma hora. Eu não conseguia me lembrar do nome dela... Mentalmente eu sempre me referia a ela como Marilyn. Marilyn Monroe. Elegante, cheia de curvas e com jeito de devassa.

Enquanto eu recordava o passado, uma expressão engraçada foi se formando no rosto de Kiera, como se ela não pudesse acreditar que eu tinha de pensar sobre isso para saber quem tinha sido. Acho que era muito mais fácil no caso dela, que continuava namorando o cara que fora o seu primeiro homem. Ri de seu olhar e então lhe disse:

— Bem... ela era uma garota da minha vizinhança; tinha dezesseis anos, acho... Muito bonita. Parecia gostar de mim... — Lembrando do quanto ela parecia gostar de mim, sorri. — Foram só duas vezes, um verão.

A expressão dela mudou e sua voz saiu mais tranquila, como se tivesse medo de que a pergunta pudesse me machucar.

— Ah... Por quê? O que aconteceu?

Ela parecia tão séria a respeito da história que eu não pude resistir a provocá-la; uma parte de mim estava curiosa para saber se ela acreditaria em mim se eu contasse algo que provocasse indignação. Correndo os dedos pelos seus cabelos, murmurei:

— Eu a engravidei e ela foi obrigada a ir morar com a tia para ter o bebê.

Ela imediatamente se virou de lado para me encarar.

— Como é que é?!

Rindo, dei um tapinha no nariz dela.

— Estou brincando, Kiera.

Com um grunhido, ela me empurrou com força.

— Brincadeira besta.

Eu me apoiei no cotovelo novamente.

— Mas você caiu. Deve pensar o pior de mim. — Pelo seu tom, dava para dizer que ela não tinha duvidado da minha história... porque no fundo, bem no fundo, ela me achava o tipo de pessoa que simplesmente abandonaria uma mulher nessa situação. Certamente achava que eu iria sair correndo se as coisas ficassem muito difíceis. Eu realmente quase tinha fugido de Kiera. Será que era por isso que ela não confiava em mim? Eu era um cara confiável? Vejam só o que eu tinha feito com Denny. — Não sou nenhum monstro, Kiera. — Eu poderia ter traído a confiança de Denny, mas nunca trairia a dela.

Kiera se apoiou no cotovelo e me encarou.

— Também não é nenhum anjo, Kyle. — Ela sorriu para mim de um jeito tão, mas tão atraente, que eu não tive escolha a não ser voltar a sorrir. Acho que tinha razão, nesse ponto. — E então, o que aconteceu realmente com a garota? — quis saber ela.

Dei de ombros. A história real não era assim tão interessante.

— Nada de tão dramático. Ela voltou para a escola dela, eu para a minha. Caminhos diferentes...

Um ar de confusão passou pelos olhos de Kiera.

— Eu entendi você dizer que ela era uma vizinha. Por que vocês estavam em escolas diferentes?

Meu rosto ficou branco quando percebi meu erro. Eu não poderia dizer a verdade a ela. Não podia contar que eu era absurdamente jovem. A ponto de ser ilegal fazer aquilo com tão pouca idade. Kiera não iria entender tudo que eu tinha enfrentado; como a minha vida tinha sido; como o sexo tinha sido, na época, o meu único conforto num mundo de torturas sem fim. Nada disso, tudo em que ela iria reparar era a minha pouca idade. Ficaria decepcionada, com pensamentos horríveis a meu respeito. Eu não queria que ela pensasse que eu era algum monstro viciado em sexo. Mas também não queria que achasse que eu era um cara traumatizado e confuso... tão solitário que mal conseguia me manter em pé. Eu não queria que ela visse as marcas escuras que havia dentro de mim. Não estava pronto para me abrir assim. Só de pensar nisso eu fiquei meio enjoado, então eu lhe dei a resposta mais vaga que me veio à cabeça.

— Nós não estávamos na mesma série.

Mas pude ver as engrenagens girando na cabeça de Kiera, e sabia que precisava mudar de assunto.

— Mas se essa garota tinha dezesseis anos... Que idade você tinha?

Essa era exatamente a pergunta que eu não queria responder. De algum modo, porém, que eu pudesse me impedir, uma parte me escapou sem querer.

— Eu não tinha dezesseis...

Não... eu tinha doze anos de idade. Era sem noção. Uma criança. Mas você não entenderia...

Kiera ainda parecia confusa.

— Mas...

Com raiva de mim mesmo por ter deixado escapar mais do que devia, disse a ela, com firmeza:

— Você devia dormir um pouco, Kiera... já é tarde.

E eu não vou mais falar sobre isso.

Achei que ela fosse lutar para obter mais informações. Em vez disso, porém, ela pareceu sentir que eu ainda não estava pronto para me abrir por completo e não insistiu. Tirou a mão debaixo das cobertas e, sorrindo de gratidão, eu a segurei. Nós dois nos recostamos nos travesseiros; eu estendi minha mão para pegar a dela e a puxei para o meu peito. Com a cabeça dela em cima do meu coração, comecei a alisar seu cabelo e acariciar suas costas. Uma sensação de paz substituiu toda a ansiedade que eu senti diante da possibilidade de ela descobrir sobre o meu passado. Nada disso importava, afinal. Só o momento presente, com ela ali em meus braços, importava.

Ela se aninhou em meu corpo e eu beijei sua cabeça quase por instinto. Isso aconteceu antes de eu conseguir impedir, mas ela não me empurrou para longe, nem disparou para fora do quarto. Simplesmente ficou ali, sem fazer nada. Continuou deitada sobre o meu peito, curtindo meu conforto, tanto quanto eu curtia o dela.

Enquanto estávamos ali deitados, juntos, seus dedos começaram a caminhar pelo meu corpo. Ela começou perto do corte junto das costelas; a ferida do canivete que eu tinha recebido por causa dela. Depois, levou os dedos pelo meu peito acima e meu coração começou a bater mais forte. Era tão bom sentir o toque dela! Suspirando de leve, eu a apertei com mais força para junto de mim.

Ela percebeu que estava me afetando, e eu vi quando ela se ergueu um pouco e olhou para mim. Cansaço estava em seus olhos, mas isso só os tornava mais inebriantes.

— Kellan, talvez nós não devêssemos...

Não, eu não quero que isso acabe. Nunca.

— Eu estou bem, Kiera... Dorme um pouco.

Ela se deitou, mas se mexeu para descansar a cabeça na curva do meu ombro. Isso foi bom; uma delícia. Ela estendeu o braço para pegar minha mão e entrelaçou nossos dedos. Levou nossos dedos entrelaçados para baixo da bochecha e descansou a cabeça sobre eles. Eu suspirei de felicidade. Nunca tinha sentido uma conexão tão carinhosa com alguém antes. Eu pensei que o mundo poderia acabar naquele instante, que eu estaria completamente em paz.

Beijei sua cabeça mais uma vez e ela sussurrou:

— Kellan...?

Sabendo que ela estava preocupada de que aquilo estivesse se tornando demais para mim, eu a tranquilizei.

— Sério, eu estou bem, Kiera...

Ela ergueu a cabeça e olhou para o meu rosto.

— Não, é que eu estava aqui pensando... Por que você quer fazer isso comigo? Quer dizer, você sabe que o nosso relacionamento não vai dar em nada; então, por que desperdiçar o seu tempo?

Uma fisgada de dor atravessou meu momento perfeito, mas eu a escondi o melhor que pude. Gostaria de ter tudo o que ela poderia me dar.

— O tempo que eu passo com você nunca é desperdiçado, Kiera. Se é só isso... — Eu não podia confessar a ela todo o meu desespero, então deixei as coisas por isso mesmo.

Pela primeira vez ela pareceu entender que tudo aquilo, para mim, não tinha nada a ver com sexo. Pareceu entender que ela significava algo mais para mim, e eu lutava para enfrentar o fato de ela não querer ficar comigo. Quando ela olhou para o meu rosto, eu soube que ela estava me vendo... quer dizer, me vendo *de verdade*. Isso doeu, mas eu não me afastei, não fugi do assunto nem alterei minha expressão. Aquele era eu, de peito aberto.

Seus olhos estavam lutando contra alguma confusão interior quando ela soltou minha mão e acariciou minha bochecha. Aquilo amplificou a minha dor. Eu nunca a teria. Não por completo. Breves lampejos de felicidade seriam tudo que eu iria conseguir dela, porque amanhã à noite ela estaria de volta à sua cama, com Denny ao lado, e eu estaria sozinho. Sempre sozinho.

Agora que eu sabia o quanto aquela sensação era incrível, odiei a ideia de nunca mais conseguir senti-la novamente. Eu não queria mais ficar sozinho. Não quero ficar sem ela. E não queria compartilhá-la. De forma egoísta, queria cada parte daquele corpo, cada pedaço, cada curva. Eu sabia que estava forçando a ultrapassagem de um limite que tinha jurado nunca mais cruzar, mas Denny não apreciava o que ele tinha. Eu, sim. Eu adorava cada segundo que passava com ela, e queria que nossa conexão fosse mais profunda. Queria mais.

Perdendo a cabeça, eu me inclinei e a beijei, mas só no canto dos lábios. Fiquei chocado comigo mesmo por fazer um movimento que claramente ultrapassava os limites, e Kiera ficou surpresa também, mas não me empurrou para longe. Deixei a cabeça ali, respirando suavemente em sua pele quente, e ela não fez nada. Nada além de prender a respiração e continuar a acariciar minha bochecha.

Quando seu polegar roçou minha pele, me pedindo de forma inconsciente para ir em frente, minha determinação enfraqueceu. Eu a queria tanto! Precisava muito dela. Baixei os lábios até sua mandíbula e pousei um beijo de leve lá, e depois um beijo igualmente suave sob o queixo. Ela continuou sem fazer nada, e tinha um gosto maravilhoso e doce... eu precisava de mais. Minhas mãos se enfiaram debaixo das cobertas e deslizaram até a cintura dela, colando-a em mim. Minha respiração ficou mais pesada, e com um gemido suave, tracejei beijos descendo pela sua garganta.

Sim. Mais.

Meus dedos apertaram e soltaram seus quadris. Eu queria arrancar a colcha e os lençóis, rasgar a roupa dela, remover todas as barreiras que havia entre nós. Com a respiração mais rápida e superficial agora, tirei meus lábios da sua pele e descansei minha testa contra a dela. Queria que ela colasse a boca na minha.

— Kiera...

Eu preciso de você. Beije-me... ou me impeça.

Fiquei olhando para ela, querendo que ela me beijasse e rezando para que não o fizesse.

Será que mais uma provinha me deixaria louco?

Ela não dizia uma palavra sequer, mas sua expressão era uma mistura de desejos conflitantes.

Havia uma conexão entre nós, algo além da atração apenas física. Disso eu tinha certeza. Vi o jeito como ela se importava comigo em seu sorriso tímido; sentia isso pela forma casual como ela deitava a cabeça no meu ombro quando estava cansada; percebia em sua risada durante os breves momentos despreocupados em que nenhum de nós se sentia culpado pelo que estávamos fazendo. Kiera estava lutando com o peso de manter a barreira entre o amigo e o amante. Estava dividida, tanto quanto eu, mas eu não conseguia mais me controlar...

Quando meus lábios começaram a baixar sobre os dela, seus dedos em minha bochecha se deslocaram para cobrir minha boca debilmente, tentando me impedir de ir em frente. Gemendo e adorando a sensação da sua pele contra a minha, ignorei sua rejeição suave e fechei os olhos. Ela não recolheu os dedos, nem tentou me impedir de beijá-la, então eu pressionei os lábios contra os dela, apesar de sua mão ainda estar no caminho. Fingindo que sua mão não estava ali, impedindo nossos lábios de se encontrarem, beijei seus dedos um por um. Só que beijá-los não era suficiente, e eu comecei a afastar os dedos dela para longe dos meus lábios.

— Quero sentir você...

Quando seu lábio superior ficou exposto, pressionei minha boca contra ele. Kiera reagiu como se eu tivesse despejado água gelada em suas costas. Com uma inspiração aguda, ela me empurrou para longe e saiu da cama. Foi nesse momento que eu percebi por completo o que tinha acabado de fazer, e o que aquilo poderia me custar. Kiera não queria nada disso comigo; já tinha me dito claramente, centenas de vezes.

Sem fôlego e me sentindo em pânico, eu rapidamente me sentei na cama.

— Kiera, me perdoe. Não vou... — Engoli em seco algumas vezes, tentando me acalmar.

Por favor, não me diga que tudo acabou.

Kiera também lutava para respirar normalmente quando me fitou com os olhos arregalados.

— Não, Kellan... Essa ideia foi péssima. Vou para o meu quarto. Sozinha.

Ela apontou o dedo para mim e me pareceu que aquele dedo era um punhal entrando no meu coração.

Não, não me deixe.

Esforcei-me para mover meu corpo. Senti como se minhas mãos e pés tivessem virado chumbo.

— Espera... Eu estou bem, me dá só um minuto. Vai passar...

Por favor, não vá.

Ela ergueu os dois braços para me impedir de ir até ela.

— Não... por favor, fica aqui. Não posso... Eu não posso fazer isso. Essa foi por pouco, Kellan. Isso é difícil demais. — Ela andou de costas, recuando até a porta.

Não... por favor não diga adeus. Eu serei bom.

– Espera, Kiera... Eu vou me esforçar mais. Não... não acaba com tudo...

Ela parou quando percebeu a expressão de dor e sofrimento em meu rosto. Senti como se o meu mundo se estilhaçasse enquanto minha utopia se desintegrava à minha volta. Eu tinha sido um idiota por pensar que aquela noite poderia ser outra coisa além de um erro gigantesco. Eu deveria deixá-la ir, mas simplesmente não conseguia.

Sua expressão se suavizou enquanto um ar de compaixão a cobriu por completo.

– Preciso ficar sozinha hoje. Nós conversamos amanhã, ok?

Eu não conseguia falar mais nada, então balancei a cabeça e a observei indo embora. Como eu, ela iria passar aquela noite sozinha. Só que o tormento dela terminaria no dia seguinte, enquanto o meu iria continuar. Pelo menos, porém, eu tinha curtido um momento de pura paz ao lado dela. Mesmo que meu coração estivesse destroçado e eu me sentisse apavorado com a possibilidade de ela mudar de ideia e resolver acabar com tudo que estávamos fazendo, eu me agarrei à sensação de tê-la em meus braços. Eu me agarraria a isso para sempre.

Eu amo você, Kiera. E sinto muito.

Capítulo 18
EU NÃO SOU SUA

Para minha surpresa, Kiera não terminou tudo na manhã seguinte. Exausto de uma noite sem dormir pensando nela e no que ela poderia me dizer depois do incidente na minha cama, fui até o quarto dela assim que senti que havia condição de fazer isso. Por mais doloroso que fosse a perspectiva de perdê-la, eu precisava saber se ela iria me dispensar de vez ou me daria mais uma chance. Quando ela só me fez uma leve censura, me avisando para nunca mais ir tão longe, uma onda de alívio me inundou. Fosse certo ou errado, ela ainda não queria acabar com aquilo.

O bar estava lotado naquela noite, com gente saindo pelo ladrão, graças ao meu ministriptease da véspera, mas eu não estava no clima. Manter Kiera em minha cama era a única coisa na minha cabeça. A noite anterior podia muito bem ter sido a última em que isso aconteceu. Fiquei um pouco triste ao pensar nisso. Sentia um gongo soar o tempo todo na cabeça, uma espécie de lembrete constante de que Kiera e Denny poderiam se resolver. Isso quase me deu vontade de pedir a Denny que caísse fora novamente. Ou obrigá-lo a ir. Só que eu não podia fazer isso; ele não era culpado de coisa alguma. Eu mesmo tinha criado aquela confusão ao permitir que tudo acontecesse. Eu nunca deveria ter desejado uma coisa que não era minha.

Alguns dias depois eu peguei Kiera na faculdade e fomos para o nosso lugar favorito, um parque próximo. Ele ficava bem perto da faculdade, a uma curta caminhada de distância, e nós íamos ali às vezes quando queríamos aproveitar o dia, a natureza, e a companhia um do outro. A primeira vez que encontrara Kiera ali, eu a tinha acusado de me perseguir, pois eu sempre dava uma passada ali para me exercitar depois de uma corrida. Brincamos com isso, rimos muito e quase nos beijamos nesse dia. Parecíamos estar quase sempre à beira de um beijo, ultimamente. Estar junto dela era fabuloso, mas também muito difícil. Dor e prazer tão misturados que, por vezes, era complicado separar os dois.

Carregando um café em uma das mãos, peguei um cobertor do meu porta-malas. Estava ensolarado ali fora, mas o ar era fresco e frio. O inverno se aproximava rapidamente. Kiera estava protegida por um casaco roxo em gomos, mas seu nariz ainda era rosa. Tive um desejo estranho: esfregar meu nariz contra o dela – rosa com rosa –, mas não sabia se isso seria ultrapassar algum limite ou não, então deixei quieto.

Encontramos um lugar para estender o cobertor, perto de um campo ao redor do qual algumas pessoas corriam, tentando se manter aquecidas. Pousei o café sobre a grama, abri o cobertor e o deixei flutuar suavemente até o chão. Com cuidado para não derramar seu próprio café, Kiera se deitou de lado, apoiada no quadril, e sorriu para mim. A alegria no rosto dela me roubou o fôlego. Apesar de Denny já ter voltado, Kiera sorria para mim sempre que me via. Talvez eu estivesse apenas torcendo para que isso fosse verdade, mas... ela não parecia estar sorrindo tão abertamente para Denny nos últimos dias. Nem com tanta frequência. Na verdade, eles não pareciam estar curtindo muito tempo juntos. Poucos dias antes, Denny tinha sumido do mapa e deixou Kiera esperando, apesar de eles terem combinado de ir ao cinema juntos. Essa era a segunda vez, pelo menos, que ele a deixava sozinha e sem programa. Ela ficou furiosa com ele, me convidou a ir com ela assistir ao filme e nos divertimos muito juntos. Tentei não me sentir mal a respeito do claro afastamento que rolava entre Denny e ela. Fiz de tudo para não me sentir feliz, também. A relação deles era separada da nossa, ou pelo menos eu me convencia que era assim. Eu seria qualquer coisa que Kiera precisasse que eu fosse.

Tomamos nossos cafés em meio a um silêncio confortável. Por mais que o líquido que corria pela minha garganta me aquecesse, isso não era nada comparado a me sentar ao lado de Kiera. Ela me aquecia de dentro para fora. Descongelava lugares escuros e esquecidos dos quais eu nem sabia que existiam. Só estar perto dela já tornava tudo melhor.

Quando nossas bebidas estavam acabando, colocamos os copos vazios na grama e eu peguei seus dedos. Eles ainda estavam mornos de segurar a bebida quente. Kiera interrompeu o silêncio com uma pergunta que fiquei surpreso ao ouvir.

– Aquela música que você tocou no fim de semana passado, com uma letra meio forte... Não é realmente sobre uma mulher, é?

Eu sabia exatamente a qual música ela se referia. O nome de canção era "I Know" e, como ela disse, eu a tinha tocado poucos dias antes. A letra falava de uma mulher em um relacionamento abusivo. Esconder-me atrás dessa mentira era o mais perto que eu conseguia chegar do meu passado. Mas eu não percebi que Kiera tinha prestado tanta atenção nas palavras, e não fazia ideia de que ela pudesse ter tamanha intuição sobre mim, a ponto de ler nas entrelinhas. Como diabos ela sabia disso?

Vendo a pergunta não formulada em meu rosto, ela forneceu uma resposta que eu não tinha imaginado.

— Denny. Ele me contou o que aconteceu quando estava morando com a sua família. A música é sobre você mesmo, não? Você e seu pai?

Voltei os olhos para longe dela e fitei longamente o parque. Denny. Eu devia ter adivinhado. Fiquei um pouco magoado por ele ter contado a ela algo tão pessoal a meu respeito. Por outro lado, fiquei contente por ela saber. Só que eu não queria falar sobre isso, ainda. Balancei a cabeça, mas não disse nada.

— Quer conversar sobre isso? — perguntou Kiera, calmamente.

— Não. — Eu não queria mesmo. Não havia propósito em pensar no assunto, e muito menos em discuti-lo. As coisas eram como eram.

— Mas vai conversar? — insistiu ela, com um tom de dor e compaixão na voz.

Dando um longo suspiro, olhei para a grama. Agarrando uma folha comprida e fina como uma lâmina, enrolei-a nos dedos. De repente eu me senti como aquele pedaço de grama sendo torcido em meus dedos contra a vontade. O que ele diria, se pudesse falar?

Faça o que quiser comigo, já estou destroçado mesmo.

Quando olhei para ela, os olhos de condenação de meu pai nublaram minha visão.

— Não há nada para conversar, Kiera.

Ele me batia porque odiava a mim e a tudo que eu representava. Minha mãe lhe permitia fazer o que quisesse comigo porque eu tinha arruinado a sua vida. Eu estrago tudo; basta olhar para o que eu fiz com você e com Denny...

— Se Denny contou a você o que viu e o que fez por mim, então você sabe tanto quanto qualquer um.

— Não tanto quanto você. — Sua voz era firme, mas cheia de empatia. Um filete gelado percorreu minha espinha. Ela não ia desistir do assunto, dessa vez; ia forçar a barra, bisbilhotar e tentar descobrir meus segredos. Só que eu não estava pronto para revelá-los. Acho que jamais me sentiria pronto. No entanto... também não queria que ela parasse de perguntar.

Parecendo estar se desculpando por insistir, ela perguntou:

— Ele batia sempre em você?

Havia tantas recordações me bombardeando que eu não conseguia separar umas das outras. Eu me vi me encolhendo sob seus punhos pesados, eu o vi gritando enquanto seu cinto rasgava minhas coxas nuas. Eu me enxerguei chorando, implorando para ele parar...

Meu coração bateu forte no peito e minha garganta ficou totalmente bloqueada. Eu não conseguiria falar naquela hora, mesmo que quisesse. Engoli em seco e balancei a cabeça uma única vez. Era um modo fraco e patético para responder a uma pergunta, mas foi o reconhecimento mais duro de toda a minha vida.

Sim, ele me espancava o tempo todo. Toda santa noite ele encontrava um motivo para me agredir. Eu não conseguia fazer nada direito. E eu tentei. Tentei muito ser bom.

— Com muita força? — perguntou Kiera, claramente lutando com suas próprias emoções.

Eu não queria responder a ela, desejava desesperadamente mudar de assunto, mas seus olhos continuaram fixos em mim e, depois de um longo tempo, finalmente balancei a cabeça novamente, só uma vez. Houve momentos em que eu não conseguia sentar e vezes em que eu mal podia suportar. Ossos quebrados, costelas afetadas, concussões... Eu tive de tudo.

— Desde que você era pequeno?

Balancei a cabeça para frente novamente e minha visão ficou turva enquanto as lágrimas ardiam meus olhos.

Desde que eu me entendo por gente.

Kiera engoliu em seco, e dava para ver que ela não queria fazer todas aquelas perguntas dolorosas, mas agora também não conseguia parar. Já tinha arrancado o curativo; agora precisava limpar a ferida antes de voltar a cobri-la.

— Sua mãe nunca tentou impedi-lo... e socorrer você?

Ficou claro que tudo aquilo era incompreensível para ela. Dava para entender sua visão. Pelo que eu podia avaliar, os pais de Kiera foram carinhosos, amorosos e bons. Os meus simplesmente não foram. Balancei a cabeça para os lados e uma lágrima me escorreu pelo rosto quando eu lembrei de minha mãe me olhando com desdém, como se tudo que estivesse acontecendo fosse culpa minha. "Você pediu por isso, Kellan" era um comentário frequente dela.

Pude notar o horror no rosto de Kiera com mais clareza quando a obstrução da minha visão, provocada pelas lágrimas, desapareceu. Eu não tinha certeza se isso era bom ou não. Ver o olhar de dor estampado no rosto dela me trouxe ainda mais lembranças à superfície. A verdade é que meus pais me espancavam sem trégua.

Com os olhos tão lacrimejantes quanto os meus, Kiera perguntou:

— E isso acabou quando Denny foi embora?

Minha mente relembrou os meses de abuso que eu sofri depois de Denny voltar para casa. Meu pai ficou furioso por ter sido pego com a boca na botija, por eu fazer com que ele parecesse mau, por ter surgido uma rachadura na fachada de família perfeita que encenávamos... por eu mostrar que estava criando mais coragem e determinação. Ele e minha mãe queriam parecer uma família perfeita. Aparências eram tudo para eles. Mantê-las era muito mais importante do que eu.

Engolindo o nó na garganta, balancei a cabeça para os lados mais uma vez.

— Ficou ainda pior... muito pior. — Eu estava surpreso comigo mesmo por conseguir contar isso a ela. Realmente me vi surpreso por poder desabafar um pouco.

Novamente olhando como se não conseguisse imaginar tanta crueldade, ela sussurrou:

— Por quê?

Porque não há nada em mim que valha a pena amar, um fato comprovado pelo o que eu fiz para você e para o meu melhor amigo.

— Você teria que perguntar a eles — sussurrei.

Ela começou a chorar de verdade agora, mas eu estava anestesiado por dentro, devido à crueza das lembranças. Observei com ar impassível as lágrimas dela escorrendo, e vi quando ela colocou os braços em volta do meu pescoço e me puxou mais para perto.

— Eu lamento tanto, Kellan — sussurrou em meu ouvido.

Coloquei os braços em torno dela sem apertar muito; a dor começava a se infiltrar através das bordas da minha dormência, e tudo se tornou ainda mais intenso porque eu sentia como se estivesse em carne viva.

— Está tudo bem, Kiera. Isso foi há anos. Já faz muito tempo que eles não podem me machucar.

Isso não devia doer tanto, ainda. Eu já deveria ter superado tudo.

Ela me abraçou com mais força e tudo se tornou demasiadamente intenso para mim. Não consegui conter a angústia, não poderia reconstruir o muro que ela acabara de desmontar. Uma vida inteira de dor ricocheteou por dentro do meu corpo, saltando de um canto para outro. Cada golpe me deixava machucado e surrado, e eu tremi quando mais lágrimas silenciosas me escorreram pelo rosto.

Após vários minutos, Kiera se afastou e olhou para mim. Não disse nada sobre a umidade na minha pele, a vermelhidão nos meus olhos. Simplesmente colocou as mãos no meu rosto, limpando minhas lágrimas enquanto me segurava com força. Uma última lágrima escorreu quando olhei para o seu rosto bonito e adorável.

Por que você não pode me amar tanto quanto eu amo você? Por que ninguém consegue fazer isso? Sou tão terrível assim?

Kiera se inclinou e beijou minha lágrima. Seu calor me queimou por dentro até a alma.

Eu preciso de você... Preciso muito.

Quando ela se afastou, virei o rosto em direção à sua boca. Eu não queria fazer aquilo; foi um instinto conduzido por pura necessidade.

Eu preciso que essa dor acabe... esta é a única forma que eu conheço de acabar com ela.

Nossos lábios se roçaram de leve, mas nenhum dos dois se moveu. Com medo de nos mexermos para não quebrar a conexão que, segundo a segundo esgotava minha dor, prendi a respiração. Eu não tinha certeza de quanto tempo ficamos ali sentados daquele jeito, os lábios apertados, as mãos de Kiera no meu rosto, mas depois de algum tempo eu precisei de ar. Precisava respirar, e ela era a melhor coisa que eu poderia pensar para inalar. Certamente ela conseguiria preencher o vazio no meu peito de um jeito que o oxigênio jamais faria.

Abri meus lábios para sugar o ar... e Kiera me beijou.

Seus lábios se moveram contra os meus, e as lágrimas quase voltaram aos meus olhos, de tão bom que aquilo foi. Respondi ao seu beijo sem pensar e nos movemos suavemente um contra o outro. Eu não conseguia acreditar que ela estava permitindo que eu fizesse aquilo, e pela forma como tremia, percebi que ela também não podia acreditar. O movimento era quente, suave, cheio de profundidade e significados, mas acendeu um fogo forte dentro de mim e logo depois eu queria mais do que aquilo... muito mais. Queria senti-la em torno de mim, beijá-la em cada canto de pele, amá-la em toda parte. Queria tudo dela.

Segurando sua nuca, eu a puxei para um beijo mais profundo. Nossas línguas se roçavam sensualmente, ela gemeu e me empurrou. Imediatamente percebi meu erro. Tinha deixado acontecer novamente; tinha quebrado a regra que ditava o quanto poderíamos ou não ter um do outro. Ela iria ficar fora de si, iria me abandonar. Simplesmente iria sumir e eu ficaria sozinho. E eu não ia conseguir lidar com isso, especialmente agora, quando ainda me sentia tão vulnerável.

– Me perdoe. Me perdoe mesmo. Eu achei... achei que você tinha mudado de ideia.

Por favor, não mude de ideia. Por favor, não vá.

O rosto de Kiera era uma mistura de confusão, culpa, tristeza e desejo.

– Não... A culpa é minha. Me desculpe, Kellan. Isso não está dando certo.

Todos os meus medos se condensaram nessa frase. Ela não podia acabar com aquilo. Eu não sabia o que seria de mim sem ela. Inclinando-me um pouco para a frente, agarrei o braço dela.

– Não, por favor. Eu vou melhorar, vou ser mais forte. Por favor, não acabe com tudo. Por favor, não me deixe...

Nunca me deixe. Eu amo você. Não consigo viver sem você.

Kiera mordeu o lábio, claramente incomodada pelo meu apelo apaixonado.

– Kellan...

Eu não podia perdê-la.

– Por favor – implorei, procurando em seu rosto algum sinal de esperança.

Não me abandone.

Uma lágrima lhe escorreu pelo rosto e ela quase engasgou com as palavras.

– Isso não é justo. Isso não é justo com Denny. Nem é justo com você. – Sua voz tremeu. – Estou sendo cruel com você.

Sentando em cima dos joelhos dobrados, peguei as duas mãos dela.

— Não, não está. Você está me dando mais do que... Não acabe com tudo. *Por favor... Eu nunca tive nada nem perto disso. Eu te amo tanto. Não vá embora...*
Ela estava estupefata com a minha resposta.

— O que é "tudo" para você, Kellan?

Olhei para baixo. Eu não poderia contar a ela. Eu não sabia o que ela faria se soubesse a verdade. Se descobrisse o que *realmente* significava para mim, iria fugir correndo. Definitivamente iria acabar com tudo. Eu precisava trazer de volta a despreocupação lúdica e casual que tínhamos antes. Só que não sabia como fazer isso no momento.

— Por favor – eu murmurei, torcendo para aquilo ser o suficiente.

Ela soltou um suspiro pesado embebido de inquietação.

— Está bem... Está bem, Kellan.

Olhei para ela, aliviado. Eu conseguiria ficar com ela. Pelo menos por aquele dia eu conseguiria mantê-la ao meu lado.

A semana continuou pacificamente após o incidente do parque. Kiera e eu não tornamos a falar naquilo e eu me senti grato por isso. Também não falamos sobre como as coisas entre nós aumentavam de intensidade numa escalada lenta e crescente. Eu estava dividido quanto a isso. Queria que retomássemos a antiga amizade; queria que mergulhássemos de cabeça num relacionamento sexual. Queria os dois lados da moeda com Kiera: paixão *e* companheirismo. Mas ela já tinha um parceiro no outro lado da sua moeda. Um parceiro que se tornava cada vez mais consciente da atitude distraída da namorada.

Eu estava na cozinha com Denny uma manhã terminando meu café, enquanto Kiera estava lá em cima tomando banho. Denny olhou para o teto e depois fixou os olhos em mim.

— Eu não posso esperar mais tempo, preciso trabalhar... Você avisa a Kiera que eu deixei um "até mais" para ela?

Congelei com a caneca nos lábios. Denny parecia triste, cauteloso e... desgastado. Na mesma hora senti uma onda de culpa se avolumar no meu peito. Colocando a caneca na mesa, fiz que sim com a cabeça.

— Claro, eu dou o recado.

Ele balançou a cabeça em resposta, os olhos distantes.

— Ela costumava vir sempre se despedir de mim, não importa o clima que houvesse entre nós. Sei que eu tenho trabalhado muito, mas... é como se ela não estivesse mais nem tentando, como se não se importasse de estarmos à deriva, nos afastando... – murmurou, claramente falando para si mesmo. Apertei o maxilar com força ao ouvir o comentário tão direto de Denny. Sim, o comprometimento inabalável de Denny com um emprego onde ele não era bem aproveitado certamente *provocava* uma tensão forte no relacionamento deles, mas eu tinha certeza de que *eu* era o verdadeiro motivo de Kiera não se mostrar tão atenciosa quanto costumava ser. *Eu* estava provocando aquela dor em Denny, ao roubar dele uma parte da pessoa que ele mais amava. Eu me odiei por isso. Ele não merecia nada daquilo, mas eu era incapaz de mudar as coisas; precisava muito dela.

— Ela provavelmente anda muito ocupada com a faculdade... com o trabalho.

E comigo.

Denny olhou para mim como se tivesse esquecido que eu estava lá. Acho que não tinha a intenção de dizer tudo aquilo em voz alta. Ele raramente conversava abertamente sobre seus problemas. Eu não tinha certeza se isso era por respeito a Kiera ou por medo de que eu pudesse, de alguma forma, tirar proveito das rachaduras na armadura do casal. Normalmente eu lhe diria que jamais faria algo contra eles e nunca iria feri-lo dessa maneira... só que já tinha feito isso. Eu já tinha fodido tudo, então não tinha moral para lhe oferecer garantias sem sentido e achei melhor ficar calado. Era o mínimo que eu podia fazer.

Exibindo um sorriso que me pareceu muito triste, ele disse:

— Pois é... Bem, vou ficar contente quando a irmã dela chegar. Talvez essa oportunidade de ela sair com alguém da família ajude um pouco.

Eu simplesmente fiz que sim com a cabeça. Por Deus, eu era um tremendo de um canalha. Devia parar de sair com Kiera. Devia parar de testar os limites do nosso relacionamento. Parar de sonhar com ela, de pensar, de alimentar esperanças de ter um futuro com ela. Não havia futuro nisso. Roubá-la dele, algo que eu nunca seria capaz de fazer, mataria Denny. E eu gostava dele também.

Sem saber o que dizer a Denny, comentei:

— Sim, nós escolhemos uma boate para levá-la. Vai ser divertido.

Denny inclinou a cabeça e seus olhos escuros se estreitaram.

— Nós? Kiera me disse que *ela* encontrou um lugar que imaginou que Anna gostaria de conhecer.

Vi a pergunta não formulada nos olhos dele e na mesma hora comecei a recuar. Eu nunca deveria ter juntado o nome de Kiera ao meu. Nós não éramos um "casal".

— É que eu estava lá quando ela pediu sugestões a Griffin. — Isso era quase verdade. Eu *tinha* perguntado a Griffin sobre onde poderíamos levar Anna, mas Denny não precisava saber disso. Exibi para ele um sorriso descontraído e brincalhão. — Você nem imagina qual foi o primeiro lugar que ele sugeriu.

A suspeita se desfez nos olhos de Denny quando ele sorriu.

— Acho que consigo imaginar. — Ele riu. Com um último olhar para o andar de cima, ele suspirou e disse: — Vou acabar me atrasando. A gente se vê mais tarde, companheiro.

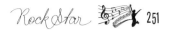

— Até logo, Denny. — Coloquei a cabeça sobre a mesa depois que ele saiu.

Sou um cara horrível, horrível demais.

Quando Kiera desceu do quarto eu estava na sala de estar olhando para um programa que passava na tevê, embora não o estivesse assistindo de verdade. Kiera riu quando se juntou a mim no sofá. Apontando para a tevê, perguntou:

— Sienna Sexton? Eu não sabia que você era fã dela.

Eu finalmente me liguei no que estava passando: um documentário sobre a maior estrela pop do planeta. Procurando o controle remoto, desliguei a tevê.

— Eu não sou – garanti a ela, com um sorriso, que logo se desfez quando a culpa me inundou. – Você acabou de perder a saída de Denny. Ele me pediu para transmitir suas despedidas.

A expressão de Kiera mudou de divertida para horrorizada.

— Oh… – Ela olhou para baixo, como se não soubesse o que fazer com essa informação.

Seja bem-vinda ao clube.

Ela era uma boa pessoa e esse paradoxo a incomodava, o que me fazia sentir ainda pior. Mesmo quando eu tentava fazer a coisa certa, eu a machucava. Tudo aquilo era estranho, complicado e doloroso. Eu adoraria tê-la e, ao mesmo tempo, evitar todas as partes complicadas, mas essa não era a minha realidade. Agarrei a mão dela e entrelacei seus dedos aos meus, reafirmando nossa profunda conexão. *Aquela* era a nossa realidade, e eu gostaria de me agarrar a ela. Mesmo que precisasse chutar e gritar para conseguir isso.

Ficamos abraçados depois disso, até que finalmente chegou a hora de começar nosso dia. A tarde passou sem novidades; eu a levei para a faculdade, fui buscá-la na saída, levei-a para casa e a ajudei nos estudos. Depois, eu a levei para o trabalho e fui me encontrar com os rapazes para nosso ensaio. Após ajustarmos os arranjos para algumas de nossas músicas, todos nós fomos até o Pete's para tomarmos umas cervejas. Um dia absolutamente típico e normal.

Inclinando-me para trás na cadeira, ouvi Matt contar que seu avô queria vir visitá-lo nos feriados, mas odiava andar de avião. Apontando para Griffin, Matt disse:

— O gênio ali sugeriu que ele viesse de carro.

Dei de ombros. Isso não me pareceu completamente irracional, mas pelo sorriso debochado de Matt, percebi que havia algo mais.

— Deixe-me adivinhar: ele não tem carro, certo?

O sorriso de Matt cresceu.

— Nada disso, ele tem, sim. Inclusive está estacionado na garagem de sua casa. Em Maui.

Griffin fez uma cara feia quando Matt e eu caímos na gargalhada.

— Que foi? Deve haver uma barca ou alguma merda desse tipo que ele pode pegar. O Havaí não é *tão* longe assim. – Griffin sorriu. – Ou talvez ele pudesse vir num cruzeiro só para solteiros. Poderia pegar o navio e depois pegar alguém no navio, certo?

Matt fez uma cara de nojo enquanto eu ri mais ainda. Pensando bem, talvez Griffin tivesse razão quanto a essa ideia do navio. Menos a parte de transar, é claro. A menos que o avô estivesse a fim. Ele era parente tanto de Griffin quanto de Matt, então Griffin poderia muito bem ter puxado ao avô. Esse pensamento me provocou um arrepio e eu olhei em torno do bar para apagar a imagem da personalidade de Griffin no corpo de um senhor.

Meu olhar passou sobre uma mesa de mulheres que riam e olhavam na minha direção, obviamente tentando chamar minha atenção. Olhei para além de onde elas estavam até encontrar Kiera. Ela estava franzindo a testa de preocupação quando nossos olhos se encontraram. Na mesma hora mudou sua expressão, mas era tarde demais; eu já tinha visto a sua tristeza. Ela continuava triste com o que acontecera naquela manhã ou alguma outra coisa a incomodava? Ela não estava tendo dúvidas a respeito de nós... Ou estava?

Lentamente eu me levantei e caminhei até ela. Meu coração começou a bater mais forte enquanto eu me aproximava de onde ela estava limpando uma mesa. Se ela terminasse tudo, eu não tinha ideia do que faria. Quando cheguei ao lado dela descansei a mão sobre a mesa, perto o suficiente para que nossos dedos se tocassem.

— Oi.

— E aí? – Ela olhou para mim com um sorriso tímido que a fez ainda mais incrivelmente bela. Meu coração se apertou.

Não acabe com tudo entre nós. Eu preciso de você.

Quase como se pudesse me ouvir, ela se endireitou e chegou um passo mais perto, até nossos corpos se tocarem.

Estávamos muito próximos, mais perto do que amigos costumam ficar. Embora o bar estivesse lotado, nossa proximidade era estranha. Mas eu não me importava. Precisava saber o que ela pensava. Estávamos tão perto um do outro que eu acariciei discretamente sua perna com um dedo.

— Você me deu a impressão de estar pensando em algo... desagradável – disse eu. – É alguma coisa sobre a qual queira conversar?

Por favor, aguento qualquer coisa, menos saber que você mudou de ideia. Não me abandone.

Ela abriu a boca para responder, mas parou quando Griffin se aproximou e apertou meu ombro. Senti vontade de me virar e dar um soco nele. Em vez disso, me afastei de Kiera para ele não sacar que tinha interrompido um momento importante. Embora Griffin não prestasse atenção em coisa alguma que não o envolvesse diretamente.

— Ah, cara, você precisa ver só aquela coisinha gostosa no bar! — chamou ele, mordendo os nós dos dedos. — Ela está afinzona de mim. Será que tem como eu dar umazinha na sala dos fundos?

Girei o corpo para ver a garota que tinha deixado Griffin tão empolgado. Era uma mulher bonita com cabelo castanho comprido e liso, sentada num banco do bar e de frente para a multidão. Usava um vestido apertado muito curto e, de pernas cruzadas, mostrava muito de suas coxas. Seus olhos grudaram em mim quando eu me virei para olhar. Mordendo o lábio, ela se remexeu no banco como se tivesse tanto tesão que não conseguisse se aguentar parada. Eu não tinha certeza se ela estava interessada em Griffin ou não, mas provavelmente *alguém ali* a comeria na sala dos fundos; definitivamente ela estava pronta e "facinha"...

Olhos colados em mim, a mulher não olhou uma única vez para Griffin. Isso pareceu dar a ele uma dica de que talvez não era *nele* que ela estava tão interessada.

— Ah, que merda, cara! Você já comeu a garota? Droga, detesto ficar com as suas sobras. Elas não param de falar sobre...

Eu ia matar Griffin, isso era certo. Kiera ouvir sobre nós dois dividindo mulheres era a última coisa que eu queria que acontecesse. Ela devia estar repugnada com aquilo. *Eu* estava com nojo. Sabia que aquilo provavelmente tinha acontecido antes, mas não queria pensar sobre isso, muito menos falar a respeito; não queria *mesmo*! Algumas coisas... era melhor não serem mencionadas.

Bati no peito dele para cortar o papo.

— Griff!

Ele não pareceu sacar o recado. Claro que não sacaria.

— Que é, cara?

Irritado por Griffin não ter mais células cinzentas no cérebro e por não conseguir pensar em ninguém além de si mesmo, apontei para Kiera com as duas mãos. Ela *não queria* ouvir sobre as proezas dele. Ou sobre as minhas.

Griffin piscou ao olhar para Kiera, como se não tivesse percebido que ela estava ali. Focado em se dar bem naquela noite, ele provavelmente não tinha notado a presença dela, mesmo. Griffin dava um novo significado à expressão "cérebro de banana".

— Ah, oi, Kiera.

Felizmente a "mulher que atraía picas" atraiu Griffin para longe de nós. Eu não tinha ideia do que dizer a Kiera. Ela parecia um pouco incomodada com a conversa, e eu não a culpava. Eu também tinha ficado um pouco perturbado. Sabendo que não havia coisa alguma que eu pudesse dizer em um bar repleto de curiosos, eu me virei e voltei para a mesa. Conversaria com ela mais tarde, quando estivéssemos sozinhos. Queria limpar aquela cagada e saber por que ela parecia chateada antes. Precisava saber o que estava pensando, o que planejava fazer. E se o meu coração logo seria despedaçado.

Kiera pareceu distante ao longo de toda a sua noite de trabalho. Eu não tinha certeza do motivo daquilo, e isso me preocupava. Eu me ofereci para ficar até o bar fechar e lhe dar uma carona para casa, mas ela recusou. Fazia isso às vezes, quando achava que eu estava cansado ou não queria levantar muitas suspeitas. Eu não tinha certeza de qual era o motivo naquela noite, e isso me preocupou muito.

Não consegui dormir quando cheguei em casa. Minha mente estava girando com as dúvidas. Quando ouvi a porta da frente se abrir, eu me sentei na cama. Ouvi os passos leves de Kiera, que subiu a escada e seguiu pelo corredor. Abri a porta do meu quarto e fiquei ali, no recesso escuro, até ela passar. Quando eu a vi, puxei-a para dentro com um movimento divertido e ágil, tornei a fechar a porta e a encostei de costas nela. Com as palmas das mãos junto dos dois lados do seu corpo, mantive a porta fechada e me inclinei sobre ela, mantendo-a presa. Ninguém nos incomodaria, agora.

Com nossas bocas a poucos centímetros uma da outra, sussurrei:

– Desculpe pelo Griffin. Ele às vezes é… meio… enfim… babaca. – Sorri, esperando que ela não estivesse mais chateada com aquele pequeno fiasco. Como ela não disse nada, eu quis saber:

– No que você estava pensando aquela hora?

Por favor, não me diga que era sobre terminar nossa relação…

Na penumbra do meu quarto inundado pela luz da lua, eu vi seus lábios se abrindo de leve, mas palavra alguma saiu deles. Ela parecia congelada, e não apenas porque eu a estava segurando contra a porta. Sua respiração acelerou e seu olhar passeou pelo meu rosto, como se ela não conseguisse absorver o bastante do que via. Enquanto eu a observava, reparei que o desejo lhe invadiu os olhos.

Ela me queria.

– Kiera, no que você está pensando nesse exato momento? – Ela não respondeu, simplesmente vibrou as pálpebras quando um arrepio a percorreu. – Kiera?

Diga que você me deseja.

Meus olhos vagaram para baixo e percorreram aquele corpo sensual que eu estava com saudades de tocar. Subitamente eu me dei conta do quanto estávamos juntos, do quanto meu quarto estava escuro e convidativo. Meu corpo todo ficou rígido, em resposta.

Antes que eu percebesse o que fazia, pressionei o peito firmemente contra o dela. Aquilo parecia tão certo, mas também muito errado ao mesmo tempo; continuávamos firmemente colados um no outro, muito íntimos. Estávamos ultrapassando um limite, mas minhas razões para me manter longe – o amigo que representava mais para mim que um parente, o olhar no rosto dele quando ele confessou os medos que tinha sobre sua vida amorosa, a promessa antiga que eu fizera para me manter longe de sua namorada –, todas essas lembranças foram desaparecendo à medida que o vínculo entre mim e Kiera aquecia e quase explodia. Minhas mãos deixaram a madeira dura da porta e encontraram a suavidade do seu corpo. Meus dedos lhe percorreram a pele dos ombros até a cintura. Parei em seus quadris. Queria sentir a pele macia ali, bem debaixo de sua calça jeans. Se eu a desabotoasse, poderia deixar escorregar minha mão lá para dentro. Aquilo tinha sido tão gostoso, da outra vez...

Resolvi me impedir de continuar e olhei profundamente em seus olhos.

– Kiera... diz alguma coisa.

Eu já não sei mais o que é certo. Por favor, me ajude; me oriente; me ame.

Ela continuou calada, mas eu vi um forte dilema em seus olhos, reparei no jeito como ela acompanhava cada movimento que eu fazia, e na forma como seu peito arfava contra o meu. Seus motivos se esvaíam na mesma velocidade que os meus, e a pergunta "por que não podemos curtir isso?" gritava em torno de nós, no silêncio. Essa pergunta não formulada ricocheteava nas paredes, reverberava em nossas almas e eu não tinha uma boa resposta para dar dessa vez, nem uma razão válida para me afastar. Kiera também não me pareceu ter resposta alguma.

Nossos desejos reprimidos tinham se ampliado e corriam céleres. Kiera se mostrou muito agitada, tão pronta para mim que eu quase conseguia prová-la. Eu queria saboreá-la. Queria deitá-la na cama e sentir cada centímetro de sua pele sob a minha. Queria deslizar para dentro dela, ouvi-la gritar meu nome, ver seu rosto quando ela se derretesse de prazer, dizer a ela que eu a amava. Meu controle me abandonou e eu colei a testa na dela. Tão perto. Dava para sentir sua respiração esquentando meu rosto. Seus lábios estavam ali, acenando para que eu fosse ao encontro deles. Enfiei meu joelho entre os dela, fechando todas as lacunas entre nós. Tê-la tão perto fez meu sangue pulsar de carência. Ela gemeu quando nossos quadris se uniram e eu quase perdi o controle por completo. Eu não conseguiria aguentar aquilo por muito mais tempo. Se algum de nós planejava acabar com aquilo, isso precisava acontecer depressa.

Eu não conseguia mais aguentar aqueles estímulos. Precisava de mais. Precisava agir ou iria explodir. Com um gemido baixo, mordi meu lábio e comecei a correr os dedos pela sua blusa acima. Ela era tão suave, tão quente, seu perfume era tão delicioso.

Sim.

– Por favor, diz alguma coisa. Você... você quer que eu...

Ela ainda não tinha dito nada e eu estava quase entregando os pontos. Não consegui me conter mais e a linha intransponível se evaporou. Expirei, trêmulo, e virei a boca meio de lado para poder alcançar a dela. Eu precisava sentir o gostinho dela. Só uma provinha. Corri minha língua ao longo da parte de dentro do seu lábio superior. Minha nossa!... o gosto dela era muito bom!

Mais! Isso mesmo.

Meus dedos percorreram seu sutiã e sentiram seus mamilos rígidos e prontos. Eu queria prová-los também. Continuei ao longo da alça do sutiã até chegar às suas costas.

Eram a coisa mais perfeita, aquelas costas sexy! Eu queria percorrer aquele território de cima a baixo com a língua.

Kiera soltou um suspiro ofegante e fechou os olhos. Ela não estava dizendo "não"; queria que eu fizesse aquilo. Um gemido me escapou quando eu beijei seu lábio superior. Minha língua se lançou dentro do calor de sua boca.

Por Deus, como eu sentira falta disso! Sonhara tanto com aquele momento. Queria tê-la novamente, e muito. Isso mesmo, deixe que eu ame você.

Um suspiro erótico escapou dos lábios de Kiera. Era um apelo por mais. Ela finalmente queria ir além. Uma das minhas mãos encontrou seu pescoço, e eu a puxei mais para perto, num beijo cheio de paixão e de promessa.

Sim, permita que eu adore o seu corpo. Deixe-me entrar... não me afaste para longe de você.

Mas foi exatamente isso que ela fez. Com as duas mãos contra o peito, ela me empurrou tão para longe dela quanto conseguiu. Não, ela não queria aquilo, afinal. E logo depois de eu ter prometido a ela que tentaria ficar na minha. Ela iria acabar com tudo agora mesmo. Eu tinha ido longe demais.

Ergui as duas mãos para o ar, suplicando:

— Desculpe. Eu pensei...

Ela se lançou sobre mim com uma vontade intensa, colocou uma das mãos no meu peito, a outra em volta do meu pescoço e me puxou para ela. Sem ter certeza do que ela tentava fazer, parei de falar e recuei um passo. Ela me puxou para ela de novo e me olhou fixamente. Seu rosto era pura paixão e desejo. Ela não estava me empurrando para longe. Ela não estava me rejeitando. Aquilo estava acontecendo. Nós íamos ficar juntos novamente. Íamos fazer amor mais uma vez. Porra, eu a queria demais!

Ela deslizou as mãos para baixo até a minha calça e puxou as presilhas do meu cinto até nossos quadris se tocarem. Seu corpo enviou ondas de desejo que se despejaram sobre o meu.

Isso mesmo.

Nós íamos estar juntos dentro de mais alguns minutos. Logo estaríamos enroscados um nos braços do outro, nus e eletrificados. Seus lábios estariam sobre os meus e sua língua iria lamber os músculos definidos da minha barriga. Minhas mãos sentiriam cada centímetro suave de sua pele. Meus dedos mergulhariam em sua umidade. E eu iria saborear seu ponto mais íntimo lentamente, antes de penetrá-la. Eu ia possuí-la ali, agora mesmo... apesar de Denny estar no quarto ao lado.

Porra.

— Kiera...? — Eu não consegui pronunciar uma única palavra sequer além dessa. Simplesmente olhei na direção do quarto dela, torcendo para ela entender o que eu queria dizer.

Você quer mesmo fazer isso quando ele está bem aqui, a poucos metros de distância?

Minhas ações romperam a névoa do seu desejo. Deu para ver o momento de indecisão no seu rosto, a dor instantânea e a confusão, e eu na mesma hora desejei que o tempo voltasse alguns segundos. Eu queria envolvê-la em meus braços, puxá-la para a minha cama... fazer todas as coisas que eu sonhei em fazer com ela e esquecer os motivos pelos quais não devia fazer isso. A realidade poderia esperar um pouco mais, eu só queria um momento de felicidade para aprofundar fisicamente nossa conexão. Mas eu já tinha arruinado tudo ao rasgar a ilusão que tínhamos construído e permitir que a realidade desabasse sobre nós, afogando a ambos. Não havia como voltar o tempo agora.

A determinação encheu o rosto de Kiera, como se ela estivesse se fortalecendo. Antes de ela pronunciar as palavras eu já sabia que ela iria, finalmente, colocar um ponto final em tudo aquilo. Inclinando-se para mim, ela sussurrou:

– Não toque em mim de novo. Eu não sou sua. – Seus olhos se encheram d'água quando ela disse isso; era como se ela se sentisse ferida por ser tão brusca comigo. Mas sua decisão foi firme, e depois de me empurrar com força sobre a cama, ela fugiu do quarto.

Atordoado, esmagado, e ainda de pau duro de tanto desejo, fiquei largado em cima do colchão e lamentei tudo. Eu a tive nas mãos. Por um breve segundo eu a tive, mas logo depois a perdera. Ela fora embora, e nós tínhamos terminado. Ela não tinha dito essas palavras, mas eu sabia que a inocência tinha sido perdida e não poderia voltar, por mais que tentássemos. Aquela farsa tinha acabado.

Capítulo 19
CIÚMES

Eu não dormi muito. Fiquei pensando em Kiera e me perguntando o que ela iria dizer na próxima vez que eu a visse. Eu já sabia o que eu diria... *Estou arrependido. Vou tentar me comportar melhor.* Essa era a única resposta que eu poderia pensar em lhe dar, mas eu já sabia que não seria suficiente.

Quando eu já não aguentava mais, me levantei e desci para fazer um café. Meu estômago parecia cheio de nós e eu senti como se fosse vomitar. O que ela diria? Será que terminaria tudo?

Quando Kiera finalmente surgiu, coloquei a mão no seu braço na mesma hora.

– Kiera, me perdoe. Eu fui longe demais. Vou me comportar.

Ela se desvencilhou de mim e eu percebi que aquilo era o começo do fim para nós.

– Não, Kellan. Nós já passamos da paquera inocente há muito tempo. Não podemos voltar àquela época. Não somos mais aquelas pessoas. Foi uma estupidez de nossa parte tentar.

Eu tinha consciência disso, mas ouvi-la dizer de forma tão direta lançou um choque de dor que percorreu meu corpo. Podia não ser inocente, talvez nunca tivesse sido, mas eu ainda queria aquilo. Certo ou errado, era só nela que eu conseguia pensar.

– Mas... Não acaba com tudo, por favor.

Ela parecia triste e em conflito, mas sua resposta foi firme.

– Eu tenho que fazer isso, Kellan. Denny sabe que há alguma coisa errada. Não acho que ele suspeite o que seja... ou de você... mas ele sabe que eu tenho andado distraída. – Mordendo os lábios, ela olhou para baixo. Dava para ver que ela não queria dizer nada daquilo, mas parecia sentir que não havia escolha. – Denny e eu não... temos nada... há muito tempo, e ele está magoado. Eu o estou magoando.

Tristeza e alívio me inundaram ao mesmo tempo. Denny estava magoado... mas eles não transavam há algum tempo. Baixei os olhos para ela não perceber que a abstinência deles me agradava. Eu não tinha o direito de ficar contente por Denny estar infeliz.

– Você não precisa magoá-lo. Eu nunca pedi a você para não... estar com ele. Eu sei que vocês dois fazem... Eu disse a você que compreendia.

Eu odiava aquela conversa. Senti vontade de dizer a ela que estava feliz por saber que eles não estavam fazendo nada. Eu não queria que ela tocasse em Denny. Mas ela não era minha e eu não tinha o direito de exigir coisa alguma. Qualquer fragmento de si mesma que ela estivesse disposta a me dar já estava bom, desde que eu conseguisse algo.

Minha resposta deixou os olhos cansados dela ainda mais tristes; era evidente que tinha dormido tão pouco quanto eu.

– Eu sei, Kellan, mas é que eu tenho andado tão preocupada, totalmente obcecada com você... – ela soltou um suspiro longo – ... que estou ignorando Denny.

Uma onda de esperança passou por mim e quase me queimou o peito ao aquecer meu coração. Agarrando-a pelos braços, eu a puxei para perto de mim. Busquei seus olhos, à procura de um vislumbre do amor que eu às vezes sentia nela.

– Ah, você está obcecada comigo. O que isso te diz, Kiera? Que você quer estar comigo. Que quer ser mais do que minha amiga. Alguma parte de você também me quer.

Eu sei que você nutre sentimentos por mim. Sei que existe algo entre nós. Você me implorou para ficar.

Para me bloquear, ela fechou os olhos.

– Por favor, Kellan, você está me rachando em duas. Eu não posso... não posso mais fazer isso.

Ela estava me dispensando, e isso a machucava. No fundo, não queria fazer aquilo. Ela me desejava e não queria terminar com tudo, exatamente como eu.

– Kiera, olha para mim... por favor. – Se ela ao menos abrisse os olhos, veria a sinceridade no meu rosto e desistiria de terminar.

Eu amo você. Não me deixe.

Seus olhos se apertaram com tanta força que seus cílios se entrelaçaram.

– Não, não posso, está entendendo? Isso não está certo, não parece certo. Você não parece certo. Por isso, por favor, não toque mais em mim.

Ela estava mentindo. Eu tinha certeza disso. Nada no mundo me parecia mais certo do que quando nos abraçávamos. Estávamos destinados a ficar juntos.

– Kiera, eu sei que não é assim que você realmente se sente. – Segurando-a com força, virei-a para mim, senti a certeza me envolver e sussurrei em seu ouvido: – Eu sei que você sente que há alguma coisa...

Só pode ser amor o que você sente por mim. Tem que ser!... Você chorou por minha causa.

Ela abriu os olhos, mas não olhou diretamente para o meu rosto. Sua atenção ficou focada no meu peito e ela se afastou com firmeza.

— Não. Eu não quero você. Quero ficar com ele. Sou apaixonada por *ele*.

A cada palavra que ela dizia, era como se um pedaço do meu coração fosse arrancado. Eu não queria ouvir aquilo, não queria acreditar, mas... Sabia que ela estava dizendo a verdade. Eu sempre soube que Denny era a sua escolha. Eu não podia competir com ele. Não teria a menor chance.

Kiera finalmente olhou para mim. Certamente percebeu a agonia no meu rosto, mas isso não a impediu. Com olhos compassivos, acabou de destroçar meu coração em mil pedaços.

— Eu me sinto atraída por você... mas não sinto *nada* por você, Kellan.

Não sinto nada por você? Nadinha?

Puxa, então ela não me amava, afinal. Não havia nada que eu pudesse argumentar diante disso, então eu a deixei e saí da cozinha.

Eu não poderia ficar na mesma casa que ela. Ouvi-la, vê-la... cheirá-la... aquilo ia machucar muito. Eu me sentia meio anestesiado e não conseguia acreditar que tudo estava acabado. Acabado de verdade. Uma parte de mim me dizia que eu não estava pronto para desistir. Eu queria continuar implicando com ela, deixando-a deliciosamente irritada ao lembrar, o tempo todo, do que curtíamos juntos. Mas, se ela não sentia nada por mim, de que serviria agir assim? Eu não queria ser apenas um bom momento para ela, queria que ela se importasse. Eu realmente *pensei* que ela se importasse comigo. Tinha tanta certeza disso... mas estava errado.

Entrando no meu carro, pensei novamente em cair fora dali. Poderia fugir e tentar esquecê-la. No fundo, porém, sabia que nunca conseguiria isso. Ela estaria sempre na minha cabeça. De agora até o dia em que eu morresse, eu seria sempre apaixonado por ela.

Fui até a casa de Evan para ensaiarmos, mas fiquei por lá depois, quando todos foram para o Pete's. Eu não queria ver Kiera. Não podia. Ainda não. Continuava processando tudo que ela me dissera. Algo parecia fora do lugar, mas eu não conseguia descobrir exatamente o quê. Com o coração e a alma nos olhos, Kiera tinha me pedido para não deixá-la. A comovente súplica no estacionamento, naquela noite, não acontecera só porque ela sentia atração por mim. Havia mais coisas rolando ali. Tinha de haver. Ela não arriscaria seu relacionamento com Denny em troca de um sorriso charmoso.

Eu estava olhando para o teto de Evan, refletindo sobre tudo isso, quando ouvi a porta se abrir.

— Kell, você ainda está aqui? O que houve? Você não disse que ia sair logo atrás de nós?

Evan entrou no apartamento com uma expressão confusa. Fingindo um bocejo, pisquei várias vezes e me sentei no sofá.

— Que horas são? – perguntei, com a voz grogue. – Devo ter adormecido.

Depois que os rapazes tinham guardado todas as coisas e se dirigiam para o bar, eu tinha dito a eles que queria anotar rapidamente ideias para letras e me juntaria a eles quando acabasse. Como não queriam prejudicar meu processo criativo, todos me deram o espaço que eu precisava sem fazer perguntas. Só que eu não tinha escrito porcaria nenhuma; minha cabeça girava rápido demais para que qualquer letra decente pudesse aparecer. Eu me senti meio envergonhado por mentir para os caras, mas não poderia lhes contar que estava evitando Kiera. Não podia contar nada.

Evan chegou perto do sofá quando eu me espreguicei.

– Já está muito tarde. Nós acabamos ficando no Pete's até fechar. – Ele abriu um sorriso para mim. – Você perdeu a cena: Griffin levou um fora de uma loura gostosa. Foi... incrível. – Ele riu e apontou para o caderno de anotações que estava largado no sofá ao meu lado. Isso mesmo, eu tinha levado acessórios de palco para ajudar na minha mentira. – Você já terminou a letra em que trabalhava?

Agarrando o caderno com muita força e enrolando os dedos em torno dele eu disse, depressa:

– Estou quase acabando.

– Posso ler? – Evan parecia genuinamente curioso com uma potencial canção de trabalho nova, para ele começar a compor a melodia, mas eu não tinha escrito nada.

Com uma careta, levantei o caderno, mas não o larguei.

– Está longe de estar pronta, mas eu termino em breve. Prometo.

Evan simplesmente fez que sim com a cabeça. Respeitava o meu processo de criação o suficiente para não me pressionar. Agradeci por isso e me senti ainda mais culpado. Eu teria que inventar uma letra logo, para não passar por um completo mentiroso.

Passando a mão pelo cabelo, deixei escapar outro bocejo.

– Estou cansadão. É melhor eu ir para casa e cair na cama.

Dando alguns tapinhas no meu ombro, Evan soltou um bocejo também.

– Eu também estou com sono. Rir até a barriga doer foi cansativo. – Ele sacudiu a cabeça e começou a rir. – Você deveria ter estado lá, cara. Perdeu a maior cena!

Mesmo sem achar muita graça eu me obriguei a sorrir.

– Sim, parece que perdi. – Eu realmente sentia como se tivesse perdido um monte de coisas. – Boa noite, Evan.

– Até mais!

Levei um tempão para voltar para casa. Parei para colocar gasolina no carro e pegar alguns mantimentos em uma loja de conveniências, dessas que ficam abertas vinte e quatro horas por dia. Cheguei a considerar a ideia de voltar àquele restaurante que ficava aberto a noite toda em Olympia. Mas acabei não fazendo isso. Mudei de ideia depois de algum tempo, engoli a dor e voltei para casa. Kiera e Denny estavam dormindo quando cheguei. Como não queria acordar ninguém, tive o cuidado de não pisar em alguns lugares onde o chão rangia, arrumei as coisas e fui na ponta dos pés até a escada. Eu já não conseguia entender o sentido da minha vida. O que parecia estar no alto estava no chão, o que parecia certo estava errado. Quando foi que o mundo tinha ficado tão confuso? Ou tinha sido sempre assim e só agora eu percebia?

Dormir foi difícil. Fiquei vendo Kiera repetindo aquela frase várias vezes, em sonho: "Eu me sinto atraída por você... mas não sinto nada além disso." Depois era o meu pai quem aparecia. Ria de mim e então dizia: "Eu disse que ela era boa demais para você."

Acordei depois de poucas horas de sono e decidi levantar. Ver Kiera e meu pai me rejeitando ao mesmo tempo não era algo exatamente repousante. Eu preferia ficar cansado.

Quando Kiera entrou na cozinha eu já estava à mesa, tomando meu café. Ela pareceu aliviada ao me ver, e culpada também. Eu especulei comigo mesmo por que, exatamente, ela se sentia culpada – por ter me incentivado ou por ter me dito a verdade? Por fim, decidi que isso não importava. O que estava feito não tinha mais conserto. Eu nunca tinha esperado que aquilo fosse durar, mesmo.

Eu a observei quando ela se sentou à mesa diante de mim. Parecia nervosa, como se não tivesse certeza de como eu iria reagir a ela. Eu não a culpava por se sentir insegura. Tínhamos estado em todos os lugares possíveis, tínhamos experimentado altos e baixos. Naquele momento eu me sentia simplesmente... anestesiado.

– Oi – ela sussurrou.

– Oi – eu disse de volta. Pousei minha xícara de café, e senti uma vontade quase dolorosa de tocá-la. Eu só queria segurar seus dedos e acariciá-los. Fazia só um dia desde que ela terminara tudo, mas eu já sentia falta dela.

Nenhum de nós tornou a falar e a tensão encheu a sala. Era como se nós dois estivéssemos sofrendo com o estresse da contenção. Ou talvez eu só estivesse torcendo silenciosamente para que ela sentisse muito por não poder me tocar. Por outro lado, talvez ela estivesse numa boa e eu fosse o único ali que sofria. Mesmo assim ela me pareceu estressada.

De repente, ela deixou escapar:

– Minha irmã vai chegar amanhã. Denny e eu vamos apanhá-la no aeroporto pela manhã.

Pisquei e fiz que sim com a cabeça. Eu tinha quase me esquecido sobre a visita de sua irmã.

– Ah... está certo. – Como não queria que ninguém ficasse constrangido com minha presença ali, eu disse a Kiera: – Eu posso dormir na casa do Matt. Ela pode ficar no meu quarto.

Assim você não terá que se sentir culpada sempre que olhar para mim.

– Não... não precisa fazer isso. Não há necessidade. – Ela fez uma pausa e seus olhos pareceram mais pesados de tristeza. – Kellan, não gostei nada do jeito como as coisas ficaram entre nós.

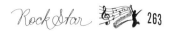

Eu não poderia continuar focado nos olhos dela e desviei os meus olhos para a mesa.

– Hum-hum... nem eu.

– Eu não quero essa... estranheza... entre nós. Será que... que ainda podemos ser amigos? De verdade, apenas amigos?

Com um ar de humor negro nos lábios, olhei novamente para ela.

– Você vai mesmo fazer o discurso "vamos ser amigos" para mim?

Ela sorriu e meu coração doeu um pouco. Ela era tão linda e estava tão fora de alcance.

– É... Acho que vou.

Será que eu conseguiria ser só amigo dela novamente? O que isso implicaria, afinal? Nós não éramos amigos antes de ela desligar a tomada da nossa ligação? Não, nós nunca fomos realmente amigos. Sempre estivemos um pouco além disso. Agora, qualquer tipo de amizade estava enterrada num lugar tão distante em nosso passado que não havia jeito algum de recuperá-la. Eu não poderia ser seu amigo quando ela significava todo o meu mundo, porque isso iria machucar demais. Por outro lado... que escolha eu tinha? Eu aceitaria qualquer coisa que ela estivesse disposta a me dar. Até isso.

Eu estava reunindo coragem para dizer a ela que poderíamos ser qualquer coisa que ela quisesse quando ela me interrompeu.

– Preciso avisar você sobre a minha irmã.

A mudança repentina na conversa descarrilou minha linha de pensamento. Tentei entender o que ela queria dizer com aquela observação, e logo me lembrei do que ela dissera sobre sua irmã, há algumas semanas. Apontando para mim, eu disse:

– Eu me lembro... Doce com sabor de homem. – De acordo com Kiera, sua irmã iria praticamente me atacar. Bem, ela não conseguiria ser muito pior do que as fãs mais agressivas no bar. Eu tinha certeza de que conseguiria lidar com ela.

Kiera sacudiu a cabeça.

– Não... Quer dizer, sim, mas não era nisso que eu estava pensando.

– Ah! – disse eu, curioso com o que mais poderia haver.

Desviando o olhar, as bochechas de Kiera se enrubesceram, como se ela tivesse vergonha de dizer isso para mim.

– Ela é, tipo assim... Enfim. Ela é simplesmente linda – disse ela, com um suspiro.

Não havia surpresa nisso.

– Eu imaginei que fosse. – Os olhos de Kiera voaram para os meus e eu completei, calmamente: – Ela é sua irmã, não é?

Ela deu um suspiro e fez um biquinho.

– Kellan...

– Já sei. Amigos. – Eu tinha de aceitar que a amizade era tudo que ela poderia me dar. Só que esse pensamento fez minha alma doer.

Os olhos de Kiera exibiram um ar de solidariedade. Ela não queria me machucar, e eu sabia disso.

— Você ainda vem à boate conosco?

Para quê? Qual o objetivo disso?

— Você quer que eu vá? — perguntei, desviando os olhos.

— É claro que quero. Ainda somos amigos, Kellan, e minha irmã está contando com...

Um golpe de compreensão me atingiu com força e eu olhei para ela. Claro. Eu não poderia me esquecer da farsa que vinha rolando ali.

— Entendi. Nós não queremos que ela faça as perguntas erradas — afirmei, com a voz áspera. Então era esse o motivo verdadeiro de Kiera estar acertando as coisas comigo naquele momento. Não porque ela se sentisse mal por ter me magoado, mas sim porque não queria que sua irmã suspeitasse. Porque ela poderia conversar com Denny a respeito, e isso era a última coisa que Kiera queria. Eu deveria ter percebido. Tudo seguia, girava e sempre voltava para Denny.

— Kellan...

— Vou estar lá, Kiera.

Não se preocupe com isso. Eu também não quero que Denny saiba.

Quando terminei de tomar meu café, eu me levantei. Não havia nada mais sobre o que conversar ali. Girei o corpo para sair, mas Kiera me chamou de volta com um tom duro na voz e eu me virei para olhar para ela. O que poderia tê-la deixado revoltada, agora?

— Não se esqueça da sua promessa — disse ela, com a voz quente.

Minha promessa? Que eu não iria dormir com a irmã dela? Por que eu iria querer dormir com uma garota que não representaria coisa alguma para mim, apenas uma substituta inferior da pessoa com quem eu realmente queria estar? Por que eu iria me torturar dessa forma? E o que realmente isso importava para Kiera, afinal de contas, já que ela não tinha nenhum sentimento por mim?

Pensei em reagir com irritação ao que ela disse e fazer algum comentário sarcástico, mas não tive coragem. Não queria mais lutar. Já não tinha certeza se realmente queria algo mais... além dela, é claro. As lembranças de ter Kiera em meus braços me inundaram. Eu nunca tinha sentido tamanha paz em toda a minha vida. Agora, tudo isso acabara. Meu calor tinha sido arrancado e minhas entranhas pareciam frias como gelo. Balançando a cabeça, disse a ela:

— Não me esqueci de nada, Kiera.

O dia se arrastou numa lentidão irritante. Kiera e eu estávamos sendo cordiais um com o outro, mas havia distância entre nós. E tristeza. Eu tinha passado a maior parte do dia num estado de torpor parecido com o de um zumbi, nem zangado, nem triste. Na verdade, acho que eu estava em negação. Ainda não conseguia enfrentar a realidade e deixei um véu de melancolia me cobrir. Era difícil me sentir mal quando meu plano era não me permitir sentir mais coisa alguma.

Nosso grupo estava no Pete's aquecendo para o show. Eu bem que torcia para que tudo aquilo já tivesse acabado para eu poder ficar sozinho no meu quarto remoendo as coisas, mas subitamente a noite ficou muito mais interessante.

Dando um tapa forte no peito de Matt, Griffin murmurou:

– Puta… que… pariu! Caralho, estou apaixonado. Olha só para aquela gostosa deliciosa!

Eu estava de costas para a porta e não saberia dizer de quem Griffin falava. E também não me importava muito. Kiera estava distribuindo mais uma rodada de cervejas e me observava com o canto do olho. Eu também a observava. Com alguma melancolia. Não conseguia evitar isso. Não queria que as coisas entre nós acabassem. Não queria ter apenas uma amizade casual com ela.

Griffin se colocou mais reto na cadeira, com um enorme sorriso no rosto quando uma morena de pernas intermináveis caminhou até Kiera, pelas costas dela, e lhe cobriu os olhos com as mãos.

– Adivinha quem chegou? – exclamou a morena.

Kiera puxou para baixo as mãos que lhe cobriam os olhos e se virou.

– Anna? – disse, estupefata. Ela puxou a irmã para um abraço, exclamando: – Ah, meu Deus! Era para a gente ir te buscar no aeroporto amanhã. O que está fazendo aqui?

Os olhos de Anna deslizaram para mim.

– Não aguentei esperar… Peguei um avião antes.

Kiera já tinha me avisado que sua irmã mais velha, Anna, era bonita, mas eu devo admitir que sua figura impressionante me pegou absolutamente de surpresa. Ela era mais alta do que Kiera, com mais curvas, definitivamente uma mulher exuberante. Usava um vestido vermelho apertadíssimo que não deixava quase nada para a imaginação, e seus lábios carnudos estavam pintados no mesmo tom berrante da roupa. Seus olhos eram de um fenomenal verde-esmeralda, destacados por cílios grossos e alongados por uma caprichada maquiagem. O cabelo de Anna era mais escuro que o de Kiera, e também mais reto e mais brilhante. Ela segurara alguns fios com um prendedor e havia vários fios vermelhos brilhantes que surgiam em meio à cascata que lhe caía sobre os ombros. Ali estava uma mulher que queria que o mundo a notasse. Eu diria que ela *precisava* da atenção de todos. Por trás dos enfeites, do visual e da maquiagem, das unhas feitas, do cabelo preparado em salão de beleza e das roupas de grife havia, na verdade, uma pessoa frágil e insegura. Eu conseguia entender isso perfeitamente.

Com carinho estampado no rosto, Kiera examinou sua irmã. Então pegou um dos fios vermelhos brilhantes que se sobressaíam no cabelo.

– Gostei da novidade.

Os olhos de Anna ainda me analisavam cuidadosamente. Ela nem mesmo tentava disfarçar seu interesse. Tive a sensação de que ela era muito mais atirada do que Kiera. Isso geralmente acompanhava a busca pela atenção.

– Eu namorei um cabeleireiro... – explicou ela. Voltando o olhar para Kiera, completou alegremente: – Tipo assim, por uma hora.

Griffin gemeu e percebi quando ele mordeu os nós dos dedos como se estivesse com dor. Eu quase ri da sua expressão. Se ele pudesse escolher partes avulsas femininas para juntá-las numa única mulher, ela certamente seria parecida com Anna. A irmã de Kiera parecia o material do qual os sonhos pornográficos de Griffin eram feitos. Pena que ela sequer tinha reparado que ele existia. Pobre coitado!

Eu não pude evitar e analisei o rosto de Kiera ao ver a irmã. Havia uma emoção diferente ali que eu não consegui identificar. Kiera a amava, disso eu tinha certeza, mas ela me pareceu... triste, ou constrangida... como se estivesse se comparando a Anna e, em sua cabeça, estivesse perdendo a disputa. Só que isso era ridículo. Sim, Anna era exuberante, sem dúvida, mas tudo nela parecia meio... fabricado. Kiera não precisava tentar agradar com tanta determinação. Irradiava beleza naturalmente e sem o mínimo esforço. Não precisava ser dobrada, torcida e esculpida para virar uma obra-prima. Ela já era uma obra de arte.

Finalmente, Kiera inspirou profundamente e anunciou:

– Pessoal, essa é a minha irmã...

Interrompendo Kiera, Anna estendeu a mão para mim.

– Anna – ela interrompeu, com um sorriso acolhedor e convidativo.

– Kellan.

Eu estava apertando a mão dela quando Griffin se levantou e a puxou para longe de mim.

Que sutileza!

– Griffin... Oi! – Ele tinha um jeito tão especial com as palavras que era quase mágico. Mas Anna riu muito e disse "oi" também.

Observei Kiera enquanto Anna se apresentava para os caras. Kiera parecia um pouco desconfortável por Anna não precisar de sua ajuda. Talvez ela estivesse desejando ser tão extrovertida. Mas poderia ser, se realmente quisesse. A única coisa que a impedia era ela mesma.

Griffin, determinado a impressionar Anna e levá-la para a sua cama, pegou uma cadeira próxima. Aquela cadeira infelizmente tinha alguém sentado nela, mas Griffin não se importava muito com esses detalhes. Com um "cai fora, Mané", ele puxou a cadeira e a colocou ao seu lado. Enquanto o cliente expulso lhe estendia o dedo do meio e ia reclamar com Sam – algo que certamente não daria em nada –, Griffin deu um tapinha no assento estofado e chamou o seu novo amor para acompanhá-lo.

Anna sorriu e disse:

— Obrigada — mas pegou a cadeira, se levantou e foi direto para a minha ponta da mesa. Matt e Evan riram da esperteza dela, e Griffin fez um muxoxo. Para minha surpresa, Kiera também mostrou descontentamento. Que interessante! Ela estava com ciúmes da Anna ou de mim? Mesmo depois de eu ter lhe prometido que não faria nada com Anna? Ela parecia irritada quando a irmã se sentou.

Para testar essa teoria, lancei para Anna um sorriso amigável quando ela se sentou tão junto de mim que nossos corpos se tocaram. Quase pude ver a fumaça que saiu das orelhas de Kiera quando ela nos observou. Muito interessante.

— Bem, tenho que voltar ao trabalho. Eu trago uma bebida para você, Anna.

Os olhos de Anna não se desgrudaram dos meus quando ela respondeu:

— Tudo bem. — Lembrando-se de alguma coisa, acrescentou: — Ah, um cara chamado Sam guardou meu blazer e minha bolsa na sala dos fundos.

Kiera suspirou, como se não pudesse acreditar no que Anna conseguia que os homens fizessem por ela. Tive vontade de explicar a Kiera que esse era o poder da boceta, mas não creio que ela fosse apreciar a explicação, por isso fiquei quieto.

— Está certo, vou ligar para Denny. Ele pode levar você para casa.

Anna finalmente olhou para Kiera.

— Acho que posso me virar. — Eu sabia que ela se referia a mim e meu sorriso se ampliou. Anna estava tornando as coisas mais fáceis. Tudo que eu tinha que fazer era sorrir, deixá-la usar sua sedução e observar Kiera ficar verde de inveja. Eu sabia que provavelmente não deveria lançar mão daquele joguinho, mas deixar Kiera com ciúmes era muitíssimo melhor que chafurdar na tristeza, pensando no que eu nunca mais teria com ela. Além do mais, era desse jeito que Kiera queria que as coisas fossem. Ela precisava saber que haveria um preço a pagar por me dispensar.

Os olhos de Anna se voltaram para os meus. Eles estavam brilhantes, brincalhões e fáceis de ler… "Eu quero você".

— E aí… Você é cantor, não? — Ela examinou meu corpo de um jeito tão sedutor que foi quase como se esticasse a mão para abrir minha calça e acariciar meu pau. — O que mais você sabe fazer? — perguntou, em seguida. Muito atirada, mesmo.

Enquanto Anna ria e eu sorria, Kiera fugiu. Pelo visto, ela não queria ficar nem perto de nós, mas ao mesmo tempo não nos queria deixar sozinhos. Essa visita ia ser muito divertida.

Depois de Kiera desaparecer, sua irmã ligou o botão do charme.

— E aí, Kellan Kyle?… Conte-me tudo a seu respeito… cada pequeno detalhe. — Com um sorriso torto, completou: — Quero te conhecer por dentro e por fora.

Aposto que queria, mesmo. Só que eu não me abria assim, logo de cara. Ela teria que se contentar com o básico.

— Passei algum tempo em Los Angeles, mas nasci e cresci aqui em Seattle. *E provavelmente vou morrer aqui.*
— Você já sabe tudo sobre a banda — continuei —, então não há muito mais a dizer.
Ela se inclinou.
— Alguma namorada?
Griffin, que nos espiava atentamente, riu.
— Esse idiota não curte namoradas. Eu, por outro lado... — Ele abriu os braços, num gesto convidativo.
Anna olhou para ele, mas depois voltou os olhos para mim.
— Não tem namorada? Bom saber. — Ela me deu um sorriso de parar o coração, e eu lhe devolvi um sorriso diabólico. Aquilo era fácil, quase que fácil demais.
— Ok, eu lhe contei sobre mim, agora fale-me de você. — Eu levantei uma sobrancelha e esperei que ela começasse a falar. Quando começou, ela não parou, e eu não a interrompi. Quanto mais ela se abria, menos eu precisava me abrir. Eu preferia ouvir.
Kiera apareceu quando Anna contava sobre os seus anos na escola. Ela frequentara a mesma faculdade onde Kiera começara seu curso. Tinha sido líder de torcida. Eu não fiquei muito surpreso com isso. Kiera colocou uma bebida avermelhada diante da irmã e Anna fez uma pausa longa o suficiente para atirar no ar um "obrigada" casual, antes de retomar nossa conversa. Bem, a conversa *dela* comigo.

Dei uma olhada em Kiera. Ela franzia a testa para nós. Aquilo era fascinante, e alguma parte muito doente de mim realmente gostou de deixá-la com ciúmes.

Depois que Anna apareceu, ficou por ali e tornou as coisas mais divertidas e interessantes, a noite começou a passar mais depressa. Enquanto Anna me contava tudo sobre sua vida, suas esperanças e sonhos, flertava comigo. Era muito boa em flertar. Se eu não estivesse interessado em outra pessoa, certamente cairia direitinho em sua teia deliciosa. Ela tocou meu rosto, meu ombro, minha perna. Passou as mãos sobre si mesma, delineando de forma sutil as suas curvas. Aquilo era erótico, eu era obrigado a reconhecer. Embora eu estivesse permitindo que aquilo continuasse só para irritar Kiera, ela era uma mulher realmente atraente; eu não me importava de participar do espetáculo.

Sua mão avançou aos poucos, subindo cada vez mais pela minha coxa durante toda a noite. Se ela me afetasse do jeito que Kiera conseguia, eu já estaria desconfortável ali, lutando para libertar minha ereção do jeans. Só que Anna não era o verdadeiro foco do meu tesão; por isso era tão fácil ignorar aquela unha correndo para cima e para baixo pela costura interna da minha calça. Quando Kiera, com um jeito relutante, se aproximou da mesa, percebeu na mesma hora exatamente *onde* a mão de sua irmã estava. Na verdade, seus olhos focaram o lugar com a força de um laser. O olhar curioso que Kiera lançou para o espaço entre as minhas pernas conseguiu me excitar com muito mais facilidade que os dedos de Anna. O que eu não daria para *ela* me tocar assim.

— Está na hora, Kellan — avisou Kiera. Tive de rir ao ver o quanto ela estava zangada. É chato ver alguém se aproximando do que você quer, não é? Seja bem-vinda ao meu mundo.

Anna pareceu confusa com a declaração de Kiera e se virou para olhar para ela. Kiera colocou um sorriso na cara e respondeu à pergunta que estava no rosto de sua irmã. Seu sorriso era claramente forçado.

— Eles têm que ir para o palco e tocar agora.

Anna ficou muito feliz com a notícia.

— Ah...Que ótimo! — Pela expressão de Kiera, vi que ela já estava farta com a visita da irmã. Uma parte de mim torceu para que Anna nunca mais voltasse para casa. Talvez, se eu lhe provocasse ciúme suficiente, Kiera voltasse para mim. Poderíamos tentar mais uma vez.

Enquanto os rapazes e eu assumíamos nossas posições, Anna se aboletou numa posição privilegiada: bem na frente e no centro do palco. Obviamente ela não queria perder nada. Exibi um sorriso encorajador para ela, e olhei para Kiera, que empinou o corpo e foi atender alguns clientes. Aquilo a estava atingindo em cheio; apesar de ser infantilidade de minha parte, eu estava curtindo cada segundo de sua ira.

Fiz um show digno para figurar nos livros de recordes. Cantei com o coração. Enchi o peito, brinquei com a multidão, lancei para cada garota da fila da frente meu olhar do tipo "Você é a única para mim". No caso de Anna eu não me segurei em momento algum. Dediquei-lhe tanta atenção que fiquei um pouco preocupado de as garotas agitadas em torno dela a atingirem "sem querer querendo" com um cotovelo no rosto, ou algo assim. Mas Anna sabia cuidar de si mesma. Quando uma garota tentou tomar seu lugar lhe dando um forte empurrão, Anna estendeu a mão, agarrou a garota pelo rabo de cavalo, trouxe o rosto da intrusa para junto do dela e gritou alguma coisa. Com ar de apavorada, a garota fugiu. Costurando seu caminho através da multidão, ela foi até os fundos e acabou saindo do bar. Ninguém mais mexeu com Anna depois disso. Caraca! Gostosonas eram sempre duras de enfrentar.

Anna pulava sem parar, se divertindo como se não houvesse amanhã, até que alguém veio por trás dela e colocou a mão no seu ombro. No começo eu pensei que fosse um amigo da pessoa que Anna expulsara, mas depois vi que era Denny. Acho que ele finalmente tinha aparecido para lhe dar carona até em casa. Anna se virou para olhar quem a tocara, reconheceu o namorado de sua irmã e lançou os braços ao redor dele. Denny pareceu surpreso com a energia dela e deu tapinhas em suas costas, como se não tivesse certeza de como proceder com ela.

A interação entre eles me fez sorrir. Olhei para o fundo e vi Kiera na multidão. Perguntei a mim mesmo se ela teria tanto ciúme de Denny e Anna como parecia ter de Anna comigo. Mas ela nem prestava atenção aos dois. Olhava para *mim*. Na verdade, ela me observou o tempo todo em que Denny e Anna ficaram ali, junto do palco. Pelo visto, Kiera não estava nem um pouco preocupada com eles. Kiera continuou a me vigiar quando Denny saiu do lado de Anna e voltou para onde ela estava. Seus olhos castanhos ficaram colados em mim até Denny se aproximar e tocar seu ombro. Só então ela se ligou no que estava à sua volta.

Denny se sentou junto do balcão e Anna ficou onde estava, no meio da multidão. Só então eu percebi que ela se recusara a ir para casa com ele. Eu já esperava por isso. Ela parecia muito interessada em mim para desistir agora. Não iria desistir até estar dentro do meu carro ou em cima da minha cama. Não que eu pretendesse permitir que essa última possibilidade ocorresse. Tinha feito uma promessa.

Quando nossa apresentação acabou, Anna colou em mim novamente. Trouxe-me uma cerveja, uma toalha e afugentou as outras mulheres com um olhar firme. "Ele é meu, podem recuar" era como uma ameaça que parecia fluir dela em ondas. Griffin ficou tão irritado com tudo aquilo quanto Kiera. Eu achei simplesmente engraçado. Havia poucas coisas engraçadas em minha vida, ultimamente.

Quando o bar ficou mais vazio e era hora de ir para casa, Anna e eu atravessamos as portas de saída de braços dados. Até Rita fez cara de estranheza ao nos ver. Tive de rir ao perceber quantas pessoas eu tinha conseguido irritar num espaço de tempo tão curto. Aquilo devia ser algum recorde. Quando saímos para a rua, Griffin decidiu que eu já tinha monopolizado Anna por tempo suficiente.

Colocando-se ao lado dela, ele perguntou:

— E aí, você gostou do show?

Ainda de braço dado comigo, Anna olhou para mim e sorriu.

— Foi incrível. — Pelo seu tom ficou claro que ela queria dizer, na verdade, "Ele foi incrível".

Griffin olhou para mim como se eu a tivesse obrigado a dizer aquilo. Balançando a cabeça, desviei o olhar de seu rosto irritado. Eu não poderia controlar quem ela adulava. Agarrando a mão de Anna, Griffin a puxou para longe de mim. Mais uma vez, sem a mínima sutileza. Ela tropeçou, mas riu.

— Tenho de lhe mostrar uma coisa — avisou ele.

Quando olhei para trás, os dois corriam em direção à van de Griffin. Matt chegou perto de mim. Com um suspiro, disse:

— Você acha que ele vai colocar o pau para fora e se exibir? — Sorrindo, sacudiu a cabeça. — Não estou tão certo de que isso vá impressioná-la.

Uma risada me escapou quando Griffin abriu a van e procurou algo ali dentro. Levou mais de um minuto, mas ele acabou achando o que procurava e saiu com um pano preto na mão. Eu ri mais ainda.

A camiseta da nossa banda? Era isso que ele queria mostrar a ela?

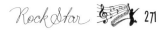

Com um floreio, ele exibiu a camiseta dos D-Bags. Anna gritou e tentou agarrá-la. Griffin puxou o presente de volta e ergueu um dedo.

– Isso não é grátis – avisou ele. – Você tem de fazer por merecer.

Escondi a cara com as mãos.

Que babaca!

Continuei observando; vi que Anna sorriu e pressionou Griffin contra a van. Seu joelho se colocou entre as pernas dele, suas mãos aprisionaram seus dois pulsos e ela os pregou ao lado da cabeça dele, como se estivesse prendendo-o. Quando Griffin fechou os olhos e abriu a boca de espanto, Anna esfregou seu corpo contra o dele. Correu o nariz pela garganta de Griffin e depois sobre a sua orelha. Em seguida, sussurrou algo em seu ouvido e eu vi quando Griffin quase derreteu. Foi nesse instante que ele largou a camiseta e Anna a pegou na mesma hora. Quando ela se afastou, ele ficou com um olhar vidrado no rosto.

Respirando mais pesado, ele disse:

– Pode me foder. Agora!

Anna riu enquanto grudava a camiseta junto do peito. Colocou um dedo no nariz dele e riu.

– Você é muito fofo. Obrigada pela camiseta.

– Obrigado por me deixar de pau duro – foi a resposta dele.

Girando nos calcanhares, Anna voltou para onde eu estava com um sorriso satisfeito. Griffin continuava encostado na van, claramente atordoado. Balancei a cabeça para ela.

– O que você disse a ele?

Mordendo o lábio, ela ergueu as sobrancelhas de forma sugestiva.

– Se você for um garoto legal, talvez descubra. – Rindo, ela se afastou de mim e convidou: – Vamos para casa agora?

Olhei para Griffin. Ele continuava com os olhos fechados e segurava a barriga com força, como se o tesão não saciado lhe tivesse provocado dor de estômago. Eu não queria dormir com Anna, mas estava muito curioso para descobrir o que ela poderia ter dito a Griffin para reduzi-lo a uma pilha patética de tesão frustrado.

Kiera saía do bar no instante em que Anna entrou no meu carro e se encolheu em cima do banco. Mesmo com a distância entre mim e Kiera, dava para notar o quanto ela estava chateada por ver Anna ir para casa comigo. Eu estava com um enorme sorriso no rosto quando entrei no carro. Atormentar Kiera era muito divertido.

Quando chegamos em casa, mostrei a sala de estar para Anna. Assim que viu o sofá, ela pegou minha mão e me fez sentar ali junto com ela. Sua mão voou na mesma hora para junto da minha virilha.

Ouvi a porta da frente se abrir e virei a cabeça ao ver Kiera entrar em casa com a força do vento. Parecia que ela queria arrancar fora a cabeça de alguém. Mas não podia fazer isso. Não podia fazer absolutamente nada... porque estávamos tentando ser discretos.

Denny entrou poucos momentos depois. Passou o braço em torno de Kiera e *meus* ciúmes aumentaram um pouco. Era divertido fazer alguém sentir isso, mas era péssimo ser a vítima. Felizmente eu tinha uma distração. Anna olhou para mim com um sorriso sedutor.

— E aí... onde é que eu vou dormir? — quis saber ela.

Eu sabia que o que ela perguntava, na verdade, era: "Que posição você quer tentar primeiro?" Com um meio sorriso, comecei a responder, mas Kiera me impediu.

— Você vai dormir comigo, Anna. — Seu tom dizia claramente: "Não discuta comigo." Contive o riso quando Kiera olhou para Denny. — Você se importa de dormir no sofá? — perguntou ela.

Denny não pareceu feliz com a ideia e eu não pude culpá-lo. Aquela monstruosidade de estofamento encaroçado não era nem um pouco confortável.

— No sofá? Sério?

Os olhos de Kiera se aguçaram ainda mais. Ela estava muito revoltada e eu estava adorando.

— Bem, se você preferir, pode dormir com Kellan. — O jeito como ela disse isso era definitivo.

Você tem a opção A ou a opção B. Não existe C.

Eu não consegui mais segurar o riso. Quando Denny ergueu uma sobrancelha para Kiera, eu disse:

— Vou logo avisando... eu chuto.

Parecendo arrasado, Denny resmungou:

— O sofá venceu. — E subiu a escada para pegar cobertores.

Esfregando os peitos em mim, Anna declarou, muito alegrinha:

— Olha só, eu poderia dormir com...

Mais rápido que um piscar de olhos, Kiera puxou Anna do sofá.

— Vamos! — ordenou ela, arrastando a irmã para a escada.

Ora, ora, ora... Kiera realmente exibia um caminhão de ciúmes de mim. Observar sua atitude em relação a mim e a Anna era escancaradamente divertido. Aposto que Kiera não pregaria o olho a noite toda. Ficaria em alerta total para se certificar de que sua irmã não sairia do quarto.

Caraca, era assim que as crianças deviam se sentir à espera da manhã de Natal. Eu também não conseguiria dormir naquela noite. Mal aguentava esperar até amanhã.

Capítulo 20
ENCONTRO DUPLO DOS INFERNOS

Acordei me sentindo melhor do que em muito tempo. Perguntei a mim mesmo se estava sendo sádico por gostar tanto de provocar dor em Kiera. Mas ela não estava realmente magoada, só com ciúme. Não queria me compartilhar com a irmã. Se eu não achasse tudo aquilo tão divertido poderia até me sentir ofendido. Kiera tinha feito a sua escolha, e o que eu viesse a fazer não deveria importar para ela. Só que eu fizera uma promessa e pretendia honrá-la.

Depois de me exercitar entre flexões e abdominais, me vesti e desci a escada para fazer café. Kiera devia estar ligada na minha saída do quarto, porque se juntou a mim poucos minutos depois. Eu não fiquei muito surpreso por vê-la acordada. A dúvida sobre se Anna iria se esgueirar para o meu quarto a qualquer momento devia ter mantido a irmã acordada a noite toda. Parecia exausta, com olheiras fundas e cabelo bagunçado. Mesmo assim, sua beleza natural deixava a perfeição fabricada de Anna comendo poeira.

Dei-lhe um sorriso alegre enquanto colocava um pouco de água na cafeteira.

– 'dia. Dormiu bem?

Sua atenção pareceu fora de foco quando ela me respondeu.

– Dormi muito bem. E você?

Quando acabei de programar o café, eu me virei e me encostei na bancada.

Vá em frente e continue mentindo para mim, Kiera, tudo bem. Eu já sei que você não dormiu bem merda nenhuma.

– Como um anjo.

Ela me lançou um sorriso forçado quando se sentou à mesa e eu prendi o riso. Ela era tão bonita quando ficava furiosa!

– Sua irmã é... interessante – declarei, intencionalmente deixando a frase vaga e aberta a diversas interpretações.

Ela franziu o cenho enquanto debatia consigo mesma sobre o que eu queria dizer com aquilo. Quando finalmente respondeu, suas bochechas tinham um belo tom de rosa envergonhado.

— É, é sim.

Achei engraçado que a resposta de Kiera também fosse vaga. Creio que nenhum de nós queria entrar em mais detalhes. Quando o café ficou pronto, servi duas canecas e coloquei uma delas na frente de Kiera. Recostei-me na cadeira, demonstrando muito contentamento ao beber. Kiera se debruçou sobre sua caneca como se estivesse congelando e aquela fosse a única fonte de calor na cozinha. Eu sabia que aquela reação não tinha nada a ver com o frio, e isso fez meu sorriso se ampliar mais.

Ciúme é uma merda, não é, Kiera?

Achei que seria melhor não nos falarmos muito. Quer dizer, imaginei que conseguiria mantê-la enciumada se não conversássemos muito. Eu não tinha certeza do motivo exato de querer provocá-la. Desforra? Provar minha teoria? Isso não a incomodaria tanto se ela não tivesse alguns sentimentos por mim. Ela dizia que não, mas... só podia ter.

Por favor.

Fui dar uma longa corrida para esvaziar a cabeça, mas em todos os lugares para onde virava, algo me fazia lembrar de Kiera. Deixá-la com ciúmes só aliviava a dor até certo ponto. Quando voltei para casa, Anna e Kiera tinham saído e Denny assistia tevê. Parecia feliz como um passarinho sentado na *minha* poltrona favorita, assistindo à *minha* tevê, e muito provavelmente pensando na *minha* ex-amante. Por um momento eu o odiei por sua felicidade. Mas então me lembrei do que eu lhe fizera, e o meu ódio se dissolveu. Denny não era o cara mau. Muito pelo contrário. Ele era um cara *muito bom*.

Denny virou a cabeça quando me viu. Com um sorriso, apontou o polegar para a tevê.

— Sei que você não é um grande fã, mas quer assistir a esse jogo comigo?

Olhei para o que estava passando e um pequeno sorriso me escapou dos lábios. Hóquei. Denny adorava esportes e sempre vivia assistindo a um jogo ou outro quando morava comigo no tempo da escola. Tentou em vão fazer com que eu me interessasse por vários esportes, mas, depois de meu pai ter me cortado quando eu tentei me ligar a ele através de seus esportes favoritos, eu desenvolvera um sentimento quase rancoroso para com eles e então, de propósito, nunca mais prestei atenção.

Sem me sentir muito sociável, ainda mais depois dessa lembrança, balancei a cabeça de forma educada para Denny.

— Não, obrigado. — Ele riu da minha resposta, sem se mostrar muito surpreso por eu não querer assistir.

Depois de tomar um banho rápido, fiquei no meu quarto durante a maior parte da tarde, escrevendo letras que nunca se transformariam numa canção de verdade. Mas o processo de criação me ajudava a lidar com as coisas. Havia uma espécie de libertação em descarregar todos os meus problemas sobre uma página em branco. Eu poderia escrever sobre o quanto vinha me sentindo solitário e vazio, o quanto me via como um inútil e o quanto Kiera significava para mim, pois ninguém iria ler nada daquilo. Era um modo de purgar meus problemas, ao mesmo tempo que os escondia do mundo, e esconder sentimentos era algo que eu realmente era muito bom. Infelizmente.

Anna e Kiera voltaram no início da noite. Embora eu estivesse praticando acordes na minha guitarra, eu as ouvi quando entraram pela porta. Era como se meus ouvidos se colocassem em posição de alerta imediato no segundo exato em que Kiera chegava perto de onde eu estava; minhas orelhas se esticavam para captar cada palavra, cada risada, cada inalar e exalar de sua respiração. O dilúvio constante dela era desgastante, mas parecia melhor do que a alternativa. Nunca ouvir os sons dela novamente iria me matar, disso eu tinha certeza.

Quando eu parei para escutar melhor, os passos das irmãs se fizeram ouvir, subindo pela escada. Eu não tive necessidade de olhar para saber quem era quem. Os passos de Kiera pareciam pesados, como se fatigados. Os de Anna eram leves e saltitantes. Kiera murmurou alguma coisa sobre se preparar para sair; Anna riu alto e lhe contou o quanto estava animada com a noite. Eu não tinha certeza se Anna se mostrava animada para sair e dançar, ou se sentia empolgada porque ia ficar perto de mim a noite toda, já que eu acho que era uma espécie de acompanhante dela para toda a noitada. Kiera resmungou uma resposta que eu não consegui ouvir e Anna deu uma nova risadinha.

Quando ouvi Anna saindo do quarto de Kiera, se despedir e descer a escada, resolvi entreabrir a porta e olhar para o corredor. Denny passou pelo meu campo de visão. Avançando para o quarto dele, abriu a porta e entrou. No breve tempo que a porta estava aberta, vi Kiera em pé no aposento, com o olhar perdido. Abrindo minha porta, eu me aproximei na ponta dos pés do quarto deles. Dava para ouvir claramente os dois conversando.

– Qual é o problema? – quis saber Denny.

– Não tenho nada para vestir esta noite. Absolutamente *nada* – suspirou Kiera, e eu consegui facilmente imaginar a expressão desesperada que exibiu no rosto.

– Por que você não usa aquele vestido rosa? Ou uma saia, um shortinho? Provavelmente vai estar quente lá dentro.

Kiera não lhe respondeu e eu imaginei sua irritação pelo silêncio que se seguiu. Visualizei-a na saia que usara quando tínhamos cedido à luxúria dentro do quiosque de café. Imaginei o shortinho que às vezes ela usava para trabalhar. Em seguida, a vi no jeans que vestia para ir à faculdade. Por fim, imaginei-a nas calças largas que usava para dormir. Com um sorriso triste, passei meus dedos sobre a madeira da porta. Meu Deus, ela ficava ótima com qualquer roupa.

— Não importa o que você veste... vai estar sempre deliciosa. Por mais que queira, não consegue esconder sua beleza, né Kiera?

Sussurrei isso tão baixinho que até mesmo eu mal me ouvi, mas dei um pulo de susto quando uma voz à minha esquerda exclamou:

— Kellan! Achei você!

Virei-me e prendi a respiração. Será que Anna me ouvira? Será que me vira praticamente acariciando a porta? Sabendo que a distração era a melhor manobra defensiva que existia, exibi um sorriso torto e deixei meu olhar passear lentamente sobre o corpo dela, da cabeça aos pés.

— Você está... maravilhosa.

Ela usava um vestido justo preto que parecia uma camiseta regata muito comprida, lhe abraçava cada curva e mal cobria sua bunda. Se Anna se perguntou o que eu fazia ali, espionando Denny e sua irmã, não deu para perceber. Em vez disso, me devorou com os olhos e disse:

— Você também. — Eu vestia preto dos pés à cabeça, igual a ela. Em algum momento da minha escrita melancólica, eu tinha me vestido para aquela noite. O preto me pareceu apropriado na hora, mas agora que Anna e eu parecíamos gêmeos, já não tinha tanta certeza. Mas Anna adorou ver que combinávamos. Com um sorriso sedutor de aprovação, desfilou pela minha frente.

— Preciso da sua ajuda — informou ela.

Sentindo meu coração acelerado voltar ao normal, perguntei:

— Para quê?

Ela deu um passo firme e parou na minha frente, tão perto que seu peito tocou o meu.

— Bem, eu pensei que se você me ajudasse eu poderia ajudar você.

Ergui uma sobrancelha, perguntando a mim mesmo o que ela realmente sugeria sob a sugestão óbvia. Anna riu da minha expressão. Agarrando uma mecha vermelha do cabelo, explicou.

— Estou falando de cabelo. Se você me ajudar a ondular o meu, posso ajudá-lo a fazer algo selvagem com o seu.

Eu realmente não ligava para o que meu cabelo parecia, mas vi uma oportunidade ali e a agarrei.

— Certo. Por que não?

Eu nunca tinha ondulado o cabelo de uma garota antes, mas Anna era uma boa professora. Terminamos muito rapidamente, mas Kiera ainda não tinha saído do quarto. Eu queria dizer a Kiera que ela não esquentasse com a sua aparência, mas não era meu direito dar palpite. Isso era função de Denny, e eu precisava deixar que ele fizesse isso. Quando Anna pareceu convencida de que seu rosto estava impecável pegou um recipiente, segurou a minha mão e me levou para o andar de baixo.

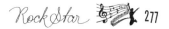

— Isso aqui será mais fácil se estivermos sentados — explicou, com um brilho brincalhão nos olhos.

— Então, tá — reagi eu, não dando a mínima.

Quando chegamos lá embaixo ela me sentou no sofá; em seguida passou a perna por cima do encosto e se sentou ao meu lado. Tive de sorrir diante da sua agressividade. Se aquilo rolasse em qualquer outra situação eu teria girado o corpo dela, trazendo-o para baixo e colocando-a no meu colo com uma perna de cada lado, para em seguida lhe rasgar a calcinha e comê-la ali mesmo, de vestido e tudo... Só que as coisas eram diferentes agora e o desejo de sexo sem sentido com pessoas que eu mal conhecia não me atraía mais. A conexão com uma mulher não era muito forte quando se fazia as coisas desse jeito. Tudo seria insignificante e patético em comparação com o que era com Kiera.

Anna começou a deslizar os dedos pelos fios do meu cabelo. Eu não tinha ideia do que ela pensava em fazer comigo, mas ela parecia estar puxando todas as pontas para cima. Que beleza, eu ia para a boate parecendo uma almofada de alfinetes. Que se dane, eu não me importava.

Denny tinha deixado a tevê ligada e eu assistia ao programa que passava com ar de tédio, enquanto Anna trabalhava. Quase ri ao perceber que ela aproveitava a chance para esmagar os seus seios contra as minhas costas. Kiera desceu, enquanto Anna ainda brincava com o meu cabelo. Ouvi Anna saudá-la e fazer um elogio, garantindo que ela estava o máximo; torci a cabeça para olhar. Anna tinha razão... Kiera parecia incrível. Vestia uma calça jeans preta, sexy sem ser vulgar, que moldava sua silhueta como uma segunda pele. Seu cabelo estava preso no alto da cabeça, expondo a nuca e os ombros. Sua blusa era curta, vermelho forte com listras estreitas e alças finas que lhe acentuavam a beleza do corpo mais que a roupa agarrada de Anna jamais conseguiria. Pelo que eu reparei, ela não usava sutiã. Só de olhar para Kiera senti um arrepio de tesão me percorrer por dentro. Caraca, será que ela vestira aquilo só para me provocar? Como diabos eu conseguiria aguentar a noite toda?

Denny desceu a escada logo atrás dela, sussurrou algo em seu ouvido e lhe beijou o pescoço. Testemunhar o momento de carinho era como ter um punhal enfiado na barriga. O problema era que ela era tão inebriante que eu não conseguia olhar para outra coisa.

Deus, ela é linda.

Denny desceu o último degrau, ficou ao lado de Kiera, e eu saquei na mesma hora que, de todos nós, Denny era o único que vestia roupa branca. Muito apropriado. Ele tinha um olhar perplexo no rosto e juro que o ouvi perguntar a Kiera, quando se virou na minha direção:

— Ela não vai fazer isso comigo, vai?

Ele olhava para o meu cabelo ao dizer isso, e percebi que não tinha ficado nem um pouco impressionado com a obra de Anna. Perguntei a mim mesmo se eu ia ficar parecendo um porco-espinho quando ela acabasse. Denny e Kiera entraram na sala de estar. Denny se sentou na poltrona e deu um tapinha na coxa. Kiera olhou para mim, mas acabou se sentando no colo dele. Engoli a dor que me subiu pela garganta e forcei minha cara a permanecer impassível.

Isso não me incomoda, não me incomoda, não me incomoda...

Com uma casualidade forçada, Kiera perguntou à irmã:

— O que está fazendo, Anna?

— Ele não tem o cabelo mais *foderástico* do mundo? Não dá vontade de... Uuuu! — Anna agarrou um punhado de fios e os puxou com força. A fisgada me fez estremecer, mas o comentário me fez rir.

Isso mesmo, Kiera, você não sente vontade de... Uuuu?

Os dedos de Anna continuaram no meu cabelo. Aquilo era gostoso, mas nem de longe tão bom quanto o toque de Kiera.

— Ele está me deixando dar um jeito de balada no cabelo dele. Vai ser o cara mais sexy da boate. Sem querer ofender.

Olhei para cima e vi Denny dar uma risada.

— Não ofendeu, Anna.

O silêncio encheu a sala. Enquanto todo mundo observava Anna trabalhando, eu observava Kiera. Seu rosto era uma mistura de interesse e irritação. Tive a sensação de que ela não gostava de ver Anna fazendo algo tão íntimo comigo. Bem, se considerarmos que eu também não gostava de Kiera se sentindo tão à vontade sentada no colo de Denny, estávamos empatados.

Quando as bochechas de Kiera ficaram ainda mais rosadas e ela desviou o olhar, não pude deixar de perguntar a opinião dela.

— Que tal?

Denny foi o único que me respondeu.

— Hum... Ficou ótimo, cara — disse ele com uma risada.

Anna pareceu ofendida por ele não adorar seu trabalho.

— Ah, você não entende as mulheres, Denny. Elas vão ficar doidas quando virem isso. Não vão, Kiera?

Eu tive que rir ao ver Anna arrastando Kiera de volta para a conversa. Aposto que essa era uma pergunta que ela estava doida para responder. Parecendo envergonhada e sem saber o que dizer, ela murmurou:

— Vão, Anna, claro. Ele vai ser...

Incapaz de me impedir, interrompi Kiera para usar as palavras que ela mesma usara para me descrever:

— Doce com sabor de homem?

Anna gritou e passou os braços em volta de mim.

— Ahhh!... Gostei!

Kiera não gostou. Com os olhos estreitados, quase cuspiu as palavras:

— Estamos prontos para ir?

Balançando a cabeça, eu me levantei. Não tinha certeza exatamente sobre como eu iria aguentar aquilo, mas estava definitivamente pronto para acabar com a história logo.

Como não pretendia ficar preso a noite toda com Denny e Kiera por causa do carro, sugeri que fôssemos em carros separados. Imaginei que se a coisa ficasse ruim de aturar, eu poderia cair fora e deixar todo mundo por conta própria. Anna, é claro, entrou no carro comigo; Kiera, naturalmente, foi com o namorado. Assim que entramos no lugar que Griffin tinha sugerido, uma boate que tinha o engraçado nome de Spanks, me certifiquei que nós quatro estávamos devidamente acomodados e fui buscar a primeira rodada de drinques para todos.

A fila para as bebidas estava comprida, mas quando eu me aproximei a bartender me fez sinal para ir ao balcão. Sabendo que Kiera iria odiar isso, pedi tequila. Após a moça encher quatro doses rapidamente, peguei tudo com uma das mãos. Pegando o sal e o recipiente com os limões com a outra mão, cruzei o salão esbarrando em algumas pessoas até chegar à mesa. Kiera pareceu surpresa ao me ver voltar tão depressa. Eu a vi olhar para o bar e franzir a testa. A bartender ainda deve estar me olhando; ela estivera me comendo com os olhos o tempo todo.

Bem, desculpe, Kiera, mas eu não posso controlar como as pessoas reagem a mim.

Depois de eu passar os drinques para todos, Kiera voltou sua atenção para a nossa mesa. Pegando o copo, ela cheirou a bebida. Eu sabia que o meu sorriso era infantil, mas não consegui evitar. O olhar no rosto dela foi impagável. Eu quase consegui ouvir seus pensamentos.

Tequila? Você está de sacanagem comigo? Não, Kiera, não estou. Temos uma história juntos, uma que você me implorou para que acontecesse. Você chorou por mim e me pediu, desesperadamente, para eu ficar. Está com ciúmes da atenção que estou oferecendo a sua irmã porque se importa comigo. Goste ou não, você se importa. Tenho certeza disso.

Enquanto ela me observava com olhos incrédulos, coloquei sobre a mesa os limões e o sal. Anna e Denny começaram a preparar suas bebidas, mas Kiera pareceu que ia recusar aquilo, pura e simplesmente. Quando ela apertou a mandíbula e teimosamente começou a preparar sua dose, uma risada me escapou. Brincar com ela era quase tão divertido quanto deixá-la com ciúmes.

Quando comecei a preparar minha bebida, Kiera fechou os olhos. Eu me perguntei se ela estava sendo inundada com todas aquelas lembranças... como eu estava.

Por favor, Kellan... me leve para o seu quarto...

Foi um pouco demais aguentar aquilo e eu quase coloquei um fim naquela farsa ali e agora, mas Denny se inclinou e disse algo no ouvido de Kiera que me libertou da tristeza do passado. Eu não tinha certeza do que ele perguntou a ela, mas sua resposta foi dirigida para mim. Com olhos gelados, ela disse:

— Estou... Só não sou muito fã de tequila.

Considerando o que eu tinha acabado de lembrar, descobri que aquilo era divertido.

— É mesmo? Você me pareceu ser do tipo que... adoraria.

Quando Kiera franziu o cenho, eu ri e Anna ofereceu sua opinião sobre a bebida.

— Bem, eu adoro... Tim-tim!

Ergui meu copo, brindei com Anna e viramos ao mesmo tempo. A bebida queimou ao descer, mas achei que aquilo era bem apropriado. Tudo com Kiera queimava um pouco, às vezes de um jeito bom, outras vezes nem tanto.

Denny ergueu o copo para Kiera e eles dois copiaram o que eu e Anna tínhamos feito pouco antes. Com uma encarada discreta para mim, Kiera pegou o limão na boca de Denny com a sua boca e os dois ficaram ali, num longo e persistente beijo do tipo "foda-se você e a sua tequila". Meu humor diante da situação desapareceu subitamente.

Enquanto Denny beijava a mulher que eu amava, Anna soltou um grito de aprovação.

— Uhuuu... Assim que eu gosto! — Eu me senti mal ao vê-los ali, se atracando de tesão. Quando se separaram e Kiera me lançou um olhar de triunfo eu me senti ainda pior. Então, ela queria jogo sujo, não é? Pois bem, eu também sabia fazer isso.

Focando a atenção em Anna, estendi minha mão e acenei com a cabeça em direção à pista de dança.

— Que tal? — perguntei. Anna concordou com entusiasmo. Depois que ela quase pulou em meus braços, eu a escoltei até a pista de dança com a mão praticamente na sua bunda. Olhei para Kiera antes de Anna e eu sermos engolidos pela multidão; ela me pareceu furiosa e eu me senti feliz com isso. Eu mesmo estava meio chateado.

Isso mesmo, estou tirando sua irmã para dançar. Sim, minhas mãos percorrerão todo o corpo dela. E sim... a cada segundo que isso acontecer, vou desejar que você estivesse no lugar dela.

Anna e eu nos abraçamos perto da parede dos fundos da pista. Seus braços na mesma hora envolveram meu pescoço, me puxando com força para junto dela. Ela manteve o corpo colado no meu, claramente tentando me excitar. Eu já estava agitado com as emoções, mas nenhuma delas era exatamente a que Anna queria de mim. Na minha mente, quando olhei para baixo e a vi, tudo que enxergava era Kiera. Seus lábios cheios, seus olhos, seu sorriso intenso e comovente. Eu não conseguia escapar dela. A música fazia meu peito chacoalhar, mas eu não ouvi uma palavra da letra. Kiera enchia minha mente.

De repente senti Anna puxando meu pescoço, tentando levar minha boca mais perto da dela. Eu mantive uma postura rígida, inflexível, que não lhe deu margem para muita manobra. Com uma pequena careta, ela mudou de tática. Passou as mãos pelo meu peito e depois pelos meus braços. Minhas mãos estavam descansando em seus quadris, do jeito que pré-adolescentes constrangidos dançam. Anna, obviamente, queria mais. Agarrando minhas mãos, ela as colocou atrás dela, na sua bunda.

– Você pode me tocar – gritou, para se fazer ouvir mesmo com a música alta.

Exibindo um sorriso rápido, levei minhas mãos para a parte superior das suas costas.

Sei exatamente o que eu posso fazer com você. Só que não é você que eu quero.

Anna pareceu perturbada com a minha recusa em agarrá-la ali mesmo. Então, se virou e começou a esfregar a bunda na minha virilha. Dei um passo para trás, mas ela me acompanhou. Depois de recuar mais um passo, esbarrei numa caixa de som. Anna me lançou um sorriso vitorioso e me prendeu com força contra o seu corpo voluptuoso. A menos que eu a empurrasse abertamente, teria de aguentá-la se esfregando em mim.

Sabendo que eu precisava assumir o controle da situação, girei em torno dela e a puxei para mim. Se estivéssemos de cara um para o outro eu conseguiria, pelo menos, preservar algum espaço livre entre nós. Passei a mão sobre o seu quadril, incitando-a a cavalgar minha perna. Ela o fez e eu me movimentei contra seu corpo ao ritmo da música. Olhei para baixo e a fitei intensamente; ela me encarou com firmeza, como se estivesse cativada por mim. Sua boca se abriu e ela sacudiu os ombros para mais do seu decote ficar exposto à minha inspeção. Sabendo que eu precisava lhe responder de algum modo, corri a mão com um jeito sedutor pela lateral do seu corpo, meu polegar roçando a borda do seu seio. Ela fechou os olhos e se derreteu toda, colada em mim.

Coloquei sua cabeça sobre o meu ombro e passei as mãos nas costas dela ao mesmo tempo. Aquilo era o máximo de sedução inocente que eu pretendia mostrar a ela. Aproveitando que o rosto de Anna já não estava mais perto do meu, olhei em volta. Como se um ímã atraísse minha atenção, vi Kiera no mesmo instante. Ela estava com Denny no centro da pista. Eles riam enquanto dançavam, e apesar dos braços de Kiera estarem em volta do pescoço de Denny, as mãos dele estavam ao redor da cintura dela; não pude deixar de observar que eles dançavam como amigos costumam fazer.

Fiquei de olho em Denny e Kiera o tempo todo em que dancei com Anna. Por fim, depois do que me pareceu uma eternidade, Anna se inclinou para o meu ouvido e me disse que precisava ir ao toalete. Fiz que sim com a cabeça e ela se deixou escorregar pela multidão. Quando olhei de volta para Kiera, ela estava sozinha na pista. Meu coração pulou na garganta quando eu olhei em volta, à procura de Denny. Ele tinha acabado de sair de perto dela; parecia estar indo em direção ao bar, ou talvez fosse dar uma saída para tomar um pouco de ar fresco. Estava quente ali. Uma ideia horrível penetrou em meu cérebro e então, de repente, eu forcei passagem pela multidão, sem conseguir me segurar. Eu estava me torturando a noite toda assistindo Kiera dançar, e tudo que queria eram os meus braços em torno dela. Eu só queria *uma* dança... e ia ser agora.

Ela estava de costas para mim quando eu finalmente me desvencilhei das pessoas. Voltei a olhar para Denny, mas ele já tinha dobrado a quina do bar e estava fora de vista. Eu sabia que aquilo era burrice. Sabia que poderia facilmente ser pego, mas também sabia que não iria conseguir me segurar. Eu precisava dela.

Imersa na música, Kiera parecia completamente alheia à minha presença. Mas soube que era eu no instante em que a toquei. Ainda por trás dela, colei em seu corpo e corri a mão pela sua blusa até meus dedos se espalharem sobre a sua barriga. Ela era quente, macia e cheirava maravilhosamente bem. Pude sentir seus músculos se contraindo e ela ficou rígida sob o meu toque. Mas não se afastou. Puxei-a para junto do meu quadril e movimentei nossos corpos como se fossem um só. Ela parecia tão certa, tão perfeita e natural, mas tão errada também. Se Denny ou Anna nos vissem daquele jeito... seria o fim de tudo.

Uma gota de suor se formou em sua pele e deslizou para baixo pelas suas omoplatas. Eu queria aquilo. Queria provar sua pele, deslizar minha língua sobre a sua doçura. Não devia desejar isso, mas já tinha feito tanta coisa que não devia, que não conseguiria resistir a mais uma. Colocando alguns fios de cabelo dela para o lado, me abaixei e passeei com a língua por sua pele aquecida. Ela estremeceu e eu fui lambendo em direção à espinha e depois até a nuca. Querendo mais, rocei de leve os dentes sobre a sua pele numa mordida brincalhona. Isso lançou ondas de choque e desejo através de mim. Pareceu acontecer a mesma coisa com Kiera. Ela se derreteu contra mim. Uma de suas mãos cobriu a minha e a outra deslizou para o lado até tocar meu quadril. Suas costas descansaram contra o meu peito e sua cabeça caiu para trás. Ela queria aquilo.

Minha mão em seu estômago se movimentou na direção da calça jeans. Eu gostaria de poder lhe desabotoar a calça para sentir sua pele macia debaixo. Kiera entrelaçou os dedos e apertou minha mão, como se desejasse isso também. Minha respiração se acelerou à medida que nos movíamos juntos. Era muito gostoso senti-la em meus braços. Eu a queria tanto!

Por favor, Kiera, deixe-me fazer isso. Deixe-me amar você.

Quando sua mão no meu quadril desceu pela minha coxa e sua cabeça começou a girar em direção a mim, quase imaginei que ela conseguia ouvir minha insistência mental.

Sim por favor... me beije. Agora!

Sem conseguir aguentar mais seus movimentos lentos e provocantes, agarrei-lhe o queixo e puxei sua boca para junto da minha. Tinha certeza que ela iria se afastar e me dar uma bofetada. Só que ela simplesmente... não fez nada disso. Seus lábios atacaram os meus com uma voracidade que traía o quanto ela sentia minha falta. Eu quase me lastimei baixinho ao perceber o quanto precisava dela e precisava... daquilo. Eu nem me importava mais com quem pudesse estar nos assistindo. Seu corpo era tudo que importava. Aquela ligação era tudo que existia.

Nossos lábios se separaram e minha língua estava em sua boca. Ela girou em meus braços, jogou suas mãos no meu cabelo e se agarrou a mim com cada centímetro do seu corpo. Deus, eu nunca tinha sentido tamanha paixão e tanto desejo. Aquilo era ainda mais intenso do que os minutos que passamos no quiosque de café. Eu queria deitá-la sobre algum lugar e explorar cada pedaço da sua pele, mas não havia espaço ali.

Eu estava quase ofegante enquanto corria as mãos pela sua blusa. Sua pele nua sob meus dedos era o paraíso. Um paraíso puro e jubiloso. Eu precisava de mais, muito mais. Meu corpo estava rígido e parecia se avolumar mais a cada segundo. Eu queria que ela o sentisse, queria que ela soubesse o que fazia comigo. Com nosso beijo ainda rápido e frenético, corri minha mão para baixo pelas suas costas e apertei sua coxa. Levantei sua perna e a esfreguei em torno do meu quadril para que ela pudesse me sentir quando nossas partes sensíveis se alinharam. Gemendo, ela se afastou um pouco de mim. Pensei que ela poderia estar desistindo e escapando, mas ela não o fez. Descansando a cabeça contra a minha, ofegou ao olhar para mim. E então... começou a desabotoar minha camisa.

Puta merda! Ela estava me despindo no meio de uma agitada multidão de estranhos.

Isso mesmo, vamos trepar aqui mesmo, na frente de todos. Vamos deixar o mundo testemunhar o quanto precisamos um do outro. Devemos deixar todo mundo nos ver... Anna... Denny. Não... sei que não podemos, mas, por Deus, eu quero fazer isso. Para onde podemos ir? Para algum lugar... para qualquer lugar...

Enquanto ela continuava a me despir, esmaguei minha boca de volta contra a dela.

Isso mesmo, leve-me daqui... Sou todo seu. Vamos a algum lugar privado e eu vou fazer você feliz. Vou fazer você implorar por mais, vou fazer você gritar. Vou fazer você se esquecer de tudo que não seja eu. Você é tudo que eu quero. Deixe-me levá-la...

Em meio à minha névoa de desejo, abri os olhos e esquadrinhei a pista de dança. As mulheres que dançavam ali perto estavam nos olhando, mas eu não me importava com elas. Eu precisava de um closet, de um banheiro, de uma sala para guardar agasalhos... algum lugar com uma porta que eu pudesse fechar depois de passarmos por ela. Foi quando avistei Denny tecendo seu caminho de volta, lentamente, em meio à multidão.

Porra! Não, agora não. Que diabos eu faço?

Levo Kiera daqui comigo, lá para fora? Ele vai notar se ela tiver ido embora. Vai especular. E vai descobrir. Mas eu não podia ficar ali por mais tempo.

Sem saber mais o que poderia fazer, empurrei Kiera para trás, virei o corpo e me misturei com a multidão, empurrando as pessoas e girando sem rumo. Meus lábios arderam com a perda dela e meu corpo doeu, mas Denny não podia ver aquilo. Ele não podia nos pegar no flagra. Eu não deixaria isso acontecer. Ele merecia coisas melhores do que dar de cara conosco nos pegando em público.

Encontrei um ponto junto do limite da multidão que se acotovelava. Dali eu podia ver Kiera sem que ela me visse. As bochechas estavam vermelhas, a respiração rápida, os olhos brilhavam de desejo. Por mim. Mas isso seria o suficiente para ela deixá-lo? Para me escolher? Mãos alisaram minhas costas e algumas garotas riram no meu ouvido, me pedindo para dançar, mas eu as ignorei ao ver o ar confuso que desabrochou no rosto de Kiera. Ela sinceramente não parecia ter ideia de por que eu a tinha empurrado para longe de mim. Ela não sabia o que eu sabia.

Mas entendeu tudo dois segundos mais tarde, quando Denny se aproximou dela por trás. Ela se virou para encará-lo e eu prendi a respiração. Era agora... A hora da verdade! Ela iria confessar tudo para ele naquele exato momento e lhe contar que tinha sentimentos por mim... Ou iria desprezar o que acabara de acontecer ali entre nós. Mais uma vez. E eu descobriria então, sem sombra de dúvida, que eu realmente não significava tanto para ela quanto ela significava para mim.

Tive algum receio de ver o que ela faria, mas também não consegui me afastar.

Por favor, diga a ele que você me quer. Por favor, venha me procurar. Por favor, me escolha, Kiera. Por favor!

Poucos segundos se passaram antes de ela agir, mas no intervalo desses segundos uma vida de esperança floresceu dentro de mim. Eu a tinha conquistado. Ela ia fazer aquilo!

A breve esperança se evaporou no momento em que suas mãos agarraram o rosto de Denny, emoldurando-o, e puxaram os lábios dele contra os dela. Senti como se tivesse sido golpeado no estômago por uma estaca de concreto. Várias vezes. Eu não consegui respirar enquanto a observava atacando-o. Denny pareceu assustado com a ferocidade dela, a princípio, mas logo correspondeu com sofreguidão às carícias que recebia, assim que se recuperou do susto. Eu não o culpei. Ela o beijava sem reservas, sem inibições, cavalgando uma onda de desejo puro e não diluído. Foi da mesma forma como ela me beijava poucos minutos antes. Como pôde fazer isso comigo? Como ela conseguia trocar as marchas tão depressa? Ou será que não? Será que ela ainda me beijava naquele instante, mentalmente? Será que eu tinha acabado de acender sua fogueira para, em seguida, entregá-la de bandeja para o meu melhor amigo?

Ai... meu... Deus...

Para meu horror que parecia não acabar, eles se separaram por uma fração de segundo, mas só para que ela pudesse se inclinar e sussurrar algo em seu ouvido. Fosse o que fosse, pelo olhar no rosto de Denny, era algo que ele queria muito. Ele colocou o braço em volta da cintura dela, circulou com os olhos o espaço da boate à sua volta, mas logo se pôs a conduzi-la através da multidão. Porra, eles estavam indo para casa? Será que ela lhe pediu para levá-la embora? Para... para...

Eu não consegui sequer terminar aquele pensamento.

Enquanto ela se afastava de mim, dei um passo em direção a ela. Não. Não era possível! Não era assim que a coisa deveria acontecer. Tínhamos acabado de experimentar uma profunda conexão ali naquela pista de dança. Ela devia ter vivenciado uma epifania; devia ter percebido o quanto me amava; devia deixá-lo ali... e ir para casa comigo. Ela devia escolher *a mim*. Por que ela nunca me escolhia?

Eles estavam quase correndo para longe da minha vista. O pânico me fez continuar a costurar em meio à multidão, seguindo-os. Eles não podiam ir para casa juntos! Eles não podiam... Ainda mais quando ela estava tão excitada. Comigo. Eu a levara até um ponto de combustão e explosão. Ela quase tinha me deixado pelado em plena pista de dança, de tanto que me queria. Isso tinha que significar algo! Mas ela continuava saindo da boate com ele. Por que diabos ela continuava indo embora em companhia dele? Eu quis gritar o nome dela, pedir-lhe para voltar, mas tive muito medo de abrir a boca. Poderia vomitar se fizesse isso.

— Kellan, aí está você!

Mãos se apertaram em volta do meu braço, me segurando com firmeza em meio ao mar de pessoas que dançavam. Olhei para Anna ao meu lado. Ela estava exibindo uma expressão que eu conhecia muito bem: "Leve-me para algum lugar, qualquer lugar, e vou fazer coisas que você nem sabia que eram possíveis." Mas não era Anna a mulher que eu queria que explorasse meu corpo, minha alma, e eu simplesmente não tinha forças nem vontade para retribuir seu olhar sedutor.

Mantendo o rosto sem expressão eu me inclinei para alcançar o ouvido dela.

— Eu quero ir embora. Você está pronta?

Seus olhos brilharam com muito interesse quando ela balançou a cabeça. Provavelmente imaginou que a minha pergunta era um convite, só que não era. Eu simplesmente não conseguia mais ficar naquele lugar, me esmagando e me acotovelando em meio àquela confusão de pessoas suadas. Eu precisava de espaço; precisava me sentar em algum lugar onde pudesse desmoronar silenciosamente.

— Não devemos nos despedir de Denny e de Kiera? — perguntou ela, tentando se fazer ouvir acima da música.

Balancei a cabeça para os lados, tanto para responder a ela quanto para limpar da mente a imagem horrível de Kiera beijando Denny.

— Eles acabaram de sair.

— Sem se despedir de mim? Que interessante. — Anna me exibiu um sorriso travesso, como se soubesse exatamente o motivo de sua irmã ter tirado o time de campo sem sequer falar com ela antes. O sorriso de Anna me deixou ainda mais nauseado.

Precisando dar o fora daquela boate maldita, agarrei a mão de Anna e a carreguei em meio às centenas de pessoas que se aglomeravam ali. Propositadamente evitei seguir o mesmo caminho que Denny e Kiera tinham usado. Eu simplesmente não aguentaria vê-los. Ao chegarmos lá fora respirei fundo várias vezes. Isso não ajudou a limpar minha cabeça. Eu ainda me sentia muito enjoado, e tinha uma dor no peito que não ia embora. Era como se estivesse perdendo a cabeça aos poucos.

Ao meu lado, Anna deu uma risadinha. Olhei para ela, especulando se ela conseguia sentir o desespero que emanava de mim. Ela não parecia sentir. Seus olhos cor de esmeralda continuavam fixos no meu peito; minha camisa ainda estava desabotoada quase por completo. Um arrepio me atravessou o corpo, mas não tinha nada a ver com o vento gelado na minha pele.

— Você ficou com calor lá dentro? — quis saber ela, com um sorriso brincalhão.

Soltando a mão dela, tornei a abotoar a camisa com rapidez. Não queria me lembrar dos dedos de Kiera no meu corpo. Ou no corpo de Denny, que era provavelmente onde os dedos dela estavam naquele momento. Nossa, eu ia vomitar.

— Mais ou menos — disse a ela, enquanto corria em direção ao carro; Anna teve que correr para me acompanhar. Percebi a ausência do carro de Denny e tive que colocar a mão sobre o estômago para não vomitar tudo no concreto do estacionamento.

Anna estava um pouco ofegante quando chegou ao lado do carona do meu Chevelle.

— Para onde você tinha ido, afinal de contas? Quando voltei do banheiro você simplesmente tinha... sumido.

Olhei por cima do carro e ela deu de ombros. A imagem de meu corpo se esfregando contra as costas de Kiera pulou para dentro da minha cabeça sem ser convidada, e rapidamente se transformou na imagem de sua boca em todo o corpo de Denny.

— Eu precisava de um drinque — murmurei, abrindo a porta do carro.

A testa de Anna franziu enquanto eu corri para a segurança do meu veículo. Eu não queria pensar sobre o que tinha acontecido naquela noite. E não queria pensar sobre o que estava acontecendo agora. Simplesmente não queria pensar, ponto final. Anna entrou no carro enquanto eu me debatia sobre o que fazer ou para onde ir. Certamente não poderíamos voltar para casa. Acho que eu nunca mais conseguiria voltar para casa. Anna olhou para a vaga onde o carro de Denny estava estacionado antes. Abriu a boca, como se fosse fazer algum comentário. Sabendo que seria algo sugestivo sobre Kiera e Denny, eu me adiantei.

— Denny e Kiera precisam de algum... tempo sozinhos... Portanto, que tal se eu levar você para a casa de um amigo... para que eles possam ter alguma privacidade? — Fiquei muito orgulhoso de mim mesmo por dizer isso; minha voz quase não tinha falhado ao pronunciar o nome de Kiera.

Anna era uma daquelas garotas que topavam qualquer coisa que pintasse e aceitavam os solavancos da vida numa boa; sendo assim, assentiu com empolgação enquanto esticava as longas pernas para frente, dentro do carro. Em seguida, me devorando com os olhos, afirmou:

– Qualquer coisa que você queira fazer está bom para mim.

Parei com as mãos no volante e olhei para ela. Anna se parecia tanto com Kiera que as coisas se tornavam ainda mais dolorosas. Seu cabelo castanho tinha a mesma textura, seus olhos eram igualmente expressivos e o sorriso em curva era idêntico ao da irmã. Ela mordeu o carnudo lábio inferior, e se contorceu de leve no banco ao me lançar um olhar do tipo "quero que você me coma". Eu poderia tê-la, se quisesse. Provavelmente conseguiria comê-la bem ali, naquele estacionamento lotado. Eu poderia arrancar a imagem de Kiera e Denny da minha cabeça metendo em outra mulher. Eu poderia esquecer todo o resto. Só que eu não queria isso. Além do mais… tinha prometido a Kiera que não o faria. Eu não tinha certeza se eu ainda devia alguma coisa a Kiera ou não… De qualquer modo, tinha prometido isso a ela e pretendia cumprir a promessa.

Voltando o olhar para o para-brisa, murmurei:

– Vamos para a casa de Matt e Griffin. Eles não vão se importar se nós aparecermos por lá.

Anna soltou uma risada de empolgação quando eu saí com o carro do estacionamento da boate.

Capítulo 21
EVITANDO TUDO

Anna passou toda a viagem de carro me paquerando ou falando sobre o quanto Denny e Kiera eram o máximo. E como eu não podia lhe pedir para não falar deles, tive que balançar a cabeça e concordar com ela. No momento em que chegamos à casa de Matt, eu já estava de saco cheio da noite.

Bati na porta da frente depois de ver os dois carros de Matt e Griffin na entrada da garagem. Eu não sabia o que eles tinham planejado para aquela noite, mas torci para que estivessem sóbrios o bastante para me ajudar a distrair Anna. Ela trocou seu peso de um pé para o outro e esfregou os braços enquanto esperava. Eu não tinha certeza se ela estava realmente com frio ou se ela queria que eu colocasse um braço ao redor dela como tinha feito antes, quando a levei até a pista de dança. Mas eu não estava com disposição para ser cavalheiro; simplesmente olhei para a porta e a deixei ficar como bem entendesse.

A porta se entreabriu segundos depois e o rosto de Matt apareceu na abertura. Ele não pareceu surpreso ao me ver; muitas vezes eu pintava ali sem qualquer aviso. Simplesmente disse:

– Oi! – e abriu a porta por completo. Quando Anna e eu atravessamos, Matt levantou a mão em saudação. Olhou em volta, em busca de Kiera e Denny, mas como não viu ninguém, fechou a porta.

– Você tem alguma cerveja por aí? – perguntei.

Ele apontou para a cozinha em resposta. Virei-me para sair, mas olhei para Anna antes. Acho que eu deveria ser cordial.

– Você quer uma?

Anna estava ocupada analisando a casa de Matt e de Griffin, mas fez uma pausa e olhou para mim quando eu fiz a pergunta.

— Eu adoraria uma cerveja — ela respondeu, com os olhos passeando pelo meu corpo. Resisti à vontade de suspirar. Não estava a fim de ser inspecionado desse jeito naquela noite.

Matt estendeu a mão e mostrou a sala de estar para Anna, e eu fui para a cozinha. Enquanto andava, ouvi a voz de Griffin flutuando pelo corredor.

— Quem está aí? E quando é que vamos sair para aquela festa no Rain's? Devíamos ter ido para lá direto do Pete's, como Evan fez. Mas não... o fresquinho precisava voltar aqui para trocar de roupa. Viadinho! Até parece que eu derrubei a cerveja no seu colo de propósito!

Eu sorri, sabendo que Griffin não iria mais sair de casa quando descobrisse que Anna estava ali. Ele provavelmente não iria sair do colo *dela*. Abrindo a geladeira de Matt, encontrei uma caixa de cerveja da marca que eu gostava e peguei duas garrafas, uma para Anna e outra para mim. Depois de abrir a tampinha, voltei para a sala de estar. Como eu previra, Griffin era todo sorrisos para o lado de Anna. Invadira o espaço pessoal dela na maior, sorria sem parar e brincava com uma das mechas vermelhas brilhantes do seu cabelo.

Como eu realmente não queria interrompê-los, entreguei para Anna a sua garrafa com a maior naturalidade que consegui. Ela se virou e olhou para mim, ainda interessada.

— Obrigada, Kellan.

Ela piscou para mim e Griffin fez uma careta. Se ele não conseguisse enfiar as mãos dentro da calcinha dela naquela noite mesmo, nunca mais iria falar de outra coisa. E se *conseguisse* enfiar as mãos dentro da calcinha dela, nunca mais iria falar de outra coisa do mesmo jeito. Eu estava fodido de qualquer maneira. E realmente não dava a mínima. Como queria algum tempo sozinho com a minha garrafa, desabei na extremidade do sofá.

Matt olhou para mim e depois para Griffin.

— Nós estávamos nos preparando para sair. Vocês querem vir conosco?

Eu balancei a cabeça para os lados. Não queria sair com um bando de bêbados aleatórios. Queria ficar ali e beber minha cerveja em total solidão. Ou o mais próximo da solidão que conseguisse, no momento.

Antes que eu pudesse expressar minha objeção, Griffin se manifestou.

— Porra nenhuma, não vamos naquela merda de lugar, não. Aqui está legal. — Seus olhos se voltaram para os peitos de Anna. Ela olhou para mim, talvez em busca de orientação, já que nós estávamos mais ou menos juntos naquela noite, mas eu a ignorei e olhei para as gotas de condensação na minha garrafa suada. Será que Kiera estava suada naquele exato momento? Ai Deus... por que eu tinha de pensar nisso?

Quando Anna falou, não pareceu se importar nem um pouco por eu estar sendo um acompanhante pouco comunicativo.

— Parece divertido ficar aqui. Mas eu adoraria continuar dançando. Vocês podem colocar alguma música?

Vi Matt encolher os ombros e pegar o controle remoto do seu sistema de som. A melodia de um baixo pulsante me atacou um segundo depois e eu quase tapei os ouvidos. Caraca, nunca mais queria ouvir *dance music* na vida.

Matt ligou a tevê num programa de comentários esportivos, mas tirou o som e se sentou em sua poltrona. Com o pé no joelho balançando no ritmo da música, ele alternou a atenção entre assistir à tevê e ao show de Anna e Griffin. Anna ria e gargalhava, bebendo sua cerveja e batendo seu quadril contra o de Griffin. Ela estendeu a mão para mim algumas vezes, como se quisesse que eu me juntasse a eles, mas eu sempre baixava os olhos.

Essa noite não.

Ela parou de tentar depois de um tempo e se dedicou por completo ao D-Bag que desesperadamente tentava chamar sua atenção. Quando eu estava na metade da minha segunda cerveja, eles já estavam atacando a garganta um do outro com beijos. Ainda rindo sem parar, Anna cutucou e arranhou Griffin de um jeito que só serviu para amplificar minha dor. Aquilo me fez lembrar de Kiera antes, quando ela me atacara com um tesão incontrolável. Tirando a minha roupa; me desejando. Puxa, meu Deus, por que ela acabou indo para casa *com ele*?

Inevitavelmente, Griffin puxou Anna para o corredor e a levou em direção ao seu quarto. Ela foi de boa vontade, com um enorme sorriso no rosto. Nem mesmo olhou para mim quando saiu numa boa para ir ficar com outro homem. Aquilo até que combinava, certo? Todas as pessoas do mundo iam fazer sexo naquela noite, menos eu. E Matt. Mas ele não parecia tão chateado com isso quanto eu.

No instante em que Griffin e Anna sumiram lá para dentro, apontei para o aparelho de som.

— Acho que eles desistiram da música.

Matt desligou a aparelhagem e logo em seguida aumentou o volume da tevê. Da melhor forma que conseguimos, tentamos anular o som das batidas leves e das gargalhadas que vinham do quarto de Griffin, abafando-as com as estatísticas dos esportes e com a música tosca do programa. Eu não me importava com o que estávamos vendo, mas mantive os olhos grudados na tela. Não queria que os ruídos de Anna e Griffin me lembrassem de Kiera e Denny... nem de como Denny estava provavelmente enterrado dentro de Kiera naquele exato momento. Cristo!

— Você está bem, Kell? — perguntou Matt, da poltrona.

Terminei minha cerveja e olhei para ele.

— Estou, sim. Por quê?

Ele apontou para o corredor que levava aos quartos com um sorriso torto no rosto.

— Você não costuma deixar Griffin ficar com a garota.

Apesar de Griffin também ter colocado música para tocar no quarto, eu consegui ouvir Anna dizendo:

– Oh, porra, meu Deus, Sim... Porra... Isso mesmo! – Eu não queria pensar sobre o que ele estava fazendo para fazê-la dizer aquilo. Mas pensar em Griffin se dando bem era melhor do que pensar em Denny gozando, então eu simplesmente sorri para Matt.

– Todo cão tem seu dia – declarei.

Matt bufou de rir, se inclinou e abriu a mão no ar dizendo:

– Bate aqui, cara. – Quando me levantei para pegar outra cerveja, ele avisou: – Vou precisar de uma bebida para isso. Pega uma para mim?

Fiz que sim com a cabeça e fui até a cozinha. Os gemidos de Anna ficavam mais fortes à medida que eu me afastava da tevê.

– Ai Deus, Griffin... Me fode!... Isso!

Peguei algumas cervejas para Matt e para mim. Quando voltei para a sala, vi que Matt tinha trocado de canal e assistia *Matrix*. O som estava quase no máximo, ainda assim dava para ouvir os gemidos abafados e os sussurros vindos do fundo do corredor. Eu os ignorei e foquei a atenção no filme e na cerveja. Na boa, não me importava com o que Anna e Griffin faziam, nem com o fato de levarem mais de duas horas fazendo.

Quando o filme terminou, eles ainda estavam acabando.

– Santo Deus, me foda... sim... não pare de meter. Isso! Sim... sim, bem aí! Ai Deus, meu Deus! – Os sons que se seguiram foram de altos elogios e em seguida baixou um abençoado silêncio.

Graças a Deus!

Matt olhou para mim com nojo estampado no rosto.

– Caralho! Será que não devíamos levar uma bolsa de gelo para ele?

Uma risada me escapou, o que já era alguma coisa, considerando o quanto eu me sentia um merda. Olhando para todas as garrafas de cerveja sobre a mesa de café de Matt, comentei:

– Não creio que minha acompanhante vá sair de lá tão cedo, e acho que não aguento dirigir. Você se importa se eu dormir aqui?

Bocejando, Matt se levantou e bateu no meu ombro.

– Claro que não, cara. *Mi casa es su casa*, você sabe disso.

Levantei a garrafa para ele.

– Obrigado.

Ele coçou o peito com naturalidade e largou uma garrafa vazia sobre a mesa.

– Agora que os coelhos pararam de trepar, vou para a cama. A gente se vê de manhã.

Balançando a cabeça, eu o vi sair. Novas risadas começaram no quarto de Griffin. Eu gemi ao terminar a cerveja. Aquela ia ser a porra de noite mais longa na face da Terra.

Acordei em algum momento da manhã seguinte com um nó na musculatura das costas, como se tivesse dormido sobre uma pedra. Para meu espanto, o que me acordou foi o barulho de pessoas... trepando.

Vocês estão de sacanagem comigo!

Será que eles ainda estavam se pegando ou tinham acordado mais cedo para recomeçar tudo? Coloquei um almofadão na cara. Era cedo demais para aquela merda.

Do fundo do corredor, ouvi Matt gritar:

— Querem calar a porra da boca, vocês dois?

Pelo visto, eu não era o único irritado.

Decidindo que aquele momento era tão bom quanto qualquer outro para me levantar, fui me arrastando do sofá e segui aos trancos e barrancos até a cozinha, a fim de preparar um café. Pelo menos aquilo seria algo para me animar. Quando coloquei água na cafeteira, perguntei a mim mesmo se conseguiria voltar para casa. Claro que isso era preciso, para levar Anna de volta, mas só de pensar em entrar pela porta e presenciar Denny e Kiera sorrindo um para o outro enquanto se lembravam da noite épica cheia de orgasmos cósmicos, já fazia meu estômago se contorcer. Eu não queria ver seus sorrisos idiotas e transbordantes de amor. Ainda mais por saber que fora eu que colocara Kiera em "ponto de bala" para a noitada. Eu a deixara excitada e transbordante de tesão. Praticamente a embrulhara de presente para Denny. Porra, isso me deixava puto.

Fazendo o café extraforte, já que estava me sentindo lento, decidi não voltar para minha casa naquele dia. Ia só dar uma passada rápida. Do final do corredor, Anna concordou com minha decisão. Ela gritava "Sim, sim, sim!", com vivacidade. Ótimo. Estava decidido, então. Eu não precisava ir para casa naquele dia.

Quando Griffin e Anna acabaram de "conhecer melhor um ao outro" já era quase hora do almoço. O quarto de Griffin fedia a sexo quando eles saíram lá de dentro. Ambos estavam desgrenhados, com olhos vermelhos, imensas olheiras, e caminhavam um pouco engraçado. Não fiquei surpreso. Uma maratona de sexo faz isso com as pessoas.

Mesmo sem ter muita vontade de ir embora, esperei por Anna na porta da frente. Ela ainda estava com as roupas da boate, e Griffin enfiou a mão por baixo do seu vestido curto quando ela o abraçou para se despedir. Quando se afastou, ele segurou seu rosto e a beijou com força.

— Eu queria que você ficasse na cidade mais uma noite — disse ele a ela. Ouvir isso me chocou. Griffin não era de repetir noitadas com a mesma mulher. Não que eu tivesse moral para criticar, porque eu também não repetia. Pelo visto, aqueles gritos do tipo "me foda com mais força" o tinham deixado impressionado.

Sem fôlego, Anna murmurou:

— Eu sei, eu também. Adoraria fazer aquilo tudo de novo.

Griffin inclinou a cabeça em direção ao seu quarto e propôs:

— Podemos repetir agora mesmo.

Mordendo o lábio, Anna suspirou e balançou a cabeça.

— Não vai dar. Tenho um avião para pegar mais tarde e devo passar algum tempo com minha irmã enquanto estou aqui. — Sorrindo, acrescentou: — Mas vou lhe enviar fotos minhas para seu arquivo pornô quando chegar em casa.

Griffin gemeu e lhe atacou a boca mais uma vez com beijos ardentes.

— Vou me masturbar durante uns três dias só pensando em você.

Revirei os olhos. Eu odiava interromper o festival de "romantismo", mas não queria ouvir mais uma palavra sobre Griffin se masturbando.

— Está pronta, Anna?

Com clara relutância, ela olhou para mim e deu um suspiro. Muito diferente de ontem, quando ela praticamente me lambeu com os olhos.

— Sim, acho que estou.

Depois de finalmente conseguir pegar no sono, Matt roncava quando saímos da casa dele. Griffin massageava o saco, talvez se preparando para uma maratona de sexo solitário. Puxa, agora eu queria *mesmo* ir embora. Griffin e eu trocamos olhares e ele fez mímica com os lábios: "ela foi inacreditável!". Em seguida me mostrou dez dedos.

Sim, obrigado, gênio. Eu já desconfiava que ela era espetacular pela quantidade de palavrões que vinham do seu quarto.

Respirei fundo enquanto seguia Anna até o carro. Para onde eu deveria ir? Que diabos deveria fazer? Durante quanto tempo eu conseguiria evitar minha casa? Infelizmente, não por muito tempo. Mas gostaria de evitá-la hoje. Eu pretendia, pelo menos, evitar o ar de felicidade de Kiera. O de Anna era impossível de ignorar. Ela estava se abanando quando entrou no carro. Mesmo que eu não estivesse tendo um dia dos melhores, sorri para ela.

— Divertiu-se na noite passada?

Esfregando as pernas juntas, ela soltou um longo gemido.

— Ai meu Deus, Kellan, foi do caralho! Eu nunca na vida tinha gozado tão forte, nem tantas vezes seguidas. — Com os olhos brilhando com um restinho de tesão, ela completou: — O pau de Griffin tem um piercing. Você já fez sexo com alguém de piercing?

Eu não consegui evitar e caí na risada. Ela era muito diferente de Kiera, em vários aspectos.

— Nunca com um cara, mas... sim, já transei com gente que usa piercings.

Ela ergueu uma sobrancelha sagaz para mim.

— Então você sabe exatamente como eu me sinto agora.

Fiz que não com a cabeça enquanto ligava o carro. Não, eu tinha certeza de que não sabia *exatamente* como ela se sentia – afinal, tratava-se de Griffin –, mas deu para perceber que ela se sentia maravilhosa. Eu, por outro lado, me sentia um merda. E me sentia um merda ainda maior à medida que nos aproximávamos da minha casa. Quando entramos na minha rua, cheguei a pensar seriamente em baixar o vidro do carro, colocar a cabeça para fora e vomitar. Eu não iria suportar ficar ali, especialmente com os sons da épica "festa da trepada" de Anna, na noite anterior, ainda ecoando em minha cabeça. Será que Kiera e Denny tinham enchido minha casa com sons semelhantes? Talvez um dos meus simpáticos vizinhos viesse comentar sobre os sons "felizes" que ouvira, vindos da minha casa. Nossa, eu não poderia lidar com esse pensamento, muito menos conversar sobre o assunto.

Quando chegamos à minha garagem, eu não entrei. Em vez disso, estacionei junto ao meio-fio. Olhando para o carro de Denny na entrada de casa, junto à porta, disse a Anna:

— Preciso encontrar um amigo. Combinei de dar uma passada na casa dele.

Anna franziu a testa e virou a cabeça para me olhar de frente.

— Oh, ok. Bem, divirta-se, então. — Antes de saltar do carro, piscou para mim. — Mas não tanto quanto eu me diverti a noite toda, ouviu?

Inclinando-me sobre o volante, exibi um sorriso genuíno.

— Duvido que eu conseguisse fazer isso, Anna. Faça um bom voo de volta para casa.

Ela fez um biquinho e lançou os braços ao redor do meu pescoço.

— Vou sentir falta disso aqui. Mas vou voltar, pode ter certeza. — Depois que se afastou, cutucou meu peito com o dedo e disse, com uma expressão severa: — Seja bonzinho para a minha irmã, ok?

Meu sorriso petrificou e meu sangue congelou nas veias. O que ela queria dizer com aquilo? Será que suspeitava de algo?

Porra, o que eu posso dizer, depois disso?

Mantendo a cabeça fria, apesar do coração rachado e vazando sangue sobre o estofamento de couro do carro, fiz uma cara de tímido e garanti:

— Sou bonzinho para todo mundo.

Ela bateu na minha coxa com força.

— Sim, foi isso que eu ouvi. Até uma hora dessas, Kellan.

— Até, Anna — eu disse, quando ela me deu um beijo no rosto. Atrás dela, a casa que meus pais tinham me deixado me pareceu maior. Mesmo que tivesse um ar brilhante e alegre, eu não a sentia assim. Era decepcionante, fria, amarga, de partir o coração. Não havia amor ali dentro. Não para mim.

Esperei dois segundos até Anna sair do carro, acelerei com força e saí voado pela rua estreita. Eu não aguentava mais ficar ali olhando para a minha casa.

Fui até a casa de Evan. Nem pensei duas vezes. Simplesmente entrei na autoestrada e foi lá que eu fui parar. Quando subi até o loft que ficava sobre uma oficina mecânica, vi que o carro de Evan estava no estacionamento. Ele abriu a porta alguns segundos depois de eu bater.

— E aí, cara, qual é a boa?

Com um encolher de ombros, entrei.

— Nada de mais. Quer repassar as melodias do nosso novo trabalho?

Evan se animou na mesma hora.

— Puxa, eu conversei com Rain justamente sobre isso ontem à noite. Acho que bolei algo que funciona numa boa com o último lote de letras que você me deu. Vem cá ouvir isso.

Antes de eu perceber, já passava muito das dez da noite. Essa era uma das coisas boas de estar com Evan – o tempo voava quando nos envolvíamos com música, o porto seguro que dava sentido às nossas vidas e nos dava um objetivo palpável. E Evan tinha razão, a nova batida que ele imaginara combinava à perfeição com minhas letras melancólicas. Ele certamente tinha um dom para compor, mas não conseguia crédito suficiente pelo seu trabalho. Esse era um dos tristes efeitos colaterais de ser o vocalista de uma banda: todo mundo concentrava a atenção em mim e ignorava os outros. Mas eles eram tão importantes quanto eu. Às vezes eu queria ter o poder de jogar um pouco dos meus holofotes sobre eles, mas eu sabia que tinha um papel a desempenhar. E fazia isso bem.

Quando nosso trabalho conjunto estava terminando, eu me lembrei do horror que me esperava ao voltar para casa: encarar o relacionamento do sr. e da sra. Fodas Perfeitas. Eu ainda não estava pronto para enfrentá-los. Me odiando por ser um covarde, mas precisando de uma boa desculpa para ficar com Evan, deixei minha cerveja entornar no chão de propósito e me obriguei a rir.

— Desculpe, cara, acho que eu bebi mais do que imaginava.

Divertindo-se e dando uma risada ao ver aquilo, Evan me convidou a ficar e dormir ali. Apesar de estar com a mesma roupa desde a véspera e continuar com o cabelo espetado, aceitei sua oferta. Nossa, eu era patético.

Adormeci com a lembrança de Kiera na minha pele.

Quando acordei de manhã já estava farto de dormir em sofá. Precisava de uma cama de verdade. E de um chuveiro. E de roupas limpas. Eu senti como se não tivesse dormido nas últimas duas noites. Dava para somar as horas que tinha dormido decentemente com os dedos de uma só mão. Meus nervos se agitaram quando me aproximei da minha casa. Eu não queria que Kiera estivesse lá. Ela tinha aula naquele dia e já devia ter saído. Torci por isso. Mais ou menos.

A entrada que dava na garagem estava vazia quando eu cheguei lá, mas isso era de esperar. Denny estava no trabalho. Aproximei-me da casa com passos hesitantes. Eu odiava a ideia de Kiera testemunhar aquela relutância de entrar na minha própria casa. Ela tinha me afastado dali mais vezes do que eu gostaria de admitir. Precisava parar de deixá-la governar minha vida. Mas isso era o mesmo que me pedir para parar de respirar. Ela era a bola central naquele Pêndulo de Newton – a causa de tudo. Eu era o efeito. Não tinha escolha, a não ser reagir a ela.

Minha mão tremia quando eu a estendi para alcançar a maçaneta. Na mesma hora recuei e a cerrei com força, formando um punho que eu abri e fechei para ativar a circulação. Aquilo não era nada. Não havia coisa alguma a temer. Se ela estivesse ali... e daí? Tentaríamos ignorar um ao outro, esquecer toda a mágoa, a dor e o calor que havia entre nós e explodira em nossas caras mais uma vez. Por Deus, precisávamos interromper aquele círculo vicioso. Até eu sabia disso.

Irritado, peguei minhas chaves e girei a fechadura. Um cheiro familiar me atingiu no instante em que a porta se abriu. Fiz uma pausa para absorver a fragrância. Eu não tinha certeza exatamente de quando aquilo tinha acontecido, mas em algum momento durante a sua estadia ali seu cheiro tinha se impregnado em tudo na minha casa. Ou talvez fosse imaginação minha. Quem poderia saber?

Fechando a porta, corri lá para cima disposto a tomar a ducha mais rápida já conhecida pelo homem. Queria sair daquela casa. Evitei, de propósito, olhar para o quarto de Denny e Kiera. Acho que nunca mais seria capaz de olhar para ele novamente. O que Kiera tinha feito com ele ali dentro, enquanto fingia que estava comigo, ficaria entalado até apodrecer dentro do meu cérebro, como uma doença incurável. Foda-se, eu não queria estar ali. Tirei a roupa e segui, completamente nu, para o banheiro.

Depois de estar limpo, novamente vestido e revigorado, voltei mais uma vez para a casa de Evan. Então, quando os rapazes quiseram ir até o Pete's, eu estava cansadão. Quis dizer que não, tive vontade de escapar, mas uma grande parte de mim queria ir, e essa parte acabou vencendo a disputa interna. Por mais que aquilo fosse doloroso, eu sentia falta de Kiera e sabia que não conseguiria passar mais uma noite inteira sem vê-la.

Meu coração estava pesado no caminho para lá. Eu não fazia ideia de como ela reagiria ao me ver depois da forma como nos separamos na boate. Depois de estacionar, fiquei sentado diante do volante, olhando para o bar pelo espelho retrovisor. Não tinha certeza do que eu esperava, só sabia que ainda não podia entrar lá. A noite na boate voltou à minha cabeça – sua respiração ofegante, sua boca ávida, suas mãos me agarrando pelo cabelo. Havia tanta paixão entre nós que quase colocamos fogo na pista de dança. Aquilo tudo *não podia* ter sido falso.

Uma batida no vidro da minha janela afastou para longe as minhas lembranças. Griffin estava em pé ao lado da porta; Matt e Evan ficaram alguns metros atrás dele, esperando por mim. Sorrindo, Griffin apontou para o espelho retrovisor, para onde eu olhava e me zoou:

– Você está linda, princesa. Agora, sai dessa porra de carro!

Revirando os olhos, abri a porta lentamente. Eu conseguiria enfrentar aquela barra. Dei uma porrada no braço de Griffin pela sua zoação e ele se afastou de mim com uma careta, reclamando:

— Pega leve, invocadinho. Não foi culpa minha você não ter se dado bem naquela noite.

Sorrindo e cheio de autoconfiança, abriu os dedos enquanto caminhava de costas.

— Cinco vezes, cara! — anunciou ele.

Forcei a me concentrar em outro ponto que não fosse as portas do bar, que eu tanto temia, e encontrei os olhos de Griffin.

— O quê?

— Esse foi o número de vezes que ela me fez gozar! Sem incluir as duazinhas que eu bati na manhã seguinte. — Ainda caminhando de costas, ele tropeçou numa pedra e quase caiu de bunda no chão. Um desajeitado!

Fingindo surpresa, andei em torno dele.

— Espantoso! — murmurei. Eu já tinha ouvido a narração de tudo *durante* o... digamos... espetáculo, não precisava de comentários posteriores.

Ainda querendo se gabar, Griffin se levantou e correu para me acompanhar.

— Foi inacreditável. As coisas que aquela garota sabe fazer... Foi uma pena, para você, ela ter me escolhido, cara. Não que eu a culpe, claro, mas você perdeu uma bela festa.

Matt bufou.

— Você está falando sério, Griff? Ela obviamente queria Kellan, mas ele a rejeitou. Você ficou em segundo nessa corrida, cara.

Olhei para trás e vi a expressão estupefata de Griffin.

— Você estava fumando crack naquela hora, bundão? Ela estava em cima de mim, quente e doida para me cavalgar. Ela até me contou que tinha ficado toda molhadinha desde a primeira vez que nos encontramos.

Com um sorriso nos lábios, Matt lançou um olhar para mim.

— Quando vocês se encontraram pela primeira vez? Quer dizer, quando ela praticamente dançava no colo de Kellan e mal percebeu que você existia? *Essa* primeira vez?

Griffin esbravejou atrás de mim.

— Vocês não sabem porra nenhuma do que estão falando.

Matt ainda ria quando ele correu para alcançá-lo.

— Espere um instante, Griff! Fale-me novamente sobre o quanto ela queria você! Isso aconteceu antes ou depois de ela praticamente espalmar a mala de Kellan por baixo da mesa?

Balancei a cabeça para os dois e Evan riu. Griffin entrou na frente e o barulho do bar encheu o estacionamento. Eu me agachei no chão e fingi que amarrava o cadarço das minhas botas. Era a isso que eu fora reduzido: usava técnicas inseguras e infantis para adiar momentos de incerteza. Será que eu estava pronto para vê-la?

Evan parou para esperar por mim.

— Você está bem? — ele perguntou.

Mentalmente eu verifiquei minhas feições, mas não estava exibindo qualquer expressão estranha ou de dor enquanto amarrava o cadarço. Toda a minha agitação era interna.

— Sim, estou numa boa — respondi, me levantando. — Por que não estaria? — Até onde Evan sabia, aquela era apenas uma noite como outra qualquer no Pete's.

Evan estudou o meu rosto.

— Não sei. Você me parece meio para baixo. — Exibiu um sorriso torto. — Talvez ainda esteja de ressaca pela noite passada. Você ficou muito mal.

Eu me obriguei a sorrir.

— Sim, pode ser isso. Eu de fato me sinto um pouco cansado. — Emocionalmente desgastado. Fisicamente eu me sentia bem.

Determinado a provar que aquilo não era nada e eu poderia estar no mesmo ambiente que Kiera sem me destroçar, abri a porta e entrei no bar. Tentei não me importar, mas meus olhos automaticamente buscaram por ela. Ela estava de volta na seção do bar onde a banda sempre se reunia, mas seus olhos estavam grudados na porta, como se esperasse por mim.

Droga, ela era linda.

A camiseta do Pete's a abraçava de um jeito que mostrava todas as curvas que eu amava, e seu jeans estava baixo nos quadris, parecendo me provocar ao exibir apenas alguns centímetros de pele. Seu cabelo estava puxado para trás e preso num rabo de cavalo meio frouxo que quase me fazia derreter por dentro. Aquilo me fazia pensar em sexo selvagem, desenfreado, sexo apaixonado. Querer arrebentar com força o elástico que o prendia para agarrar um punhado de fios e puxá-la na minha direção.

Mas essa não era a nossa realidade. Kiera era de Denny. Ela já tinha deixado isso claro na outra noite. Nossa amizade nunca iria cruzar essa linha novamente. Dessa vez nós realmente tínhamos terminado.

Meu estômago palpitou, mas eu me forcei a ignorar a sensação. As coisas eram do jeito que eram, não havia necessidade de eu ganhar uma úlcera por causa disso. Meu coração disparou quando nos encaramos. Eu não consegui adivinhar suas emoções. Sabendo que ela também não conseguia ver as minhas, lhe acenei de leve e sorri.

Viu só, Kiera? Eu também sei brincar numa boa, mesmo depois de você me arrancar o coração do peito. Nós ainda podemos curtir uma bela amizade, apesar de eu saber que ser apenas seu amigo me mata cada dia um pouco.

Pensei que Kiera iria sorrir para mim de volta, talvez aliviada por eu não estar com raiva, nem magoado. Em vez disso, porém, ela amarrou a cara, se virou e foi embora pisando duro. Que diabo era aquilo? Eu sabia que tinha ultrapassado um limite, mas ela me encontrara numa boa e muito ansiosa do outro lado da linha do perigo. Além do mais, não foi ela que quase tinha me arrancado a roupa?

A irritação foi aumentando aos poucos em mim, à medida que eu via Kiera trabalhando. Ela me ignorou por completo. E não de uma forma distante, como se simplesmente não se importasse... nada disso. Cada olhar que ela *evitava* me lançar era *muito* deliberado. Ela queria que eu soubesse que estava soltando fumaça pelos ouvidos. Eu só não tinha ideia do motivo de ela estar tão revoltada. Ela nem chegava perto da nossa mesa, o que provavelmente era uma coisa boa, já que Griffin estava distraindo um estranho sentado junto de nós com histórias de sua noitada de sexo com Anna. Nossa, ele ia recontar aquela noite para todo mundo ao longo dos próximos seis meses, disso eu tinha certeza.

Depois de vinte minutos de absolutamente nenhum serviço de mesa, Evan finalmente conseguiu acenar para Kiera, chamando-a. Ela olhou para nossa mesa, mas me ignorou solenemente; em seguida girou os olhos para o alto e seguiu até o bar para pegar nossas bebidas. Ela não tinha que anotar nossos pedidos, pelo menos? Por que diabos ela estava tão brava comigo? Um pouco chateada tudo bem, era plenamente compreensível, mas aquela reação me parecia exagerada, mesmo para ela.

Poucos minutos depois ela voltou com força total sobre a nossa mesa. Sem pronunciar uma palavra, bateu com uma garrafa de cerveja sobre a mesa, com força, diante de cada um de nós; um pouco de espuma transbordou da minha, graças ao impacto. Fiquei surpreso de a garrafa não ter quebrado. Ainda em silêncio, ela girou nos calcanhares e se afastou da mesa o mais depressa que conseguiu.

Matt olhou para Evan depois que ela saiu.

— Qual é o problema dela hoje? — Os dois olharam para mim em seguida, como se eu subitamente tivesse me tornado o guardião das mudanças de humor de Kiera.

Dei de ombros e peguei minha cerveja.

— Não perguntem a mim, eu não sou o namorado dela. — Eu não quis dizer isso com raiva, mas as palavras saíram meio ásperas. Quando Evan franziu a testa para mim, eu tomei mais um gole da cerveja. Fazendo uma careta, afastei a garrafa da boca e olhei para a garrafa. Cerveja sem álcool! Sério? Dessa vez fui eu que soltei fumaça pelas orelhas por alguns segundos, enquanto os outros bebiam sua cerveja com dosagem alcoólica perfeitamente normal. Que... porra... era... aquela?

Poucos minutos depois, notei que Kiera tinha sumido pelo corredor e seguira para os fundos do bar. Sem ser capaz de suportar seu tratamento em silêncio nem por mais um segundo, eu me levantei arrastando a cadeira para trás com um estrondo e a segui.

Queria ter algumas respostas e ia arrancá-las agora mesmo. Quase esbarrei nela quando ela saiu pela porta do banheiro. Pelo olhar de choque e irritação em seu rosto ao me ver, ela quase quis voltar lá para dentro e se esconder. *Não havia chance* de eu permitir que isso acontecesse. Aonde quer que ela fosse agora eu iria segui-la. Não ia sair do pé dela até ela falar comigo.

Talvez vendo que se esconder era inútil, ela quase soprou um suspiro de frustração e tentou se esgueirar pelo lado e passar por mim. Eu a agarrei pelo cotovelo.

— Kiera... — Seus olhos castanhos quase me fuzilaram quando ela olhou para mim. O fogo em seu olhar me roubou a respiração por um segundo. Ela se desvencilhou de mim enquanto seus olhos continuaram a lançar dardos de fogo na minha direção. — A gente precisa conversar...

— Não há nada para conversar, Kellan! — reagiu ela, quase mordendo as palavras.

Especulando comigo mesmo que diabos eu teria feito para deixá-la tão revoltada e me perguntando por que ela me odiava tanto e amava tanto *a ele*... E também tentando descobrir por que o simples som de sua voz transformava meus joelhos em geleia, eu calmamente disse:

— Discordo.

Inclinando-se para mim, ela replicou, num tom de deboche:

— Bem.... Pelo visto, você pode *fazer* o que quiser.

Sua atitude escrota se misturou com a minha dor e a minha frustração. Deu para sentir no ar a aspereza da minha voz quando eu retruquei:

— Que diabos você quer dizer com isso?

— Quero dizer que não temos nada para conversar — cortou ela, esbarrando em meu ombro quando passou por mim.

Eu a deixei ir embora, mais confuso do que nunca. Que diabos era aquilo?

Capítulo 22
EU SÓ QUERIA AJUDAR VOCÊ

No fim da noite, Kiera ainda estava fazendo o máximo que podia para me ignorar. Igualmente divertido e irritado pela forma como ela me evitava a todo custo, não tentei me aproximar dela novamente. Talvez ela só precisasse de mais um dia para se acalmar.

As pessoas começaram a sair aos poucos do Pete's quando se aproximou a hora do bar fechar. No fim ficaram apenas alguns clientes regulares, Kiera, Griffin, Evan e eu; mas Evan já caminhava em direção à porta ao lado de Cassie, a loura bonita que passara a noite dando em cima dele. Eu me encostei em uma das mesas com os braços cruzados sobre o peito, pois queria observar a reação de Kiera quando ela descobrisse que não tinha carona para casa. Acho que devido ao seu péssimo estado de humor, ela acabara se esquecendo de combinar com alguém para levá-la embora dali. Eu gostaria de fazer isso, é claro. Se ela quisesse.

Kiera suspirou quando notou os pingos de chuva na calçada pela porta da frente que se fechava. Ela não gostava de pegar chuva e eu sabia que detestaria ir para casa a pé. Eu não tinha certeza do que ela iria fazer diante daquela situação adversa. Ela olhou na minha direção, mas não fez menção de se aproximar. Em vez disso, me deixou chocado ao se aproximar do meu baixista. É claro que eu não consegui impedir o sorriso que se espalhou pelo meu rosto.

Sério? Você prefere ir para casa com Griffin *em vez de ir comigo?*

Aquilo ia ser interessante.

Kiera tentou uma abordagem casual.

— Oi, Griffin.

Isso o deixou de orelhas em pé na mesma hora e em posição de defesa. O relacionamento de Kiera e Griffin não era exatamente cordial.

— Sim? Que é que você quer? — Ele sorriu de um jeito que mostrava claramente que tinha certeza de que ela iria voar em cima dele para reclamar de alguma coisa.

Kiera fez uma careta, mas conseguiu se manter amigável.

— Estava esperando que você talvez pudesse me dar uma carona.

Eu mal contive meu riso, que saiu abafado. Nossa! Uma garota não podia dizer algo assim para Griffin sem esperar que ele entendesse da forma mais suja possível. O cérebro de Griffin fazia da sarjeta a sua casa.

— Bem, Kiera... Nunca achei que você iria pedir — murmurou, enquanto a despia com os olhos. — Eu adoraria te dar uma carona... até o paraíso.

Pronto! Uma típica resposta de Griffin. Kiera sorriu com os lábios apertados.

— Eu quis dizer uma carona literal, para casa, Griffin.

Porra, meu estômago estava quase tendo câimbras por segurar as gargalhadas. Ela precisava ser assim tão adorável? Griffin, porém, não a achava nem um pouco divertida.

— Nada de sexo? — perguntou, desapontado.

Kiera sacudiu a cabeça com a velocidade de uma chicotada.

— Não. — Eu quase consegui ouvir seu cérebro acrescentando "Eeeca!", mas aquilo alegrou um pouco o meu espírito. Ali, pelo menos, estava um homem com o qual eu nunca precisaria me preocupar.

Ofendido, Griffin bufou e disse:

— Bem, nesse caso... não. Você pode conseguir a sua carona "sem sexo" com o Kyle.

Eu não conseguia segurar o riso nessa hora. Sim... sem sexo. Kiera olhou na minha direção novamente e depois em torno do bar, como se estivesse em busca de uma rota de fuga. Aproximei-me dela enquanto debatia consigo mesma sobre o que fazer. Meu coração começou a bater mais forte a cada passo. Mesmo quando eu estava magoado ela me afetava.

— Gostaria que eu te desse uma carona? — perguntei. Quis insinuar mais com aquela pergunta direta do que ela realmente entendeu.

Me escolha.

Ela sacudiu a cabeça para os lados com determinação, cruzou os braços sobre o peito e saiu quase correndo pela porta da frente da boate. Acho que eu tinha conseguido uma resposta direta para a minha pergunta. Ela foi embora com tanta pressa que esqueceu o casaco e a bolsa. Eu era tão terrível para ela fugir apavorada daquele jeito? Pensei em sair correndo atrás dela como um idiota apaixonado, mas de que me adiantaria ficar encharcado também? Só que eu não podia deixá-la ir a pé o caminho todo até em casa. Não era seguro. E estava chovendo. Ela detestava chuva. Eu não queria que ela sofresse por minha causa. Droga. Teria de ir pegá-la à força, e ela provavelmente não iria gostar disso nem um pouco.

Suspirando, fui até a sala dos fundos para pegar suas coisas. Era melhor acabar logo com aquela maluquice.

Quando eu entrei no carro, bati a porta com força e saí lentamente atrás de Kiera, a chuva começou a cair com força total. Franzi a testa, numa expressão de estranheza, enquanto vasculhava as calçadas dos dois lados à sua procura. Ela não poderia caminhar até em casa debaixo daquela chuva torrencial. Ia acabar se matando. Torci para que não conseguisse ter ido muito longe. Merda, rezei para que ela estivesse bem.

Felizmente eu a avistei logo em seguida; já chegara a um quarteirão do bar. Parecia estar congelando, com os braços cruzados sobre o peito e já ensopada até a alma. Será que ela pretendia realmente andar até em casa debaixo daquele dilúvio? Agora ela estava sendo simplesmente ridícula. Ela poderia me ignorar dentro do carro, por mim tudo bem; pelo menos estaria num lugar seco. Por que diabos ela estava tão brava comigo?

Acompanhando o meio-fio, mantive a mesma velocidade dela na calçada. Sem querer acreditar na sua teimosia, me inclinei e abri a janela.

— Entra no carro, Kiera!

Ela me fuzilou com os olhos.

— Não, Kellan.

Rangendo os dentes de raiva, olhei para cima.

Senhor, dai-me paciência para lidar com essa mulher claramente desequilibrada.

Olhando novamente para ela, eu disse, com toda a calma que me foi possível:

— Está caindo o maior toró. Entra no carro.

— Não!

Deus. Ela ia realmente jogar duro, afinal? Tudo bem, eu também sabia jogar duro, se necessário. Não havia a mínima possibilidade, no céu ou no inferno, de eu deixá-la ali sozinha.

— Então, vou seguir você até em casa.

Vá em frente, Kiera, pode pagar para ver. Porque eu não estou blefando.

Ela pareceu perceber isso. Com um acesso de raiva, parou de andar.

— Vá para casa, Kellan. Eu vou ficar bem.

Parei o carro e me inclinei sobre o volante. Era sério, aquilo? Ela ia ser tão cabeça-dura a ponto de arriscar a vida só para me evitar? Aquela não era exatamente a melhor parte da cidade.

— Você não vai caminhar sozinha até em casa. Não é seguro.

Revirando os olhos, ela começou a andar novamente.

— Eu vou ficar bem — repetiu.

Vi seu corpo magro estremecer de frio enquanto ela se afastava de mim. A irritação enevoou a minha preocupação e a venceu. Foda-se essa merda. Vou trazê-la arrastada pelo cabelo até o carro, se ela não quiser vir por conta própria. Grunhindo, pisei no acelerador e me adiantei um pouco a ela.

– Que porra de mulher teimosa! – murmurei, parando o carro bem numa esquina. Murmurando obscenidades diversas, estacionei junto do meio-fio, desliguei o carro, subi o vidro da janela e saltei.

Kiera abriu a boca de espanto quando eu voei como um foguete em sua direção. Ela estava realmente se sentindo surpresa por eu não deixá-la morrer de pneumonia ou ser agredida por algum bandido? Que tipo de idiota insensível ela achava que eu era?

Apesar de vestir uma jaqueta pesada, eu estava ficando encharcado enquanto caminhava até o ponto onde ela estava parada, olhando para mim. Minha raiva aumentava a cada passo que eu dava. Ser teimosa por puro capricho era uma idiotice completa. Até parece que eu iria atacá-la se ela entrasse no carro comigo. Ela já tinha feito sua escolha de forma muito clara naquela noite, na boate. Tinha voltado para casa com ele. Ela queria apenas a ele. Eu já tinha entendido.

– Entra na droga do carro, Kiera! – rosnei.

Ela gritou:

– Não! – Em seguida, me empurrou com força para longe dela.

Tudo bem. Se ela queria ser difícil e imatura, eu faria exatamente o que planejara fazer desde o início: eu a arrastaria para dentro do carro nem que fosse pelo cabelo e aos gritos. Agarrando-a pelo cotovelo, eu a empurrei para o Chevelle. Claro que ela lutou comigo.

– Não, Kellan... Para!

Ela tentou se desvencilhar de mim, mas eu não estava disposto a deixá-la escapar. Apertei-a com mais força para obrigá-la a entrar pela porta do carona. Dava para ver que ela estava furiosa por eu a estar tratando com grosseria, mas eu já estava muito puto dentro das calças. Aquilo já tinha ido longe demais! Quando eu me abaixei e abri a porta do carro, ela conseguiu soltar o braço da minha garra. Em vez de ser razoável e entrar no carro quente e seco, ela tentou se afastar de mim.

Porra, mulher!

Para não deixá-la escapar, enrolei meu braço em volta da cintura dela e a puxei para junto de mim. Ela chutou e se contorceu quando eu a levantei do chão, mas não conseguiu escapar. Seu corpo magro e molhado se esfregando contra o meu me provocou tesão e levou minha cabeça para lugares aonde eu não pretendia ir naquela noite. Por que eu não conseguia me desligar do que sentia por ela? Isso tornaria a minha vida muito mais fácil de ser levada.

Eu a coloquei no chão junto da porta aberta, prendendo-a com o corpo para que não pudesse fugir.

– Para, Kiera, e entra na porcaria do carro!

Seus olhos castanhos estavam cheios de ódio quando ela me fitou longamente. Ódio e mais alguma coisa. Seu peito arfava; a camiseta do Pete's estava grudada no seu corpo;

as pontas soltas do seu rabo de cavalo despejavam gotas pesadas de chuva; alguns fios de cabelo tinham ficado grudados em suas bochechas coradas e no pescoço esguio. Minha respiração acelerou quando eu reparei naquela beleza afogueada e erótica bem diante de mim. O seu descontrole passional quase me colocou de joelhos. Eu a desejava tanto! Por que ela simplesmente não podia me aceitar de volta? Por que não conseguia me amar?

Antes de eu poder realmente compreender o que acontecia, ela me agarrou de repente. Entrelaçando os dedos no meu cabelo molhado, puxou meu rosto para junto do dela. Sua agressividade me machucou um pouco, mas eu fiquei intoxicado ao sentir que seus lábios estavam a poucos centímetros dos meus.

Por Deus, sim... me beije. Agora. por favor. Eu preciso disso. Preciso de você.

Como se ela pudesse ouvir o meu apelo silencioso, ela me atacou com sua boca.

Ai... Deus... sim.

Assim que eu comecei a retribuir seu beijo febril ela se afastou de mim. Então, menos de um segundo depois, me deu uma bofetada.

Meu rosto molhado ardeu com a força que ela usara; meu ouvido tiniu como um sino. Agindo por puro choque e reflexo, eu a empurrei contra o carro quando a raiva fez ferver meu sangue no corpo frio. Que porra era aquela?

Por um segundo, o único som foi nossa respiração ofegante e a chuva que martelava tudo à nossa volta. Kiera olhou para mim com luxúria e raiva nos olhos. Ela me queria, eu sabia que sim. Eu podia sentir seu desejo emanar em ondas. Eu também a queria. Mais que tudo, eu a queria. Já estava duro. Queria deitá-la no banco do carro, arrancar aquela roupa molhada do seu corpo ensopado e ouvi-la gritar meu nome enquanto a penetrava. E ela iria gritar muito. Iria gritar sem parar enquanto eu a mantinha à beira do orgasmo. Talvez fosse esse o jeito de eu puni-la por me ferir física e emocionalmente: eu não iria deixá-la gozar.

Com a decisão tomada eu a agarrei e, lentamente, a forcei a sentar no banco da frente. Ela não ofereceu resistência real. Tentava negar aquilo para si mesma, mas me queria dentro dela. Sem lhe dar chance de escapar, entrei no carro também. Quando fechei a porta atrás de nós, ela começou a se arrastar pelo banco para longe de mim, como se planejasse sair pela outra porta. Pode esquecer! Puxando-a para trás, agarrei suas pernas e a trouxe de volta para mim. Como precisava sentir meu corpo enroscado no dela, eu a obriguei a deitar sobre o banco e rastejei por cima dela. Ela empurrou meu peito como se quisesse me afastar, mas seus dedos apertaram minha camisa com mais força e eu percebi que era mentira. No fundo, ela me queria.

– Sai de cima de mim! – bradou, a respiração pesada e os olhos me implorando para fazer o oposto.

De saco cheio com seus sinais mistos, eu me perguntei se suas palavras e ações algum dia estariam em harmonia. Ela me queria... certo?

– Não – retruquei, com determinação.

Ela estendeu a mão e me agarrou pelo pescoço. Depois, me puxou mais para perto enquanto suas palavras me rejeitavam.

– Eu te odeio...

O olhar em seu rosto lançou uma pulsação forte na parte de baixo do meu corpo. Porra, eu precisava dela. Precisava lhe mostrar o efeito que ela conseguia provocar em mim, e provar a ela o quanto a queria. Talvez ela parasse de negar aquilo a si mesma. Meu pau estava duro como uma pedra; o desejo, a luxúria e o amor travaram uma guerra dentro de mim. Coloquei as pernas dela em torno da minha cintura e esfreguei meu membro contra os seus jeans.

Isso tudo é para você. Só para você. Isso é o que você faz para mim. O que eu faço para você? Mostre-me... Leve-me... Sou seu, só seu. Por que você não consegue enxergar essa porra tão clara?

Seus olhos reviraram para cima e ela se engasgou, ofegante. Ela queria *muito* tudo aquilo. Eu sabia que sim. Uma fisgada de amargura me percorreu. Eu estava cansado daquele ciclo de negação.

– Não é ódio que você sente... – zombei, quando ela tentou me exibir um olhar de frieza. Com um sorriso cruel, acrescentei: – E também não é amizade. – Tínhamos deixado a amizade para trás havia muito tempo.

– Para... – Ainda lutando, ela remexeu os quadris debaixo de mim. Isso só serviu para que eu a desejasse ainda mais. Usando seu corpo como apoio para ela poder sentir o quanto aquilo seria intenso, bati com os quadris contra os dela, mais duro do que nunca. Ela gritou, desviou a cabeça e arqueou as costas para olhar em direção à porta acima de sua cabeça. Nada disso, ela precisava ver minha excitação. Precisava ver o que estava fazendo comigo. Peguei seu rosto e forcei sua cabeça para baixo, obrigando-a a me encarar de frente. Ela não gostou disso.

– Isso era para ser inocente, Kellan! – reclamou, furiosa.

– Nós nunca fomos inocentes, Kiera. Como você pode ser tão ingênua? – mantive o tom firme. Ela não podia continuar mentindo para si mesma.

Com lágrimas de frustração nos olhos, ela sussurrou:

– Meu Deus, como eu te odeio...

Nossa, ela era muito teimosa. O que havia entre nós não nascera do ódio.

– Não, não odeia...

Esfreguei o corpo contra o dela com mais força. Mordi o lábio quando um gemido profundo me escapou. Eu precisava dela. Puxa, *como precisava!*

Diga sim, Kiera. Deixe-me entrar.

Apesar de uma lágrima que rolava pelo seu rosto, ela observou minha reação a ela com olhos atentos.

– Odeio, sim... Eu te odeio...

Ela mal conseguia articular as palavras, de tão ofegante.

Empurrei minha pelve contra a dela, retesando a musculatura quando uma sensação de prazer me enviou ondas de choque através do corpo.

Isso. Deus... sim!

— Não... Você me quer...

Sua paixão reavivou uma lembrança em mim. A boate. Sua necessidade desenfreada enquanto dançávamos. Aquilo tinha sido para mim. Ela não conseguiria negar.

— Eu vi você. Senti você... na boate, você me queria. — Coloquei a boca de leve sobre a dela, inalei seu cheiro e senti sua respiração rápida... que acompanhava a minha. Aquilo era só o começo do que eu estava prestes a compartilhar com ela. Dava para perceber o quanto ela estava excitada enquanto se contorcia debaixo de mim. — Pelo amor de Deus, Kiera... Você estava tirando a minha roupa. — Sorri ao relembrar a sensação de seus dedos passeando pela minha pele. Eu os queria novamente em mim agora. — Você me queria, bem ali, na frente de todo mundo. — Precisando sentir o sabor dela, arrastei a língua ao longo da sua mandíbula, até a orelha. — Meu Deus, eu queria você também... — Gemi baixinho junto de seu ouvido.

Suas mãos voaram para o meu cabelo e me afastaram dela. Minha respiração emitiu um assovio quando meu pênis implorou para ser libertado. Eu me balançava contra ela novamente, sem ter certeza de quanto mais conseguiria aguentar.

Pare de lutar. Diga que sim.

— Não, eu escolhi o Denny. — Ignorando-a, tornei a me esfregar nela com mais força e mais depressa.

Deus, sim. Mais uma vez. Mais um pouco.

— Fui para casa com ele...

Meu Deus, Kiera, sim, porra... sim.

— Quem você escolheu? — perguntou ela.

O tom ultrajado em sua voz silenciou as vozes na minha cabeça e acalmou meus quadris. Um aviso brilhou no meu cérebro. Um aviso e uma pista. O que diabos ela queria dizer com aquilo?

— O quê?

Ela bateu no meu peito com toda a raiva reprimida dentro dela.

— Minha irmã, seu babaca! Como você pôde dormir com ela? Você me prometeu!

Em um microssegundo tudo se encaixou no lugar certo, para mim. Então era por isso que ela estava chateada? Não era porque eu tinha cruzado a linha novamente? Não era por eu ter cedido e demonstrado o que queria? Não era porque eu ficara afastado por alguns dias? Nada disso! Aquilo tudo era porque ela achava que eu tinha dormido com Anna? Ah, que se foda! Ela não tinha o direito de ficar puta por causa disso. Muito menos depois de sair da porra daquela boate com Denny. Tudo zerou no instante em que ela rasgou meu coração e o transformou em fragmentos ensanguentados. Se eu quisesse trepar com Anna a noite toda, certamente tinha todo o direito de fazer isso.

Acometido de uma fúria total, eu disse algo precipitado e terrivelmente enganoso.

— Você não pode ficar com raiva de mim por causa disso. Você foi embora para ir trepar com *ele*! Você me deixou lá... com ela... excitado, querendo você... e me abandonou ali *com ela*. — Para ferir Kiera ainda mais, corri as mãos de uma maneira íntima até seus quadris e sussurrei: — E ela estava muito a fim. Foi tão fácil pegá-la... entrar nela. — Se Kiera ia ser uma vaca comigo, resolvi que seria um escroto com ela.

A fúria em seu rosto foi instantânea. E gratificante. Eu a tinha magoado. Ótimo! Agora ela de verdade sabia como eu me sentia, porque eu certamente me sentia machucado. Ela tentou me bater, mas eu tinha previsto isso e forcei sua mão para baixo com força.

— Seu filho da puta — ela rosnou.

Ela estava tão louca da vida que eu achei que as gotas de chuva que caíam do meu cabelo iriam chiar quando tocassem em sua pele. Aquilo me agitou e excitou. A forma como suas bochechas ficaram vermelhas, o jeito como seus olhos dançavam — seu ciúme era inebriante. Sorrindo de uma forma que eu sabia que iria irritá-la ainda mais, eu disse:

— Eu sei com quem trepei, mas me diz... — com minha mente girando descontroladamente de calor, desejo e paixão, baixei os lábios até encostá-los em sua orelha — ... com quem você trepou naquela noite? — Eu me esfreguei mais contra ela ao dizer isso, fazendo-a lembrar do nosso momento quente na boate e enfatizando o fogo que ardia entre nós agora. Ela gemeu e sugou o ar com força.

— Ele foi melhor... do que eu? — continuei com a boca a poucos centímetros da dela e passei a língua de leve sobre o seu lábio doce e umedecido pela chuva. — Não existe substituto para o original. Eu vou ser ainda melhor que ele...

Porra... Diga que sim...

Ela não o fez. Em vez disso exclamou, quase cuspindo:

— Eu odeio o que você faz comigo.

Vi seus olhos agitados. Ela estava deitada. Pelo menos em parte. Mas eu entendi o que queria dizer. Eu às vezes também odiava o que ela fazia comigo. Só que, mais do que odiar, eu adorava. E sabia que ela sentia o mesmo.

— Você adora o que eu faço com você. — Lembrando de como era estar dentro dela, fazendo-a gritar, deslizei minha língua até sua garganta. — Seu corpo implora por isso.

Eu anseio por isso. Preciso de você.

— Sou eu que você quer, não ele.

Me escolha. Me ame. Mostre-me. Agora mesmo.

Pressionei todo aquele anseio contra seu corpo, precisando dela mais do que nunca. Ela enfiou os dedos pelo meu cabelo... então balançou os quadris no mesmo ritmo

que eu. Minha nossa! Sim, isso mesmo... Gritei do mesmo jeito que ela. Nós precisávamos daquilo. Precisávamos um do outro.

Por favor, Kiera. Diga que sim.

Ela se moveu no mesmo ritmo que eu. Nossas respirações se aceleraram, as labaredas aumentaram de tamanho, os vidros do carro se embaçaram e ele começou a balançar suavemente para frente e para trás com os nossos movimentos.

Deus, sim, agora mesmo... mais!

Seus dedos agarraram meu casaco, querendo tirá-lo. Eu a ajudei a removê-lo.

Porra, isso mesmo. Todas estas camadas de roupa entre nós precisam sair. Quero ficar nu com você. E quero você toda nua.

Sua boca subiu para tocar na minha, mas eu me afastei. Aquilo foi como fogo líquido em minha virilha, mas eu queria provocá-la. Foda-se, isso mesmo. Eu queria provocá-la. E depois satisfazê-la. Ela tentou me alcançar novamente, dessa vez com a língua, mas eu tornei a me afastar. Pensei que fosse explodir. Eu não poderia provocá-la por muito mais tempo.

Kiera não queria ser provocada naquele momento. Frustrada, enfiou as unhas em minhas costas, me arranhando. Foda-se, aquilo era igual a quando ela me arranhara no quiosque de café, na hora em que tinha gozado. Eu quase gozei ao me lembrar disso. Abaixei a cabeça contra o ombro dela e fiquei colado nela, com ar de abandono.

Sim. Deus, mais, Kiera. Sim.

Ela gritou quando nos roçamos um no outro, enfiou as mãos nos bolsos de trás da minha calça e me envolveu a cintura com as pernas, quase em frenesi.

Ainda me agarrando com força enquanto se movia contra mim, ela gemeu:

– Não... É ele que eu quero...

Papo furado! Garanto que ela nunca tinha sentido nada parecido com ele.

– Não, é a mim que você quer... – sussurrei em seu pescoço.

– Não, ele nunca tocaria na minha irmã! Você prometeu, *prometeu*, Kellan! – Ela ficou rígida debaixo de mim. A perda de nosso ritmo crescente quase me deixou louco.

– O que está feito está feito. Não posso mudar o passado. – Ela tentou me afastar, mas eu agarrei suas mãos e as preguei ao lado da sua cabeça. Enterrei meus quadris nos dela mais uma vez, e ela fez um barulho que me provou que aquela pausa momentânea quase a tinha matado também. – Mas isso... Para de lutar, Kiera. Diz que você quer isso. E diz que me quer... como eu quero você. – Minha boca voltou para cima dela. – Eu já sei que você quer...

Eu estava farto de excitá-la. Estava farto daqueles jogos. Precisava dela. Naquele instante. Não podíamos parar com aquilo. Era tarde demais. Baixei os lábios sobre os dela. Kiera gemeu quando nossas bocas se encontraram e meu estômago se apertou em preparação.

Sim... Deus, Kiera, sim.

Nosso beijo foi ardente e apaixonado, cada um querendo mais do outro. Eu estava certo, sabia que estava certo. Ela queria aquilo tão intensamente quanto eu. Soltei as mãos dela, e ela as levou imediatamente para o meu cabelo. Seus dedos eram maravilhosos correndo sobre meu couro cabeludo. Eu quis sentir seus cabelos longos e vê-los espalhados por todo o assento de couro do meu carro. Arrebentei o elástico que prendia o cabelo dela e o joguei no chão. Mesmo molhado, seu cabelo parecia incrível entre meus dedos.

As mensagens dúbias de Kiera não pararam quando nossas línguas deslizaram juntas. Murmurando que me odiava, ela passou as mãos pelas minhas costas e tornou a enfiá-las nos bolsos traseiros da calça, apertando minha bunda e pedindo mais, que eu fosse mais fundo dessa vez, e mais forte. Fiz o que ela queria, mas repeti que ela não me odiava.

Minhas mãos percorreram cada curva dela que eu consegui alcançar, o ângulo de sua mandíbula, seu seio, os pequenos montes em torno de suas costelas, a curva do seu quadril, espalmei sua bunda redonda. Suas mãos pequenas correram por baixo da minha camisa, sentindo minha pele nua. O contato de nossa carne uma contra a outra enviou um raio de eletricidade diretamente para a parte baixa do meu corpo. Mas o clima arrefeceu de leve quando ela pronunciou as palavras seguintes.

— Isso está errado — ela gemeu no ar carregado de paixão.

Um pouco da minha empolgação sumiu; ela estava certa, é claro... aquilo era errado. Só que era melhor do que qualquer coisa que eu já tinha experimentado antes, e agora era tarde demais — eu não conseguia parar de tocá-la. Meu polegar roçou o seu mamilo rígido, esticando sua blusa colada no sutiã fino. Eu queria aquele mamilo em minha boca, queria *muito*.

— Eu sei... mas, meu Deus, como você é gostosa!

Só gostosa não... Incrivelmente maravilhosa. Em seguida, nos fundimos um no outro sem mais palavras, sentindo apenas o desejo selvagem e incontrolável. Percebi que a respiração dela assumia um ritmo familiar, os gemidos guturais se repetindo num padrão que se ampliava e se tornava mais alto, mais desesperado, mais distinto. Ela estava chegando perto do orgasmo. Meu próprio corpo já tinha alcançado o ponto de excitação máximo há muito tempo, e só a força de vontade em estado bruto me impedia de ejacular com uma força capaz de estremecer a terra. Mas eu não iria gozar sem ela. Não, eu ia gozar *dentro* dela. Possivelmente *junto* com ela. Sim, eu queria que ela gozasse ao mesmo tempo que eu. Queria isso mais do que qualquer coisa.

Eu me afastei da sua boca ansiosa. Ela se inclinou e meus olhos quase reviraram. Recuei um pouco mais. Como suas roupas estavam muito molhadas, eu precisava de espaço para despi-la. E *pretendia* despi-la. Eu precisava ver sua carne branca pálida tremendo sob meus dedos. Ela se engasgou quando percebeu o que eu fazia. Seus olhos famintos se colaram nos meus e tudo que eu vi foi aceitação.

Sim, eu também topo. Me aceite. Sou seu.

Eu a fitei com olhos vidrados quando a observei me analisando por completo. Eu sabia que ela queria aquilo. A noite na boate tinha sido o verdadeiro erro. *Eu* era o único homem que ela queria, mas ela não tinha tido coragem de sair comigo naquela noite. Mas agora, naquele momento, tudo estava certo. E apesar de eu saber que iria me arrepender no dia seguinte por trair Denny, não me importava mais. Eu *ia tê-la* naquela noite.

Quando só faltava eu desabotoar um botão do seu jeans, ela agarrou meus pulsos, puxou minhas mãos para cima sobre a sua cabeça e as apertou com força. Nossos corpos se colaram novamente, e um latejar forte me percorreu por dentro. Eu estava tão perto do que eu precisava que era quase doloroso.

Quanto tesão!

— Para, Kiera! — exclamei. Eu estava irritado, excitado e, agora, sentia um pouco de dor no saco. Eu tinha de gozar depressa. — Eu preciso de você. Deixe-me fazer isso. Posso fazer você esquecê-lo. — Desesperado, acrescentei: — Posso fazê-la esquecer até de *você mesma.*

Ela estremeceu debaixo de mim; sabia que eu tinha razão. O que íamos sentir agora ia ser mais poderoso do que qualquer coisa que tivéssemos experimentado antes. Eu tinha certeza disso. Precisava que aquilo acontecesse naquele momento, antes que eu entrasse em combustão espontânea. Por fim, consegui soltar minha mão e, acariciando seu corpo todo, voltei até o jeans. Ela respondeu com gemidos em todos os lugares que eu tocava.

Viu só, Kiera? Você sabe que estou certo.

— Deus, como eu quero entrar em você...

— Para, Kellan!

Irritado por ela ainda estar se recusando àquilo, fiz uma pausa com os lábios no pescoço dela.

— Por quê? É isso que você quer... É por isso que você implora! — Ela não podia negar essa verdade, não depois de todas as vezes que tinha implorado. Para provar que eu tinha razão, enfiei minhas mãos dentro do seu jeans, por cima da calcinha. Ela precisava repetir, antes. Tinha de me pedir. Depois disso, nós dois poderíamos acabar com aquele joguinho frustrante.

Apesar de eu não a estar tocando diretamente na vagina, ela se desfez debaixo de mim. O grito devasso que ela soltou amplificou o prazer e a dor que eu sentia. Ela agarrou meu pescoço e puxou meu rosto para o dela. Eu gemi de carência. Eu não aguentaria aquilo por muito mais tempo. Precisava entrar com força dentro dela.

Precisava ejacular. Precisava ouvi-la gritar. Precisava senti-la gozando. Antes, porém, precisava ouvi-la dizer que ela me queria.

Mesmo assim ela se recusou.

— Não... Não quero que você faça isso. — Meu dedo ultrapassou a borda da sua calcinha e sua frase ficou fragmentada. Ela continuava mentindo. Ela me queria. Estava toda molhadinha de desejo por mim. Um leve avançar do meu dedo e eu conseguiria sentir isso. Bastava arriar sua calça e eu poderia sentir o seu sabor. Ah, Deus, como eu queria saboreá-la!...

Banindo essa imagem da cabeça, lutei para manter o controle. Eu precisava que ela me pedisse.

Dê-me sua permissão, Kiera.

Mas ela continuava lutando comigo; sua mão largou meu pescoço e tentou debilmente desalojar os dedos que tentavam explorá-la a fundo. Mas eu era mais forte e a recusa dela era fraca.

— Eu posso sentir o quanto você me quer, Kiera. — Minha voz soou tensa, mas a verdade era que tudo em mim estava retesado. Eu mal conseguia lidar com a intensidade, a dor, o latejar. Precisava que aquilo acabasse logo. Um gemido de angústia me escapou como se viesse das entranhas. — Eu quero você... *agora*. Não aguento mais! — ofeguei. Senti que poderia enlouquecer se não mergulhasse dentro dela imediatamente. Desvencilhei uma das mãos da dela e comecei a arriar seu jeans molhado. — Meu Deus, Kiera, eu preciso disso...

Eu estava a segundos de *lhe implorar* para que ela *me deixasse* entrar quando ela deixou escapar:

— Espera! Kellan... Para! Me dá um minuto. Por favor... Eu só preciso de um minuto...

Minhas mãos congelaram quando eu olhei para ela. Era sério que ela acabara de me dizer aquilo? Aquele era o nosso "sinal de alerta", por assim dizer. Como se ela lesse minha mente, repetiu devagar, quase para si mesma:

— Preciso de um minuto.

Ora, porra!

Eu não consegui me mover mais enquanto processava o que diabos tinha acontecido. Ela arfava debaixo de mim enquanto eu a olhava de cima para baixo. Ela acabara de fazer a mesma sacanagem comigo. Tinha me excitado até o ponto de ruptura para depois me dizer que não. A menos que eu resolvesse continuar à força e obrigá-la a abrir mão de tudo por mim... por nós... eu não tinha escolha a não ser deixá-la ir. Merda.

— Merda!

Ela se encolheu ao ouvir meu desabafo inesperado. Eu me sentei e passei as mãos pelo meu cabelo enquanto tentava me acalmar. Isso não adiantou nada. Cada segundo em que eu olhava para ela ali, esparramada sobre o banco do meu carro, me deixava ainda mais puto. Que porra era aquela que Kiera tentava fazer comigo?

— Merda! — repeti, dando uma porrada na porta do carro com toda a força.

Ela se sentou, muito nervosa, e tornou a abotoar o jeans. Droga, estávamos tão perto! Ela me queria, eu sabia que sim! Por que ela estava constantemente me atormentando com algo que eu não poderia ter? Porque era uma vaca. Uma puta provocante, era isso!

— Você... é...

Fechei a boca antes que meu temperamento pusesse tudo a perder. Ela não era uma vaca. Não era uma puta. Simplesmente estava apaixonada por outro homem, um homem com quem eu me importava muito. Eu não podia me esquecer disso. Mas, porra, aquilo doía *muito*. O ar aquecido no carro tornou-se estagnado, cheio de dor, tensão, traição. Eu não conseguia respirar. Precisava sair daquele maldito carro.

Abrindo a porta do carro, saltei na mesma hora. A chuva gelada foi um bálsamo, mas não reprimiu minha ira. Eu quase podia sentir as gotas evaporando ao cair na minha pele que fervia. Redirecionei minha raiva para o pneu do carro. Precisava descontar em alguma coisa, ou iria me virar para trás e dizer o que me vinha à cabeça. Piranha!

Chutei o pneu com tanta força quanto consegui.

— Porra! — Isso aliviou um pouco minha tensão reprimida, então repeti a dose. — Merda! Puta que pariu, foda, caralho, tomar no cu! — Eu sabia que Kiera estava assistindo à minha explosão sem sentido, mas já tinha ido longe demais para me importar. Foda-se a porra da minha vida! Caminhando para longe do carro, cerrei os punhos e gritei toda a minha raiva e frustração para a rua vazia. — POOORRRA!

Porra, eu gritava obscenidades na esquina da rua com o ar desvairado de uma rainha do drama. Precisava me acalmar, cacete. Passei os dedos pelo cabelo mais uma vez, resistindo à tentação de arrancar alguns fios. Inclinando a cabeça para o céu, tentei redirecionar meu foco.

Pense só nas gotas de chuva. Ouça apenas o som da chuva que cai e fura a terra. Sinta apenas o frio. Não pense nela. Não pense nos lábios dela. Não pense no corpo dela. Nem no sorriso dela. Nem no seu jeito de gargalhar. Nem nos seus olhos... Não pense na maneira como ela olha para você. Nem no jeito como olha para ele. Porra.

Baixei as mãos, mas mantive as palmas para cima, absorvendo cada gota.

Pense apenas na chuva. No mundo existe apenas a chuva fria, gelada. Você. A chuva. Nada mais.

— Kellan?

Porra!

Meu breve momento zen desapareceu ao ouvir a voz dela.

Você arrancou meu coração fora do peito duas vezes em menos de quarenta e oito horas. O mínimo que pode fazer é me dar a porra de um momento de silêncio para eu me recompor!

Levantei um dedo, torcendo para ela entender o recado e me deixar em paz. Ela não entendeu.

— Está muito frio... Por favor, entra no carro.

Você só pode estar de sacanagem comigo! Cinco minutos? Tudo o que eu quero são cinco malditos minutos sem ela na minha cabeça, cacete!

Chuva. Chuva. Apenas a chuva. Acalme-se.

Ainda sem me sentir capaz de olhar para ela, nem de falar, balancei a cabeça para os lados.

Entenda a porra dessa dica, Kiera. Eu não quero mais estar em lugar algum que seja perto de você, mas sei que não posso deixá-la ir sozinha para casa, então vou aturar ficar com você dentro do meu carro, da minha casa, e na porra do meu coração!

Chuva. Apenas a chuva...

— Me perdoa... Volta, por favor — gritou ela, pela janela do carro.

Oh Deus, por favor faça-a calar a boca antes que eu perca de vez a porra da cabeça. Chuva... chuva... chuva...

Foi quando eu a ouvi murmurar:

— Droga! — em seguida ela saltou do carro.

I-na-cre-di-tá-vel! Ela não podia nem me dar um pouco de paz? Que vaca de merda! Abrindo os olhos, encarei-a quando ela se aproximou de mim. Eu me perguntei se parecia tão revoltado quanto me sentia. Devia parecer, porque seus passos eram pequenos e hesitantes.

— Volta para o carro, Kiera. — Tentando agir de forma civilizada, cuspi cada palavra por entre os dentes cerrados.

Ela pareceu nervosa quando engoliu em seco, mas balançou a cabeça.

— Não sem você.

Continuava com a porra da teimosia! Todos os meus pensamentos pacíficos envolvendo os pingos de chuva na calçada fracassaram. A raiva tomou conta de cada um dos meus músculos e eu vibrei de tensão.

— Entra na droga do carro! Uma vez na vida, faz o que eu digo! — Gritei tão alto que minha garganta doeu. Eu ia ficar rouco para o show do dia seguinte à noite. Que beleza! Mais um problema do caralho que ela me causara.

Minha raiva acendeu a dela. Levantando o queixo, ela retrucou:

— Não! Fala comigo. Não fica se escondendo aí, fala comigo!

Falar com ela? Sobre que porra de assunto ela poderia querer falar comigo? O quanto ela amava Denny e o quanto me desprezava? Não, obrigado, não quero ouvir essas merdas. Dei um passo em direção a ela; nós dois estávamos encharcados, agora.

— O que você quer que eu diga?

Seu queixo tremia e sua voz ficou mais grave com a raiva.

— Por que você não me deixa em paz? Me diz isso! Eu já tinha dito a você que estava tudo acabado, que eu queria ficar com Denny. Mas você continua me atormentando…

— Atormentando você?

Qual é, ela estava brincando? Era ela quem me provocava num ritmo quase constante. Só o jeito como olhava para mim já seria o suficiente para fazer a maioria dos homens implorar por ela de joelhos. E a maneira como me beijava seria o mesmo que um convite para o sexo, na cabeça da maioria dos homens.

— É você quem… — comecei.

Eu me impedi de continuar na hora H. Não pretendia lhe dar a satisfação de ela descobrir com certeza o que fazia comigo. O quanto eu a queria. O quanto eu a amava, caralho! O quanto machucava saber que eu nunca seria bom o suficiente para ela. O quanto eu queria estar cagando e andando para ela. O quanto ela quase me matou ao me levar à beira do orgasmo para depois tirar o corpo fora. O quanto eu desejava que ela não tivesse parado, naquela noite.

— Sou eu o quê? — gritou ela, no silêncio súbito que uma trégua na chuva criou.

Olhei de volta para ela. Sério? Ela simplesmente não conseguia deixar aquela porra de lado, não é? Eu tentava não soltar o verbo para ela, mas não conseguiria segurar minha língua nem por mais um minuto. Se ela queria a verdade, tudo bem, eu lhe daria a bosta da verdade da forma mais simples, do jeito mais cruel que conseguisse. Talvez então ela pudesse entender a porra do óbvio: o seu flerte não era nem um pouco inocente.

Exibi um sorriso tão sombrio quanto meu coração despedaçado.

— Quer mesmo saber o que estou pensando nesse exato momento? — Dei um passo em sua direção, mas ela recuou. — Estou pensando… que você… é desse tipo de mulher que fica provocando os homens, e que eu devia ter fodido você de qualquer maneira!

Com veneno me correndo pelas veias eu dei mais um passo, colocando-me quase nariz com nariz diante dela. Eu poderia agarrá-la, empurrá-la para dentro do carro e terminar aquele drama ali e agora. Sabia que eu deveria me afastar e me acalmar, mas também sabia que era tarde demais para isso; as palavras saíram da minha boca, e eu na mesma hora lamentei isso:

— Aliás, eu deveria foder você neste exato momento, como a puta que você realmente…

Sua mão estalou na minha bochecha antes mesmo de as palavras sujas acabarem de sair da minha boca. O tapa doeu mais que a bofetada anterior; eu certamente iria ficar com marcas vermelhas na cara. Já estava farto de ser agredido! Revoltado, eu a empurrei contra o carro.

— Foi você quem começou isso. Tudo isso! Para onde você achou que a nossa paquera "inocente" estava indo? Quanto tempo você achou que poderia ficar me atiçando? – Eu apertava os dedos em torno de seu braço; já nem tinha consciência do que dizia. – Eu ainda... "atormento" você? Será que você ainda me quer?

Lágrimas lhe escorreram pelo rosto quando ela respondeu à minha pergunta.

– Não... Agora eu realmente te *odeio*!

Senti como se ela tivesse alcançado o fundo de mim e tornado minha alma oca. Só a raiva residual me manteve em pé.

– Ótimo! Então entra na porra desse carro!

Não sabendo que diabos eu estava fazendo, empurrei-a para a porta do carro, que estava aberta. Quando seus pés estavam dentro do veículo eu bati a porta. Quis abri-la novamente só para tornar a batê-la com mais força, mas não conseguia funcionar direito para fazer isso. Ah, Deus, que merda eu acabara de fazer? Por que diabos eu disse essas coisas para ela? Seu rosto... havia ódio verdadeiro, nele. E agora ela estava chorando. Porra, porra, porra. Eu tinha acabado de foder tudo de vez. Já estava ruim antes, mas agora... eu tinha queimado uma ponte, sabia disso. Santo Cristo! Eu tinha acabado de perdê-la para sempre.

Andei até a frente do carro.

O que eu faço agora? Que porra eu posso fazer agora? Como poderei retirar o que disse? Como faço para corrigir isso? Será que dá para corrigir isso?

Não sabendo mais o que fazer, caminhei até a porta do lado do motorista. Se eu tivesse seguido meu caminho, para começo de conversa, nada disso teria acontecido. Se eu a tivesse largado sozinha no clube, nada disso teria acontecido. Se eu tivesse deixado Seattle, nada disso teria acontecido.

Irritado, frustrado, assustado, entrei no carro e bati a porta com força. O silêncio no carro era opressivo. O próprio ar entre nós estava diferente. Tudo era diferente agora, por causa da minha boca grande da porra.

– Droga! – desabafei, socando o volante com a mão. As coisas não eram para ser daquele jeito. – Droga, droga, droga, Kiera!

Soquei o volante várias vezes e depois encostei a testa contra o revestimento de couro costurado.

– Droga, eu nunca devia ter ficado aqui...

Quando levantei a cabeça, eu me senti vazio, sozinho e frio. Belisquei o alto do nariz para tentar aliviar a pressão e a dor de cabeça que estavam se instalando, mas nada ajudou. Eu estava fodido. E sozinho. Completamente sozinho. Mais uma vez.

Precisando de calor e de uma válvula de escape, liguei o carro e o aquecedor. Eu não poderia deixar aquela esquina esquecida por Deus sem me desculpar. Tinha, pelo menos, que tentar corrigir o erro. Enquanto ela chorava ao meu lado, eu disse:

– Desculpe, Kiera. Eu não devia ter dito aquilo para você. Nada disso devia ter acontecido.

Ela não disse nada, simplesmente continuou chorando. Suspirei. Não era isso que eu queria naquela noite. Não tinha sido para isso que eu a segui. Eu só... queria ajudá-la. Só queria devolver as coisas que ela deixara no bar, lhe dar uma carona para casa e me certificar de que estava a salvo. Eu só queria que ela ficasse segura. E feliz.

Vendo os tremores dela, estiquei o braço para o banco de trás e peguei sua jaqueta. Meu casaco também estava lá, mas eu não o peguei. Merecia passar frio.

Entreguei-lhe o agasalho em silêncio, e ela o vestiu calada. Não havia mais palavras para trocar. Estávamos tão distantes quanto duas pessoas poderiam estar. Ela era tão inatingível para mim agora quanto meus pais mortos, e seu amor era igualmente inacessível. Só que dessa vez eu merecia. Era um canalha, em todos os sentidos da palavra. Ela estava melhor longe de mim.

Enquanto eu a levava para casa, ainda em silêncio, o desespero tomou conta de mim. Eu tinha experimentado como era amar através dela, tinha certeza disso. Talvez fosse algo temporário, uma espécie de amor com base em amizade, eu não tinha certeza. Mas seja o que for que ela tivesse me oferecido, era a melhor coisa que eu tinha sentido em toda a minha vida. Agora, tudo acabara. Eu nunca mais conheceria essa sensação. Iria ficar sozinho, sem tornar a experimentar esse tipo de conforto. E depois de conhecer o amor, eu não conseguiria voltar para uma vida sem ele. A dor acabaria comigo, agora mais do que nunca. Como eu poderia viver sem amor agora? Como eu conseguiria viver sem ela?

Deu para eu sentir o rompimento chegando no instante em que estacionei diante da casa – da minha casa vazia e sem sentido, onde nada de mim existia até que *ela* o colocasse ali dentro. Fechei a porta do carro depois que ela saltou e entrei na mesma hora. Não queria que ela me visse desmoronar. E eu *ia* desmoronar... já estava acontecendo. Eu me senti a um passo de começar a choramingar.

As lágrimas rolavam pelo meu rosto quando eu destranquei a porta da frente. Minha garganta se fechou quando eu entrei na sala. Segurei as pontas quando corri até a escada.

Agora não. Não enlouqueça ainda.

Fechei a porta do meu quarto e coloquei a mão na madeira; só então deixei que desabasse sobre mim a muralha de dor excruciante e um soluço me escapou. Caminhando de costas, desmoronei em cima da cama. Puxando os pés com as botas ainda sujas por cima da colcha, chorei baixinho com o rosto nos joelhos.

Amiga. Amante. Companheira. Família. Tudo o que ela poderia ter sido para mim... Eu tinha acabado de perdê-la para o resto da vida. Eu não tinha ideia de como conseguiria ir em frente a partir dali.

Ouvi a porta se abrir, mas não conseguia impedir as lágrimas de jorrar. Ela, obviamente, já tinha ouvido o meu choro, mesmo. Kiera se sentou ao meu lado, mas eu não me mexi. Não consegui. Tudo o que eu podia fazer era chorar, chorar por tudo que tinha perdido e por tudo que nunca tive. Eu estava sozinho. Abandonado. Impossível de ser amado. Eu não poderia nem mesmo compreender por que ela estava sentada ali, ao meu lado.

E então, além de toda a expectativa, esperança, ou razão, Kiera colocou o braço em volta do meu ombro. Seu simples ato de conforto me quebrou.

Eu não posso perdê-la. Por favor, Deus, não me deixe perdê-la. Eu preciso dela. Farei qualquer coisa. Vamos acabar com essa farsa, vamos voltar a ser simplesmente amigos. Mas não a tire de mim esta noite.

Um soluço cheio de dor escapou de mim quando eu passei meus braços em torno dela e coloquei minha cabeça em seu colo.

Sinto muito. Sinto demais. Por favor, não me deixe. Por favor, não me odeie.

Os restinhos da minha frágil sanidade emocional sumiram, eu perdi completamente o controle e chorei. Continuei chorando pelo que me pareceram horas. Liberei emocionalmente tudo que estava represado dentro de mim, a partir da dor de não ter o amor de Kiera até a dor de nunca ter conseguido receber amor dos meus pais. Chorei por magoar Kiera. Chorei por trair Denny. Chorei pela minha infância inexistente. Chorei até mesmo pela montanha de encontros "amorosos" sem sentido que eu tinha vivido ao longo da vida, porque esses encontros sem sentido eram, provavelmente, tudo o que teria a partir de agora.

Kiera não foi embora ao ver o meu colapso. Ela me segurou, me embalou, me acariciou as costas, até mesmo puxou um cobertor sobre meu corpo que tremia e usou seu calor para me aquecer. Eu nunca tinha sentido tanto amor e conforto vindo de outro ser humano. *Nunca.* Sua ternura, depois de algum tempo, me aliviou a dor e secou minhas lágrimas. Em um silêncio que foi mais uma vez reconfortante, ela me segurou e gentilmente me balançou como eu suponho que a maioria das mães embalavam os filhos problemáticos. Eu não saberia avaliar. Minha mãe nunca tinha feito isso. Ninguém nunca tinha. Isso acabou por me acalmar e eu senti o sono que chegou para preencher o vazio deixado pela minha explosão de dor.

Quando eu me prolonguei num estado que ficava em algum lugar entre a vigília e o sono, comecei a sonhar. No meu sonho, Kiera me abandonava. Estendi a mão para ela e pedi:

– Não... – mas mesmo assim ela me deixou. No final, ela sempre me abandonava.

Capítulo 23
FANTASIA É MELHOR QUE NADA

Minha visão estava turva, as luzes da sala demasiado brilhantes, mas em meio à desorientação, vi meu pai em pé ao lado da cama. Sua boca estava retorcida de desagrado, como ele geralmente fazia.

— Acorde, seu bundão preguiçoso. Não criamos você para se tornar um inútil.

Olhei para a janela e ainda estava escuro como breu lá fora. O sol ainda não nascera.

— Nem amanheceu... — murmurei.

Meu pai balançou a cabeça.

— Você deveria ter se levantado uma hora atrás para começar suas tarefas, mas fica aqui desperdiçando o dia... isso é patético — disse ele, com o tom de voz condescendente que eu conhecia tão bem.

Ao lado dele, minha mãe me observava com os olhos impassíveis.

— Por que você torna tudo tão difícil, Kellan? Não esperamos muita coisa de sua parte, mas você sempre consegue nos decepcionar. — Seu lábio se retorceu de decepção. Eu também estava muito familiarizado com isso.

Meu pai suspirou e eu virei os olhos novamente para ela.

— Eu já aceitei o fato de que você nunca vai ser nada na vida, mas seja honesto: você achou, sinceramente, que seria bom o suficiente para ela, Kellan?

Acordei com um sobressalto, ofegante, o coração disparado. Examinei meu quarto, tentando entender onde estava e o que acontecia. Estava com dor de cabeça, dor de estômago e dor de garganta. Por um segundo confuso, pensei que meus pais estavam realmente ali no meu quarto, me depreciando. Olhei em volta, à procura deles. Mas depois eu me lembrei da véspera, da chuva, me lembrei de gritar com Kiera e, depois, de chorar em seus braços. Fechei os olhos ao perceber que a dor me envolvia.

Droga.

Pela primeira vez eu desejei que meu pesadelo fosse a realidade e a vida real não passasse de um sonho.

Eu tinha chamado Kiera de puta. Cheguei a considerar a ideia de fazer sexo com ela, mesmo que ela não quisesse. Deus! Senti como se fosse vomitar. Meus pais tinham toda a razão. Eu nunca poderia tê-la, porque simplesmente não a merecia.

Eu ainda estava vestido com as roupas que usara na noite anterior, mas Kiera se fora. Não me senti muito surpreso com isso. Ela não poderia ficar ali e me confortar a noite toda. Minhas botas ainda estavam calçadas e a cama estava imunda. Eu me senti sujo, mas não queria mudar isso. Ainda não. Precisava falar com Kiera. Tinha de lhe pedir desculpas pelo que acontecera na véspera. Precisava limpar a barra entre nós, contar a verdade sobre a sua irmã, implorar por seu perdão.

Você não é bom o suficiente para ela...

Não, acho que eu nunca iria ser bom o suficiente para ela, mas poderia, pelo menos, parar de magoá-la. Poderia acabar com isso. Poderia deixá-la ir. O que aconteceu ontem à noite nunca mais tornaria a acontecer. Eu não iria permitir.

Quando consegui arrancar meu corpo enlutado para fora da cama, Kiera já estava na cozinha. Como costumava ficar quando tomávamos café juntos, ela ainda não tirara o pijama. Parecia esgotada; a noite passada tinha sido difícil para ela também.

Parei na porta e Kiera me observou com olhos curiosos, como se não tivesse certeza de como eu iria tratá-la naquela manhã. Eu não a culpei por isso. Uma vez ela me chamara, brincando, de volúvel, e em mais de uma ocasião eu provara que ela estava coberta de razão. Quando se tratava dela, eu era *muito* volúvel. É que aquilo tudo era muito difícil... Por que eu tinha de amá-la tanto?

Com um suspiro pesado, eu me juntei a ela junto da cafeteira. Precisava acabar com aquilo antes que eu mudasse de ideia. Ergui as mãos para mostrar a ela que estava desarmado, física e emocionalmente.

– Trégua?

– Trégua – ela concordou, balançando a cabeça.

Encostado à bancada, coloquei as mãos para trás. Não queria a tentação de tocá-la. Como também não podia encontrar seus olhos, fiquei observando o chão.

– Obrigado... por ficar comigo na noite passada.

– Kellan...

Ela fez menção de me interromper, mas eu não deixei.

– Eu não deveria ter dito o que disse; você não é aquilo. Me perdoa se eu te assustei. Eu estava com muita raiva, mas jamais machucaria você, Kiera... não intencionalmente. – Encontrando força na admissão de culpa, ergui os olhos para ela. – Eu estava totalmente fora de mim. Nunca deveria ter posto você naquela posição. Você não é...

Você não é de modo algum uma... uma puta. – Olhei para longe ao pronunciar a última palavra. Deus, eu era um babaca completo por tê-la chamado disso.

– Kellan...

Precisando terminar o pensamento antes de minha coragem me abandonar, eu tornei a cortá-la.

– Eu nunca teria... Eu nunca forçaria você, Kiera... Isso não seria... Eu não sou... – Parei com minha tagarelice sem sentido e olhei novamente para o chão. Por que as palavras me deixavam na mão quando eu mais precisava delas?

A voz suave de Kiera preencheu o vazio entre nós.

– Eu sei que você não faria isso. – Ela ficou quieta um segundo, mas logo acrescentou: – Me perdoe. Você tinha razão. Eu... Eu atiçei você. – Agarrando meu rosto, ela me obrigou a olhar para ela. – Me desculpe por tudo, Kellan.

Ela estava assumindo muito da responsabilidade sobre o que acontecera. Não era culpa dela que eu tivesse perdido o controle. Não era culpa dela que tivesse me transformado num imbecil furioso.

– Não... Eu só estava furioso. *Eu* é que estava errado. Você não fez nada. Não precisa pedir perdão por...

Sua voz estava baixa quando ela me interrompeu.

– Preciso sim. Nós dois sabemos que eu fiz tanto quanto você. Fui tão longe quanto você.

Não, nada disso. Kiera tinha me dito repetidas vezes que não me queria. Eu simplesmente me recusara a escutar.

– Você disse "não" com todas as letras... várias vezes. E eu não dei a mínima... várias vezes. – Tirei a mão dela do meu rosto com um suspiro cheio de melancolia. Eu não merecia a sua bondade. – Eu fui horrível. Fui muito longe, longe demais. – Com nojo de mim mesmo, passei a mão pelo meu rosto. – Eu... eu lamento tanto!

Teimosa como sempre, Kiera continuou discordando de mim.

– Kellan... não, eu não estava sendo clara. Minhas mensagens foram muito contraditórias.

Desfazendo a sua objeção, ergui com determinação uma das sobrancelhas.

– "Não" é claro, Kiera. "Para, Kellan" é claríssimo.

– Você não é nenhum monstro, Kellan. Você nunca teria...

Lembrando a conversa da noite da nossa tentativa falha de dormir no mesmo quarto juntos, eu repeti as palavras dela.

– Nem sou nenhum anjo, Kiera... lembra? E você não faz ideia do que eu sou capaz. *Basta olhar para o que eu fiz com o meu melhor amigo. Sou um completo desapontamento. Um inútil. Não sou nada. Você merece muito mais.*

Kiera franziu os lábios, sem se convencer de todo.

— Nós dois nos comportamos mal, Kellan. — Estendendo a mão, tocou meu rosto; seus dedos na minha pele pareciam queimar. — Mas você nunca se imporia a mim.

Não, eu não iria. Não importa o quanto eu a quisesse, se você não topasse eu... iria deixá-la em paz. Você é tudo para mim.

Incapaz de confessar isso para ela, eu a puxei para um abraço profundo, como substituição. Kiera colocou os braços em volta do meu pescoço e então, por um breve momento, sentimos que tudo continuava como era antes. Isso me serviu para lembrar de como tínhamos ido longe e do quanto tudo mudara. Por mais que fosse agradável abraçá-la, aquilo não era nada correto, além de não ser uma boa ideia. Distanciamento era do que precisávamos, agora. A distância era boa.

— Você tinha razão. Nós temos que acabar com isso, Kiera. — Foi um massacre pessoal pronunciar essa frase, mas eu sabia que era a coisa certa a fazer, no momento. A única coisa a fazer. Eu queria algo dela que ela não poderia me dar. Era hora de respeitar sua escolha.

Eu me afastei para conseguir olhar melhor e vi lágrimas lhe deslizarem pelo rosto. Enxuguei-as com gentileza. Ela não deveria chorar; eu não valia as lágrimas. Segurando seu rosto, acariciei sua bochecha com o polegar. Eu sabia desde o início que nosso flerte amigável não iria funcionar, só que eu a desejava *tanto* que isso me parecera uma saída melhor do que deixá-la ir embora.

Os olhos molhados de Kiera se fixaram nos meus quando ela sussurrou:

— Eu sei. — Ela fechou os olhos, liberando novas lágrimas. Era muito difícil vê-la com dor. Era ainda mais difícil saber que eu era a fonte dessa dor. Eu a atormentava, ela mesma dissera isso. E ela me atormentava também. Nós éramos tóxicos e estávamos lentamente matando um ao outro.

Era errado da minha parte, mas eu não conseguiria me afastar dela sem um último beijo. Precisava sentir sua doçura uma última vez, tinha de trancar essa sensação com segurança dentro das minhas lembranças, para poder recuperá-la nos tempos sombrios, quando sentisse frio e estivesse sozinho. Esperando que ela fosse me rejeitar, rocei os lábios sobre os dela com suavidade. Só que ela não hesitou em me receber nem se afastou, tímida; ela me puxou mais para junto dela. Seus instintos eram ávidos, mas eu mantive o ritmo suave e macio, e seus lábios se acalmaram para acompanhar os meus. Derramei cada gota de amor que sentia por ela naquele nosso momento íntimo. Sem precisar expressar isso com palavras, eu queria que ela soubesse...

Eu te amo, muito mais do que qualquer coisa.

Eu poderia tê-la beijado durante toda a manhã, mas sabia que era hora de parar. Tirando os dedos de seu rosto, acariciei seu cabelo e depois as costas.

— Você tinha razão. Você fez a sua escolha. Eu ainda te quero — murmurei, puxando-a mais para perto. — Mas não enquanto você for dele. Não desse jeito, não como ontem à noite. — Com um suspiro melancólico, afastei os dedos dela.

Seus olhos brilhavam com mais lágrimas, e eu senti minhas próprias lágrimas ardendo nos olhos, em resposta. Dizer adeus era muito difícil.

— Isso acabou — eu disse, correndo o dedo pelos lábios de Kiera, parcialmente abertos. Suas lágrimas desceram pelo rosto e eu emiti um suspiro pesado.

Eu gostaria de não precisar fazer isso...

— Parece que eu não levo muito jeito para deixar você em paz. — Tirei a mão da sua pele e a mantive rígida, colada no corpo. A determinação de fazer isso me invadiu e eu engoli um pedaço de dor com dificuldade. — Não vou deixar que a noite passada se repita. Não vou tocar em você de novo. Dessa vez... eu prometo!

Como eu precisava sair dali, me virei e me afastei dela. Meu sonho de repente me voltou à mente e eu parei na porta.

Você não é bom o suficiente para ela...

Antes da minha interferência, Denny e Kiera tinham tido uma paz reconfortante e consistente, enquanto Kiera e eu parecíamos viver apenas uma desordem turbulenta. Torci para não ter estragado demais o relacionamento deles. Torci para que eles pudessem superar seus problemas e se reconectar um ao outro.

— Você e Denny são perfeitos um para o outro. Você devia ficar com ele.

Ondas de ciúme e desespero me invadiram e eu olhei para o chão, esperando que elas passassem. Não passaram. Eu não tinha certeza de como conseguiria fazer isso, como poderia deixar ir embora a única pessoa que tinha me mostrado um pingo de ternura. Eu a amava muito, mas não tinha escolha a não ser libertá-la. Mas não por completo. Decidi ali mesmo que não iria contar a ela a verdade sobre Anna. Kiera iria sentir uma pontinha de ciúmes pela "traição" e eu iria sentir uma pontinha de ciúmes pelo seu relacionamento com Denny. Dessa forma aparentemente banal, nós ainda continuaríamos ligados. Até que Anna ou Griffin finalmente lhe contasse a verdade. Nesse momento, nem mesmo isso faria mais diferença, e talvez fosse melhor assim.

Uma lágrima que eu não consegui segurar me escorreu pela bochecha quando eu olhei para ela.

— Eu vou consertar as coisas — prometi. — Elas vão ser do jeito que deveriam.

Eu não vou mais chegar perto de você. Não vou incomodá-la novamente. Nunca mais vou tocar em você. E talvez, um dia, eu consiga até mesmo superar sua perda.

Alguns dias se passaram... que mais pareceram anos. Achei que as coisas com Kiera acabariam por ficar mais fáceis. Pensei que, depois de um tempo, não iria mais parecer uma tortura estar perto dela sem tocá-la. Pensei que seria bom acompanhar seu relacionamento amoroso com Denny. Só que eu me enganei. Todos os dias o meu peito doía, era difícil respirar, e eu sentia como se minha cabeça fosse implodir. Evitei Kiera a todo custo. Fiz questão de me certificar de que nunca estivéssemos juntos, a sós, e me obriguei a nunca mais tocá-la. Passava os dias envolto numa névoa de solidão, desejando que as coisas fossem diferentes, e passava as noites olhando para o teto e me incentivando a ir em frente. Mas a cada manhã, quando eu acordava, a dor começava novamente. Eu não conseguia deixar o que tínhamos ir embora da minha cabeça e nada melhorava.

Sempre que estava por perto de Kiera eu a observava de forma incessante. Sentia uma dor quase física, provocada pela necessidade de tocá-la, e quando olhava em seus olhos via essa mesma necessidade refletida para mim. Independentemente do que sua cabeça ordenava, ela queria estar em meus braços. Mas precisava esquecer o que tínhamos experimentado, e eu precisava esquecer o quanto a amava. As coisas precisavam mudar, para o nosso próprio bem.

O estranho foi que uma noite daquelas eu encontrei algo no Pete's que imaginei que poderia me ajudar, e não era o álcool. Havia uma garota em uma mesa que parecia ser irmã gêmea de Kiera, e eu não consegui parar de olhar para ela. Elas eram tão iguais que seria muito fácil eu fingir... e fingir poderia me ajudar a sobreviver àquela dor.

Talvez eu conseguisse. Era bom nisso. Pelo menos o ardil ajudaria a bloquear a dor... e isso era tudo que importava.

Depois de uma conversa curta e muitos flertes brincalhões, levei a falsa Kiera comigo para casa. Assim que coloquei os pés dentro de casa fui bombardeado pelo cheiro familiar da verdadeira Kiera. Fechei os olhos por um segundo, me perguntando se conseguiria levar aquilo adiante. Eu precisava... Tinha de ir em frente. Depois que a garota fechou a porta de casa, agarrei a mão dela e a levei para a cozinha. Eu precisava de uma bebida.

– Quer alguma coisa? – perguntei, quando abri a geladeira e olhei lá dentro, em busca de uma cerveja.

Ela veio atrás de mim. Inclinando-se, chupou meu lóbulo da orelha e em seguida, sussurrou:

– Quero você.

Meu queixo caiu e meus olhos se fecharam. Sua voz baixa e rouca tornou tão fácil imaginar Kiera. Sim... isso era exatamente o que eu precisava. Mantendo os olhos fechados, bati a porta da geladeira e a apertei contra ela. Um gemido erótico escapou de seus lábios... os lábios de Kiera. Precisando dela, necessitando muito daquilo, busquei sua boca.

Puxa, Kiera, como eu senti a sua falta!

Nossas bocas se moveram juntas num frenesi descontrolado e um gemido escapou de mim.

Kiera... sim.

Eu senti a língua dela roçar a minha e toda a dor da nossa separação me deixou. Estávamos juntos novamente. Eu poderia tê-la, noite após noite, sem culpa. Tudo estava bem. Tudo estava certo novamente.

Ela envolveu a perna em volta da minha cintura, e eu passei a mão por baixo da sua saia.

Vamos trepar, isso! Senti falta desse momento, Kiera. Tive saudades de você.

Meu corpo doía de um jeito diferente agora. Eu precisava dela, precisava estar dentro dela. Precisava ouvi-la gritar. Precisava sentir essa conexão entre nós.

Quando eu estava prestes a lhe pedir para subir comigo para o andar de cima, minha fantasia desmoronou. Ouvi passos leves que entraram na cozinha, e soube que a verdadeira Kiera tinha acabado de me encontrar. Olhando na direção da porta, vi que estava certo. Kiera estava parada bem na porta de entrada, os olhos arregalados de choque.

Merda.

Não, eu não queria que ela visse aquilo, que percebesse meu desespero, mas… Acho que ela deveria saber que eu estava seguindo em frente. Ou tentando, pelo menos. Talvez se ela me visse tocar a vida com outras pessoas parasse de olhar para mim com aqueles olhos cor de mel cheios de saudade. Eu não podia resistir a essa nostalgia. Não conseguiria resistir a ela. Eu precisava de uma distração; certamente ela entendia isso.

Minha acompanhante não tinha reparado na presença de Kiera. Ela beijava meu pescoço e acariciava meu pau por cima da calça. Um olhar de horror tomou conta do rosto de Kiera quando ela entendeu o que via.

Sinto muito. Eu preciso de você… e agora esse é o único jeito de ter sua companhia.

Eu sabia que não podia ir embora e deixar Kiera sem uma explicação, mas também sabia que não podia explicar coisa alguma com a minha acompanhante ali. Voltando-me para a garota, balbuciei:

– Amor… Será que você poderia esperar por mim lá em cima? Preciso dar uma palavra com a minha roommate. – Ela fez que sim com a cabeça e eu lhe dei um beijo.

Quando ela me largou, eu disse:

– É a porta da direita. Eu subo em um segundo. – Ela riu e eu contive um suspiro. Não era assim que eu queria as coisas.

O silêncio caiu sobre a cozinha enquanto eu observava a garota sair. Não sabia o que dizer a Kiera. Será que realmente precisava me explicar? O mais estranho é que eu senti que *precisava*.

Para quebrar a tensão, fiz uma piada. Uma brincadeira de mau gosto, mas achei a imagem divertida e não pude deixar de dizer:

– Você acha que Denny ficaria intrigado ou aborrecido se ela abrisse a porta errada?

Kiera pareceu ter ânsias de vômito. Odiei ver aquela expressão nela, mas aquilo era o melhor. Para todos. Virei-me para encará-la e enfrentar o que eu nunca poderia ter. A tristeza ameaçou me sobrepujar quando eu a fitei. Ela era de tirar o fôlego na semiescuridão, um nível de perfeição do qual minha falsa Kiera no andar de cima nunca sequer conseguiria chegar perto. Eu daria qualquer coisa para dizer à garota que fosse embora, para que esta Kiera pudesse tomar seu lugar... mas essa não era a minha realidade. Eu precisava fazer a coisa certa e definir os caminhos que nos afastariam um do outro para sempre.

— Você me disse, algum tempo atrás, que queria saber quando eu estivesse... vendo alguém. Pois bem... Acho que estou vendo alguém.

Alguém em quem eu só fiquei interessado porque ela me fez lembrar de você. Porque eu não consigo te esquecer, mas tenho de fazer isso.

— Eu vou conhecer mulheres. Eu disse a você que não faria segredo, então... Agora vou subir e...

Ela fez uma cara que dizia claramente "eu não quero ouvir isso" e eu parei de falar. Ela sabia o que iria acontecer no meu quarto. Não precisava que eu fizesse propaganda. Eu me senti mal quando observei as emoções conflitantes que alteraram sua expressão.

Eu não quero isso... Quero você.

— Eu disse que não esconderia nada. E não estou escondendo. Total transparência, certo?

De repente eu queria sua aprovação para fazer aquilo. Precisava dela me dizer que estava tudo bem, que eu não a estava traindo, que eu não a estava magoando. Que ela queria que eu encontrasse a felicidade, mesmo que fosse nos braços de outra pessoa. Se ela aceitasse isso numa boa, então talvez eu também aceitasse. Talvez eu pudesse ir lá em cima para transar com aquela mulher... sem fingir, mentalmente, que ela era Kiera.

A raiva pareceu escurecer as feições de Kiera. Como se pudesse sentir minha necessidade da sua aceitação e não estivesse nem um pouco a fim de desistir de mim, ela perguntou, num tom ríspido:

— Você ao menos sabe o nome dela?

Uma sensação de desapontamento passou por mim, seguida por um estranho alívio. Se Kiera tivesse encarado tudo numa boa, então de fato seria um sinal de que não dava a mínima para mim. Mas sua voz me pareceu cheia de condenação; só que ela não tinha o direito de me julgar por eu precisar de algo para superar sua perda. Não tinha esse direito *mesmo*.

— Não, nem preciso, Kiera.

Tudo que eu preciso é que ela se pareça com você. Simples assim.

A expressão de Kiera ficou ainda mais fria e eu, inadvertidamente, coloquei meus pensamentos para fora.

— Não me julgue... e eu não julgarei você.

Sentindo raiva, mágoa e uma montanha de culpa pelo que estava prestes a fazer, eu saí da cozinha. Ela não tinha o direito de me fazer sentir um merda por causa daquilo. Eu precisava virar essa página, precisava de algo para bloquear aquela dor. Esse era o único curso de ação viável que Kiera tinha me deixado.

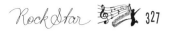

Empurrei a porta do meu quarto com força quando entrei. Minha acompanhante já estava esparramada em cima da cama, completamente nua.

– Estou pronta para você, Kellan – ela ronronou, passando a mão pelo corpo de cima a baixo.

Fechei a porta e comecei a tirar a roupa.

Eu também estou pronto para você… Kiera.

Quinze minutos mais tarde eu mergulhava por inteiro dentro da minha acompanhante. Fiquei tentando manter a imagem de Kiera na cabeça, mas a garota gritava de um jeito afetado e teatral que não se parecia nem um pouco com Kiera. Era quase como se tentasse acordar o bairro todo. E quando eu senti que meu clímax se aproximava, vi a expressão horrorizada de Kiera. A garota gozou em meio a uma explosão de palavrões berrados a plenos pulmões. Eu não consegui gozar ao mesmo tempo que ela, porque ainda não estava pronto.

Bloqueei tudo em minha mente, me lembrei de como era fazer amor com Kiera. O jeito como ela me segurava, a maneira como me tocava. A forma como seus gemidos pareciam leves no meu ouvido. E poderosos. Ouvir Kiera gozar geralmente me fazia gozar junto. Imaginei esse som enquanto dava fortes estocadas sobre a garota que estava debaixo de mim.

A voz de Kiera encheu minha cabeça.

Ai Deus, Kellan… Sim. Isso mesmo…

Eu me encolhi em êxtase quando senti a tensão aumentar entre as minhas pernas.

– Sim… Kiera. Por Deus, sim… Kiera… – Senti o orgasmo se aproximar mais e mais. Apertei a mão de Kiera, precisando dela para me guiar ao longo do processo. – Isso! – gemi em seu ouvido. – Kiera… Por Deus, sim…

Kiera se remexeu um pouco debaixo de mim, mas a minha mão livre desceu para firmar seus quadris com força.

– Não me abandone, Kiera… fique comigo… me ajude… me ame… – Eu murmurava absurdos agora, mas meu orgasmo estava tão próximo que eu não me importava. Engoli em seco quando gozei com força e então, mentalmente, gritei o nome de Kiera.

Depois que minhas sucessivas ondas de trepidante felicidade cessaram, eu despenquei sobre Kiera. Ela estava tensa debaixo de mim, muito menos relaxada que eu… e só então eu me lembrei que não estava com a Kiera verdadeira. A voz de minha acompanhante era fria como gelo quando ela perguntou.

– Quem é essa porra de… Kiera?

Eu saí de dentro dela e comecei a entrar em pânico. A única coisa que eu pensei em dizer foi:

– Mas eu achei que você tinha me dito que seu nome era…

Ela me empurrou para longe com força.

— Não, meu nome é Trina, seu imbecil. — Levantando-se com rapidez, ela começou a vestir as roupas na mesma velocidade que as recolhia.

Rangi os dentes e franzi os olhos. Mantenha a calma.

— Desculpe.

Ela chegou a me informar o nome em algum momento?

Não importava. Eu tinha dito o nome de outra mulher em plena transa... várias vezes. Não havia jeito de eu me recuperar desse furo. Sentando-me na cama, tentei fazer uma oferta de paz.

— Você quer que eu a leve de volta até o seu carro?

Ela olhou para mim enquanto vestia novamente o top.

— Vou chamar um táxi. Fique aqui e bata umazinha para essa tal de Kiera. Babaca!

Ela pegou o resto de suas coisas e saiu do meu quarto. Balançando a cabeça, fechei os olhos e agradeci por ela não ser o tipo de mulher que sai batendo a porta com força. Talvez Denny e Kiera estivessem dormindo, talvez não tivessem escutado. Puxa... Torci para que não tivessem ouvido a voz dela... Ou a minha. Merda! Eu precisava tomar mais cuidado.

Deixando de lado a culpa e o constrangimento, a verdade é que a garota realmente conseguiu fazer com que eu me sentisse um pouco melhor. Aquilo não era uma solução permanente para o meu problema, mas certamente era um bom começo. Talvez se eu me distraísse com um bando de mulheres diferentes, acabasse esquecendo Kiera de vez. Isso era pouco provável, mas eu precisava tentar.

Dormi com mais facilidade do que vinha conseguindo há algum tempo. Aquele podia não ser um bom plano, mas pelo menos eu tinha um agora. Já era alguma coisa.

Pensei sobre como poderia conseguir mais encontros daquele tipo enquanto assistia à tevê na manhã seguinte. Eu não queria ficar sozinho. Minha mente girava e Kiera era um filme constantemente reprisado em minha cabeça quando eu me via sozinho. Pensei sobre o que costumava fazer antes de Kiera entrar na minha vida. Eu não tinha problemas para arrumar garotas, na época. Sinceramente, continuava sem ter, como a noite passada provara, mas eu queria uma abordagem mais proativa, em se tratando de sexo. Quem sabe se eu desse uma festa? Claro, por que não? Mas eu não poderia fazer isso sem avisar meus roommates. Kiera provavelmente iria enxergar nisso tentativas toscas para esquecê-la, mas eu tinha que fazer o que me parecia correto.

Denny e Kiera desceram a escada juntos, o que era meio incomum. Eles já estavam se aproximando novamente. Mais um efeito colateral positivo do que eu estava fazendo. Desligando a tevê, me juntei a eles na cozinha e me preparei para lhes fazer uma pergunta simples cuja resposta era importante para mim.

Ambos me olharam quando entrei na cozinha. Kiera parecia exausta, como se não tivesse dormido. Merda, torci para que ela não tivesse ouvido os barulhos da véspera. Especialmente a minha voz.

— Bom dia. — Eu sabia que Denny não criaria objeções aos meus planos, então me virei para ele antes.

Como eu era cagão!

— Eu estava pensando em receber alguns amigos hoje à noite. Tudo bem por vocês?

Sorrindo, Denny me deu um tapinha no ombro.

— Claro, companheiro, tudo bem... A casa é sua!

Olhei para Kiera. Ela parecia estar realmente para baixo. Eu precisava saber se ela estava bem. Se o meu... encontro da véspera... estava tranquilo para ela. Infelizmente, eu ainda precisava da sua aprovação.

— Tudo bem para você... se eu receber meus amigos?

Suas bochechas ficaram vermelhas e ela desviou os olhos. Tinha entendido a minha verdadeira pergunta, afinal. Beleza! Prendi a respiração, imaginando se ela diria que não e faria uma cena bem na frente de Denny.

— Claro... Tudo bem. — Pronto, lá estava a minha aprovação... ainda que sem entusiasmo. Acho que era o máximo que eu poderia esperar.

E quem sabe, podia ser que uma festa fizesse com que todos nós nos divertíssemos. Talvez isso fosse exatamente o que precisávamos.

A festa começou logo que eu cheguei em casa, depois do ensaio. Na verdade, duas garotas já esperavam nos degraus da minha porta quando eu cheguei. Uma tinha a pele sedosa e o cabelo louro-avermelhado; a outra tinha pele e cabelo escuros como a noite. Eu não conhecia nenhuma das duas, mas elas estavam ali obviamente para a festa; deviam ter sido convidadas por alguém que eu conhecia.

— Olá, gatas!... Vocês chegaram um pouco cedo, então vão ter de me ajudar a preparar tudo. — Eu tinha passado numa loja a caminho de casa e comprado alguns suprimentos para o meu agito. Com um sorriso amigável, ofereci a cada uma das garotas uma caixa com seis "cervejas femininas": vinhos frutados. Quando elas riram igualzinho à minha acompanhante da véspera, percebi que estava com as duas no papo.

Minha casa estava lotada quando Denny chegou. Ele olhou em volta com espanto; nenhuma daquelas pessoas tinha sequer me visitado desde a chegada dele. Mas todos que estavam ali eram conhecidos de conhecidos, e não amigos pessoais meus. Eu só falava com eles em caso de necessidade. Com os olhos arregalados, Denny caminhou pela sala depois de guardar suas coisas no quarto.

— Você conhece todas essas pessoas? — ele quis saber.

Olhei para a loura diante de mim, que girava o corpo numa dança exótica. Eu ainda não sabia o nome dela.

— Não, e posso chutá-las para fora daqui com muito prazer, se você quiser. Não quero ser um incômodo. — Eu já tinha sido um "incômodo" suficiente para Denny. — Quer uma cerveja? — perguntei, me obrigando a pensar em outra coisa.

Denny sorriu e deu de ombros.

— Certo. Obrigado, companheiro.

Nesse momento, a minha amiga de cabelo preto se inclinou sobre o meu colo. Depois de me dar um beijo leve, perguntou com ar alegre:

— Precisa de alguma coisa, amor?

— Na verdade, preciso. Uma cerveja para mim e outra para o meu amigo seria ótimo. Obrigado.

Ela riu e se inclinou para um beijo mais longo; tinha gosto de uísque. Quando ela me deixou, olhei para Denny. Ele balançava a cabeça, como se não acreditasse naquilo.

— Você pelo menos a conhece?

Com um largo sorriso, balancei a cabeça para os lados.

— Não.

Denny revirou os olhos e riu.

— Algumas coisas nunca mudam.

Ri com ele, mas uma pontada de dor se infiltrou em minhas entranhas.

Tudo tinha mudado.

Denny e eu conversamos, rimos e brincamos descontraídos, exatamente como costumávamos fazer. Perguntei-lhe sobre o seu trabalho e ele se queixou do seu chefe por uns bons quinze minutos. Quando acabou com a sua liberação catártica, eu disse:

— Sabe de uma coisa...? Eu não posso conseguir um emprego novo para você, mas aposto que poderia fazer com que seu chefe caísse fora. Talvez pudéssemos envergonhá-lo a ponto de ele pedir demissão. Griffin conhece algumas prostitutas que...

Os olhos dele se arregalaram.

— Griffin conhece algumas... — Fechando a boca, ele sacudiu a cabeça. — Sim, isso, na verdade, não me surpreende. — Nossas cervejas chegaram e compartilhamos boas gargalhadas. Brindando comigo ele disse, meio na gozação: — Beleza, vamos fazer isso, então. Ligue para Griffin mande-o trazer suas prostitutas e vamos chantagear Max. Só não conte isso a Kiera... Ela não aprovaria o lance das prostitutas.

Rindo, tomei um gole de cerveja.

— Eu acho que ela aprovaria mais as prostitutas do que aprova Griffin. — Denny quase se engasgou ao rir, e eu engoli a fisgada de dor e culpa que sempre me atingia quando eu mencionava o nome de Kiera perto de Denny. Enquanto ele bebia tranquilamente sua cerveja novamente, fiz a burrice de perguntar: — Como vocês dois estão, por falar nisso? – Por que eu resolvera abrir a porta para uma conversa dolorosa que seria um desastre, não importava qual fosse a resposta dele? Porque esse era o único modo de voltarmos à normalidade, apenas isso.

Denny tirou a cerveja da boca e me lançou um olhar estranho, como se me avaliasse, mas logo sorriu.

– Estamos bem, eu acho. Melhor do que estávamos há algum tempo, pelo menos.

Fiz que sim com a cabeça, para me convencer de que estava agindo da forma certa. O vazio que eu tinha criado ao deixar Kiera sozinha estava sendo preenchido por Denny, e era assim que as coisas deviam ser. Mesmo que eu estivesse gelado por dentro pela perda dela, me aqueceu um pouco a alma saber que minha relação com Denny não tinha mudado muito. Ele continuava a ser a mesma pessoa que sempre tinha sido. Um cara acolhedor, simpático, atencioso. Um grande amigo. E eu estava determinado a ser o amigo que ele merecia ter.

Estava me sentindo muito bem com a vida enquanto a noite ia em frente. Minha acompanhante de cabelo preto ficou muito à vontade no meu colo e se inclinou para mais um beijo. Mesmo sabendo que ela estava bêbada, eu a atendi. Seu nível de sobriedade não me incomodava; ela podia ficar bêbada ou sóbria, conforme lhe agradasse. Tudo que importava é que ela era uma distração, e se eu fechasse os olhos poderia imaginar que era Kiera.

Talvez se sentindo desconfortável com a exuberância da garota, Denny se levantou do sofá. Alguém tomou imediatamente o seu lugar, mas eu estava muito envolvido em atenções femininas para me importar com quem era. Nosso beijo foi ficando mais intenso e quando eu corri minhas mãos pelas coxas dela o corpo de Kiera invadiu minha mente. Puxa, Kiera tinha um corpo delicioso. Esbelto e atlético, mas também cheio de curvas nos lugares certos. Surpreendente.

A pessoa que tinha tomado o lugar de Denny no sofá cutucou meu ombro, numa clara indicação de que queria minha atenção. Afastando-me um pouco da garota de cabelo preto, vi a amiga de cabelo louro-avermelhado, que sorria para mim.

– Você vai me ignorar a noite toda? – perguntou. Sua voz tinha um jeito provocante e sensual.

Um sorriso me surgiu no rosto enquanto eu corria os dedos através do cabelo da garota sentada no meu colo.

– Claro que não. Alguém tão bonita quanto você não dá para ignorar por muito tempo. – Mantendo o sorriso no lugar, me inclinei e pressionei meus lábios nos dela. A loura também tinha gosto de uísque. A morena no meu colo não fez nada para me interromper. Na verdade, me apertou os quadris com força e se aninhou ainda mais no meu colo. Eu sabia, com certeza, que comeria as duas naquela noite.

Depois de mais alguns momentos me assaltando os lábios, a loura se ergueu de repente.

— Eu adoro essa música! — exclamou ela, estendendo a mão para mim. A morena deslizou do meu colo para sentar onde a loura estava e eu me levantei. Eu também gostava daquela música e dançar me pareceu uma ideia divertida. Era um bom prenúncio da minha noite com Kiera... a forma como nós dançamos juntos era inacreditável.

Relembrando minha dança erótica com Kiera, eu me posicionei atrás da loura. Ela se esfregava contra os meus quadris enquanto eu me esfregava contra a sua bunda.

Ah, Kiera... adoro a forma como nos movemos juntos.

Sentindo-me mais brincalhão, me inclinei para o ouvido dela e disse:

— Gosto de sentir você colada em mim. Aposto que seria ainda melhor se estivéssemos nus.

Ela gemeu e se esfregou com mais força contra mim. Satisfeito com a reação dela, olhei para a cozinha. Meu coração quase parou. A verdadeira Kiera estava em casa e me observava com olhos apertados. Uma sensação de tristeza me invadiu. As duas acompanhantes que eu pretendia, de forma tão ansiosa, transformar em várias versões de Kiera, não tinham coisa alguma a ver com ela. Eu desistiria das duas naquele mesmo instante para poder entrar naquela cozinha e pegar a mão de Kiera. Mas não podia fazer isso. Minhas fantasias, embora fossem fracas em comparação, eram tudo que me tinha restado.

Obriguei-me a sorrir para Kiera, minha roommate, e lhe lancei um breve aceno de reconhecimento. Depois a ignorei. *Tinha* de fazer isso. A outra garota veio por trás de mim, me transformando num sanduíche de Kellan, e eu me deixei perder em meio às duas. Aquela era a minha distração, a única coisa que levava embora a dor, e eu precisava aproveitar o momento. Sabendo que Kiera assistia a tudo, me inclinei para trás e dei um beijo na garota de cabelo preto. Kiera tinha de se acostumar com aquilo, tanto quanto eu.

As garotas e eu dançamos várias músicas. As pessoas começaram a ir embora e fiz questão de me despedir de cada uma delas, mas meu foco principal eram minhas acompanhantes... e ignorar onde Kiera estava. Ela era apenas uma pessoa que morava na mesma casa que eu. Precisava aceitar isso.

Nosso trio de dança se moveu para junto do sofá, depois de algum tempo, e a temperatura começou a aumentar entre nós. À medida que mais pessoas deixaram a casa, nós três ficávamos cada vez mais amigos. Em determinado momento, os lábios errantes delas fizeram com que elas se voltassem uma para a outra. Encarei isso como um sinal de que estávamos prontos para tudo. Quando eu já pensava em transferir aquela festinha particular para o andar de cima, avistei Kiera arrastando Denny para longe. Ela parecia chateada ou magoada. Será que aquilo era demais para ela? Porque era assim que eu era, era assim que eu lidava com as coisas... aquilo era tudo que me restava agora. Eu não queria magoá-la, mas precisava muito daquela libertação.

Enquanto minhas acompanhantes se pegavam numa boa, desviei o olhar de onde Kiera tinha desaparecido. Precisava me concentrar no presente, e não me preocupar com ela. A loura se afastou da outra garota e voltou para mim. Beijei-a com sofreguidão, mas na minha mente eu estava tocando e beijando Kiera.

Com jovialidade forçada, levei as garotas para o meu quarto. A de cabelo preto tirou minha camisa, enquanto a loira correu os dedos pelas minhas costas.

— Porra, você é um cara gostoso – disse ela.

A outra garota concordou com entusiasmo. Desabotoou minha calça e me apalpou enquanto rosnava:

— Eu mal posso esperar para sentir você dentro de mim.

A loura riu e acrescentou:

— E eu não consigo esperar para você me lamber toda. De cima a baixo. Serei sua sobremesa.

A de cabelo preto olhou para a amiga.

— Ótima ideia! – Voltou os olhos para os meus. – Você tem chantilly?

Eu queria suspirar, mas em vez disso sorri.

— Tenho, sim. Volto já.

Era difícil imaginar Kiera falando do jeito que elas falavam, e ia ser difícil encarar duas delas, mas eu tinha certeza de que conseguiria enfrentar o desafio. Eu poderia clarear as ideias e sentir um momento de conexão com o amor da minha vida... mesmo que fosse um amor falso. Depois de fechar a porta e descer a escada na ponta dos pés, entrei na cozinha. Alguém ainda estava lá. Kiera. Sua cabeça estava baixa e ela estava de costas para mim; parecia estar chorando. Ela não estava nada bem.

— Kiera?

Vi seus ombros caírem. Ela não queria que eu a encontrasse daquele jeito.

— Que é, Kellan?

— Você está bem? – perguntei, já sabendo a resposta.

Ela se virou de frente para mim, ficou parada e me olhou. Seus olhos brilhavam enquanto ela engolia um nó na garganta.

— O que está fazendo aqui na cozinha? – perguntou ela, com raiva na voz. – Você não deveria estar... dando atenção às suas visitas?

Sentindo-me idiota eu apontei para a geladeira, abri a porta e peguei a lata de chantilly.

— As meninas queriam... – Era óbvio o que elas queriam, então deixei a coisa por isso mesmo. Kiera me pareceu aflita por minhas ações, e imaginei que tudo aquilo era horrível, a partir da sua perspectiva. Eu deveria me explicar, mas como? A verdade era demais para eu anunciar em voz alta; a mentira era... muito pouco.

Com um suspiro alto, Kiera revirou os olhos. Em seguida os fechou, e dava para ver que ela estava lutando contra as lágrimas nascidas a partir de suas múltiplas emoções confusas e conflitantes.

– Kiera... – O nome dela saiu como uma carícia, e eu tive que fazer uma pausa para me recompor. Quando ela olhou para mim, continuei. – Esse sou eu. Antes de você chegar... eu já era assim.

Uma vez eu fui assim, e sou diferente agora porque... porque amo você... mas não serve de nada lhe contar isso, então eu prefiro ficar calado.

Apontei para cima, para onde Denny a esperava; o homem com quem ela *deveria* estar, e completei:

– *Aquilo* é você. É assim que as coisas devem ser...

O desejo de abraçá-la me dominou e eu dei um passo para frente. Mas logo parei. Se eu cedesse naquele momento, se a tocasse, iríamos voltar ao mesmo ciclo de dor que nos levara até aquele ponto, para início de conversa. Não, eu precisava manter a distância entre nós. Precisava subir, voltar para o meu quarto e deixá-la. Não seria nada bom prolongar aquela agonia.

Virei para ir embora, mas parei na porta.

– Boa noite, Kiera – sussurrei, e saí dali antes que ela pudesse responder. Não havia nada a dizer, nada mesmo. Tão rápido quanto consegui, voltei às duas garotas que me esperavam no quarto e fiz a mim mesmo a promessa de que *não iria* gritar o nome de Kiera dessa vez. Pelo menos, não em voz alta.

Capítulo 24
QUE VENHA A DOR

Meus dias, minhas tardes, minhas noites e, às vezes, minhas madrugadas se transformaram todas num borrão de mulheres aleatórias. Mesmo para os meus padrões eu andava extremamente ativo. Tentava sempre parar de pensar em Kiera, mas era só nela que eu pensava o tempo todo. Sempre que eu estava com uma garota, minha mente se deixava invadir pela imagem dela. Fiz amor com Kiera uma, duas, inúmeras vezes, usando dezenas de corpos diferentes, mas o cenário nunca mudava na minha mente.

Kiera era a mulher que passava as mãos por toda a minha pele, a mulher que cobria de beijos suaves cada centímetro do meu corpo. Era a boca de Kiera que eu pressionava contra a minha, e a língua de Kiera que eu roçava com a minha. E também era Kiera que me implorava para que eu a possuísse.

À medida que minhas miragens de Kiera se tornavam mais estáveis, a verdadeira Kiera ficava mais fria. Toda vez que eu a via depois de um dos meus "encontros amorosos", seu olhar furioso quase me queimava a pele. Se eu fosse ingênuo, poderia achar que ela descobrira que eu fazia amor *com ela* em cada um daqueles encontros. Mas não havia jeito de ela saber disso. Tive o cuidado de não dar um pio quando estava "fingindo". Não podia me arriscar a expor meus pensamentos verdadeiros, e foi por isso que não contei a pessoa alguma o que estava acontecendo. Ninguém entenderia, mesmo.

Só que meus amigos sentiram que algo diferente estava rolando, e me faziam perguntas que eu não queria responder. Eu sempre desconsiderava a preocupação deles e habilmente mudava de assunto. Para minha surpresa, Denny chegou e me perguntou sobre a tensão palpável dentro de casa. Bem, na verdade ele perguntou de forma indireta. Uma noite, quando Kiera estava no trabalho, ele me parou quando eu estava saindo para ir ao bar.

– Kellan, espere.

Fechei o meu casaco e olhei para ele. Denny parecia desconfortável, e eu senti uma leve ansiedade invadir minha máscara de calma. Será que ele sabia de alguma coisa? Coçando a cabeça, ele disse:

— Em primeiro lugar, estou numa boa com as coisas que você faz aqui. A casa é sua.

Estreitei os olhos, imaginando aonde ele queria chegar. Ele suspirou e evitou olhar para o meu rosto.

— É só que... o ambiente anda mais barulhento do que costumava ser e... Kiera perguntou se eu poderia... Bem, expliquei a ela que não era direito meu reclamar de coisa alguma, e que você pode fazer o que quiser com quem você traz... — Parando de falar, colocou as mãos para cima. — Sabe de uma coisa? Vou calar a minha boca. É a sua casa, companheiro. Você pode fazer o que bem quiser. Nós dois realmente lhe agradecemos muito por você nos deixar ficar aqui. Então, muito obrigado. Isso significa muito para nós. — Com um sorriso nos lábios, ele bateu no meu ombro, se virou e foi embora.

Tudo o que eu pude fazer foi olhar para ele, chocado. Kiera tinha lhe pedido o quê?... Um papo sobre meus hábitos sexuais? Eu sabia que ela estava sendo fria, mas será que estava tão revoltada a ponto de puxar Denny para o centro do problema? Porque ela não tinha direito algum de ficar chateada. *Nenhum* direito.

Tentei abordar o assunto com ela alguns dias depois.

Dei a ela uma saudação amigável e educada quando ela apareceu na cozinha para o café da manhã. Ela me ignorou por completo.

— Kiera? — Ainda me ignorando, ela pegou uma caneca e começou a se servir de café. Bem, acho que estávamos voltando para a esfera da imaturidade, na qual nós dois lidávamos mal com o que acontecia. — Você está... zangada comigo? — Puxa, ela era linda quando se mostrava teimosa.

Depois de um olhar penetrante, ela me disse:

— Não.

— Ótimo, porque não é para estar mesmo.

Estou fazendo isso por sua causa. Para tornar mais fácil você se livrar da sua... paixonite por mim, pois isso é tudo que eu sou para você.

— Então, não estou... — Sua resposta foi num tom arrogante de voz que me atingiu em cheio. — Por que estaria?

Será que ela não entendia? Será que não via como as coisas se tornaram instáveis entre nós? E terríveis? Será que era preciso eu chamá-la de "puta" novamente para ela se lembrar que estarmos afastados era uma coisa boa?

— *Nós dois* acabamos com tudo, quando as coisas começaram... a sair de controle.

E fugiram do nosso controle.

Completamente.

— Eu sei disso. Eu estava lá. — Sua voz era puro gelo. Independentemente do que ela afirmava, tinha raiva de mim. Por quê? Por eu viver? Por seguir em frente? Como poderia me culpar por isso?

— Só estou fazendo o que você pediu. Você *queria* ficar sabendo se eu namorasse alguém.

Não me quis, então eu encontrei algo onde descarregar a dor. Agora você quer me tirar isso também, não é?

— Eu não queria que houvesse segredos entre nós... mas também não pedi para assistir!

Então ela queria que eu me escondesse? Queria que eu me esgueirasse para viver minhas fantasias sem que seu relacionamento perfeito fosse afetado pela minha gandaia, certo? Queria que tudo corresse do seu jeito. Sem concessões. Sem compaixão. Ela estava morando naquela casa *com ele*... e eu simplesmente tinha de aceitar isso... mas *ela* não podia lidar com o inverso, certo? Isso tudo era de uma hipocrisia sem tamanho.

— E onde é que você queria que eu...? Eu também tenho que ver... e ouvir. Você não é exatamente discreta. Acha que eu gosto disso? Que alguma vez gostei...

Eu te amo e sou obrigado a ouvir você constantemente em companhia de outro homem.

Farto daquela conversa, eu me levantei.

— Eu tento ser compreensivo. Você poderia fazer o mesmo.

O confronto com Kiera me deixou de mau humor. Se eu tinha de ouvir meu melhor amigo trepando com a única mulher que eu amei na vida, Kiera poderia muito bem aguentar um pouco do meu barulho sem propósito. Porque era sem propósito. E vazio. Só servia para aliviar a dor por alguns instantes. O que mais eu poderia fazer?

Dirigi sem destino pela cidade depois que Kiera foi para a faculdade. Ela pegou um ônibus, como vinha fazendo desde que começamos a nos distanciar um do outro. Eu não sabia para onde ir ou o que fazer, só sabia que precisava manter minha mente ocupada, ou iria enlouquecer. Acabei por parar numa loja de conveniência. Peguei um pack de cervejas e uma caixa de camisinhas; eu estava consumindo direto esses dois produtos, nos últimos tempos.

Uma loura bonita na fila do caixa me reconheceu e puxou um papo sobre os D-Bags. Deu para sacar que ela estava interessada em mim, ainda que camuflasse seu desejo com o assunto da banda. Depois de eu mencionar que estava trabalhando num material novo, ela disse:

— Eu adoraria dar uma olhada em qualquer material que você estivesse disposto a me mostrar. — Seu olhar se desviou para as minhas calças e eu sabia que ela já não estava mais falando de música.

Com um sorriso encantador, eu disse:

— Que tal eu te dar uma carona até a minha casa? Vou te mostrar *tudo*.

Vou te mostrar meu corpo, mas nunca vou mostrar como eu sou por dentro.

Ela topou e estávamos no meu quarto não muito mais tarde. Ela bateu a porta enquanto eu ligava o som.

– Uau... estou no quarto de Kellan Kyle! – exclamou, examinando o lugar. – É legal. Acolhedor.

Seus olhos errantes pararam em mim. Pensei em dizer que ela poderia me chamar só de Kellan, em vez de se referir a mim pelo nome completo, mas eu não estava com vontade de ficar de papo furado. Não tinha a mínima vontade de conversar sobre coisa alguma.

Encontrando a paz na música suave que tocava, estendi a mão para ela. Olhei para o seu ombro enquanto dançamos, e na minha cabeça era junto com Kiera que eu me movia.

Adoro o que sentimos quando estamos juntos, Kiera.

Ela me beijou, então. Fechando os olhos, eu curti a fantasia.

Kiera... sim, me beije...

Só de imaginar que eu beijava Kiera me deixou pronto para ir além. No momento em que a garota abriu o zíper do meu jeans, meu pau já estava quase saltando.

– Nossa! – ela murmurou. – Você está tão duro!

Sim, Kiera, e tudo isso é para você.

Querendo que a garota parasse de falar, agarrei seu rosto e a beijei com mais força. Ela gemeu na minha boca e me empurrou para trás.

– Eu tenho vontade de fazer uma coisa com você há muito tempo. – Eu me perguntei o que ela queria dizer com aquilo e quanto era "muito tempo". Dez minutos? Quinze?

Ela me empurrou suavemente até a parte de trás dos meus joelhos atingir a cama, então me empurrou devagar. Percebendo que ela queria que eu me sentasse, atendi aos seus movimentos. Fiquei confuso por alguns instantes, até que ela se colocou de joelhos na minha frente... só então eu entendi. Para imaginar melhor aquela nova fantasia, fechei os olhos.

Sim, Kiera... Beije meu pau... Me chupe em todos os lugares.

Ela arriou minha calça e minha cueca para poder me alcançar com mais facilidade. O ar contra a minha pele pareceu muito frio no início, mas logo depois ela caiu de boca e eu me senti quente, molhado e insanamente energizado.

Sim, Kiera... Nossa, isso mesmo. Mais!

Ela trabalhava com vontade, abocanhando o máximo que conseguia, e eu senti que ia gozar em breve. Contraindo os músculos de forma involuntária, agarrei o lençol e mordi o lábio inferior.

Sim, isso mesmo, Kiera... Não pare. Estou quase...

Pensei ter ouvido alguma coisa, e minha falsa Kiera começou a se afastar de mim, mas eu estava quase gozando... ela não podia ir embora agora. Não podia me deixar assim. Agarrando seu cabelo, eu a segurei no lugar.

Não me deixe ainda, Kiera. Não vá...

Gemendo de excitação, ela voltou a trabalhar em mim quase em frenesi.

Sim, estou quase gozando... Isso mesmo... Deus, Kiera, eu te amo... Não pare. Não pare nunca.

Ouvi um barulho estranho, como uma porta batendo, mas eu estava muito longe dali.

— Porra, sim, eu vou... — murmurei com um gemido.

Ela gemeu novamente, adorando minhas palavras. Eu estava quase ofegante agora, e a pressão aumentava a ponto de eu não conseguir me segurar mais. Estava prestes a perder o controle e gozar quando, de repente, ouvi o som revelador do meu carro sendo ligado.

Que porra é essa?

Minha fantasia sobre Kiera se esfacelou e tentei empurrar a garota para longe do meu pau, mas ela parecia muito empolgada com o que fazia.

— Pare! — ordenei, com firmeza, mas ela continuou gemendo, me chupando e se lançando contra mim. Ouvi o som de pneus cantando e o pânico me invadiu. Será que alguém tinha roubado meu carro? Puta merda! Se fosse isso eu certamente iria matar essa pessoa, mas antes precisava que aquela garota tirasse o meu pau da boca.

— Pare! — repeti, empurrando-a para trás. Com surpresa no rosto, ela caiu de bunda no chão.

— Ei, qual é o seu problema? — perguntou ela, revoltada pelo meu comportamento rude.

Eu me encolhi quando o prazer que eu sentia se transformou em dor física pela ausência de sua boca atenciosa. Tinha interrompido a ejaculação no meio do caminho e agora pagava o preço disso. Estremecendo, puxei a cueca e o jeans para cima e corri para a janela. Caraca, meu bebê tinha desaparecido! O terror e uma sensação de vazio encheram minha alma. Meu carro... meu querido e insubstituível carro tinha sumido. Poderia estar a caminho do desmanche naquele exato momento, prestes a ser desmembrado em milhões de pedaços. Merda! Eu não podia deixar que isso acontecesse, mas o que devia fazer? Chamar a polícia? A Guarda Nacional? O Exército?

— Meu carro sumiu! A porra do meu carro se foi! — Eu sabia que estava pirando, mas nunca tinha imaginado que aquilo fosse acontecer comigo. Ou com o meu bebê.

Quando olhei de volta para a minha acompanhante, vi que ela estava com um olhar estranho no rosto, como se tivesse certeza de que eu era maluco de carteirinha. Percebi que estava perdendo meu fabuloso status de rock star com ela, mas caguei e andei para isso. Queria a porra do meu carro de volta. Comecei a caminhar pelo quarto a esmo, sem saber o que fazer.

— Isso mesmo... alguém entrou na casa e pegou as chaves do carro. Você não ouviu? — A garota tinha uma expressão incrédula, como se tudo devesse estar claro como o dia para mim.

Rangendo os dentes, eu disse:

— Eu estava meio distraído com outra coisa. Ouviu o quê? O que aconteceu?

Ela deu de ombros e torceu o polegar na direção da porta.

— Uma garota entrou aqui na casa, remexeu em algumas coisas no quarto ao lado, chamou pelo seu nome e espiou pela porta; em seguida ela desceu a escada correndo, bateu a porta da frente e levou seu carro. — Orgulhosa de si mesma, ela sorriu. — Eu tenho uma audição excelente! — Então, franziu a testa. — Eu pensei que você soubesse que ela estava assistindo a tudo que fazíamos, e foi por isso que segurou minha cabeça no lugar. Achei que você gostava de ter plateia. — Ela deu de ombros novamente. — Achei a cena muito excitante.

Olhei para ela com descrença enquanto processava o que ela dizia.

— Ela roubou meu carro. Ela... *roubou*... meu carro. De jeito nenhum. Nem pensar, porra!

Minha acompanhante simplesmente ergueu os ombros e eu vi uma expressão de "Pois é, o que se pode fazer?" estampada no rosto. Estreitando os olhos, fechei o zíper da calça e peguei meu casaco no chão.

— Vamos embora daqui! — anunciei, com raiva.

Ela ergueu as mãos no ar.

— Como? Ela roubou seu carro.

Saí ventando do quarto e corri para o andar de baixo. Peguei o telefone da cozinha e liguei para a primeira pessoa que me veio à cabeça. Felizmente, para mim, ele atendeu.

— Alô?

— Matt. Pintou uma emergência. Preciso da sua ajuda.

— Kellan? O que está acontecendo?

— Kiera roubou a porra do meu carro e eu preciso de uma carona para ir pegá-lo de volta.

Matt começou a rir.

— Ela... o quê? — Eu não partilhei suas gargalhadas ao ouvir o que acontecera e fiquei calado. Quando não acompanhei suas risadas nem respondi, ele tossiu de leve e disse: — Tudo bem, tá legal. Estarei aí o mais depressa que eu conseguir.

Desliguei o telefone sem dizer uma palavra. Em seguida abri a geladeira e peguei uma cerveja. Abri a garrafa na bancada e bebi tudo quase num gole só.

Ela roubou a porra do meu carro.

Eu não podia acreditar.

Minha acompanhante chegou quando eu abria a segunda cerveja.

— Posso tomar uma? — perguntou ela. Furioso, eu a ignorei. — Ok — ela murmurou. — Bem, eu vou pegar um ônibus de volta, se estiver tudo bem com você.

Levantei a mão num movimento que significava "faça como quiser".

— Beleza! Bem, obrigada por... por tudo... espero que você consiga o carro de volta. — Ela saiu da cozinha e da casa. Eu me senti mal pela minha falta de consideração com ela, mas logo me lembrei que Kiera tinha roubado o meu bebê e tudo que eu passei a sentir foi raiva. Por que diabos ela faria isso comigo?

Quando Matt finalmente apareceu, eu tomava minha quarta cerveja, tentando me acalmar. Não estava funcionando. No minuto em que o carro dele embicou na entrada de casa, corri na direção dele, com uma garrafa de cerveja na mão.

— Ela está no Pete's. Vamos!

Matt agarrou meu braço quando eu passei direto por ele.

— Espere, Kell, talvez você deva se acalmar primeiro. Tenho certeza que ela tinha uma boa razão, certo?

Puxando o braço, estreitei os olhos.

— Estou perfeitamente calmo, porra. Vamos!

Matt suspirou, mas me seguiu para fora da casa. Engoli o resto da cerveja no carro.

— Você vai conseguir dirigir quando pegarmos o carro de volta? — quis saber ele.

— Vou ficar bem. — Eu fervia de raiva.

— Certo...

Eu nem esperei que Matt estacionasse o carro; empurrei a porta e saltei quando o carro ainda não tinha parado por completo.

— Caraca, Kellan — disse ele, quando eu fechei a porta e caminhei até o bar. Olhei para a direita e vi meu Chevelle. Graças a Deus ele parecia inteiro. Se Kiera tivesse feito algum arranhão no carro...

Irrompi pelas portas da frente do Pete's e na mesma hora procurei por Kiera. Ela atendia o setor onde a banda sempre ficava. Seus olhos se arregalaram quando me viu, e ela olhou em volta como se pretendesse correr dali. Ela poderia tentar... mas eu só ia sair do bar depois de pegar as chaves de volta.

Matt me alcançou e colocou a mão no meu ombro, tentando me segurar novamente.

— Kell, espere...

Eu me desvencilhei com raiva e me virei para encará-lo.

— Você já disse o que queria, agora fica aqui e não enche o saco.

Sabendo que eu estava no meu ponto de ruptura, Matt levantou as mãos no ar e se afastou de mim. Voltei-me para Kiera e foquei toda a minha ira sobre ela.

Você fez isso comigo. Me amou, me usou, me machucou; me queria e então me rejeitou. Agora, depois de tudo isso, roubou uma das únicas coisas que importam para mim.

Kiera olhou com medo, a princípio, mas logo depois ergueu o queixo em sinal de desafio. Por Deus, ela era atraente. Eu queria chupar aqueles lábios rechonchudos, que ela estufava na minha direção, fazendo um bico. Queria pegar um punhado de fios do seu cabelo e puxar sua boca para a minha. Queria virá-la de costas para mim, deitá-la em cima de uma mesa e comê-la ali mesmo, na frente de todo mundo. Queria lhe dizer que a amava.

Claro que eu não poderia fazer nenhuma dessas coisas; sendo assim, tudo que acabei fazendo foi estender a mão com determinação, num tremendo anticlímax. Kiera pareceu levemente desapontada com a minha reação. Será que ela *queria* que eu a deitasse em cima da mesa? Isso seria menos desapontador?

— Que é? — ela perguntou, com a voz cheia daquele tom arrogante que me irritava.

— As chaves — disse eu, com os dentes cerrados.

— Que chaves? — perguntou ela, com um fogo ousado nos olhos.

Eu queria tanto puxá-la para mim que meu saco doeu novamente. Matt estava certo, eu precisava me acalmar.

— Kiera… meu carro está bem ali. — Apontei para onde ele estava. — Eu ouvi quando você o levou…

Isso chamou a atenção dela.

— Se me ouviu levar o carro, por que não tentou me impedir?

— Eu estava…

Ela me cutucou o peito com um dedo.

— Estava tendo… um "encontro"? — Ela disse a última palavra fazendo aspas no ar.

Eu me senti como se o oxigênio tivesse sido sugado do ambiente. Com toda a minha raiva por ela roubar meu carro, eu tinha me esquecido por completo da cena a que ela assistira. Ela deu de cara com uma garota que me fazia um boquete. Beleza, eu já tinha ouvido várias coisas que rolavam entre ela e Denny, coisas que desejava nunca ter ouvido, mas nunca *vira* nada antes. Acho que iria pirar se isso acontecesse. Será que foi isso que tinha acontecido com ela? Bem, a questão é que nada disso importava, mesmo ela tendo visto algo.

Minha compostura voltou e eu perguntei, com rispidez:

— E daí? Por acaso isso lhe dá o direito de roubar o meu carro?

Com o queixo ainda mais empinado, ela respondeu:

— Eu peguei emprestado. Amigos emprestam as coisas, certo?

Lá estávamos nós… Aquela era a raiz do nosso problema, não era? Havia sempre mais entre nós do que amizade. Vendo uma protuberância em seu bolso da frente, imaginei que as chaves estavam ali e mergulhei para pegá-las.

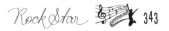

— Ei! — ela reclamou, tentando afastar minha mão.

Era tarde demais, porque eu já as pegara de volta. Apertando o chaveiro com força, o ergui no ar diante dela. Eu não queria dizer o que estava rolando na minha cabeça, mas no meio da raiva as palavras me escaparam da boca.

— Nós não somos amigos, Kiera. E nunca fomos.

Voltando-lhe as costas, saí como um foguete de perto dela. Eu sabia que ela não iria entender o que eu quis dizer com minha declaração, e também sabia que ela provavelmente iria avaliá-la de forma negativa, mas eu estava muito irritado e revoltado para ligar. Ela realmente tinha ido longe demais.

Eu me senti como um merda depois de deixar o bar. A verdade, porém, é que não dissera nada que não fosse verdade. Talvez tivesse existido uma fração de segundo em nosso relacionamento em que o termo "amigo" pudesse ser aplicado a nós, mas no minuto em que Denny deixara a cidade tudo mudara. A amizade foi impossível de voltar ao que era depois que o amor tinha entrado em cena. E eu a amava tanto...

Quando eu finalmente consegui chegar em casa fui para o meu quarto, fechei a porta e liguei um pouco de música. Precisava raciocinar. Precisava ficar sozinho. Com melodias melancólicas como pano de fundo, peguei um caderno e comecei a rabiscar várias letras de música. A maioria delas era absurda, mas algumas poderiam se tornar utilizáveis. Uma delas, em particular, me queimava e ardia por dentro:

Você nunca vai me conhecer porque eu nunca vou deixar você entrar.

Não era essa a verdade? Por que a sinceridade era tão mais fácil de encarar no papel?

Acordei cedo na manhã seguinte com o meu caderno ainda apertado entre os dedos. Um pensamento semiacabado parecia se arrastar página abaixo, numa descida sinistra em direção ao nada. Olhando para as palavras soltas e desconexas sob a luz fraca da lâmpada que eu tinha deixado acesa, tentei me lembrar do que estava pensando quando as rabiscara. Só que o momento fora perdido, as palavras para sempre esquecidas. Aquela era mais uma vítima lírica do meu subconsciente.

Deslizando para fora da cama, dei início à minha rotina matinal de exercícios. Quando meus músculos da barriga queimavam, depois de muitos abdominais, me dediquei a fazer um monte de flexões. Depois de terminar várias séries, meu corpo todo tremia. Minha mente girava. Eu precisava dizer algo para Kiera. Não podia deixar minhas palavras rudes ficarem pairando no ar. Já havia muita mágoa e tensão entre nós.

Caminhando com dificuldade para o andar de baixo, tentei reunir a energia mínima para preparar um pouco de café, mas não sobrara muita. Sentei-me à mesa com a cabeça nas mãos e debati comigo mesmo sobre o que dizer para Kiera. Um simples "sinto muito" parecia a melhor opção, mas também não era suficiente.

Ouvi Kiera entrar na cozinha e ergui a cabeça. Ela franziu a testa para mim, definitivamente infeliz. Comecei a falar, mas Denny apareceu logo atrás dela e eu calei a boca. Os lábios de Kiera se torceram num pequeno sorriso, então ela se virou para Denny e propôs:

– Sei que você já está vestido, mas será que não quer dar uma subidinha e tomar um banho?

Meu coração se apertou ao ver a expressão de insinuação maliciosa em seu rosto. Eu sabia o que ela queria dizer com isso. Denny também. Grudei os olhos na superfície da mesa quando Denny riu e disse:

– Quem me dera que eu pudesse, amor, mas não posso me atrasar hoje. Max está frenético com a proximidade do feriadão.

– Ah... Nem um banhinho rápido? – Kiera brincou. Eu sabia que ela estava fazendo aquilo só para me machucar, e todos os planos de lhe pedir desculpas evaporaram.

Parabéns, Kiera, você se vingou. Se quer voltar a fazer esse jogo, eu também sei brincar. E se você consegue aguentar, eu também consigo. Que venha a dor.

Capítulo 25
VOCÊ É MEU, EU SOU SUA

As coisas ficaram ainda mais geladas em casa depois do feriado de Ação de Graças. Kiera flertava abertamente com Denny de uma maneira que não fazia no tempo em que também estávamos "flertando", e eu continuei com meus encontros. Mas havia uma faísca no ar, uma vibração estranha do tipo "Que tal isso?", entre mim e Kiera, como se estivéssemos numa competição para ver quem conseguia magoar mais um ao outro. Eu odiava essa situação, sabia que nós dois estávamos sendo infantis e imaturos, só não sabia como parar de agir dessa forma. Toda vez que ela acariciava Denny, me lançava um olhar malicioso que só me fazia querer voltar para ela. E quando uma oportunidade de ouro para machucá-la caía no meu colo... eu sempre a agarrava de bom grado.

Eu estava no Pete's uma noite, batendo papo com os rapazes, quando uma garota com cabelos cacheados ruivos e muito brilhantes se aproximou de mim. Com muita confiança no rosto e passos rápidos, ela caminhou direto até onde eu estava, se sentou no meu colo e colocou os braços em volta do meu pescoço.

– E aí, Kellan? Por que você ainda não me ligou?

Levei um minuto para reconhecer a mulher baixinha que se acomodara sobre as minhas partes íntimas como se estivesse habituada a sentar ali. Seu nome me escapou, mas me lembrei de quando dei de cara com ela, na época em que fui fazer um tour pelo campus da universidade com Kiera. Aquilo tinha sido levemente embaraçoso naquele dia, mas agora me parecia muito conveniente. Pelo olhar vidrado de ódio que Kiera nos lançou, tive certeza de que ela também se lembrava de quem era aquela garota. Ótimo.

Colocando os braços ao redor da cintura da garota, dei de ombros e balancei a cabeça.

– Eu lavei meu jeans com o seu bilhete ainda no bolso. Não tinha o seu número.

A garota riu e puxou meu rosto para os seus seios.

— Ah, bem, isso faz sentido, eu acho. – Olhei para Kiera. Quando nossos olhos se encontraram, eu lhe lancei um olhar que a fez entender que eu sabia que ela reconhecera a garota.

Aquilo era errado e mesquinho, mas por puro despeito eu fiquei junto da garota durante a noite toda, e quando saímos do bar na hora de fechar, fomos direto para minha casa e nos entregamos a um pouco de diversão do tipo "depois do expediente". Gostei de saber que Kiera iria ficar louca de raiva ao nos ouvir juntos. E a garota cumpriu muito bem o seu papel – foi uma das garotas mais escandalosas com quem eu estive em toda a minha vida.

Mesmo assim, depois que minha acompanhante foi embora, eu me senti mal a respeito de tudo aquilo, e ainda mais sozinho do que antes. Tudo o que eu fazia para tentar me ajudar a esquecer Kiera tinha o efeito oposto. Eu estava pensando nela cada vez mais. Por quanto tempo eu conseguiria manter essa rota?

Na segunda-feira seguinte, Pete decidiu aceitar a sugestão de marketing que Griffin fizera, para conseguir mais clientes para o bar durante os dias de semana – dois dólares a dose até a meia-noite. Na época, eu tinha pensado que Pete ficara louco por dar atenção a qualquer ideia que tivesse saído da boca de Griffin, mas tive de reconhecer que a sugestão do baixista dera certo. O bar estava lotado.

É claro que o motivo por trás da sugestão de Griffin se tornou evidente com facilidade; o bar estava repleto de universitárias, o alvo predileto de Griffin. Mesmo assim, ele estava encontrando dificuldades para conhecer alguém que pudesse alcançar o nível de Anna, aos olhos dele. A irmã de Kiera tinha estabelecido um padrão alto, e todo mundo ficava aquém. Pela primeira vez na história, Griffin estava frustrado com a falta de boas xerecas em Seattle. Palavras dele, não minhas.

Mesmo assim, ele continuava tentando comer algumas universitárias, seguindo seu velho esquema. Estava com duas louras do tipo "república de estudantes" que davam risadinhas num canto. Matt e Evan se divertiam numa boa, também. Evan estava paquerando uma menina que tinha aparecido ali pela primeira vez no fim de semana, e Matt conversava com uma garota tão pequena que eu acho que conseguiria levantá-la no ar com uma das mãos, possivelmente com um dedo. Quanto a mim, eu tentava tirar o melhor partido da situação do único jeito que conhecia. Combinei um encontro para aquele dia com uma morena que tinha dado em cima de mim a noite toda. Ela era muito direta, de uma forma quase agressiva. Já tinha até me perguntado se eu não queria chupá-la na sala dos fundos do Pete's, mas eu não estava a fim. Quanto mais impetuosa a garota fosse, mais fácil era eu cair fora mais tarde.

Eu tinha dispensado seu convite para ir à sala dos fundos. Para começo de conversa, eu acabaria voltando para casa sozinho se fizesse sexo com ela agora, e eu não queria ficar sozinho naquela noite. Não mesmo. Além do mais, me pareceu errado fazer aquilo ali, no ambiente de trabalho de Kiera, ainda por cima com Kiera estando por perto. Seria o mesmo que comer alguém em cima da cama dela. Apesar de as coisas continuarem tensas entre nós, aquilo me pareceu fora dos limites.

Kiera continuava me ignorando, basicamente, enquanto eu procurava por uma companheira para dormir comigo todas as noites, mas isso era uma reação claramente forçada. Dava para ver que ela queria me encarar abertamente e me descascar por algum motivo, só que não tinha uma razão palpável para fazer isso.

Eu estava cuidando da minha vida e me dirigia ao banheiro quando Kiera finalmente falou comigo. Essas eram as primeiras palavras diretas que ela usava para se dirigir a mim havia algum tempo, e depois de eu tê-las escutado, preferi que ela tivesse continuado calada.

— Por que não tenta mantê-lo nas calças, Kyle?

Parando de andar na mesma hora, eu me virei. Era sério que ela acabara de me dizer aquilo? Será que fazia ideia de como aquelas palavras eram hipócritas, saindo da sua boca? A tentativa fracassada de Denny conversar comigo sobre meus hábitos amorosos – *por solicitação de Kiera* – me veio à cabeça. Ela não tinha o direito de falar comigo daquela maneira.

— Essa é boa! – disse eu, rindo, mas com as veias quase saltando de tanta raiva.

— Que foi? – Seu tom parecia impassível, mas seus olhos soltavam tantas fagulhas quanto os meus. Ela estava revoltada e não tinha o mínimo direito de estar.

Fui até onde ela estava em pé, ao lado de uma mesa vazia. Agarrando o braço dela, puxei-a com força para perto de mim. Fazia muito tempo que nós não ficávamos tão colados assim um no outro, e meu coração começou a bater mais forte. Não, eu não iria deixá-la me afetar. Eu não iria permitir que ela me tirasse o equilíbrio. Kiera ficou tensa, e eu não sabia se era por causa da minha proximidade ou pelo que eu estava prestes a dizer. Inclinando-me para poder falar em seu ouvido, sussurrei:

— Será possível que a mulher que vive com o namorado... a mulher com quem *eu fiz sexo* em não menos de duas ocasiões, esteja realmente me passando um sermão sobre abstinência?

Kiera tentou se afastar de mim, mas eu a segurei com mais força. A raiva frustrada pareceu inflamar meu corpo e palavras duras me escaparam dos lábios antes de eu conseguir impedir. Com os lábios colados em seu ouvido, murmurei:

— Se você se casar com ele, ainda vou poder te foder?

Eu sabia que tinha ido longe demais no momento em que as palavras saíram da minha boca. Kiera também achou. Trazendo a mão para trás ela se afastou e me deu uma bofetada. Não... "bofetada" é uma palavra suave para isso. Ela quase chicoteou meu rosto. Pelo menos foi isso que me pareceu. Recuando um passo eu respirei fundo, meio ofegante. Estrelas explodiram em meu campo visual. Meus ouvidos zumbiram e minha bochecha pareceu ter sido tocada por um ferro quente. Meio zonzo, eu só consegui olhar para ela.

Que diabo foi isso?

— Seu filho da puta idiota! — gritou ela, aparentemente fora de controle.

Ignorando por completo o fato de que estávamos em um bar lotado, atraindo uma plateia maior a cada segundo tenso que passara, Kiera levantou a mão para me agredir novamente. Dessa vez eu agarrei seu pulso e o puxei para baixo. Ela fez uma careta de dor e eu percebi que meu aperto a estava machucando, mas não desisti. Eu sabia, pelo olhar dela, que ela queria ver sangue. O *meu* sangue.

— Que é que te deu, Kiera? Que é que te deu, porra! — Se ela resolvesse ignorar o público à nossa volta, muito alerta ao drama que se desenrolava ali, eu também o faria. Ah, que se foda! Que se foda todo mundo. Eu estava muito puto para me importar com aquilo.

A outra mão dela se contraiu, mas eu a agarrei antes de ela tentar me esbofetear de novo. Mesmo assim, ela não desistiu. A megera mal-humorada levantou a perna para atingir meu saco com o joelho.

Ah, nem pensar!

Empurrei-a meio de lado, para longe de mim. Ela não podia me atacar se não conseguisse me alcançar. Para minha surpresa, porém, ela veio para cima de mim mais uma vez. Era quase como um animal selvagem, tentando me rasgar em mil pedaços. Se não estivesse tão zangado com ela eu poderia ter me apavorado com aquilo.

Enquanto Evan agarrava Kiera pela cintura, a fim de contê-la, Sam colocou a mão no meu peito. Não era necessário. Eu não pretendia nem chegar perto dela. Jenny se colocou entre mim e Kiera com os braços estendidos, como se estivesse nos mantendo afastados com algum tipo de magia. Ainda com os olhos grudados em Kiera, senti Matt e Griffin chegando por trás de mim. Matt estava quieto e Griffin ria. Tirando a respiração pesada de Kiera e a minha, seu riso era o único som que se ouvia no bar. Eu estava contente por ele achar alguma graça naquilo. A situação era tudo para mim, menos engraçada.

Como ninguém parecia saber o que fazer com nós dois, Jenny assumiu o comando. Agarrando minha mão e a de Kiera, começou a nos puxar para longe dali.

— Vamos! — ordenou ela, com a voz tensa. Claramente também não estava nada feliz com aquilo.

Seguindo Jenny, ignorei Kiera, que estava do outro lado. Eu realmente não queria nem ver a cara daquela piranha, naquele momento. Meu rosto ainda parecia estar pegando fogo. Eu estava de saco cheio, farto de ela me bater. Estava cansado de receber bofetadas de *um monte de gente*. Já tinha sido esbofeteado o suficiente para uma vida inteira.

Bloqueei mentalmente tudo e todos à minha volta enquanto Jenny nos puxava ao longo do corredor. Evan abriu a porta da sala dos fundos e Jenny nos arrastou lá para dentro. Evan olhou para o corredor atrás de nós, em busca de bisbilhoteiros; em seguida entrou na sala, fechou a porta e a manteve bloqueada se colocando em pé ali, como se Kiera e eu estivéssemos presos ou algo assim. Tudo aquilo me parecia ridículo, e a única coisa que eu queria era ir para casa.

– Muito bem – começou Jenny, largando nossas mãos. – O que está havendo?

Comecei a explicar o que aconteceu ao mesmo tempo que Kiera. Jenny levantou as mãos.

– Um de cada vez!

Eu já estava de saco cheio daquela conversa antes mesmo de ela começar. O que qualquer um de nós poderia dizer, naquele momento? Se Kiera e eu estivéssemos dispostos a discutir o assunto, precisaríamos fazer isso sozinhos. E eu não tinha a mínima vontade de ficar sozinho ali com ela.

Desviei meus olhos irritados e encarei Jenny. De que servia estarmos todos ali?

– Nós não precisamos de uma mediadora, Jenny – reclamei, quase cuspindo as palavras, com uma sombra carregada na voz.

Podemos muito bem tentar resolver os problemas entre nós por conta própria, muito obrigado.

Com um olhar que claramente mostrava que não estava nem um pouco incomodada com meu tom de voz, Jenny disse calmamente:

– Ah, não? Pois eu acho que precisam, sim. Metade das pessoas lá fora também acha que precisam. – Ela indicou com a cabeça o bar cheio de testemunhas que tinham ficado para trás. Sua expressão se transformou numa careta de estranheza quando ela me olhou com alguma trepidação. – Acontece que eu sei uma ou duas coisinhas sobre as brigas de vocês dois. Não vou deixar você sozinho com ela.

Uma onda de choque me percorreu o corpo. Ela sabia? Se ela sabia sobre nossas brigas?... então também sabia por que estávamos brigando. Ela sabia... tudo? Kiera tinha lhe contado? Por que cargas-d'água ela faria isso?

Desviei o olhar para Kiera.

– Você contou a Jenny... Ela sabe?

Kiera deu de ombros. Os olhos dela voaram para Evan; ele continuava totalmente por fora. Era o único na sala que não conhecia a verdade.

– Tudo? – perguntei a ela, ainda incrédulo. Nosso segredo ter sido revelado tornava tudo mais real, e ainda mais horrível. E olha que já era péssimo antes disso.

Kiera simplesmente encolheu os ombros em resposta. Sua atitude de indiferença sobre tudo aquilo me deixou ainda mais irritado. Eu tinha mantido o bico fechado, por que diabos ela não fizera o mesmo? O quanto era difícil esconder das pessoas que ela era uma vagabunda que tinha trepado por aí e chifrado o namorado? Na minha concepção, isso deveria ser uma coisa fácil de manter em segredo. Pelo visto, não era.

Ainda atordoado, murmurei:

— Bem... Não é interessante? E eu aqui pensando que nós não íamos conversar sobre isso. – Meus olhos se deslocaram para Evan. Ele continuava confuso, isso ficou claro. Muito bem agora, foda-se! E que diferença fazia se ele soubesse ou não? Em que isso importava, a essa altura do campeonato?

Já que nada disso parecia importante no momento, decidi confessar e colocar tudo para fora.

— Bem, já que o segredo foi para o espaço, por que não trabalhamos todos em grupo? – Com um estender dramático das mãos, indiquei Kiera e disse a Evan: – Eu comi a Kiera... embora você tenha me avisado para não fazer isso. E então, por via das dúvidas, eu a comi de novo!

— Kellan, olhe o palavreado! – reclamou Jenny, enquanto Evan me dizia:
— Droga, Kellan.
Nesse momento, Kiera gritou:
— Calem a boca!
Irritado com todos eles, eu olhei em torno da sala e acrescentei:
— Ah... e também a chamei de puta! – Já que todos iam ficar com raiva de mim, mesmo, era melhor ficarem *realmente* zangados.

Com as mãos cerradas, em punhos, Kiera desviou os olhos e afirmou:
— Você não passa de um palhaço!

Isso me deixou revoltado de verdade. Se algum de nós estava de palhaçada ali, esse alguém era Kiera. Olhei para ela até que ela olhasse para mim novamente.

— Um palhaço? Eu sou um palhaço? – Dei um passo em direção a ela, mas Jenny colocou a mão no meu peito. – Foi você que bateu em mim! De novo! – Apontei para meu rosto; eu sabia pelo jeito que ardia que devia haver uma marca vermelha na minha pele.

Evan nos interrompeu antes de Kiera ter chance de responder.
— Pelo amor de Deus, cara. Onde é que você estava, aliás *está*, com a cabeça?

Lancei os olhos para ele. Evan parecia realmente revoltado comigo, mas eu não me importava em como ele se sentia, no momento. Não me importava com nada. Que fossem todos se foder.

— Ela me implorou; eu sou apenas humano!

Kiera fez um barulho crepitante, como se eu tivesse acabado de contar uma mentira ou algo assim. Não era mentira. Era isso exatamente o que tinha acontecido.

— Você me implorou, Kiera! As duas vezes, lembra? – Fiz um gesto para ela e Jenny me empurrou. Pensei que eu estivesse pirando. Por que tentar fazer a coisa certa me trazia tantos problemas? – Eu só fiz o que você pediu. Foi a única coisa que eu sempre fiz... o que você pediu! – Joguei as mãos para baixo, ao lado do corpo, sem saber mais o que fazer. Estava ferrado se não contasse a verdade e também estava ferrado por contar.

— Eu não pedi para ser chamada de puta! – ela fervia.

Ela podia ter razão, mas eu estava muito revoltado para me importar.

— E nem eu pedi para apanhar de novo! Para de me bater, porra!

Jenny me disse para moderar o palavreado e Evan pediu que eu me acalmasse. Ignorei ambos. Eles não deveriam estar envolvidos naquilo, para início de conversa.

Isso irritou Kiera ainda mais. Com os olhos brilhando, ela quase cuspiu as palavras.

— Você pediu, seu palhaço! Já que estamos *compartilhando*, por que não conta a eles o que você disse para mim? – Kiera deu um passo em minha direção, e desta vez foi Jenny que a *impediu*. O corpo miúdo dela era a única coisa que separava nossas raivas mútuas.

— Se você tivesse me dado dois segundos, eu teria me desculpado por aquilo. Mas quer saber de uma coisa? Agora eu não me desculpo mais! Não me arrependo por ter dito o que disse. – Apontando para ela, atrás de Jenny, acrescentei: – Foi você quem saiu dos trilhos! Você simplesmente não suporta o fato de eu estar namorando!

Ela me exibiu uma expressão de incredulidade.

— Namorando? Trepar com qualquer coisa que tenha duas pernas não é namorar, Kellan! Você nem se dá ao trabalho de perguntar o nome delas. Isso não está certo! – Com os olhos apertados, ela balançou a cabeça e cuspiu: – Você é um canalha!

Eu era o *quê*? Ela estava de sacanagem comigo? Estava prestes a retrucar mais uma vez quando Evan tornou a se intrometer:

— Ela tem razão, Kellan.

Kiera e eu nos viramos e olhamos para ele.

— O quê? – Eu senti como se o golpe na minha cabeça tivesse desalojado meu cérebro e alterado o que saía da boca das pessoas. Não acreditava que Evan tinha acabado de concordar com ela. Pelo olhar severo em seu rosto, porém, percebi que não tinha entendido nada errado. Ele achava que eu era um canalha. Bem, a verdade estava aparecendo de todos os lados, certo?

— Tem mais alguma coisa para me dizer, Evan?

Afastei-me de Jenny e sua mão caiu do meu peito. A expressão de Evan tornou-se ainda mais difícil quando ele me olhou.

— Talvez eu tenha. Talvez ela esteja certa. E talvez, apenas talvez, você também saiba disso. – Eu franzi o cenho diante da verdade do que ele dizia, e minhas palavras ficaram presas no peito. Será que Evan desconfiava do que eu estava fazendo com todas essas mulheres aleatórias? Será que sabia que eu as transformava em Kiera, na minha cabeça? Não vejo como ele poderia saber disso, mas imaginar essa possibilidade fez com que eu me mantivesse de boca fechada.

Quando viu que eu não respondi, ele acrescentou:

— Por que não conta a ela a razão de você ser tão… promíscuo? Talvez ela entenda.

A raiva me provocou fisgadas na espinha. Eu estava farto de gente se metendo na minha vida. Afinal, a vida era minha. Ninguém tinha o direito de me julgar, exceto eu mesmo. E eu sabia o que eu era.

— E que diabos você sabe sobre isso?! – explodi, dando um passo em direção a Evan.

O rosto de Evan se encheu de compaixão e solidariedade.

— Mais do que você pensa que sei, Kellan.

Congelei no lugar, incapaz de me mover. Ele não estava falando sobre Kiera. Nem sobre a minha pequena fantasia insana, onde eu transformava nela cada garota que tocava. Não... ele estava se referindo a algo muito mais profundo e muito mais sombrio. Vi algo em seus olhos que eu tinha visto antes em... em Denny, quando ele levara um soco em meu lugar. E em Kiera, quando eu confessara o quanto a vida com meus pais tinha sido torturante. Ele sabia. Porra, ele sabia! Eu não fazia ideia de como tinha descoberto... mas Evan sabia que eu buscava conforto no sexo porque ali era o único lugar onde eu encontrara um pouco disso. Naquele momento ele estava me incentivando a falar, mas isso não era algo sobre o que eu quisesse conversar. Acho que nunca iria querer.

— Cala a boca, Evan... Isso não é um pedido. Cala essa porra de boca. – Eu estava prestes a explodir, e se ele forçasse a barra comigo iríamos explodir juntos.

Jenny censurou novamente meus palavrões, Kiera queria saber o que estava acontecendo, mas todo o meu foco estava em Evan.

Este é o momento do impasse, Evan, e a banda está em perigo. Esqueça o assunto, Evan, antes de arruinar tudo o que construímos juntos.

Evan compreendeu tudo o que eu não estava dizendo. Com um suspiro, deu de ombros e disse:

— Tudo bem, cara... Você é quem sabe.

Respirei fundo e relaxei por um instante. Ele tinha desistido do assunto.

— É isso aí. – Apontando o dedo para cada um, voltei novamente à carga: nenhum deles tinha o direito de me censurar. – Como eu namoro ou deixo de namorar não é da conta de vocês. Se eu quiser trepar com o bar inteiro, todos vocês...

Kiera me cortou com um desagradável bufar de desprezo.

— Você praticamente fez isso!

Eu aumentei a voz para igualar meu tom ao dela.

— Não! Eu trepei com você! – No silêncio repentino que baixou subitamente após essa declaração eu ouvi Jenny suspirar e Evan praguejar. Mas meus olhos não se desgrudaram dos de Kiera. Suas bochechas estavam coradas e ela apertava a mandíbula com tanta força que dava para ver a tensão em seu pescoço. Quando a sala ficou calma novamente, eu disse a verdade a Kiera. – E você se sente mal por trair Denny. – Eu me inclinei na direção de Jenny e ela levou a mão ao meu peito novamente. – Você se sente culpada por ter um caso, mas...

– Nós *não* estamos tendo um caso! Nós cometemos um erro, duas vezes... só isso!

Meu queixo caiu e eu soltei um suspiro exasperado. Será que ela realmente acreditava nisso?

– Ah, para com isso, Kiera! Meu Deus, você é *muito* ingênua. Nós podemos só ter feito sexo duas vezes, mas estávamos indiscutivelmente tendo um caso o tempo todo!

Ela jogou as mãos para o alto, como se realmente não entendesse.

– Isso não faz sentido!

Balancei a cabeça em descrença.

– É mesmo? Então por que você queria tão desesperadamente esconder tudo de Denny, hein? Se a coisa era mesmo tão inofensiva e inocente, então por que nós não éramos abertos quanto ao nosso... relacionamento... com qualquer um? – Apontei para a porta fechada, atrás da qual uma centena de pessoas, provavelmente, estavam falando de nós.

Kiera pareceu surpresa com isso. Não tinha nada de coerente a dizer e começou a gaguejar. Aproveitei seu momento de confusão para reforçar meu ponto de vista.

– Por que não podemos mais nem tocar um no outro? O que acontece quando eu toco em você, Kiera?

Ela arregalou os olhos, mas não me respondeu. Eu sabia que estava sendo sugestivo com as minhas palavras e meu tom de voz, mas não me importei. Ela precisava entender o que realmente estava rolando entre nós. Mentindo para si mesma sobre aquilo não iria ajudar em coisa alguma. Sabendo que iria deixá-la extremamente embaraçada, decidi fazer isso da forma mais gráfica que consegui.

Jenny tinha se afastado de mim e eu usei o espaço recém-conquistado para passar as mãos pelo meu próprio corpo, de forma sensual.

– Seu pulso dispara, sua respiração acelera. – Mordendo o lábio, comecei a respirar mais pesado. – Seu corpo treme, sua boca se entreabre, seus olhos ficam em brasa. – Soltei um gemido suave e puxei o ar através dos dentes. Afinando a voz como se estivesse prestes a gozar, completei: – Seu corpo se enche de desejo... por toda parte.

Fechei os olhos e deixei escapar um gemido baixo, enquanto emaranhava uma das mãos no meu cabelo e corria a outra pelo peito. Imitando o rosto de Kiera quando ela estava desesperada para me sentir dentro dela, engoli em seco e soltei um ruído carnal cheio de êxtase.

– Ah... Meu Deus... por favor... – Pontuei cada palavra com um som de desejo quase dolorido. Então fui descendo com as mãos até a parte da frente da calça...

Foi quando Kiera interrompeu o show.

– Chega! – ela cuspiu.

Eu sabia que a tinha na palma da mão. Não havia jeito de negar que eu tinha provado o que queria dizer. Abrindo os olhos, fitei-a longamente.

— Foi o que eu pensei! Isso parece inocente para você? Para qualquer um de vocês? — Olhei ao redor da sala. Kiera estava com um vermelho brilhante no rosto, Jenny parecia pálida como um fantasma, e Evan balançava a cabeça, lamentando tudo. Meus olhos voltaram para Kiera. — Você fez a sua escolha, lembra? Denny. Nós acabamos com... tudo. Você não tinha qualquer sentimento por mim. Não quis ficar comigo, mas agora também não quer que ninguém mais fique, certo? — Furioso e sentindo-me desolado, balancei a cabeça. — É isso que você quer? Que eu fique completamente sozinho? — Minha voz falhou no fim da pergunta. Eu estava muito cansado de estar sozinho.

O rosto de Kiera se contorceu de raiva. Eu tinha certeza de que a fumaça sairia de suas orelhas, se isso fosse possível.

— Eu nunca disse isso. O que disse foi que se você namorasse outra pessoa eu compreenderia... mas pelo amor de Deus, Kellan, Evan tem razão, mostre um pouco de autocontrole!

Um silêncio pesado caiu sobre a sala após o desabafo de Kiera. Evan e Jenny olhavam para mim, claramente ao lado dela, então eu os encarei sem medo. Depois de um minuto de silêncio e longos olhares, Kiera deu de ombros e perguntou:

— Você está tentando me magoar? Tem alguma coisa para provar?

Irritado com o que, na verdade, era uma boa pergunta, olhei para Kiera.

— Provar para você...? Não... nada!

Talvez. Um pouco.

Quando eu me afastei de Jenny, Kiera veio com tudo. Jenny teve que colocar as duas mãos nos ombros dela para impedi-la de voar em cima de mim.

— Você não está tentando me magoar de caso pensado?

— Não.

Talvez. Já não sei mais.

— Nesse caso, como você explica o que aconteceu com a minha irmã? — rosnou ela.

Gemendo, olhei para o teto.

— Ah, meu Deus, essa história de novo não. — Eu não queria uma repetição da nossa briga na chuva, mas parecia que era exatamente para lá que íamos voltar.

Kiera empurrava Jenny com tanta força que Evan deu um passo à frente para ajudá-la. Mas Jenny olhou para ele, fez que não com a cabeça e Evan recuou, deixando-a lidar com o problema.

— Essa história! De novo! Sim! Você prometeu! — gritou ela, apontando para mim.

Minha raiva quase transbordou. Ela não tinha o direito de dizer coisa alguma sobre qualquer mulher com quem eu tinha dormido... mesmo que eu não tivesse dormido com aquela.

— É óbvio que eu menti, Kiera! Caso você ainda não tenha notado, eu faço isso! – Joguei as mãos para o ar, frustrado. – E, de todo modo, que diferença faz? *Ela* me quis, você não. Que importância tem para você se eu...

— Porque você é meu! – ela gritou.

Todo o sangue foi drenado do meu rosto e desceu para o estômago, onde ferveu e se agitou, formando um bolo de dor escuro e furioso. Quando essa queimação me subiu até a boca, as minhas palavras explodiram por vontade própria.

— Não, não sou! É EXATAMENTE ISSO QUE EU ESTOU TENTANDO PROVAR, PORRA!

Jenny reclamou mais uma vez e voltei os olhos irritados para ela. Eu não estava a fim de ser repreendido por causa de palavrões. Não estava com disposição de encarar mais nada de toda aquela merda.

Kiera não recuou diante das minhas palavras ferozes. Em vez disso, continuou a me provocar de forma irritante, tentando prolongar a briga. Talvez estivesse gostando disso...

— Foi por isso que você fez o que fez? Foi por isso que dormiu com ela, seu filho da puta? Para provar o seu ponto de vista? – Ela estava tão revoltada que sua voz falhou.

Abri a boca para retorquir, mas Jenny foi mais rápida.

— Ele não dormiu com ela, Kiera.

Virando meu furor sobre ela, rebati:

— Jenny!

A raiva de Kiera começou a se dissipar quando um ar de descrença tomou conta dela.

— Como? – ela perguntou a Jenny.

Vendo que Kiera estava mais calma, Jenny baixou as mãos de seus ombros.

— Não foi Kellan quem dormiu com ela.

Fiz um movimento em direção a Jenny e Evan se mexeu também. Sabendo como Evan se sentia em relação a Jenny, recuei. Ele estava fora do rolo agora, mas se eu começasse a tratar Jenny com grosseria ele viria em cima de mim, e eu não estava a fim de levar um murro. Receber uma bofetada já era suficiente.

— Isso não te diz respeito, Jenny, não se meta! – reclamei.

Jenny olhou para mim, claramente irritada.

— Agora diz respeito, sim! Por que está mentindo para ela, Kellan? Conta a verdade! Pelo menos uma vez na vida, conta a ela a verdade.

Eu sabia que Jenny já ouvira tudo sobre o que acontecera entre Griffin e Anna. Griffin tinha contado aquilo tantas vezes que era esperado que Jenny ouvisse em algum momento. Sinceramente, fiquei surpreso ao ver que Kiera ainda não tinha ouvido a respeito. Acho que eu mesmo deveria ter contado a Kiera, há muito tempo, o que realmente acontecera naquela noite, mas essa era a única arma que me restara contra ela, e eu tinha certa relutância em me livrar desse poder. Não consegui falar; minha boca não se abriu e meu queixo ficou tenso.

Evan e Jenny não gostaram disso. Kiera também não. Irritada, gritou:

— Alguém quer, por favor, me dizer... alguma coisa?!

Os olhos de Jenny voltaram para Kiera, e antes mesmo que ela falasse alguma coisa, eu soube que a farsa tinha acabado.

— Você nunca ouve o que Griffin diz?

Furioso ao ver que minha mentira estava desmoronando, murmurei:

— Não, ela evita conversar com ele, quando pode. – Em um sussurro, acrescentei: – Eu já contava com isso.

O rosto de Kiera se franziu, numa expressão de confusão, como se ela tivesse problemas para ligar os pontos.

— Espera aí... Griffin? Minha irmã dormiu com o Griffin? – perguntou ela, sem conseguir acreditar que *alguém* aceitaria dormir com Griffin, muito menos sua irmã.

Concordando, Jenny revirou os olhos.

— Ele não para de falar nisso, Kiera. Continua dizendo a todo mundo: "Foi o melhor 'O' da minha vida!" – Retorceu o rosto e mostrou a língua, enojada com o pensamento.

Irritado com os detalhes e por estar de volta ao começo; e também irritado com a minha vida, falei, entre os dentes:

— Já chega, Jenny.

Espantada com essa novidade, Kiera trocou olhares com Evan e com Jenny; então, todos os olhos se voltaram para mim.

— Você mentiu para mim? – Kiera sussurrou.

Dei de ombros, fingindo indiferença.

— Você chegou a essa conclusão. Eu apenas... joguei lenha na fogueira.

Sua expressão escureceu.

— Você mentiu para mim!

— Eu já disse a você que faço isso!

— Por quê? – indagou ela.

Era uma pergunta justa, à qual eu não conseguiria responder. Eu não podia sequer olhar para ela novamente, por medo de que ela visse através de mim.

— Responde à pergunta, Kellan – ouvi Jenny ordenar. Olhei para ela, de pé entre nós, e ela ergueu uma sobrancelha em expectativa. Franzindo a testa, fiquei em silêncio. Como eu poderia dizer a ela? Como conseguiria lhe dizer alguma coisa? Abrir a boca significava abrir meu coração. E abrir meu coração significava expô-lo... e ela já me machucara demasiado. Outra ferida funda certamente me mataria.

A voz suave de Kiera penetrou o silêncio.

— A briga no carro... a chuva... tudo aquilo começou porque eu estava com raiva de você por ter dormido com ela. Por que me deixou pensar que...

— E por que você automaticamente presumiu que... — Interrompi a frase sem terminar. Kiera tinha imaginado o pior de mim desde o início da visita de Anna. Ela nunca sequer me dera a oportunidade de ser fiel a ela. Não que eu lhe devesse fidelidade. Ela certamente não estava sendo fiel a mim. Ou a Denny.

— Porque ela me contou. Bem, ela fez com que parecesse que... — A voz dela diminuiu e ela fechou os olhos. Quando olhou para mim novamente, seus olhos estavam suaves e carregados de culpa. — Me desculpe por ter presumido que... Mas por que você me deixou pensar isso por tanto tempo?

Seu rosto e sua voz... derreteram a dureza do meu coração. Eu a amava, mesmo agora, e lhe devia algum tipo de explicação. Esperando que não machucasse muito, confessei meu pecado.

— Eu queria magoar você...

— Por quê? — sussurrou ela, dando um passo em direção a mim. Vendo que a tempestade tinha passado, Jenny não tentou segurá-la, nem tentou nos manter separados.

A pergunta de Kiera me cortou a alma.

Porque eu te amo, mas você não me quer.

As palavras me faltaram e eu me virei para longe dela. Uma mão suave tocou em meu rosto e eu fechei os olhos para o calor e a ternura que senti ali. Era daquele jeito havia muito tempo, desde que Kiera tinha me tocado pela primeira vez.

— Por que, Kellan? — ela repetiu.

Com os olhos fechados, as palavras me saíam com mais facilidade.

— Porque você me magoou... tantas vezes. Eu queria magoar você também.

Quando reabri os olhos, pude sentir que a muralha que havia entre nós se desfazia. Pude sentir a dor que eu vinha engolindo há tanto tempo emergindo mais uma vez. Eu tinha sentido tanto a falta dela!... Vê-la todos os dias sem ser capaz de tocá-la, de abraçá-la, de amá-la... aquilo estava me matando aos poucos. Kiera era uma cicatriz em meu coração que nunca iria se fechar por completo, não importava quantos encontros aleatórios eu colocasse ali para servir de curativo. Minhas pobres imitações de Kiera serviam unicamente para reabrir a ferida constantemente. Para o bem ou para o mal, ela seria parte de mim para sempre.

Enquanto Kiera e eu olhávamos um para o outro com olhos de coração partido, Jenny e Evan saíram da sala. Quando ficamos finalmente sozinhos, Kiera sussurrou:

— Eu nunca quis magoar você, Kellan... nenhum de vocês dois.

Kiera se deixou deslizar para o chão depois dessas palavras, como se elas fossem demais para suportar. Colocando-se de joelhos, ela se sentou sobre as pernas com a cabeça baixa de culpa, de dor, e tudo o mais que sentia se condensou em torno dela. Por mais difícil que aquilo fosse para mim, era igualmente difícil para ela; às vezes eu me esquecia disso.

Eu me ajoelhei no chão diante dela. Segurando suas mãos entre as minhas, eu lhe disse:

— Agora não importa, Kiera.

Nada importa.

— As coisas são como deveriam ser — continuei. — Você está com Denny e eu... estou... estou...

Estou sozinho.

Com um suspiro instável, Kiera murmurou:

— Sinto sua falta.

As palavras que saíam dos seus lábios eram maravilhosas e torturantes. Eram como um caroço preso em minha garganta.

— Kiera...

Não siga por esse caminho... Não podemos repetir tudo mais uma vez.

Ela começou a chorar, e toda a determinação que eu tinha desapareceu. Eu não podia deixá-la chorar na minha frente sem tentar confortá-la, especialmente sabendo que era culpa minha ela estar sofrendo tanto. Tudo aquilo era culpa minha. Eu nunca deveria ter cruzado aquela linha com ela. Deveria ter mantido minha promessa a Denny e permanecido longe. Muito longe. Devíamos ter ficado amigos, *apenas* amigos.

Puxando-a para meus braços, acariciei suas costas. Ela se agarrou a mim enquanto chorava no meu ombro. Aquilo me rasgou em dois. Ela estava sofrendo tanto quanto eu. Ela me provocara ferimentos e deixara cicatrizes, mas eu tinha feito o mesmo com ela.

— Me perdoe, amor — murmurei. Eu não tinha certeza se ela me ouviu, mas me senti melhor dizendo.

Sentando-me sobre os calcanhares, eu a puxei para o meu colo. Fechando os olhos, simplesmente curti o momento de estar perto dela. Passei a mão pelo seu cabelo, desejando que pudéssemos ficar assim para sempre. Mas não poderíamos ficar. Não tínhamos muito tempo. Na verdade, não nos sobrara tempo algum, e quando deixássemos aquela sala dos fundos... nada mudaria. Ela ainda era de Denny. Aqueles poucos momentos eram tudo que tínhamos. Tudo que jamais teríamos.

Senti Kiera se afastando e não estava pronto para deixá-la ir embora. Puxando-a mais para perto de mim, sussurrei:

— Não, por favor... fica.

Kiera congelou ali, colada em mim, e a consciência do momento me inundou. Ela estava tão perto e já fazia tanto tempo desde a última vez que eu a abraçara!... Apesar da tristeza ter azedado meu astral, o desejo começou a se manifestar. Será que tinha havido algum momento em que eu não a desejara? Provavelmente não. Enquanto nossas respirações ofegantes enchiam o ar parado, eu lentamente abri os olhos para fitá-la. Suas bochechas estavam rosadas e cobertas de lágrimas recentes, mas seus olhos estavam pesados de desejo quando ela me fitou de volta. A chama entre nós era mútua; ela me queria tanto quanto eu a queria. Acho que isso só servia para tornar as coisas mais difíceis.

Seus olhos correram pelo meu rosto, me analisando atentamente.

— Sinto tanta saudade de você.

Ela se mostrou surpresa com a própria admissão, e isso fez com que suas palavras parecessem ainda mais genuínas. Descansei minha cabeça contra a dela.

Por Deus, eu senti sua falta também. Eu te quero tanto!...

— Kiera, eu não posso...

Eu não posso me machucar novamente. Não conseguiria sobreviver a mais um golpe.

— Isso é errado, você não é minha.

— Eu *sou* sua. — Sua respiração esquentou meu rosto e me pareceu tão inebriante quanto as suas palavras.

Meu coração se apertou no peito e um pequeno gemido me escapou.

— Você é...? — perguntei, os pulmões quase parando de funcionar. Quando foi que respirar se tornara tão difícil?

Olhando para cima, encontrei os olhos dela. Era agora ou nunca.

Faça um movimento, assuma um risco ou fuja.

— Eu te quero tanto... — Eu queria *tudo*. Nossa amizade. O jeito como ela olhava através dos meus disfarces e via a pessoa por trás deles. Nossos passeios pelo campus. Nossas brincadeiras e flertes. A maneira como ela sorria para mim. O jeito como ela se importava, quando ninguém mais o fazia, ou fizera, ou alguma vez iria fazer. Ela era tudo para mim. Minha razão de ser.

Eu estava esperando que ela me empurrasse mais uma vez, mas ela não o fez. Com lágrimas nos olhos, sussurrou:

— Eu também te quero. — Ela nunca tinha admitido isso para mim como naquele momento, com a cabeça limpa. Isso me surpreendeu, me inundou de emoções e me fez amá-la ainda mais.

Reposicionei nossos corpos, e de repente ela estava deitada no chão de costas, comigo por cima. Com os lábios acima da sua boca, debati comigo mesmo se eu conseguiria fazer aquilo. Poderia colocar minha mão no fogo novamente, sabendo que iria me queimar? Se eu tomasse esse caminho com ela, será que ela me acompanharia ou me rejeitaria novamente? Eu não tinha como saber e isso me assustava de forma avassaladora.

Talvez vendo minha incerteza, Kiera sacudiu a cabeça e começou a abrir seu coração.

— Senti tantas saudades de você! Há tanto tempo que quero tocar você. Há tanto tempo que quero abraçar você. Há tanto tempo que desejo você. Eu realmente preciso de você, Kellan... sempre precisei.

Suas palavras foram um paraíso para os meus ouvidos, mas eu ainda não sabia o que ela queria. Eu não aguentaria passar por aquele círculo vicioso novamente. Procurei seus olhos, na esperança de ver ao menos uma faísca do que eu sentia por ela refletida de volta para mim. Eu precisava saber que, caso resolvesse fazer aquilo, se ultrapassasse aquele limite outra vez, ela ainda estaria comigo lá do outro lado. Que estando certa ou errada, ela iria ficar ao meu lado, como um participante de igual importância naquela trama. Sem acusações. Sem culpa.

— Eu não vou mais... me deixar levar, Kiera. Prefiro acabar com tudo a ser magoado por você de novo. Não posso...

Não consigo lidar com outra rejeição.

Seus dedos se estenderam para tocar meu rosto.

— Não me deixe. Você é meu... e eu sou sua. Eu quero você... e você pode me ter. Mas pare de sair com todas aquelas...

Com a guarda erguida, eu me afastei. Então era disso que se tratava tudo aquilo?

— Não. Eu não vou ficar com você só porque você sente ciúmes.

As mãos dela voltaram para a minha pele, puxando meu rosto para baixo novamente. Imitando um movimento que eu tinha feito antes, ela deslizou sua língua debaixo e ao longo do meu lábio superior. Eu tremi de prazer. Ela me pareceu tão gostosa.

Não. Sim.

— Kiera... não. Não faça isso comigo de novo...

Kiera parou com a boca quase tocando a minha.

— Não estou fazendo, Kellan. Lamento por ter rejeitado você antes, mas agora não estou mais fazendo isso. — Sua língua voltou a meu lábio enquanto minha mente girava. Ela não estava dizendo *não*? Eu poderia tê-la? Sempre que quisesse? E quanto a Denny? Eu conseguiria aceitar numa boa dividi-la com ele? Sim, conseguiria. Não estar com ela era pior do que qualquer outro destino que eu pudesse imaginar.

Quando sua língua deslizava lentamente, ainda na metade do meu lábio, esmaguei minha boca contra a dela. Deus, ela tinha um gosto bom, era boa de apertar, cheirava bem. Eu tinha sentido tanta saudade de tudo aquilo! Um pensamento irritante penetrou na minha mente enquanto nossas bocas se moviam juntas. Parei de beijá-la e a segurei um pouco afastada de mim, a fim de olhar para ela.

O que eu estou fazendo?

Minha respiração tornou-se superficial, rápida, e eu tomei uma decisão numa fração de segundo. Se ela ia fazer isso comigo, então precisava conhecer toda a verdade.

Ia saber como eu me sentia em relação a ela. Eu não podia deixá-la acreditar que aquela era uma aventura casual, que tudo não passava de sexo para mim. Era tudo muito mais profundo que isso. Não havia nada casual ali. Eu estava mergulhado em sentimentos e ela precisava saber disso.

Aterrorizado com as palavras que eu nunca tinha pronunciado para outro ser humano antes, sussurrei:

— Estou apaixonado por você. — Ela tentou me interromper, mas eu não a deixei ir muito longe. Se eu não dissesse aquilo agora, nunca o faria.

Trazendo minha mão até sua bochecha, dei-lhe um beijo tão suave quanto as minhas palavras.

— Estou tão apaixonado por você, Kiera! Senti tantas saudades suas. Lamento tanto. Lamento por ter dito coisas tão horríveis para você. Lamento por ter mentido sobre sua irmã... Jamais encostei um dedo nela. Jurei a você que não faria isso. Eu não podia deixar você saber... o quanto te adoro... o quanto você me magoou.

A cada palavra que eu pronunciava, a seguinte ficava mais fácil. Antes de perceber, eu já divagava entre beijos breves e sinceros.

— Eu te amo. E lamento. Lamento tanto. As mulheres... Eu tinha tanto medo de te tocar. Você não me queria... Eu não podia suportar a dor. Eu tentei te esquecer. Todas as vezes em que estive com elas, estive com você. Lamento tanto... Eu te amo.

Eu não sabia se estava conseguindo passar a mensagem para ela. Não sabia se estava fazendo sentido, mas precisava do seu perdão. Eu tinha feito tanta coisa errada.

— Me perdoe, por favor. Eu tentei te esquecer. Não deu certo... Só fez com que eu te quisesse ainda mais. Meu Deus, como senti sua falta. Me perdoe por ter magoado você. Jamais quis alguém como quero você. Cada garota é você para mim. Você é tudo que eu vejo... você é tudo que eu quero. Eu te quero tanto. Eu te quero para sempre. Me perdoe... eu te amo tanto.

A respiração de Kiera se acelerou e nossos beijos se tornaram mais ardentes, intensos e apaixonados, assim como tudo à nossa volta.

— Meu Deus, eu te amo. Preciso de você. Me perdoa. Fica comigo. Diz que precisa de mim também... Diz que me quer também. Por favor... seja minha.

A realidade se impôs no instante em que eu implorei pelo amor dela. Kiera tinha ficado em silêncio durante todo aquele tempo. Não tinha dito uma única palavra em resposta, além do meu nome. O que aquilo significava? Ela estava numa boa com tudo o que eu dizia? Estava surpresa por saber o quanto eu gostava dela? Estava dividida? Será que se importava comigo, ao menos um pouco? O que estava pensando...?

— Kiera...?

Ela tentou falar, mas as palavras não saíram. Acalmando-se, ela fechou os olhos. Eu podia ver as lágrimas se espremendo para sair por entre os seus cílios, mas também não sabia o que aquilo significava. Ela não disse coisa alguma durante um longo tempo, e não abriu os olhos. Acho que aquela era a minha resposta. Ela não sentia o que eu sentia. Ela não me amava. Eu colocara o meu coração do avesso por nada. Não, não por nada, exatamente. Eu tinha me aberto para alguém, algo que nunca fizera antes. Isso tinha que contar para alguma coisa.

Eu me afastei dela e seus olhos finalmente se abriram. Ela agarrou meu braço e me segurou no lugar. Senti meus olhos ardendo quando olhei para ela. Era esse o momento em que ela iria quebrar meu coração mais uma vez? Eu teria estômago para enfrentar aquilo? Eu realmente não achava que fosse ter. Uma lágrima me escorreu pela bochecha. Kiera a limpou. Em seguida segurou meu rosto e me puxou para mais perto dela. Nossos lábios se encontraram e meu coração decolou e rachou.

— Kiera... — Eu me afastei. Precisava das palavras dela agora, e não de ações.

Seus olhos estavam tão molhados quanto os meus quando ela olhou para mim. Ela engoliu em seco com força e finalmente falou.

— Você sempre teve razão... Nós não somos amigos. Somos muito mais do que isso. Quero ficar com *você*, Kellan. Preciso ser sua. Eu *sou* sua.

Ela não estava dizendo de forma tão direta quanto eu... mas eu entendi tudo. Ela me *amava*. Ela não queria, mas amava, e não queria lutar mais contra isso. Era *minha*. Finalmente!

Capítulo 26
AQUI ESTÁ MEU CORAÇÃO

Eu me mexi em cima dela outra vez e voltei a boca para a dela. Beijei-a com tudo que sentia, toda a minha alma, mas ainda assim... me segurei um pouco. Ela poderia mudar de ideia a qualquer momento. Poderia me esmagar com uma palavra. Eu queria estar preparado para a sua rejeição; talvez assim não doesse tanto.

Meu corpo tremia devido à minha contenção, e cada ponto que ela tocava me queimava com uma espécie de necessidade dolorosa. Ela era tudo que eu queria, tudo que precisava, tudo que esperava. Ela correu os dedos pelas minhas costas e tirou minha camisa pela cabeça. Corri meus dedos pela sua pele, puxando a blusa junto. Eu queria que ficássemos nus, sem barreiras entre nós. Nada de limites. Só que não queria assustar Kiera, e mantive meus movimentos lentos e provocadores.

Seus dedos acariciaram minhas costas nuas, e em seguida desceram para as laterais do meu corpo, para a cicatriz junto das minhas costelas, de quando eu a tinha protegido. A cicatriz horrorosa era um preço pequeno a pagar por Kiera. Eu aceitaria outra com alegria, se fosse preciso. Até mais, se necessário. Daria minha vida por ela.

Senti os ombros dela expostos e fiz com que meus dedos descessem pelo seu sutiã e escorregassem até sua cintura. Eu queria muito mais, mas não sabia se ela estava pronta. Não sabia se aceitaria tudo aquilo com cem por cento de certeza.

Mudando o peso de cima dela, levei as mãos para o cós do seu jeans. Queria isso de forma desesperada, e não saberia lidar com mais uma rejeição. Explodiria de dor, se isso acontecesse. Precisava de algum tipo de garantia de que tudo estava bem e era aceitável. Como se ouvisse minhas reflexões, Kiera sussurrou:

— Sou sua... não pare.

Seus quadris se contorceram de um jeito que me mostrou com clareza que ela queria aquilo. Que ela era *minha*. Eu não tinha nada a temer. Não haveria rejeição desta vez.

Com um exalar aliviado, comecei a trabalhar com determinação em seu jeans. Sim, aquilo ia acontecer. Estávamos dispostos a nos entregar um ao outro. Tudo ia ficar bem.

Kiera desabotoou meu jeans e eu fiz o mesmo com o dela. Quando a calça dela estava aberta, comecei a tirá-la. Com adoração irradiando do meu peito em ondas de felicidade, murmurei:

— Eu te amo, Kiera — em seguida lhe dei um beijo suave no pescoço.

Quando estava roçando o nariz contra o pescoço dela, ouvi sua voz tranquila.

— Kellan, espera... só um minuto...

Eu não a deixei terminar de dizer nossa frase-código para "afaste-se de mim".

— Kiera... — gemi. A decepção guerreou com a queixa no meu corpo quando eu relaxei o aperto em seu jeans e me larguei em cima dela. Era sério aquilo? Ela fizera isso comigo? De novo?

— Ah... meu... Deus. Está falando sério? — Balancei minha cabeça contra seu ombro; eu me senti chocado, mas não exatamente surpreso. — Por favor, não faz isso de novo. Eu não aguento.

Seu tom foi de desculpas, mas firme.

— Não, não estou fazendo... Mas...

Incrédulo, ergui a cabeça e olhei para ela.

— Mas...? — A interrupção súbita no processo começava a me provocar dor de estômago. Essa era uma dor que me era muito familiar ultimamente, quando se tratava de Kiera. E essa mesma irritação ferveu rumo ao desapontamento. — Será que você se dá conta de que, se continuar fazendo isso com o meu corpo, eu nunca vou poder ter filhos?

Kiera apertou os lábios, mas não conseguiu segurar a risada que escapou. Recuando um pouco para olhar para ela, franzi o cenho. Eu não estava brincando.

— Que bom que você acha isso engraçado...

Ainda rindo, com um ar de humor e felicidade que iluminava seus olhos num pacífico tom de mar verde, ela correu um dedo pelo meu rosto e disse:

— Se nós vamos fazer isso... se eu vou transar com você... não vai ser no chão da sala dos fundos do Pete's.

Seus olhos percorreram a área e eu relaxei. Ela não estava me rejeitando, só o lugar à nossa volta, e eu podia entender isso. Aquele não era exatamente o lugar mais romântico e confortável do mundo. Eu poderia esperar para estar com ela novamente, mas não podia resistir à oportunidade de provocá-la.

Com um beijo suave, sussurrei:

— Agora você faz restrições a transar comigo num chão sujo? — Exibindo uma carranca fingida que eu torci para que fosse charmosa, acrescentei: — Você... fez com que eu confessasse meus sentimentos... só para poder tirar minhas roupas?

Kiera riu e emoldurou meu rosto com carinho.

— Meu Deus, como senti sua falta. Como senti falta disso.

Contente, acariciei sua barriga enquanto olhava para ela.

— Disso o quê?

— De você... do seu senso de humor, do seu sorriso, do seu toque, de... tudo.

Havia tanta ternura em sua voz que eu quase desmontei.

— Senti tanto a sua falta, Kiera.

Observei as emoções que lhe corriam pelo rosto, então me inclinei e a beijei. Uma ideia me ocorreu; recuei mais uma vez e lancei para ela um sorriso brincalhão.

— Sabe... Há outras opções nesta sala, além do chão.

O sorriso dela acompanhou o meu. Ela estava gostando disso.

— É mesmo? – perguntou.

— É, sim... – Olhando ao redor da sala, imaginei todos os lugares e posições que Kiera e eu poderíamos usar para nos descobrir. – Mesa... Cadeira... Prateleira... Parede? – Meu sorriso era diabólico quando eu voltei a olhar para ela. Todos aqueles lugares me pareciam fabulosos; ao mesmo tempo, porém, nenhum deles era bom o bastante para ela. Eu queria colocá-la sobre uma cama. Nada mais poderia servir.

Com uma risada e um aceno de cabeça, Kiera murmurou:

— Me beija.

Isso era algo que eu poderia fazer.

— Sim, senhora. – Movendo meus lábios para saborear a pele macia de seu pescoço, eu murmurei: – Sua provocadora.

Sua resposta foi igualmente brincalhona.

— Seu galinha.

Ela beijou meu rosto, que ainda ardia, e uma risada gutural me escapou. Uma batida de leve se ouviu no ambiente, mas eu não estava disposto a interromper o que fazia. Quando Kiera soltou um ruído satisfeito, corri de leve a ponta da língua até a garganta dela, e depois lambi o queixo. Foi quando a porta se abriu por completo.

Assustado, levantei a cabeça para ver Evan entrando na sala.

— Pô, Evan... Você me deu um puta susto! – disse eu, com uma risada.

Evan estava com as mãos sobre os olhos quando entrou e tornou a fechar a porta.

— Hum, desculpe, cara. Eu sei que vocês dois estão... Hum, preciso falar com você, Kellan.

Evan baixou a mão e desviou o olhar. Protegi o corpo de Kiera com a minha mão, mas tinha certeza de que não daria para ele ver muito. Mesmo assim, por respeito, ele não estava olhando. Agradeci a atitude, mas não imaginei o que podia ser tão urgente para ele me interromper *naquele momento*. Certamente era algo que poderia esperar.

— Escolheu uma hora ruim, cara.

Ele lançou um rápido olhar para mim antes de tornar a desviar os olhos. Senti Kiera se agarrar a mim com mais força; ela estava envergonhada e provavelmente odiava aquele papo. Evan sacudiu a cabeça.

— Desculpe... Mas você vai me agradecer pela escolha daqui a mais ou menos dez segundos.

Eu não sabia exatamente o que ele queria dizer com aquilo, mas certamente não precisava estar ali.

— Sério, Evan, será que isso não pode esperar, tipo assim, uns dez... — Kiera me cutucou as costelas. Quando olhei para ela suas bochechas estavam rosadas, mas ela exibia um brilho travesso nos olhos. Virando-me outra vez para Evan, mudei minha resposta. — ...Vinte minutos?

Kiera riu.

— Denny está aqui. — O tom de Evan era direto, sinistro, e suas palavras ecoaram pela sala.

Kiera sussurrou:

— O quê?

Eu me sentei, com as pernas ainda em torno dos quadris dela. Soltei um palavrão enquanto lhe entregava a blusa. Ela rapidamente a vestiu. Por que Denny tinha de aparecer logo agora? Ele era a única pessoa que precisávamos que ficasse longe dali...

Evan finalmente se virou para nós e manteve o olhar colado em mim.

— A menos que você queira que essa noite se torne ainda mais... interessante, Kiera precisa voltar para o bar, e você precisa ficar aqui e conversar comigo.

Concordando com a cabeça, encontrei minha camisa. Ele estava certo, é claro. Denny não merecia descobrir tudo daquele jeito... nos encontrar assim. Vestindo a camisa, olhei para Evan.

— Valeu...

O sorriso de Evan foi triste.

— Viu só? Eu sabia que você iria me agradecer.

Eu me levantei e ajudei Kiera a ficar em pé. Ela começou a hiperventilar enquanto arrumávamos nossas roupas. Eu sabia que ela estava em pânico. *Eu* estava quase pirando. Mas coloquei as mãos nos ombros dela, para acalmá-la. Ele não ia descobrir tudo naquela noite... estávamos a salvo.

— Está tudo bem... Vai ficar tudo bem.

Toda a paz e o jeito brincalhão tinham desaparecido dos olhos dela. Eles estavam arregalados, e sua respiração ficou ofegante. Ela parecia à beira de um colapso nervoso. Isso me fez lembrar o quanto Denny significava para ela. Para nós.

— Mas o bar inteiro... todos viram aquilo, e vão falar. Ele vai saber alguma coisa.

Ela tinha razão, mas no estado em que se encontrava eu não podia confirmar isso.

— Ele vai saber que nós tivemos uma briga... só isso.

Ouvi Evan se agitar; ele estava impaciente, torcendo para Kiera sair logo. Quanto mais tempo ela ficasse ali, maiores as chances de sermos descobertos.

— É melhor voltar logo — completei —, antes que ele apareça por aqui à sua procura.

Kiera estava relutante, me lembrando o quanto *eu* significava para ela.

— Tudo bem...

Ela se virou para sair e eu a agarrei pelo braço.

— Kiera... — Eu a puxei para um beijo que deixou nós dois sem fôlego, e só então a soltei.

A porta se fechou com um estrondo quando Kiera saiu. Eu não tinha certeza se aquilo eram os meus nervos ou algum tipo de prenúncio. Eu amava Kiera e agora ela sabia disso. Ela amava Denny, mas me amava também; vi nos seus olhos. Ela não ia nos negar mais nada, mas também não negaria nada a ele. Nós três formaríamos uma família estranha e fodida. Eu não imaginava de que jeito aquilo poderia acabar bem.

Agora que Evan e eu estávamos sozinhos na sala, o ar pareceu mais pesado. A tensão aumentou entre nós. Eu sabia que ele estava olhando para mim; podia sentir seus olhos esquentando o ponto em meu rosto onde Kiera tinha me batido com força. Olhar para a porta desejando que Kiera pudesse voltar não ajudava em nada, então eu respirei fundo e me virei para encarar Evan. Ele cruzou os braços sobre o peito e ergueu uma sobrancelha.

— Que foi? – perguntei, embora soubesse muito bem qual era o seu problema comigo.

Deixando escapar um pesado suspiro de desaprovação, ele sacudiu a cabeça.

— O que você estava pensando, Kell? A garota de Denny? Como você pôde entrar nessa?

Abaixei a cabeça, mas só por um instante. Ele não sabia o que ela significava para mim. Não sabia o quanto eu tinha tentado.

— Eu me apaixonei. Não queria isso, pode acreditar, mas aconteceu do mesmo jeito. – Olhei para a porta mais uma vez. – Aconteceu, e agora estamos todos fodidos.

— O que você vai fazer? – ele perguntou, com muita calma. Essa era a questão mais importante agora, certo?

— Não sei. – Olhei novamente para o seu rosto. Sua expressão se suavizara um pouco, de compaixão, talvez, como se realmente me entendesse, mas também não soubesse o que eu deveria fazer. – Eu não posso deixá-la ir embora, Evan. Bem que eu tentei. Tentei me manter afastado, tentei esquecê-la. Tentei ignorar o que estava acontecendo entre nós, mas não foi possível. Ela está comigo aonde quer que eu vá e então, quando eu a vejo novamente... e a toco... – Suspirando, esfreguei o rosto com as mãos. – Eu não sei o que fazer.

Evan encontrou duas cadeiras empilhadas junto da parede e as pegou. Sentou-se numa delas e deu um tapinha na outra, chamando-me para sentar ao seu lado. Ficou em silêncio por alguns minutos e depois disse:

– Você meio que se colocou numa sinuca de bico, Kell, mas... trata-se de *Denny*. Você devia contar tudo a ele.

Inclinando o corpo sobre os joelhos, deixei cair a cabeça nas mãos.

– Como é que eu posso contar a ele que estou apaixonado por sua namorada? Que ela significa mais que... Como posso lhe contar sobre tudo isso? Ele vai me odiar...

Evan deixou escapar outro suspiro.

– E você não acha que ele vai te odiar quando descobrir de alguma outra maneira? Você sabe que a notícia vai chegar nele, não sabe? Você não pode manter segredo disso para sempre, e se ele não souber por você... – Suspirou novamente. – A notícia devia vir de você. Kell, você é o único que pode corrigir isso.

Olhei para ele.

– Estragando tudo?

Ele ergueu um canto do lábio, num sorriso irônico.

– Já está tudo estragado. Denny simplesmente ainda não percebeu.

Olhei para Evan por um longo tempo. Ele estava certo, mas eu não queria admitir e muito menos pensar em ferir Denny. Eu não queria pensar em nada. Tudo o que queria fazer era ficar repetindo mentalmente as palavras mágicas que Kiera pronunciara para mim poucos minutos antes.

Sou sua.

Evitando sorrir, olhei para as mãos. Mas Evan deve ter percebido alguma coisa.

– Ela realmente te faz feliz, não é?

Balancei a cabeça, concordando.

– E me faz infeliz também, tudo ao mesmo tempo. – Olhei para ele. – Quem diria que uma garota poderia fazer isso com uma pessoa?

Rindo, ele me deu um tapinha nas costas.

– Eu poderia ter te contado isso. Nada bagunça mais a cabeça de um cara quanto uma garota. – Evan olhou para a porta fechada e eu perguntei se ele estava pensando em Jenny. Pela primeira vez, eu não o zoei por causa dela. Tinha meus próprios problemas.

– Fale-me dela – pediu ele com um ar de curiosidade, mas sem demonstrar julgamento. – Como foi que vocês acabaram juntos? Quando foi que você descobriu que a amava?

Respirei fundo, me perguntando se deveria lhe contar o que tinha acontecido entre nós, mas um sorriso se espalhou no meu rosto quando eu pensei em Kiera, e as

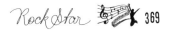

palavras jorravam de mim com a mesma facilidade da água que jorra de uma represa. Eu tinha guardado tudo aquilo durante muito tempo.

Evan me deixou falar praticamente sem me interromper. Fazia uma pergunta de vez em quando, às vezes franzia a testa ou sacudia a cabeça para os lados, mas mantinha a maior parte dos comentários para si mesmo. Quando terminei, ele sabia de quase tudo. O único comentário que fez foi:

— Por que você não me contou antes?

Desviei o olhar.

— Eu sabia o que você iria dizer. Que ela não era minha, que eu não poderia pescar nessas águas e... eu não queria ouvir isso. – Olhei para ele meio de lado. – Sinceramente, continuo sem querer ouvir, mas agora é tarde demais.

Evan esboçou um sorriso.

— Pois é. O segredo foi para o espaço, certo?

Eu me encolhi quando lembrei da minha explosão de raiva. Nossa, eu podia ser o maior babaca, às vezes. Evan riu e disse:

— Apesar de tudo, acho que você é uma boa pessoa, Kellan, e sei que vai fazer a coisa certa.

Embora eu não tivesse tanta certeza de saber o que, exatamente, era o certo, assenti. Minha mente derivou para Kiera, e eu me concentrei no que Evan dissera. Se eu tirasse Denny da equação, qual seria a coisa certa a fazer, para nós dois? Essa pergunta era fácil. Sinceridade. Era disso que precisávamos. O ar precisava ser limpo, os muros tinham de ser demolidos. Eu precisava mostrar a ela as partes mais profundas de mim, e torcer para isso não assustá-la. Mas eu já tinha mostrado a ela muita escuridão e ela continuava sendo minha, então eu me senti meio que à vontade diante da ideia de expor o lado mais íntimo da minha alma para Kiera. Pela primeira vez na minha vida eu queria me abrir com alguém a respeito de... tudo.

E eu sabia qual era o lugar perfeito para fazer isso. Um lugar ao qual eu já prometera levá-la – o Obelisco Espacial. Alguns arranjos teriam de ser feitos, mas felizmente eu sabia exatamente com quem falar, a fim de tornar tudo viável: o chefe da segurança do lugar era um fã da banda. Eu ia ficar devendo a Zeke um favor imenso depois disso, mas valeria a pena. *Ela* valia a pena.

Depois que eu terminei de fazer os preparativos, voltei para o Pete's e estacionei do outro lado da rua. Ainda faltava algum tempo antes de Kiera sair do trabalho, mas eu queria estar ali à espera, caso ela saísse um pouco mais cedo. Quando ela finalmente saiu do bar com Jenny, eu saltei do carro. Imaginando se ela iria reparar na minha presença ali, observando-a, me inclinei contra a porta com os braços cruzados sobre o peito. Parando de andar de repente, ela olhou para mim como se estivesse vendo um fantasma. Tive de sorrir da reação dela. Será que ela realmente achava que eu não iria lhe dar uma carona para casa?

Depois de dizer algumas palavras para Kiera, Jenny acenou para mim e seguimos para o carro. Ansiosa por me encontrar, Kiera veio direto até onde eu estava. Sua aproximação me aqueceu o coração de um jeito que eu não conseguiria descrever. Soaria meloso demais, mas a verdade é que ela me completava.

Ela sorria de orelha a orelha quando eu segurei sua mão e a levei até o outro lado do carro. Com a energia radiante que emanava de nós dois, parecia até que não nos víamos havia vários dias, e não poucas horas.

Ela sentia a minha falta.

Quando eu deslizei para o meu lado do carro, Kiera apertou os lábios numa careta obviamente falsa, como se estivesse chateada comigo. Dava para ver que ela estava se sentindo brincalhona, e eu coloquei pilha nisso.

— Que foi? Há horas que não nos vemos. O que eu poderia ter feito de errado?

Apesar de eu estar dando um sorriso torto, a expressão de Kiera não se alterou.

— Estou pensando numa coisa que você fez... há horas.

Intrigado, tentando descobrir a que parte da noite ela se referia, inclinei a cabeça.

— Eu fiz muitas coisas... Será que dava para ser mais específica?

Ela reprimiu uma risada e exibiu um biquinho sombrio.

— Ah, meu Deus... por favor. — Dando tapas no meu braço, ela reclamou: — Como você pôde me imitar daquele jeito na frente do Evan e da Jenny? Aquilo foi tão constrangedor!

Rindo, fugi do seu ataque.

— Ai! Desculpe. Estava ilustrando meu ponto de vista.

— E acho que conseguiu, seu babaca! — Depois de mais um tapa, ela cruzou os braços sobre o peito.

Eu ri.

— Acho que sou uma má companhia para você... Está começando a ficar tão desbocada quanto eu.

Com um sorriso, Kiera se aconchegou do meu lado, exatamente onde pertencia. Eu adorava tê-la ali. Adorava provocá-la também, mas me senti mal por deixá-la envergonhada. Sabendo que ela não faria isso, mas imaginando a visão dela emitindo ruídos sensuais, eu disse:

— Você pode me imitar qualquer hora dessas, se quiser.

Como eu previa, suas bochechas enrubesceram com a ideia de me imitar durante o sexo. Em voz baixa, ela comentou que minha imitação foi boa, e eu confessei que não foi a primeira vez que fiz isso. Kiera pareceu surpresa com a minha confissão e riu ao ver a expressão em seu rosto. Querendo saber se uma parte dela tinha gostado de me ouvir fazer sons íntimos, e me perguntando se isso poderia tanto provocá-la e excitá-la, inclinei a cabeça e disse:

— Você tem razão... aquilo não foi muito justo da minha parte. Agora vou interpretar a mim mesmo.

Colocando os braços em torno dela, pressionei meus lábios contra sua orelha e comecei a imitar um gemido de carência. Com a respiração pesada, prolonguei lentamente minhas palavras.

— Ah... Meu Deus... Isso! — Adicionei um rosnado no fim; Kiera girou o rosto para mim, agarrou meu pescoço e me puxou para um beijo voraz. Acho que eu não tinha perdido o jeito.

Considerei a ideia de deixar aquele beijo nos levar e excitar até o ponto de eu a deitar no banco e possuí-la bem ali. Mas havia alguém esperando por nós, e sexo com Kiera não era o que eu tinha em mente para aquela noite. Afastando-me, abri um sorriso brincalhão.

— Será que dá para a gente fazer uma coisa?

— Dá... — ela gemeu, estendendo a mão para tocar meus lábios novamente.

Um sorriso surgiu quando eu evitei o contato com ela.

— Precisa de um minuto?

Ela não se mostrou satisfeita com minha zoação. Bateu no meu braço novamente e ficou vermelha. Então, parecendo mal-humorada, perguntou o que eu tinha em mente no instante em que liguei o carro.

Achando engraçado o seu desapontamento, ri abertamente.

— Desculpe, não tive a intenção de deixar você toda... excitada. — Quando ela levantou uma sobrancelha em sinal de descrença, eu ri.

Sim, você me pegou.

— Tá legal... talvez eu tenha tido a intenção, sim. Mas, no momento, o que quero é mostrar uma coisa a você.

Algo que você vai adorar.

Ela assentiu com a cabeça, e eu saí com o carro para a rua.

Quando Kiera descobriu que estávamos indo para o centro da cidade, perguntou para onde íamos.

— Lembra que eu prometi que nós iríamos ao Obelisco Espacial? — perguntei.

Seu rosto ficou sem expressão por um momento, enquanto ela processava a informação.

— Kellan... são duas horas da manhã, ele está fechado.

Com um sorriso e uma piscada, eu lhe garanti que estava tudo bem. Eu conhecia umas pessoas, e essas pessoas iam nos deixar entrar... por um determinado preço.

Encontrei um lugar para estacionar, agarrei a mão de Kiera e caminhei ao lado dela até onde o marco icônico da cidade se agigantava acima de nós. Era delicioso segurar sua mão novamente. Eu não tinha percebido o quanto sentia falta daquilo, e o quanto todas as minhas pseudo-Kieras tinham sido insatisfatórias. Nada se comparava à Kiera verdadeira.

Esperando a nossa chegada, graças a Zeke, o guarda de plantão nos encontrou na base do obelisco. Enfiando a mão no bolso, eu lhe entreguei algumas centenas de dólares que eu tirara da reserva que tinha em casa, para um dia de necessidade. Essa era uma viagem cara ao Obelisco Espacial, mas valia cada centavo. Além do mais, em que eu poderia usar o dinheiro que meus pais tinham me deixado? Eu não precisava de muito, só de Kiera.

Satisfeito, o guarda nos levou até os elevadores. Kiera notou o bolo de notas que dei a ele. Quando as portas do elevador se fecharam ela arregalou os olhos e sussurrou:

— Quanto você deu a ele?

Eu disse a ela para não se preocupar com isso. A casa não era a única coisa que meus pais tinham me deixado. Também havia apólices de seguro de vida, poupança, e uma vida de abuso e negligência. Especialmente essa última.

Quando o elevador começou a subir, Kiera quase engasgou de medo e se apertou contra a parede. As portas de vidro do elevador ofereciam aos visitantes uma vista impressionante da cidade, mas era evidente pela ausência de cor no rosto de Kiera que ela não estava curtindo muito aquilo. Agarrando seu queixo, inclinei a cabeça para forçá-la a olhar para mim, e não para o chão.

— Você está totalmente segura, Kiera.

Eu lhe dei um beijo suave e isso levou a outro mais profundo, que se transformou num beijo apaixonado e ofegante. O guarda pigarreou para limpar a garganta, e só então eu reparei que o elevador tinha parado. Opa, foi mal.

— Acho que já chegamos — disse eu, com uma risada.

Dando um tapinha nas costas do guarda, agarrei a mão de Kiera e a levei para fora do elevador. Suas bochechas estavam vermelhas de vergonha de termos sido observados pelo guarda, mas isso só servia para torná-la ainda mais atraente. Quando o elevador tornou a se fechar, o mirante ficou totalmente às escuras. Como o observatório não estava aberto para os visitantes àquela hora da noite, toda a iluminação interna tinha sido desligada. Apenas as luzes de emergência estavam acesas. Isso fez com que o brilho da cidade em torno de nós parecesse muito mais forte, e eu puxei Kiera até a borda do observatório interno.

Ela fez uma pausa para absorver toda a vista.

— Kellan... Nossa!... É lindo!

Encostado na grade, parei para absorver a visão *dela*.

— É, sim. — Abrindo os braços, acrescentei: — Vem cá.

Ela se aproximou, colocou os braços em volta de mim e eu enlacei sua cintura. Contente por estar com ela em meus braços, desviei os olhos para apreciar as luzes da cidade. Realmente era magnífico ali em cima.

Eu podia sentir os olhos de Kiera em mim. Após um momento de inspeção, ela sussurrou:

— Por que eu? — Não tinha certeza de como aquela conversa iria começar, mas explicar o motivo de ela ter chamado minha atenção parecia um tema tão bom quanto qualquer outro.

Deslocando o olhar para ela, sorri.

— Você não faz ideia do quanto me atrai. Eu gosto disso. — Essa era apenas uma das muitas coisas sobre ela que a tornavam diferente. Kiera corou, muito modesta, e eu fiz uma pausa enquanto pensava em como poderia explicar tudo para ela. — Foi por causa de você e Denny... de seu relacionamento.

Eu sabia que aquilo não faria sentido para ela, então não fiquei surpreso quando ela franziu a testa.

— Como assim? — ela perguntou, enfiando os dedos através do cabelo acima da minha orelha. Subitamente confrontado com o momento de abrir meu coração, senti meus nervos ganhando vida e olhei para a vista da cidade. Eu não tinha certeza se conseguiria fazer aquilo. Kiera agarrou meu rosto e me obrigou a olhar para ela. Queria que eu parasse de me esconder; queria uma resposta. — Como assim, Kellan?

Com um suspiro, olhei para baixo. Eu não podia mais ficar calado. Não com ela. Precisava me abrir, contar tudo. Mostre-lhe tudo. Torci para que não doesse muito, embora nada pudesse machucar tanto quanto a ideia de perdê-la.

— Não posso explicar isso direito sem... sem esclarecer uma coisa que o Evan disse.

Kiera pensou por um momento e depois perguntou:

— Foi quando você disse a ele, aliás de um jeito um tanto grosseiro, para calar a boca?

Desejando que já tivéssemos deixado essa parte para trás e ela já soubesse de tudo, confirmei.

— Foi.

— Não estou entendendo... O que isso tem a ver comigo?

Balancei a cabeça com um sorriso triste.

— Nada... tudo.

Ela pareceu se divertir com a resposta.

— Em algum momento você vai me dar uma resposta coerente, não vai?

Eu ri e olhei para o horizonte.

— Vou... me dá só um minuto. — Ou três, ou quatro.

Eu consigo fazer isso...

Respeitando meus desejos, Kiera colocou a cabeça no meu ombro e me abraçou com mais força. Enquanto eu segurava sua cabeça no lugar e lhe acariciava as costas, senti meu mal-estar se dissolver. Não era para qualquer pessoa que eu ia me abrir. Aquela era Kiera. Ela ganhara meu coração, cada canto dele, então o que importava se ela descobrisse a respeito da escuridão que me rodeava? Ela me amaria mesmo assim. Eu tinha certeza disso. Meus segredos estariam a salvo com ela. Eu estava seguro com ela.

Comecei discretamente, porque essa era a única forma de eu conseguir colocar as palavras para fora.

– Você e Evan estão certos em relação às mulheres. Eu... as uso... há anos. – Eu estava muito irritado, na hora, para admitir isso a mim mesmo quando Evan me encurralou com essa questão na sala dos fundos do Pete's, mas agora eu conseguia ver claramente o que vinha fazendo com as mulheres toda a minha vida, enquanto buscava, meio sem rumo, obter uma conexão com alguém. Qualquer pessoa. Eu as tinha usado para me sentir melhor. Para sentir que tudo valia a pena, mesmo que fosse apenas por um momento.

Kiera estava com uma expressão estranha e magoada no rosto.

– Há anos? Não foi só por minha causa?

Sorrindo, coloquei alguns fios de cabelo atrás da sua orelha.

– Não... Embora isso certamente tenha piorado as coisas. – Piorado *muito*. Eu tinha ficado completamente obcecado por uma distração, uma substituição. Tinha sido muito burro. Não havia substituta para Kiera.

Kiera mudou de posição, meio desconfortável.

– Você não deveria usar as pessoas, Kellan... por qualquer razão.

Achei essa observação irônica e mostrei isso a ela.

– Você não me usou para bloquear a dor de Denny, na nossa primeira vez? – Eu sabia que ela fizera exatamente isso. Pela forma como tentara afogar suas mágoas no álcool... e me engolira com a mesma ferocidade. Ela me usara para abolir Denny de sua mente. Toda sem graça com a verdade, Kiera desviou os olhos. Eu a agarrei pelo queixo e a obriguei a olhar para mim novamente.

– Está tudo bem, Kiera. Eu já desconfiava disso.

Largando-a por alguns instantes, olhei para a massa de água que se avistava no outro lado do obelisco.

– Mas isso não me impediu de acreditar que nós poderíamos ter uma chance – continuei. – Eu passei aquele dia horrível batendo pernas pela cidade, tentando pensar num jeito de dizer a você... o quanto eu te amava, sem parecer um idiota.

– Kellan...

Quando Kiera disse o meu nome, lembranças de todos os lugares aonde eu tinha ido naquele dia me inundaram. Eu estava tão assustado para dizer a ela como me sentia que eu a tinha deixado sozinha, provavelmente acreditando que eu não me importava nem um pouco com ela. Não era de admirar que ela tivesse aceitado Denny de volta tão rápido. Ela provavelmente ficou achando que eu era um idiota insensível.

Voltando os olhos para ela, confessei minha dor.

– Meu Deus... Quando você voltou correndo para ele sem pensar duas vezes, como se eu e você não fôssemos nada, aquilo acabou comigo. Eu soube... No minuto em que finalmente voltei para casa e ouvi vocês dois no quarto, eu soube que nós não tínhamos a menor chance. – Eu não consegui manter a raiva daquele momento longe da minha voz.

Kiera piscou quando eu acabei de falar.

– Você nos ouviu? – perguntou, confusa. Eu tinha lhe contado uma mentira qualquer sobre ter visto o casaco de Denny, se eu me lembrava corretamente da noite. Estava muito abalado.

Olhando para baixo, eu me encolhi. Provavelmente deveria ter omitido esse detalhe.

– Ouvi, sim. Eu voltei e ouvi vocês no quarto, fazendo... as pazes. Aquilo... foi o fim do mundo. Peguei o carro, fui para a casa do Sam e, enfim, você já sabe como a noite terminou.

Fiquei trêbado.

Pelo choque em sua voz, era óbvio que ela não desconfiava de nada.

– Kellan, puxa, sinto muito. Eu não sabia.

– Você não fez nada de errado, Kiera... – Olhei para ela e desviei o rosto. – Eu fui um babaca com você depois. Me perdoe por isso. – Kiera fez uma careta quando eu lhe mostrei um sorriso tímido. Pelo visto, ela concordava comigo. – Me desculpe, eu tenho essa tendência a perder o controle do que digo quando fico furioso... e ninguém parece ter uma capacidade maior de me enfurecer do que você.

Essa não era a pura verdade?

Com uma risada sem humor, Kiera levantou uma sobrancelha para mim.

– Já notei isso. – Eu ri com o comentário dela e sua expressão mudou. – Mas você sempre tinha razão. E eu até que mereci a sua... rispidez.

Em silêncio, emoldurei seu rosto com as mãos.

– Não mereceu, não. Você jamais mereceu as coisas que eu disse para você.

– Eu fui extremamente... ambígua com você – disse ela, com a culpa e a tristeza estampadas em suas feições.

– Você não sabia que eu te amava – sussurrei, acariciando seu rosto.

Seus olhos eram de um verde líquido quando ela olhou para mim.

– Mas sabia que você gostava de mim. Fui... insensível.

Insensível?

Acho que eu poderia lhe dar razão com relação a isso. Houve momentos em que ela tinha sido grosseira comigo. E vice-versa. Para suavizar o golpe de concordar com ela, eu lhe dei um pequeno sorriso e um beijo.

– É verdade. Mas acho que estamos mudando de assunto. Se não me engano, estávamos conversando sobre a minha psique complicada.

Afastando a seriedade do momento, ela deixou escapar uma breve risada.

– Isso mesmo. A sua... galinhagem.

– Ai! – Ri com o comentário dela, reuni coragem e tirei o curativo que mantivera inteiro o meu coração estilhaçado havia tantos anos. – Acho que eu deveria começar com o velho discurso da infância torturada.

Ela tentou me impedir de lhe contar coisas que ela sabia que me trariam dor, mas eu precisava que ela conhecesse a história toda, aquilo que eu nunca contara a ninguém, nem mesmo a Denny. Resolvi prepará-la para a verdade.

– Você vai achar engraçado.

Ela discordou, e eu supus que estivesse certa. Não era engraçado do tipo "hahaha", mas era interessante. Para nós, pelo menos.

– Bem, está certo, talvez não engraçado... mas uma coincidência.

Quando ela me exibiu uma expressão confusa, comecei lentamente a contar minha história. Foi difícil, mas eu me dediquei a retirar as mentiras que me envolviam, uma a uma, e me preparei para lhe mostrar os esqueletos que eu fingira a vida toda que não existiam.

– Pelo que consta, minha mãe... se apaixonou pelo melhor amigo do meu pai. Enfim, quando meu querido paizinho teve que passar vários meses fora da cidade... uma emergência de família na Costa Leste... qual não foi sua surpresa ao voltar para casa e encontrar sua noiva morta de vergonha... e grávida.

A boca de Kiera se abriu, e deu para ver que ela notou na mesma hora as semelhanças com a nossa própria situação. Pelo choque em seu rosto, ela nunca suspeitara que meu pai não fosse o meu pai *verdadeiro*. Ninguém imaginaria. Esse era o maior segredo da nossa família, e também a maior vergonha; não era algo que discutíamos abertamente, com qualquer pessoa. E também era a principal razão de nenhum dos dois me amar.

Capítulo 27
PREPARAÇÃO PARA A REALIDADE

Senti como se um peso tivesse sido tirado dos meus ombros quando deixamos o obelisco. Não havia mais segredo algum entre nós; Kiera sabia tudo sobre mim. Sabia o que eu tinha feito e o porquê. Conhecia a verdadeira razão de meus pais me terem tratado com tanto desdém. Sabia de tudo. Uma parte de mim ainda temia que Kiera pudesse me rejeitar, mas naquele momento tudo estava certo no mundo.

O ar estava puro e fresco quando Kiera e eu voltamos para o carro no estacionamento. O frio da brisa era um lembrete silencioso de que o inverno se encontrava a caminho. Mas eu dava boas-vindas a essa mudança de estação. À medida que a temperatura caísse, certamente Kiera e eu iríamos nos aquecer. Uma vez que todos os muros entre nós tinham desabado, não havia coisa alguma que nos afastasse um do outro. Talvez eu tivesse de dividi-la com Denny, mas pelo menos eu não a perderia. Por mais triste que isso parecesse, enquanto eu mantivesse uma parte de seu coração comigo, tudo bem compartilhar seu corpo. Pelo menos, era isso que eu dizia a mim mesmo. E repetiria sem parar, se fosse preciso.

Eu consigo aguentar isso.

Para mudar o foco dos meus pensamentos antes que eles se tornassem escuros demais, olhei para Kiera com uma expressão séria. Quando chegamos ao carro, parei e avisei:

– Tem mais uma coisa que eu queria conversar com você.

Ela ficou tensa na mesma hora.

– O quê?

Mudando a expressão intensa e pregando na cara um sorriso alegre, disse a ela:

– Não posso acreditar que você tenha roubado o meu carro… Fala sério!

Kiera riu, o que não me pareceu muito divertido, embora achasse charmoso. Em seguida ela se encolheu, e eu sabia que lembrava os acontecimentos que culminaram com o roubo do carro.

— Você bem que mereceu, aquele dia. E tem sorte de o carro ter voltado intacto — disse, cutucando meu peito.

Eu sabia que não tinha feito nada de errado, mas também sabia o quanto eu teria me rasgado por dentro se tivesse visto Kiera naquela posição com Denny.

Eu consigo aguentar isso.

Não querendo me debruçar sobre o aspecto negativo da nossa relação, eu me obriguei a manter o humor diante de tudo.

— Hummm... No futuro, será que você podia me dar apenas um tapa e deixar meu bebê em paz?

Com uma careta brincalhona, abri a porta. Ela colocou um pé dentro, então agarrou meu queixo.

— No futuro, será que você podia parar de ter "encontros"?

Seu tom parecia brincalhão, mas seu olhar não. Ela estava me pedindo aquilo a sério. Queria que eu lhe fosse fiel enquanto ela dividia seu amor entre Denny e mim. Um sentimento de pesar me atingiu quando eu me lembrei que não poderia ter exatamente o que eu queria com ela, mas eu o reprimi. Qualquer coisa já era bom o suficiente.

Sorrindo, eu lhe dei um beijo leve.

— Sim, senhora. - Balançando a cabeça para o caos da minha vida, dei a volta até o meu lado do carro.

Kiera se aconchegou no meu lado, a caminho de casa. Demos as mãos enquanto ela descansava a cabeça no meu ombro e eu acariciava seus dedos longos e finos. Paz. Essa foi a única palavra que eu usaria para descrever como me sentia. Ou talvez felicidade, euforia, satisfação. Só que... aquilo não era totalmente verdadeiro. Sempre que eu escavava um pouco mais fundo, tocava num nervo de dor.

Ela ainda não é minha...

Mas eu queria sentir apenas paz agora, então parei de escavar em minha alma e parei de examinar demais a situação. Felicidade ilusória era melhor do que nenhuma.

Quando a minha casa surgiu diante de nós, uma fisgada da realidade me atingiu. A alegria que tínhamos curtido naquela noite seria testada quando passássemos por aquela porta. Eu teria que lutar com a ideia de compartilhá-la; Kiera teria que lutar com a ideia deliberada de trair o homem que amava. E eu não podia negar que ela amava Denny. Ao longo de todo o processo, isso nunca tinha mudado. Para qualquer um dos envolvidos. Ele merecia muito mais do que nós dois tínhamos a oferecer.

Enquanto nos aconchegávamos abraçados no meu carro estacionado na entrada de casa, pensei em tudo que eu sentira desde que Kiera tinha chegado — os altos, os baixos, os sonhos, os pesadelos, as fantasias. Ela tinha permeado todos os aspectos da minha vida, desde a hora de acordar até a hora de dormir. Era espantoso descobrir que uma pessoa poderia se tornar tão emaranhada com a psique de outra, a ponto de ser

impossível removê-la. Pedaços de Kiera já estavam entalhados de forma permanente na própria essência do meu ser.

Beijando sua cabeça, murmurei:

— Eu sonho com você às vezes... como as coisas teriam sido se Denny não tivesse voltado e você fosse minha. Sonho que seguro sua mão, que entro no bar de braços dados com você... sem ter mais nada para esconder. Que eu conto ao mundo que eu te amo.

Sorrindo, ela olhou para mim.

— Você comentou que sonhou comigo uma vez. Mas não chegou a dizer sobre o que foi o sonho. – Ela beijou meu rosto e acrescentou: – Eu também sonho com você, às vezes.

— É mesmo? – Isso me surpreendeu e me deixou muito feliz. Eu meio que achava que saía da cabeça dela no instante em que ficava longe de sua vista. – Hum, nós somos meio ridículos, não somos?

Eu ri enquanto considerava todos os momentos roubados que tínhamos curtido um com o outro, mentalmente. Que vida fabulosa o Kellan do sonho e a Kiera do sonho tinham juntos.

— E sobre o que são os seus sonhos? – eu quis saber.

Ela riu, meio sem graça, e seu rosto ficou vermelho.

— Honestamente, a maior parte deles é sobre transar com você.

O olhar em seu rosto quando ela falava de sexo era tão bonitinho que eu mal consegui me impedir de me inclinar e sugar seu lábio carnudo. E deixei escapar uma risada muito necessária. Dos dois, Kiera era, sem dúvida, a mais inocente, mas tinha sonhos eróticos enquanto os meus geralmente eram mais românticos.

Divertida, Kiera riu comigo. Agarrando sua mão, entrelacei nossos dedos.

— Santo Deus... É só isso que eu sou para você? – perguntei.

Torcendo para que ela não dissesse "exatamente", vi quando o riso terminou e sua expressão ficou séria.

— Não... não, você é muito mais.

Minha risada diminuiu e o momento se tornou mais intenso.

— Que bom... porque você significa tudo para mim.

O que seria de mim sem ela?

Eu não queria nem imaginar.

Kiera apertou minha mão com mais força e se aconchegou mais perto de mim, dentro do carro. Eu desejava poder ficar pelo resto da noite, mas já era tarde, e se Denny acordasse e nos encontrasse ali fora... não haveria um jeito convincente de explicar tudo. Não havia maneira convincente de explicar um monte de coisas entre nós. Aquele tapa no bar, por exemplo.

— O que você disse a Denny?

Kiera se encolheu e eu sabia que ela não queria falar sobre isso. Mas precisávamos falar. Eu precisava conhecer a versão dela, caso tivesse de confirmá-la.

— Que você dormiu com a minha irmã e depois deu um fora nela. É uma história verossímil. Todo mundo viu vocês juntos no bar. Acho que Denny acreditou.

Meu coração se afundou e eu senti o tique-taque do tempo se fechando sobre nós. Kiera tinha se esquecido de algo muito importante naquela mentira... um aspecto da verdade que não conseguiríamos controlar.

— Isso não vai dar certo, Kiera.

A voz dela acelerou quando ela começou a entrar em pânico.

— Vai, sim. É só eu falar com Anna, que ela confirma a história. Eu já tive que mentir para ajudá-la antes. Não vou explicar a ela a razão, claro... e na certa Denny nunca vai perguntar, mesmo.

Ela não via o problema que me veio à cabeça. É claro que não conhecia o babaca como eu conhecia, por isso era fácil para ela descartá-lo.

— Eu não estava pensando na sua irmã. Não é por isso que não vai dar certo.

Vi a centelha de desespero nos olhos dela no instante em que a compreensão de tudo a atingiu.

— Ah, meu Deus... Griffin.

Balançando a cabeça, concordei com ela.

— Exatamente... Griffin. Ele tem contado para Deus e todo mundo. – Pensando em sua falta de noção, sorri. – Não sei como você pode ter perdido isso. Pelo visto você ficou boa em se fazer de surda para o que ele diz. – Meu humor me deixou, enquanto o problema pairava sobre nós. – Quando Denny ficar sabendo que não é verdade...

Vai descobrir tudo. Vamos mudá-lo... para sempre.

Kiera pareceu devastada ao ver que sua mentira não era boa o suficiente. Eu meio que curti descobrir que a mentira não era uma de suas especialidades. Eu era bom o suficiente por nós dois, mas não me orgulhava disso.

— Mas o que você queria que eu dissesse para ele, Kellan? Eu tinha que inventar alguma coisa. – Ela olhou para as mãos. – Pode ser que vocês dois...

Eu sabia para onde ela ia e a cortei.

— Não. Não pode ser. – Sorri quando ela olhou para mim.

Eu nunca tocaria em Anna. Ela não chega nem aos seus pés.

Lembrando as histórias muito explícitas de Griffin, fiz uma careta.

— Griffin é muito... específico... em relação ao que diz às pessoas. Ele não fala só que dormiu com ela, e sim que ele dormiu e eu não, como se tivesse roubado a sua irmã de mim. Ele tem essa estranha mania de competir...

– Já notei – disse ela, torcendo os lábios de desgosto. Suspirando, deitou a cabeça para trás, no banco. – Meu Deus, eu nem tinha pensado nisso.

Meu suspiro acompanhou o dela.

Droga, Griffin.

– Não posso prometer nada, mas vou tentar dar uma palavra com Griffin. Talvez consiga convencê-lo a alterar a história. Provavelmente vou ter que ameaçar cortá-lo da banda. Aliás, pode ser que eu tenha de fazer isso de qualquer jeito.

– Não! – ela gritou. Olhando para a porta da casa com medo, bateu com a mão na boca.

Juntei as sobrancelhas, confuso. Por que ela se importaria, se eu expulsasse Griffin?

– Você quer que eu o mantenha na banda?

Soltando a mão da minha, ela me deu um sorriso divertido e fraco, então franziu a testa.

– Não, eu não quero que ele fique sabendo... nunca! Ele não ficaria calado. Contaria para todo mundo, nos mínimos detalhes. Contaria para Denny! Por favor, nunca...

Ela começava a surtar de verdade. Em uma tentativa de acalmá-la, coloquei as mãos em seus ombros.

– Tudo bem. Não vou contar nada a ele, Kiera. – Quando ela soltou um suspiro de alívio, acrescentei: – Mas não faria a menor diferença, mesmo. Ele já contou para gente demais. – Odiando ver que aquilo a fazia sofrer, e sabendo que iria magoar Denny, coloquei um cacho de cabelo dela atrás da orelha. – Sinto muito, mas Denny vai descobrir que você mentiu para ele... e vai começar a se perguntar por quê.

Ela olhou para mim como se eu fosse sua tábua de salvação. Como se tivesse todas as respostas. Bem que eu desejava ter.

– E depois? – perguntou ela. – E depois que ele souber que eu menti, quanto tempo você acha que ainda vamos ter?

– Quanto tempo até Denny concluir que nós dormimos juntos? – Essa era a grande pergunta do dia, certo? Entrelaçando nossos dedos novamente, descansei a cabeça contra o assento. – Bem, se você passar a noite inteira aqui comigo, é provável que pela manhã ele já tenha chegado a essa conclusão. – Com uma risada, pousei o rosto na cabeça dela. Eu a senti relaxar e percebi que meu breve momento de humor a tinha acalmado um pouco. No entanto, havia muito de verdade na minha declaração. Precisávamos entrar em casa o mais depressa possível.

Quando a leveza passou, eu disse:

– Não sei quanto tempo, Kiera. Algumas horas, talvez? Uns dois dias, no máximo.

Isso a deixou alarmada. Retesando o corpo, gaguejou:

– Horas? Mas... ele não tem nenhuma prova conclusiva. Ele não poderia pensar que...

Seus olhos eram lindos à luz do luar; um tom profundo e forte de verde cercado por manchas em castanho-dourado. Eles brilharam de medo, mas por trás da ansiedade eu vi afeto. Uma afinidade profundamente enraizada... por mim. Aquilo expressava mais que muitos livros, mesmo sem palavras. Liberando sua mão, deslizei o dedo por sua bochecha.

— Kiera... Ele tem todas as provas de que precisa bem aqui.

Os olhos não mentem, e os seus dizem que você me ama.

— O que vamos fazer, Kellan?

Ela deu uma olhada rápida para a casa, como se tivesse medo de Denny ouvir minha resposta. Bem que ele deveria ouvir. Talvez devêssemos entrar lá de mãos dadas, acordá--lo... e lhe contar que a vida que ele conhecia tinha acabado. Que nós dois o tínhamos traído. Meu coração se apertou só com a ideia de enfrentá-lo. Uma voz do passado fluiu para dentro da minha mente, junto com uma lembrança de Denny, seu lábio cortado, inchado e sangrando, por cortesia do meu pai; um lábio cortado por um soco que tinha sido dirigido a mim. A mão de Denny no meu ombro enquanto eu tremia de pavor, com medo da retaliação do meu pai, por alguém me salvar. Mas Denny não tinha se assustado. Nem um pouco. *Eu estou aqui por você, Kellan. Sempre estarei aqui por você.* Era assim que eu o recompensava pelo seu sacrifício? Destruindo seu relacionamento em mil pedaços irreparáveis? Não... eu não conseguiria enfrentá-lo. Preferia fugir...

— Posso dar a partida no carro, e nós vamos estar no Oregon antes do amanhecer — sugeri. Eu era um covarde.

Eu quase pude vê-la contemplando a ideia quando a olhei fixamente; nós dois correndo em direção ao pôr do sol, fugindo de nossos problemas, nunca olhando para a destruição que deixávamos atrás de nós. Enquanto olhávamos um para o outro, sua respiração começou a ficar mais rápida e mais curta. Em pouco tempo ela estava quase ofegante e curvou o corpo, como se fosse vomitar. Ela não conseguiria fazer aquilo. Nunca, na vida, poderia deixá-lo. Eu estava vivendo uma fantasia... mas estava tão gostoso ali... Eu também não estava pronto para deixá-la para trás.

Acariciei seu cabelo para acalmá-la.

— Ei! Respira fundo, Kiera, está tudo bem... Respira fundo. — Colocando seu rosto entre minhas mãos espalmadas, tentei fazer com que ela se concentrasse no que acontecia naquele momento; tentei afastá-la de qualquer visão que estivesse rolando em sua cabeça. — Olha para mim. Respira fundo!

Com os olhos grudados nos meus, a respiração dela desacelerou e se tornou mais profunda. Lágrimas lhe escorreram até o queixo e caíram quando ela se balançou para frente e para trás.

— Isso não. Denny é parte de mim. Preciso de tempo. Ainda não tenho condições de falar sobre isso.

Sua reação à simples ideia de deixá-lo solidificou em mim a verdade e dissolveu a ilusão que eu mantinha acesa. Ela gostava de mim, até me amava, mas não iria deixá-lo. Não conseguiria. Eu sabia que ela não estava pronta para fazer uma escolha definitiva, mas também sabia que quando ela resolvesse o que fazer da vida... não seria eu o escolhido.

Balancei a cabeça, mas senti a frágil união que existia entre "nós"... desaparecer. Senti o relógio tiquetaqueando mais depressa.

Não vou ter muito tempo com ela.

Talvez vendo em meu rosto a conclusão à qual chegara, Kiera sussurrou:

— Me perdoe, Kellan.

Tentei sorrir, embora aquilo doesse.

— Não se culpe... Não se culpe por amar alguém. — Puxando-a num abraço apertado, beijei sua cabeça. Quando a fria realidade se estabeleceu à minha volta, eu soube o que precisava fazer. Fui eu que tinha começado aquilo, e era eu que precisava acabar com o problema. Era o único que poderia acabar com ele. E deveria fazer isso logo, antes que Denny montasse aquele quebra-cabeça e nosso segredo fosse revelado. E a única maneira de impedir Denny de cavar até encontrar a verdade era acabar com a necessidade de ele cavar. Remover a fonte das suspeitas, era isso que eu tinha de fazer.

— Não se preocupe, Kiera. Vou pensar em alguma coisa. Vou dar um jeito nisso, prometo.

Antes de ele descobrir eu vou embora daqui, dessa vez para sempre. Como eu disse antes, não vamos machucá-lo desnecessariamente. Ele nunca vai saber o que aconteceu aqui. Esse segredo vai morrer com a gente. Vou poupar Denny dessa dor e vou poupar você também. Vou carregar o peso de tudo. Já estou acostumado com isso.

Permanecemos dentro do carro até a primeira luz da aurora tornar o mundo rosa e cheio de promessa. A palavra "promessa" era enganosa. Sugeria esperança, mas às vezes a promessa não tinha esperança alguma ligada a ela. Pelo menos, não para todos. Às vezes, para dar a alguém a esperança, você tinha que acabar com a sua. Isso era tão difícil quanto cortar o próprio braço. Por outro lado, se o sacrifício fosse algo fácil, todo mundo faria.

Odiando o tempo por se fechar lentamente sobre nós, dei um último aperto em Kiera e verbalizei o que nós dois estávamos pensando.

— É melhor você entrar.

Ela imediatamente percebeu a palavra "você", e não "nós". Afastando-se, ela me observou com pânico nos olhos.

— E você? Não vem?

No final, sei que não serei eu a ficar com você.

— Preciso fazer uma coisa primeiro.

— O quê? — ela quis saber, confusa.

Sorrindo, contornei a verdade. Eu não podia contar para ela. Pelo menos por enquanto. Ela iria brigar comigo, me dizer que eu estava errado, mas eu não estava. Sabia onde aquilo ia acabar. Via os sinais ao meu redor. Ela me amava, mas não o suficiente para deixar Denny. Nós o esmagaríamos... por nada. Por uma fantasia. Eu não queria isso e sabia que ela não queria também.

— Vai lá... Tudo vai ficar bem. — Eu lhe dei um beijo e me inclinei para destrancar a porta do carro. — Eu te amo — sussurrei quando ela saiu.

Para sempre.

Deslizando um pouco até o lado dela, eu me inclinei para que ela pudesse me beijar. Compartilhamos uma ligação breve e torturante, e eu senti seus lábios tremendo quando nos separamos. Ela estava com lágrimas no rosto quando voltei para o meu lado do carro. Aquilo ia ser difícil para nós dois.

Manobrando o carro, eu me afastei dali, e juro que senti como se um pedaço de mim tivesse sido arrancado quando a deixei para trás.

Sentindo uma espécie de dormência por dentro, fui até a casa de Evan. Ele era o único que sabia o que eu enfrentava, o único que poderia realmente me ajudar. Estacionei o carro e olhei para o seu apartamento tranquilo. Por um momento eu me permiti sentir inveja da vida de Evan. E de Matt, e de Griffin. Olhando de fora, suas vidas pareciam muito simples e fáceis. Mas eu sabia que esse não era realmente o caso; cada um tinha os seus problemas. Se a minha vida tinha me ensinado alguma coisa era isso: a vida de ninguém era tão simples quanto parecia na superfície. Todos tinham de lidar com merdas diversas. Era isso que conectava toda a raça humana: a dor... e o amor.

Eu sabia que Evan iria me ouvir e bati em sua porta com firmeza, algumas vezes. Era cedo demais, ainda madrugada; eu deveria ter dirigido mais um pouco sem destino para lhe dar tempo de acordar, mas... eu precisava dele. E não queria ficar sozinho agora.

Demorou alguns minutos; depois de algum tempo, porém, ouvi a fechadura sendo destrancada. Um segundo depois a porta se abriu e o rosto amarrotado de Evan apareceu.

— Kell? O que está fazendo aqui?

— Preciso da sua ajuda. Kiera e eu... — O meu olhar caiu no chão. Como diabos eu ia dizer adeus a ela? — Nós estamos... isso não vai durar. Eu quero lhe deixar algo importante, antes de terminarmos. Quero escrever uma música para ela.

Evan abriu a porta e se afastou para que eu pudesse entrar.

— Qualquer coisa que você precisar, Kell.

Eu sabia que Evan não estava entusiasmado com a nossa ligação, mas agradeci por ele colocar nossa amizade à frente das questões morais. Claro, eu tinha *acabado* de dizer a ele que íamos terminar tudo. Sua reação poderia ter sido diferente se eu tivesse dito que pretendia pedi-la em casamento.

Puxa... Até que isso seria uma boa ideia.

Uma ideia que eu não poderia me permitir ter. Casamento não estava no nosso futuro.

Evan estava bocejando quando eu entrei na sala de estar do seu loft.

— Pode voltar para a cama – sugeri. – Vou só me sentar aqui e trabalhar numa letra.

Ele ergueu a mão em agradecimento, caminhou até sua cama num canto do loft e despencou nela. Vi quando seu peito começou a subir e descer, e olhei em volta à procura de um papel. Eu precisava que aquilo fosse bom. A canção final para o meu romance fracassado. Eu tinha de contar tudo que sentia por ela e, ao mesmo tempo, lhe dizer adeus. Era um caminho difícil para trilhar, um caminho que eu, na verdade, não gostaria de seguir.

Eu poderia mudar de ideia... Pedir a Kiera que me escolhesse... lutar por ela.

Por quê?

Foi isso que pensei logo depois. Ela não me escolheria e eu lhe estaria pedindo para destruir um homem que tinha sido como um irmão para mim.

Não, ela me deixaria num piscar de olhos se eu a obrigasse a escolher, e era por isso que eu precisava fazer aquilo... para que ela soubesse que estava tudo bem, que eu a compreendia. Eu não era suficientemente bom para ela. Nunca tinha sido.

Sentando no sofá com um caderninho de anotações na mão e um lápis, comecei a colocar no papel o meu amor, a minha perda, a minha dor e a minha aceitação:

É melhor não dizer adeus e simplesmente seguir em frente para acabar com a mentira.

Evan só tornou a acordar algumas horas mais tarde. Cambaleando de sono ele foi até o sofá, pegou algumas folhas soltas que eu tinha rasgado e jogado fora. Eu tentava combinar palavras dolorosas até encontrar a combinação certa. Seus olhos percorreram uma das páginas e ele me olhou fixamente.

— Tem certeza de que quer fazer isso? – perguntou, com uma voz muito séria.

Retornei seu olhar com firmeza.

— Tenho.

Com um suspiro, ele colocou o papel sobre a mesa.

— Kellan, sei que você está sofrendo e sei que esse lance que rolou entre vocês foi intenso, mas... se você cantar essa música no Pete's... todo mundo vai saber...

Eu o interrompi com um aceno de cabeça.

— Isso é para Kiera. Quero que ela ouça. Não me importo com mais ninguém. Nunca mais vou me ligar em outra pessoa – sussurrei.

Evan colocou a mão no meu ombro.

— Sei que é difícil e sei que você se sente assim, mas eu garanto que...

Ignorando a mão, eu me levantei.

— Não, você não sabe como é sentir isso. Ela não foi uma loura bonita que balançou a bunda no bar e eu decidi comer uma noite porque gostava de como sua blusa exibia seus peitos. Eu e Kiera éramos *amigos* que se apaixonaram. Você não poderia saber o que estou sentindo agora, porque nunca teve uma ligação tão profunda. Você cai de quatro por vadias que depois põe de lado quando enjoa delas.

Com as sobrancelhas franzidas, Evan se levantou também.

— Ei, nem todas aquelas garotas eram vadias. — Ergui uma sobrancelha para ele e Evan franziu a testa. — Bem, você não precisa ser tão babaca com relação a isso.

Uma pequena risada escapou de mim e eu bati no seu ombro.

— Sim, eu sei. Sinto muito. É só que... essa merda machuca. Eu bem que gostaria de ter me apaixonado por uma vadia. Na verdade, estou com ciúmes da sua situação.

Evan me exibiu um sorriso largo.

— Devia, mesmo! — Seu sorriso lentamente desapareceu quando ele olhou de volta para o papel. — Ok, vou te ajudar com isso. Mas essa letra precisa ser mais sutil, Kellan. Você precisa fazer com que ela pareça uma canção sobre qualquer um. Ela precisa ser fictícia.

Concordei com a cabeça.

— E parecer verdadeira. Eu sei. — Balançando a cabeça, levantei as mãos. — Foi por isso que eu vim procurar você.

Evan fez que sim e se sentou. Olhei para ele quando tornei a me aproximar.

— Obrigado por ter feito isso; tenho certeza de que você já sacou meu problema, mas não deixe que os outros caras saibam sobre quem é essa música na verdade, por favor.

Evan me lançou um sorriso torto.

— Não se preocupe com isso. Eles vão simplesmente pensar que eu convenci você a escrever uma canção sobre um dos meus amores equivocados com uma vadia. — Ele soltou uma risada; logo depois se virou e me deu um soco no ombro, com força. Eu me encolhi de dor quando meu ombro começou a latejar.

— Ai! Que porra foi essa?

— O seu papo de "vadias"! — ele murmurou, balançando a cabeça. — Você é um idiota.

Esfregando o braço eu balancei a cabeça, mas logo depois ri.

— Sim, eu sei que sou.

Escrever uma canção levava tempo. Às vezes, levava *muito* tempo. Mas eu não tinha um monte de tempo. A cada segundo eu estava mais consciente de estar sacrificando bons momentos com Kiera para fazer aquilo. Mas eu precisava fazer. Tinha de estar com aquilo pronto para quando fosse finalmente o momento de nos separarmos. Em definitivo. O que poderia acontecer a qualquer momento. Tudo dependia de Denny e da rapidez com que ele começasse a juntar os pontinhos. O relógio que tiquetaqueava no meu cérebro não ajudava em nada o meu processo criativo.

Evan ficou em casa comigo e nós trabalhamos muito tempo, o dia todo e noite adentro. Adormeci no sofá, coberto de folhas de música e letras mutiladas. No dia seguinte, acordei cedo e ataquei o trabalho novamente. Meus olhos ardiam, meus dedos estavam doloridos, meu cérebro parecia ter sido frito, mas eu me mantive trabalhando naquilo até a hora de sairmos para um show que íamos apresentar no centro da cidade. Após o show, resolvi passar a noite na casa de Evan mais uma vez, para poder adormecer trabalhando naquilo e retomar a tarefa no instante em que acordasse. Quanto mais rápido eu terminasse aquilo, mais depressa poderia voltar para Kiera.

Na quinta-feira à tarde a música estava terminada e pronta para a banda começar a ensaiar. Evan e eu deixamos escapar um longo suspiro de alívio quando a vimos concluída. Olhando para mim, Evan murmurou:

— Foi divertido, mas não vamos nunca mais fazer isso de novo, ok?

Rindo, assenti com a cabeça. Claro que não íamos. Escrever uma letra, encaixá-la numa música, memorizar como apresentá-la, tudo isso no intervalo de alguns dias, não era algo que eu pretendia transformar em hábito. Mas o trabalho ficou muito bom. A canção era digna de Kiera.

Quando Matt e Griffin apareceram, começamos a tocar a música. Eu queria que os rapazes a conhecessem bem o bastante para podermos incluí-la na nossa lista a qualquer momento. Eu tinha a sensação de que não haveria muito tempo disponível quando chegasse a hora de tocá-la. O ensaio foi mais longo que o habitual e Griffin estava ficando irritado e teimoso. Resolvemos dar os trabalhos do dia por encerrados. Quando Matt e Griffin se dirigiam para o Pete's, Evan bateu no meu ombro.

— Você quer sair hoje? Tomar um pouco de ar fresco por aí?

Debati comigo mesmo sobre o que queria fazer. Ver Kiera certamente era uma ótima opção, uma atração quase inegável, mas havia algo mais que eu queria. A música era apenas uma parte do meu adeus.

— Não, há outra coisa que eu preciso fazer esta noite. Você quer me ajudar a fazer uma última coisa?

Evan suspirou, mas assentiu.

— Claro, cara. Aonde vamos?

Sabendo que minha resposta o pegaria desprevenido, exibi um sorriso torto.

— Vamos fazer compras.

Evan fechou os olhos.

– Merda. – Eu estava rindo quando ele abriu um dos olhos. – Você percebe o quanto vai ficar me devendo, certo?

Eu lhe dei uma palmada nas costas quando me levantei.

– Claro, serei basicamente o seu escravo durante um ano.

– Ainda bem que sabe – ele murmurou, enquanto se levantava para pegar o casaco. – Tudo bem, vamos logo fazer isso. – Ao caminhar em direção à porta, avisou: – Mas eu vou dirigir o Chevelle.

– Porra nenhuma! – respondi. – Nunca deixei outra pessoa dirigir meu bebê, a não ser eu.

Sorrindo, Evan se virou para mim com a mão estendida.

– Você me deve uma, lembra?

Meu queixo caiu.

– Sério? – Ele não esboçou reação alguma, simplesmente sorriu mais. Com uma careta feia, enfiei a mão no casaco e peguei as chaves. Sentindo como se estivesse entregando meu primogênito, coloquei-as na palma da mão de Evan. – Agora estamos quites – resmunguei.

Evan riu quando apertou os dedos em torno das chaves.

– Ah, Kell, não estamos nem perto de ficarmos quites.

Ele riu quando caminhou até o meu carro. Ele riu, é mole? Aquilo ia doer quase tanto quanto o que eu tinha de comprar...

Com os nós dos dedos brancos, aguentei Evan nos levando, ao volante, até o shopping. Ele gemeu quando entrou na garagem para estacionar. Eu gemi ao ver a velocidade com que ele fazia as curvas fechadas.

– Você sabe que um carro pode atravessar em nosso caminho e nos transformar em ketchup, certo?

– Estamos num carro forte e resistente, Kellan. Acho que os que estão no outro carro é que vão virar ketchup. – Os pneus guincharam quando ele fez mais uma curva.

– Não vamos tentar descobrir, certo? – gritei, irritado.

Quando ele entrou numa vaga, bateu no meu ombro.

– Você está muito ligado a essa coisa. Precisa relaxar.

– Coisa? – Tirei a chave da ignição. – Sou fiel às "coisas" que eu curto. E não as troco a cada seis meses, por um capricho qualquer. Se você quer saber, você que é desligado demais de tudo.

Evan me lançou um olhar estranho.

– Sou, sim.... Pode ser que você esteja certo.

Enfiando as chaves de volta no meu bolso do casaco, onde pertenciam, saltei do carro e comecei a planejar aonde queria ir primeiro.

– Precisamos encontrar uma joalheria. – Evan gemeu novamente.

Visitamos todas as joalherias do shopping, mas eu não consegui encontrar o que procurava. Depois de algum tempo, Evan e eu saímos do shopping e começamos a procurar joalherias em outros lugares. Estávamos caminhando a esmo pelas ruas do centro quando eu finalmente avistei exatamente o que queria, exposto numa vitrine.

— É isso aqui! – anunciei, arrastando-o para dentro.

— Graças a Deus – ele murmurou, parecendo que estava naquela busca há vários dias, e não horas.

A loja estava prestes a fechar, então procurei depressa uma vendedora. Uma mulher alta, impecavelmente vestida, com cabelo ruivo longo e reto estava guardando alguns anéis de noivado num balcão, enquanto um casal feliz se afastava. Por um momento, enquanto observava o casal que saía, senti uma fisgada de ciúmes. O homem tinha o braço em torno da garota, e ela olhava embevecida para a nova aliança em seu dedo. Eles estavam a caminho do seu momento "felizes para sempre" e eu me preparava para uma vida de dor e sofrimento. Não parecia justo. Por outro lado, pensando bem, quando é que a vida tinha sido justa? Especialmente comigo.

Arrastando o olhar de volta, caminhei até a mulher junto do balcão.

— Desculpe… Eu gostaria de ver uma coisa…

Parando de trancar o fecho do balcão, ela ergueu os olhos para mim. O sorriso dela se ampliou quando seus olhos passearam pelo meu rosto.

— Oh… Olá! – Pegando de volta a bandeja dos anéis de noivado, ela perguntou: – Você está procurando um anel para dar ao seu amor?

Com ar melancólico, balancei a cabeça para os lados.

— Não… nada disso. – Erguendo os olhos para ela, indiquei a vitrine com o polegar. – Eu gostaria de ver o cordão com o pingente em forma de guitarra, por favor.

Tornando a trancar a gaveta dos anéis, ela endireitou o corpo e se preparou para ir até a vitrine.

— Ah, sim, aquela é uma peça linda, não é mesmo? – Abrindo a vitrine com a chave, ela olhou para o meu dedo anular e murmurou: – É para a sua… namorada?

Apertei os lábios, perguntando se era isso que Kiera era para mim.

— Não… Eu não sei. Nossa situação é meio… complicada.

Com um aceno de cabeça, a vendedora retirou o cordão do display onde ele estava.

— Não precisa dizer mais. Vemos um monte de… situações complicadas por aqui.

Ela me entregou o cordão com o pingente e meus dedos tremiam quando eu o peguei. A guitarra era perfeitamente trabalhada, delicada, mas muito resistente, e havia um grande diamante no círculo do centro que brilhava muito sob as luzes. Aquilo representava a mim… e também Kiera…. era a personificação perfeita do que éramos, ou melhor, do que nunca seríamos. Eu não conseguia pensar em nada melhor para dar a ela; algo que a ajudaria a lembrar de mim e do que tínhamos vivido juntos.

— Vou levá-lo — eu sussurrei, sem nem ao menos olhar o preço.

— Excelente! — A mulher sorriu. — Vou tirar a nota para você.

Enquanto ela se afastava, Evan se aproximou de mim.

— Kellan... Você não pode ter a esperança de que ela possa usar isso. É muito óbvio.

Balancei a cabeça enquanto olhava para o brilho que emanava do diamante.

— Eu não espero que ela o use. Não espero nada. Mas é isso que eu quero lhe dar. — Meus olhos lacrimejaram quando eu olhei para ele. — É com isso que eu quero me despedir dela.

Evan me deu um aceno compreensivo e triste com a cabeça. Como eu não queria começar a chorar no meio de uma joalheria fina, funguei com força para puxar a emoção de volta e me aproximei da caixa registradora. A mulher preparava uma caixinha forrada por um lindo veludo. Eu provavelmente não iria utilizá-la. Não queria uma apresentação extravagante, queria apenas que Kiera tivesse aquele pingente. Ela apertou alguns botões em sua máquina e me exibiu uma nota de valor elevado, na casa dos quatro dígitos. Evan começou a engasgar e tossir ao mesmo tempo. Ele provavelmente nunca pagara tanto por uma joia. Eu também não tinha, mas por aquilo... eu ficaria feliz em pagar três vezes mais, se fosse necessário.

A vendedora me observava o tempo todo enquanto embalava minha compra. Depois de me entregar a joia com o recibo, me entregou seu cartão de visita.

— Se algum dia você não estiver em um relacionamento complicado... pode me ligar.

Ela me exibiu um sorriso glorioso e uma piscadela brincalhona. Em outra vida eu teria aceitado sua proposta na mesma hora. Mas não agora. Entreguei o cartão de volta para ela.

— Eu nunca vou estar fora desse relacionamento. Não por completo. Ela me terá para toda a vida.

O sorriso da vendedora desapareceu.

— Garota de sorte — sussurrou.

Meu sorriso de resposta foi fraco.

Sim, uma garota de sorte.

Pena que nem toda sorte era boa, certo?

Quando saímos da loja com a sacolinha na mão, Evan franziu a testa para mim. Eu fiz uma careta de volta. Imaginei que ele estivesse feliz por termos acabado de fazer as compras. Com uma voz compassiva, porém, ele me disse:

— Lamento muito por você estar passando por isso. Sei que é péssimo. Quer dizer, posso imaginar que seja péssimo. Acho que eu realmente não saberia avaliar.

Balancei a cabeça e olhei para mais além, para as ruas que começavam a esvaziar.

— É péssimo e não é, para ser franco. É horrível e é incrível, tudo ao mesmo tempo. Isso é o que torna a coisa tão difícil.

Ele me ofereceu um sorriso solidário.

— Você está fazendo a coisa certa ao se afastar, Kell. Se você conseguir fazer isso logo, talvez Denny nunca descubra.

Estudei a calçada. A coisa correta nem sempre parecia ser a coisa certa. Às vezes o sentimento era de que era simplesmente uma merda.

— É... – Olhando para ele, eu disse: – Não estou com muita vontade de ir para o Pete's esta noite, Evan. Você se importaria de ensaiar a nova música comigo mais uma vez? Só nós dois. Vou fazer a parte de Matt, e nós podemos passar a melodia sem precisar da linha do baixo.

Os olhos de Evan estavam com um ar de contemplação quando me fitaram.

— Claro, cara. Qualquer coisa que você precisar.

Capítulo 28
FAZENDO AMOR

Acabei por ficar na casa de Evan, aperfeiçoando minha canção de despedida para Kiera, até que desmaiei de cansaço. Evan ainda dormia quando eu saí silenciosamente de sua casa, de manhã. Eu me sentia exausto por dentro, quase do avesso, quando me acomodei atrás do volante do carro, mas me sentia pronto para dizer adeus. Uma parte minúscula de mim ainda tinha esperanças de não ter que fazê-lo... mas sabia que isso era ridículo. Por que diabos Kiera iria desistir de seu relacionamento perfeito com Denny por um pedaço de lixo arruinado como eu?

O carro de Denny já tinha saído da minha garagem quando estacionei na porta. Eu estivera fora durante tanto tempo que nem sabia em que dia da semana estava. Devia ser sexta-feira. Matt estaria me caçando por todo lado a essa altura, se eu tivesse perdido o nosso show no Pete's. A casa estava em silêncio quando entrei. Olhei para a sala e entrei na cozinha. Como não encontrei Kiera ali, imaginei que ela estava lá em cima. Ou tinha ido embora. Torci para que ela não tivesse ido embora.

Apesar de minhas roupas estarem limpas – eu as tinha lavado e secado na véspera, e tomara um belo banho enquanto trabalhava na nova música com Evan –, queria tirá-las o mais depressa possível. Estava com a mesma roupa havia vários dias. Quando cheguei ao último degrau da escada ouvi uma porta se abrindo. Olhei quem era e vi Kiera sair do banheiro. Parecia refrescada e limpa, com o cabelo castanho comprido e ondulado saltitando sobre os ombros. Seus lábios cheios brilhavam num tom rosado, e as faces ficavam em destaque graças a uma cor de pêssego claro que sugeria o rubor de sua pele quando ela ficava envergonhada. Tudo nela estava perfeito... exceto os olhos. Havia olheiras e um tom mais de castanho-escuro do que de verde naquela manhã. Seus olhos pareciam tão desgastados quanto os meus. Quando eles se encheram subitamente de lágrimas, imaginei que ela estava sofrendo com a dor reprimida, tanto quanto eu. Isso era uma coisa boa ou ruim?

Com um sorriso tranquilizador, dei-lhe a minha típica saudação matinal.

– 'dia. – Eu me perguntei se ela sabia que mentalmente eu sempre acrescentava a palavra "linda".

Comecei a andar em direção a ela, mas meu movimento foi lento demais para Kiera. Ela correu na minha direção. Jogando os braços em volta do meu pescoço, enterrou a cabeça no meu ombro e começou a chorar. Essa não era a reação que eu esperava. Segurei-a com força enquanto ela soluçava.

– Pensei que você tinha ido embora. Pensei que nunca mais fosse ver você de novo.

Sentindo-me horrível por ter ficado tanto tempo fora, esfreguei suas costas.

– Me perdoe, Kiera, não quis fazer você sofrer. Eu precisava... cuidar de uma coisa.

Ela se afastou de mim e me deu um tapa no peito. Seus olhos eram de fogo quando ela retrucou:

– Nunca mais faça isso! – Divertido com o jeito como ela era ainda mais bonita quando ficava zangada, coloquei a mão em seu rosto. Sua raiva desapareceu quando ela olhou para mim. Com voz suave, ela acrescentou: – Não me deixe desse jeito...

Pelo tom que ela usou ao dizer isso, ficou claro que achava que eu *iria* deixá-la um dia. Ela estava certa e errada ao mesmo tempo. Eu iria deixá-la para salvá-la. Para salvar seu relacionamento com o homem com quem ela merecia estar, com o cara que ela realmente queria, eu iria recuar. Mas lhe diria adeus antes.

– Eu não faria isso, Kiera. Não desapareceria assim, sem mais nem menos.

Não vou nos deixar no ar, sem término. Vou nos dar um encerramento digno.

Quando eu lhe acariciei o rosto, Kiera estudou meus olhos. Eu adorava quando ela olhava para mim. Eu poderia nadar durante dias naqueles olhos sempre mutantes. De repente, sem que eu esperasse, Kiera disse as palavras que eu tinha esperado a vida inteira para ouvir...

– Eu te amo.

Aquelas palavras eram tão simples, uma criança que mal falava conseguiria aprendê-las, mas elas eram extremamente poderosas... vidas tinham sido destruídas por causa delas. E seu efeito sobre mim foi imediato. Meus olhos arderam quando a umidade surgiu na superfície. Eu os fechei e duas lágrimas solitárias desceram pelo rosto. Senti vontade de soluçar e de rir ao mesmo tempo. A alegria e a dor giravam dentro de mim numa dança agonizante, e eu não fazia ideia de qual das duas emoções estava na liderança.

Ela realmente me ama. Alguém me ama.

Senti Kiera limpar minhas lágrimas de lado.

– Eu te amo... tanto!

A sinceridade em sua voz, a tristeza, a compaixão, a alegria... tudo isso me deu vontade de cair de joelhos, envolvê-la em meus braços e nunca mais deixá-la ir embora.

Como eu poderia deixar ir a única pessoa que já admitira que me amava?
Mais lágrimas me escaparam dos olhos quando eu os abri.

— Obrigado. Você não imagina o quanto eu queria... Há quanto tempo eu esperava...

Eu mal conseguia falar em meio à enxurrada de emoções que circulavam pelo meu corpo, cortando-me ao meio e, ao mesmo tempo, me curando. Kiera não me deixou terminar a frase. Ela não precisava de explicação alguma; conhecia a minha agitação interior e a minha vida de dor. E naquele instante, queria que eu sentisse mais que o vazio da minha existência solitária e desconectada. Queria demonstrar o amor que sentia por mim, e eu queria deixá-la fazer isso.

Erguendo os lábios para os meus, ela interrompeu minha dolorosa revelação com um beijo carinhoso. Emoldurei seu rosto com a outra mão e saboreei seu calor. Puxando meu pescoço com carinho, Kiera me pediu que a seguisse. Fiz isso, com nossas bocas ainda se movendo juntas. Ela nos levou para o meu quarto e parou ao lado da cama. Sem uma palavra, com nossos lábios parando apenas por alguns momentos, nós nos despimos. Quando seu corpo estava completamente nu diante de mim – seu corpo esculpido de forma perfeita... magro, atlético, e ao mesmo tempo suave e excitante – eu me afastei um pouco para admirá-la.

— Você é tão linda – sussurrei, passando a mão pelo seu cabelo ondulado.

Ela não corou com o meu elogio dessa vez; um sorriso caloroso foi sua única resposta. Trazendo meus lábios de volta para os dela, eu a coloquei gentilmente sobre a cama. Eu não queria apressar aquilo. Queria conhecer de cor cada curva de seu corpo. Queria ouvir cada barulho que ela fazia quando eu a tocava. Queria entender o que cada som significava. Queria agradá-la e lhe proporcionar um momento que ela nunca iria esquecer, porque aquilo iria ficar *comigo* para sempre.

Meus dedos se moviam em sua pele com a mesma facilidade com que se moviam na minha guitarra. E os sons que vinham dela eram tão maravilhosos quanto os do instrumento. Mesmo que nossos corpos estivessem prontos, não tínhamos pressa. Suas mãos corriam ao longo dos meus ombros, pelas minhas costas. As minhas traçavam as fendas e montes das suas costelas e a curva de seu quadril. Sua boca pousou beijos suaves ao longo da minha mandíbula e a minha boca se arrastou pelo seu pescoço. No momento em que meus lábios vagaram sobre os seus seios, ela arqueou as costas, de pura carência. Um gemido escapou de mim quando, carinhosamente, abocanhei seu mamilo duro.

Quero isso todos os dias.

Quando eu finalmente deixei o seio dela, viajei mais para o sul. Kiera agarrou minha pele, apertou-a com força e logo depois a alisou, à medida que a antecipação aumentava sem parar. Prolonguei aquele momento o maior tempo possível, tocando cada parte dela, com exceção do local que ela realmente queria. Quando finalmente fiz correr a língua sobre a parte mais sensível dela, o grito que ela soltou foi glorioso.

Eu a quero tanto!

Em seguida eu fui suavemente empurrado para trás e Kiera explorou todo o meu corpo. Ela seguiu cada pista que eu dei, tocando, provocando e me acariciando com movimentos suaves. Fechando os olhos, apreciei a sensação de sua pele sobre a minha. Nada era melhor que aquilo. Meu coração e minha alma estavam conectados a cada movimento que ela executava. E mesmo quando sua língua viajou ao longo do V profundo abaixo do meu abdômen, o que eu senti com mais intensidade foi um amor visceral por ela, capaz de mudar vidas.

Quando ficou claro que mais um único toque provocante de qualquer um de nós iria nos conduzir além dos limites do orgasmo, eu a rolei de lado, deitando-a de costas na cama e me coloquei em cima dela. Uma parte de mim queria se apressar e mergulhar dentro dela; ao mesmo tempo, porém, não queria acelerar esse momento. Talvez aquela fosse a nossa última vez; eu não queria que tudo acabasse muito depressa.

Travando os olhos com os de Kiera, deslizei lentamente para dentro dela. Fechei meus olhos quando a intensidade daquilo tomou conta de mim. Cada milímetro mais que eu enterrava nela era fabuloso. Eu nunca sentira nada tão poderoso e, por um segundo, me preocupei de não conseguir fazer com que tudo aquilo durasse o tempo suficiente para agradá-la ao máximo.

Eu não me movi dentro dela quando ficamos conectados por completo. Não consegui. Precisava de um minuto ali. Os dedos de Kiera me roçaram a bochecha e suas palavras circularam como uma brisa pelos meus ouvidos.

– Eu te amo.

Abrindo os olhos, analisei com atenção a mulher incrivelmente bela que estava debaixo de mim.

– Eu te amo tanto!

Apertando a mão dela, comecei a me mover com suavidade dentro dela. Uma sensação de êxtase me rasgou a alma.

– Kiera... eu te amo – sussurrei.

Sua cabeça caiu para trás enquanto seus quadris se erguiam para acompanhar os meus.

– Também te amo...

Mantivemos o ritmo lento e sem pressa; mesmo assim, senti a pressão aumentar. Ignorei aquilo o máximo que pude e me permiti concentrar a atenção no seu rosto, nos seus ruídos e no sentimento que me explodia dentro do peito. A emoção do momento atrasava meu clímax, que mesmo assim insistia em vir. Eu nunca soube que o amor poderia ser assim...

Depois de um longo período de tempo que me pareceu curto demais, Kiera começou a respirar mais depressa e seus músculos começaram a ficar mais rígidos debaixo de mim. Eu sabia que ela estava perto de gozar. Acelerando um pouco mais o meu ritmo, eu me preparei para deixar ir.

Deixe-se levar e ame-a.

Sua mão apertou a minha e seus lábios se entreabriram quando a sua respiração ficou mais ofegante. Ela estava muito linda quando gozou! Pude ver o instante em que atingiu o orgasmo e abri mão do controle precário que ainda mantinha sobre o meu clímax. A explosão de euforia irrompeu de mim um segundo mais tarde e murmurei o nome dela quando gozei. Meu nome também saiu dos seus lábios e minha felicidade foi dupla.

Ela me ama.

A alegria virou uma felicidade pacífica, e depois de sair de dentro dela eu rolei e me deitei de barriga para cima. Como não queria que ficássemos muito distantes, puxei-a para junto do meu peito. Ela era tão quente, tão suave, tão... maravilhosa. Toda essa experiência me abriu para algo que eu nunca tinha conhecido antes, e de repente entendi o que o termo "fazer amor" realmente significava. A penetração era apenas uma pequena parte do sexo.

Desejando que o momento durasse para sempre, embora soubesse que isso não era possível, eu a puxei mais para perto e senti meu coração desacelerar. Quando Kiera olhou para mim, trilhas brilhantes de lágrimas lhe haviam escorrido pelo rosto e um sorriso triste bailava em seus lábios. Entendi as lágrimas; eu mesmo sentia os olhos ardendo, em resposta.

Quero manter esse momento. Não quero deixá-la ir.

— Eu te amo — sussurrei.

— Também te amo — ecoou ela, com um beijo.

Suas palavras fizeram meu coração estalar com uma alegria dolorosa. De forma espontânea, pensamentos de que eu nunca mais iria vê-la vieram à minha mente. Imagens dela com Denny me assaltaram. Perspectivas de ficar sozinho para o resto da minha vida. Era esse o meu destino? Fechando os olhos, calei as preocupações que não queria enfrentar agora. Kiera estava em meus braços, e foi só nisso que eu quis me concentrar.

Mas uma lágrima escorreu quando eu fechei os olhos e Kiera viu.

— No que você está pensando? — ela quis saber, com voz fraca.

— Nada — respondi, mantendo os olhos fechados. Eu queria bloquear o mundo. Queria apagar tudo, menos a alegria de tê-la ali em meus braços.

Kiera não aceitou minha resposta, apesar de eu estar sendo honesto. Pude perceber que ela me inspecionava mais de perto, então abri os olhos.

— Estou tentando não pensar em nada. Dói demais quando eu penso em...

Mordendo o lábio e parecendo pedir desculpas, ela repetiu:
– Eu te amo.

Concordei com a cabeça, mas minhas dúvidas se transformaram em palavras.
– Mas não o bastante... não o bastante para deixá-lo?

Kiera fechou os olhos e eu me encolhi. Por que eu tinha dito aquilo? Não tinha a intenção de tornar as coisas mais difíceis para ela. Simplesmente... aquele era o momento mais incrível que eu já tinha experimentado, e não conseguia me imaginar desistindo. Não poderia pensar em desistir dela. Não dava para imaginar o quanto meu mundo ficaria vazio quando ela fosse embora.

Enquanto Kiera parecia lutar para não chorar, passei a mão pelo seu cabelo.
– Está tudo bem, Kiera. Eu não devia ter dito isso.
– Kellan, eu lamento tanto...

Coloquei um dedo sobre seus lábios para impedi-la de dizer o que eu não queria ouvir naquela hora.
– Hoje não. – Sorrindo, eu a puxei com carinho para um beijo. – Hoje não... está bem?

Kiera assentiu e nós dois deixamos de lado aquela conversa dolorosa. Haveria tempo para isso mais tarde. Bem ali, naquele momento, manter meus braços em torno de Kiera era tudo que importava.

Afastando-se dos meus lábios, Kiera perguntou:
– Você acha que...? Se daquela primeira vez nós não tivéssemos chegado a... será que nós três seríamos apenas bons amigos?

Interpretando o que ela queria dizer, eu sorri.
– Se você e eu nunca tivéssemos ficado bêbados e transado, nós agora estaríamos vivendo felizes para sempre? – Ela assentiu com a cabeça, enquanto eu considerava a pergunta. Lembrando de como me sentia na época, e de como ela olhava para mim, soube a resposta na mesma hora. – Não... Você e eu sempre fomos mais do que apenas amigos. De um jeito ou de outro, acabaríamos exatamente onde estamos.

Kiera concordou com a cabeça e olhou para o meu peito. Eu acariciava seu braço e me perguntava o que ela estava pensando.
– Você se arrepende? – perguntei, por fim. Será que ela desejava que, de algum modo, nunca tivéssemos chegado a isso? Esse era um pensamento doloroso, mas acho que eu conseguia entender o motivo de ela, talvez, pensar assim.

Ela olhou para mim.
– Eu me arrependo de estar sendo uma calhorda com Denny. – Assenti com a cabeça e desviei o olhar. Eu conseguia entender isso também. Sentia a mesma coisa. Kiera colocou a mão no meu rosto e me fez olhar para ela. – Não me arrependo de um só segundo passado com você. O tempo passado com você nunca é desperdiçado.

Ouvi-la repetir essa frase, que era minha, me fez sorrir. Sua resposta também. Ela não lamentava estar *comigo*, lamentava apenas as circunstâncias que me rodeavam... que *nos* rodeavam. Eu também as lamentava, e ficava triste por estarmos nos magoando em nosso caminho um para o outro, mas nunca iria me arrepender da presença *dela*. Kiera era tudo para mim.

Puxei seus lábios para os meus e em seguida rolei por cima dela, deixando-a afundada no colchão. Ainda tínhamos algum tempo antes da hora de Denny voltar para casa, e enquanto ela fosse minha, eu pretendia desfrutá-la por completo.

Depois de passar o dia todo na cama com Kiera, era difícil deixá-la. Bem, ok, teria sido complicado deixá-la de qualquer modo, mas a nossa incrível tarde juntos tornou tudo ainda mais difícil. Eu queria congelar o tempo para que nada entre nós mudasse. Ela estava com lágrimas nos olhos quando eu me despedi. Beijei-lhe as pálpebras, assegurando-lhe que iria vê-la no Pete's. Afinal de contas, era sexta-feira e eu tinha um show para fazer. A vida se arrastava em frente, quer nós quiséssemos ou não.

Quando cheguei à casa de Evan para o ensaio, todo mundo já estava lá. Matt olhou para mim quando eu entrei.

— E aí, Kell! Pronto para agitar?

Balancei a cabeça afirmativamente. Nós nem sempre ensaiávamos nas noites em que tocávamos no Pete's, mas eu tinha pedido um ensaio naquele dia.

— Vamos repassar a música nova mais uma vez.

Griffin deu um tapa forte no ombro de Evan.

— Isso é por sua causa, não é? Foi alguma garota que destruiu seu coração mais uma vez? – Balançou a cabeça com ar de lástima. – Você é um fresquinho mesmo, sabia? Nunca alguém vai me pegar sonhando acordado com alguma garota. Tem um monte de piranhas na lagoa, meu irmão. Um monte de piranhas!

Evan lhe exibiu um sorriso divertido e ergueu uma sobrancelha para mim. Como ele tinha previsto, os caras acharam que Evan era a razão por trás da canção. Por mim, tudo bem.

Enquanto tocávamos a música novamente, pensei nos momentos que passara envolvido nos braços de Kiera, a tarde toda. Aquele fora um momento perfeito, que eu temia que nunca mais tornasse a acontecer. Era difícil imaginar nunca mais sentir aquela conexão. Era também difícil imaginar partilhá-la com Denny. O pensamento de ela ser íntima daquele jeito com ele me dava vontade de... vomitar. Empurrei esse dilema para longe da minha cabeça. Não queria lidar com isso por enquanto.

Depois de um ensaio rápido, fomos todos para o Pete's. O Honda de Denny estava parado no estacionamento. Fiquei surpreso ao vê-lo ali, e cheguei a pensar em dar meia-volta e ir embora. Mas não podia fazer isso; estava ali a trabalho. Mesmo que fosse mais cedo do que eu teria preferido, eu sabia que precisaria enfrentá-lo em algum momento. Afinal de contas, nós morávamos na mesma casa. Acho que aquela noite era tão adequada para isso quanto qualquer outra.

Ele me cumprimentou na porta com um sorriso genuíno; como Kiera, ele não tinha me visto muitas vezes naquela semana.

– E aí, companheiro? Você anda sumido ultimamente. Está tudo bem?

Passei o braço em torno dele, num abraço curto. Meu peito batucava de ansiedade, minhas entranhas se reviravam de culpa, mas eu mantive a expressão calorosa e simpática. Sabia esconder os sentimentos quando era preciso.

– Pois é… Lances de trabalho. As coisas têm andado meio loucas.

Eu tenho sido um filho da puta com você.

– Loucura é bom – garantiu Denny, começando a caminhar em direção à mesa da banda. Com o coração na garganta, eu o segui. – Há alguma coisa em particular que você esteja fazendo? – quis saber ele.

Estou apaixonado pela sua namorada.

Não dava para saber se ele queria só puxar assunto ou estava curioso por algum motivo em especial. Preferindo acreditar que ele ignorava tudo sobre mim e Kiera, sorri e disse:

– Matt está tentando nos inscrever num festival que vai acontecer ano que vem. Além do mais, ele quer instalar um revestimento acústico no loft de Evan, para nós podermos gravar uma demo. É um processo complicado.

Os olhos de Denny se arregalaram e confesso que fiquei orgulhoso do meu disfarce.

As melhores mentiras são sempre baseadas na verdade.

Então eu me lembrei para quem estava mentindo e um nó de desgosto agitou minha barriga. Eu era um tremendo canalha.

– Sim, dá para imaginar – disse Denny. – Parece que vocês estão seguindo o caminho certo. Não vai demorar muito até a banda estourar.

Tive de sorrir diante da ideia de os D-Bags serem uma "banda grande" algum dia. Parecia um futuro incrível, embora improvável para mim, mas era típico de Denny acreditar que eu poderia ir longe. Ele sempre tinha me apoiado e incentivado. Eu nem mesmo teria montado uma banda se não fosse pela influência dele, fato que não me saía da cabeça. Aquilo ampliou a sensação de mal-estar no meu estômago.

Um ruído alto em frente ao bar atraiu a atenção de Denny, e eu arrisquei dar uma espiada em Kiera. Ela olhava na minha direção, parecendo triste e cheia de saudade, como se estivesse ali simplesmente se obrigando a parecer controlada quando tudo que de fato queria fazer era pular nos meus braços. Eu me sentia da mesma forma. Estava torcendo para conseguir algum tempo a sós com ela no bar, pelo menos um mínimo de privacidade que fosse possível num lugar agitado como o Pete's. Mas estava claro que Denny não pretendia ir a lugar algum. Kiera e eu teríamos ambos que lidar com aquele constrangimento.

Quando estávamos sentados à mesa, Denny me exibiu uma expressão calculista. Isso fez meus músculos se contraírem de tensão.

— Que foi? – perguntei, mantendo a expressão serena.

— Sei que isso não é da minha conta, mas... – fez uma pausa, e eu pude ver que ele estava dividido. – É sobre a irmã de Kiera...

Suspirando, olhei para a mesa.

Tudo bem... Se ele queria falar sobre a história falsa que Kiera inventara para enrolá-lo, isso eu conseguiria encarar.

— Ah, é?... Você sabe a respeito disso?

Denny concordou com a cabeça.

— Kiera me contou que foi por isso que ela bateu em você, o que não me pareceu uma atitude legal da parte dela, mas... o que você fez também não foi, companheiro. – Olhei para cima e fiz contato visual com ele. Eu me mantive em silêncio, sem concordar nem discordar. Quando ele viu que eu não decidira me comportar como um babaca a respeito do que fizera, acrescentou: – Kiera me disse que você feriu os sentimentos de Anna; contou que ela foi embora e você nunca mais ligou. Se não queria um relacionamento, deveria ter sido honesto com ela desde o princípio.

Mordi a língua para evitar um sorriso sombrio.

Honesto com ela desde o princípio?

Sim, essa era uma lição que eu tinha aprendido da maneira mais difícil. Mantendo contato olho no olho com ele, acenei com a cabeça de forma sombria. Ele bateu no meu ombro.

— Não quero repreendê-lo, nem nada disso. A vida é sua, mas tente manter os sentimentos das pessoas em mente, ok? – Ele levantou uma sobrancelha. – Confie em mim quando eu lhe digo isso. Eu quase perdi tudo por não fazer isso.

Ele olhou para Kiera e eu me forcei a não me virar também e olhar para ela. Senti como se ele tivesse enfiado uma espada na minha barriga e a tivesse girado lá dentro umas cinco vezes.

Ele quase perdera tudo...

Será? Só o tempo iria dizer.

Percebendo que Denny continuava sem saber de nada, deixei a música de despedida fora da lista daquela noite. Aquela era uma canção do tipo "último recurso" – o fim da estrada –, mas Kiera e eu ainda não estávamos lá. Ainda tínhamos algum tempo, embora eu sentisse esse tempo me escoar pelos dedos a cada segundo. Lancei longos olhares de desejo para Kiera durante toda a minha apresentação. Não consegui evitar.

Mas Denny não percebeu coisa alguma. Estava muito ocupado observando Kiera com olhos preocupados, como se percebesse que havia algo errado, mas simplesmente não soubesse o quê.

Denny ficou por ali até o turno de Kiera acabar. Pensei em ir para casa enquanto eles ainda estavam no bar. Se eu saísse dali logo depois deles teria de enfrentar o suplício de vê-los caminhar para o quarto agarradinhos, e isso iria me rasgar por dentro. Enquanto eu me preparava para sair, Jenny se aproximou de mim.

— Kellan... o que você está fazendo? — ela sussurrou. Seu olhar se desviou para Kiera, e eu sabia que ela não estava falando sobre o que eu fazia naquele exato momento.

Suspirei.

— Eu não sei. E se eu soubesse como escapar dessa sem ferir ninguém, acredite em mim, Jenny, eu o faria. — Ergui os braços. — Sinceramente, não sei o que fazer.

Ela franziu a testa diante da minha resposta.

— Então por que se deixou envolver por ela, para início de conversa? Ela estava feliz com ele, você não deveria ter...

— Eu não planejei fazer isso — interrompi.

Ela me lançou uma expressão severa.

— Não planejou? Ele é um dos seus melhores amigos, Kellan. Isso é um sinal automático de "proibido", independentemente das circunstâncias. Sei que você normalmente não se preocupa com coisas desse tipo, mas... deveria ter refletido melhor.

Com o canto do olho, vi Denny e Kiera saindo do bar. Já era os meus planos de chegar em casa antes deles. Sem ter qualquer desculpa que valesse a pena apresentar, eu simplesmente disse:

— Eu sei. Mas sou um idiota e agi errado do mesmo jeito, então... e agora, o que eu faço?

Jenny balançou a cabeça.

— Agora você tem que contar tudo a ele.

Minhas entranhas se apertaram diante da ideia de enfrentá-lo. Como eu poderia feri-lo daquela maneira? Ele nunca mais olharia para mim do mesmo jeito.

Estou aqui para você, Kellan. Sempre estarei aqui para você.

Levei um tempão na rua, antes de voltar para casa. Dirigi muito abaixo do limite de velocidade. Fiz retornos errados que me fizeram percorrer a cidade inteira, tudo na esperança de que Denny e Kiera já estariam dormindo quando eu entrasse pela porta. Dei um novo significado para o verbo "evitar".

Tudo estava silencioso quando eu finalmente cheguei em casa. Subi a escada na ponta dos pés e me aprontei para dormir. Como poderíamos continuar fazendo aquilo morando todos juntos ali? A resposta era fácil... não poderíamos. O atrito, a tensão e o ciúme iriam nos destruir. A situação já nos deixava tensos. Deitado debaixo das cobertas, olhei para o teto e esperei o sono chegar. Ele não chegou... mas outra coisa apareceu.

A porta do meu quarto se abriu. Eu me levantei um pouco, apoiado nos cotovelos. Vi Kiera entrar sorrateiramente pela porta entreaberta, fechando-a em seguida. Que diabos ela estava fazendo ali? Parecia resplandecente em sua camiseta regata grudada no corpo e uma calça larga de pijama. Era como se brilhasse à luz do luar de prata, e seus olhos cintilavam, sem nenhum indício de sono. Tinha me esperado acordada. Por quê?

Antes de eu ter chance de lhe perguntar isso, ela se enfiou na cama, sob os lençóis, envolveu minhas pernas com as dela e colocou os braços em torno do meu pescoço. Seu peso repentino em cima de mim me colocou de volta sobre o travesseiro. Ela estava ao meu lado mais uma vez.

– Será que estou sonhando? – sussurrei, quando os lábios dela acabaram com a distância entre nós e se colaram aos meus.

Se eu estiver sonhando, por favor, não me deixe acordar.

Enquanto nossos lábios se moviam juntos, eu percorri suas costas com as mãos e enrolei os dedos em seu cabelo.

– Senti saudade – murmurei, aprofundando nosso beijo.

– Também senti saudade... Tanta saudade!...

Suas palavras me aqueceram e me congelaram ao mesmo tempo. Pareceu-me tão certo eu estar ali nos braços dela... e também tão errado. Nossa respiração rapidamente se tornou pesada com a luxúria, o amor e o desejo. Eu já estava com uma ereção forte e dolorida; queria tanto Kiera que mal conseguia aguentar. Precisava de mais. Lendo meus pensamentos, Kiera parou de me beijar e arrancou a camiseta. Uma onda de tesão me atingiu a virilha e eu lutei para me controlar. Passando as mãos sobre seus seios deliciosos, murmurei:

– O que está fazendo, Kiera?

Ela apertou os seios contra o meu peito e me beijou o pescoço em resposta. Odiando o que eu estava prestes a dizer, tentei usar de raciocínio frio para encarar a situação.

– Kiera, Denny está logo ali...

Não funcionou. Ela me cortou com frases rápidas e sinceras que eram mais fortes do que toda a lógica do mundo.

– Eu te amo, e senti saudade. Faz amor comigo. – Ela arrancou o resto das roupas.

Sim...

– Kiera...

Suas mãos corriam para cima e para baixo do meu corpo, me acendendo. Ela era tão gostosa!... Seus dedos começaram a tirar minha cueca, querendo que a última barreira entre nós desaparecesse.

Sim...

— Eu te amo... Faz amor comigo — repetiu, dessa vez bem junto do meu ouvido.

Desejando poder me livrar da culpa, olhei para a minha porta, e em seguida novamente para o seu rosto.

— Tem cert...

— Absoluta — ela respondeu de imediato, seus lábios atacando os meus mais uma vez.

Contra minha vontade, o rosto de Denny invadiu minha mente.

Estou sempre aqui para você.

Então eu vi sua expressão mudar para um espanto de horror, nojo... traição.

O que foi que você fez?

Eu me afastei do intenso beijo de Kiera.

— Espera... Não posso fazer isso. — Minha respiração era um ofegar desenfreado, mas era meu coração partido que me matava. Eu não poderia trair Denny quando ele estava ali, a poucos metros de distância. Não que a distância física da minha traição realmente importasse.

Kiera, adorável como sempre, aceitou minha objeção de forma literal.

— Ah... Bom, *eu* posso... — Ela envolveu meu pau com a mão e eu quase gozei só com o seu toque. Que diabos o destino tentava fazer comigo?

— Ahhh, você está me matando, Kiera. — Afastando a mão dela, deixei escapar uma risada divertida. Pelo menos a sua pequena façanha tinha conseguido substituir um pouco da minha culpa por humor. Meu peito se sentiu ligeiramente mais solto quando eu esclareci meu comentário anterior. — Não foi isso que eu quis dizer. É óbvio que eu posso, mas... acho que não devemos fazer isso.

Com uma expressão um tanto confusa e magoada, ela perguntou:

— Mas e o que aconteceu hoje à tarde? Aquilo foi... Você não... Eu... Você não me quer?

Chocado ao perceber que ela consideraria minha rejeição em nível pessoal quando era óbvio que eu a queria, imediatamente respondi.

— Claro, é óbvio que quero. — Olhei para o meu corpo, que estava duro como uma pedra em todos os lugares certos, e então olhei novamente para ela. — Você já devia ter notado. — O sorriso que ela me lançou de volta era lindamente tímido. Querendo que ela soubesse o que aquela tarde significara para mim, eu lhe assegurei: — O que aconteceu hoje à tarde foi a coisa mais... Nunca experimentei nada igual na vida. Nem mesmo sabia que podia ser assim, o que, considerando a vida que levei, significa muito. — Eu lhe dei um sorriso tímido e ela sorriu mais abertamente, em resposta.

— E você não quer ter isso de novo? — quis saber ela, acariciando meu rosto.

Minhas palavras ecoaram o que se passava na minha mente e no meu coração.

— Mais do que qualquer outra coisa. — Nesse ponto, tudo em mim concordava.

— Então faz amor comigo... — murmurou, me beijando novamente.

Eu gemi quando seu corpo pressionou o meu.

Sim... mas não devíamos fazer isso.

— Meu Deus, Kiera. Por que você torna tudo tão...?

Maravilhoso. Doloroso.

A resposta de Kiera foi mais divertida que a minha.

— Tão duro? — sussurrou, antes de desviar os olhos. Eu tive que rir ao ver em que ela estava se tornando. Com o rosto mais sério, ela voltou os olhos para os meus. — Eu te amo, Kellan. E sinto que o tempo está fugindo de nós. Não quero perder um só minuto.

Era exatamente assim que eu me sentia. Aquela poderia ser a nossa última vez juntos, e do que eu me arrependeria mais?... De trair Denny novamente?... Ou de deixar de fazer amor com ela uma última vez? Colocando a questão nesses termos, a resposta era fácil. Eu não queria perder um minuto com ela também. E não queria lamentar mais tarde um único instante que eu tivesse desperdiçado. Ela era minha, e enquanto fosse minha eu queria usufruir dela. Porque de manhã tudo poderia estar terminado.

Suspirei, derrotado, e ela sorriu, vitoriosa.

— Só para registrar, ainda acho que é uma péssima ideia... — Com um beijo suave, eu a rolei de lado e a coloquei de costas na cama. — Você vai acabar me matando — sussurrei, quando ela finalmente tirou minha cueca.

Nossos corpos deslizaram juntos quando eu me livrei da última peça de roupa. Nós nos agarramos à pele um do outro em silêncio, gritando nossa paixão em apertos ferozes que eu tinha certeza que iriam deixar marcas. Silenciosamente eu abri caminho e a penetrei. Aquilo foi tão deliberado e controlado que eu quase não consegui respirar. Em seguida nós éramos um só corpo e eu tive que apertar minha boca sobre a dela para manter o silêncio. Ela me pareceu... *incrível.*

Nenhum de nós queria fazer barulho, e por isso nossos movimentos eram lentos; eu lhe dava estocadas contidas que amplificavam cada sensação. Se eu pudesse, teria gritado seu nome e implorado por mais. Teria mergulhado dentro dela mais fundo e mais depressa, levando-nos além dos limites, em vez de contornar esses limites de forma sensual. Mas tudo que eu conseguia fazer era apertar a mão dela com muita força e me perder nas sensações esmagadoras que ondulavam por todo o meu corpo. O prazer era uma tortura indescritível.

Aquilo continuou durante uma eternidade; eu estava tremendo com a necessidade de me liberar. Embora continuasse mantendo a lentidão, sentia o momento do orgasmo se aproximar num crescendo. Kiera também se aproximava do instante de gozar. Começou a gemer. Fez muito barulho e eu cobri sua boca com a mão. Ela deixou cair

a cabeça para trás, apertou as pernas ao redor das minhas nádegas e enterrou as unhas nos meus ombros. Senti sua boceta se apertando em torno do meu pau, e foi quase como se eu explodisse em ondas contra uma parede. Apertei minha boca sobre o ombro dela enquanto mais uma onda... e outra... me alcançavam e cobriam. Tudo foi muito intenso... mais ainda por causa da nossa contenção. Eu não queria que aquele momento terminasse.

Quando tudo acabou, como era inevitável, Kiera e eu ficamos juntos, lado a lado. Não trocamos palavras, apenas beijos lentos e carícias suaves. Eu não queria nada além de adormecer com ela nos braços, exatamente naquela posição, mas sabia que isso não poderia acontecer. O tique-taque do tempo não me saía da cabeça.

— Você devia voltar para o seu quarto — sussurrei.

— Não — reagiu ela, com firmeza.

Fiquei animado com a sua recusa em ir embora, mas a culpa daquilo ia cair toda em mim. Nós não podíamos ser surpreendidos daquele jeito. Eu não aceitaria fazer isso com Denny.

— Já é quase de manhã, Kiera.

Ela olhou para o meu relógio e se assustou ao perceber que horas eram, e então me agarrou com mais força. Sua teimosia me fez sorrir, mas era hora de ela ir embora. Beijei sua cabeça.

— Espera na cama por uma hora, depois vai para a cozinha e toma café comigo, como sempre fizemos — propus.

Dei-lhe mais um beijo suave e em seguida a empurrei para longe. Preferia estar trazendo-a mais para perto, mas ela precisava ir. Denny não podia ver aquilo. Isso iria matá-lo. As roupas dela estavam na ponta de baixo da minha cama, quase despencando no chão. Eu as entreguei e ela fez um beicinho. Balançando a cabeça, comecei a vesti-la.

Que mulher teimosa!

Quando ela estava completamente vestida eu a levantei da cama e a ajudei a ficar em pé.

— Kiera... Você precisa ir... antes que seja tarde demais. Nós demos sorte... não vamos abusar dela.

Beijei seu nariz enquanto ela me dava um suspiro relutante.

— Ok, tudo bem. Te vejo daqui a uma hora, então.

Seus olhos percorreram meu corpo nu de cima a baixo, e ela tornou a suspirar, desta vez com melancolia. Em seguida, uma expressão estranha surgiu em seu rosto quando ela se moveu para sair do quarto. Era uma mistura de tristeza, confusão e aversão a si mesma. Ela sabia que o que tínhamos feito não era correto, e se sentia tão mal com isso quanto eu. Tínhamos entrado naquele terreno escorregadio juntos; tentávamos manter um ao outro em pé ou, para ser mais exato, puxávamos um ao outro para o chão.

Depois que ela saiu do meu quarto eu me sentei na cama e, em seguida, deitei de costas sobre as cobertas. O frio pinicou minha pele exposta, mas eu quase não notei aquilo porque o remorso nascia em mim como uma nova onda gelada, muito mais fria do que o ar poderia estar. Não deveríamos ter feito aquilo. Não deveríamos estar fazendo nada desde o início. Eu me senti sujo da cabeça aos pés, e não queria me sentir sujo em nada que tivesse relação com Kiera. Não quando ela me fazia sentir tão... vivo.

Você deve contar tudo a ele, foi o que Jenny voltou a sussurrar em meu ouvido, na penumbra cinzenta do meu quarto. Mas contar a ele o quê? Que seu relacionamento tinha acabado, ou que eu era só uma pedrinha no seu caminho para a felicidade? Como eu poderia confessar meus pecados para ele se eu mesmo não sabia o que o futuro nos reservava? E se o futuro de Kiera não fosse ficar comigo, então por que eu precisaria contar tudo a Denny? Independentemente disso, eu necessitava de respostas, e Kiera era a única que as tinha. Sabendo que eu estava prestes a perdê-la, porque não havia a opção dela escolher a mim em vez de Denny, me vesti e caminhei lentamente para o andar de baixo.

Preparei um pouco de café e assisti atentamente enquanto o líquido enchia o bule. Uma forte apreensão me envolveu com tanta força quanto a do líquido negro que se derramava no recipiente. Era chegado o momento do "tudo ou nada". Parecia que já haviam se passado várias horas quando Kiera apareceu. Ela tirou a caneca cheia de café da minha mão; eu nem sequer me lembrava de ter me servido da bebida. Desejando ser o tipo do cara que se contentava em ser o amante, olhei para ela. Ainda de pijama, Kiera parecia exatamente igual à mulher que tinha saído do meu quarto não fazia muito tempo. Será que aquela era a última vez que ela entraria lá?

Passando os braços ao redor da cintura dela, eu lhe dei um beijo leve e a puxei para um abraço.

Eu não quero dizer isso. Não quero que você vá embora.

– Mal posso acreditar que vou dizer isso – comecei. Ela ficou tensa em meus braços enquanto esperava minha declaração. – O que aconteceu na noite passada não pode se repetir, Kiera.

Ela se afastou para olhar para mim e eu vi medo e confusão em seu rosto. Eu odiava ver a dor dela, e sabia que ainda veria muito daquilo antes de resolvermos tudo.

– Eu te amo, e você compreende o que essa frase significa para mim – continuei. – Eu nunca digo isso... para ninguém... jamais! – Removendo suavemente os braços dela do meu pescoço, entrelacei nossos dedos. – Houve uma época em que eu não teria me importado. Teria aceitado qualquer parte sua que você quisesse me dar e encontrado uma maneira de lidar com o resto... – Corri nossos dedos entrelaçados sobre sua bochecha. Ela relaxou, mas ainda parecia temerosa. – Quero ser o tipo de homem que você merece ter. – Ela começou a falar, mas eu a impedi com os dedos em seus lábios. – Quero ser um homem honrado...

Ela desenlaçou nossos dedos.

— Você é! Você é um homem bom, Kellan.

— Mas quero ser o melhor possível, Kiera... e não sou. — Com um suspiro, olhei para o teto, para o andar de cima, onde Denny ainda dormia a sono solto, alheio à agitação que rolava bem debaixo dele. Denny merecia um amigo muito melhor do que eu. Voltando os olhos para Kiera, eu continuei: — O que fizemos na noite passada não foi nada honroso, Kiera... não daquele jeito, na cara de Denny.

Sua mandíbula se apertou e seus olhos lacrimejaram. Percebi na mesma hora que escolhera as palavras erradas.

— Não... Eu não quis dizer que... Você não é... Eu não tive a intenção de ofender você, Kiera. — Abracei-a com força. Por que as palavras nunca me saíam do jeito que eu queria? Eu devia ter escrito aquelas ideias numa canção para ela, assim seria mais fácil.

— Então o que você está tentando dizer, Kellan?

Ela fungou e eu sabia que estava chorando. Eu era péssimo nisso... e a coisa ainda ia piorar. Fechando os olhos, eu respirei fundo... e mergulhei no escuro.

— Eu quero que você termine com Denny... e fique comigo. — Apavorado com o que viria em seguida, reabri os olhos lentamente.

Ok, Kiera... arranque meu coração fora. Estou pronto.

Mas ela simplesmente me olhou, incrédula. Talvez nunca tivesse imaginado que eu pediria para ela escolher. Mas ela precisava saber que aquilo não poderia continuar para sempre. Sentindo-me mais corajoso, já que ela não tinha me dispensado logo de cara, acrescentei:

— Me desculpe. Eu ia bancar o estoico, ficar calado enquanto você me quisesse, mas então nós fizemos amor... e eu... nunca tinha tido aquilo... e não posso voltar a ser a pessoa que era antes. Eu quero você, só você, e não posso aceitar a ideia de te dividir com outro homem. Me desculpe.

Eu sabia que estava divagando, mas agora que tinha aberto o coração não conseguia mais parar. Olhei para baixo.

— Eu quero ficar com você do jeito que é certo, às claras. Quero entrar no Pete's de braços dados com você. Quero beijar você toda vez que te vir, sem me importar com quem está olhando. Quero fazer amor com você sem medo de que alguém descubra. Quero pegar no sono com você nos braços todas as noites. Não quero me sentir culpado em relação a alguém que me faz sentir tão... pleno. Me desculpe, Kiera, mas estou pedindo a você para escolher.

Lágrimas lhe escorreram pelo rosto quando ela olhou para mim em choque. Era realmente tão espantoso eu querer ser seu único homem? Ela era a *minha* única mulher...

Observei seu rosto, enquanto ela lutava com desejos opostos. Finalmente, sussurrou:

— Você está me pedindo para destruí-lo, Kellan.
O pesar me sobrepujou e eu fechei os olhos.
— Eu sei.
Por que eu tinha de ter me apaixonado pela namorada de Denny?
Lágrimas nublaram a minha visão quando eu tornei a abrir os olhos.
— Eu sei. É que... Eu não posso dividir você. A imagem de vocês juntos me mata, agora ainda mais do que antes. Eu preciso de você. De você inteira.

Os olhos dela brilharam de pânico e sua respiração acelerou. Eu entendi aquilo. Sabia o que estava lhe pedindo.

— E se eu não escolher você, Kellan? O que vai fazer?
Uma lágrima me escapou do olho e rolou pela minha bochecha quando eu me virei. O que eu faria sem ela?

— Eu vou embora, Kiera. Vou embora, e aí você e Denny podem viver felizes para sempre.

É assim que devia ser, mesmo.
Olhei de volta para ela.

— Você nem precisaria contar a ele sobre mim. Mais cedo ou mais tarde, vocês dois... — A angústia rasgou minha garganta, me sufocando e fazendo minha voz falhar. Outra lágrima escorreu pelo meu olho. — Vocês dois se casariam...

Nada disso, case comigo...

— ... Teriam filhos.

Não... seja mãe dos meus filhos...

— ... Levariam uma vida maravilhosa.

Como vou viver sem você?

Kiera engolindo em seco, com um ruído de dor. Será que conseguia enxergar minha agonia?

— E você? — ela perguntou. — O que aconteceria com você, nesse caso?
Eu morro um pouco a cada dia em que estivermos separados.

— Eu... me viraria. E sentiria saudades suas todos os dias.
A cada hora, a cada minuto... a cada segundo.

Um soluço escapou de Kiera; ela agarrou meu rosto e me beijou com força, como se tentasse apagar as minhas palavras dolorosas. Eu senti a alma virada do avesso e em carne viva. Esse futuro terrível parecia muito provável. Quando nos separamos, estávamos sem fôlego. Lágrimas escorriam de nós dois quando descansamos as testas um no outro.

Isso não precisa ser tão difícil, Kiera. Me escolha. Vou lhe dar tudo...

— Kiera... nós dois daríamos tão certo juntos — implorei.

— Eu preciso de mais tempo, Kellan... por favor — ela sussurrou.

Tempo? Pedir tempo não era dizer não... ainda não. Dei-lhe um beijo longo e suave.

— Tudo bem, Kiera. Posso te dar um tempo, mas não a vida inteira.

Mais alguns dias... Posso dar isso a ela. Posso dar isso a mim mesmo.

Nós tornamos a nos beijar enquanto nossa respiração voltava ao normal e as lágrimas secavam. Não estávamos terminando tudo naquele momento. Não tínhamos acabado... ainda.

— Não quero passar o dia em casa com ele hoje. Vou para a casa do Evan.

Kiera me agarrou como se eu tivesse acabado de dizer que estava partindo para a guerra. Talvez ela pensasse que eu estava fugindo. Não estava. Ainda não. Se eu saísse e quando saísse, ela saberia.

— Eu te vejo no Pete's à noite. Vou estar lá.

Não vou embora hoje.

Dei-lhe mais um beijo e me afastei dela.

— Espera... agora? Você vai sair agora? — Eu podia ouvir o desejo em sua voz pedindo para que eu ficasse, e isso me rasgou por dentro, como sempre acontecia.

Passando as mãos pelo seu cabelo, segurei suas bochechas.

— Passa o dia com Denny. E pensa no que eu falei. Talvez você consiga...

Decidir se realmente me quer.

Eu não podia expressar esse último pensamento então lhe dei um último beijo em vez disso. Com um sorriso melancólico, me virei e saí da cozinha. Tudo em meu corpo queria voltar para ela, mas eu precisava sair naquele momento, enquanto conseguia; talvez, quando eu a visse novamente, ela iria saber o que queria da vida. Mesmo que não fosse eu.

Capítulo 29
UM ADEUS INADEQUADO

Comecei a ter um ataque de pânico assim que entrei no carro. Meu batimento cardíaco foi às alturas; minha respiração saía em sopros agudos. Senti como se estivesse correndo a toda velocidade morro abaixo, num terreno muito inclinado. Minhas pernas pareciam ter câimbras. O que eu acabara de fazer? Tinha lhe dado um ultimato. Basicamente, eu dera início ao processo de afastá-la de mim. Porra, eu era um idiota, mesmo! Ou será que estava, finalmente, sendo inteligente? Difícil dizer. Havia uma linha muito tênue que dividia a sabedoria da imbecilidade.

Fiquei de bobeira com Evan até a hora de encontrarmos os rapazes no Pete's. Eu poderia ter evitado isso e simplesmente chegado lá minutos antes da hora do show, mas não queria agir de modo que parecesse fora do comum. Fui o último a chegar ao bar, logo o último a entrar por suas portas. Meus olhos grudaram em Kiera no segundo em que entrei. Ela fez mímica com a boca, me dizendo "oi" de um jeito tão delicioso e erótico que meu coração pulou uma batida. Assenti com a cabeça, saudando-a de volta, e em seguida dei um passo em direção a ela. Eu não podia abraçá-la ali, naquela multidão, mas poderia passar o braço sobre o ombro dela, com um ar de camaradagem, certo?

Mas ela balançou a cabeça quando percebeu que eu me aproximava. Eu não tinha certeza do porquê daquilo, até que seu olhar voou até a mesa da banda. Segui sua linha de visão e imediatamente compreendi tudo. Denny estava ali. De novo. Droga! Eu tinha esperança de evitá-lo naquela noite. Mas não poderia. Nenhuma ação fora do comum, era assim que eu planejava passar por aquilo.

Dei uma olhada em Kiera, cheio de desejo, enquanto me permiti imaginar envolvendo-a em meus braços, e então eu me virei em direção à mesa.

Que a farsa comece.

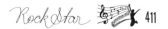

Matt estava se sentando ao lado de Denny quando me aproximei. Denny parecia… radiante. Esbanjava felicidade e isso fez meu coração despencar um pouco. Por que ele estava com um humor tão bom?

Com cuidado para manter minha expressão neutra, eu me sentei à mesa com ele.

– Olá, Denny. Você me parece… empolgado!

Seu sorriso se alargou.

– Hoje fez um dia lindo. O que falta no mundo para eu ser feliz?

Evan piscou para mim de um jeito que falava mais que mil palavras.

Ele não seria tão feliz se soubesse sobre você e Kiera.

Eu já sabia disso e mantive a boca fechada. Se Denny estava tendo um bom dia, eu não pretendia estragar sua festa. Tinha a sensação de que a minha festa ia ficar tão estragada quanto a dele.

Focando a atenção novamente em Denny, colei na cara um sorriso descontraído.

– Isso é verdade. Que tal uma rodada por minha conta? – Apontei para a sua cerveja vazia, ao lado de um prato de comida ainda pela metade.

Griffin se empolgou com a oferta. Colocando-se em pé, assobiou para Rita no bar.

– Ei você, caipira das cervejas. Traga cinco geladas!

Rita estreitou os olhos como se estivesse prestes a atirar as cinco garrafas na cabeça de Griffin. Em seguida, um sorriso lento passeou pelos seus lábios, balançou a cabeça e chamou Kiera. Eu tinha certeza de que a cerveja de Griffin seria servida com alguns fluidos corporais extras. Torci para Kiera não trocar as garrafas.

Quando Kiera se aproximou da mesa com as bebidas, continuava lançando olhares preocupados para mim. Parecia ter um tique nervoso. Eu queria lhe garantir que estava bem. Tudo bem que comemorar com Denny era um pouco estranho, e isso me fez sentir muito culpado, mas eu gostava dele e, se pudesse, de algum jeito, expulsar para fora de campo toda a minha agitação interna, não me importava de passar algum tempo com ele.

Kiera foi passando as cervejas. Griffin foi o último. Ela o viu tomar o primeiro gole com um evidente ar de nojo no rosto. Como ela sempre parecia enojada perto dele, isso não pareceu estranho para nenhum dos outros. Uma espiada rápida em Rita, rindo muito atrás do bar, confirmou minhas suspeitas – a cerveja de Griffin fora batizada com algo… Rita piscou para mim e eu, com um sorriso curto e uma inclinação leve da minha cerveja não batizada, mudei a minha atenção de volta para Kiera. Denny lhe agradecia a bebida com beijos estalados na boca.

Olhei para a minha garrafa de cerveja, mas ainda dava para ouvir o som dos beijos. Apertei a bebida com mais força e me obriguei a permanecer calmo. Aquilo era temporário. Eu conseguiria lidar com o momento. Mas quase rezei para Kiera ir embora dali rapidinho, e quando ela o fez eu deixei escapar um longo suspiro.

— Qual é o problema, companheiro? Seu dia não está correndo tão bem quanto o meu? — quis saber Denny.

Caraca, como responder a isso?

Com um sorriso, tomei um gole da cerveja.

— Aparentemente não. Mas não posso reclamar.

Não para você, pelo menos.

Griffin bufou de rir.

— Ele continua triste por eu ter roubado a garota dele.

Sabendo aonde Griffin ia chegar com aquela declaração, apontei minha garrafa de cerveja para a dele.

— E a sua cerveja, Griffin? Está com um sabor bom?

As sobrancelhas de Griffin se uniram e seus olhos exibiram um ar confuso.

— Está sim, por quê?

Ele tomou um gole longo. Meu estômago se agitou, e prometi a mim mesmo que nunca iria deixar Rita puta com alguma coisa.

— Por nada — garanti, com uma risada.

Matt riu junto e Griffin lhe lançou um olhar.

— O que foi tão engraçado?

Matt balançou a cabeça.

— Nada que você entenderia. — Mudando de assunto, Matt perguntou a Denny: — Quer dizer então que algum lance empolgante está rolando? Ou você simplesmente teve um dia bom?

Meu estômago se agitou novamente, mas por uma razão completamente diferente. Tinha noventa e nove por cento de certeza que não queria ouvir a resposta.

— Eu recebi uma oferta de emprego. Uma espetacular oferta de emprego! — Matt e Evan lhe deram os parabéns, enquanto meu estômago se contorcia em tantos nós que eu tinha certeza de que aquilo iria acabar prejudicando o funcionamento dos meus órgãos internos. — Obrigado. Pois é, fiquei muito empolgado com isso. De cara eu achei que teria de rejeitar a oferta, porque tinha certeza de que Kiera não gostaria de se mudar para tão longe, mas ela me garantiu que queria ir.

Senti como se alguém tivesse acabado de me jogar num poço profundo e escuro; eu estava em queda livre, mas só por um momento. O chão estava correndo e aumentando, vindo ao meu encontro, e eu ia morrer no momento do impacto, tinha certeza disso.

— Vocês vão se mudar...? Para onde? — perguntei, num sussurro.

Denny olhou para Kiera antes de se virar novamente para mim.

— De volta à minha casa: Austrália. — Ele me exibiu um pequeno sorriso. — Vou ficar triste por ir embora daqui, gostei muito de retomar contato com você, mas essa é uma oportunidade fabulosa para mim... para nós. Pode ser o princípio de algo realmente grande, entende? – Seu sorriso se aqueceu quando tornou a olhar para Kiera.

Sim. Eu senti como se tivesse acabado de bater de cara no fundo daquele buraco sem fim, e agora era apenas um corpo sem vida. Morte instantânea. Ouvi os outros dando os parabéns a Denny e lhe desejando tudo de bom. Senti Evan me apertar o ombro com força em sinal de solidariedade, eu imaginei, mas aquilo foi como experimentar um momento de voo para fora do corpo. Era como se eu estivesse pairando no ar, olhando lá para baixo, para Denny e os rapazes. Os sons externos ficaram abafados e tudo que eu conseguia ouvir eram as batidas fortes do meu coração.

Ela disse que iria com ele? Santo Cristo... então ela o escolheu...

– Kellan... Kellan...?

Quando meu cérebro finalmente registrou que Denny falava comigo, balancei a cabeça para me livrar da impressão de estar "fora do corpo" que eu ainda sentia.

– O quê? Oh, ah... parabéns, cara. Essa... é uma notícia fantástica. Agora eu entendo por que você está tão... feliz.

Denny analisou meu rosto. Seus olhos escuros pareciam cheios de preocupação.

– Você está bem? Está com cara de quem está passando mal.

Isso mesmo, acho que vou vomitar.

Forçando um sorriso na cara, balancei a cabeça para os lados.

– Tive um pequeno mal-estar... mas já estou bem.

Suas sobrancelhas se uniram com um ar de desconfiança.

– Ahn... Lamento ouvir isso.

Matt se encostou nele e perguntou, com voz animada:

– E aí? Quando vocês vão embora?

Denny começou a responder. Eu mal ouvi as palavras.

– Quando Kiera acabar esse período da faculdade.

Foi nesse ponto que eu desliguei minha atenção do papo.

Ela vai embora...

Olhei para onde Kiera estava, ao lado de uma mesa vazia. Ela olhava para mim e, por um breve segundo, eu me perguntei se tinha reparado na minha agitação. Se desconfiava que eu já sabia o que ela fizera o dia todo. Evitando encará-la por muito tempo, olhei com determinação para o corredor que ia dar nos fundos.

Encontre-me lá, preciso falar com você. Agora!

Eu não olhei novamente para ela, para ver se tinha entendido minha mensagem silenciosa. Em vez disso eu terminei minha cerveja, me levantei da mesa e fui na direção do banheiro. Eu ir fazer xixi certamente não iria levantar suspeitas.

Quando me vi no corredor, fui direto para a sala dos fundos, peguei um cartaz de TOALETE FECHADO e um rolo de fita adesiva. Eu poderia conversar com Kiera na sala de abastecimento do bar, mas a fechadura da porta não funcionava. Nós teríamos mais privacidade em um banheiro interditado, e eu precisava ficar sozinho com ela. Precisava de algumas respostas.

Ela escolheu Denny...

Imaginando que Kiera se sentiria mais à vontade no banheiro das mulheres, dei uma olhada para ter certeza de que o lugar estava vazio e preguei o cartaz na porta. Depois disso, me encostei na parede entre os dois banheiros e esperei por ela. Quando Kiera apareceu eu abri um sorriso. Não consegui evitar essa reação. Ela era muito linda e eu sentira falta dela o dia todo. Não tínhamos mais nos falado desde aquela manhã. Pegando-a pela mão, abri a porta do banheiro das mulheres com a outra.

Ela apontou para o cartaz, quando entrou.

— Foi você que...?

Respondi com um sorriso, mas ele sumiu do meu rosto assim que nos vimos na privacidade do banheiro vazio.

— Você vai para a Austrália com Denny?

Por favor, diga que não.

Seus olhos se arregalaram.

— O quê? Onde foi que você ouviu isso?

Meu estômago despencou. Isso não era uma negação.

— Denny... Ele está contando para todo mundo, Kiera. O que foi que você disse a ele?

Você o escolheu? Terminamos tudo?

Kiera fechou os olhos e se encostou na parede, como se tudo aquilo fosse demais para ela.

— Me perdoe. Ele estava fazendo as perguntas erradas. E eu precisava ganhar tempo.

Ela reabriu os olhos e eles pareciam cheios de desculpas. O buraco no meu estômago foi lentamente preenchido com fogo. Ela ainda não tinha tomado uma decisão, mas estava amarrando Denny com promessas vazias. Se não seguisse adiante com a farsa ele ficaria duplamente destruído. Eu compreendi que ela fora colocada contra a parede, mas não deveria ter feito isso.

— Quer dizer então que você disse a Denny que iria embora do país com ele? Santo Deus, Kiera! Será que você não pode parar e pensar antes de cuspir as coisas? — Belisquei meu nariz, tentando aliviar a dor de cabeça que chegava. Ela acabara de tornar tudo muito mais difícil do que precisava ser.

— Sei que foi uma burrice, mas naquele momento me pareceu a coisa certa a dizer. — Sua voz era quase um sussurro, como se tivesse acabado de perceber o erro que cometera.

Odiando tudo aquilo, eu destilei o meu sarcasmo.

— Por Deus, criatura... será que você também concordou em se casar com ele?

Isso não seria a cerejinha do bolo?

Esperei ela soltar um "é claro que não" muito irritado, mas ela continuou calada. O silêncio dela pareceu invadir o banheiro como o rugido de um avião a jato.

— Ele... Ele pediu você em casamento?

— Eu não disse que sim – ela sussurrou na mesma hora.

No mesmo instante eu abordei a questão pelo ângulo dela.

— Nem disse que não. – Minha mão me escorreu pelo rosto, como se toda a força tivesse sido retirada dela. O curto fogo que eu senti ao ouvir aquilo foi dissolvido por uma nuvem arrasadora de vento gelado que me invadiu o peito.

Ela não tinha recusado de imediato... Porque pensava em dizer sim.

— Ele não chegou a me pedir. Só disse que, quando estivéssemos lá... nós poderíamos... tipo assim, a certa altura, daqui a muitos anos... – Ela obviamente estava perdida sobre a melhor forma de me poupar daquela dor. Não havia como.

— Você está... estudando a proposta?

Ela deu um passo em minha direção.

— Eu preciso de tempo, Kellan.

Mais uma vez a sua resposta não foi uma negação. Ela *estava* pensando em aceitar. Ainda sonhava em montar uma vida com ele, em ter um futuro com ele, em ter filhos com ele...

Minhas próximas palavras me escaparam da boca antes de eu conseguir detê-las.

— Você deu para ele hoje?

Kiera fez cara de horrorizada e pareceu congelada no lugar.

— Kellan... Não me pergunte isso.

Senti uma faca imaginária mergulhando fundo e furando minhas costas. "Não me pergunte" significava "Sim, eu dei". Porra! Ela... tinha... trepado... com... ele. A raiva aumentou de intensidade tão depressa dentro de mim que o banheiro se tornou um borrão enevoado na minha vista. Eu virei para o outro lado; não conseguia olhar para ela.

— E aí, até você se decidir, qual exatamente vai ser o esquema? Será que Denny e eu devíamos organizar um horário? – Quando voltei meus olhos para ela, todo o bom senso tinha fugido de mim. Apenas a raiva em meu estômago me mantinha em pé. – Eu fico com você de segunda a sexta e ele nos fins de semana, ou será melhor fazermos semana sim, semana não? – Desejando poder interromper minha boca, me ouvi cuspir: – Ou que tal nós três treparmos juntos? Prefere assim?

Mais calma do que eu conseguiria, Kiera se aproximou e colocou a mão na minha bochecha, com suavidade.

— Kellan... olha o linguajar.

Pisquei quando a raiva no meu corpo se dissipou. Eu tinha imaginado que ela não iria mais foder com ele... mas ele era o namorado dela, o que eu esperava? *Eu* era o proscrito, o usurpador, a vela da relação. *Eu* era o bandido daquela história e, por mais que eu quisesse, não poderia jogar toda a minha raiva em cima dela. Exibi para ela um pequeno sorriso envergonhado.

— Tá... desculpe. É que... eu não aceito essa situação, Kiera.

Se não existe mais esperança, me liberte. Por favor.

Uma lágrima rolou pelo seu rosto quando ela me beijou.

— Nem eu, Kellan. Não quero mais viver assim. Não quero me sentir culpada. Não quero mentir. Não quero magoar as pessoas. Só que não sei como escolher.

Ela não sabia qual dos dois escolher?... Ainda havia esperança para nós.

Olhei para ela por longos segundos, enquanto aquela informação se encaixava no meu cérebro.

— Posso demonstrar que sou melhor candidato? – sussurrei. Agarrando a cabeça dela, eu a puxei para um profundo beijo do tipo "escolha a mim".

Enquanto buscávamos conforto nos braços um do outro, uma batida leve soou na porta. Querendo que a pessoa fosse embora, fosse quem fosse, ignorei a batida.

— Gente... Sou eu... Jenny. – Kiera e eu continuamos ignorando-a; o que quer que ela quisesse era algo que poderia esperar. Kiera e eu não tínhamos muito tempo juntos e o gostinho dela era muito bom...

Jenny não quis ser ignorada por muito tempo, então abriu a porta e entrou. Como ela já sabia de tudo mesmo, Kiera e eu continuamos a nos beijar numa boa.

— Hum... Kiera, desculpe, mas você me pediu para te procurar...

Kiera assentiu e eu sorri, mas não paramos de nos beijar. Eu não queria parar de beijá-la nunca mais. Jenny, parecendo um pouco irritada, pediu:

— Hum, certo... Será que dava para vocês dois pararem?

A minha resposta foi instantânea.

— Não – murmurei, junto dos lábios de Kiera. O que quer que ela quisesse nos dizer, poderia dizer enquanto nos beijávamos. E se isso a deixava desconfortável, bastava não prestar atenção.

Enquanto Kiera ria na minha boca, Jenny suspirou e disse:

— Tudo bem, então. Bem, na verdade são duas coisas. A primeira: Kellan, está na hora do show.

Ergui um polegar para ela, o que fez Kiera rir novamente. Aproveitei a oportunidade para acariciar o céu da sua boca com a minha língua. Se eu tivesse mais tempo, teria acariciado muito mais dela com a minha língua...

Jenny suspirou novamente.

— A segunda: Denny falou com Griffin.

Isso atraiu minha atenção. Porra, Griffin!

Com o clima cortado, Kiera e eu nos separamos.

Olhando para Jenny, dissemos ao mesmo tempo:

– O quê?

Jenny parecia chateada quando deu de ombros.

– Eu tentei distrair o Griffin, mas Denny estava dizendo que você não quer deixar a sua família. – Ela fez uma pausa e lançou um olhar fulminante para Kiera. – Denny mencionou Anna, e aí, é claro, Griffin contou a ele nos mais sórdidos detalhes a transa dos dois quando ela esteve aqui. – Ela se encolheu toda. Já tinha ouvido esses detalhes antes. Todos nós tínhamos. Com exceção de Kiera... e Denny. – E Denny, é claro, contou de Kellan e Anna, e da briga entre vocês no bar. Griffin ficou uma fera. Negou terminantemente que Kellan tivesse dormido com ela. Disse até que tinha tirado Anna de baixo de Kellan, e que... – Olhou para mim e pareceu relutante em terminar a frase – ...Kellan era um babaca por tentar... essas foram as palavras literais dele... "roubar o seu troféu". – Ela se encolheu novamente e olhou para Kiera. – Sinto muito, Kiera... mas Denny sabe que você mentiu.

Então era isso. A farsa tinha acabado. Curiosamente, eu me senti completamente calmo. Acho que toda a minha preparação para aquele momento tinha valido a pena. Kiera não poderia mais escolher, porque Denny estava prestes a descobrir tudo. Era hora de eu ir embora. Era hora do meu adeus final. Desejando, silenciosamente, que eu tivesse me lembrado de trazer o pingente comigo para poder dá-lo a Kiera naquela noite, agradeci a Jenny por retransmitir a mensagem.

Ela pediu desculpas novamente e nos deixou sozinhos. Kiera começou a entrar em pânico. Não estava preparada para aquele momento, ao contrário de mim. Segurando meus ombros com tanta força que eu senti suas unhas se enterrando em minha pele, ela disse:

– O que vamos fazer? – procurando a resposta no meu rosto, ela começou a imaginar cenários complicados que, no final, não iriam nos salvar. – Tudo bem... Não é tão ruim assim... Vou dizer a ele que você mentiu para mim... e que Anna mentiu para mim... e... – Vendo a inutilidade de tantas mentiras, uma em cima da outra, ela desviou o olhar.

– Kiera... isso não vai dar certo. Ele só vai ficar mais desconfiado se você começar a dizer que os outros estão mentindo. Nenhuma mentira vai adiantar, amor.

Ela olhou para mim com um pequeno sorriso nos lábios quando sentiu que o termo carinhoso a aqueceu. Mas a alegria logo sumiu do seu rosto.

– Então, o que vamos fazer?

Eu digo adeus e deixo você ficar com o homem melhor, antes que seja tarde demais e você o perca para sempre.

Suspirando, corri um dedo pelo rosto dela.

— A única coisa que podemos fazer. Eu vou para o palco, e você volta para o trabalho.

Ela, obviamente, não conseguia ver solução alguma nisso.

— Kellan...

— Vai ficar tudo bem, Kiera. Tenho que ir. Preciso falar com o Evan antes de o show começar. – Era o momento de acrescentar a nova música ao setlist daquela noite. Torci para que a multidão gostasse, e torci para que Kiera entendesse o porquê de eu ter de tocá-la. Era melhor acabar logo com as mentiras.

Beijando sua cabeça, deixei-a vacilante, no banheiro, e fui procurar Evan. Ele estava ao lado do palco, se preparando para entrar em cena. Eu o impedi colocando a mão em seu braço. Mesmo que não conseguisse nem mesmo olhar na direção de Denny, podia sentir seus olhos de gelo nas minhas costas. Denny era um cara inteligente, e agora que o véu tinha sido tirado dos seus olhos, ele conhecia a verdade. Sabia que eu o tinha traído.

A boca de Evan era uma linha fina e firme quando ele olhou para mim. Em voz baixa, ele me contou:

— Kellan, temos problemas. Griffin...

Ergui a mão para detê-lo.

— Eu sei. Jenny me contou tudo. Denny sabe que mentimos para ele. Está juntando as peças agora mesmo.

Evan olhou por cima do meu ombro, para onde Denny ainda estava sentado, em nossa mesa.

— Isso mesmo, e se olhares furiosos pudessem matar, você estaria sendo fulminado nesse exato momento. Você devia ir lá falar com ele. Confessar tudo.

Fechei os olhos.

Fale com ele.

Isso era o que um homem maduro e responsável, na minha posição, faria. Um homem que fosse digno de ter Kiera. Mas esse homem não era eu... e eu não conseguiria enfrentar Denny. Abrindo os olhos, balancei a cabeça.

— Não posso... ainda não consigo lidar com ele. Mas quero cantar a nossa nova canção hoje à noite.

O queixo de Evan caiu.

— Kellan... você não pode cantar a música nova com ele aqui, ainda mais agora que ele sabe de tudo. Vai ser a maior bandeira!

Balancei a cabeça para os lados novamente.

— Eu não me importo. É para ela. É o que eu quero fazer. Eu tenho que... Preciso lhe dizer adeus, e essa é a única forma...

Evan se inclinou na minha direção.

— Essa não é a única forma. — Olhando para cima, fez uma careta. Ele não estava olhando para Denny dessa vez, então eu só podia imaginar que Kiera tinha voltado para o bar. A expressão de Evan ficou ainda mais sombria quando ele voltou os olhos para mim. — Isso é burrice. Acho que nós não devíamos...

Cruzei os braços sobre o peito. Eu geralmente não dava um de "chefe", mas aquilo era importante para mim.

— Estou cagando e andando para o que você acha. Esta é a *minha* banda e nós vamos tocar a música nova. Fim de papo!

Então, me sentindo o maior D-Bag do planeta, vi quando Evan me lançou um aceno curto com a cabeça, olhou mais uma vez para Denny e subiu no palco. O resto dos rapazes se juntaram a ele e Evan passou para todos a nova lista de músicas para a noite.

Desejando não ter dito aquilo para Evan, arrisquei um olhar para Denny. Ele não tinha nos ouvido discutir, mas tinha observado todos os movimentos. O olhar em seu rosto era frio... meio desconfiado. Aquela era uma expressão estranha de se ver nele; Denny nunca tinha me olhado daquele jeito antes. Até onde eu sabia, ele nunca tinha olhado daquele jeito *para ninguém*, antes. Kiera evitou, com todo o cuidado, olhar para o palco, então eu me obriguei a também não olhar na direção dela. Não que isso realmente importasse. Denny já sabia, ou descobriria em breve. Nada que fizéssemos agora iria mudar isso, então eu poderia muito bem dizer adeus do jeito que queria.

Já quase no final do show, anunciei para a multidão que tínhamos mais uma música para eles, uma nova. Evan franziu a testa, mas começou a tocar na hora. Mesmo que Kiera estivesse agindo como se não prestasse atenção, torci para que ela prestasse atenção na letra... os versos eram para ela.

Apaguei tudo da mente: a multidão, Denny, Evan, Jenny, Kiera... todo mundo, e foquei unicamente nos versos. Eu queria que eles saíssem como se sangrassem de dentro de mim.

"*Você é tudo que eu quis, e eu nada do que você quer.*"

"*Você vai ficar em paz... quando ele te abraçar...*"

"*Isso vai me machucar, e machucar você também. Mas tudo termina um dia, então economize as lágrimas...*"

Com o coração em pedaços, decidi mandar um "foda-se" para todo mundo e cantei esse último verso olhando diretamente para Kiera. Afinal de contas, ela era a única que eu queria que realmente ouvisse aquilo. Ela estava em pé; olhava para mim em estado de choque e havia lágrimas em seu rosto. Ela entendeu tudo. Ótimo. Lutando para manter a dor longe da voz, cantei os versos seguintes de um jeito claro e forte.

"*É melhor não dizer adeus, só seguir os passos seus, acabar com essa mentira...*"

Uma lágrima me escorreu pela bochecha quando a emoção tomou conta de mim. As lágrimas de Kiera se transformaram em enxurrada, enquanto ela continuava a olhar para mim.

"Todos os dias eu vou manter você na lembrança, não importa o quanto você esteja longe de mim..."

Ela colocou uma das mãos na boca, enquanto a outra segurava o estômago. Era como se eu a estivesse rasgando ao meio. Aliás, eu rasgava nós dois ao mesmo tempo. Mas isso tinha de acontecer. Certamente ela entendia isso.

Quando a música começou a subir de tom, rumo ao crescendo final, Jenny se aproximou de Kiera, sussurrou algo para ela e começou a levá-la para longe dali. Kiera parecia estar prestes a cair no chão de joelhos e soluçar. Minhas próprias pernas tremiam com o esforço de me manter em pé e eu consegui manter minha voz clara; porém, mais uma lágrima me escorreu pelo rosto.

Vou sentir muito a sua falta.

Jenny puxou Kiera até a cozinha enquanto eu cantava os últimos versos.

"Juro a você... meu amor não vai morrer."

Você é tudo que eu vou sempre querer na vida.

Quando ela desapareceu da minha vista, o momento subitamente me pareceu real. Terrivelmente real. Minha voz falhou no verso final, e eu tive que engolir o nó que me surgiu na garganta antes de conseguir terminá-lo.

Quando a música acabou, Kiera se fora, a multidão ficou em silêncio, e meu coração estava tão exposto que meu peito doía. Os fãs não faziam ideia de como lidar com a explosão emocional que tinham acabado de testemunhar. Eu não tinha certeza se eles tinham notado Kiera e minha ligação com ela, mas certamente tinham reparado nas minhas lágrimas. As garotas que estavam bem na frente cochichavam entre si e apontavam para mim. Isso não era uma reação a que eu estivesse acostumado.

Jogando um sorriso para o ar, porque eu ainda tinha um trabalho a fazer, ergui a mão e disse:

— Obrigado por terem vindo nos ouvir! Tenham uma grande noite!

Continuem como se nada tivesse acontecido. Não há nada para ver aqui.

A multidão finalmente explodiu em aplausos e assobios, e eu discretamente enxuguei os olhos enquanto pendurava a guitarra no ombro. Encontrei o olhar de Evan, que exibia uma expressão de solidariedade comigo. Tive que engolir em seco novamente.

Você estava certo... isso foi uma idiotice.

Eu tinha certeza que Denny tinha acabado de descobrir tudo que existia entre mim e Kiera. Eu não tinha tido coragem de olhar para ele, mas podia sentir seus olhos em mim. Era apenas uma questão de tempo.

Jenny estava conduzindo Kiera para trás do bar quando olhei para o fundo da multidão. Ela entregou a Kiera algo em um copo, e eu tinha certeza de que aquilo não era água. Kiera bebeu tudo de uma vez só e quase desabou sobre um banquinho. Seus olhos se encontraram com os meus, e mesmo com a distância entre nós, eu vi saudade e nostalgia ali. Ela queria correr para mim, mas isso era impossível naquele momento; era como se houvesse um oceano inteiro entre nós.

Pelo menos um oceano logo estaria *realmente* entre nós. Denny se aproximou de mim quando eu desci do último degrau que levava ao palco.

– Canção interessante, essa última – disse ele, seus olhos escuros muito frios. – Você a escreveu para alguém em particular?

Meus olhos acidentalmente voaram para Kiera no bar, mas eu os puxei de volta na mesma hora e olhei para o rosto de Denny. Torci para que ele não tivesse percebido. Fazendo com que meus lábios formassem um sorriso casual, balancei a cabeça e bati no ombro de Denny.

Não. Para ninguém. É apenas uma canção... uma canção sem sentido e aleatória.

Denny estava sem expressão alguma no rosto, enquanto me observava guardando a guitarra. Eu sabia que ele esperava uma resposta de mim, e deveria ter compartilhado meus pensamentos com ele, mas não confiava na minha própria voz, naquele momento. Ela poderia falhar novamente, e isso iria destruir completamente qualquer mentira que lhe dissesse.

Saí rapidinho dali, mas não sem um último olhar para Kiera. Seus olhos ainda estavam molhados. Eu gostaria de poder ir falar com ela e lhe dar o pingente que tinha comprado. Mas eu não o tinha comigo e, além do mais, eu definitivamente não poderia fazer isso com Denny ali, assistindo. Eu já tinha feito demais para uma noite. Já estava mais que na hora de vazar dali.

Belisquei o alto do nariz para afastar a dor de cabeça que se formava, e praticamente saí correndo do bar. Uma vez que me vi na segurança do meu carro, coloquei a cabeça sobre o volante e deixei a dor transbordar. Grossas lágrimas escorreram pelo meu rosto, e não havia nada que eu pudesse fazer para impedi-las.

Tudo acabou...

Quando eu fiquei física e emocionalmente esgotado, liguei o carro e fui para casa. Devia ir embora de vez? Uma canção de despedida era o bastante como adeus? Entrei pela porta da frente, olhei para o vazio diante de mim e vi claramente o meu futuro na solidão quieta. Paredes que ecoavam com o silêncio era tudo que me esperava a partir de agora. Eu ainda não seria capaz de enfrentar aquela solidão e subi para o meu quarto quase cambaleando.

Mais um dia. Deus... por favor... me dê mais um dia.

Não me dei ao trabalho de acender as luzes enquanto andava pela casa; queria ser banhado na escuridão, que combinava com o meu astral. Entrei no quarto, fechei a porta, coloquei um pouco de música, me deitei na cama e fiquei olhando para o teto. Percorri as lembranças de tudo que acontecera desde que Denny e Kiera tinham se mudado para ali, e cataloguei mentalmente cada erro que eu tinha cometido. Havia tantos. Tentei enumerá-los, mas por volta do erro setenta e dois eu desisti.

Denny e Kiera chegaram em casa mais tarde, depois do turno de Kiera. Olhei para a minha porta quando os ouvi passar. Será que já tinham conversado? Será que Denny já sabia? Como eles seguiram juntos para o quarto, percebi que ele ainda não sabia. Provavelmente não aceitaria dormir no mesmo quarto que Kiera se soubesse que ela estivera comigo recentemente. Puxa... será que isso tinha acontecido só na noite passada? Parecia que tinha se passado uma vida desde então.

Alguém ficou no banheiro por uma eternidade, mas finalmente essa pessoa despencou na cama, fechando a porta atrás dela. Fiquei ali parado, torcendo para desmaiar de cansaço, mas isso não estava acontecendo. Eu estava ligado.

Com um pequeno suspiro eu me levantei, abri meu armário e peguei o pingente de Kiera. Quando seria um bom momento para lhe oferecer aquele presente? Eu não tinha certeza. Sentei na ponta da cama e examinei a peça sob a luz do luar. Era linda, assim como ela. Deixando de lado os pensamentos sobre o nosso último e doloroso adeus, eu me permiti imaginar uma realidade alternativa, onde eu poderia lhe dar o pingente numa ocasião festiva, e nós viveríamos juntos e felizes. Pisquei de surpresa quando ouvi uma voz sussurrar meu nome. Quando me virei, vi Kiera encostada na porta fechada, já dentro do meu quarto. Eu não a tinha ouvido entrar. Ela não deveria estar ali.

Apertando minha mão em torno do pingente, eu o coloquei debaixo da cama; ainda não estava pronto para lhe dar o presente.

– O que está fazendo aqui? Nós já conversamos sobre isso. Você não deveria estar aqui.

– Como você teve coragem de fazer aquilo? – ela perguntou, com os olhos brilhando.

– Fazer o quê? – Eu tinha feito tanta coisa que já não tinha certeza a que ela se referia.

– Cantar aquela música para mim... na frente de todo mundo. Você me deixou arrasada. – Sua voz falhou quando ela se largou na cama.

Minha escuridão me envolveu, agitando desejos conflitantes.

– É o que precisa acontecer, Kiera.

– Você escreveu aquela música... durante os dias em que não apareceu em casa?

Eu talvez não devesse lhe responder de imediato. Imaginei que ela não entenderia. Ela iria brigar comigo e discordar de cada palavra que eu dissesse, mas eu sabia onde aquilo ia acabar. Sempre soube.

— Foi. Eu sei que rumo as coisas estão tomando, Kiera. Sei quem você vai escolher, quem você sempre escolheu.

Ela me surpreendeu ao não negar o que eu disse. Era mais um sinal de que ela começava a aceitar a verdade. Era Denny que tinha ganhado o seu coração, não eu.

— Dorme comigo esta noite — ela deixou escapar, com voz trêmula.

Eu senti como se ela tivesse me dado um soco no estômago.

— Kiera, nós não podemos...

Sua voz era suave quando ela me respondeu.

— Não, eu quis dizer literalmente... Só me abraça, por favor.

Abraçá-la uma última vez? Sim, isso eu poderia fazer. Deitando de costas na cama, abri os braços para ela. Independentemente do nosso futuro nebuloso e do passado complicado, meus braços estariam sempre abertos para recebê-la. Ela se aconchegou junto de mim, com um braço sobre o meu peito, as pernas entrelaçadas com as minhas e a cabeça aninhada em meu ombro. Meu peito martelou de dor.

Vou ter de desistir de tudo isso em breve...

Kiera fungou, eu fechei os olhos e a apertei com mais força.

Não quero deixá-la ir...

Um suspiro vacilante me escapou quando eu tentei me agarrar à minha dor.

Eu gostaria que aquilo não estivesse acontecendo...

No silêncio que foi se impondo em meio à nossa restrição dolorosa, Kiera pronunciou as palavras que me atingiram direto no coração.

— Não me deixa.

Um soluço curto quase me escapou, mas eu consegui bloqueá-lo.

— Kiera... — sussurrei, beijando-lhe a cabeça e segurando-a com mais força.

Eu preciso deixá-la!

Ela olhou para mim com o rosto encharcado e os olhos entristecidos.

— Por favor, fica... fica comigo. Não vai embora.

Fechei os olhos para bloquear a dor dela e senti minhas próprias lágrimas escorrerem pelo rosto.

— É a coisa certa a fazer, Kiera.

— Amor, agora que nós finalmente estamos juntos, não acaba com tudo...

Abrindo os olhos, deslizei um dedo pelo seu rosto. Suas palavras pareciam lindas, mas eu sabia que não eram.

— Esse é o xis da questão. Nós não estamos juntos...

— Não diz isso. Estamos, sim. Eu só preciso de tempo... e preciso que você fique. Não consigo suportar a ideia de você ir embora. — Suas mãos seguraram meu rosto em concha quando ela colocou os lábios sobre os meus.

Foi preciso muita força de vontade, mas eu me afastei um pouco.

— Você não vai romper com ele, Kiera, e eu não vou dividir você. Em que pé ficamos? Ele vai acabar descobrindo, se eu continuar aqui. Isso nos deixa uma única opção... Eu ir embora. — A agonia daquilo me bloqueou a garganta e eu fiz força para engolir e poder terminar de falar. — Gostaria que as coisas fossem diferentes. Gostaria de ter conhecido você primeiro. Gostaria de ter sido o primeiro homem na sua vida. Gostaria que você me escolhesse...

— Eu escolho! — exclamou ela, me cortando.

Eu não consegui respirar. Não podia me mover. Tive medo de fazer ou dizer alguma coisa errada e Kiera retirar as palavras que acabara de pronunciar. E eu não queria que ela as retirasse. Tinha esperado a vida inteira para ouvir essas palavras, para saber que alguém me queria mais do que qualquer outra pessoa no mundo. Não tinha percebido, até aquele momento, a intensidade com que eu queria ser escolhido. E agora morria de medo de que tudo fosse tirado de mim.

Kiera me olhou durante longos e dolorosos segundos. Meu coração bateu contra as costelas enquanto eu esperava que ela dissesse algo, retirasse o que disse, destruísse tudo e levasse o que eu sempre quis para longe de mim.

Me mate, Kiera... ou me salve.

Mas um sorriso lento se espalhou pelo rosto de Kiera. Só que isso não fez nada para acalmar a ansiedade que crescia dentro de mim.

— Eu escolho você mesmo, Kellan. — Suas sobrancelhas se uniram enquanto ela analisava o meu rosto. — Você entendeu?

Será que entendi? Ela estava me escolhendo. Ela me queria. Ela era... minha? Era realmente minha?

Eu consegui... ficar com ela? Vou poder amá-la? Vou ter tudo?

Aquilo me pareceu tão errado, tão inacreditável, tão temporário... mas... e se não fosse?

Posicionando-a de costas na cama, pressionei meu corpo contra o dela, peguei seu rosto e baixei a boca para encontrar a dela.

Finalmente.

Estávamos ofegantes, frenéticos e ansiosos. Ela passou as mãos pelo meu cabelo e me acendeu. Eu arranquei sua blusa. Não haveria mais nada entre nós agora. Tirei minha camisa e depois as calças dela. Tentava abrir meu jeans quando Kiera, sem fôlego, se afastou de mim.

— O que aconteceu com as suas... regras? — quis saber ela, surpresa com a minha súbita intensidade.

— Eu nunca levei o menor jeito para seguir regras. Nem jamais soube dizer não às suas súplicas... — Inclinando-me lentamente, beijei seu pescoço. O *meu* pescoço. Eu nunca mais iria partilhá-la novamente.

Tirei meu jeans e o chutei para longe. Em seguida procurei seus lábios.

— Espera... — Ela me empurrou para trás com suavidade. — Pensei que você não quisesse fazer isso... aqui.

Ela olhou para a porta do quarto fechada, mas eu não acompanhei o movimento do seu olhar. Eu já não estava mais preocupado com Denny. Ela era *minha* namorada agora, *minha* amante, meu... *tudo*. O mundo exterior não existia mais. Ela *me* escolhera e eu queria fazer amor com ela. *Agora*. Então era isso exatamente o que eu ia fazer.

Deslizando os dedos para dentro de sua calcinha, senti o quanto ela estava pronta para mim e rosnei em seu ouvido:

— Se eu sou seu e você é minha... então vou fazer amor com você, onde e quando puder.

Minhas palavras e meus dedos a fizeram gemer. Agarrando meu rosto, ela me fez olhar para ela novamente.

— Eu te amo, Kellan.

As palavras dela suavizaram meu rosto, minha voz, meu coração e minha alma.

— Eu te amo, Kiera. — *Demais!* — Vou te fazer tão feliz...

Você não vai se arrepender de deixá-lo para trás e escolher a mim. Eu prometo.

Mordendo o lábio e cheia de desejo nos olhos, ela começou a puxar para baixo minha cueca.

— Sim, eu sei que vai.

Eu sabia o que ela queria dizer pelo brilho em seus olhos e pela rouquidão em sua voz. Apesar de aquilo não ser exatamente o que eu queria dizer com a minha promessa, também servia. De todas as formas possíveis, eu iria fazê-la *muito* feliz.

Capítulo 30
COMO MAGOAR UMA PESSOA

Cobrindo-me completamente com os cobertores, sorri na quietude do escuro em meu quarto. Ela me escolheu. Ela era minha.

Eu tinha uma namorada.

Eu nunca tinha tido uma namorada de verdade antes... Gostei de sentir como aquilo funcionava. Estendi a mão para lhe dar um abraço, mas o outro lado da cama estava vazio. Eu me sentei com uma careta e olhei para o relógio. Já era de manhã... Kiera tinha deslizado silenciosamente dali em algum momento na noite e provavelmente estava com Denny. Um gosto de bile começou a invadir minha boca. Nós precisávamos contar a ele que tudo tinha acabado.

Caí de volta sobre os travesseiros com um baque. Porra. Ele ia ficar devastado.

Com um suspiro, saí da cama e comecei minha malhação matinal. Kiera e eu iríamos arrumar um jeito de contar a ele que as coisas tinham mudado. Eu até aceitaria deixar que ele continuasse morando ali, se ele quisesse, embora... não imaginasse que ele iria conseguir digerir a situação.

Quando cheguei à cozinha, comecei a preparar o café e esperei por Kiera. Ela se juntou a mim antes de o bule estar completamente cheio. Estava incrivelmente sedutora ali, de pijamas, e o sorriso em seus lábios era de tirar o fôlego.

— 'di...

Sua boca estava na minha antes que eu pudesse terminar de cumprimentá-la. Adorei ver o quanto ela parecia ávida.

— Senti saudades — ela murmurou.

— Também senti saudades. Detestei acordar e ver que você tinha ido embora — sussurrei de volta.

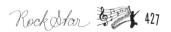

Passamos vários momentos nos beijando. Havia tanta paixão e intensidade entre nós que parecia que não nos víamos havia várias semanas. Ela fazia aflorar isso em mim. Desejo e amor, tão sem fundo quanto um buraco negro e tão emaranhado quanto vinhas selvagens. Tentei ignorar o fato de que ambas as comparações eram potencialmente desastrosas.

Lembrando que Kiera e eu tínhamos algo importante para discutir, eu gentilmente a empurrei para longe de mim. Precisando de espaço para resistir à atração dos seus lábios, dei um passo em direção à mesa.

— Precisamos conversar sobre Denny, Kiera…

Justamente nesse instante, Denny entrou na cozinha.

— O que é que tem eu? – quis saber ele, com a voz rouca.

Caralho, cacete, puta que pariu!

Meu coração pulou na garganta, mas muitos anos de treinamento em exibir expressões neutras me fizeram manter a pose descontraída.

Se ele tivesse entrado dez segundos antes…

Quebrando a cabeça para dar uma resposta razoável, soltei a primeira mentira que me veio à mente e que poderia ser verdade.

— Eu só estava perguntando a Kiera se você estaria interessado em sair comigo e o pessoal hoje. Vai rolar um agito no EMP…*

Denny me cortou.

— Não, *nós* vamos ficar aqui. – Arrisquei um olhar para Kiera. Ela me observava como se eu tivesse dito a Denny que tinham nascido asas durante a noite e eu tinha voado por aí, sobre a cidade.

Não pude deixar de perceber a forma como Denny tinha ressaltado o "nós".

Kiera não vai a parte alguma com você. Sacou?

— Tudo bem… Se mudar de ideia, é só pintar por lá. Vamos passar o dia inteiro no EMP.

A tensão se acumulou no ambiente e eu cheguei a considerar a possibilidade de lhe contar toda a verdade. Mas Kiera e eu ainda não tínhamos tido a chance de trocar ideias sobre a melhor maneira de fazer isso. Éramos uma equipe agora; devíamos seguir adiante como uma frente unida. Não que isso fosse fazer muita diferença para Denny. Na verdade, talvez fosse melhor deixar Kiera lidar sozinha com o problema. Talvez ele aceitasse a realidade melhor se viesse dela. Se eu estivesse junto, Denny simplesmente ficaria com raiva. Sim, Kiera deveria dizer a ele antes, e então eu e ele conversaríamos.

Quando o constrangimento pareceu quase insuportável, eu disse a ambos:

---

* Museu situado no Seattle Center, dedicado à cultura popular contemporânea (N. do T.)

— É melhor eu ir andando... buscar os caras em casa. — Lancei para Kiera um olhar significativo quando Denny se virou de costas para mim: *Por favor, fale com ele.* Seu rosto estava desesperado, e eu sabia que ela não estava nem um pouco empolgada com esse momento. Eu também não.

A casa estava em silêncio quando eu juntei minhas coisas e saí. Silenciosa demais, por sinal. Desejei que tudo desse certo para Kiera, me censurei por não ter o colhão de ficar *ao lado dela* e fui para a casa de Evan.

Ele não se surpreendeu quando entreabriu a porta e me viu, mas parecia irritado.

— Era melhor eu lhe dar logo uma chave da minha casa. Assim eu não teria de me levantar para atender a porta toda vez que você estivesse fugindo de alguma coisa.

Eu sabia por que ele estava tão revoltado.

— Desculpe por eu ter sido um babaca ontem à noite.

Evan se apoiou no portal, sem me deixar entrar.

— Babaca não serve para descrever a cena. Eu descreveria aquilo como "chilique de uma diva egocêntrica".

Isso me fez dar um pequeno sorriso.

— Sim, pode ser sim... talvez... mas eu realmente sinto muito, Evan, na boa. Pisei fora da linha e não deveria ter dito o que eu lhe disse. Não é minha banda. É a *nossa* banda. Você e eu formamos tudo juntos, e não estaríamos onde estamos agora sem você.

Evan ergueu uma sobrancelha, claramente à espera de mais.

— E *eu sou* uma diva egocêntrica, um idiota, uma merda de ser humano, indigno de qualquer tipo de elogios, louvores ou amor. — Fechei a boca com um estalo da língua. Não tinha a intenção de ir tão longe com meu pedido de desculpas. Estava simplesmente pirando com o que poderia estar acontecendo na minha casa, sem a minha presença.

Eu deveria estar lá. Deveria virar as costas e voltar para casa...

Franzindo a testa, Evan abriu a porta por completo.

— Essa merda não é verdade, Kell. Bem, é claro que você é um babaca, às vezes, mas não é indigno, nem nada dessas coisas.

Naquele momento, eu não tinha certeza se concordava.

Só muito depois do jantar eu finalmente fui para casa. O carro de Denny estava lá, e eu não sabia o que isso significava. Meu estômago se embrulhou quando eu entrei em casa. Entendi a ansiedade de Kiera por contar a ele sobre nós. Denny significava muito para mim; eu também não queria machucá-lo.

A luz da cozinha estava acesa. Preparando o estômago, fui até lá. Denny e Kiera estavam à mesa, terminando o jantar. Achei aquilo estranho. Não me pareceu que Denny aceitaria se sentar à mesa para curtir uma refeição normal com Kiera se ela tivesse lhe contado sobre nós... isso significava que ela não tinha contado nada para ele.

Olhei para Kiera em busca de confirmação e ela balançou a cabeça negativamente. Ela não tinha dito uma única palavra? Continuávamos na estaca zero do jogo.

Pelo olhar em seu rosto, deu para ver que Kiera lutava com demônios tão torturantes quanto os meus; ela provavelmente estava se xingando pela falta de coragem. Sabendo que eu era tão covarde quanto ela, me solidarizei com sua incapacidade de quebrar o coração dele. Teríamos de fazer isso juntos. Pelo ar sombrio nos olhos de Denny enquanto observava cada movimento de Kiera, ele devia saber ou desconfiar de tudo. Precisando de um minuto para reunir meus pensamentos e repassar minhas opções, abri a geladeira e peguei uma cerveja.

Tinha acabado de abri-la quando Denny perturbou aquele silêncio assustador.

— E aí, companheiro? Acho que nós devíamos sair. Que tal o Shack? Poderíamos ir dançar de novo...

A maneira como ele disse "dançar" foi estranha. Será que ele sabia o que Kiera e eu tínhamos feito no Shack? Ou, mais precisamente, no quiosque de café espresso no estacionamento? Ele não poderia saber detalhes sobre aquela noite, mas certamente desconfiava que algo não estava certo entre nós. Mas talvez devêssemos ir até lá, sim. Para uma última confraternização, antes de tudo ruir.

— Hum-hum... Claro — eu disse a ele.

Denny ainda olhava para Kiera, que estudava a comida como se sua vida dependesse disso. Eu gostaria de poder consolá-la, mas não dava para chegar perto dela naquele momento. Tudo que eu podia fazer era subir para o meu quarto com a cerveja e esperar que todos acabassem de se aprontar para a nossa última "noitada dos roommates".

Denny e Kiera saíram para o Shack enquanto eu ainda estava no meu quarto. Com um suspiro, eu me levantei para sair logo atrás deles. Olhei para o meu colchão e me lembrei que o cordão com o pingente estava debaixo dele. Sem saber por que deveria levá-lo, fui até o outro lado da cama e o peguei. A joia parecia muito bonita na palma da minha mão, quando eu enrolei os dedos em torno dela. Acho que eu não precisava mais do cordão como um presente de despedida, mas algo dentro de mim, talvez algumas dúvidas persistentes ou a insegurança, sussurrava que eu deveria levá-lo comigo. Foi o que eu fiz.

O carro de Denny estava no estacionamento quando eu cheguei ao Shack, e eu estacionei ao lado. Não pude deixar de olhar para o quiosque de café espresso quando passei por ele. Foi aí que tudo tinha mudado, foi onde Kiera e nosso relacionamento tinham realmente começado. Uma parte de mim queria invadir o lugar mais uma vez, e uma parte nunca mais queria vê-lo novamente.

Estava quente no bar lotado, mas uma olhada rápida na área me mostrou que Denny e Kiera não estavam lá. Franzindo a testa, eu me perguntei se eles estavam do lado de fora. Por que Denny iria querer sentar lá? Estava gelado.

Uma meia dúzia de aquecedores de ambiente externos tinham sido espalhados em volta do balcão da cerveja e disfarçavam o ar gelado, e o ambiente estava muito agradável. Avistei Denny e Kiera junto ao portão, perto do muro. Estranhamente, aquele era exatamente o mesmo lugar onde tínhamos nos sentado na primeira vez em que fomos ali. Será que Denny fizera isso de propósito também? Será que tentava fazer com que confessássemos? Não havia necessidade disso. Quando o momento certo aparecesse nós iríamos lhe contar tudo. Puxa, eu não estava pronto para perder sua amizade, mas acho que isso já acontecera.

Mantendo um sorriso despreocupado e casual no rosto, caminhei calmamente até a mesa e me sentei diante de uma cerveja intocada que estava diante de mim, num lugar vago junto de Kiera. Sorri para Denny quando me sentei, e em seguida, fiz o melhor que pude para ignorar Kiera. Aquele não era o momento para olhares significativos, até eu sabia disso.

Os alto-falantes escondidos bombeavam a música para o jardim, e pessoas bêbadas estavam na pista de dança, aquecendo seus corpos com movimentos quase rítmicos. Kiera tremia, sentada caladinha ao meu lado. Eu queria colocar o braço sobre o ombro dela, para aquecê-la um pouco, já que ela não aguentava a brisa fria tão bem quanto eu, mas Denny estava com os olhos grudados nela, então eu a deixei por conta própria.

Ficamos num silêncio constrangedor durante uma eternidade, e eu comecei a me perguntar de que serviria aquilo. Estava claro que não poderíamos curtir nossa tripla "amizade" como costumávamos fazer antes. Sinceramente, isso não acontecia já fazia algum tempo. Quando eu já estava pensando em maneiras de destruir nossa amizade de forma definitiva, o celular de Denny tocou.

Exatamente como da outra vez.

Kiera e eu nos viramos e olhamos para ele. Indiferente, ele pegou o celular e o levou ao ouvido. Depois de falar algumas palavras para a pessoa no outro lado da linha, guardou o celular. Deixando escapar um suspiro arrependido, olhou para Kiera.

— Desculpe. Meu chefe precisa que eu dê um pulo... — Ele olhou para mim. — Será que dava para levar Kiera em casa? Preciso ir.

Fiquei muito surpreso e tudo que pude fazer foi concordar com a cabeça. Kiera também pareceu chocada. Em meio a todos os eventos possíveis que poderiam ter dado errado naquela noite, Denny ser chamado para trabalhar não era algo que qualquer um de nós poderia ter previsto.

Denny se levantou e se inclinou para Kiera.

— Vai pensar no que perguntei? — Kiera murmurou que sim, e eu na mesma hora quis saber o que ele perguntara a ela. Então, Denny agarrou ambas as bochechas de Kiera e a beijou de forma tão ardente e apaixonada que eu tive de apertar os lados da minha cadeira para ficar sentado.

Olhei para longe antes que fizesse algo idiota. Quando Denny endireitou o corpo novamente, ouvi Kiera respirando mais pesado. Tinha sido um tremendo beijo aquele. Odiando cada segundo da situação, pigarreei para limpar a garganta e me remexi no lugar.

Kiera acompanhou a saída de Denny até ele desaparecer dentro do bar, enquanto eu lutava com o ataque de ciúmes que subitamente me invadiu. Quando Kiera balançou a cabeça e olhou para mim, eu já tinha mais ou menos readquirido o controle. Resolvi fingir que nada tinha acontecido.

Se eu ignorar o lance, ele poderá não ter sido real.

Sorrindo, peguei a mão dela, agora que eu podia fazer isso.

— Eu estava pensando... já que você provavelmente não vai querer me levar para conhecer seus pais ainda... O que eu entendo perfeitamente. Você não gostaria de passar o feriadão de fim de ano aqui comigo? Ou nós poderíamos ir para Whistler? O Canadá é lindo, e... Você sabe esquiar? Bem, se não sabe... nós não precisamos sair do quarto. — Fazendo uma pausa, exibi um sorriso malicioso. Eu sabia que divagava num blá-blá-blá sem fim, mas queria que ela se concentrasse no que estava ganhando, não no que estava perdendo. Eu seria o melhor namorado do mundo para ela. Eu lhe daria tudo o que tinha, e depois mais um pouco.

Ela olhava para mim, mas tive a sensação de que não estava realmente escutando. Sua mente estava em outro lugar, com outra pessoa. Não sabendo mais o que fazer, continuei falando.

— Podemos escolher um quarto com banheira de hidromassagem, pedir um bom vinho, talvez morangos sofisticados, desses cobertos com chocolate. Depois podemos caminhar pela cidade, conferindo as lojas. Vai ser ótimo, você vai ver.

Ela engoliu em seco, mas não respondeu. Juntando as sobrancelhas, eu disse:

— Isso é só uma ideia. Podemos ir para outro lugar, se você quiser. Eu só quero... passar algum tempo com você. Só nós dois. Não temos tido chance de fazer isso. O que você gostaria de fazer? — Seus olhos fitavam algum ponto distante e ela não me respondeu. — Você está ligada no que eu estou falando? — Ela continuava olhando para um ponto além, como se me atravessasse com os olhos, então eu desviei um pouco a cabeça para atrair sua atenção e tornei a perguntar: — Kiera... você está prestando atenção?

Suas bochechas ficaram vermelhas e ela olhou para as nossas mãos, como se estivesse surpresa de ainda continuarmos nos tocando. Preocupado, perguntei:

— Você está bem? Quer ir para casa? — Eu sabia que era difícil para ela, mas queria que Kiera visse a esperança que eu estava lhe oferecendo. Ela não estava sozinha. Eu ficaria com ela a cada passo do caminho.

Acenando com a cabeça para a minha sugestão, ela se levantou. Eu a levei para o portão de saída lateral com uma mão na parte inferior das suas costas. Ela examinou o estacionamento assim que entramos nele, e seus olhos pararam no quiosque de café. Eu sorri, imaginando se ela recordava os momentos que passamos ali dentro – a tortura e a bem-aventurança. Aquela foi uma noite que eu nunca esqueceria.

Pela primeira vez eu me senti realmente animado com o futuro. Era uma sensação estranha, mas bem-vinda. Certamente muito melhor do que o desespero sem fim.

– Depois que eu terminei o ensino médio, viajei por toda a costa do Oregon. Foi assim que eu conheci Evan. Devíamos ir até lá, aposto que você iria adorar. Existem cavernas onde a gente pode entrar, cheias de estalagmites de formatos loucos, estalactites e sei lá como elas se chamam. E os leões-marinhos estão em toda parte, nas praias. Você pode falar com eles, e eles respondem. São muito legais, de um jeito barulhento, e são meio rabugentos. Mais ou menos como Griffin. – Eu ri, mas Kiera não riu comigo. Ela olhava para frente enquanto caminhávamos para o carro. Eu me perguntei se ela já tinha reparado que o carro de Denny tinha ido embora. Provavelmente. Continuei a falar

– De qualquer forma nós podemos seguir pelo litoral se você quiser, até Los Angeles. Posso lhe mostrar onde conheci o resto dos rapazes. Bem... não vou levar você ao lugar exato onde conheci Matt e Griffin... mas posso lhe mostrar onde aconteceu o nosso primeiro show. E o lugar onde eu fiquei durante o período em que estive lá; e também onde eu comprei o Chevelle. Você sabe, todos os lugares importantes. – Ri de novo, mas Kiera ainda permaneceu em silêncio.

O medo começou a subir pela minha espinha e envolver meu coração com seus tentáculos gelados. Ela continuava não escutando coisa alguma do que eu dizia... estava a um milhão de quilômetros de distância. E estava com Denny. Eu sabia disso. Seus olhos brilhavam mais do que deveriam, e eu sabia que ela começava a sentir a chegada de lágrimas que não eram para mim. Ela estava reprisando, mentalmente, todo o seu relacionamento com Denny.

Estava mudando de ideia.

Quando parou subitamente de andar e soltou minha mão, eu sabia que tinha razão. Ela estava mudando de ideia. Resolvera escolhê-lo, depois de tudo. Imaginei que eu deveria me sentir surpreso, mas não estava. Algo no fundo da minha mente gritava que eu estava vivendo dentro de uma fantasia. Ela nunca seria minha.

Eu me virei para encará-la e soube que aquela... era a última vez em que conversaríamos. Tudo acabara. Aquilo era um adeus.

Kiera virou os olhos para mim, e eu vi a culpa que sentia. Ela estava me largando. Palavras pareciam desnecessárias, mas eu perguntei a ela, mesmo assim:

– Eu perdi você... não perdi?

Ela pareceu surpresa por eu ter finalmente percebido isso, e ergueu os olhos para mim. Mas não deveria estar surpresa, porque isso estava escrito com clareza no seu rosto.

— Kellan, eu... eu não posso fazer isso... ainda. Não posso deixar Denny. Preciso de mais tempo...

— Tempo? — Eu já estava de saco cheio dessa palavra. — Kiera... nada vai mudar aqui. Que diferença faria mais tempo para você? — Irritado, apontei na direção genérica da nossa casa, onde mais dor estaria à nossa espera se algo não mudasse. — Agora que ele sabe que você mentiu, o tempo só vai magoá-lo ainda mais.

E vai machucar *a mim* ainda mais.

— Kellan, me perdoe... Por favor, não fique com raiva de mim. — Seus olhos estavam cheios de lágrimas agora. Os meus também. Eu tinha conseguido quase tudo. Ou talvez nunca tivesse chegado nem perto.

Frustrado, enfiei os dedos pelo meu cabelo. Queria arrancar os fios compridos pela raiz. Precisava que aquela montanha-russa parasse. Precisava que a minha vida se acalmasse um pouco, que as coisas sossegassem. Precisava me sentir seguro novamente.

— Não, Kiera... não.

Os olhos dela se arregalaram de medo e sua voz tremeu quando ela falou.

— O que você quer dizer? Não, não está com raiva de mim, ou não, não pode deixar de ficar com raiva de mim?

Ela parecia muito assustada. Eu odiava ver aquele olhar em seu rosto, mas ela ia ter que deixar um de nós ir embora. E pretendia me deixar ir. Levando uma das mãos até o seu rosto, num gesto de conforto, eu lhe disse, baixinho:

— Não, não posso te dar mais tempo. Não posso fazer isso. Está acabando comigo...

Kiera balançou a cabeça enquanto as lágrimas escorriam pelo seu rosto.

— Por favor, Kellan, não me faça...

— Chega, Kiera! — Agarrando sua outra bochecha, segurei seu rosto apertado em minhas mãos e olhei-a de cima para baixo.

Isso não é tão difícil quanto você está tornando. Pare de raciocinar e escute seu coração. Seja corajosa... corte esse cordão... e deixe um de nós despencar.

— Escolhe agora — continuei. — Não pensa, só escolhe. Eu... ou ele? Eu ou ele, Kiera?

Com os olhos grudados nos meus, ela sussurrou:

— Ele.

Na parte de trás da minha cabeça, ouvi como uma porta de cela feita de ferro pesado bater com força, e soube que meu coração estava para sempre trancado dentro dela. Eu nunca mais abriria aquela cela. Eu nunca mais iria amar alguém. Nunca mais me arriscaria a sentir novamente aquela dor. Senti como se um elefante estivesse sentado no meu peito, me esmagando. Não conseguia respirar, estrelas dançavam em torno do meu campo visual e imaginei meu pai rindo a distância.

Ela escolheu Denny...

Uma lágrima quente me escorreu pelo rosto, e eu sabia que era só a primeira de muitas. Haveria muitas lágrimas naquela noite.

— Ah — murmurei. A luz estava ficando mais fraca? Eu estava prestes a desmaiar? Quase gostaria disso. Queria desmaiar e nunca mais acordar.

Largando o rosto dela, desejei que a escuridão me envolvesse. Meu peito estava sendo aberto ao meio, meu cérebro estava se liquefazendo.

Por favor, alguém... me leve para longe dessa tortura.

Kiera agarrou meu casaco e me puxou em sua direção.

— Não, Kellan... espera. Eu não tive a intenção de...

Minha raiva, por alguns momentos, apagou a agonia.

— Teve, sim. Foi o seu instinto que falou. Foi a primeira coisa em que você pensou... e a primeira coisa que a gente pensa geralmente é a que está certa. — Fechando os olhos, engoli em seco e empurrei a raiva para longe. De que adiantava eu ficar revoltado? Não era culpa dela. Denny era um bom homem, o melhor de nós dois... Ela estava sendo inteligente ao escolhê-lo, em vez de mim.

Por que alguém iria escolher você?, perguntou a voz do meu pai.

— É isso que realmente está no seu coração — completei. — É ele que está no seu coração...

Como deveria ser, mesmo.

Kiera pegou nas minhas mãos e as segurou com força enquanto eu sugava algumas respirações profundas e calmantes. Eu não queria que nossa última despedida fosse uma troca de gritos e insultos. Queria lhe dizer adeus como eu tinha planejado. De forma estoica. Abrindo os olhos, afirmei com uma voz surpreendentemente calma:

— Eu disse a você que iria embora, se essa fosse a sua escolha... e é o que vou fazer. Não vou mais criar problemas para você. Eu sempre soube com quem seu coração estava, mesmo. Nunca deveria ter pedido para você fazer uma escolha... nunca houve uma escolha a ser feita. Ontem à noite, cheguei a esperar que... — Suspirando, olhei para o chão.

Não havia motivo para eu ter esperanças em uma situação que nunca iria realmente se tornar realidade.

— Eu já devia ter ido embora há séculos. Estava só... sendo egoísta.

Kiera fez um barulho que mais parecia um escárnio.

— Acho que eu dou um novo significado à palavra, Kellan.

Sorrindo, eu olhei para ela. Sim, talvez ela tivesse feito isso. Nós dois tínhamos feito.

— Você estava com medo, Kiera. Eu entendo. Estava com medo de deixar tudo para trás... Eu também estou. Mas tudo vai ficar bem. — *Tem que ficar.* — Nós vamos ficar bem.

Como eu vou viver sem ela?

Envolvemos nossos braços em torno um do outro e nos apertamos tanto quanto conseguimos. Eu não queria deixá-la ir nunca, mas sabia que tinha de fazer isso. Um de nós tinha de ir.

— Jamais conte a Denny sobre nós dois. Ele não vai te abandonar. Você pode ficar na minha casa o tempo que quiser. Pode até alugar meu quarto, de repente. Eu não me importo.

Ela se afastou para olhar para mim e eu pude ver a pergunta assustadora em seus olhos. Eu estava indo embora? Sim, estava. Para sempre, dessa vez.

— Tenho de ir embora, Kiera... enquanto ainda tenho forças. — As lágrimas escorriam por suas faces, uma atrás da outra. Sentindo que minhas bochechas também estavam molhadas, eu as enxuguei do melhor jeito que pude. — Vou ligar para Jenny e pedir para ela vir buscar você. Ela te leva até Denny. E também te dará uma força.

Você não ficará sozinha.

— E quem dará uma força para você? — ela perguntou, com sua voz suave de compaixão.

Ninguém.

Engolindo essa verdade dolorosa, ignorei a pergunta e continuei despejando pensamentos felizes em cima de Kiera, para ela refletir sobre eles depois que eu tivesse isso embora.

— Você e Denny podem ir para a Austrália e se casar. Podem ter uma vida longa e feliz juntos, do jeito que era para ser. Prometo que não vou interferir.

Vou sentir falta de você... muita falta.

Kiera não queria ouvir sobre a sua vida, queria saber sobre a minha. Queria saber que eu iria ficar bem.

— Mas e você? Vai ficar sozinho...

Eu sei.

Com um sorriso triste, eu disse:

— Kiera... as coisas sempre foram para ser desse jeito.

Ela colocou a mão no meu rosto, num gesto de dor e compreensão.

— Eu te disse que você é um cara legal.

Eu sou? Não me sentia como um homem bom.

— Acho que Denny discordaria.

Ela jogou os braços ao redor do meu pescoço novamente e nós descansamos nossas testas juntos no instante em que o som de uma balada triste e lenta flutuou por sobre a cerca até nós. Parecia muito adequado que uma canção melancólica estivesse tocando naquele momento. Será que minha vida nunca mais seria outra coisa a não ser aquilo... Pura melancolia?

— Meu Deus, como vou sentir sua falta...

Eu não quero ir embora...

Kiera me apertou com mais força ainda e suas palavras ficaram frenéticas e desesperadas quando ela falou.

– Kellan, por favor, não...

Eu sabia o que ela ia dizer e rapidamente a cortei.

– Não, Kiera. Não me peça isso. As coisas têm que acontecer desse jeito. Nós precisamos quebrar esse círculo, e pelo visto nenhum de nós consegue ficar longe do outro... por isso, um dos dois tem que ir embora. – Sentindo minha força de vontade desaparecer, balancei a cabeça contra a dela e falei mais depressa. – Desse jeito Denny não vai se magoar. Se eu for embora, talvez ele não questione sua mentira. Mas, se você me pedir para ficar... eu vou ficar, e ele vai acabar descobrindo, e nós vamos destruí-lo. Eu sei que você não quer isso. Nem eu quero, amor.

Eu quero ficar. Eu quero ficar. Eu quero ficar.

Um soluço escapou dela e me apertou o coração.

– Mas dói demais...

Desejando, de alguma forma, aliviar sua dor, eu a beijei.

– Eu sei, amor... eu sei. Nós temos que deixar doer. Preciso ir embora, desta vez para sempre. Se é ele que você quer, então precisamos acabar com tudo. É a única saída.

Por favor, mude de ideia novamente. Quero ficar com você.

Eu a beijei mais uma vez e me afastei um pouco, com os olhos lacrimejando. Agora era o momento certo. Colocando a mão no bolso, peguei o cordão com o pingente. Segurei-o com a mão fechada; em seguida, abri uma das mãos dela e o coloquei com gentileza ali na sua palma. Ela olhou para a lembrança entre seus dedos, viu o diamante brilhando ao luar e respirou fundo uma vez, meio ofegante. Foi por isso que eu tinha levado a joia para ela... uma parte de mim sabia que aquilo ia acontecer.

Enquanto eu falava, a mão de Kiera começou a tremer.

– Você não precisa usá-lo... Eu vou compreender. Só queria que você tivesse alguma coisa para se lembrar de mim. Não queria que você me esquecesse. Eu nunca vou te esquecer.

Você estará em minha mente a cada segundo de cada dia. Posso lhe prometer isso.

Ela olhou para mim e a descrença era tão clara quanto a dor em seu rosto. Com as lágrimas caindo como chuva ela sussurrou, com a voz trêmula:

– Esquecer você? Nunca... – Com o cordão entrelaçado nos dedos, ela agarrou meu rosto. Com voz intensa e clara, disse: – Vou te amar... para sempre.

Apertei meus lábios contra os dela.

Eu também vou te amar... para sempre. Nunca haverá outra para mim. Nunca! Você será a mulher com a qual eu vou comparar todas as outras, e ninguém vai conseguir se equiparar a você.

Colocamos nossas almas naquele beijo. Nosso último beijo. Eu sabia que era. Sabia que no segundo em que nos separássemos eu iria embora e ela iria ficar com Denny. Era isso que o destino vinha tentando me dizer todo aquele tempo. Eu não cheguei a tê-la porque nunca a mereci. Só que, de forma egoísta, também não queria deixá-la ir também. À medida que os minutos se passavam e nossas bocas se moviam juntas, um soluço escapou dos lábios de Kiera, em seguida dos meus, e eu duvidei se conseguiria ir embora dali. Eu precisava de um minuto... ou dez, ou vinte... ou mil.

Mas eu não conseguiria chegar a esse número porque o destino ainda não tinha acabado de foder comigo.

Atrás de Kiera, o portão que dava para o bar foi fechado com um estrondo. Meus olhos se abriram e eu observei, impotente, enquanto o meu mundo desmoronava ao meu redor. Alguém caminhava em minha direção; alguém que não deveria estar aqui; alguém que Kiera e eu vínhamos, tolamente, tentando proteger daquela dor, mas que agora recebia o golpe no meio da cara. Denny.

Não...

Kiera interrompeu o contato comigo, mas eu não consegui olhar para ela. Não pude afastar meus olhos de Denny. Suas mãos tinham virado punhos cerrados e seus olhos escuros me lançavam farpas letais. Ele queria me ver morto naquele exato momento, disso eu tive certeza.

— Me perdoe, Kiera — sussurrei.

Isso vai ser feio. Eu nunca quis que isso acontecesse desse jeito... nunca quis que ele visse. Com toda a sinceridade, nunca quis que ele soubesse.

Nada mais ia ser como era antes, a partir de agora.

Capítulo 31
SIMPLESMENTE ACABE COM MINHA DOR AGORA MESMO

Kiera e eu nos afastamos um do outro quando Denny nos chamou pelos nomes. Não pude deixar de notar que o meu nome foi pronunciado num tom muito mais hostil que o de Kiera. Denny parecia chocado, como se não esperasse realmente nos pegar daquele jeito. Porém, mais do que surpreso, ele ficou indignado. E eu imaginei que estava ferido também.

Kiera colocou as mãos para cima, tentando nos proteger da tempestade que se aproximava.

— Denny... — Ela não tinha outras palavras, não havia como retratar aquilo com uma luz inocente, não havia como esconder o que tínhamos feito. Não havia mais jeito. As mentiras acabaram.

O olhar raivoso de Denny se virou para mim.

— Que diabos está acontecendo aqui?

Quase aliviado ao ver que o jogo tinha acabado, eu disse a Denny a verdade. Bem, pelo menos a verdade em sua forma mais simples.

— Eu beijei a Kiera. Estava me despedindo... porque vou embora.

Com o canto do olho, vi quando Kiera pressionou a barriga com as mãos. Não sei se o pesadelo em que estávamos era a causa de sua dor ou a declaração de que eu estava indo embora. Por mais errado que parecesse eu me preocupar com isso naquele momento, torci pela segunda opção.

Os olhos de Denny brilharam de ódio, e tudo aquilo era destinado a mim. Beleza! Ele devia odiar a mim, só a mim. Aquilo era tudo culpa minha.

— Você beijou a Kiera? Você trepou com ela?

Minha mente voltou ao meu tempo de infância. As coisas eram muito mais simples naquele tempo, embora parecessem complicadas, na época. Eu me lembrei do sangue escorrendo pelo lábio de Denny, enquanto ele estava sentado no chão, tentando se restabelecer; meu pai fugindo da sala como se tivesse medo do que Denny poderia fazer; e eu, sentado no chão ao lado de Denny, atordoado e atônito por alguém ter feito o que ele acabara de fazer para mim. Denny merecia a verdade.

— Sim. — Eu me encolhi ao enfiar essa faca em mim mesmo. O dano estava feito agora. Nossa amizade tinha terminado.

O queixo de Denny caiu, em choque. Ele tinha esperança de estar enganado. Uma parte de mim quis que estivesse.

— Quando?

— A primeira vez foi na noite em que vocês terminaram. — Eu sabia que o estava levando a uma conclusão horrível com aquela declaração, mas a verdade era essa.

Ele pescou no ar na mesma hora o que eu insinuei.

— A primeira vez? Quantas *vezes* foram?

— Só duas...

Kiera lançou os olhos para mim, e eu vi uma pergunta naquelas profundezas cor de avelã. *Estivemos juntos mais de duas vezes. Por que você disse isso a ele?* Porque ele perguntou quantas vezes nós trepamos. E depois que confessamos que amávamos um ao outro, o que fizemos foi muito mais do que trepar. Eu nunca mais queria trepar. Os lábios de Kiera se ergueram, numa espécie de sorriso e eu vi que ela entendeu.

Voltando os olhos para Denny, disse a ele o que estava em meu coração.

— Mas eu a desejava... todos os dias.

Não havia motivo para me segurar agora. Ele devia saber de tudo o que eu sentia por ela, tudo o que ela significava para mim.

As bochechas de Denny ficaram vermelhas como as de meu pai quando ele ficava muito zangado. Eu sabia o que ele ia fazer antes mesmo de ele se posicionar. Puxando o braço para trás, ele girou o corpo e jogou seu peso todo em um murro que me atingiu direto a mandíbula. Denny era forte, e o soco me jogou um passo para trás. Meu queixo latejou, minha cabeça começou a martelar e eu senti gosto de sangue na boca. Excelente. Eu merecia aquilo.

Quando minha visão se estabilizou, eu endireitei o corpo e olhei de volta para ele. Podia sentir o calor me escorrendo pelo rosto enquanto eu falava.

— Não vou lutar com você, Denny. Peço perdão, mas nós nunca quisemos magoar você. Nós lutamos... Tentamos tanto resistir a essa... atração... que sentimos um pelo outro. — Eu odiei as palavras que saíam da minha boca. Odiei o olhar no rosto de Denny.

Eu nunca quis que as coisas acontecessem daquele jeito.

Denny cerrou os punhos.

— Você tentou? Você tentou não trepar com ela? — Ele gritou e me bateu de novo, no rosto dessa vez. Meus ouvidos começaram a apitar, mas eu ainda consegui ouvi-lo claramente quando ele gritou: — Eu abri mão de tudo por causa dela!

Ele me golpeou mais uma vez, e outra. Eu deixei. Não fiz nada para bloquear seus golpes, não fiz nada para proteger meu corpo. Após cada soco eu o enfrentava novamente, dando-lhe outro alvo perfeito para a sua raiva. Eu merecia cada um daqueles socos. Eu merecia toda a força de sua fúria. E... enquanto Denny estivesse me arrebentando, deixaria Kiera em paz.

Melhor eu do que ela.

— Você me prometeu que não tocaria nela!

Ele estava certo, eu tinha prometido. E tinha quebrado essa promessa como fiz com tantas outras antes. Eu a quis e a tomei dele. Não era amigo dele, nem de ninguém. E a parte realmente triste era que tudo aquilo fora por nada. No fim, ela escolheu a *ele*.

— Me perdoe, Denny — sussurrei, mas duvido que ele tenha me ouvido. E de que servia um pedido de desculpas, no fim das contas? Era como colocar um Band-Aid numa fratura exposta. Inútil.

Senti minha força desaparecer e minha visão se embotar. Não tinha certeza de quanto tempo mais conseguiria aguentar a raiva de Denny. Mas o que importava isso? O que importava agora? Eu tinha perdido a única coisa que tinha desejado na vida. Eu provei o gosto do amor, mas ele logo foi arrancado de mim. Eu não poderia continuar vivendo minha vida vazia e sem sentido. Se eu estava destinado a ficar sozinho, então tudo poderia muito bem acabar aqui. Caí de joelhos, enquanto Denny gritava:

— Eu confiei em você! — Seu joelho atingiu meu queixo, me fazendo cair de costas.

Tudo ficou escuro e, por um segundo, eu pensei que tivesse desmaiado. Mas não poderia estar inconsciente, porque tudo doía — minha cabeça, meu corpo, meu coração. Tudo em mim latejava.

Simplesmente me mate e acabe com tudo.

Os golpes das botas pesadas de Denny atingiram meu abdômen exposto. Eu deixei meu corpo aberto para ele. Fiz de tudo para tornar mais fácil para ele me machucar. Cada golpe enviava ondas de choque e de dor por todo o meu corpo, mas eu dava as boas-vindas a tudo aquilo.

Eu mereço isso. Mereço mais que isso.

Um golpe terrível me atingiu o braço e resultou num estalo nauseante quando Denny quebrou o osso; uma dor em ardência se irradiou do meu antebraço até o peito. Incapaz de conter a agonia, eu gritei de dor e segurei meu braço perto do corpo. Denny não percebeu o que tinha feito. Simplesmente gritou:

— Você dizia que era meu irmão!

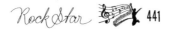

Debaixo da inundação de dor, senti a náusea me subir pela garganta. Agora, cada chute que Denny me dava sacudia meu braço, reacendendo a ruptura dolorosa.

Eu mereço isso. Mereço mais que isso. Pode acabar comigo.

Senti uma costela quebrar, talvez duas, eu não fazia ideia. Tudo que sabia era que doía muito. Acho que não iria sobreviver àquilo. Ótimo. Eu não queria viver sem ela. Só queria que a dor acabasse.

Cuspindo sangue, murmurei:

— Não vou lutar com você... Não vou machucar você... Me perdoe, Denny...

Eu mereço a sua raiva. Minha vida é sua... pode tirá-la.

No meu torpor de dor, comecei a repetir essas palavras como um mantra. Denny me batia toda vez que eu as dizia, baixinho.

— Sinto muito... Eu não vou lutar com você... Eu sinto muito... Não vou te machucar.

— Seu pedaço de merda! Você é um merda patético, a porra de um canalha egoísta! Sua palavra não vale nada! *Você* não vale nada!

Virei a cabeça para longe dele.

Eu sei. Sei que sou um inútil. É por isso que não vou brigar com você. Eu mereço isso.

— Me perdoe, Denny.

Não se sinta mal quando isso acabar. Você fez a coisa certa.

— Ela *não* é uma das suas putas! — ele gritou, ignorando meu pedido de desculpas.

Denny fez uma pausa em seu ataque e me levantou um pouco até eu me apoiar no cotovelo. Fiquei um pouco surpreso por ainda conseguir me firmar. Minha visão tinha voltado apenas parcialmente, mas vacilava na escuridão. Minha cabeça latejava, meu braço parecia em chamas, e eu sangrava por toda parte. Doía quando eu respirava, doía quando eu me mexia. Tudo o que restava era a dor. E a verdade. E o que Denny tinha gritado ainda agora não era verdade. Não foi assim que tudo aconteceu.

Ela nunca foi uma puta para mim.

— Me perdoe por ter magoado você, Denny, mas eu amo a Kiera. — Cada respiração era uma agonia, mas dizer a Denny o que eu tinha segurado por tanto tempo me encheu de alegria. Era bom confessar. Talvez eu não sobrevivesse àquela surra, eu poderia tê-la perdido, mas por um segundo eu tinha amado e fora amado de volta. Minha vida estava completa. A paz me preencheu quando eu desviei os olhos para Kiera. Ela estava petrificada, em estado de choque, com lágrimas escorrendo pelo rosto. Nunca tinha estado mais bonita. Talvez o que tivéssemos feito fosse errado, mas tínhamos nos amado com todo o coração, e ninguém poderia tirar isso de nós. Nem Denny, nem o destino, muito menos a vida. Nada importava mais dali para frente, porque eu já tinha atingido o auge da felicidade.

Alguém tinha me amado.

— E ela também me ama.

Vamos ficar juntos para sempre nos meus sonhos...

Apaguei Denny da minha mente. Não importava o que ele tinha me feito. Eu queria memorizar todas as linhas do rosto de Kiera, cada expressão dos seus olhos que mudavam de cor. Se aquela fosse a minha última noite na Terra, eu queria gastá-la olhando para ela.

Está tudo bem, Denny. Faça o que quiser... Estou pronto.

O olhar de Kiera passou de mim para Denny, e em seguida, voltou para mim. Ela parecia apavorada. Eu queria dizer a ela que estava tudo bem, que eu estava em paz, mas ela se movimentou antes que eu pudesse me concentrar o tempo suficiente para dizer essas palavras. Minha mente não conseguiu acompanhar o que ela pretendia fazer. Ela gritou:

— Não! — em seguida, se jogou em cima de mim. Olhei para Denny bem a tempo de ver sua bota bater com força na têmpora de Kiera.

Não! Isso era para acontecer comigo...

— Kiera! — Minha boca parecia estar cheia de pedrinhas e minha visão sumia e voltava ao foco, mas isso não era nada comparado à visão de Kiera caída no chão ao meu lado, imóvel.

O golpe que ela recebera em meu lugar a tinha arremessado para longe de mim, e seu cabelo lhe cobria o rosto. Eu não fazia ideia se ela estava bem ou não. A descarga de adrenalina me deu alguma força e eu me arrastei para me aproximar dela.

Por favor, esteja bem.

Eu estava com medo de tocá-la, apavorado por movimentá-la. Qual era a regra sobre lesões na cabeça? Eu não fazia a mínima ideia.

No instante em que eu consegui me arrastar até onde podia vê-la mais de perto, Denny já estava de joelhos ao seu lado.

— Kiera? — ele disse, balançando os ombros dela.

— Não faça isso — murmurei. — Você pode piorar o estado dela.

Ele olhou para mim com os olhos arregalados.

— Ela está bem? Por favor me diga que ela está bem. Santo Cristo, ela está sangrando... há tanto sangue aqui! Kellan, ela está bem? Será que eu...? O que eu fiz com ela?

Pela palidez do seu rosto e o olhar frenético em seus olhos, percebi que ele estava perdendo a sanidade. Ignorando-o, eu me concentrei em Kiera.

— Amor? — sussurrei, movendo seu cabelo para longe dos olhos, para poder vê-la. — Diga-me que está tudo bem... por favor. — Ela continuou sem responder, e eu vi que Denny tinha razão sobre o sangue. O chão sob a sua cabeça estava tão terrivelmente vermelho e escuro que parecia preto. Porra! Encolhendo-me de dor, coloquei meu rosto ao lado da sua boca.

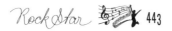

Deixe-me sentir sua respiração... não a deixe estar morta. Eu não posso enfrentar um mundo onde ela esteja morta. Era para acontecer comigo. Por que ela fez isso?

Pareceu se passar uma eternidade antes de eu sentir... alguma coisa... e quando finalmente consegui, eu soltei o ar preso, de alívio.

— Ela está respirando – disse a Denny. – É muito fraco, mas dá para sentir.

— Temos que pedir ajuda. Ela precisa de um médico, de um hospital... precisamos chamar uma ambulância. – Ele passou as mãos pelo cabelo. Seus dedos estavam esfolados e sangrando de bater repetidamente no meu rosto.

Eu sabia que o tempo era um fator fundamental, mas também sabia que Denny estaria numa merda federal por causa daquilo... especialmente se ela morresse.

Porra, por favor, não a deixe morrer.

— Você precisa ir embora. Agora! – eu disse a ele. Mais preocupado em estancar o sangramento do que com qualquer dano potencial que poderia fazer para sua cabeça, coloquei Kiera no meu colo o melhor que pude, com o braço bom, e depois coloquei a parte de baixo da minha camisa contra a parte pegajosa do seu crânio. Minha camisa ficou encharcada e escura na mesma hora.

Os olhos de Denny se arregalaram ainda mais ao ver aquilo.

— Não... vou ficar com ela. – Havia um traço de ciúme em sua voz, mas não havia tempo para aquilo agora. Não se tratava de nós naquele momento.

Irritado e assustado, eu gritei:

— Você não é um gênio, ou algo assim? Seu imbecil, você vai para a cadeia se ficar aqui. Você está me entendendo, porra? Você tirou o meu couro e... agora a sua namorada está...

Eu não consegui terminar e Denny não me deixou.

— Não vou sair de perto dela.

Vendo a mancha de sangue crescer na minha camisa, eu gritei:

— Porra, você tem de ir embora, sim! Você vai ser levado, trancafiado e sua carreira vai acabar! É isso que você quer, porra? É isso que você acha que Kiera quer, porra? – Cuspi uma carrada de sangue para enfatizar o que dizia. – Agora, pare de discutir e dê o fora daqui!

Denny pareceu perceber pela primeira vez que eu tinha me transformado numa polpa ensanguentada. Olhou para mim e em seguida olhou para suas mãos.

— Por Deus... o que foi que eu fiz?

Expirei com força para me acalmar. Eu precisava manter a cabeça fria, para poder convencê-lo a ir embora.

— Você não fez nada. Nem mesmo estava aqui. Você me entendeu? – Ergui minhas sobrancelhas. Aquilo doeu. Tudo doía. Com muito cuidado, coloquei a minha mão boa no bolso de trás, peguei minha carteira e a atirei na direção de Denny. Ele parecia confuso ao ver isso, então eu rapidamente expliquei, ao mesmo tempo que voltava a mão para fazer uma compressa improvisada em Kiera. – Corra, agora. Vou contar a eles que nós fomos assaltados e as coisas ficaram feias. Vou dizer a eles que Kiera tentou me proteger... e... e ela... – Suspirei, e em seguida implorei: – Saia daqui, Denny, antes que seja tarde demais!

Sem nunca afastar o olhar de Kiera, Denny se levantou lentamente.

– Você vai pedir ajuda?... Vai ficar com ela?

Fiz que sim com a cabeça e apontei para a rua.

– Vou. Agora, por favor... vá embora... antes que alguém apareça aqui fora.

Denny saiu, mas olhou para mim mais uma vez. Parecia dividido, como se quisesse ir, mas também quisesse ficar e confessar. Foda-se. Eu não ia permitir que ele jogasse sua vida fora só porque *eu* o tinha levado até o ponto de ruptura. Aquilo tudo era culpa minha, não dele.

– Kiera ia querer que você fosse embora – eu disse, com voz firme. – Ela não iria querer ver você punido por isso. Não desse jeito. – Minha voz se suavizou. – Nós já punimos você o suficiente.

Denny olhou para trás, viu Kiera no meu colo e fez que sim com a cabeça. Lágrimas lhe escorriam pelo rosto quando ele se dirigiu a mim e sussurrou:

– Sinto muito. Diga a ela que eu sinto muito. – Com uma expressão de dor final, ele fugiu.

Aliviado por ele não se enrascar em alguma confusão jurídica por causa daquilo, fechei os olhos. Então reuni minhas forças e gritei:

– Socorro, alguém me ajude! – Continuei gritando até que, finalmente, algumas pessoas abriram o portão para o jardim onde estávamos e enfiaram a cabeça pela fresta para ver que agitação era aquela. Quando me viram surrado e muito ensanguentado junto ao corpo imóvel de Kiera, entraram em ação. Uma meia dúzia de homens e mulheres correram na minha direção, três deles já pegando os celulares enquanto se aproximavam. Eu quase chorei de alívio. Eles iriam ajudá-la. Eles iriam consertar a situação. Tinham de fazer isso.

– O que aconteceu? – Foi a primeira coisa que me perguntaram assim que chegaram onde estávamos.

A mentira rolou sem esforço. Alguém trouxe uma toalha molhada para a cabeça de Kiera e eu tirei minha camisa arruinada e quase colada no seu couro cabeludo. Alguém me perguntou se eu estava bem. Eu me ouvi murmurar que achava que meu braço estava fraturado, mas me senti anestesiado por dentro. Completamente oco. E se ela não conseguisse se salvar? E se não sobrevivesse ao golpe que sofrera na cabeça? Eu não conseguiria... Não... aquilo não poderia terminar desse jeito. Simplesmente não podia.

Quando as ambulâncias chegaram, um grupo de paramédicos veio nos atender. Eles tentaram remover Kiera dos meus braços e eu teimosamente me mantive colado nela.

Kiera está viva neste momento. Se eu a deixar ir... quem sabe o que pode acontecer?

Um homem mais velho com um rosto simpático ajoelhou ao meu lado.

— Por favor, você precisa largá-la para que possamos cuidar dela. Estamos aqui para *ajudá-la*.

A contragosto, eu assenti.

Sim, ajudem-na.

— Ela vai ficar bem? — perguntei, com a consciência de que não poderia receber uma resposta definitiva.

Um homem mais jovem começou a examinar meus ferimentos, enquanto Kiera era levada.

— Ela está em boas mãos. Vamos ver como você está passando.

Kiera foi levada para uma maca e uma máscara foi colocada sobre sua boca. Eu vi uma névoa embaçar a máscara, por causa da sua respiração.

Graças a Deus... ela ainda está viva.

Ela foi colocada em uma ambulância e as portas se fecharam atrás dela. Tentei ficar em pé.

— Espere, quero ir com ela. Deixem-me ir com ela.

Uma mão firme me manteve deitado.

— Fique quieto, por favor. Você também está ferido. Vamos levá-lo em uma maca e colocá-lo na outra ambulância. Mas você vai estar bem atrás dela, eu garanto.

De repente eu me senti extremamente cansado. Assenti com a cabeça, mas não houve força no gesto, apenas uma espécie de movimento sem vida para cima e para baixo. Deixando cair minha cabeça pesada, olhei para a piscina manchada de sangue que Kiera deixara para trás. Largado na borda da poça vermelha estava o cordão que eu tinha dado a ela como presente de despedida. Ele estava tocando o sangue, e a poça começava a se fechar em torno do pingente, rodeando-o. Com a minha mão boa, raspei os dedos quase sem forças pelo concreto áspero.

O cordão de prata que segurava a guitarra entrou em contato com meus dedos gelados e eu agarrei o metal frio. Quando estava em minha mão, olhei para a guitarra tingida com o sangue de Kiera. O diamante no centro me fizera lembrar do meu amor eterno por ela, no dia da compra; agora, porém, tudo que eu via era uma lágrima cristalizada.

Por favor, não a deixe morrer.

Fui transferido para uma maca, colocado dentro de uma ambulância, ligado a um equipamento complicado e levado dali. Minha mente caiu no esquecimento em algum momento, e só fragmentos do meu resgate rompiam a barreira da minha consciência. Lembro-me de ter chegado ao hospital, da sensação chocante de ser removido da ambulância; ouvi alguém dizer a uma enfermeira todas as coisas que tinham encontrado de errado comigo até o momento, e me ouvi perguntando sobre Kiera. Minhas perguntas não foram respondidas e minha consciência voltou a sumir.

Quando acordei, estava em uma cama de hospital, vestindo um camisolão hospitalar. Meu braço fora colocado numa tala, minhas costelas estavam enfaixadas e eu tinha bandagens no rosto. A dor surda permeava meus sentidos e minha cabeça parecia lenta, como se eu ainda estivesse acordando de um delírio. Olhando para o braço bom, vi que estava ligado a um frasco de soro, que pingava um líquido claro em minha circulação. Eu não tinha certeza de nada, mas sabia que aquele líquido era, provavelmente, a razão de eu não estar mais com uma dor esmagadora.

Ouvi sussurros vindos do outro lado da sala, e vi três enfermeiras na porta, falando umas com as outras. Duas delas riam.

— Desculpem... — Todas olharam na minha direção. Uma delas ficou vermelha como uma beterraba, de um jeito que me fez lembrar de Kiera. Por quanto tempo eu tinha ficado fora do ar? Ela estava bem? — Fui trazido para cá junto com uma garota. Ela está bem?

Uma loura animada caminhou em minha direção.

— A do ferimento na cabeça? Ela ainda está em recuperação. Seu noivo está com ela agora.

As palavras ficaram presas na minha garganta. Noivo? Eu sabia que ela se referia a Denny. Ele devia ter se lavado e vindo para o hospital. Claro que faria isso. Eu também teria feito. Balançando a cabeça, removi o lençol que me cobria. Fazer isso foi um desafio; eu estava fraco demais. As três enfermeiras imediatamente voaram na minha direção com as palmas erguidas, para me conter.

— Não, não, não! Você precisa descansar.

— Tenho de vê-la.

A loura colocou a mão no meu ombro, enquanto as outras duas me colocavam de volta na cama.

— Ela não vai a lugar algum. E ainda nem está acordada. Você poderá vê-la quando amanhecer, e ela não vai saber a diferença.

Eu vou saber a diferença.

Todos elas tinham trabalhos a fazer e não conseguiriam me vigiar vinte e quatro horas por dia; então eu me acomodei de volta e me preparei para esperar. Eu *ia sair* daquela cama. *Ia ver* Kiera. Não conseguiria descansar até ver com meus próprios olhos que ela estava bem. Se as enfermeiras me conhecessem, saberiam que a *minha* recuperação dependia da dela.

Quando elas finalmente saíram dali de perto, lutei para me colocar em pé. Meu braço ardia, meu peito latejava e cada movimento fazia algo doer, mas eu insisti. Levei um tempo dolorosamente longo, mas consegui me vestir. Quando fiquei com aparência seminormal novamente, fui até a porta e olhei para o corredor. Sentindo como se estivesse escapando de uma prisão, esperei até o caminho estar livre e andei tão depressa quanto meus pés lentos conseguiam me levar.

Quando me vi longe da minha área, fui até a o balcão da enfermagem e perguntei por Kiera. O atendente me olhou com uma cara engraçada, mas me informou o número do quarto. Quando cheguei onde ela se recuperava vi que as luzes tinham sido apagadas e a porta estava entreaberta. Senti como se tivesse corrido uma maratona só para chegar até ali, mas me sentia ansioso para vê-la e entrei direto. Quando a vi deitada na cama, com o corpo suavemente iluminado por uma lâmpada do outro lado da sala, quase desejei não ter ido. Ela parecia uma menininha naquela cama enorme, com a cabeça envolta em ataduras grossas; uma contusão em nauseantes tons de preto e azul corria ao longo do lado direito da sua face, da sobrancelha até a maçã do rosto. Ela parecia estar muito, muito mal.

Enquanto lágrimas nublaram minha visão, uma voz suave me perguntou:

— O que você está fazendo aqui? Não deveria estar deitado em algum lugar?

Apoiando o corpo numa bandeja com rodas colocada nos pés da cama de Kiera, olhei para Denny, sentado em uma cadeira perto da janela.

— Eu precisava saber se ela estava bem. Está? — Minha garganta se fechou. Se ela não estivesse bem eu... não sabia o que faria.

Denny franziu a testa.

— Eu não... Não sei. Eles a colocaram sob o efeito de drogas pesadas para reduzir o inchaço, mas se isso não funcionar eles vão ter que fazer uma... cirurgia.

Senti minhas pernas começando a ceder e Denny ficou em pé. Com movimentos rápidos, correu até onde eu estava e me ajudou a ficar em pé. Seus olhos sombrios analisaram todas as minhas lesões. Bem, pelo menos as que ele conseguia ver.

— Você está... bem? — ele perguntou.

Olhando para Kiera, com seu destino ainda desconhecido, e sentindo fisgadas e pontadas de dor em todo o corpo, encolhi os ombros e recuei um pouco.

Ele tinha feito aquilo conosco.

— Não, não estou. Meu braço está fraturado, minhas costelas estão quebradas, minhas entranhas estão roxas, pretas e azuis; eu me sinto uma merda ambulante.

Denny franziu a testa e recuou.

— Sinto muito. Eu não queria... — Com os punhos cerrados, fechou os olhos. — Você dormiu com minha namorada, Kellan. — Seus olhos tornaram a abrir e o calor penetrou em sua voz. — Você *dormiu* com ela.

Com medo de Kiera não conseguir resistir aos ferimentos, explodi sem querer.

— Não, na verdade o que menos fizemos foi dormir.

Denny puxou o braço para trás, como se fosse me agredir novamente, mas olhou para Kiera e deixou o braço cair.

— Você deve ir embora. Estou com ela agora. Pode deixar que eu o aviso se algo mudar.

Andei novamente e me sentei com cautela aos pés da cama.

— Não vou a lugar nenhum até que ela acorde.

— Kellan...

Eu me virei com rapidez e lancei um olhar firme para ele; isso fez minha cabeça doer, mas eu ignorei.

— Se você me odeia, tudo bem, eu entendo, mas não vou embora... é melhor aceitar isso.

— Tudo bem, sente-se ali, não junto dela. — Ele apontou para a cadeira onde estava sentado. Quis mandá-lo para o inferno e avisar que eu iria sentar onde me desse na telha, mas me sentia péssimo e relaxar numa cadeira confortável era muito melhor que ficar ali sentado nos pés de uma cama dura. Embora houvesse certo apelo na ideia de ficar tão perto de Kiera quanto possível...

Empurrando esse pensamento para longe da mente, eu me levantei e fui para a cadeira. Kiera e eu fomos muitas coisas, mas não estávamos mais juntos. Se ela acordasse... *quando* acordasse... Eu teria que lhe contar que tudo estava acabado. Independentemente dos planos de Denny com ela agora, eu estava realmente fora. Não podia mais aceitar aquilo.

Sentei-me na cadeira estofada e Denny se sentou na cama. Acho que adormeci, e quando dei por mim fortes raios de sol entravam pela janela e me cegavam. Piscando, olhei para Kiera. Ela continuava rígida como pedra na cama, dormindo ou mesmo inconsciente. A contusão em seu rosto parecia pior à luz do sol. As enfermeiras estavam no quarto examinando os dados clínicos dela, mas Denny não estava mais ali.

— Como ela está? — grasnei.

A enfermeira olhou para mim e estava prestes a responder quando um trio de enfermeiras irrompeu pela porta. Fiz uma careta ao reconhecer as *minhas* enfermeiras. A loura não estava mais tão animada.

— Aí está você. Saiba que você não pode simplesmente sair por aí. Precisa voltar ao seu quarto para que o médico possa examiná-lo, e para que possamos verificar suas ataduras...

Com muito cuidado, cruzei os braços sobre o peito.

— Podem fazer o que quiser comigo, mas a menos que estejam pensando em me deixar desacordado e me arrastar de volta para o meu quarto, daqui ninguém me tira.

A garota atrás da loura franziu a testa; parecia muito desapontada por eu não voltar com elas.

— Bem, então você precisa preencher a papelada de alta que eu vou pegar...

Ergui a mão boa.

— Com prazer. Vocês sabem onde me encontrar.

A enfermeira que tomava os sinais vitais de Kiera me lançou um sorriso divertido enquanto as outras enfermeiras saíram bufando de raiva.

— E eu achava que *eu* era teimosa — disse a enfermeira de Kiera. Esticando o corpo, ela me avaliou com os olhos. — Como está a sua dor? Você precisa de alguma coisa?

Balancei a cabeça para os lados. A única dor que eu tinha era da incerteza em torno de Kiera.

— Como ela está? — tornei a perguntar.

A enfermeira franziu a testa.

— Melhor do que antes, mas não fora de perigo. Sinto muito. Eu gostaria de ter notícias melhores.

Engolindo em seco, assenti. Não era culpa dela. Denny tornou a entrar no quarto com uma xícara de algo que imaginei que fosse chá. Meu olhar voou para ele. Tudo era culpa dele... e minha. *Nós dois* tínhamos feito aquilo.

Denny perguntou à enfermeira a mesma coisa que eu tinha perguntado, e recebeu a mesma resposta. Depois que ela saiu, Denny se sentou na cama de Kiera com um suspiro. Em seguida, olhou para mim com visível irritação nos olhos.

— Você deveria ir para casa trocar de roupa...

Olhei para a camisa toda manchada de sangue. Eu provavelmente deveria fazer isso, mas não podia abandonar Kiera.

— Vou trocar mais tarde.

Os olhos de Denny se estreitaram.

— Você acha que ela vai querer vê-lo assim? Coberto com o sangue dela? Acha que isso vai ajudá-la a se recuperar?

Inclinei-me de lado na cadeira.

— Você acha que é importante o estado da porra da minha camisa quando meu rosto está desse jeito? — Apontei para o olho que estava tão inchado que eu mal conseguia enxergar.

Denny suspirou e baixou os olhos de volta para Kiera. O silêncio tenso aumentou no quarto; cerrei o maxilar com força e fechei os olhos. Denny e eu trocando farpas não ia resolver nada.

— Sinto muito. Você tem razão. Evan sabe onde minhas chaves de casa estão escondidas. Vou ligar para ele e pedir que me traga algumas roupas. — Abri os olhos e vi que Denny me fitava. — Mas eu não vou embora, então pare de tentar se livrar de mim.

— Eu sei — ele brincou. — Você simplesmente não pode deixá-la sozinha, não é?

Encarando-o fixamente, eu disse, com muita calma:

— Não. Eu não posso. E sinto muito.

— Você sente muito? Puxa, isso resolve tudo então, certo? — Ele levantou a mão livre no ar e falou para o quarto, como se o ambiente estivesse cheio de pessoas. — Não precisam se preocupar, vocês todos, porque Kellan sente muito; portanto, essa porra toda vai ficar perfeita novamente.

Ergui o braço para mostrar a ele a tala que cobria meu braço do pulso ao cotovelo.

— Às vezes a merda é tão grande que pedir desculpas é a única coisa que resta a fazer, Denny. Imaginei que, de todas as pessoas, você conseguiria entender isso. — Denny suspirou e desviou o olhar para longe. Suspirei também. Eu estava farto de tudo aquilo. — Olha, eu sei que você está puto. Sei que eu caguei a porra toda, ok? Mas tudo que me preocupa agora é Kiera... se ela vai ou não ficar bem. Então, talvez nós pudéssemos... segurar essa vontade de nos matar até ela ficar melhor. Que tal?

Os olhos de Denny voltaram para os meus. A raiva tinha desaparecido e tudo que eu via era tristeza.

— Eu não quero te matar. Eu simplesmente... não quero te ver nunca mais.

Essas palavras doeram em mim, mas eu as merecia. Balançando a cabeça, sussurrei:

— Eu sei. Mas assim que ela estiver melhor, você não terá mais que me ver. Mas até lá, será que não podíamos... uma trégua?

Denny me deu um breve aceno de cabeça.

— Certo. Tudo bem. Por ela, uma trégua.

Fechando os olhos de novo, coloquei minha cabeça para trás na cadeira.

Beleza. Agora vamos só esperar que ela acorde logo.

Minhas enfermeiras voltaram um pouco mais tarde com a papelada e algumas suturas adesivas. Deixei que elas fizessem o que queriam enquanto assinava os papéis da alta. Denny pediu licença para dar alguns telefonemas quando minhas enfermeiras se foram, então fui procurar um telefone e liguei para Evan. Como era de esperar, ele ficou muito preocupado quando eu lhe disse onde estava e do que precisava.

— Hospital? Por que você está no hospital? Você está bem? — Com um suspiro, eu lhe contei por alto os eventos mais marcantes de minha noite no inferno. Quando terminei, ele ficou em silêncio por um tempo muito longo. — Você estava caindo fora da cidade? Sem dizer adeus? E quanto à banda? Quando você pretendia nos comunicar a sua decisão? Ou ia nos deixar especulando sobre onde você poderia estar quando fôssemos fazer o próximo ensaio?

Dava para perceber a raiva e a dor em sua voz.

— Eu estava... Eu teria ligado para vocês quando chegasse aonde... Me desculpe, Evan. — Minha banda sequer passara pela minha cabeça. Só escapar de Kiera. Por Deus, eu realmente era um canalha egoísta.

— Chegarei aí o mais rápido possível. — Evan desligou antes que eu pudesse me desculpar novamente, e eu olhei para o fone. Tinha estragado as coisas em várias frentes. Minha imbecilidade não conhecia limites.

Cerca de uma hora depois, ou pouco mais, Evan entrou no quarto de Kiera. Olhou para o corpo imóvel sobre a cama e depois para mim. Seus olhos se arregalaram e sua boca se abriu, de choque.

— Meu Deus! — ele sussurrou.

Seus olhos voaram para Denny e eu me levantei.

— Vamos para o corredor — chamei —, para Kiera poder descansar. — E evitarmos uma briga entre Evan e Denny.

Evan apertou a mandíbula e seus punhos começaram a se fechar. Ele segurava um saco plástico cheio de roupas limpas para mim. Com a minha mão boa, empurrei seu ombro para levá-lo até lá fora, e fechei a porta quando saímos no corredor.

Evan me olhou mais uma vez, agora sob a luz das lâmpadas fluorescentes brilhantes.

— Denny fez todo esse estrago?

Balancei a cabeça para os lados.

— Não, Kiera e eu fomos assaltados. Os *ladrões* fizeram tudo isso. — Minha voz era calma e deliberada.

Essa é a nossa mentira e precisamos que você a siga. Por favor. Deixa isso para lá. Eu tive tanta culpa quanto ele.

Evan olhou para longe, murmurando:

— Sei... ladrões. — Com um suspiro, se virou para mim. Estendendo a mão, me entregou o saco de supermercado. — Aqui está. Roupas limpas. E eu vou pegar o seu carro também, se você me der as chaves.

— Obrigado — respondi, enfiando a mão no bolso do jeans em busca das chaves do carro.

Quando eu as entreguei, Evan franziu a testa.

— Não me agradeça por enquanto. Você ainda não ouviu o que eu vou dizer.

Fiquei com os músculos tensos de expectativa. Aquilo provavelmente ia doer.

— Tudo bem, pode me dar a porrada. — Eu me encolhi ao acabar de dizer isso.

Péssima escolha de palavras.

Evan cruzou os braços.

— Você é um filho da puta egoísta, sabia disso?

Sim, eu estou ciente.

Meus olhos se voltaram para a porta de Kiera.

— Evan...

— Não. — Seu dedo cutucou meu ombro. — Você parece achar que está sozinho neste mundo, e continua esquecendo o fato de que nós três viemos atrás de você até aqui quando você voltou para Seattle. — Com os olhos quase me perfurando, ele deu de ombros. — Você acha que nós fizemos isso porque estávamos entediados? — Abri a boca para falar, e ele me cutucou o ombro novamente. — Não, seu burro, idiota. Fizemos isso porque amamos você e acreditamos em você. Os seus pais verdadeiros podem ter sido uma merda, mas nós três... nós somos sua família agora. Enfie isso nessa porra de cérebro! — Sua voz era baixa, mas intensa, e suas palavras me fatiaram a alma como lâminas. Eu me senti em carne viva.

— Sinto muito... Eu não imaginava que...

Ele tornou a cruzar os braços.

— Não, você não imaginava. Como pôde nos dispensar desse jeito? Como pôde nos abandonar? Que porra iríamos fazer sem você? — Ergueu a mão no ar, como se estivesse aturdido pelas minhas ações.

Eu me senti o maior idiota do planeta. Tinha sido tão estúpido, tão egoísta! Precisava parar com isso. Precisava crescer.

— Não sei. Eu não raciocinei nada disso. Eu simplesmente achei... Achei que vocês iriam me substituir e seguir em frente. Não imaginei que eu fosse fazer tanta diferença.

A boca de Evan abriu de espanto.

— Você bebeu? É claro que faz diferença. Não podemos simplesmente substituí-lo. Você não é algo que podemos correr até uma loja e comprar um novo, de uma hora para outra. *Não existem* os D-Bags sem você. — Com cuidado para não me machucar, ele colocou a mão no meu ombro. — Você diz que esta é a nossa banda, mas eu não sou idiota. Não é *nossa*. Esta é a *sua* banda, porque você é o único de nós que realmente é insubstituível. E vamos segui-lo até os confins da Terra porque acreditamos em você, Kellan. Você nunca percebeu isso?

Com um ruído de frustração, ele empurrou meu ombro para longe dele. Dei um passo para trás ao sentir o peso de suas palavras. *Insubstituível? Eu?* Isso não parecia correto. Eu me sentia muito... substituível. Meus companheiros de banda nunca tinham sido nada nada além de corretos, pacientes, tolerantes e incrivelmente leais.

Somos sua família agora. Enfie isso nessa porra de cérebro!

Eu me senti um idiota. Evan estava certo. Éramos uma família.

Pensando em minha nova família, veio à minha mente uma declaração surpreendente que Evan tinha acabado de fazer sobre o meu passado.

Os seus pais verdadeiros podem ter sido uma merda...

Empurrando de lado minhas inseguranças remanescentes, perguntei:

— Como você sabe sobre os meus pais?

A expressão de Evan se tornou mais suave quando ele me respondeu.

— Você me contou, Kellan. — Inclinei a cabeça, confuso. Eu nunca tinha contado sobre eles a ninguém. Denny só sabia porque tinha testemunhado o abuso que eu sofrera. Evan compreendeu minha perplexidade e explicou. — Você estava completamente bêbado quando me contou, então provavelmente não se lembra. Foi logo depois que você viu a casa que eles deixaram para você... Depois que viu que todas as suas coisas tinham desaparecido. Você me disse que eles tinham se mudado e nem tinham lhe contado. Eu fiquei muito surpreso ao ouvir isso, mas... foi então que você me contou tudo que eles costumavam fazer com você.

Pelo olhar de horror em seu rosto, imaginei que eu tinha sido muito explícito.

Merda.

Eu tinha contado a Evan. Ele sabia. Será que isso quer dizer... que os outros também sabiam?

— Você... Você contou...?

Ele balançou a cabeça.

— Não, não contei a ninguém. A história não é minha para contar – disse ele, encolhendo os ombros.

Fechei os olhos quando o alívio tomou conta de mim. Eu não queria ser visto como vítima. Não queria ver cara de pena no rosto das pessoas. Não queria responder a perguntas. Não queria pensar sobre aquilo. Já pensava demais.

— Obrigado. Eu não... eu não costumo falar sobre isso...

— Talvez devesse falar, não acha? – perguntou Evan, calmamente.

Olhei para ele. Seus olhos castanhos estavam mais suaves, de pura compaixão.

— Talvez devesse... – sussurrei.

Algum dia. Quando não machucar tanto.

Apesar disso, tinha sido mais fácil do que eu pensava conversar a respeito com Kiera. Mas isso era diferente. *Ela* era diferente.

Depois que Evan saiu para pegar meu carro, entrei no banheiro e troquei de roupa. Examinei meu rosto no espelho quando estava novamente vestido.

Droga, Denny tinha feito o maior estrago na minha cara.

Meu pai normalmente evitava socar meu rosto; preferia me provocar hematomas em locais que não fossem tão óbvios. Denny não tinha se importado em ser discreto, e meu rosto era um mapa detalhado da sua fúria.

Um corte no lábio o dividia em dois; isso tornava muito doloroso o ato de sorrir, falar e até comer. Meu rosto estava cortado, inchado e se mantinha inteiro graças apenas às muitas suturas adesivas. Um olho estava quase fechado, de tanto que inchara, e ficaria com várias marcas roxas e azuladas durante dias. O outro tinha um corte feio acima do supercílio, também preso por sutura adesiva. Acrescente a isso o braço fraturado, as costelas quebradas e os incontáveis hematomas e arranhões. Eu era um desastre ambulante.

Empurrando as roupas sujas para dentro do saco, voltei para o quarto. Denny olhou para mim; parecia um pouco aliviado por eu não estar mais coberto de sangue.

— Evan já foi embora? – perguntou.

Eu concordei com a cabeça e voltei a me sentar na cadeira.

— Foi. Ele vai trazer meu carro para cá.

Denny ficou pensativo por um momento, e finalmente disse:

— Eu deveria ter ido com ele. Poderia tê-lo levado de carro até lá.

— Sem querer ofender, mas não creio que ele tenha vontade de ficar perto de você, por agora. – Tentei dizer isso da forma mais educada possível, mas tinha certeza de que Evan continuava chocado com a minha aparência. E com a de Kiera também.

Denny suspirou e estudou suas mãos. Depois de um momento de silêncio, eu disse:
– Sei que não tenho o direito de perguntar, mas... quais são seus planos a partir de agora?

Ele manteve os olhos nas mãos, e vários segundos se passaram antes de me responder.
– Vou aceitar o emprego na Austrália. Vou voltar para casa.

Engoli o nó na garganta, a dor no peito. Mesmo depois de tudo, eu sentiria falta de Denny quando ele fosse embora. Mas sabia que não poderia lhe pedir para reconsiderar a decisão.

– Ah... e Kiera? Você vai levá-la com você? Quando ela estiver... melhor? – Doeu ainda mais perguntar isso, mas eu não conseguia impedir que as palavras saíssem da minha boca. Precisava saber o que o futuro reservava para todos.

Denny olhou para Kiera e depois para mim.
– Não. Vou para casa sozinho.

Meus olhos desviaram na direção de Kiera; seu crânio enfaixado não diminuía em nada a sua beleza. Essa notícia iria deixá-la arrasada, quando ela acordasse.

Ela precisava acordar.

– Você vai terminar com ela? – insisti.

Denny deu uma risada de zombaria.
– Acho que nós nunca voltamos a reatar de verdade depois daquela vez em que ela terminou comigo, quando eu estava lá em Tucson. Mas... sim, vou terminar com ela. Kiera é toda sua – murmurou, muito baixinho.

Não tinha certeza se Denny queria que eu ouvisse a última frase ou não, mas eu tinha ouvido e isso me provocou emoções conflitantes. Com Denny fora do caminho, eu provavelmente poderia tê-la, mas... será que a queria? Sim, queria. Mas não daquele jeito. Queria que ela me escolhesse por achar que era a mim que ela queria, e isso não iria acontecer mais. Nós também tínhamos acabado.

O tempo continuou passando devagar. Kiera, ocasionalmente, se mexeu, às vezes gemia, mas nunca abria os olhos. Finalmente, naquela mesma noite, ela falou. Suas pálpebras se mexeram com muita velocidade, como se ela estivesse tendo um pesadelo, e ela murmurou:

– Não... – seguido de: – Kellan... não vá embora!...

Meus olhos se arregalaram quando eu olhei para ela, em choque. Fiquei emocionado por ela ter falado, e também espantado por ela pensar em mim, mesmo em meio ao seu torpor medicamentoso. Sentindo-me esperançoso por ela estar ficando realmente melhor, olhei para Denny. Eu estava prestes a perguntar se ele também tinha ouvido, mas sua expressão deixou claro que tinha. Ele não parecia tão feliz quanto eu.

Encontrando meus olhos, ele se levantou da cama.

– Por que você não vem aqui e se senta ao lado dela?

Comecei a unir as sobrancelhas, em sinal de estranheza, mas doeu muito e eu parei.

– Você tem certeza?

Denny concordou e olhou para fora da janela.

– Está ficando tarde. Ela parece estar melhor, então eu acho que... bem, vou para casa. Talvez arrumar algumas coisas.

Isso me tirou da cadeira.

– Para onde você vai?

Pelo brilho repentino nos seus olhos, pensei que ele fosse me dizer que não era da minha conta, e realmente não era, mas ele soltou um suspiro e me contou mesmo assim:

– Vou ver se eu posso ficar na casa de Sam durante algum tempo.

Sem saber o que dizer sobre isso, simplesmente assenti. Em silêncio, Denny pegou sua jaqueta, deu um beijo suave na testa de Kiera e foi em direção à porta. Antes que ele saísse do quarto, eu o chamei:

– Denny!... Eu lamento muito.

Ele parou na porta e fez que sim com a cabeça. Ainda de costas para mim, disse:

– Eu voltarei amanhã de manhã. Ligue para mim... se alguma coisa mudar. – Saiu sem esperar resposta.

Depois que ele se foi eu me sentei ao lado de Kiera na cama. Agarrando a mão dela, sussurrei:

– Estou aqui, amor. Não vou a lugar algum.

Capítulo 32
PERMANENTE

Quando Denny voltou na manhã seguinte estava sorrindo. Achei aquilo meio estranho, considerando as circunstâncias.

— Você me parece... mais empolgado — disse a ele, mantendo os olhos em Kiera.

Denny suspirou enquanto se colocava junto à cabeceira de Kiera.

— Não estou. Isto é, não exatamente. É que... eu aceitei o emprego. Vou começar daqui a duas semanas.

— Oh... parabéns. — Olhando meio de lado, perguntei: — Sam deixou você acampar com ele?

Denny olhou para mim pelo canto do olho.

— Deixou. Não entrei em muitos detalhes, só contei que Kiera e eu terminamos.

Depois que ele disse isso, Kiera se remexeu na cama e suas pálpebras se abriram. Eu e Denny nos inclinamos para a frente ao mesmo tempo.

— Kiera? — eu disse, pegando sua mão.

— Kellan? — ela sussurrou, mas em seguida os seus olhos tornaram a fechar.

O olhar de Denny voou de Kiera para mim.

— Vou... procurar algo pra comer. Você quer alguma coisa? — Eu balancei a cabeça. Tudo que eu queria era ver Kiera abrir os olhos, olhar para mim e sorrir de um jeito que me fizesse saber que estava tudo bem.

Os médicos entraram, tiraram as ataduras, informaram que o inchaço diminuíra bastante e ela devia acordar a qualquer momento. Mas só na manhã seguinte ela realmente despertou.

Eu conversava com uma enfermeira no corredor quando Denny se aproximou. Tinha passado a noite mais uma vez na casa de Sam, enquanto eu fiquei no hospital. Agradeci à enfermeira pelas informações, que afinal nem eram tão úteis. Tudo que me diziam é que *era preciso esperar para ver. Só o tempo vai dizer. Depende de Kiera, agora*. Eu estava farto desse tipo de resposta. Queria saber o minuto exato em que Kiera iria acordar e ser ela mesma novamente. Era mais que frustrante ninguém conseguir me informar isso.

A enfermeira corou quando tocou no meu cotovelo.

– Não tem problema, Kellan. Qualquer coisa que eu possa fazer para ajudar, me diga. Se tiver mais alguma dúvida, basta vir me procurar, ok? – Ela piscou para mim ao sair.

Denny sacudiu a cabeça.

– Mesmo com essa aparência as mulheres ainda dão em cima de você. – Seus olhos pareceram se enevoar e seu sorriso vacilou, como se de repente ele tivesse se lembrado do motivo de me odiar. – Como ela está? – perguntou.

– Na mesma.

Caminhamos até o quarto e a expressão de Denny mudou de novo quando ele percebeu a fragilidade do corpo de Kiera, ainda imóvel. Agora ele parecia lembrar por que odiava a si mesmo.

– Conversei com Anna ontem à noite. Ela vai contar aos pais de Kiera, por mim. Parecia muito preocupada... e revoltada... – Sua voz sumiu enquanto olhava para sua namorada em estado quase comatoso. Bem, ex-namorada.

Observando-o mais atentamente, perguntei:

– Quando é que você vai contar a Kiera sobre...?

Ele olhou para mim.

– Sobre o emprego ou sobre o rompimento?

– Ambos. – Dei de ombros e olhei para Kiera na cama. Quando *eu* ia contar a ela da minha decisão?

– Eu não sei. Mais cedo provavelmente é melhor do que mais tarde. Se eu contar agora e em seguida for embora... sim, ela vai se magoar, mas acho que vai conseguir superar. – Ele me lançou um olhar significativo e eu entendi imediatamente.

Eu a ajudaria a superar a dor, tal como antes...

Enquanto ele me analisava, seu rosto mudou mais uma vez.

– Sinto muito, Kellan... pelo que eu fiz com você. Com ela.

Olhando para baixo, balancei a cabeça.

Não foi culpa sua...

Mas ele não me deu a oportunidade de transferir a culpa. Virando o rosto para mim, completou:

– Quero que você cuide dela quando eu me for. E se você a machucar... eu te mato. Você sabe disso, não sabe?

Eu ri do humor em sua voz; já fazia algum tempo desde a última vez que eu tinha visto isso. Pensei em contar a ele que não iria ficar com ela... que também ia terminar tudo, mas foi nesse momento que Kiera arremessou o corpo para o alto, ficou quase sentada e gritou:

— Não!

Na mesma hora agarrou a cabeça com força e caiu de volta no travesseiro, arfando de dor.

Denny estava mais próximo da cama. Acariciou o rosto dela para acalmá-la e se virou para mim, atrás dele.

— Vá chamar a enfermeira.

Ela acordou!

Uma onda de alívio me invadiu, e eu não hesitei.

— Volto já.

Girando nos calcanhares, corri porta afora. Avistei a enfermeira de Kiera e corri até o balcão.

— Ela está acordada! E está sofrendo. Precisa que você faça... alguma coisa.

Agarrando seu braço, tentei puxá-la para o quarto de Kiera, mas ela me afastou com força.

— Acalme-se. Me deixe terminar o que estou fazendo e já vou.

Respirei fundo, cheio de excitação, e a ansiedade me percorreu por dentro.

Ela está acordada.

Depois de a enfermeira terminar de fazer suas anotações, foi até o quarto de Kiera. Esperei junto à porta aberta até ela entrar.

— Muito bom... está acordada. Provavelmente com muita dor também. — Kiera tentou sorrir, mas era um movimento claramente forçado. — Meu nome é Susie e eu vou cuidar muito bem de você.

Ela fez Denny sair da cama e adicionou alguma coisa ao soro. Kiera parecia um pouco enjoada quando percebeu que seu braço estava preso ao soro. Depois de verificar seus sinais vitais, Susie perguntou:

— Você precisa de alguma coisa, querida?

— Água... — ela sussurrou.

— Claro. Volto logo.

Quando Susie se virou para sair, os olhos de Kiera se voltaram para mim. Seus lábios se separaram e sua respiração acelerou. A máquina que marcava seu ritmo cardíaco apitou mais depressa. Fiquei comovido ao ver que eu ainda a afetava. E isso também me provocou certa tristeza.

Ela fez sua escolha, agora eu preciso deixá-la ir...

Denny tinha dado a volta para se sentar do outro lado da cama. Olhou para mim quando reparou que Kiera me observava atentamente. Ergueu as sobrancelhas e desviou o olhar para o corredor. Eu entendi sua mensagem silenciosa.

Você poderia nos dar um pouco de privacidade? Porque eu estou prestes a partir o coração dela.

Uma parte de mim questionou se não seria melhor ele esperar até ela estar acordada há mais de vinte minutos, mas acho que isso não faria diferença, a essa altura.

Fui para o corredor e me encostei na parede ao lado da porta para esperar. Ia ser agora.

Denny e Kiera falavam em voz baixa, mas eu consegui ouvir uma frase ou outra. "Estou... Estou zangado, sim." "Eu preferia que você tivesse me contado, Kiera..." "Eu devia ter falado com você quando desconfiei..." "Nunca pensei que você me magoaria, Kiera." "E agora, o que vamos fazer?"

Essa última pergunta tinha sido feita por Kiera. Sabendo que a resposta de Denny ia me fazer deslizar pela parede, quase me afastei dali para não conseguir ouvir a resposta, mas meu coração teimoso não me deixou. "Não vamos fazer nada, Kiera." "Mas eu ia terminar com ele. Eu te amo."

A resposta de Kiera para Denny me feriu fundo, e eu me forcei a me afastar dali. Ela *ia* me deixar, tinha *escolhido* Denny.

Enquanto caminhei pelo corredor, analisei as opções de Kiera. Para onde ela iria quando fosse abandonada? Denny já tinha se mudado da minha casa, de modo que seríamos nós dois sozinhos em casa, e eu sabia que isso não iria funcionar. Eu não seria capaz de ficar longe dela nessa situação. E precisava me manter distante. Ia interromper o ciclo em que estávamos presos, o que significava que... Eu teria de lhe pedir para sair. Mas para onde ela iria? As palavras que Kiera dissera uma eternidade atrás ecoaram no meu cérebro – *eu me virei muito bem sem você*. Sim, ela fizera isso e conseguiria fazer novamente. Ficaria muito bem sem mim. Numa boa.

Quando voltei para a porta de Kiera, ouvi os sons suaves de duas pessoas chorando. Respeitosamente eu me mantive longe até finalmente ouvir Denny dizer:

– Vou voltar para ver você amanhã, está bem?

Denny saiu do quarto poucos instantes depois. Parou bem no corredor, diante da porta; seus olhos estavam vermelhos e ainda molhados.

– Você está bem? – perguntei. Independentemente do que Kiera tinha feito para ele, eu sabia que o que ele acabara de fazer não tinha sido fácil.

– Sim... Vou me embora, estou muito cansado. Isso foi... – Olhou para Kiera em sua cama, e depois para mim, ainda encostado à parede. – ... Foi mais difícil do que eu imaginei que seria.

Olhei para o chão por um momento, odiando o que eu estava prestes a fazer.

– Sim...

A mão de Denny estendida entrou no meu campo de visão.

– Boa sorte com tudo, Kellan e... mais uma vez... eu realmente sinto muito pelo que fiz com você.

Estendi a mão e nos cumprimentamos.

— Você não lamenta nem a metade do que eu, por ter feito o que fiz com você.

Denny me deu um breve sorriso, olhou para Kiera e saiu. Eu o acompanhei por um momento, reunindo coragem com cada passo que ele dava, e então me obriguei a entrar no quarto de Kiera. Eu precisava resolver aquilo naquele instante.

Kiera estava deitada na cama com os olhos fechados e parecia tentar se recompor. Mesmo com o hematoma no rosto ela era lindíssima, em contraste com os lençóis imaculadamente brancos.

Fui em silêncio até junto da sua cama e acariciei sua bochecha com o dedo. Seus olhos se abriram e ela pareceu surpresa ao me ver. Talvez não estivesse esperando que eu voltasse.

Sentei-me na cama ao seu lado, com um sorriso quente e reconfortante. Queria saborear nossos últimos momentos juntos.

— Você está bem?

— Acho que sim. Os analgésicos já fizeram efeito e estou me sentindo como se pesasse uma tonelada, mas acho que vou ficar bem.

Seus olhos ainda estavam molhados e suas bochechas ainda exibiam as trilhas das lágrimas derramadas. Sua cabeça podia estar bem, mas seu coração estava uma bagunça.

— Não foi isso que eu quis dizer. Me acredite, já conversei com quase todas as enfermeiras do hospital e estou a par do seu estado... mas você está bem? – Olhei para a porta, para que ela soubesse que eu já sabia do rompimento de Denny com ela.

Uma nova lágrima deslizou pelo seu rosto quando ela olhou para mim.

— Me pergunta de novo daqui a dois dias.

Assentindo com a cabeça, me abaixei para beijá-la. Como resistir? O monitor de batimentos cardíacos começou a apitar mais depressa enquanto nossos lábios se moviam juntos. Olhei para o aparelho com uma risada.

— Acho que eu não devia fazer isso.

Eu ainda fazia seu coração disparar; ela fazia o meu martelar. Eu ia sentir falta disso.

Quando me afastei, Kiera agarrou meu rosto e correu um dedo ao longo das minhas marcas roxas.

— Você está bem?

Não. Não creio que algum dia eu volte a ficar bem.

Afastei a mão dela do meu rosto.

— Eu vou ficar bem, Kiera. Não se preocupe com isso agora. Estou tão feliz que você está... por você não estar... – Parei antes de expressar meu maior medo em voz alta.

Para me distrair desse pensamento, segurei sua mão entre as minhas. Seus dedos acariciaram meu pulso e eu amei cada segundo do contato. Será que algum dia tocar outra pessoa será tão bom?

— Você e Denny estavam aqui? – ela perguntou, surpresa.

— É claro. Nós nos importamos com você, Kiera.

Ela sacudiu a cabeça suavemente.

— Não, eu quis dizer se vocês estavam aqui no mesmo quarto, conversando calmamente quando eu acordei. Vocês não tentaram matar um ao outro?

— Uma vez foi o bastante — eu disse, com um sorriso irônico. — Você ficou inconsciente durante dois dias. Denny e eu... tivemos várias conversas. — Fiz uma pausa enquanto me lembrava de nossas brigas. — As primeiras conversas não foram lá muito... calmas. — Estendendo a mão, tirei alguns fios de cabelo da frente do seu rosto. — Nossa preocupação com você acabou por amenizar essas conversas, e nós passamos a falar sobre o que fazer, em vez de o que tinha sido feito.

Kiera abriu a boca para falar, mas eu sabia o que ela devia estar pensando e disse:

— Ele me disse que aceitou o emprego na Austrália, e quando perguntei se levaria você junto... ele disse que não.

Mais lágrimas escorreram pelo seu rosto e eu as limpei cuidadosamente. Ela parecia prestes a perder a sanidade a qualquer momento. Odiei jogarmos tantos problemas em cima dela num momento como aquele, quando ela ainda estava fraca e se recuperando, mas isso teria de acontecer, e mais cedo era melhor que mais tarde.

— Você sabia que ele ia terminar comigo hoje? — perguntou ela.

Fiz que sim com a cabeça.

— Sabia que ia fazer isso logo. Quando você acordou e ele olhou para mim... imaginei que fosse querer fazer isso o mais depressa possível. — O peso do que precisava ser feito me esmagou e eu desviei o olhar. — Arrancar o Band-Aid... — murmurei.

Faça isso agora. E depois vá embora. Só vai doer por um segundo.

Não, não vai. Essa dor vai durar o resto da minha vida.

Olhei para o chão enquanto me convencia a deixá-la ir. Denny tinha razão. Era mais difícil do que eu imaginava. Mas eu tinha que fazê-lo. Esse limbo não era bom para nós. Quando vi a mão de Kiera se estendendo para pegar a minha, forcei as palavras a sair dos meus lábios.

— Quais são seus planos agora, Kiera?

Sua mão caiu enquanto ela gaguejou uma resposta.

— Meus planos? Eu... Eu não sei. Faculdade... trabalho...

Você.

Ela não disse a última opção em voz alta, mas eu a ouvi claramente.

Ele me deixou, então acho que vou ficar com você. Já que você vai estar sempre aqui à minha espera.

Não dessa vez, Kiera.

Um pouco de raiva transpareceu quando eu tornei a fitá-la. Se eu conseguisse segurar a raiva, também conseguiria evitar a dor.

— E eu? Basta a gente recomeçar de onde parou? Antes de você me trocar... de novo... por ele?

Os olhos de Kiera se fecharam.

— Kellan...

Lágrimas me arderam nos olhos quando o desespero explodiu contra a muralha de raiva que se desfazia; eu não podia continuar me segurando.

— Não posso mais fazer isso, Kiera.

Ela abriu os olhos e deu para ver a agonia neles, mas eu não podia parar agora.

Arranque o Band-Aid.

— Eu ia deixar que você fosse embora naquela noite — continuei. — Eu disse a você que te deixaria partir, se era isso que você queria, e quando você disse... — Fechei os olhos com um suspiro. — Depois disso, não consegui mais tomar coragem nem mesmo para mentir para Denny quando ele nos encontrou. — Reabrindo os olhos, me concentrei em nossas mãos. — Eu sabia que ele me agrediria quando soubesse a verdade... mas não consegui lutar com ele. Eu já o tinha ferido tanto que não tive coragem de feri-lo fisicamente também. O que nós fizemos com ele... Denny é o cara mais decente que eu já conheci, o mais perto que já tive de uma família de verdade, e nós o transformamos em meu...

Fechei os olhos quando a lembrança do meu pai se fundiu com a minha imagem de Denny quando ele estava me atacando. Eu tinha feito aquilo. Eu o tinha feito pirar. Tinha criado um monstro.

— Acho que uma parte de mim queria que ele me machucasse... — Ergui os olhos para Kiera. — Por sua causa, porque você sempre o escolhia. Você nunca me quis realmente, e você é tudo que eu já...

Eu faria qualquer coisa por você. Por que você não sente o mesmo por mim?

Olhando para longe, engoli um nó na garganta.

— E aí... agora que *ele* te deixou, agora que a escolha não é sua, eu fico com você? — O calor voltou à minha voz e eu usei minha raiva como escudo. — Sou o seu prêmio de consolação?

É isso que eu sempre fui?

Sua boca se abriu como se ela estivesse chocada por eu chegar a essa conclusão.

Que outra conclusão que você me deixou, Kiera?

Ela abriu e fechou a boca, mas as palavras não saíram. A verdade era difícil de refutar.

— Foi o que pensei. — Liberando um pouco da raiva, já que era inútil me prender a isso, deixei escapar um longo suspiro. — Kiera... Eu gostaria...

Gostaria que tivéssemos fugido quando apareceu uma chance. Gostaria que Denny nunca tivesse voltado de Tucson. Gostaria que você tivesse vindo para cá sem ele, pois eu teria me apaixonado por você de um jeito honesto, sem arrependimento, sem culpa... sem dor.

Sabendo que desejos vãos eram tão inúteis quanto a raiva, mudei o que estava prestes a dizer.

– Eu decidi ficar em Seattle. Você não acreditaria no esporro que Evan me deu por quase deixar a banda. – Olhei para ela ao lembrar da descrença de Evan e de suas palavras estranhas. *Você é insubstituível.* Meu olhar parou nos ferimentos de Kiera, e eu senti como se estivesse em transe enquanto os analisava. – Em nenhum momento pensei na minha banda durante esse rolo da gente. Eu magoei meus amigos quando eles descobriram que eu estava planejando ir embora da cidade. – Eu ainda não tinha falado com os outros, mas podia imaginar o choque de Matt e a decepção de Griffin. Eu era um idiota. E estava na hora de ser inteligente.

Expirei com força, em preparação.

– Me perdoe – sussurrei. Inclinando-me um pouco. Pousei um beijo suave em seus lábios, seguido de uma trilha de beijos ao longo da bochecha até seu ponto fraco, abaixo da orelha. Curti o gostinho dela, seu cheiro, os sons que ela fazia. Aquela provavelmente seria a última vez em que eu estaria perto dela. Era bem possível que fosse a última vez na vida em que eu iria vê-la. Esse pensamento me encheu de dor, de medo, e uma sensação de vazio me queimou as entranhas.

O que vou fazer sem ela?

Descansando minha cabeça contra a dela, me obriguei a dizer as palavras que nunca imaginei lhe dizer.

– Me perdoe, Kiera. Eu te amo... mas não posso fazer isso. Preciso que você se mude da minha casa.

Antes que ela pudesse se recuperar de ouvir isso, eu me levantei e saí do quarto. Qualquer reação dela provocaria outra reação em mim, e essa minha resposta à sua dor provavelmente acabaria fazendo com que eu ficasse ali. E eu não podia ficar. Não quando o coração dela não estava realmente em mim.

Mal cheguei ao corredor e minhas lágrimas brotaram. Perto da sala de espera repleta de revistas e máquinas de venda automática, havia uma capela fracamente iluminada. Fui lá para encontrar algum consolo e poder desmoronar em paz. Estava feito. Eu tinha arrancado o Band-Aid, mas a ferida por baixo dele ainda não tinha curado e eu sangrava.

Como faço para ir em frente agora?

Horas mais tarde, quando aceitei minha nova realidade, desci a escada. Ainda me sentindo muito perdido, andei a esmo pelos corredores do hospital. Por fim, depois de algum tempo, esbarrei em minha banda quando saía do banheiro da sala de emergência. Vê-los ali foi um tremendo choque.

– Ei, o que estão fazendo aqui?

Griffin bufou.

— Viemos ver você e sua garota. Quer dizer, a garota que mora na sua casa. — Matt concordou com a cabeça, e eu franzi as sobrancelhas enquanto os estudava. O que será que Evan tinha dito a eles, exatamente? Enquanto tentava descobrir, Griffin acrescentou: — Você parece um monte de cocô, cara. Quantos caras te atacaram? — Com um sorriso ele se inclinou e disse: — Um só, certo? Algum adolescente de um metro e meio de altura, não foi? — Balançou a cabeça com uma risada. — Fracote.

Olhei para Evan enquanto Matt dava um soco no peito de Griffin.

— Eles poderiam tê-lo matado, seu bundão.

Griffin pareceu ofendido.

— Bem, obviamente não o fizeram. Pega leve, você também! Porra, você sabia que eu estava brincando... certo, Kell?

Consegui assentir com a cabeça, mas continuava um pouco aturdido. Evan tinha contado a mentira inicial para eles? Evan permaneceu em silêncio, mas em seu rosto havia um sorriso de sagacidade.

— Eu... ahn... Kiera ficou bem, mas não está a fim de receber visitas... talvez amanhã.

Desviei o olhar quando a imaginei soluçando em cima do travesseiro. Evan colocou a mão no meu ombro.

— Por que não damos o fora daqui? Vamos até o Pete's... para relaxar um pouco.

— Eu não quero relaxar — murmurei. Olhando para ele, acrescentei: — Quero ficar aqui.

Griffin bateu palmas e uniu as mãos.

— Maneiro! Vamos até a lanchonete ver se conseguimos arrumar alguma comida grátis com as garotas desesperadas.

Matt levantou uma sobrancelha para ele.

— Que garotas desesperadas?

Griffin deu de ombros.

— Você sabe quem são: mulheres medonhas com redes no cabelo, verrugas, sonhos desfeitos e vaginas ásperas que trabalham em lanchonetes. Tudo isso faz parte da sua descrição profissional.

Matt simplesmente balançou a cabeça ao ouvir o primo.

— Isso é tão... Como é possível que ninguém tenha assassinado você até hoje?

Bufando em resposta, Griffin começou a andar pelo corredor.

— Porque você não pode matar um deus, idiota.

Quando eles dois se afastaram, eu me virei para Evan.

— Você não contou a eles o que aconteceu? Que eu quase fui embora... E sobre Denny.

Evan deu de ombros.

— Essa história não é minha, Kellan.

Eu sorri e segui meus companheiros de banda.

— Obrigado. Eu prefiro que eles não saibam.

— Sim, imaginei – respondeu Evan.

Pensei que os rapazes fossem continuar a me zoar por causa do "assalto" quando chegamos à lanchonete, mas Griffin ficou realmente atônito ao perceber que seus estereótipos sobre as atendentes do lugar eram errados. Ele se imaginava no céu dos porcos, rodeado por mulheres bonitas que lhe ofereciam uma grande variedade de alimentos. Mas, quase como se tivessem ouvido o comentário depreciativo no corredor, nenhuma delas lhe informou sequer as horas, e ele teve que pagar por cada item que consumiu. A maioria das atendentes deu em cima de mim enquanto estávamos lá, o que levou a um tipo diferente de zoação de Griffin, mas essa era uma distração que eu aceitei de bom grado. Por um momento, a minha dor não foi completa e abrangente, e minha "família" era o motivo disso. Eu me sentia extremamente grato a eles.

Depois que os rapazes foram embora eu voltei para a capela tranquila. Acabei passando a noite lá, esticado sobre uma fileira de cadeiras. Aquele não foi o melhor lugar para dormir, mas era o mais próximo de Kiera que eu conseguiria ficar, sem estar no quarto com ela. Fiquei com a musculatura dura, dolorida, e me senti cansado como o diabo quando acordei, mas preguei um sorriso na cara para poder falar com as enfermeiras e me certificar de que Kiera estava bem.

Depois que uma das enfermeiras me contou que Kiera já estava em pé e circulando pelo hospital, fui até o térreo para ver as pessoas que entravam e saíam. Cada rosto tinha alguma história; umas eram felizes, outras tristes. Depois de um tempo, um rosto que reconheci entrou pelas portas da frente, e era um rosto que eu não esperava ver ali. Eu me levantei e chamei:

— Anna?

Ela se virou para mim ao me ouvir chamá-la. Seus olhos brilharam por um segundo e logo se mostraram sombrios. Ela me filmou dos pés à cabeça enquanto eu caminhava até ela.

— Ai meu Deus, Kellan... você está bem?

Forcei um sorriso. Eu estava ficando muito bom nisso, ultimamente.

— Estou bem. É bom ver você. – Eu a envolvi num abraço e ela me apertou com cautela. Era óbvio que não queria me machucar.

— Denny me contou o que aconteceu – sussurrou. Seus olhos começaram a se encher d'água enquanto examinava meu rosto. – Aquele filho da puta. Eu não posso acreditar que ele fez isso com você.

Segurando seus ombros, olhei longamente para ela.

– Não fique revoltada com ele. Fui eu que fiz isso. Eu o traí e o empurrei para além do autocontrole. Não foi culpa dele.

Sua mandíbula se apertou e eu sabia que ela não se importava sobre quem era o culpado.

– Ele poderia tê-la matado. E poderia ter matado você também. Não me importa o que você fez com ele, nenhum dos dois merecia... isso. – Sua mão indicou meu corpo.

– Kiera vai preferir que você o trate com gentileza. – Eu lhe lancei um olhar aguçado e a soltei. Ela murmurou algo entre os dentes que me pareceu "tanto faz", e eu percebi que isso era o melhor que eu iria obter dela. Mudando de assunto, falei: – Kiera vai ficar feliz em ver você, e bem que ela está precisando de uma dose de alegria, no momento.

Um sorriso brincou em seus lábios e ela me cutucou no ombro.

– Ela provavelmente preferiria uma dose de *você*, agora. Vamos entrar? – Ela inclinou a cabeça e seu rabo de cavalo escuro e comprido lhe dançou em volta dos ombros.

– Não... eu não posso voltar lá. – Sua boca se abriu e seu rosto exibiu uma expressão de surpresa. Sua semelhança com Kiera era tão impressionante que meu coração apertou. Respirar doía. Fazer movimentos doía. Tudo doía. – Eu terminei com ela... e... pedi que ela se mudasse da minha casa. Acabou. – Um nó se formou na minha garganta e eu tive de engolir três vezes para aliviar a dor.

A expressão de Anna se transformou e ela assumiu um ar de pena.

– Merda... sinto muito.

Eu olhei para o chão, pois não queria enxergar Kiera em seus olhos.

– Sim... É por isso que eu vou ficar longe dela. É... complicado demais. Eu preciso de espaço. – Olhei para seu rosto. – E preciso de um minuto. – Ela pareceu confusa com essa expressão e eu quase sorri. Aquela era uma piada interna entre mim e Kiera. Só que não era engraçada. Nem um pouco engraçada. – Quando você a encontrar... não conte a ela que eu estou aqui. É melhor ela achar que eu fui embora.

Suas sobrancelhas se uniram quando ela olhou para as minhas roupas.

– Há quanto tempo você está aqui?

Mantive minha expressão o mais natural possível.

– Desde o acidente. E não vou embora até ter certeza de que ela está bem. Enquanto ela estiver aqui... eu também ficarei. Só que... ela não precisa saber disso, ok? – Anna franziu a testa e eu fiz a expressão mais séria que consegui, com aquele olho inchado. – Estou falando sério, Anna. Não quero que ela saiba que eu estou aqui.

Anna concordou com a cabeça lentamente, e exibiu um sorriso triste no rosto.

– Ok, Kellan... se é desse jeito que você quer, não vou contar a ela que nos encontramos.

Fiz que sim com a cabeça.

— Se alguma coisa mudar no estado dela... por favor me avise.

Mais de duas horas tinham se passado quando Anna tornou a descer. Eu me animei um pouco quando a vi caminhando até onde eu estava, na lanchonete.

— Como ela está? – perguntei, torcendo para não parecer muito desesperado por informações, mas sabendo que estava.

Anna me olhou com ar pensativo antes de responder. Eu não tinha certeza do que isso significava.

— Ela está bem. Cansada e com lágrimas nos olhos, mas tudo bem. – Alterando sua expressão para um sorriso exuberante, acrescentou: – Vou ficar em Seattle com ela. Pretendo procurar um emprego e um lugar para morarmos. – Seus traços se suavizaram, com pura compaixão. – Vou cuidar dela, Kellan, assim você não precisa se preocupar.

Expirei com força, aliviado.

Ótimo. Alguém vai cuidar de Kiera.

— Você contou a ela que eu estava aqui? – perguntei, observando-a cuidadosamente para ver algum sinal de culpa.

Ela desviou os olhos.

Bingo!

Vi que Anna tinha me dedurado.

— É... pode ser que eu tenha comentado. – Eu estava a ponto de repreendê-la por não ter cumprido a promessa quando ela estendeu a mão e enfiou o dedo no meu peito. – Mas você não pode reclamar disso, porque você, meu senhor, está na minha lista de gente cagada. No exato instante em que o senhor estiver curado, a sua bunda vai sentir a presença da minha mão. E não vai ser para fazer carinho!

Fiz uma careta, meio confuso.

— O que foi que eu...

Anna ergueu uma sobrancelha.

— Você disse a ela que nós dormimos juntos. Pode uma coisa dessas?

Bati na minha boca fechada.

Ah, sim... isso!

— Foi mais tipo assim... eu não neguei quando ela supôs que tivéssemos dormido, Anna.

Ela se inclinou na minha direção.

— Não gosto de caras que levam o crédito pelas merdas que não fizeram. E pode acreditar: se você e eu *tivéssemos* trepado naquela noite, você não conseguiria negar nem que quisesse. Estaria contando aos seus amigos até hoje sobre nós... – Ela se inclinou ainda mais perto, para me exibir seu decote ousado. – ... E falaria o tempo todo nisso.

Com uma bufada forte ela se endireitou e se afastou de mim. Assisti ao balanço dos seus quadris enquanto ela caminhava, e pensei que provavelmente ela estava certa.

Entendi por que Griffin não conseguia parar de falar sobre ela. E aposto que ia dar uma pirada quando descobrisse que ela estava de volta.

Quando Anna foi embora, eu abri a mão e olhei para o cordão e o pingente de guitarra que escondia entre os dedos. Eu tinha limpado todo o sangue dele na última vez em que estivera no banheiro, e a joia agora brilhava sob as luzes. Eu não tinha certeza do que queria fazer com ele, mas olhar para aquilo era estranhamente reconfortante, e eu me pegava fazendo isso o tempo todo.

Agora que Anna estava ali, parecia que as coisas iam se encaixar no lugar certo para Kiera. Isso me fez sentir melhor. Anna iria cuidar dela. Então eu poderia deixá-la ir. Talvez fosse isso o que eu deveria fazer com o cordão: jogá-lo no lixo e esquecer tudo.

Em vez disso, eu o enfiei de volta no bolso. Eu não conseguiria deixar Kiera ir embora da minha vida de vez.

Anna foi fiel à sua palavra e rapidamente encontrou um lugar para ela e Kiera. Quando Kiera saísse do hospital, estaria tudo pronto para sua nova vida... sem mim. Eu nem sequer a veria mais no Pete's; Jenny me disse que ela pedira demissão. Meu mundo pareceu que ia desabar em torno de mim, mas acho que era assim com todos os rompimentos amorosos. Eu não saberia dizer; nunca tinha passado por isso antes.

Todo mundo estava ajudando Anna e Kiera a se acomodarem na casa nova, então eu também ajudei. Imaginei que fosse catártico, mas na verdade foi apenas doloroso. Eu não tinha muito a oferecer, mas dei a Anna a única coisa decente que eu tinha – minha confortável poltrona reclinável. Kiera devia ficar com ela. Talvez pensasse em mim quando se sentasse nela.

Deixar o hospital com Kiera ainda internada foi muito difícil, mas entrar no seu novo apartamento foi muito pior. Ela iria construir uma vida ali, e eu não seria parte dela. Passando por uma caixa de coisas no corredor, eu parei e coloquei a mão no casaco. Depois de me certificar que não havia ninguém por perto, tirei o cordão que tinha comprado para Kiera. Olhei para ele durante alguns instantes no corredor escuro, decidindo sobre o que fazer, então virei minha mão para baixo e o deixei cair dentro da caixa. Ele não era meu e eu não devia ficar com ele. Eu o tinha dado a Kiera e, assim como a minha cadeira elegante, eu queria que ela o tivesse. Eu me lembraria de Kiera à minha maneira.

Mais tarde, quando eu andava pela minha casa, a enormidade do espaço vazio despencou sobre mim. Tudo que era de Kiera tinha ido embora; só me sobraram as lembranças... e mesmo essas iriam desaparecer depois de algum tempo. Se eu ainda tivesse o cordão poderia olhar para ele, ou usá-lo e manter algo comigo o tempo todo que me fizesse lembrar dela, mas já não o tinha. Tudo que me sobrara era um elástico dela, desses de prender o cabelo, que eu guardei no bolso, mas até isso iria se desfazer e arrebentar à medida que ficasse velho. Não era nem de perto o bastante. Eu queria algo mais... permanente... para me lembrar dela.

Um pensamento me atingiu quando eu voltei para o meu carro. Ele me atingiu com tamanha intensidade que eu tive de me apoiar na porta enquanto processava o que tinha imaginado. Algo *permanente*. Havia apenas uma coisa que eu poderia imaginar que não iria desbotar, se quebrar ou estilhaçar. Eu poderia tê-la comigo cada segundo de cada dia. Eu poderia levá-la na minha pele, gravada na minha carne... de forma permanente.

Uma conversa antiga flutuou através do meu cérebro...

Você tem uma? Tatuagem?

Não, eu não consigo pensar em nada que queira gravado para sempre na pele.

Só que agora eu conseguia pensar numa coisa.

Ela.

Eu queria o nome de Kiera marcado em mim para sempre, porque *ela* era permanente. Eu sempre a amaria. Sempre.

Capítulo 33
SAUDADES DE VOCÊ

Kiera recebeu alta do hospital logo no dia seguinte. A notícia foi agridoce para mim. Ela já estava curada o suficiente para ir para casa, o que era ótimo, mas isso significava que eu também tinha de ir para a minha casa. Nós ficaríamos muito mais distantes um do outro, agora. Mas era exatamente isso que precisava acontecer.

Deixei o hospital antes de Kiera receber alta. Não queria que ela me visse no andar de baixo por acaso e tirasse conclusões sobre isso. Tínhamos terminado e isso não ia mudar. Minha casa estava gelada quando eu entrei. Ao seguir até a escada, me perguntei se agora seria sempre frio ali... se essa era a minha nova realidade: o frio que penetrava nos meus ossos e me entorpecia os sentidos. Quando cheguei ao topo da escada, vi que a porta do quarto de Kiera e Denny estava aberta. Em câmera lenta, andei até lá e dei uma olhada. Tudo o que eu vi foi a desolação dos móveis muito usados de Joey. Com dor no coração, fechei a porta bem devagar. Eu nunca mais iria entrar ali, então não havia motivo para manter a porta aberta. Eu também não queria alugar aquele espaço. Não poderia. Mesmo sabendo que ela nunca mais iria voltar, o quarto pertencia a Kiera. Talvez fosse melhor eu pregar tábuas na porta para isolar o cômodo.

Sentindo-me desgastado até os ossos, fui para o meu quarto e me larguei na cama. Foi quando notei que o pôster dos Ramones que Kiera tinha me dado continuava pendurado na parede. Talvez eu devesse arrancá-lo, mas decidi deixá-lo ali. Não importa o que eu fizesse, Kiera estaria sempre comigo. Rasgar o presente que eu tinha recebido dela não iria mudar esse fato.

Passei muito tempo sozinho naquela semana. Bem, não exatamente... sozinho. Minha banda começou a se reunir para ensaiar novamente, e quando não estávamos tocando ficávamos no Pete's ou na minha casa. Como eles todos pareciam ter se reunido e combinado um rodízio para "cuidar de Kellan", alguém aparecia na minha casa quase todos os dias. Geralmente era Evan, mas Matt também pintava por lá de vez em quando, e até mesmo o Griffin se dava ao trabalho de aparecer. É claro que Griffin basicamente assistia à tevê, mas isso era bom.

Portanto, apesar de eu não estar fisicamente sozinho por muito tempo, tinha feito um *check-out* mental da vida. Olhava muito para pontos distantes no ar e falava com os outros só quando era absolutamente necessário. Se eu tivesse sido deixado por minha própria conta, provavelmente teria me tornado um recluso, mas meus amigos não me deixavam fazer isso. Todo mundo tentava me arrancar do baixo-astral. Só que eu não queria sair de lá.

A única coisa que importava era Denny e Kiera. Eu pensava nos dois o tempo todo, e pensar em cada um deles era muito doloroso, por motivos muito diferentes. Eu me sentia afundando mais na depressão, a cada dia.

Eu olhava atentamente para as borbulhas da minha cerveja uma noite no Pete's quando senti alguém se sentar na cadeira junto da minha. Imaginando que era uma fã mais atirada, fiquei um pouco atônito ao ver Sam sentado ao meu lado. Passando a mão sobre seu cabelo cortado à escovinha, ele suspirou e disse:

— Olha, eu não quero ficar no meio de tudo o que está rolando entre você e Denny, mas... ele vai embora amanhã. Tipo assim, vai embora *para sempre*. Achei que você poderia querer saber, caso... você sabe, caso haja algo que queira dizer a ele.

Ele me lançou um olhar aguçado e se levantou em seguida. Quando eu o vi sair, senti um pouco da minha névoa mental começar a se dissipar. Denny estava voltando para casa, mas ainda não tinha ido embora de Seattle. Eu tinha uma última chance de acertar as coisas entre nós. Se é que isso era mesmo possível.

Terminando a minha cerveja, deixei algum dinheiro na mesa, para a conta, e segui em direção à porta. Pensar na despedida de Denny naturalmente trouxe Kiera à minha cabeça. Eu sentia tanta falta dela que cada segundo era quase insuportável. Eu costumava ir para a cama olhando o pôster na parede e acordava todas as manhãs voltado para o mesmo lado, como se até mesmo no meu sono eu não conseguisse me afastar dela.

Percebendo que aquele era o momento perfeito para criar o memorial gravado na pele em homenagem a ela, fui procurar Matt e o encontrei junto das mesas de bilhar.

— Ei, você pode me informar onde fica aquele lugar de tatuagens que você gosta? Quero fazer uma.

Matt olhou para mim chocado. Eu tinha resistido à ideia de gravar algo no meu corpo durante muito tempo. Os caras nem me chamavam mais para ir lá com eles, porque sabiam que eu sempre dizia não. Com exceção de hoje. Hoje eu estava disposto a dizer sim.

— Ahn... Tudo bem, claro. Quando você quer ir lá?

Estendendo a mão para um banco nas proximidades, peguei o casaco dele e o entreguei. Queria fazer isso enquanto a ideia ainda era uma novidade para mim mesmo. E havia muitas chances de que Kiera estivesse com Denny no dia seguinte. Caso eu acabasse me encontrando com ela, queria ter o seu escudo protetor.

— Agora mesmo — decidi. Estava ficando tarde, mas eu tinha quase certeza de que o salão ainda estava aberto. O fim do dia era o melhor horário para eles. Matt terminou sua cerveja, encolheu os ombros e me seguiu quando eu saí pela porta.

Quarenta e cinco minutos mais tarde eu estava sentado em uma cadeira, sendo preparado para receber uma tatuagem com o nome de Kiera logo acima do coração. Matt pareceu perturbado pela minha escolha.

— Tem certeza disso, Kellan? Remover tatuagens é um sufoco, e sempre fica uma sombra residual...

Balancei a cabeça.

— Eu não vou querer remover. E sim, tenho certeza. — Não estava fazendo isso por Kiera. Não estava fazendo isso para me exibir. Era só para mim, mesmo, para eu poder ter Kiera comigo o tempo todo. Eu nunca tinha me sentido mais seguro sobre qualquer coisa na vida.

Quando a marcação ficou pronta e tudo estava preparado, a agulha zumbiu, ganhando vida. Matt se encolheu um pouco, mas eu não. Tinha conhecido mais dor na vida que a maioria das pessoas. Aquilo não era nada. Eu nem sequer pestanejei quando o artista começou a furar minha pele. Cada fisgada me levava um passo a mais para perto de Kiera, e eu adorei a sensação de queimação.

Quando o artista acabou, ele me mostrou os redemoinhos pretos gravados na pele irritada, quase em carne viva. O nome de Kiera estava de trás para frente no espelho, mas era óbvio o que estava escrito. Com assombro, passei suavemente o dedo em torno da curva do A.

— Ficou perfeito. Obrigado.

Ele colocou uma pomada no local, prendeu uma película protetora e começou a me dar instruções sobre como cuidar dela. Eu ouvi, mas sem prestar muita atenção. Meu peito parecia diferente no lugar onde a tatuagem de Kiera estava. Eu tinha consciência do seu nome logo acima do meu coração, mesmo que não pudesse mais vê-lo. Parecia que ela estava ali comigo, para sempre ao meu lado, como se um pedaço da sua alma tivesse sido dissolvido na tinta e agora estivesse incorporado ao meu corpo. Ridículo, claro, mas era assim que eu me sentia. A garota real poderia estar fora do meu alcance, mas aquilo era algo que ninguém me tiraria.

Não consegui dormir naquela noite. Tentei por algum tempo, mas quando ficou claro que isso não ia acontecer, fui até o aeroporto. Pesquisando no painel de partidas, descobri o voo de Denny. Ainda faltavam várias horas, e eu percebi que ainda tinha algum tempo antes que ele aparecesse. Encontrei um lugar para sentar e me entreguei à entediante atividade da espera.

Enquanto aguardava, repassei mentalmente a lista de coisas que eu poderia dizer a ele. Só que, na verdade, a única coisa que me restava dizer era adeus. E talvez isso fosse tudo que precisava ser dito.

À medida que o amanhecer se aproximava, o aeroporto começou a se encher de gente e movimento. Eu estava sentado na minha cadeira, olhando para a tala no meu braço quando senti que alguém me observava. Ou algum segurança do aeroporto ia finalmente me mandar comprar um bilhete para algum lugar e sair dali ou Denny tinha chegado. Mas quando ergui os olhos era Kiera que olhava para mim. Vê-la depois de todo aquele tempo foi como receber uma marretada no estômago, e eu instintivamente evitei olhar direto para o seu rosto. Olhar para ela seria como olhar para o sol; eu ficaria queimado, cego pela sua beleza.

Eu me levantei da cadeira e mantive o olhar focado exclusivamente em Denny. Era por ele que eu estava ali, afinal. Com o canto do olho, porém, eu ainda reparava em Kiera. Mesmo que eu não conseguisse vê-la bem, ela enchia a minha mente, e minha cabeça gritava alto, pedindo para que eu olhasse para ela.

Um único olhar de relance não será o bastante.

Em vez disso, silenciei a voz desesperada na minha cabeça e olhei fixamente para Denny. Eu não tinha ido ali para vê-la. Não precisava saber como os olhos dela estavam verdes naquele dia, ou como seus lábios pareciam mais carnudos. Eu não precisava olhar para a curva de seu jeans, que abraçava seu corpo, ou o corte de seu suéter. Eu não precisava ver nada disso. E não tinha de ver, mesmo. Meu cérebro poderia facilmente fornecer todas as informações que faltassem. Ela era uma imagem perfeita na minha cabeça e no meu peito que ainda ardia no lugar da minha nova tatuagem. Minha armadura, minha homenagem... meu grito de devoção à única pessoa que eu adoraria para sempre.

Os olhos escuros de Denny estavam arregalados de surpresa. Obviamente eu era a última pessoa que ele esperaria ver ali. Notei que ele apertou a mão de Kiera com mais força, de um jeito quase possessivo, antes de largá-la. Kiera não pertencia mais a nenhum de nós.

Sem ter certeza de como ele reagiria a isso, estendi a mão quando o vi parado ali, na minha frente. Será que ele aceitaria o meu sinal de amizade ou iria me rejeitar por completo? Sinceramente, eu não fazia ideia. Depois de um momento de reflexão cuidadosa, Denny agarrou minha mão. Fiquei chocado, mas senti que uma pequena ponte entre nós acabara de ser construída com aquele gesto. Talvez houvesse esperança para a nossa amizade, mesmo depois de tudo que acontecera.

Não pude conter minha alegria e um breve sorriso iluminou meu rosto.

– Denny... cara, eu estou... – A alegria desapareceu quando o pedido de desculpas vacilou em meus lábios. Eu estava farto de dizer "desculpe" e "sinto muito". Essas expressões não eram grandes o suficiente para anular o que eu tinha feito.

Denny soltou minha mão.

– Hum-hum... Eu sei, Kellan. Isso não quer dizer que esteja tudo bem entre nós... mas eu sei.

Sua voz me pareceu fria e eu sabia que ele continuava chateado, mas estava se comportando como um grande sujeito. Denny era assim mesmo. Sempre disposto a dar a outra face.

– Se algum dia precisar de alguma coisa... eu estou... estou aqui. – No exato instante em que eu disse essas palavras, tudo me pareceu tolo.

O que eu poderia fazer por ele?

Mas eu estava sendo sincero e precisava dizer isso.

A mandíbula de Denny se apertou com força. Raiva, ciúme e tristeza lhe circularam pelo rosto, tudo ao mesmo tempo. Com um suspiro, ele olhou para longe e disse:

– Você já fez o bastante, Kellan.

Eu não saberia dizer para onde suas emoções o tinham levado, e sua frase poderia ser interpretada de várias formas diferentes, mas, conhecendo-o como eu conhecia, escolhi acreditar que ele quis dizer aquilo de uma forma positiva. Que ele estava me agradecendo da única forma que conseguiria, já que dizer as palavras reais significaria uma espécie de absolvição dos meus pecados.

Com a emoção ameaçando apertar minha garganta e enevoar meus olhos, dei um tapinha no ombro de Denny.

– Se cuida... companheiro. – Eu não tinha certeza se era isso que eu representava para ele, a essa altura, mas ele sempre seria isso para mim. Ele sempre teria a minha amizade.

Para minha surpresa, mais uma vez, Denny devolveu meu gesto e meu sentimento. Sua capacidade de perdoar me surpreendeu.

– Você também... companheiro.

Sentindo-me bem por ter ido até ali para me despedir de Denny, eu lhe dei um abraço rápido; em seguida me virei rapidamente e fui embora. Não quis ceder à tentação de reconhecer a presença de Kiera. Não queria abrir essa ferida, nem queria me desviar do motivo principal daquele momento. Era com Denny que eu tinha ido falar. Kiera... bem, eu já tinha dito a ela tudo que precisava no hospital. Não havia mais nada a dizer. Tudo entre nós estava acabado.

Mesmo assim, eu não consegui me impedir de lançar um último olhar para ela antes de a multidão nos separar por completo. Ela me observava também, e por alguns breves segundos os nossos olhos se encontraram. Fazia muito tempo desde que eu a tinha olhado diretamente nos olhos. Aquilo me provocou uma onda de dor que me rasgou por dentro, como se eu tivesse segurado numa cerca elétrica. Isso me fez sentir fraco, e eu tive certeza de que iria cair no chão a qualquer momento. Ou, mais especificamente, iria correr até ela e pegá-la nos braços. Mas não poderia fazer isso e então, mesmo com a alma protestando, continuei caminhando para longe dela e deixei a multidão me engolir por completo.

Parei muito longe do saguão de embarque e olhei para trás. Dava para ver Denny e Kiera nas brechas que se abriam na multidão. Eles olhavam para frente, em direção oposta ao local onde eu me colocara. Denny estava com o braço em torno de Kiera, e ela colocara a cabeça em seu ombro. Mesmo a essa distância eles pareciam mais amigos que se confortam numa despedida do que duas pessoas apaixonadas que iam se separar.

Depois de um momento, Denny se inclinou e lhe deu um beijo. Era claramente um beijo de despedida, provavelmente o último que eles iriam compartilhar. Sentindo-me um intruso, olhei para baixo. Eles deviam ter seu momento para terminar as coisas sem me ter como espectador.

Quando a curiosidade me obrigou a saber o que estava acontecendo, olhei para cima. Denny tinha sumido e Kiera olhava para um corredor. Tive de assumir que aquele era o lugar por onde ele desaparecera. Ele finalmente tinha ido embora, e Kiera parecia prestes a vomitar ou desmaiar. Talvez ambos. Meus pés correram em direção a ela antes que meu cérebro registrasse. Mesmo sem planejar conscientemente estar lá, eu me vi bem ao seu lado quando suas pernas cederam.

Não cheguei a tempo de ampará-la quando ela caiu, mas pelo menos evitei que sua cabeça batesse numa das cadeiras chumbadas no chão. Aconchegando-me junto dela, pousei sua cabeça em meus joelhos e esperei que ela voltasse a si.

– Kiera? – chamei, acariciando suas costas e sentindo seu rosto corado.

Ela se ergueu lentamente, como se sua cabeça estivesse muito mais pesada que o normal. Ainda havia vestígios de uma contusão amarelo-arroxeada perto de seu olho, mas estava quase sumindo, e ela me pareceu praticamente perfeita. Não... mesmo com a contusão, ela *era* perfeita; sempre foi, sempre seria.

Olhamos um para o outro em silêncio por um momento; em seguida ela se sentou e jogou os braços ao redor do meu pescoço. Cavalgando meus joelhos ela me agarrou com força e determinação. Por um breve momento a felicidade me inundou, mas logo eu me lembrei da nossa distância, lembrei do que tínhamos enfrentado e a alegria azedou. Fiquei com a musculatura rígida quando a dor intensa me queimou por dentro... mas logo eu relaxei e a abracei de volta. Eu conseguiria empurrar a agonia para longe de mim por um momento e desfrutar da sensação de tê-la em meus braços novamente. Pelo menos por um minuto.

Balançando-a para frente e para trás, murmurei que tudo iria ficar bem. Kiera chorou em meus braços enquanto eu esfregava as suas costas com ternura e beijava o seu cabelo. Ela ainda soluçava e lutava para respirar, mas as lágrimas tinham parado quando eu me afastei dela. Apesar de querer abraçá-la mais forte, eu a afastei de mim. Parecia errado fazer isso, e era hora de parar. Kiera me segurou com força e não queria me largar. Foi preciso usar toda a minha força de vontade, mas finalmente me desvencilhei dela e me levantei.

Kiera olhou para mim, notou a resolução em meu rosto e desviou os olhos para o chão.

Inclinando-me de leve, toquei suavemente o alto da sua cabeça. Quando ela olhou para mim de novo, dei-lhe um sorriso suave. Ela era muito linda.

— Você tem condições de dirigir? — perguntei, lembrando de como ela ficara perturbada da outra vez que Denny tinha ido embora de avião.

Pensei que ela fosse dizer que não, mas seu rosto mudou de desespero para determinação, e ela fez que sim com um movimento firme da cabeça. Queria passar por aquilo sozinha. Orgulhoso dela, estendi a mão e a ajudei a se levantar.

Ela tropeçou quando se levantou e se firmou com uma das mãos no meu peito, bem em cima da tatuagem. Eu ainda não tinha removido o curativo e a região continuava um pouco dolorida. Fiz uma careta, sem conseguir evitar o desconforto. Segurando a respiração, torci para ela não me perguntar o que estava errado. Mas havia tanta coisa errada naquela situação que ela não perguntou coisa alguma e eu relaxei.

Removendo a mão dela do meu peito, segurei seus dedos entre os meus. Uma parte de mim não a queria deixar ir nunca.

Ela me fitou longamente com olhos tristes num tom de jade e murmurou:

— Lamento tanto, Kellan... Eu estava errada.

Eu não tinha certeza do que ela queria dizer com isso, mas não tive coragem de perguntar. Abraçá-la e estar junto dela era muito bom. Eu precisava fugir dali. Minha cabeça abaixou, a dela se levantou em direção à minha e nossos lábios se encontraram num beijo quente, macio. Seria fácil lhe pedir para me aceitar de volta e perguntar se poderíamos tentar novamente. Mas eu precisava de mais do que isso, e tudo que eu podia ouvir, num ciclo interminável, era "Denny".

Obriguei-me a interromper os muitos beijos pequenos e famintos que dava nela. Não ceder a um beijo completo e demorado fez meu coração acelerar e minha respiração ficar ofegante. Eu a queria, mas isso não era novidade. Eu ainda não podia tê-la. Soltando as mãos, eu me forcei a dar um passo atrás.

— Também lamento, Kiera. A gente se vê... por aí.

Virando as costas, saí de lá o mais rápido que pude, antes que minha força de vontade se evaporasse. Eu sabia que tinha acabado de mentir para ela quando disse que a

gente iria se ver por aí. A única forma de Kiera e eu conseguirmos superar a dor era manter distância um do outro. Ela viveria a sua vida, eu viveria a minha, e Denny iria viver a dele. Era hora para nós três seguirmos em frente, cada um numa direção.

Se eu conseguisse.

Os dias se passaram. Depois semanas. Então meses. Minha tala foi removida, meus machucados sumiram, meus cortes desapareceram. Quem me via de fora não poderia imaginar que eu quase tinha sido esfolado vivo. Não, não havia marcas físicas da carnificina daquela noite. Em compensação, a ferida no meu coração?... Essa continuava sangrando, escorrendo e infectando o resto do meu corpo com toxinas venenosas que certamente me matariam, qualquer dia desses. Eu tinha me tornado um porre de pessoa para se ter por perto. Até eu sabia disso.

Minha vida se parecia com o filme *Feitiço do tempo*, porque nada na minha rotina mudava, dia após dia. Eu acordava, malhava um pouco, tomava café, trabalhava em algumas letras de música, ia encontrar os rapazes e depois passava a noite bebendo ou tocando... ou as duas coisas. Eu estava vivo, mas não descreveria o que fazia como "viver". Bebia muito, xingava muito, e geralmente dava respostas curtas e grossas às perguntas que me faziam. Minha paciência tinha desaparecido de vez. Eu odiava cada dia que passava sem que eu conseguisse ver o rosto dela, ouvir sua voz, tocar sua pele.

Cheguei a voar em cima de Griffin uma ou duas vezes. O primeiro incidente foi depois que ele disse:

— Cara, por que não procura uma sex-shop e compra um consolo desses de prender na cintura, já que é óbvio que o seu pau foi serrado? — Matt salvou Griffin de ter o nariz quebrado por questão de dois segundos.

A outra vez em que eu quase dei porrada em Griffin foi quando ele alugou uma "amiga" para mim, como tinha feito com Matt um tempo antes. Depois de eu dispensar a garota muito atirada, procurei Griffin para saber se aquilo tinha sido obra dele.

— Eu só estou tentando ajudá-lo, cara. Você precisa foder alguma coisa, senão vai explodir. — E eu realmente "explodi" em Griffin. Matt não tinha sido rápido o suficiente dessa vez, e Griffin ostentou um olho roxo por semanas. Obviamente ele o exibiu como um distintivo de honra e o usou para pegar várias mulheres.

Mas Griffin continuava a sair com Anna, e cada vez que eles ficavam juntos meu humor despencava. Ela se parecia tanto com Kiera que era doloroso. Eu torcia para que eles terminassem tudo, para eu parar de ver aquele lembrete constante do que eu tinha perdido, mas os dois continuavam numa boa. Só me restava aturar aquilo e seguir em frente.

— Oi, Kellan — cumprimentou-me Anna, uma noite. Ela vestia seu uniforme de trabalho laranja e uma camiseta regata muito apertada com a palavra "Hooters" bordada no peito. Cada homem no bar a observava atentamente, menos eu. Eu tentava *evitar* olhar para ela.

— Oi — respondi, estudando a garrafa em minhas mãos.

Com o canto do olho, vi sua mão vindo em minha direção, mas ela se conteve e espalmou os dedos sobre a mesa.

— Como vão as coisas? — perguntou ela.

— Bem.

Ela se inclinou para frente e seu cabelo comprido escorreu sobre a mesa. Ficou claro pela sua postura que ela queria que eu olhasse para ela, mas eu não o fiz.

— Precisa de alguma coisa? — quis saber ela.

Cerveja. Paz e sossego. Mais cerveja. E sua irmã...

— Não.

Tomei um gole da minha bebida, mas Anna não foi embora. Depois que eu coloquei a garrafa de volta sobre a mesa ela se inclinou para mim e sussurrou:

— Matt me contou sobre sua tatuagem. Você realmente...?

Olhei para ela com uma expressão fria e ela parou de falar. Quis lhe perguntar se Kiera também sabia sobre a tatuagem, mas não o fiz. Não fazia diferença se ela sabia ou não. Com ar de teimosia, voltei os olhos para a minha garrafa mais uma vez e Anna suspirou, derrotada. Em pé ao meu lado, ela colocou a mão no meu ombro e me deu um aperto amigável. Começou a se afastar em seguida, mas fez uma pausa, como se estivesse decidindo o que fazer em seguida. Inclinando-se de leve, sussurrou em meu ouvido:

— Ela sente falta de você também.

Fechei os olhos quando eles instantaneamente se encheram de lágrimas. Ouvi Anna sair, mas não consegui vê-la nem me despedir dela. Tudo que fiz foi inspirar e expirar em movimentos lentos e controlados, e pedir a Deus para eu não desmontar ali mesmo.

Ela sente falta de você também.

Ela sente falta de você também.

Eu não tinha certeza do motivo de o meu subconsciente continuar repetindo a mensagem de Anna, mas queria que parasse. Avistei Emily, a substituta de Kiera, servindo uma mesa de universitários de uma fraternidade, no outro lado do bar. Ela não iria me atender tão cedo. Irritado, olhei para Rita. Ela também estava ocupada demais. *Droga.* O que um cara precisava fazer para ficar bêbado por ali?

Determinado a satisfazer minhas necessidades, eu me levantei. Iria até o bar para pegar minha própria cerveja, se fosse preciso. Minha visão vacilou quando a mudança de posição fez o álcool subir. Coloquei a mão sobre a borda da mesa, para me equilibrar. A tontura iria passar em um minuto, e então eu poderia finalmente pegar outra porra de bebida. Quem sabe, se eu tomasse um monte delas, apagaria por completo naquela noite? Talvez assim não sonhasse com Kiera.

Ela não tinha me escolhido.

Meus pensamentos sombrios tornaram difícil continuar em pé, e minhas duas mãos despencaram na mesa quando eu me debrucei sobre ela. Griffin parou de falar com Matt e me olhou fixamente.

— Cara, você vai vomitar? Segure essa merda até ir lá para fora.

Os olhos de Matt eram tão solidários quanto os de Evan.

— Você está bem, Kell?

Fungando, eu me impulsionei para longe da mesa. Tropecei, mas consegui ficar de pé. Acho que tinha bebido mais do que imaginava. Tudo bem, mais uma ou duas não faria diferença. Quando me virei para ir em direção ao bar, Evan se levantou e me agarrou pelo cotovelo.

— Me solta, Evan! – reclamei.

Sua boca se apertou numa linha firme.

— Você já bebeu o suficiente. Vou levá-lo para casa.

Com ar de deboche, me desvencilhei dele e apontei para a mesa.

— Só bebi duas doses. – Minhas palavras saíram meio arrastadas, mas eu não me importei.

Matt torceu os lábios e olhou para o teto. Contou algo com os dedos e baixou os olhos para mim.

— Ahn... Acho que foram nove, Kell.

Irritado, agarrei a minha jaqueta.

— De qualquer modo, não preciso de vocês bancando a baby-sitter. Estou cansado de ser mimado... sei cuidar de mim. – Se eu não podia beber em paz ali, iria beber em paz em algum outro lugar. Franzindo o cenho para Matt e Evan, vesti minha jaqueta. Tentei vestir, pelo menos. Não consegui encontrar os buracos certos.

Matt se levantou quando viu que eu ia embora.

— Você não vai dirigir assim.

Irritado com o meu guitarrista, irritado com o meu baterista e irritado com a minha vida, balancei a cabeça de um membro da banda para o outro; o salão pareceu girar um pouco.

— Vou fazer a porra que quiser! Todos vocês, me deixem em paz! – Finalmente eu consegui enfiar os braços nas mangas e ajeitei a jaqueta sobre os ombros. Inexplicavelmente, o couro tinha um cheirinho de Kiera.

Matt revirou os olhos e olhou para Evan. Ele suspirou e começou a vasculhar os bolsos da minha jaqueta. Bati na sua mão, mas Evan estava com muito mais coordenação motora que eu, naquele momento. Após pescar as chaves do carro no bolso, jogou-as por cima da mesa, para longe do meu alcance. Elas pararam na frente de Griffin; ele olhou para as chaves fixamente, mas logo voltou sua atenção para uma garota na mesa ao lado.

Mergulhei sobre a mesa para pegar minhas chaves de volta, mas Matt foi mais rápido e chegou antes. Tudo o que acabei fazendo foi cair de cara na mesa e derrubar a cerveja de Griffin. Isso chamou sua atenção. Salvando sua garrafa de rolar para fora da mesa, ele retrucou:

— Cara! Que porra é essa?

Desejando estar em qualquer lugar, menos ali, fiquei com a bochecha colada sobre a superfície fria e olhei para Evan. Ele estava ainda mais preocupado do que antes, se é que isso era possível. Antigas conversas me surgiram na lembrança. Algumas com Kiera, outras com Denny. Algumas boas e outras muito, muito ruins. Todas elas fizeram uma dor elétrica circular por dentro do meu corpo. Senti um chiado no peito, como se alguém estivesse segurando um ferro quente em cima do meu coração... bem em cima da tatuagem com o nome de Kiera.

Não querendo mais bancar o idiota da noite, me levantei cuidadosamente. Eu me sentia fraco, derrotado, totalmente sozinho, e murmurei:

— Tudo bem... me leva para casa.

Evan não só me levou para casa como me acompanhou até a porta e a abriu para mim. Fiz uma careta para ele, mas ele não se intimidou com a minha raiva.

— Ei, se você não quer ser mimado, então pare de agir como um bebê. — Cruzando os braços sobre o peito, acrescentou: — Agora, será que vai ser preciso eu colocar você na caminha?

Agarrando minhas chaves com força, balancei a cabeça. O mundo começou a girar e eu parei. Dei um passo para dentro de casa e olhei para Evan.

— Sinto muito por esta noite. Eu só queria... Queria parar de me sentir como um monte de merda.

Evan suspirou, e em seguida me deu um tapinha no ombro.

— Eu sei. Durma um pouco, ok?

Eu assenti com a cabeça e entrei em casa, mas realmente ainda não estava cansado. Pelo menos, cansado por motivo de "falta de sono". Estava doente e cansado por um monte de motivos. Tropeçando até a cozinha, me servi de um pouco d'água e comecei a beber. Quando o líquido suave desceu, me tornando um pouco mais sóbrio, olhei para o telefone. Tomando uma decisão rápida, peguei o telefone e digitei um número que já sabia de cor, pois ligava para ele todo santo dia. A ligação foi atendida no terceiro toque.

— Denny? Oi... é Kellan. Como estão indo... as coisas?

Eu tinha começado a ligar para Denny logo depois que ele foi embora de Seattle. A princípio só os seus pais atendiam, e sempre me mandavam ir para o inferno. Mas eu tinha continuado a ligar até que, por fim, Denny pegou o fone das mãos deles e falou comigo. Ele parecia perplexo com a minha insistência, mas... ele era como se fosse da família, para mim. Eu o tinha ofendido, mas nunca tinha deixado de gostar dele. Denny era meu irmão. Eu não queria desistir disso.

Nossas conversas iniciais não foram muito longe. Denny não queria conversar e eu entendia isso. Mesmo assim continuei falando. Disse a ele o quanto eu estava errado, o quanto eu sentia e o quanto desejava poder fazer tudo de novo. Se eu conseguisse voltar atrás, teria confessado a ele sobre meus sentimentos por Kiera antes de agir, levado por eles. Eu teria lhe contado tudo desde o início.

Falar com ele todos os dias, apesar de ser terapêutico para mim, não estava levando nossa relação a lugar algum. Pelo menos até eu lhe confessar que Kiera e eu não éramos um casal; só então ele começou a conversar mais comigo. Ficou chocado ao saber que não estávamos juntos. Tinha imaginado que ficaríamos unidos logo depois daquele dia, no aeroporto. Eu lhe garanti que isso não acontecera, que eu dera adeus a Kiera e não tinha mais visto ou ouvido falar dela desde então. Para minha surpresa, ele me disse que eu era um idiota por deixá-la escapar por entre os dedos. Isso até me fez rir. Eu disse que era melhor para nós dois ficarmos separados, mas só uma parte de mim acreditava realmente nisso. O resto concordava com ele.

A risada de Denny do outro lado da linha fez meus pensamentos voltarem para o presente, quando ele perguntou:

— Você andou bebendo, companheiro?

Uma pequena risada atravessou meu enjoo.

— Bebendo? Sim... talvez... um pouco. Então o que está rolando com você? Como foi seu encontro com aquela garota? Abby, não era esse o nome dela?

Com uma risada, ele começou a me contar sobre isso. As coisas tinham se descontraído um pouco mais entre nós desde que Denny começara a se interessar em namorar novamente. Embora eu não soubesse muita coisa sobre aquela garota, estava grato por Denny tê-la conhecido. Ele precisava de alguém para amar; alguém que o ajudasse a superar Kiera.

Com exceção de uma vez em que me zoou por eu não sair mais com ela, Kiera era um tema que Denny e eu nunca discutíamos. Mesmo sem combinar isso oficialmente, Kiera era um assunto fora dos limites. Mas tínhamos outras coisas sobre o que conversar agora, e minha conta de telefone estava vindo altíssima. Mas nós estávamos começando a reparar nossa amizade danificada, e isso valia muito a pena.

Capítulo 34
LIBERAÇÃO EMOCIONAL

Após aquele momento lamentável no Pete's, eu baixei um pouco a bola com o consumo de álcool. Em vez de beber para mandar os pensamentos embora, mudei o foco da minha necessidade de liberação emocional e me dediquei ao trabalho. Eu vinha escrevendo desde que Kiera e eu nos separamos, e tinha acabado de terminar uma música nova sobre ela. Quando a canção ficou pronta, descobri que me sentia relutante em compartilhar minhas dolorosas lembranças de Kiera com o resto do mundo. Foi Evan quem me convenceu que eu deveria fazer isso. Disse que iria ajudar muito na minha cura eu cantar sobre a minha dor. E, ao contrário da última vez em que eu tinha escrito uma canção para Kiera, Evan aceitou numa boa colocar a nova música em nossa lista, já que, dessa vez, a única pessoa que a canção faria sofrer era eu.

Nós estreamos a canção no Pete's. Eu estava um pouco preocupado de não conseguir chegar ao fim da música; perdi a voz uma ou duas vezes durante o ensaio, o que era algo inédito para mim. Eu já tinha cantado músicas densas e fortes inúmeras vezes antes, e não tinha tido problema algum. Só que aquela... me pegava pela emoção.

Provavelmente a música mais carregada de emoções que eu já tinha escrito, até mais do que a música com a qual eu disse adeus a Kiera. Essa era sobre meu último momento com Kiera no estacionamento, pouco antes de nossa vida mudar para sempre. Anotei cada mínimo detalhe da nossa separação. Então mudei o foco para onde eu estava agora... lutando para atravessar os dias, com medo de nunca mais encontrar o amor novamente; solitário, mas nunca realmente sozinho, porque Kiera estava sempre comigo onde quer que eu estivesse.

Evan e Matt tinham criado uma melodia lenta e melancólica para acompanhar a letra. Aquilo era muito diferente das nossas músicas típicas, e eu notei que a multidão a ouviu com uma atenção especial que nunca me dedicara antes. Até mesmo a minha aparência pareceu ficar em segundo plano naquela hora. Foi intimidante ver o bar em peso tão focado em uma coisa que não era superficial; algo real e verdadeiro. Isso serviu para aprofundar o meu apreço e respeito pela forma de arte que, no fim das contas, tinha salvado minha vida. Se eu não tivesse tido a música... nem quero pensar em onde poderia estar.

O bar estava mortalmente quieto enquanto eu colocava a minha dor para fora. Quando eu cantei *"seu rosto é minha luz; sem você eu estou mergulhado em escuridão"*, algumas das garotas na frente do palco começaram a enxugar lágrimas furtivas. Nos versos *"estarei sempre com você, mesmo que você não possa me ver, me ouvir nem sentir"*, elas começaram a chorar abertamente. Fechei os olhos para bloquear aquela imagem e terminei a canção da forma mais perfeita que consegui. Evan tinha razão. Aquela era uma terapia muito melhor do que beber para afastar os problemas, noite após noite. Passamos a tocar a canção em todos os shows.

Eu ainda não estava totalmente curado, nem perto disso. Tudo ainda me fazia lembrar Kiera. Minha alma doía por ela, e havia um vazio em mim que provavelmente nunca seria preenchido; lentamente, porém, eu começava a sorrir de novo e voltava a conversar normalmente. Apesar disso, ainda não tinha dormido com ninguém. Toda noite eu ia para casa sozinho e enfrentava meu espaço vazio e os fantasmas do pesar que me espreitavam em cada canto. Foi difícil, mas eu estava aguentando.

Às vezes eu fingia que Kiera estava no meio da multidão, quando cantava a canção para ela. Fechava os olhos e a imaginava chorando junto com as garotas da primeira fila. Só que ela nunca aparecia no bar; assim que a música terminava eu abria os olhos e minha fantasia se evaporava. Sua irmã apareceu lá umas duas vezes, mas isso foi o mais próximo que eu cheguei de Kiera. Eu me machucava ao ver que ela nunca mais tinha ido ao bar, mas ao mesmo tempo sabia que isso era o melhor a fazer.

— Pronto para hoje? — perguntou Evan numa sexta-feira à noite, quando me analisou atentamente em busca de algum sinal de colapso. Como eu não me desmontava fazia algum tempo, sua inspeção foi rápida.

— Estou sempre pronto — respondi. Virando a cabeça para trás, olhei para Jenny, e em seguida de volta para ele. — Vocês estão prontos para admitir a derrota? Acho que todos dois estão sendo ridiculamente teimosos com relação a isso.

As sobrancelhas de Evan se uniram.

— Sobre que diabos você está falando? — Ele percebeu para quem eu olhava e revirou os olhos. — Pare de bancar o cupido, Kellan. Você é péssimo nisso. — Com uma risada, me deu um tapa no ombro e em seguida subiu no palco sob trovejantes aplausos.

Balancei a cabeça para o meu amigo. Ele flertava com Jenny como se eles fossem recém-casados e ela flertava de volta, mas nenhum deles tinha dado um passo em direção a um relacionamento. Isso me deixava perplexo. Eu deveria ter de intervir naquilo em breve.

Estava prestes a seguir Evan até o palco, mas vi Anna na multidão. Ela fazia sinais desesperados para o palco. Olhei para Griffin, imaginando que ela quisesse falar com ele, mas quando meus olhos voltaram para Anna ela foi mais clara e me pediu para esperar pela sua chegada. Franzindo a testa, parei junto da minha mesa e esperei que Anna conseguisse abrir caminho em meio à multidão. Havia um grupo de garotas com ela, e todas se agruparam rapidamente na primeira fila.

— O que está acontecendo? — perguntei a ela, desejando pela milionésima vez que Anna fosse loura e de olhos azuis, para não ficar tão parecida com Kiera.

— Você vai cantar... aquela canção esta noite? — Ela mordeu o lábio, como se estivesse debatendo algo consigo mesma.

Ela não precisou especificar qual música. Eu sabia exatamente o que ela queria dizer. Balançando a cabeça para frente, eu lhe disse:

— Vou, mais ou menos no meio do show, como de costume.

Ela me deu um sorriso rápido.

— Ok. Beleza.

Apertei os olhos para ela.

— Por quê?

Ela abanou a mão para mim num gesto de pouco caso.

— Uma das minhas amigas quer ouvi-la. — Antes de eu ter chance de responder, ela começou a abrir caminho com cotoveladas em meio à multidão, para se juntar às amigas.

Então tá bom. Mas isso foi meio estranho.

Tirando Anna da cabeça, subi ao palco e cumprimentei os fãs com um pequeno aceno. Os gritos que se seguiram fizeram zunir meus ouvidos. Isso me fez sorrir; pelo menos algumas coisas na minha vida não tinham mudado. As pessoas que vinham ver nossos shows ainda eram barulhentas, dedicadas, passionais e devotadas até a raiz dos fios de cabelo, e eu apreciava cada uma delas.

Evan deu início à introdução para a nossa primeira música da lista, e de repente entramos no clima. Os fãs dançaram, as luzes ardiam sobre nós e a música explodia. Deixei-me ficar perdido naquilo, permitindo a mim mesmo alguns simples instantes de alívio, sem dores. Quando o momento da canção de Kiera foi se aproximando, um pouco da minha leveza desapareceu. O início era sempre o mais difícil. Como preparação para cantá-la eu precisava permitir que todos os muros que eu tinha construído à minha volta fossem demolidos, a fim de que a emoção pudesse correr solta e de forma honesta. A antecipação era desgastante, mas a liberação que ocorria depois fazia tudo valer a pena. Como quando espremernos uma esponja para remover cada gota de água, terminar aquela canção me fazia sentir refrescado e renovado. Assim, daria para eu suportar mais um dia.

Um pouco antes da canção de Kiera, reparei que Anna já tinha ido embora. Achei que ela e as amigas tinham se cansado de esperar. Que estranho!

Houve uma comoção perto da frente do bar quando a música que tocávamos terminou, mas eu bloqueei tudo e me concentrei nas fãs que estavam bem na minha frente. A canção de Kiera era a próxima; eu precisava fechar o mundo à minha volta e me concentrar para tornar a apresentação perfeita. Eu gostava de pensar que, cada vez que eu tocava e cantava aquela canção, Kiera de alguma forma a estava ouvindo, e queria que minha atuação fosse sempre impecável.

A música começou e eu fechei os olhos. Absorvendo as palavras em meu corpo, deixei cair por terra todas as minhas defesas. Aquele era eu, desnudado para todo mundo ver. Eu me sentia realmente nu, mas também me sentia livre. Sem mais segredos, nada mais de mentiras, nenhuma culpa. Simplesmente eu, uma melodia triste e as palavras assombrosas de devoção a uma amante que eu nunca esqueceria.

Cantei sobre o meu amor e a minha perda, sobre a necessidade de ter Kiera e sobre a vergonha que sentia por isso. Sobre tentar dizer adeus. Sobre levar o espírito dela comigo a cada dia. Quando chegávamos a uma longa seção instrumental eu sempre balançava o corpo, seguindo o ritmo, e imaginava que Kiera estava me observando; imaginava que ela ouvia o meu coração sangrar através dos alto-falantes. Na minha fantasia ela sempre chorava. A dor que expressava significava que ela se importava comigo... que ela ainda se importava.

Os pontos altos no nosso caso de amor tremularam em minha mente enquanto eu esperava pelo momento de cantar. O primeiro aperto de mão desajeitado. Nosso primeiro abraço reconfortante. Nosso primeiro beijo bêbado. Nós dois fazendo amor. Deitados nos braços um do outro. Eu ouvindo-a dizer: "Eu te amo." Tudo isso era repassado em minha cabeça em um microssegundo.

Pronto para acordar da minha fantasia, abri lentamente os olhos. Foi quando eu vi algo que não poderia ser real. Um choque gelado me manteve paralisado no lugar quando os olhos de Kiera me perfuraram a alma. Eu estava delirando? Será que tinha imaginado aquilo tantas vezes que de alguma forma conseguira tornar a cena real? Ou era apenas uma ilusão? Um truque das luzes? Um subproduto da minha limpeza emocional? Será que ela iria desaparecer no instante em que eu piscasse?

Hipnotizado, vi as lágrimas que escorriam pelos seus olhos; era exatamente daquele jeito que eu sempre a imaginava, quando tocávamos aquela canção. Só que a alucinação daquele dia era diferente das visões que eu costumava ter dela. Kiera estava dez vezes mais bonita naquele instante do que alguma vez tinha surgido em meus delírios.

Ela parece tão real...

Certo de que aquela miragem iria se evaporar numa nuvem de fumaça a qualquer segundo, cantei os últimos versos da canção olhando diretamente para ela. Quando minha voz foi diminuindo, junto com os últimos acordes da música, aguardei pelo instante em que a minha visão ia chegar ao fim. Só que isso não aconteceu. Kiera ainda estava na minha frente, olhando para mim com lágrimas que lhe escorriam pelo rosto. Ela estava realmente ali?

Geralmente depois que essa canção terminava eu sinalizava para Evan, pedindo a próxima. Ela era tão emocionante para mim que, em raras ocasiões, eu precisava de um minuto para me recompor. Evan sabia que devia esperar pelo meu sinal. Mas eu não podia me virar para trás. Não conseguia fazer nada, exceto olhar para Kiera. Aquilo era mesmo real? Será que ela iria desaparecer se eu me movesse?

Um silêncio constrangedor encheu o bar enquanto Kiera e eu continuávamos olhando um para o outro. Ouvi as pessoas começarem a arrastar os pés, tossir e sussurrar, mas eu continuava sem me mexer. Pelo canto do olho, vi Matt se aproximando de mim. Com um leve toque no meu braço, ele sussurrou:

— Kellan, saia do transe. Precisamos começar a próxima música.

Eu continuei sem conseguir me mover. Cada molécula do meu corpo estava em sintonia com Kiera.

Por Deus, ela é tão linda.

A voz de Evan interrompeu o silêncio.

— Oi, gente. Vamos fazer um intervalo. Enquanto isso... O Griffin vai pagar uma rodada para todo mundo!

Gritos de comemoração eclodiram junto com os risos. Eu não me importava com a reação do bar, porque finalmente começava a aceitar o fato de que a Kiera diante de mim não era miragem, alucinação ou fruto da minha imaginação. Ela *realmente* estava ali.

A multidão em torno de Kiera começou a se espalhar, mas eu continuei no palco. Eu me sentia seguro lá em cima. Saltar até onde Kiera estava poderia... me matar.

Por que ela está aqui?

Kiera avançou, quebrando por um instante seu poder hipnotizante sobre mim. Agora que eu era capaz de me mover, olhei para além dela, onde a multidão se dispersava. Eu poderia virar as costas e ir embora do bar naquele instante. Mas... o que ela estava fazendo ali? E por que agora, depois de tanto tempo? Eu estava apenas começando a... bem, não tinha certeza se estava me sentindo melhor, mas pelo menos não estava pior. Se eu fosse lá naquele instante e falasse com ela... o que aconteceria comigo? E o que aconteceria se eu não fosse embora dali? Nada. Nada iria acontecer; nós dois iríamos em frente, mas eu nunca ficaria curado e nunca deixaria as coisas seguirem seu curso. Eu simplesmente iria continuar... existindo.

Com a decisão tomada olhei para baixo, respirei fundo uma vez e pulei do palco. Eu precisava, pelo menos, descobrir o motivo de ela estar ali. Ir embora sem essa resposta iria me destroçar.

Cheguei tão perto dela quanto me atrevi. Nossos dedos se tocaram e eu tornei a respirar fundo; o fogo ainda estava ali. Estar perto dela ainda era tão eletrizante quanto sempre tinha sido. Ela estava com lágrimas nos olhos, e também no rosto. Incapaz de resistir, estendi a mão e acariciei um ponto úmido em sua pele, com os nós dos dedos. Sua pele era tão suave quanto eu me lembrava.

Kiera fechou os olhos e um soluço lhe escapou. Pelos seus olhos inchados e cansados, o cabelo revolto e a expressão desgastada, estava claro que ela andava lutando contra a depressão, exatamente como eu; ela também parecia um desastre ambulante. Isso me proporcionou um certo conforto. Eu não era o único a estar passando péssimos momentos. Mas... Quanto daquela sua tristeza era por mim e quanto era por Denny? Afinal de contas, ela o escolhera no fim, mas ele também a deixara.

Emoldurando seu rosto com a mão, cheguei mais perto dela, até nossos corpos se tocarem. Eu não tinha a intenção de fazer isso; de algum modo, porém, meu corpo entrava no modo de piloto automático quando eu estava perto de Kiera; estar o mais perto dela possível era uma ação subconsciente. Sua mão subiu, descansou no meu peito, e eu me perguntei se ela conseguia sentir a batida do meu coração.

Eu senti muito a sua falta.

A multidão que se dispersara já começava a se reagrupar à nossa volta ao ver que eu descera do palco. Kiera foi empurrada por duas garotas mais afoitas e precisei colocar um braço em torno dela, para protegê-la. Pensando que necessitávamos de um lugar um pouco mais privativo, comecei a levá-la para longe dali. Uma das fãs mais bêbadas correu até mim e agarrou meu rosto, como se pretendesse plantar um beijaço na minha boca. Como eu não deixava as fãs me molestarem mais, recuei dois passos e tirei as mãos dela do meu rosto. Em seguida, empurrei-a para longe de mim. Eu geralmente era um pouco mais educado quando me desengatava de fãs agressivas, mas estava no meio de algo que tinha o potencial de mudar a minha vida, e não me sentia disposto a ser sutil.

Kiera olhou para mim com uma clara expressão de choque no rosto. Eu nunca tinha feito nada parecido perto dela, antes.

Fiz isso por você, porque ainda te amo e, sinceramente, ainda quero ficar com você.

Kiera arremessou a mão para fora subitamente. Por um segundo, eu pensei que ela fosse me bater, mas seus dedos se fecharam em torno do pulso da mulher que eu havia empurrado com força. Kiera tinha acabado de me salvar de um tapa na cara. Isso era novidade.

O rosto da fã mudou de chocado para envergonhado, e ela saiu de fininho sem dar um pio. Eu ri quando meus olhos se encontraram com os de Kiera.

— Quer dizer então que ninguém tem o direito de virar a mão na minha cara além de você? — perguntei, sentindo-me mais leve do que em muito tempo.

— Essas putas que tentem! — concordou ela, sorrindo e corando ao mesmo tempo.

Tive de sacudir a cabeça. Ela continuava extremamente linda. Sua expressão mudou quando ela me observou, e com voz séria perguntou: – Será que dava para nós irmos a algum lugar sem tantas... admiradoras?

Meus bons sentimentos aumentaram quando eu agarrei a mão dela. As coisas ainda não estavam de volta ao normal. Tudo continuava estranho e horrível. Ainda havia muitas perguntas não respondidas. Puxei-a até o corredor que levava ao banheiro. Por um minuto considerei a ideia de empurrá-la para a sala dos fundos, mas... não podia fazer isso. As lembranças eram muito avassaladoras ali. Além do mais, eu não queria estar totalmente sozinho com ela. Não queria ceder ao desejo só porque ela estava ao meu lado. Eu precisava manter a cabeça no lugar.

Kiera pareceu aliviada quando eu parei bem antes de chegarmos à sala dos fundos. Fechando os olhos, ela se inclinou contra a parede. Acho que ela também não queria ficar sozinha comigo. Será que os motivos dela eram os mesmos? Ou simplesmente ela não estava mais interessada em mim? Não, eu tinha certeza de que uma parte dela ainda me queria. Mas uma parte dela não era o suficiente. Eu a queria inteira.

Um reflexo de luz em seu pescoço atraiu minha atenção. Quando eu reconheci o cordão com o pingente de guitarra que eu tinha largado sem a menor cerimônia dentro de uma caixa para ela encontrar, meu coração quase parou. Eu ainda não tinha certeza se ela iria ficar com ele, muito menos usá-lo. O cordão de prata parecia brilhar contra sua pele. O diamante no centro brilhava ainda mais sob as luzes. Estava impressionante nela, e com dedos trêmulos eu estendi a mão para tocá-lo. O metal estava frio, mas a pele por baixo dele estava muito quente...

– Você está usando... Não achei que usaria.

Ela abriu os olhos e olhou para os meus.

Minha nossa, ela tem olhos maravilhosos.

– É claro, Kellan. – Ela colocou a mão sobre a minha; aquilo me aqueceu de dentro para fora. – É claro – repetiu.

Ela começou a entrelaçar nossos dedos, mas eu me afastei e desviei os olhos. Aquilo era muito maravilhoso, muito confortável. Seria tão fácil ceder e me entregar a ela. Mas eu não queria cair nessa novamente. Não queria me machucar de novo. A distância era melhor.

– Por que você está aqui, Kiera? – quis saber, voltando os olhos para os dela.

Ela se encolheu sob minhas palavras, como se estivesse magoada por elas, e pareceu não saber o que dizer.

– Minha irmã – foi o que acabou dizendo.

Certo. Anna a tinha arrastado para ver o show.

Essa era a única razão pela qual Kiera tinha aparecido ali. Não estava ali por minha causa...

Virei-me para sair, mas ela agarrou meu braço e me puxou de volta para junto dela.

— Você... vim por você.

Sua voz estava cheia de pânico.

Procurei seu rosto, em busca da verdade.

— Por mim? Você escolheu Denny, Kiera. A situação se tornou insustentável... você o escolheu.

Ela me puxou para mais perto dela e balançou a cabeça.

— Não... não escolhi. No fim, não escolhi.

Negação? Sério? Era essa a sua jogada?

— Eu ouvi o que você disse, Kiera. Eu estava lá, ouvi o que você disse com a maior clareza...

— Não... eu só estava com medo. — Ela colocou a mão no meu peito, e seus olhos verdes em constante mudança buscaram os meus. — Estava com medo, Kellan. Você é... você é tão...

— Sou o quê? — Cheguei mais perto dela e os nossos quadris se tocaram. As centelhas de desejo começaram a surgir à nossa volta, como sempre acontecia.

Kiera me olhou fixamente e começou a falar; dava para ver pela sua expressão e pelo tremor em sua voz que ela falava direto com o coração.

— Nunca senti uma paixão dessas, como sinto quando estou com você. Nunca senti esse fogo. — Ela levou a mão do meu peito para o meu rosto. — Você tinha razão, eu estava com medo de me desapegar... mas com medo de me desapegar *dele* para ficar com você, não o contrário. Minha relação com ele era confortável e segura, e você... Fiquei com medo de que aquele fogo se apagasse... e você me trocasse por alguém melhor... e aí eu ficaria sem nada. Tive medo de estar jogando tudo fora por um romance tórrido que poderia acabar em dois tempos, e então eu ficaria sozinha. Um fogo de palha.

O peso da compreensão caiu sobre mim. Ela era insegura, e insegurança era certamente algo que eu conseguia entender; mas depois de tudo que eu tinha lhe contado sobre mim e sobre o meu passado, com tudo que ela sabia que significava para mim... como poderia achar que eu faria outra coisa senão valorizá-la e estimá-la?

Baixei a cabeça para a dela e nossos peitos se apertaram.

— É isso que você acha que nós tivemos? Um fogo de palha? Achou que eu ia jogar você fora se o fogo morresse?

Como se alguma vez isso pudesse acontecer. Não para mim, pelo menos.

Encaixei minha perna entre as dela e sua respiração acelerou. Estávamos muito próximos agora, quase colados; ela cheirava tão bem!

— Você é... a única mulher que já amei... na vida. Você achou que eu seria capaz de jogar fora isso? Você realmente pensa que alguém no mundo se compara a você aos meus olhos?

— Agora eu entendo isso — ela murmurou —, mas naquela ocasião entrei em pânico. Estava com medo... — Seu queixo se ergueu um pouco e nossos lábios se roçaram docemente.

Aquilo era demais. Dei um passo para trás. Ela apertou meu braço para me impedir de recuar. Olhei para o chão antes de olhar para ela. Por que eu tinha de amá-la tanto assim? Por que eu não conseguia simplesmente ir embora?

— Você acha que isso não me dá medo, Kiera? Acha que amar você, em algum momento, foi fácil para mim... ou mesmo, às vezes, agradável?

Era um pesadelo e uma fantasia, tudo no mesmo embrulho.

Kiera olhou para baixo, minhas palavras a esfaqueavam como adagas. Eu não queria machucá-la, mas agora não era o momento de me segurar. Ela precisava saber exatamente o que tinha feito para mim. O que continuava a fazer comigo.

— Você tornou minha vida um inferno tantas vezes, que quase chego a me achar doido só por estar falando com você neste exato momento.

Uma lágrima rolou pelo seu rosto e ela começou a se afastar de mim, como se tivesse resolvido ir embora. Agarrando-a pelos ombros, eu a imprensei contra a parede. Não queria que ela saísse, ainda. Não estava pronto. Quando ela olhou para mim, outra lágrima rolou pela sua face. Eu a enxuguei lentamente com o polegar, e em seguida peguei o rosto dela e a obriguei a olhar para mim.

— Eu sei que o que nós temos é intenso. Sei que é aterrorizante. Eu também sinto isso, pode crer. Mas é real, Kiera. — Minha mão saiu do meu peito e tocou o dela. — É real e profundo, e não teria apenas... se apagado. Já estou farto de encontros que não significam nada. Você é tudo que eu quero. Nunca teria abandonado você.

As mãos dela tentaram me tocar e eu me afastei. Também não estava pronto para aquilo. A tristeza me inundou quando olhei para ela ali em pé, diante de mim. Kiera tinha se despedido de mim naquele estacionamento por causa do medo, e agora eu precisava fazer o mesmo com ela. Aquilo me despedaçava o coração. Mais uma vez.

— Mas eu ainda não posso ficar com você — completei. — Como posso confiar que... — Meu olhar caiu no chão e minha voz se desvaneceu num sussurro. — ... Que você não vai *me* deixar um dia? Por mais que eu sinta sua falta, é esse pensamento que me mantém afastado.

Ela se preocupara com um possível afastamento meu... mas foi ela quem tinha dormido com Denny logo depois de me contar que me amava. Logo depois de eu lhe dizer que não conseguia tolerar o pensamento de compartilhá-la, ela fora se deitar com ele. Apesar de entender que aquela situação era muito confusa, eu não conseguia superar o fato de que ela, de um jeito singular, me traíra.

Kiera deu um passo em minha direção, e sua voz transpirava desculpas.

— Kellan, me perd...

Meus olhos voaram sobre os dela.

— Você me trocou por ele, Kiera, mesmo que tenha sido apenas uma ação reflexa, porque a ideia de nós dois juntos aterrorizava você. E você ainda ia me trocar por ele de novo. Como posso saber que isso não vai acontecer outra vez?

A resposta dela foi estranhamente calma, até mesmo determinada.

— Não vai... Eu jamais vou te deixar. Estou cansada de ficar longe de você. Cansada de negar o que temos. Cansada de ter medo.

Pela primeira vez eu invejei sua coragem.

— Mas eu não estou, Kiera. Ainda preciso daquele minuto...

A mão dela tocou minha barriga; as pontas dos seus dedos queimaram como fogo.

— Você ainda me ama? – perguntou ela, com esperança nos olhos.

Um suspiro escapou de mim quando eu olhei para o seu rosto.

— Você nunca acreditaria no quanto.

Ela se aproximou e sua mão subiu até o meu peito. Fechei os olhos quando fisgadas de eletricidade me excitaram a carne. Seus dedos alcançaram meu coração e eu os impedi de ir em frente. Segurando a mão dela sobre a minha tatuagem, sussurrei:

— Eu nunca te deixei... Mantive você comigo aqui.

Quase como se ela soubesse o que eu tinha feito com o meu corpo, puxou minha camisa para o lado. Baixei a mão e deixei que ela visse. Honestidade era tudo que podíamos dar um ao outro, agora. No minuto em que ela viu seu nome na minha pele, sua boca se abriu de espanto e seus olhos lacrimejaram. Ela começou a traçar as letras elaboradas com o dedo, e minha pele pinicou de alegria e dor onde ela me tocava.

— Kellan...

Sua voz falhou ao pronunciar meu nome. Puxei seus dedos ardentes para longe, mas entrelacei os meus com os dela, em vez de largá-los. Segurando nossas mãos unidas contra o meu peito, descansei nossas cabeças juntas mais uma vez.

— Enfim... amo, amo, eu ainda te amo. Nunca deixei de amar. Mas... Kiera...

— Você esteve com alguma outra pessoa? – ela sussurrou.

Surpreso, recuei um pouco a cabeça e a olhei fixamente.

— Não... eu não quis...

Não existe mais ninguém para mim, a não ser você.

Querendo saber se ela tinha sido tão fiel a uma causa perdida como acontecera comigo, perguntei a ela:

— E você?

Apesar de ela ter sido rápida para responder, pensei que fosse ficar enjoado só de esperar pela resposta.

— Não. Eu... só quero você. — Uma onda de alívio passou por mim e me limpou por dentro. — Nós nascemos um para o outro, Kellan. Precisamos um do outro — acrescentou, com um sussurro.

Eu sei. Preciso tanto de você, Kiera. Ninguém mais servirá para mim... só você.

Sem considerar o que eu fazia, me aproximei mais. Sua mão escorregou na minha cintura, a minha foi para o quadril dela. Puxamos um ao outro mais para perto, como se não pudéssemos mais suportar ficar longe um do outro. Eu não suportava mesmo. Senti como se tivesse esperado por aquilo toda a minha vida, e não queria parar... mas a dor e a dúvida ainda travavam uma batalha dentro de mim.

Ficamos olhando para a boca um do outro e a tensão entre nós aumentou. Eu queria *muito* beijá-la. Molhei meu lábio, arrastando meus dentes sobre a pele macia, mas era Kiera que eu queria sentir me tocando.

Inclinei a cabeça na direção da dela; estávamos a poucos centímetros um do outro agora, e sua respiração rápida me esquentava o rosto.

— Kiera, eu achei que poderia deixar você. Achei que a distância faria com que isso acabasse, e então tudo seria mais fácil, mas não fez. — Parei de falar e balancei a cabeça. — Ficar longe de você está me matando. Eu me sinto perdido sem você.

— Eu também — ela murmurou.

Nossos dedos se separaram. Kiera correu os dela ao longo do meu ombro e os meus acompanharam novamente o cordão.

— Pensei em você todos os dias. — Meus dedos continuaram roçando o seu seio e o seu sutiã. — Sonhei com você todas as noites. — Meus dedos trilharam suas costelas e os dela se emaranharam no meu cabelo. Foi inebriante, e também confuso. — Mas... Não sei como deixar você entrar de novo na minha vida.

Eu me afastei um pouco para analisar sua expressão; tudo que vi olhando de volta foi um amor confiante. Desejei sentir o mesmo. Queria tanto deixar meus medos de lado e dizer sim a tudo que aquilo pudesse significar, porque abraçá-la era bom demais. Mas as coisas tinham dado tão errado antes que... eu não sobreviveria a mais um desastre daqueles. Mas ela era muito difícil de resistir. Meus lábios baixaram um pouco mais e pararam a centímetros dos dela.

— Mas também não sei como manter você fora dela.

Foi nesse instante que eu levei um empurrão por trás. Alguém riu, mas eu não consegui me concentrar naquilo por muito tempo. O pequeno empurrão tinha diminuído ainda mais a distância entre os meus lábios e os de Kiera, e agora que estávamos nos tocando, todos os planos de me afastar daquilo foram embora da minha cabeça. Eu simplesmente... não consegui.

Congelamos, quase em choque por alguns segundos, mas logo nos derretemos no beijo longo e tão desejado. Parecia diferente do que era antes... sem culpa, sem cuidados e dez

vezes mais intenso. Eu não tinha certeza se iria começar a derramar lágrimas de alegria, me enrolar em uma bola de sofrimento ou jogar Kiera no chão e pegá-la ali mesmo.

– Meu Deus, como senti falta disso... – Eu nem cheguei a terminar meu pensamento. Nosso beijo pegou fogo e meu corpo idiota ainda continuava a me lembrar de emoções conflitantes. – Não posso...

... *fazer isso novamente.*

– Eu não...

... *quero me machucar mais uma vez.*

– Eu quero...

... *você.*

Um gemido profundo me escapou e Kiera gemeu junto.

– Ah, meu Deus... Kiera.

Com a respiração intensa, recuei um pouco para emoldurar seu rosto com as mãos. Suas lágrimas escorriam de novo, mas sua respiração estava tão acelerada quanto a minha. Eu a queria... *tanto.*

– Você acaba comigo – rosnei, e meus lábios cobriram os dela com mais força.

Eu a empurrei contra a parede quando nosso beijo ansioso me fez ficar excitado. Suas mãos se emaranharam mais uma vez no meu cabelo. Ela me queria, eu a queria, e aquilo estava realmente acontecendo. No instante em que eu corria os dedos ao longo da covinha na parte inferior das suas costas, calculando a quantos passos estávamos da sala dos fundos, Kiera gentilmente me empurrou. Confuso, não ofereci resistência. Ela estava me dizendo "não" de novo? Eu não devia me sentir surpreso com isso, porque acontecia o tempo todo, mas a verdade é que me senti, sim. A dor imediatamente começou a encher meu corpo e congelar meu peito com uma opressão que me anestesiou e pareceu chegar até os ossos.

Kiera pareceu entender o que eu estava pensando. Vendo a dor em meus olhos, imediatamente disse:

– Eu quero você. Eu escolho você. Vai ser diferente desta vez, *tudo* vai ser diferente. Quero que o nosso relacionamento dê certo.

A dor começou a perder força à medida que suas palavras diminuíam meus medos. Ela não estava dizendo que não, estava apenas dizendo "não desse jeito". Eu poderia aceitar isso. Ainda lutando contra o desejo dentro de mim, olhei para os seus lábios, para os seus olhos, e em seguida novamente para os seus lábios.

– Como nós fazemos isso? É o que sempre fizemos... vamos e voltamos, vamos e voltamos. Você me quer, você o quer. Você me ama, você o ama. Você gosta de mim, você me odeia, você me quer, você não me quer, você me ama... você me deixa. Tantas coisas já deram errado antes...

A dor sempre cíclica do nosso relacionamento tomou conta de mim. Mesmo que ela realmente me quisesse, eu não tinha certeza se conseguiria fazer tudo novamente.

Estar apaixonado era muito difícil. Mas não estar apaixonado era ainda pior. Eu não sabia mais o que fazer. Ficar, ir embora, amá-la, deixá-la.

Kiera levou a mão ao meu rosto e eu a olhei longamente.

— Kellan, eu sou ingênua e insegura. Você é um... artista volúvel. — Meu lábio se contraiu diante da nossa piada interna que não era realmente uma piada, mas eu contive o riso. Kiera continuava com um sorriso nos lábios e isso me aqueceu e relaxou. — Nossa história é um caos de emoções emaranhadas, ciúmes e complicações, e nós dois atormentamos e magoamos um ao outro... e a outras pessoas. Nós dois cometemos erros... muitos erros. — Inclinando-se para trás, seu sorriso se alargou. — Então, que tal se fôssemos mais devagar? Que tal se apenas... namorássemos... e víssemos no que dá?

Parecia tão simples que eu fiquei momentaneamente atordoado. Tudo entre nós tinha sido intenso demais, durante tanto tempo, que era difícil imaginar as coisas de outra maneira. Mas talvez... se recuássemos um passo, e seguíssemos um pouco mais devagar, poderíamos aliviar as tensões, e talvez não ficaríamos, ambos, tão assustados.

Era a solução perfeita, e eu fiquei surpreso por isso não ter me ocorrido antes. Eu pensei que nosso caso só funcionasse na base do "tudo ou nada", mas isso não era necessariamente verdade. Eu definitivamente queria tentar, para ver até onde conseguiríamos ir, mas primeiro... tinha que zoar Kiera, nem que fosse um pouco, pela sua escolha de palavras. Preguei na cara um sorriso diabólico e Kiera me entendeu na mesma hora. Ela me pedira em namoro e, no meu passado, namorar significava fazer sexo. Um tipo de sexo casual e sem sentido. Eu sabia que não era isso que ela queria dizer agora, mas fazê-la enrubescer era sempre divertido.

Envergonhada, ela olhou para baixo.

— Eu quis dizer... um namoro de verdade, Kellan. Daqueles à moda antiga.

Eu comecei a rir e ela olhou para cima. Com um sorriso tranquilo que realmente me pareceu genuíno, pelo menos dessa vez, eu disse:

— Você realmente é a coisa mais adorável do mundo. Não faz nem uma ideia do quanto senti saudades disso.

Seu sorriso pareceu igualmente tranquilo. Acariciando a barba por fazer que cobria meu rosto, ela me perguntou:

— E então... vai me namorar?

Ela disse isso de um jeito sugestivo e meu sorriso se ampliou.

— Eu adoraria... namorar você. — A leveza do momento diminuiu e um tom sério cobriu minha voz. — Vamos tentar... parar de magoar um ao outro. Dessa vez iremos com calma. Bem devagar.

Essa era a única forma de conseguirmos nos recuperar de verdade do que tínhamos feito um para o outro.

Capítulo 35
NAMORO

Pela primeira vez na minha vida eu estava namorando. Namorando de verdade, à moda antiga. E Kiera tinha dito que queria tudo do jeito tradicional, de modo que era exatamente o que eu fazia. Abria as portas para ela quando a levava para jantar, me limitava a segurar sua mão e lhe dava um beijo rápido na bochecha no fim da noite. Para minha surpresa, eu ficava feliz pela noite não terminar com sexo. Isso me fazia sentir como se estivéssemos construindo algo sólido, ou reconstruindo. Estávamos formando conexões que eram mais profundas que a intimidade física, e por mais assustador que aquilo fosse, também era dez vezes mais empolgante.

Quando estávamos juntos eu não conseguia parar de olhar para ela. O fato de ela estar comigo, e só comigo, era algo que sempre me surpreendia. Minhas bochechas doíam de tanto eu sorrir, e o pessoal da banda me perguntava o tempo todo se estava tudo bem.

Está, sim. Finalmente.

Ou, pelo menos, estava ficando bem. Havia um monte de cicatrizes em Kiera e em mim; cicatrizes que levariam algum tempo para curar.

Para provar a mim mesmo que eu conseguiria tocar em Kiera sem que o clima ficasse excessivamente sexual, eu a levei para dançar. Todos foram conosco, e o programa começou a se parecer com uma noitada de namorados. Minhas mãos, apesar da minha vontade de percorrer cada centímetro de sua pele sedutora, se mantiveram nos quadris dela. Nós teríamos deixado orgulhosas as crianças da sétima série. Bem, talvez da quinta série.

Quando fomos nos encontrar, antes de sairmos para a nossa noitada, Anna me recebeu com seu jeito típico... me deu um tapa forte na cabeça e murmurou:

– Babaca. – Eu simplesmente sorri em resposta. Algum dia ela iria superar a história de eu fingir que tínhamos dormido juntos. E mesmo que não o fizesse, o sorriso de Kiera sempre que Anna me zoava era glorioso. Eu deixaria Anna me bater todos os dias na cabeça, numa boa, só para ver o rosto de Kiera se iluminar daquele jeito.

Anna colocou os braços em torno de Griffin e não tornamos a vê-los muito pelo resto da noite. Deixem-me reformular isso. Durante a noite, eles sumiram por longos períodos de cada vez, mas quando *estavam* junto de nós todos víamos *muito* do que eles faziam. Kiera ficou meio verde de enjoo em várias ocasiões.

Jenny saiu com a gente também e levou sua roommate, Rachel. Na verdade, Rachel e Kiera trabalhavam juntas no novo emprego de Kiera. Eu já a tinha encontrado uma ou duas vezes. Ela era uma bela mistura de latina com asiática, e se mostrou quieta como uma ratinha. Jenny disse que o jeito sossegado dela a tornava a melhor roommate do mundo, mas foi Matt quem me pareceu cativado. Os dois encontraram um canto do clube que não era muito barulhento e passaram a maior parte da noite conversando, em vez de dançar. Eu nunca tinha visto Matt sair com uma garota antes, porque a banda absorvia muito do seu tempo, mas achei que talvez ele realmente combinasse com uma garota tão calma. Desde que ela gostasse de música, é claro. Se ela fosse indiferente ou desinteressada disso, a coisa nunca funcionaria. Desejei o melhor para os dois.

Com todos nós juntos e cada um com um par, estava faltando só Evan e Jenny. Eu o encurralei no corredor do clube.

— Você vai bancar o homem e tomar a iniciativa? – perguntei.

Ele teve a cara de pau de se fazer de desentendido.

— Do que você está falando?

Bati em seu ombro.

— Jenny. Vocês estão aqui, dançando juntos, meio bêbados e trocando olhares amorosos. Vá beijá-la.

Evan franziu os lábios.

— Você precisa largar essa obsessão.

Desta vez *eu* cutuquei seu ombro com *força*.

— E você precisa *resolver isso*. Beije-a. Isso é uma ordem.

Ele cruzou os braços sobre o peito.

— Você não pode me dar ordens.

Eu cruzei os braços também.

— Posso, sim. Você disse que a banda era *minha*, lembra? Então, se você quer ficar nela, estou ordenando que você beije logo aquela gatinha. Entendeu?

Sem se deixar intimidar, ele ergueu uma sobrancelha.

— Sério? Você vai me chutar para fora da banda se eu não beijar uma garota?

Eu balancei a cabeça.

— Não, não se trata de "uma garota". É Jenny. A pessoa com quem você deveria estar há muito tempo, só que é teimoso demais para enxergar isso. – Como ele ainda não parecia muito impressionado, acrescentei: – E não, é claro que eu não vou expulsá-lo... – Sorrindo, eu me inclinei e disse: – Mas vou obrigar você a usar os shorts que Griffin usa para andar de bicicleta. Depois que ele usá-los. Na sauna!

Kiera e Jenny surgiram dos toaletes logo depois, então eu peguei a minha garota e deixei Evan refletir sobre tudo aquilo. Quando estávamos saindo, eu o ouvi gritar:

— Você é doente, Kyle!

Levantei o punho no ar em resposta. Kiera me olhou com curiosidade.

— Eu quero saber do que se trata?

— Não, provavelmente não. – Eu lhe dei uma piscadela, o que a fez morder o lábio de uma forma tão sensual que eu me esqueci na mesma hora tudo sobre Evan e Jenny. Apertando a mão de Kiera, eu me inclinei e sussurrei em seu ouvido: – Vem dançar comigo, linda.

Suas bochechas ficaram num lindo tom de rosa quando ela concordou com a cabeça. Liderando o caminho, eu nos levei de volta para a pista de dança e passei novamente os braços ao redor da cintura dela. A canção era mais rápida que o ritmo que estávamos dançando, mas eu não me importei. Queria retardar a dança com a minha garota. O DJ que fosse lamber sabão.

Observei Kiera enquanto ela olhava a multidão. Estava tão atraente, com o cabelo puxado para cima em um rabo de cavalo e um top apertado debaixo de uma blusa transparente creme. Eu queria fazer muito mais que dançar, mas a restrição só fazia aumentar a expectativa. Aquele era, tecnicamente, apenas o nosso segundo encontro, então eu não pretendia sequer beijá-la naquela noite. Um cavalheiro que se preza sempre espera o terceiro encontro. Pelo menos essa ideia me pareceu boa.

Um olhar de surpresa atravessou os olhos cor de esmeralda de Kiera, e eu examinei a multidão para tentar achar o que ela vira. Quando ela empurrou meu ombro e sacudiu a cabeça na direção de Evan e Jenny, eu olhei para eles. Evan finalmente a estava beijando? Não, mas tinham colado as testas um no outro para descansar, e Evan brincava com seu cabelo enquanto ela olhava embevecida, como se ele fosse a única pessoa na Terra. Talvez ele ainda estivesse resistindo, mas não levaria muito mais tempo, agora. Beleza! Eu não deveria ser o único a sentir algo tão incrível.

Fiquei um pouco nervoso no meu terceiro encontro com Kiera, que seria o próximo. Era o número da sorte... o encontro número três. Eu ia beijá-la, mas não queria que a coisa fosse muito além disso – e ao mesmo tempo estava *louco* para que fosse. Mas era cedo. Ainda precisávamos manter tudo calmo, num ritmo lento e constante.

Depois de acompanhá-la até a porta, perguntei se eu poderia beijá-la. Com um sorriso brilhante o suficiente para iluminar a cidade toda, ela murmurou:

– Sim.

Meu coração estava disparado quando nos inclinamos um para o outro, e tudo o que eu pensava era *seja rápido, seja simples*. Nossos lábios brevemente se pressionaram e eu logo me afastei. Pronto. Cavalheiresco. Só que Kiera não foi nada "cavalheiresca". Estendendo a mão, agarrou meu pescoço e me puxou para mais junto dela. À medida que nossas bocas se moviam juntas, meus pensamentos decolavam...

Sim... Deus, sim.

Foi preciso muita força de vontade, mas a coisa ficou no beijo longo e apaixonado, e eu estava sem fôlego quando fui embora. *Droga*. Ir devagar ia ser mais difícil do que eu imaginava.

A partir do momento que começamos a nos beijar novamente, nós dois passamos a praticar muita contenção cada vez que nos víamos, tanto fazia se estávamos em sua faculdade, no parque, em seu apartamento, na minha casa ou, depois de algum tempo, de volta no Pete's. Felizmente não demorou muito para Kiera largar o emprego em uma lanchonete na Pioneer Square e voltar para o bar.

Quando Kiera voltou ao Pete's, eu fiz questão de deixar bem claro para todos que não havia coisa alguma escondida em nossa relação: eu lhe tasquei um beijo de parar o coração bem no meio do bar. Ela era minha. E se alguém tentasse tirá-la de mim, eu colocaria a cabeça do mané sobre uma bandeja. Talvez eu estivesse um pouco possessivo agora, mas já tinha tentado compartilhá-la uma vez e não queria sequer pensar nisso. Nem de longe.

Kiera estava ofegante e com o rosto vermelho quando nos separamos, mas não me repreendeu pela exibição pública de afeto. Eu queria isso desde o início e ela sabia disso. Com um aceno de cabeça e um sorriso, ela me deu um beijo rápido antes de caminhar para a sala dos fundos. Meus olhos percorreram a multidão, à procura de um ar de desafio. Não vi nenhum.

Evan me deu um tapinha no ombro quando eu me juntei à banda, em nossa mesa.

– Você desenvolveu uma quedinha pelo dramático, Kell. Não tenho certeza se isso é uma coisa boa ou má.

Sorri para ele quando me sentei.

– E você se tornou o maior procrastinador que eu conheço. – Eu me inclinei para poder gritar para Griffin na ponta da mesa: – Ei, você ainda tem aqueles shorts de elastano? – Griffin ergueu o polegar.

A expressão de Matt foi de horror, como se eu tivesse perguntado a Griffin pelo seu suporte atlético.

– Que diabos você quer com esse troço, Kellan? – quis saber ele. E colocou a mão na minha testa, como se estivesse verificando se eu estava com febre. Evan jogou um guardanapo amassado na minha cara e explodiu:

— Babaca. Acho que eu gostava mais quando você estava esparramado sobre a mesa de tão bêbado.

Meus olhos voaram até Kiera quando ela ressurgiu da sala dos fundos usando a sua camiseta vermelha do Pete's.

— Não espere me ver desse jeito novamente tão cedo – eu disse a Evan.

Tudo estava certo com o mundo novamente.

Mas tudo estar certo não significava que tudo era perfeito. Kiera e eu tínhamos problemas. Passávamos novamente por momentos de insegurança. Até mesmo dúvidas ocasionais. Mas fazíamos o melhor possível para resolvê-las e trabalhar com elas, em vez de enterrá-las.

O universo nos lançava desafios, às vezes. Uma mulher seminua apareceu na minha porta um dia e trouxe uma boa dose de tensão para o nosso relacionamento. Pedi-lhe para sair e nunca mais voltar, mas depois de fechar a porta para a mulher, deixando-a desapontada, eu me virei para Kiera com um nó de medo no estômago.

Seus olhos estavam escuros de desconfiança, e eu sabia claramente o que ela pensava: *O que você teria feito se eu não estivesse aqui?* Respondi à pergunta que estava em seus olhos antes de ela ter chance de verbalizá-la.

— Caso você esteja se perguntando... sim, eu teria feito exatamente o que fiz se você não estivesse aqui. Eu só quero você.

Então, me impressionando profundamente, Kiera deixou aquilo de lado. Se a situação fosse inversa, acho que eu teria reagido de forma diferente. Na verdade, às vezes era *eu* que quase pirava. Ela passou um dia por mim no instante em que eu olhava para a porta fechada que levava ao quarto que uma vez ela compartilhara com Denny; eu pensava em coisas sombrias sobre as quais não devia pensar.

Talvez vendo minha expressão preocupada, Kiera colocou os braços em volta de mim e perguntou:

— Tudo bem?

Não querendo brigar por coisas que não importavam mais, virei as costas para a porta e comecei a descer a escada.

— Sim, tudo bem.

Ela me seguiu, mas na base da escada agarrou meu cotovelo. Procurando meu rosto, perguntou:

— Você não está bem. O que está errado?

Engolindo em seco, pensei em lhe dizer que nada estava errado, mas esconder minha dor não iria ajudá-la a ir embora, então eu disse:

— É só que... eu tenho que olhar para aquela maldita porta todos os dias, e me lembrar... que era ali que você fazia sexo com outro homem. Às vezes isso é demais para mim.

Eu me afastei dela, mas ela me segurou com firmeza.

— Eu sei. Pode acreditar que eu também, quando olho para aquela porta...

Eu não queria ficar zangado com ela, mas suas palavras me machucaram fundo.

— Não é o mesmo para você como é para mim!

Ela se irritou com meu tom de voz.

— Talvez *aquele* quarto não seja o mesmo para mim como é para você... mas eu tenho que aguentar os fantasmas de todas as suas mulheres cada vez que entro no *seu* quarto. Você acha que isso é fácil para mim?

Eu entendi aonde ela queria chegar, mas estava em um lugar escuro e sem vontade de ser compreensivo.

— Eu não levei mulher alguma para a cama depois de dizer que eu te amava. Fui fiel... mas você... você trepou com ele. E trepou com ele logo depois daquela nossa tarde perfeita, juntos. Bem, pelo menos foi perfeita para mim, mas não deve ter significado merda nenhuma para você, porque você trepou com ele logo depois, Kiera!

A cada palavrão que eu soltava, minha voz foi ficando mais irritada e mais intensa. As bochechas de Kiera coraram e seus olhos lacrimejaram.

— Não faça isso, Kellan. Não abra essa porta. Eu já me desculpei e você disse que compreendia. Eu estava confusa.

— Eu entendo! Isso é o que torna tudo tão foda de aturar. Eu entendo, mas isso não faz com que as coisas fiquem mais fáceis. — Uma lágrima rolou pelo seu rosto e o pesar tomou conta de mim. Eu não tinha a intenção de puxar aquele assunto... Queria deixar o passado ir embora, queria de verdade.

Afundando a cabeça nas mãos, murmurei:

— Sinto muito. Eu não estou tentando ser um babaca, é que isso... dói, Kiera. E dói pra cacete.

Senti a escuridão e raiva se transformarem em dor. Eu queria que tudo aquilo tivesse desaparecido no instante em que Kiera e eu tínhamos nos tornado um casal, mas de vez em quando aquela agonia mostrava sua cara feia. Kiera pediu desculpas um monte de vezes no meu ouvido, e tentou colocar os braços em volta de mim. Por um segundo eu não quis deixar mas logo cedi, porque sabia que tinha que colocar aquilo de lado se quisesse que avançássemos. E eu queria seguir em frente com ela... queria *muito*.

Só que deixar tudo de lado não foi algo que aconteceu de uma vez só. Foi um processo gradual, com passos gigantescos para frente e alguns passos para trás. Ficávamos felizes e contentes, mimando um ao outro, roubando beijos suaves no Pete's. Então, do nada, acontecia alguma coisa que perturbava a nossa paz... como quando duas garotas me convidaram para sair bem na frente de Kiera.

Eu sabia pelo olhar de Kiera que um problema estava se formando, então dispensei as garotas e subi no palco o mais depressa que consegui. Durante o restante do seu

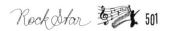

turno, Kiera agiu como se tudo estivesse bem, mas depois, no estacionamento, ela fez o comentário malicioso que eu quase estava esperando.

— Devemos parar em alguma loja a caminho de casa? Acho que acabou o chantilly.

Parei de repente e observei seus olhos lacrimosos. Vi que ela estava chateada e sabia exatamente a que ela se referia ao dizer aquilo.

— Eu as dispensei, Kiera. Eu sempre dispenso todas elas. Você não tem nada com o que se preocupar.

Ela olhou de volta para o bar e uma lágrima rolou pelo seu rosto.

— Você não as dispensou naquela noite…

Fechei os olhos e um suspiro me escapou. Eu *sabia* que aquela noite acabaria por voltar a me assombrar.

— Kiera…

Seus olhos brilharam de volta para os meus.

— Eu tive que ouvir você fazendo uma orgia, Kellan. Isso dói.

A culpa me fez dizer algo idiota. Me aproximando dela, eu explodi:

— E eu tive de ver você saindo da boate com Denny. Você me deixou lá para trepar com ele, fingindo que era eu! Se você quiser discutir sobre mágoas… então vamos falar sobre o quanto isso dói!

Foi o que fizemos. Durante horas nós discutimos as inúmeras maneiras como tínhamos torturado um ao outro. E então, quando o fogo da raiva entre nós estava controlado, fomos para o apartamento de Kiera e ficamos abraçados no sofá, coladinhos, até adormecermos nos braços um do outro. Beijando seu cabelo antes de cochilar, eu disse a ela o quanto eu sentia, o quanto a amava, e ela declarou seus sentimentos por mim, de volta. E foi assim que fomos nos curando e encontrando o equilíbrio. Mas nos permitimos ficar com raiva e relembrar coisas que nos tinham magoado, vez por outra, sempre que era necessário. Só que resolvíamos o problema na hora, em vez de escondê-los novamente, até que finalmente as conversas dolorosas começaram a se tornar cada vez mais espaçadas, e as partes boas do nosso novo relacionamento foram se tornando maiores e mais importantes.

Kiera e eu ainda continuávamos sem fazer sexo, mas também não conseguíamos manter as mãos longe um do outro. Estávamos frequentemente em algum estágio de nudez – a minha camisa ou a blusa dela, algo sempre acabava fora do nosso corpo quando ficávamos sozinhos. E apesar de eu adorar levar Kiera até o ponto de ruptura para, em seguida, recuar de forma divertida e avisar que precisávamos abrandar aquele fogo, eu já me sentia pronto para estar com ela novamente, e a necessidade dolorosa de querer isso só aumentava cada vez que ela me tocava.

Uma parte de mim queria nos empurrar além do ponto de não retorno, mas uma parte maior queria que aquilo fosse algo sobre o qual conversássemos antes e para o qual estivéssemos prontos, tanto emocional quanto fisicamente. E eu não queria ser o primeiro a tocar no assunto. Poderia parecer coerção se a iniciativa fosse minha. Eu queria que Kiera se aproximasse de mim. Queria que fosse corajosa e confiante o suficiente para me dizer que estava pronta para fazer amor comigo.

Evan achou estranho ainda estarmos à espera, mas como ele ainda não tinha beijado Jenny, não tinha moral para falar. Eu estava prestes a agir a respeito disso quando Kiera se aproximou de mim no Pete's, uma noite, com as bochechas vermelhas e uma expressão atordoada.

— Você não vai acreditar no flagra que eu acabei de dar na sala dos fundos.

Eu fazia uma boa ideia de quem poderia ser, uma vez que a paquera entre os dois tinha acelerado recentemente, mas banquei o inocente para poder provocar Kiera e disse:

— Ahn... Anna e Griffin? — Levantei uma sobrancelha. — Você precisa de mim para esfregar seus olhos para se refazer do susto? — Meu olhar vagou pelo corpo dela. — Eu poderia esfregar algum outro lugar, se você preferir.

Suas bochechas ficaram mais vermelhas quando ela bateu no meu ombro.

— Não... — Seu rosto se iluminou novamente. — Evan e Jenny! Eles andavam flertando muito ultimamente, mas agora mesmo estavam se beijando ardentemente... entre outras coisas.

Ela olhou para longe e eu me perguntei o que eles poderiam estar fazendo lá atrás. Bom para eles. Já era tempo! Com uma risada, eu lhe disse:

— Já esperava por isso.

Evan voltou à mesa antes de entrar no palco. Eu simplesmente sorri quando olhei para ele. Depois de me ignorar por um longo tempo, ele deu um suspiro longo, olhou bem para mim e perguntou com a voz sem expressão:

— Que foi?

Colocando os cotovelos sobre a mesa, eu me inclinei para a frente.

— Você tem algo para me dizer?

Com um suspiro, ele olhou para minha camisa.

— Tenho. Marrom não cai bem em você.

Meu sorriso não diminuiu e esperei, paciente, até que seus olhos voltassem aos meus. Ele suspirou novamente.

— Kiera contou que nos viu, não foi? — Sorrindo abertamente, eu assenti. Evan revirou os olhos e murmurou: — Ok... você estava certo.

Coloquei a mão em concha na orelha, inclinei a cabeça e disse:

— Poderia repetir?

Ele estreitou os olhos escuros para mim.

— Você estava certo. Porra. — Exibiu um sorriso pateta de apaixonado. — Eu gosto dela.

Rindo, eu me recostei na cadeira.

— Sim, eu sei disso. — Quando ele balançou a cabeça, acrescentei: — Eu bem que avisei. — Ele balançou a mão como quem espanta uma mosca e foi embora.

Eu ainda tocava a música emotiva que tinha escrito para Kiera em todos os shows. Como sempre, eu me desligava do mundo e cantava olhando diretamente para Kiera. Ela chorava todas as vezes e isso me aquecia o coração. Uma parte de mim tinha pensado que ela tinha ficado numa boa durante a nossa separação, mas ela ficara deprimida, tinha chorado e mergulhado de cabeça nos trabalhos da faculdade. Ficara muito arrasada. Eu fiquei mais tranquilo ao saber que, para ela, tudo tinha sido tão duro quanto para mim.

Uma noite, quando sua canção terminou, eu desci do palco e corri até ela. Tive de enfrentar um mar de mãos bobas e bocas ansiosas para chegar até onde ela estava, mas consegui chegar lá mais ou menos ileso. Com um sorriso, ela balançou a cabeça pela minha travessura, mas logo nossos lábios estavam colados e ela não teve tempo de fazer outra coisa a não ser me beijar de volta. A multidão irrompeu em gritos e assobios enquanto eu segurava o rosto dela contra o meu. Acho que uma boa parte do público pensou que aquilo era parte da apresentação, e que todas poderiam tomar um drinque comigo mais tarde, mas isso não iria acontecer de jeito nenhum.

— O seu apartamento, hoje à noite? — propus, quando finalmente me afastei dela.

Mordendo o lábio, ela fez que sim com a cabeça, para em seguida me dar um tapa na bunda e me empurrar de volta para o palco. Foi uma provocação. Passei o resto do show imaginando as pernas dela em volta de mim, seus dedos no meu cabelo e seus gemidos sem fôlego em meu ouvido. Eu mal conseguia esperar para estar a sós com ela.

Passaram-se horas até, finalmente, entrarmos pela porta do apartamento que Kiera compartilhava com Anna. Eu me perguntei quanto tempo mais ela ainda ficaria ali, morando com a irmã; como acontecia com o sexo, porém, morar juntos era algo que eu não queria apressar. Quando o tempo nos parecesse certo, isso iria acontecer naturalmente.

Entrei na sala pequena do apartamento dela e corri os dedos sobre a parte de trás da poltrona confortável que tinha dado a ela. Vindo por trás de mim, ela colocou os braços em volta da minha cintura.

— Eu fiquei muito surpresa quando você me deu isso. E feliz. E triste. — Eu me virei para olhar para ela, mas ela simplesmente encolheu os ombros. — Isso me fazia lembrar de você.

Eu balancei a cabeça.

— Tudo também me fazia lembrar de você, mas isso ainda não era suficiente. Eu precisava de algo permanente. — Bati na tatuagem sobre o coração e a olhei fixamente. Ela era tudo para mim.

Os olhos de Kiera pareceram ficar enevoados.

— Você me surpreende — disse ela, tirando meu casaco.

— Não há nada especial em mim — rebati, ajudando-a com o casaco.

Com um sorriso, ela enfiou a mão por dentro da minha camisa e nos levou para o corredor.

— Conheço umas cinquenta mil garotas que não concordam com essa avaliação.

Levantei uma sobrancelha para ela.

— Cinquenta mil? Puxa vida, tenho andado ocupado.

Quando chegamos, ela se colocou de costas contra a porta do quarto e me puxou para junto dela.

— Nem tudo no mundo gira em torno de sexo, Kellan.

Um passo à frente, pressionei meu corpo ao longo de todo o corpo dela.

— Eu sei.

Seus lábios se separaram de leve e ela inclinou a cabeça para cima, como se quisesse que eu a beijasse. Baixei a cabeça como se fosse fazer isso, mas empurrei a porta e nós dois tropeçamos lá para dentro. Rindo muito, Kiera me chamou de moleque travesso, enquanto eu fechava a porta com o pé, logo depois de entrar. Minha boca foi direto para o seu pescoço e os meus braços se colocaram em torno da sua cintura. Ela parou de rir com um pequeno suspiro e me pareceu satisfeita. Deus, eu adorava segurá-la, tocá-la... estar com ela.

Meus lábios foram subindo até sua boca. Seu toque era suave e doce. Eu nunca tinha beijado ninguém que tivesse lábios como os dela. Eles faziam minha cabeça girar e me deixavam sem fôlego. Suas lembranças preenchiam cada minuto do meu dia quando eu estava acordado, davam início a todas as minhas fantasias e acabavam fazendo parte de todos os meus sonhos. Eram lábios maravilhosos e eróticos...

Enquanto nossas bocas se moviam juntas, nossos corpos começaram a ir em direção ao futon que ela usava como cama. Quando a parte de trás das suas pernas atingiu a borda do estofado eu me inclinei, obrigando-a a se sentar nele. Nós nos separamos apenas o tempo suficiente para que ela tirasse os sapatos e se colocasse no meio da cama. Ela me deu um minuto para eu tirar minhas botas, e em seguida sua mão serpenteou pela minha barriga, arrancou fora a minha camisa e me puxou de volta para ela. Eu ri quando nossas bocas se reconectaram.

— Puxa, você está agressiva hoje... Eu gosto.

Ela riu na minha boca enquanto seus dedos corriam sob a minha camisa.

— Eu simplesmente senti sua falta.

Isso me fez rir. Havíamos passado uma boa parte do dia e da noite juntos. Tínhamos ficado separados por pouquíssimas horas nesse período, quando ela foi trabalhar e eu fui me encontrar com os rapazes, mas foi um tempo curto. Rolando-a de costas na cama, eu fiquei com o rosto um pouco acima do dela.

— Eu também senti sua falta. – Minha ereção aumentava mais a cada segundo.

Kiera começou a puxar minha camisa, então eu coloquei a mão nas costas e a removi com um único movimento. Quando eu a torci para atirá-la no chão, ela começou a acompanhar com os dedos as voltas da minha tatuagem. Sorrindo, estudei a serenidade no seu rosto. Quando fiz aquela tatuagem, não imaginei que Kiera chegaria a vê-la. E certamente nunca pensei que seus dedos estariam acariciando as letras curvas do seu nome. Gostei daquilo. Muito.

Com olhos amorosos e calmos, Kiera olhou para mim. Meu coração se apertou quando olhei de volta.

Ela é minha. Não posso acreditar que ela é realmente minha.

Acariciei ternamente seu rosto com as costas da mão, e em seguida me inclinei para beijá-la novamente.

— Kellan – ela sussurrou, pouco antes de nossos lábios se tocarem. Eu me afastei para admirá-la longamente e ela engoliu em seco.

— Eu quero... estar com você – sussurrou.

Meu corpo reagiu às suas palavras, mas eu não podia deixar de provocá-la por sua imprecisão. Pousando um beijo suave no canto da sua boca, murmurei:

— Você está comigo o tempo todo.

Corri meus dedos através de seu ombro e segui pelas suas costelas. Ela estremeceu, e em seguida se contorceu.

— Você sabe que não foi isso que eu quis dizer – ela sussurrou.

Mudei nossa posição para me colocar sobre ela com mais firmeza, sua perna enroscada na minha, me segurando no lugar. Senti um fogo forte me surgindo pelo corpo todo. Eu queria muito mais, mas segurei minha onda, brincando com ela e comigo mesmo. Correndo minha língua até o lado de seu pescoço, murmurei:

— Não faço ideia do que você está falando. O que quer de mim, afinal?

Minha mão se afastou da sua blusa e meu polegar circulou pelo seu mamilo; ele estava totalmente ereto sob o sutiã fino. Sua respiração estava mais pesada quando ela me respondeu.

— Quero você.

Meus lábios ficaram a poucos centímetros dos dela.

— Você já me tem.

Ela engasgou quando nossas bocas quase se tocaram, mas se conteve. Pressionei meus quadris contra ela, satisfazendo por alguns instantes a dor que crescia entre nós. Ou talvez eu a estivesse tornando pior. Às vezes era difícil dizer. Kiera gemeu e agarrou meu pescoço. Os dedos de uma das suas mãos se enredaram na parte de trás do meu cabelo, enviando cargas elétricas ao longo das minhas costas.

— Kellan... Eu quero você... agora.

Minha mão deslizou pelo seu estômago e sobre o cós da sua calça quando eu me desloquei para o lado dela. Com uma mão, eu desabotoei a calça e enfiei os dedos lá dentro. A outra mão dela foi para o meu ombro, e suas unhas se cravaram em minha carne, tão fundo que eu tive certeza de que aquilo iria me deixar marcas.

Porra, eu adorei isso.

Ela estava ofegante enquanto meus dedos avançavam mais e mais.

— Você me tem agora e sempre — sussurrei em seu ouvido.

Ela se contorceu sob o meu toque.

— Sim, por favor, sim.

Deus, eu adorava quando ela implorava. Rezando para conseguir me segurar por tempo suficiente para provocá-la, deixei meus dedos deslizarem para dentro dela. Ela gritou quando eu a toquei. Estava maravilhosamente molhada ali. Para mim. Tudo para mim.

— Você já me tem, então o que mais realmente quer, amor? — Eu queria aquilo, mas precisava que ela fosse bem específica. Precisava que ela tivesse absoluta certeza de estar pronta. Eu certamente estava.

Acariciei seu clitóris em círculos lentos e provocantes. Ela me segurou com mais força, se contorcendo contra mim.

— Você... eu quero...

Contive um gemido quando suas palavras, seus sons, e sua expressão de carência quase me desfizeram. Mergulhando um dedo dentro dela, eu suavemente perguntei:

— Você quer isso?

Ela respondeu com gemidos incoerentes e murmúrios que me soaram como um "sim". Sorrindo, beijei sua garganta. Kiera virou a cabeça e encontrou minha boca. Ela me atacou com beijos ávidos e famintos, que me fizeram querer lhe rasgar a roupa e mergulhar dentro dela.

Em vez disso, perguntei novamente:

— O que você quer fazer comigo, Kiera?

Ela começou a gemer e se mover num ritmo que me fez perceber que estava perto do orgasmo. Mas eu queria que ela me respondesse antes de gozar, e implorei isso a ela.

— Por favor, diga-me... por favor.

Ela emitiu um som coberto de frustração; em seguida recuou e afastou minha mão para longe dela. Respirava com dificuldade quando olhou para mim. Para minha surpresa, minha respiração também estava acelerada.

— Por que você me fez parar? — perguntei a ela.

Olhando para mim, ela inspirou longamente antes de exibir um sorriso tranquilo.

— Porque eu quero fazer amor com você. Quero ter uma liberação gloriosa *com* você, e não separada de você.

Dei-lhe um beijo. Aquilo era exatamente o que eu esperava ouvir.

— Eu te amo *tanto*, Kiera. Estou tão feliz que você esteja comigo.

Ela beijou minha testa.

— Sinto a mesma coisa, Kellan. Eu me sinto *exatamente* igual. Não quero nunca mais ficar sem você. Eu te amo demais.

Meu sorriso se ampliou quando o calor do momento tomou conta de mim.

— Você nunca vai precisar ficar sem mim. Sou seu, desde que você me queira.

Ela riu.

— Bem, você já sabe o quanto eu quero você.

Eu ri e beijei sua mandíbula. Em seguida o momento se tornou mais grave, e eu sabia que já estava na hora. Nós estávamos prontos. Recordando tudo que tínhamos passado e tudo que ela significava para mim, cantarolei suavemente a canção sentimental que tinha escrito para ela, enquanto terminava de nos despir. Seus olhos ficaram molhados de lágrimas não derramadas, e meu coração estava na garganta enquanto meus dedos passeavam sobre sua pele exposta e sedosa. Não havia mais nada entre nós agora, apenas amor. Era *assim* que deveria ter sido desde o início.

Com um braço ao redor da sua cintura, eu a coloquei de volta na cama. Antes de me juntar a ela, parei e olhei longamente, impressionado com o que via. Aquela bela mulher era minha, de coração e de alma. Não era um sonho, não era uma fantasia, e não iria evaporar no minuto em que aquilo acabasse. Estava pronta para me amar e pronta para ser amada por mim, e só por mim. E, embora tivesse seus defeitos, como eu também os tinha, era perfeita aos meus olhos – uma deusa.

Minha boca tracejou beijos lentos sobre o seu corpo. Cada suspiro rouco, cada gemido leve e o arranhar suave de suas unhas sobre a minha pele me excitaram. Mas saber que agora eu não precisava compartilhar aquele momento íntimo com nenhuma outra pessoa me deixou em estado de ebulição. Eu a queria, como sempre quis.

Quando suas mãos suaves começaram a explorar minha pele, as minhas viajaram pelas suas curvas. Quando não conseguíamos mais aguentar tanta excitação, mudei meu corpo de posição e me coloquei por cima dela. Seu nome tomou conta de meus lábios enquanto eu me deixei deslizar com determinação para dentro dela, e a euforia absoluta daquela reconexão não era nada comparada ao vínculo emocional que se fortalecia entre nós. Estávamos livres, não havia mais barreiras.

Suavemente eu tirei parte do meu pênis de dentro dela, recuei e, em seguida, afundei novamente com força; nós dois gritamos em uníssono.

Paraíso.

À medida que começamos a nos movimentar juntos, sem esforço, eu disse a ela o quanto ela era bonita, o quanto sentia falta dela, o quanto precisava dela e como minha vida tinha se tornado vazia sem ela. A cada frase que saía dos meus lábios a temperatura da paixão aumentava e o fogo dentro de nós crescia. Foi então que palavras especiais saíram da minha boca.

— Não vai embora... não quero ficar sozinho. — Aquilo foi embaraçoso, mas eu não podia deixar de dizê-lo. Não estar com ela era o meu maior medo. Meu único medo.

A lembrança de quem eu era antes de ela entrar na minha vida, exatamente um ano atrás, ecoou dentro do meu cérebro... a solidão, o desespero por me conectar com alguém... Eu não conseguiria voltar para aquele vazio. Não iria sobreviver.

— Não quero mais ficar sozinho — tornei a murmurar, quase inconsciente do que dizia. *Eu não quero ficar sem você. Nunca mais.*

Com uma expressão cheia de confiança e compaixão, Kiera agarrou meu rosto e me disse que ela não iria me deixar nunca. Então ela me beijou tão ferozmente quanto conseguiu, derramando o coração naquela ação. Torci nossos corpos de leve e ficamos de lado, mas olhando um para o outro enquanto continuávamos fazendo amor. E apesar de estarmos tão perto quanto duas pessoas poderiam estar, eu a puxei ainda com mais força para junto de mim.

— Não quero ficar sem você — sussurrei.

— Estou aqui, Kellan. — Pegando minha mão, ela a colocou sobre seu coração. — Estou com você... Estou bem aqui.

Ter tudo que eu sempre quis esparramado na minha frente foi algo muito, muito poderoso. Eu não sabia como lidar com a vasta quantidade de amor e de alegria que se agitava dentro de mim, e me senti momentaneamente golpeado pelo terror de que tudo aquilo iria ficar reduzido a pó em um instante. Mas eu sabia que suas palavras eram sinceras e verdadeiras, e encontrei uma espécie de conforto nelas.

Minha mão sobre o coração de Kiera, selando sua esperança e seu amor por mim, me fez relaxar. Ela colocou os dedos sobre o meu coração, e eu torci para que ela também sentisse o meu amor se derramando sobre ela. E me perdi no ritmo dos nossos corpos, no cheiro dela em volta de mim, na suavidade com que nossas peles se tocavam. E, acima de tudo, na crescente onda de felicidade que rapidamente me inundava. Eu sabia que estava chegando perto de gozar, mas não queria sentir sozinho aquele momento capaz de mudar nossas vidas; foi por isso que emoldurei suas bochechas com os dedos e lhe pedi para gozar *junto* comigo. Ainda oscilando naquele precipício emocional, também disse a ela mais uma vez que não queria ficar sozinho. Nunca mais.

Ela me disse que eu não estava mais sozinho e se desfez numa onda de prazer. Experimentar na pele a sua resposta verbal e física me empurrou além dos limites. No auge do momento, nós colamos os olhos um no outro e todo o mundo pareceu entrar em estado de suspensão. Naquele momento, então, todos os meus medos remanescentes desapareceram. Eu não estava mais sozinho. Nós estávamos *juntos* agora... cem por cento unidos.

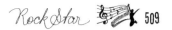

A nossa primeira vez como um casal oficial, de verdade, foi um daqueles momentos que se assemelham a uma pedra atirada num lago calmo, e eu sabia que iria me lembrar daquilo pelo resto da vida. Era apenas o primeiro de muitos, muitos outros momentos que estávamos começando a compartilhar. Minha esperança era que aquilo representasse o início de uma vida inteira juntos. Porque era isso que eu queria ter com ela. A eternidade.

E uma vida juntos, na verdade, parecia possível agora. Várias coisas começavam a parecer possíveis, ultimamente. Matt tinha obtido confirmação sobre o Bumbershoot. Nós íamos agitar o festival no próximo verão, e quem sabe aonde aquilo poderia nos levar? Denny e eu continuamos a nos falar regularmente. Ele até sabia que Kiera e eu estávamos oficialmente juntos, mas continuou sendo cordial comigo. Os outros D-Bags também iam bem. Rachel e Matt continuavam juntos, e o mesmo acontecia com Evan e Jenny. Griffin e Anna estavam... bem, eles estavam felizes com o que andava rolando entre ambos. E Kiera e eu... estávamos progredindo a um ritmo constante; eu nunca tinha me sentido mais feliz em toda a minha vida. Sim. As coisas estavam definitivamente melhorando.

Até então eu nunca tinha prestado muita atenção ao meu futuro. Acho que nunca acreditei realmente que poderia haver um futuro para mim, pelo menos um futuro com significado ou importância verdadeiros. Mas agora muitas coisas pareciam possíveis para mim, e essas possibilidades davam à minha vida novos significados e propósitos. Eu estava *muito* animado para ver o que poderia acontecer em seguida. Só pedia a Deus para não cometer nenhuma burrada e estragar tudo. Creio que só o tempo poderia dizer, mas com Kiera ao meu lado eu me sentia muito mais animado a respeito das minhas chances. E, pela primeira vez na vida, começava a acreditar que os meus pais tinham estado muito errados a meu respeito. Claro que eu poderia cometer erros, poderia fazer coisas que não devia, poderia tropeçar e cair, e poderia até mesmo ferir algumas pessoas ao longo desse processo, mas tudo iria acabar bem. Tudo iria ficar bem para todos.

Papel: Offset 75g
Tipo: Bembo
www.editoravalentina.com.br